中华译学倡立倡守

以中华为根 译与学并重
弘扬优秀文化 促进中外交流
拓展精神疆域 驱动思想创新

丁酉年冬月 许钧撰 罗卫东书

中华译学馆·外国文学论丛
许钧 聂珍钊 主编

本书为国家社科基金项目成果

曹丹红 著

当代法国诗学研究

南京大学出版社

图书在版编目(CIP)数据

当代法国诗学研究 / 曹丹红著. -- 南京：南京大学出版社，2025.6. -- (外国文学论丛 / 许钧，聂珍钊主编). — ISBN 978-7-305-28406-9

Ⅰ. I565.072

中国国家版本馆 CIP 数据核字第 2024A0A318 号

出版发行	南京大学出版社		
社　　址	南京市汉口路 22 号	邮　编	210093
丛　书　名	外国文学论丛		
丛书主编	许　钧　聂珍钊		
书　　名	当代法国诗学研究		
	DANGDAI FAGUO SHIXUE YANJIU		
著　　者	曹丹红		
责任编辑	张　静		
照　　排	南京紫藤制版印务中心		
印　　刷	徐州绪权印刷有限公司		
开　　本	787 mm×1092 mm　1/16 开　印张 29.75　字数 479 千		
版　　次	2025 年 6 月第 1 版　　印　次　2025 年 6 月第 1 次印刷		
ISBN	978-7-305-28406-9		
定　　价	168.00 元		

网　　址：http://www.njupco.com
官方微博：http://weibo.com/njupco
官方微信：njupress
销售咨询热线：(025)83594756

＊ 版权所有，侵权必究
＊ 凡购买南大版图书，如有印装质量问题，请与所购
　图书销售部门联系调换

一部具有开创性与反思性的
法国诗学研究著作
——代序

去年夏天，曹丹红告诉我，她承担的国家社科基金项目完成了，成果名称为"当代法国诗学研究"。我了解到，学界给了很积极的评价，结项等级为"优秀"。作为她的老师，我为她的成长感到格外高兴。十几年前，曹丹红跟随我做博士论文，选择的领域是"翻译诗学"，论文做得很扎实，也很有见地，研究成果《诗学视角下的翻译研究》被收入我主编的"翻译理论与文学译介研究文丛"，由南京大学出版社于 2015 年出版。正是在从诗学视角下对翻译进行研究的过程中，曹丹红逐渐对"诗学"本身产生了浓厚的兴趣。最开始，她担心从翻译学转到文论研究跨度太大，有点逡巡不前。我鼓励、支持她拓宽视野，大胆尝试。经过她十余年来的不懈努力和艰苦探索，这部《当代法国诗学研究》得以问世，与读者见面。

诗学在东西方均有悠久历史。在很长一段历史时期，诗学为诗人的创作制定法则与规范，同时也为诗人的创作提供衡量与评判标准。从西方来看，浪漫主义以降，诗人的天赋与个性受到强调，诗歌创作的法则与规范不再受到重视，诗学的属性也发生了转变，由此前的规约性质逐渐转变成描述性质。诗学不再以制定写作规则为己任，而是对文学与写作本质展开思考，诗学批评也不再借助诗学规则来评判诗歌优劣，而是借助诗学提炼的方法与拓展的途径来对文学作品的形式与结构展开分析。不过,尽管诗学的属性在历史中发生了转变,在所有文学研究途径之中,诗学始终是一种与文学本身保持直接、密切关系的途径,由于这种直接性与密切性,即使在研究多元化、向外转的今天,诗学仍然在文学研究中占有重要的一席之地。

法国诗学——无论是古典诗学还是现当代诗学——是西方诗学的重要组成部分,深受法国学术传统的影响,深具法国学术研究特性,对其的考察有助于我们深入了解法国学者在诗学、在文学研究方面的贡献,为反思我国的文学研究提供镜鉴。出于这样的考虑,《当代法国诗学研究》在四十余万字的篇幅里,系统梳理了20世纪60年代至今的法国诗学研究成果。这样一项综合性研究在国内学界是首创的,就我所知,法国学界也还没有一部类似的研究著作。在我看来,这一具有开创性和探索性的研究成果至少体现出以下几方面的显著特点。

第一,《当代法国诗学研究》廓清了"当代法国诗学"的内涵,并对其进行了全面系统的考察。任何研究在开始之前,都要对其研究对象进行界定,框定自己的讨论范围,说明自己的研究方法,为之后的交流对话锚定出发点。"当代法国诗学"是个相当宽泛的概念,为了对其进行界定,曹丹红从"当代""法国""诗学"三个关键词入手进行思考,认为其诞生于1970年,因为这一年,法国瑟伊出版社创办《诗学》杂志,同时推出"诗学"丛书,均由热奈特和托多罗夫负责。《诗学》杂志和"诗学"丛书之后成为当代法国诗学研究的两大重镇,很大程度上形塑了这一学科的基本面貌。五十多年过去,《诗学》杂志与"诗学"丛书依然保持着生命力,为法国乃至国际诗学研究者提供学术交流的平台,也为全面考察当代法国诗学提供了可能性。《当代法国诗学研究》所参考的文献资料的很大一部分即来自《诗学》杂志近200期上发表的论文,以及"诗学"丛书创办至今出版的113部专著。通过对这些文献的梳理、研读与分析,曹丹红归纳出当代法国诗学的基本特征,并提炼出几个重要研究课题,包括"写作本质研究""文学类型研究""风格研究""叙事研究""虚构研究"等,对这些课题的研究构成了这部著作的主要内容。

第二,《当代法国诗学研究》准确把握了研究对象的基本特征、本质属性与根本任务。看到"当代法国诗学研究"这一课题,我们可能马上会想到一个问题:当代法国诗学与传统法国诗学的区别在哪里?这也是这部著作首先尝试回答的一个问题。透过纷繁芜杂的现象,曹丹红认为当代诗学,尤其是21世纪法国诗学主要呈现出两个基本特征。第一个特征是边界的拓展,包括研究对象的拓展(不再局限于纯文学,不再局限于文本媒介),研究方法的拓展(不再局限于20世纪60—70年代的结构主义)等。第二个特征与前一个特征密切相关。研究对象与方法的拓展令今日诗学有可能也有必要超越本学科的传统做法,向其他学科如语言学、文体学、修辞学、逻辑学、语文学、认知科学等借鉴理论与方法,在此过程中,诗学的跨学科程度加深。实际上,当代法国诗学的基本特征也体现于其他学科中,跨学科融合已成为科学研究的常态。就此而言,《当代法国诗学研究》在一种宽阔的视阈中对其研究对象进行考察,其实也是在进行一种跨学科的研究探索与实践。

当然,跨学科研究所涉及的视角与方法的多元性隐藏了一种风险,它有可能令研究偏离目标、失去中心。曹丹红对这种风险有着清醒的意识,因此在兼顾研究方法多元性的同时,她始终紧抓那根阿里阿德涅之线,也就是诗学的本质属性与根本任务,由此展开对诗学的立身之本与发展之源的探索。就其本质来说,从亚里士多德开始,诗学就是一门致力于探索"文学性"的学科,历代的诗学研究者都尝试回答"文学是什么"这个问题。也正是这种对"文学性"的不断追问构成了诗学的存在理由与价值。跟随这根阿里阿德涅之线,我们看到,尽管从亚里士多德至今,"诗学"一词的外延与内涵都已发生很大变化,但是自始至终,它的使命没有发生根本性的变化:从最初致力于对悲剧与史诗创作过程的考察,到如今着力于对不同文学类型基本特征的描写,贯穿始终的,是诗学对文学作品之诞生、"未来之书"之创作的条件的探索,即使为文学创作制定规则已不合时宜,诗学仍坚守发掘文学潜力、促进文学更新的初心。实际上,《当代法国诗学研究》将对文学"可能性"或"潜在性"的探索视作诗学与其他文学研究的最根本区别,这是这部著作提出的一个重要且中肯的观点。

第三,《当代法国诗学研究》试图实现理论与实践的有机结合,这一点特别通过著作第七章"诗学批评研究"体现出来。法国学者孔帕尼翁将文学研究分为理论、批评与历史三大内容,又指出"谈文学理论不能不谈修辞学和诗学"[①]。从孔帕尼翁的分类来看,诗学属于文学理论,同时在与批评实践、与文学史的区别中确立自身。但这并不意味着诗学、批评与文学史之间是截然分离的关系。在"诗学批评研究"一章中,作者就如何理解诗学与批评的关系进行了深入思考。一方面,文学批评是一项主观性很强的实践活动,要令其摆脱随意性和印象主义,批评者需要采取一定的批评方法,而诗学的任务之一正是批评方法的建构;另一方面,诗学同样强调理论联系实际的重要性,批评方法的建构不是研究者凭空想象的产物,而是来自对具体文学作品的分析,因此很多形式或结构研究同时也是文学批评实践。作者进而指出,诗学批评以诗学建构的

---

① 安托万·孔帕尼翁:《理论的幽灵:文学与常识》,吴泓缈、汪捷宇译,南京:南京大学出版社,2017年,第11页。

模式与方法观照作品,为理解作品带去新的视角,不仅有助于推动对当代作家的批评,也有助于深化、更新对经典作家的认识。

不过,将诗学理论与批评实践结合起来并非易事,理论与实践两张皮正是文学研究中的一个致命伤。为解决这一问题,曹丹红勇于探索,尝试进行了批评实践,借鉴诗学理论与方法对加缪与莫迪亚诺这两位诺贝尔文学奖得主的作品进行了考察与分析,通过自身的批评实践,表明了诗学批评在调和理论与实践、揭示作家写作艺术与作品风格特色等方面的可能性,也直观地展示出诗学在今日文学研究中的功能与价值。

第四,《当代法国诗学研究》试图在研究中引入一种历史视野,在我看来,这可能是这部著作最为突出的特色之一,也是其最为重要的贡献之一。正如诗学与批评的关系,诗学与文学史的关系也是彼此依赖、不可分割的。历史视野体现于这部著作的多个方面。首先,对当代法国诗学的研究结合了对其"师承"的剖析。理论虽然具有抽象性、概括性的特征,但它不是无根之木、无源之水,当代法国诗学的诞生与发展同样受到前人理论的影响。因此著作专辟一章,探讨了当代法国诗学的理论来源,对亚里士多德、俄国形式主义、法国诗人瓦莱里等人的诗学探索及其对当代法国诗学的影响进行了深入考察。对这一影响的剖析奠基于坚实的证据之上。例如在谈俄国形式主义对当代法国诗学的影响时,作者通过呈现一系列历史事件与人物互动,具有说服力地揭示了俄国形式主义进入法国、对法国文坛产生影响的过程。这种讲求证据的考据态度与方法体现出作者为学的严谨性。

其次,历史视野也体现于这部著作对诗学理论历史流变的呈现。历史流变并非《当代法国诗学研究》的研究对象,但这一铺垫在我看来是有必要的。对历史流变进行考察,换个角度看也就是对理论在历史中的接受情况进行考察，这种接受有时会涉及翻译问题。例如亚里士多德的《诗学》对后世产生了重要影响，但其影响一般而言是通过各语种的译本产生的。在法国同样如此，从 17 世纪第一个法译本问世至今已涌现多个法译本，不同译本对亚里士多德关键概念的翻译不尽相同。《当代法国诗学研究》尤其对一部特殊的译著——杜邦-洛克、拉洛两位法国古典学者于 1980 年在"诗学"丛书中出版的重译本《诗学》进行了考察，在译者对核心概念的翻译与阐释中呈现了重译本《诗学》与当代法国诗学走向之间的相互影响。再如谈到俄国形式主义的影响，就无法忽略托多罗夫编译的形式主义文论《文学理论》，可以说如果没有托多罗夫的译介活动，就不一定会有之后结构主义诗学的诞生。

这种历史的、比较的视野有助于我们克服"望文生义"的毛病。的确，只有搞清楚理论的来龙去脉，才能理解理论的真正内涵，把握其针对性，评价其价值与功效。历史的、比较的视野可能是受到了研究对象的影响，正如曹丹红所言，近年来，"诗学与历史的边界也越来越呈现多孔隙的特征"，一种历史的诗学观逐渐确立，令 21 世纪的诗学研究区别于 20 世纪 60—70 年代的诗学研究。在我看来，这种历史的、比较的视野也得益于作者在硕博士阶段所受的翻译与译介研究的训练，由于充分意识到语言转变、语境转换可能带来的异质性因素及其影响，作者在理论研究中多了一份审慎，这也赋予《当代法国诗学研究》的撰写一种反思维度。

总而言之，《当代法国诗学研究》是一部具有系统性、探索性、开创性和反思性的理论研究著作，期待这部著作的出版填补国内外相关研究的不足，引发学界的关注与争鸣，共同推动国内外文学批评实践，助推文学理论研究，尤其是诗学研究的发展。

许　钧

2024 年 8 月 7 日

前　言

本书是国家社科基金项目"当代法国诗学研究"的结项成果。项目自 2017 年 6 月立项，至 2023 年 3 月收到结项证书，其间经历了近六年的时间。然而，如果从 2014 年在《当代外国文学》发表第一篇相关成果算起，本书的写作前后持续了近十年，真正算得上是"十年磨一剑"了。

对当代法国诗学的兴趣始于何时，现在已很难准确地回忆起来。博士论文《翻译诗学》的撰写，先后几个与翻译诗学相关的省部级人文社科项目的研究，对当代法国文论的翻译实践，对文学的爱好，对文学批评理论与方法的迫切需求，理论思考的兴趣与习惯，恩师许钧教授的鼓励与指点，凡此种种，都在冥冥之中将我引向"当代法国诗学研究"这个课题。另一件值得一提的事是，2015—2016 年，我受米歇尔·穆拉（Michel Murat）教授邀请，至法国索邦大学进行了为期一年的访学。我很珍惜这次访学机会，两个学期坚持旁听了七门课。除了穆拉老师在索邦大学与巴黎高等师范学院开设的"文学史认识论""文学生活""当代诗歌研究方法"课程，我还在穆拉老师介绍下，旁听了多米尼克·贡布（Dominique Combe）教授等人在巴黎高等师范学院开设的"修辞学与诗学：从瓦莱里到巴特""批评与文学理论史""叙事研究方法",以及约翰·皮尔(John Pier)教授等人在法国社会科学高等研究院开设的"当代叙事学"课程,从这些课程中汲取了大量信息。也是在穆拉教授的指点下,我阅读了当时最新出版的文论著作《事实与虚构:论边界》(*Fait et fiction: Pour une frontiere*),对虚构问题产生了浓厚兴趣,之后又因翻译此书与作者——巴黎第三大学的弗朗索瓦丝·拉沃卡(Françoise Lavocat)教授建立了长期的往来与深厚的友谊,这都是后话了。在巴黎访学的这一年,我对当代法国文学理论体系以及诗学在文学理论体系中的位置均有了较为全面的认识,"当代法国诗学研究"的框架也在我心中初具雏形。访学结束回国后不久,这个课题有幸获得了国家社科基金项目立项资助。

也是在法国访学期间,对于开展研究必不可少的文献,我整理了长长的书目,并利用人在现场之便阅读、购买了不少资料。然而,文献太多的问题就是,在国家社科基金项目研究的一个周期,也就是五六年的时间内,无法读完并消化全部文献——更何况新的文献不断涌现——也无法及时整理输出全部所思所悟。结项时提交的24万余字的书稿,即便不能说挂一漏万,至少也是不完善的。因此在结项后,我又花了几个月的时间深入地阅读,更新了书稿中的部分内容,尤其新增了"风格研究"一章。这一章我最初并不打算写,因为今日的风格研究注重发掘作家或作品的个性,但诗学研究注重提炼普遍规则,这两类研究应该说分属不同的学科。然而,随着阅读与思考的深入,我越发觉得不能省略这一部分内容。首先,在某种文学研究想象中,风格与诗学似乎有着千丝万缕的联系;其次,风格分析只有借助诗学研究凝练出来的理论与方法,才能不流于主观印象;最后,对风格概念本身的思考揭示,风格之中蕴含着个体性与普遍性,这种二重性促使风格研究与诗学研究存在很多交叉重合。鉴于此,在一本名为"当代法国诗学研究"的书中,风格研究应该有它的位置。

本书的不少内容在《当代外国文学》《文艺理论研究》《文艺争鸣》《浙江大学学报(人文社会科学版)》等期刊上发表过,在此向这些刊物致以诚挚谢意。还要特别感谢恩师许钧教授的帮助,他接受我的书稿,允许在他与聂珍钊教授主编的"外国文学论丛"中出版。"外国文学论丛"已出版许钧、聂珍钊、范捷平、高奋、郭国良、郝田虎、吴笛等重要外国文学研究者的著作,《当代法国诗学研究》忝列其中,在诚惶诚恐之际,我也深感荣幸!希望本书能够借着"外国文学论丛"的东风,引发更多同行关注,共同探讨交流,为我国的外国文学研究事业添砖加瓦。

曹丹红

2024 年 1 月 8 日于南京

目 录

- 001 **绪论**
- 003 第一节 五十余年的"历险"：《诗学》、"诗学"与诗学
- 008 第二节 当代法国诗学：定义与现状
- 010 第三节 当代法国诗学的主要内容

- 024 **第一章 理论来源**
- 024 第一节 亚里士多德及其《诗学》
- 044 第二节 俄国形式主义影响
- 064 第三节 瓦莱里的诗学探索

- 083 **第二章 写作本质研究**
- 084 第一节 从文本到"前文本"：文本发生学
- 100 第二节 文本的可能性与批评的双重维度

- 118 **第三章 文学类型研究**
- 119 第一节 文学类型研究的衰与兴
- 127 第二节 文学类型研究的价值
- 136 第三节 结构主义文类研究
- 148 第四节 从结构到语用

161	**第四章　风格研究**
161	第一节　风格观念在西方语境中的演变
173	第二节　现当代法语风格学
189	第三节　风格的当代阐释

211	**第五章　叙事研究**
212	第一节　当代法国及法语地区叙事学的基本特征
226	第二节　语言学与叙事研究
251	第三节　认知、情感与叙事：巴罗尼的情节诗学

274	**第六章　虚构研究**
274	第一节　从虚构思想到虚构研究"理论转向"
291	第二节　虚构研究的第三条路径
306	第三节　论朗西埃的现代虚构观

324	**第七章　诗学批评研究**
324	第一节　当代法国文学批评中的诗学途径
338	第二节　诗学批评举例 1：《局外人》的时态异常及其在小说荒诞主题建构中的功能
353	第三节　诗学批评举例 2：试论莫迪亚诺作品的抒情特质

374	**第八章　诗学概念研究**
374	第一节　"悲剧性"概念再反思
392	第二节　法国现实主义诗学中的"真实效应"论
411	第三节　"逼真"话语在法国诗学中的演变

| 433 | **结论** |

| 442 | **主要参考文献** |

绪 论

诗学是西方最古老的学科之一，与批评、文学史一样是文学研究的重要组成部分。法国当代诗学因其特殊性和影响，在西方诗学中占据重要位置，不仅对20世纪70年代以来的文学研究做出过重要贡献，其独特的方法甚至影响了其他研究领域。那么，当代法国诗学的外延与内涵如何界定？其研究对象、研究内容、研究方法包括哪些？其理论与方法具有怎样的独特性，又呈现怎样的发展趋势？其研究成果能给予我国的文学理论研究与批评实践以何种启发？

在回答这些问题前，我们首先需要廓清当代法国诗学的界限，或者说当代法国诗学的开端，因为当代法国诗学研究并没有结束，今天仍有诗学研究者活跃于文学研究领域，不断产出代表性成果。对于当代法国诗学的开端，我们认为可以将其锚定在1970年，因为在1970年，瑟伊出版社（Éditions du Seuil）创办《诗学》（*Poétique*）杂志，同时推出"诗学"丛书，均由热拉尔·热奈特（Gérard Genette）和茨维坦·托多罗夫（Tzvetan Todorov）负责。《诗学》杂志和"诗学"丛书创办后，成为法国诗学研究两大重要阵地，很大程度上影响了后者的特征与走向，促使我们可以通过杂志与丛书管窥当代法国诗学的基本内容与发展特征。不过，将1970

年视作开端,这并不意味着我们不考虑1970年前取得的成果,法国哲学家文森特·德贡布(Vincent Descombes)指出,由于每一代人都会给他们的后代留下一些难题,因此,"为了理解对我们来说属于'当今'的事物,我们需要考察两代人:当下这一代,也就是今天活跃着的这代人,以及他们的上一代"①。实际上,20世纪70年代的法国诗学研究很大程度上是与20世纪60年代甚至更早期研究的对话,对当代法国诗学的全面认识离不开对这些前期成果的考察。

其次,我们需要就"法国"两字进行解释,因为我们所考察的理论与方法实际上超越了法国国界。一方面,诗学从确立之初就呈现出开放的姿态,我们看到,"诗学"丛书除收录热奈特、托多罗夫及其他法国当代学者的著作,还向传统文化及世界其他国家敞开大门。亚里士多德的《诗学》、弗拉基米尔·普罗普(Vladimir Propp)的《故事形态学》(*Morphologie du conte*)、勒内·韦勒克(René Wellek)与奥斯汀·沃伦(Austin Warren)的《文学理论》(*Théorie littéraire*),另外还有罗曼·雅各布森(Roman Jakobson)、米哈伊尔·巴赫金(Mikhaïl Bakhtine)、诺思洛普·弗莱(Northrop Frye)、米夏埃尔·里法泰尔(Michael Riffaterre)、克特·汉伯格(Käte Hamburger)、哈拉尔德·魏因里希(Harald Weinrich)等学者的著作都被翻译并收入丛书中,产生了重要影响,在探讨当代法国诗学时很难不涉及对这些理论著作的考察。另一方面,由于在法国之外还有不少国家及地区以法语为官方语言或文化语言,这些国家及地区,尤其瑞士法语区、比利时法语区、加拿大法语区的

---

① Vincent Descombes, *Le même et l'autre: quarante-cinq ans de philosophie française (1933 – 1978)*, Paris: Les Éditions de Minuit, 1979, p. 13.

学者很多都与法国本土有着深厚的学缘关系——在法国获得博士学位,在法国教学科研机构工作,与法国学术界保持紧密联系,成果在法国出版社出版或在法国杂志上发表,为法国当代诗学的发展做出了重要贡献。研究当代法国诗学也离不开对这一批学者成果的考察。

第一节　五十余年的"历险":《诗学》、"诗学"与诗学

2010年,在《诗学》杂志与"诗学"丛书一起迎来创刊、出版四十周年纪念之际,法国重要文学研究网站 fabula.org 所属的在线杂志 LhT 即《文学、历史与理论》(Littérature, Histoire et Théorie)组织了一期题为"诗学的历险"(«L'aventure poétique»)的纪念专号。包括法国当代诗学开创者热奈特、美国批评家乔纳森·卡勒(Jonathan Culler)、"自传"理论奠基者菲利普·勒热纳(Philippe Lejeune)、文学理论家菲利普·哈蒙(Philippe Hamon)、哲学家让-吕克·南希(Jean-Luc Nancy)和《诗学》杂志时任主编米歇尔·夏尔(Michel Charles)等在内的一批来自法国内外的知名诗学与文论研究者为这期杂志撰写了文章,种种迹象表明,他们将这期专号视为一个总结过去、展望未来的契机。这期专号中发表了热奈特与主持本期杂志的诗学研究者弗洛里安·佩纳南克(Florian Pennanech)的对话《诗学研究四十年》(«Quarante ans de Poétique»),在文中,热奈特回顾了《诗学》杂志创刊、"诗学"丛书出版的往事。他特别提到几点:杂志和丛书都是1968年五月风暴的产物;在当时的社会语境与学术语境下,埃莱娜·西苏(Hélène Cixous)、托多罗夫和热奈特三人萌生了创办一本名为"诗学"的杂志的念头,并组成《诗学》杂志编委会;杂志选择在瑟伊出版社出版;编委会决定

同时推出一套"诗学"丛书,第一本收入丛书的便是托多罗夫的《奇幻文学导论》(Introduction à la littérature fantastique);热奈特负责起草了《诗学》杂志第一卷卷首语,并邀请朋友让-皮埃尔·里夏尔(Jean-Pierre Richard)、学生菲利普·拉库-拉巴尔特(Philippe Lacoue-Labarthe)为杂志撰写文章;罗兰·巴特(Roland Barthes)也为杂志的创刊号撰写了有关凡尔纳《神秘岛》的论文《从何说起?》(«Par où commencer?»)。这些事件深刻影响了法国当代诗学的发展方向。

首先,作为1968年五月风暴的产物,《诗学》杂志带有实验性、反传统和创新性等标记,而这也成为当代法国诗学研究的特点,与以索邦大学为代表的传统文学研究方法拉开了距离。围绕杂志聚集起来的学者们存在差异,但他们有个共同点,热奈特在《诗学研究四十年》一文中将其总结为:"大家唯一深恶痛绝的是'索邦式的文学史'。"[①]当然这种敌对态度"并不是要与文学史开战,而是要同后者在文学场域内的独霸地位开战"[②]。实际上,新旧论战并非五月风暴后才产生,1965年巴特与雷蒙德·皮卡尔(Raymond Picard)有关新批评的论战已经令新旧之争白热化。1963年,巴特在瑟伊出版社出版《论拉辛》(Sur Racine),指出文学史研究应舍弃对剧作家拉辛生平的追问,将目光集中在技巧、规则、集体精神状态等层面。1964年,巴特又出版《文艺批评文集》(Essais critiques),多次强调文学史研究应走出索邦模式也就是朗松模式的桎梏。这些

[①] Gérard Genette, « Quarante ans de Poétique », Fabula-LhT, n° 10, « L'aventure poétique », décembre 2012. Page consultée le 06 septembre 2013. URL: http://www.fabula.org/lht/10/genette.html.

[②] Gérard Genette, « Quarante ans de Poétique », Fabula-LhT, n° 10, « L'aventure poétique », décembre 2012. Page consultée le 06 septembre 2013. URL: http://www.fabula.org/lht/10/genette.html.

文字最终触怒了索邦大学文学教授皮卡尔，促使其在1965年出版《新批评还是新骗术》(*Nouvelle critique ou nouvelle imposture*)一书，声讨以巴特为代表的"新批评"派，巴特进而在1966年出版《批评与真实》(*Critique et vérité*)予以回应和反击。在这场新旧之争中，巴特捍卫批评家的作家身份，捍卫个体的阅读与批评自由，主张进行一种更为"科学"的批评，而《诗学》杂志的编委都是巴特的理论同路人，不难想象他们会将杂志作为宣扬新批评的阵地。

其次，诗学从一开始便在研究对象和方法上呈现多元异质的特征，这可以说既是诗学的优势，也构成了诗学的缺陷。第一任编委会成员中，西苏与另两位学者的学术旨趣并不相同，西苏感兴趣的是解构主义和女性主义，因此她于1974年离开杂志。三驾马车式的编委会随之扩大，哈蒙、里夏尔、勒热纳、保罗·德曼（Paul de Man）、里法泰尔和拉库-拉巴尔特先后进入扩大了的编委会。杂志的异质性也体现在每期主题上：20世纪70年代，杂志跟哲学尤其是"解构主义"有过一段关系甚密的时期，1971年出版专号"修辞学与哲学"，德里达为专号撰写《白色神话学》一文，1975年杂志又推出专号"文学与哲学"。

与杂志相比，"诗学"丛书表现出更为明显的异质性。上文已提到丛书收录了多部具有代表性的译著。除严格意义上的诗学研究，丛书还收录语言学、美学、哲学等其他学科的相关研究成果，包括哲学家拉库-拉巴尔特与南希合著的研究德国浪漫主义的专著《文学的绝对》(*L'Absolu littéraire*)、让-马里·舍费尔（Jean-Marie Schaeffer）谈论照片的《不稳定的形象》(*L'Image précaire*)等，从20世纪90年代起，热奈特有关美学的几部著作《艺术作品》(*L'Œuvre de l'art*)、《辞格Ⅳ》(*Figures Ⅳ*)、《辞格Ⅴ》(*Figures Ⅴ*)等也被收录其中。丛书除了收录法国本土学者的著作，也向其他国家的作者敞开大门，例如收录了美国艺术哲学家阿瑟·丹托（Arthur Danto）的五本著作。与此同时，如果说诗学最初是在与文学史论战的基础上确立的，它与批评的关系却没有那么泾渭分明。正如佩纳南克在《诗学的历险》卷首语中指出的那样，诗学与法国新批评的区别常被忽略。《诗学》在创刊之初将杂志副标题设定为"文学理论与分析杂志"，热奈特回顾这一事件时指出"分析"其实是"批评"的委婉说法[1]。对新生事物而言，这种委婉是可以理解的：诗学一面努力自我定位，一面也试图通过依赖学界知名的新批评学者——巴特、里夏尔、乔治·布莱（Georges Poulet）和让·鲁塞（Jean Rousset）等来尽快站稳脚跟。

最后，受热奈特和托多罗夫两位开拓者的影响，当代法国诗学研究在很大程度上具有结构主义倾向。尽管热奈特本人的文本观（诗学观）经历了从封闭到开放的过程，但他始终认为就算开放也是一种"开放结构主义"[2]。这两位学者经常被视作"法国文学结构主义的坚硬核心"[3]，热奈特认为杂志创办之初给自己的定位便是"'结构主义的'或者'形式主义的'"[4]。当然，从20世纪80年代开始，法国知识界开始反思结构主义及其造成的思想禁锢。受时代潮流影响，诗学研究者无法不走出结构与文本，对作者、读者、世界

---

[1] Gérard Genette, « Quarante ans de Poétique », Fabula-LhT, n° 10, « L'aventure poétique », décembre 2012. Page consultée le 06 septembre 2013. URL：http://www.fabula.org/lht/10/genette.html.

[2] 热拉尔·热奈特：《叙事话语 新叙事话语》，王文融译，北京：中国社会科学出版社，1990年，第283页。

[3] Gérard Genette, « Quarante ans de Poétique », Fabula-LhT, n° 10, « L'aventure poétique », décembre 2012. Page consultée le 06 septembre 2013. URL：http://www.fabula.org/lht/10/genette.html.

[4] Gérard Genette, « Quarante ans de Poétique », Fabula-LhT, n° 10, « L'aventure poétique », décembre 2012. Page consultée le 06 septembre 2013. URL：http://www.fabula.org/lht/10/genette.html.

等元素予以关注。不过,结构主义重抽象结构与普遍规律的思想始终影响着当代法国诗学研究,影响尤其体现于文学类型研究、叙事研究等领域。此外,当代法国诗学无论如何拓展自身,始终坚持一个原则,那便是与阐释学的区别:诗学归根到底是一种形式机制研究。

五十余年来,《诗学》杂志和"诗学"丛书为研究者提供了思考和发声的空间,不少颇具国际知名度的学者在该杂志和丛书中迈出了第一步。杂志和丛书始终保持着独特的风格、专长和节奏。截至2023年底,《诗学》杂志已出版194期,"诗学"丛书也在推出诗学与文艺理论著作方面保持着稳定的节奏,是瑟伊出版社颇具特色和竞争力的系列丛书。哈蒙在总结1965—1980年文学成果时说:"那些年我们确实在很多方面为诗学发展扫清了道路:构建了叙事语法(格雷马斯、热奈特),建立了结构主义风格学(里法泰尔),建立了文类、文化和陈述分类学(洛特曼、巴赫金),收复了某些'失去的对象'(修辞学、意识形态、反讽、'真实效应'),提出了诗学陈述理论(雅各布森)、阅读行为和文之悦理论(巴特),以及图像符号学(马然)。"[①]哈蒙提到的这些理论大多在《诗学》杂志或"诗学"丛书中出现过,甚至受到过两者的支持和推广,同时也构成了这一时期诗学研究的重要内容。毫不夸张地说,《诗学》和"诗学"丛书及相关学者代表了当代法国诗学的主要研究方向,为法国乃至世界范围内的文学理论发展做出了重要贡献。

---

① Philippe Hamon, « Une fidélité à la poétique », *Fabula-LhT*, n° 10, « L'aventure poétique », décembre 2012. Page consultée le 06 septembre 2013. URL: http://www.fabula.org/lht/10/hamon.html.

第二节　当代法国诗学:定义与现状

"诗学的复兴从 60 年代中叶开始,以内在性与系统性的双重面貌出现。"①如果说 20 世纪 60 年代中叶的法国诗学还处于有实无名的状态,那么托多罗夫与热奈特给杂志和丛书命名"诗学",随后又各自在纲领性著作中对其进行界定,此举最终令一门学科确立起来。界定一方面是纵向历史的,"诗学"(poétique)表明对传统的继承。诗学首先是对俄国形式主义和雅各布森的直接继承,因而也就是对"文学性"②的研究,它的任务是"掌握在每部作品诞生时起作用的普遍法则"③。与此同时,已有诸多法译本的亚里士多德《诗学》由古典学者罗塞琳·杜邦-洛克(Roselyne Dupont-Roc)与让·拉洛(Jean Lallot)重译,并于 1980 年在"诗学"丛书中出版,这一举动具有标志性意义,表明了当代法国诗学意图恢复某种古老传统的野心。诗学研究者声称,当代法国诗学并不将自己视作全新的实验,而是对传统的复兴,复兴的源头便是亚里士多德。而当代法国诗学复兴、发展的正是亚里士多德代表的超验思维、系统观念和文学类型(体裁)的研究方法。

法国诗学同时也继承了德国浪漫主义以来的文学研究传统,注重研究的内在性与系统性。"内在性"表明研究对象是内在于文学的东西即"文学性",它要求诗学切断作品与外部(社会、作者和读者)的联系,仅关注作品或者说文本本身;"系统性"要求对形式

---

① 茨维坦·托多罗夫:《批评的批评:教育小说》,王东亮、王晨阳译,北京:生活·读书·新知三联书店,2002 年,第 107 页。
② Tzvetan Todorov, *Poétique*, Paris: Seuil, 1968, p. 20.
③ Tzvetan Todorov, *Poétique*, Paris: Seuil, 1968, p. 19.

的关注摆脱英美新批评那种"以原子论的方法去做从现象到现象的研究"①,转而去"探讨结构的规律性"②,它表明了诗学研究方法对普遍性与科学性的追求。

不过,当代法国诗学的鲜明特点也不容忽视。面对俄国形式主义和雅各布森提出的"文学性"概念,托多罗夫发出质疑:"如果我们承认存在复数的话语形式,那么我们关于文学特殊性的问题应该这样问:为一切文学话语行为所特有且仅仅为其所特有的规则存在吗?"③在给出否定答案后,托多罗夫得出结论,"文学与非文学的对立应该让位于一种话语归类学(typologie des genres)"④,"诗学即类型理论"⑤。换言之,诗学尤其要探索介于总体文学与单个作品之间的文学类型⑥。第二个鲜明特征是,前人偏好诗歌,而法国诗学对叙事文(récit)青睐有加,不仅创造出"叙事学"(narratologie)这一名称,还意图"提出一种分析方法"⑦,令其适用于不计其数的叙事文。当代法国诗学研究者的探索最终令一种新的学科——叙事学得以确立。与前人的两种区别代表了当代法国诗学的研究方向,《诗学》主编夏尔指出,从发表的文章来看,诗学研究中反复出现的主题是"虚构概念、形式历史、文学类

---

① 茨维坦·托多洛夫:《批评的批评:教育小说》,王东亮、王晨阳译,北京:生活·读书·新知三联书店,2002年,第105页。
② 茨维坦·托多洛夫:《批评的批评:教育小说》,王东亮、王晨阳译,北京:生活·读书·新知三联书店,2002年,第105页。
③ Tzvetan Todorov, *La notion de littérature*, Paris: Seuil, 1987, p. 24.
④ Tzvetan Todorov, *La notion de littérature*, Paris: Seuil, 1987, p. 24.
⑤ Tzvetan Todorov, *La notion de littérature*, Paris: Seuil, 1987, p. 30.
⑥ 在中国文学理论体系中又称"体裁",也有一些学者将文学类型简称为"文类"(参见陈军:《文类基本问题研究》,北京:北京大学出版社,2013年)。因"类型"(genre)一词本身的重要性,本书在涉及文学体裁相关问题时均采用"文学类型"(或简称"文类")这一术语。
⑦ Gérard Genette, *Figures Ⅲ*, Paris: Seuil, coll. « Poétique », 1972, p. 68.

型和阅读活动"①。

对当代法国诗学的界定另一方面也是横向的。托多罗夫解释了诗学、文学史和批评(阐释或评论)三者之间的关系,指出它们有各自的研究对象。热奈特也将诗学及修辞学视作从批评的死胡同中走出的新生事物,因为"作品(内在性)预设了大量超验因素的存在,这属于语言学、风格学、符号学和叙事逻辑学等领域。对于超验因素,批评处于尴尬的位置,因为无法抛开或把握它们。因此需要建立一门独立的学科来承担与作品特殊性无涉的研究形式,这门学科只能成为研究文学形式的普遍理论,我们称其为'诗学'"②。在杂志和丛书创办四十余年后,佩纳南克再次肯定了"诗学"的区别性特征:"无论诗学的定义是对文学性的研究,还是对跨文本性的研究,其使命始终与那些普遍类型紧密相关,这超越了作品、作者和时代。从这个意义上说,诗学一方面与历史不同[……]另一方面也区别于批评。"③

第三节 当代法国诗学的主要内容

上文提到,当代法国诗学首先是对俄国形式主义和雅各布森的直接继承,并复兴了亚里士多德所代表的超验思维、系统观念和文学类型研究方法。与此同时,当代法国诗学对亚里士多德诗学的复兴还经由了瓦莱里的中介。一方面,瓦莱里自 1937 年起在法

---

① Michel Charles, « Avec et sans majuscule », Fabula-LhT, n° 10, « L'aventure poétique », décembre 2012. Page consultée le 06 septembre 2013. URL:http://www.fabula.org/lht/10/charles.html.
② Gérard Genette, Figures Ⅲ, Paris:Seuil, coll. « Poétique », 1972, p. 10.
③ Florian Pennanech, « Présentation », Fabula-LhT, n° 10, « L'aventure poétique », décembre 2012. Page consultée le 06 septembre 2013. URL:http://www.fabula.org/lht/10/pennanech.html.

兰西公学院(Collège de France)开设"诗学"课程并开始教授"诗学",令这门古老的学科与亚里士多德又回到法国文学研究场域;另一方面,正如米歇尔·雅尔蒂(Michel Jarrety)所言,"20世纪60年代的批评重新将诗学纳入自己的范畴,很大程度上是出于对瓦莱里的忠实"①,且这一时期法国学界"向瓦莱里在战前激活的某个术语(即'诗学',本书作者按)的回归并非毫无意义"②。瓦莱里的"诗学"课尤其强调几个重要概念,例如文学作品的自主性、"系统"的概念、内在目的性、有机统一性等,这些概念对20世纪60—70年代的学者产生很大影响。当代法国诗学正是在与传统的对话中确立并发展起来的,因此我们将首先辟出一章,简要介绍当代法国诗学所沿袭的传统与接受的影响。

瓦莱里在重启"诗学"时,意图"恢复了这个词最原始的意义[……]我认为可以从与词源有关的一个意义上重新认识这个词,但我不敢说它就是创作学(Poïétique),生理学上谈及造血的(hématopoïétique)或造乳的(galactopoïétique)功能时使用这个词。但总之我想表达的就是做(faire)这一非常简单的概念"③,简言之,诗学"一词从词源来看指的是作品的制造"④。拉库-拉巴尔特和南希在谈论浪漫派文学理论时也说,"所谓诗学就是作品的创造而不是作品,是工具的安排而不是工具"⑤。从其源头看,诗学是探讨创作技艺的理论,实际上,自亚里士多德至18世纪,诗学的任务确实是

---

① Michel Jarrety, *La poétique*, Paris, PUF, 2003, p. 124.
② Michel Jarrety, *La critique littéraire en France: Histoire et méthodes (1800-2000)*, Paris: Armand Colin, 2016, p. 230.
③ 保罗·瓦莱里:《文艺杂谈》,段映红译,天津:百花文艺出版社,2002年,第306—308页。
④ Michel Jarrety, *La poétique*, Paris, PUF, 2003, p. 3.
⑤ 菲利普·拉库-拉巴尔特、让-吕克·南希:《文学的绝对:德国浪漫派文学理论》,张小鲁等译,南京:译林出版社,2012年,第33页。

通过"立传统为规则,封既得知识为经典"[1],为创作制定详尽的规则。然而,浪漫主义以降,制定规则限制创作主体的行为变得越来越不可能。因此,诗学逐步从"写作指南"向"写作认识论"[2]转变,从制定规范转变成"对一切可能情况的系统描述"[3],从已写出的作品和已实现的形式出发归纳出"写作进程及特殊形式的建构过程"[4]。受益于诗学理论的创作者可以从这些描述出发,发明"其他可预见或可推导出的形式组合[……]来探测多种多样的'话语可能形式'"[5],或如托多罗夫所言,研究者本身就可以甚至"应该从所选择的类型出发,通过演绎法推导出一切可能的组合"[6]。这是诗学的"创生性潜力",后者"令诗学成为文学不断自我更新的场所,是令它面向未来的方式"[7]。在这样的认识转变中,对写作本身的理解也不断得到深入与更新。写作最初是从已实现的形式也就是最终出版的作品的角度去理解,随着"可能""潜力"等术语与观念的出现,研究者的目光逐渐从作品扩大到整个创作过程,开始从源头出发去考察写作活动的本质,这便是文本发生学、可能性文本理论等研究带来的启示。在第二章中,我们将探讨当代法国诗学在写作

---

[1] Gérard Genette, *Figures Ⅲ*, Paris: Seuil, coll. «Poétique», 1972, p. 11.

[2] Henri Meschonnic, *Pour la poétique Ⅱ: Épistémologie de l'écriture, poétique de la traduction*, Paris: Gallimard, 1973, p. 19.

[3] Sophie Rabau, «Pour une poétique de l'exhaustivité (poétique de la poétique)», *Fabula-LhT*, n° 10, «L'aventure poétique», décembre 2012. Page consultée le 06 septembre 2013. URL: http://www.fabula.org/lht/10/rabau.html.

[4] Jacques Rancière, *Et tant pis pour les gens fatigués: entretiens*, Paris: Amsterdam, 2009, p. 182.

[5] Gérard Genette, *Figures Ⅲ*, Paris: Seuil, coll. «Poétique», 1972, p. 11.

[6] Tzvetan Todorov, *Introduction à la littérature fantastique*, Paris: Seuil, 1970, p. 19.

[7] Florian Pennanech, «Présentation», *Fabula-LhT*, n° 10, «L'aventure poétique», décembre 2012. Page consultée le 06 septembre 2013. URL: http://www.fabula.org/lht/10/pennanech.html.

本质研究方面取得的独特成果。

为了确立当代法国诗学研究的主要内容,我们也借助了《诗学》杂志主编米歇尔·夏尔的工作。夏尔曾分时段对杂志1970年创刊以来至2019年间发表的论文做过五次统计[①],根据研究对象和方法不同将论文分为"总体性思考""形式、程序、分析工具研究""文学类型与话语类型研究"和"边界话语研究"四类,其中大部分论文属于"形式、程序、分析工具研究"和"话语类型研究"。《诗学》创刊至今五十余年,夏尔采纳的始终是同样的分类法,这也为我们思考当代法国诗学的研究内容提供了理论依据。

第一,《诗学》杂志将大量篇幅贡献给了文学类型研究,并组织了多期文学类型研究专号。文学类型研究的地位首先是传统赋予的。众所周知,亚里士多德的《诗学》可以看成是对悲剧这一类型的研究;20世纪60—70年代的结构主义诗学也留下了诸多重要成果。今日的文学类型研究从研究对象看首先可以探讨小说、戏剧和诗歌这些大的类型。热奈特指出当代诗学主要研究小说,对诗歌与戏剧的研究远远不够[②];卡勒在《谈诗学》(«Pour la poétique»)一文中建议对抒情诗进行考古学研究,并在最后提出"继续进行一

---

① 这五次统计包括《诗学》1970—1994年目录(Michel Charles, *Vingt-cinq ans de* poétique: *tables et index des numéros 1 à 100*, Paris: Seuil, 1994),1995—1999年目录(« *Poétique* 1995 - 1999: Tables et index des numéros 101 - 120 », *Poétique*, n° 120, novembre 1999, p. 495 - 506),2000—2004年目录(« *Poétique* 2000 - 2004: Tables et index des numéros 121 - 140 », *Poétique*, n° 140, novembre 2004, p. 495 - 505),2005—2009年目录(« *Poétique* 2005 - 2009: Tables et index des numéros 141 - 160 », *Poétique*, n° 160, novembre 2009, p. 497 - 508),1970—2019年目录(Michel Charles, *Cinquante ans de* poétique: *1970 -2019*, *Poétique*, numéro spécial, 2020/HS)。

② Cf. Gérard Genette, « Quarante ans de Poétique », *Fabula-LhT*, n° 10, « L'aventure poétique », décembre 2012. Page consultée le 06 septembre 2013. URL: http://www.fabula.org/lht/10/genette.html.

种抒情诗诗学"①,回应了热奈特的呼吁。其次,类型研究的对象也可以是一种子类型,例如托多罗夫就曾对奇幻文学和侦探小说等子类型做出过深入研究。从《诗学》杂志历年发表的论文来看,前一类研究如《叙事的回归、盘旋与迂回》(Frank Wagner, « Retours, tours et détours du récit », n° 165, février 2011)对当代法国小说特征的研究,《自传的产生》(Guillaume Paugam, « Genèse de l'autobiographie », n° 172, novembre 2012)和《忏悔录与自传》(Justyna Gambert, « Confession et autobiographie », n° 176, 2014)等论文对自传的思考;后一类研究如《〈保尔和薇吉尼〉,诗性叙事》(Youmna Charara, « *Paul et Virginie*, récit poétique », n° 165, février 2011)对"诗性叙事"的界定,《20世纪的诗体小说》(Christelle Reggiani, « Romans en vers au XXe siècle », n° 165, février 2011)对"诗体小说"发展史的考察及对其文类特征的归纳,《拉福格:专栏的年代》(Hugues Laroche, « Jules Laforgue: le temps de la chronique », n° 175, 2014)对19世纪报纸专栏这一文类特征的思考等。值得注意的是,这些文章也是对文学类型概念本身的思考。从研究方法看,文类研究或从现存文本出发去界定新类型,或从现存类型出发去界定文本属性。前一种界定使文学研究场域划分得更为清晰,能推动文学研究发展甚至影响文学创作实践;后一种界定则影响了对文学作品的重新分类、理解和阐释。由于文学作品数量庞大、错综复杂,大量子类型的存在模糊了文类界限及定义,这都为文类研究提供了广阔空间,也解释了类型研究存在于诗学场域内的原因。我们将在本书第三章中就文学类

---

① Jonathan Culler, « Pour la poétique », *Fabula-LhT*, n° 10, « L'aventure poétique », décembre 2012. Page consultée le 06 septembre 2013. URL:http://www.fabula.org/lht/10/culler.html.

型问题展开深入思考。

第二,有一类文学类型尤其引发了研究者的广泛讨论与深入探索,这一类型便是叙事文。对于叙事文研究,法国学者不仅创造了"叙事学"这一术语,令叙事学研究从此有实有名,更贡献了大量奠基性成果,令这一研究在结构主义诗学范畴内迅猛发展。如今叙事学的对象与方法都已超越了诗学范畴,成为一种跨国界乃至跨学科的超级学科,"穿上了女性主义、同性恋文化、后殖民主义和后经典主义的新装"[1],而结构主义阶段的叙事学被今日学者称为"经典叙事学"。对于"经典叙事学",申丹在为叙事学研究归纳的六种方法中,将其列于首位,并强调在发展后经典叙事学的同时"不应忽略经典叙事学的新发展"[2]。

确实,法国叙事学既保持着与国际叙事学同一的发展步调,也体现出十分强烈的法国特色,并持续对国际叙事学研究产生影响。皮尔(John Pier)和舍费尔即指出:"自20世纪60年代[基于热奈特在法国开展的研究和斯坦泽尔(Franz Karl Stanzel)在日耳曼国家开展的研究]产生以来,叙事学一直经历着持续不断的发展、复杂化和分化。[……]叙事学的活力在国际上体现得尤为明显。近些年来,叙事学研究——尤其是莱茵河彼岸和大西洋彼岸的研究——在尝试开拓新领域的同时,从法国叙事学中汲取了大量养分。"[3]相比"后经典叙事学"——"不再是结构主义语言学,而是信息语言学、对话分析、社会语言学、心理语言学;不仅仅是语言学,

---

[1] Gerald Prince, « Reconnaissances narratologiques », *Fabula-LhT*, n° 10, « L'aventure poétique », décembre 2012. Page consultée le 06 septembre 2013. URL: http://www.fabula.org/lht/10/prince.html.

[2] 申丹:《叙事学》,《外国文学》2003年第3期,第65页。

[3] John Pier et Jean-Marie Schaeffer, « Introduction », in John Pier et Jean-Marie Schaeffer (éd.), *Métalepses: Entorses au pacte de la représentation*, Paris: Éditions de l'École des Hautes Études en Sciences Sociales, 2005, p. 8.

还包括所有认知和文本科学资源"[1]——的途径多样化与工具新颖性,法国叙事学还是更为忠实于本国学者尤其是热奈特和托多罗夫开创的传统。热奈特在《叙事话语》(*Discours du récit* 1972)中提出的叙事"顺序""时距""频率""语式""语态"这五大问题构成的连贯体系,以及为反驳《叙事话语》的抨击者而撰写的《新叙事话语》(*Nouveau discours du récit* 1983)都为后来的叙事学研究开辟了广阔天地,其所开创的对话空间在今日仍然有效。从《诗学》杂志2010—2014年发表的文章看,"语态",也就是与叙述主体、叙述层和人称相关的问题,尤其是研究者关注的重点。某些概念在提出几十年后仍能激发思考和讨论,"转喻"或"转叙"(métalepse)概念便是很好的例子。在《叙事话语》中,热奈特将原本只是修辞格的"转喻"运用到叙事文分析中,用来指"故事外的叙述者或受述者任何擅入故事领域的行动(故事人物任何擅入元故事领域的行动)"[2],使"转喻"成为一个重要的叙事诗学概念。2004年热奈特的著作《转喻:从修辞格到虚构》(*Métalepse: De la figure à la fiction*)的出版,以及2005年皮尔、舍费尔主编的《转喻:再现契约的扭曲》(*Métalepses: Entorses au pacte de la représentation*)的出版,进一步深化了对"转喻"概念的研究。《诗学》杂志中也有多篇文章对这一概念进行探讨与运用,例如《功能主义视角下的转喻研究》(«Pour une approche fonctionnelle de la métalepse»)考察了狄德罗作品中多种类型的转喻,指出了转喻所具有的虚拟现实、批评

---

[1] Gerarld Prince, « Narratologie classique et narratologie post-classique », *Vox-Poetica*, 2006. Page consultée le 1 novembre 2015. URL: http://www.vox-poetica.org/t/articles/prince.html.

[2] 热拉尔·热奈特:《叙事话语 新叙事话语》,王文融译,北京:中国社会科学出版社,1990年,第164页。

等多重功能,《括号中的私密空间》(«L'intime entre parenthèses»)分析了比利时法语作家让-菲利普·图森(Jean-Philippe Toussaint)作品中括号所具有的叙事性"转喻"功能等。同样被今日诗学研究者重拾并深化的概念还包括"集叙"(syllepse)[①]、"纹心结构"(mise en abyme)等。

在叙事诗学蓬勃发展的同时,我们也可观察到发展本身的不平衡性。皮尔和弗朗西斯·贝特洛(Francis Berthelot)认为"叙事学的研究对象分为两类:叙事文内容,讲述故事的方式"[②]。从法国学术传统来看,托多罗夫的《〈十日谈〉的语法》(*Grammaire du Décaméron* 1969)及布雷蒙的《叙事文的逻辑》(*Logique du récit* 1973)等属于前者,热奈特的《叙事话语》属于后者。相比热奈特式叙事话语研究所取得的成果,"在故事领域,在叙述内容方面,成果显然没有那么突出"[③]。近些年,随着一些学者的努力,这种发展不平衡的状况有所改善,其中瑞士法语区学者拉斐尔·巴罗尼(Raphaël Baroni)的"情节诗学"尤其具有启发性,他将构成叙事张力的情节分为"悬念""好奇"和"吃惊"三种模式,为情节虚构的批评实践提供了新颖有效的方法。有关当代法国及法语地区的叙事学研究,我们将在本书第五章中展开考察。

第三,另一引发深入探索的文学类型是虚构。虚构问题是文学创作实践与理论探索中最重要的问题之一。对虚构问题的思考

[①] 对于"syllepse"一词,我们采用了中国社会科学出版社1990年版《叙事话语 新叙事话语》的译文,详见该书第103页。

[②] John Pier et Francis Berthelot, « Introduction », in John Pier et Francis Berthelot(éd.), *Narratologies contemporaines*, Paris: Éditions des archives contemporaines, 2010, p. 8.

[③] Gerarld Prince, « Narratologie classique et narratologie post-classique », *Vox-Poetica*, 2006. Page consultée le 1 novembre 2015. URL: http://www.vox-poetica.org/t/articles/prince.html.

在柏拉图与亚里士多德的论述中已经出现,亚里士多德的《诗学》通常被认为是西方最早涉及虚构研究的著作。由于虚构涉及与真实、与真理的关系,因而不同时期的作家、批评家甚至哲学家始终保持着对虚构的探索热情。20世纪末21世纪初,国际学界产生了新一轮的虚构理论研究热潮,法语学者也为这一这股理论大潮贡献了诸多重要成果,对于深入思考虚构本质、认识虚构与事实的边界问题具有重要价值。我们将在本书第六章中深入考察当代法国诗学在虚构问题研究领域的探索及其成果。

第四,《诗学》杂志中大量发表的第四类研究是形式与风格研究。从研究内容看,此类论文围绕某位作家的语言与写作风格、作品形式,某个流派的特殊创作手法,某种语言形式或创作手法的特征与功能展开。从研究对象看,经典作家和作品更容易成为考察对象,而后者也会在新视角或新方法观照下呈现新的特征。不过,"风格"问题看似属于某种文学研究直觉,实际上却没有那么简单。形式风格确实可以成为诗学研究的对象,但风格同时也是风格学(stylistique)的研究对象。那么,这两个学科对风格的理解有何异同?诗学能从风格学中借鉴到哪些理论与方法?同时是两个学科研究对象的风格本身又究竟意味着什么?对以上问题的思考构成了本书第四章的内容。

第五,从五次统计来看,夏尔将三类研究置于"总体性思考"之下。第一类涉及诗学与其他学科的关系,或者说涉及能带给诗学以理论或方法启迪的其他学科研究,包括符号学、语义学、修辞学、美学等。第二类涉及诗学与批评的互动,包括发生学批评、生态诗学、认知批评、精神分析批评等。第三类涉及理论史,与某个具体流派或时空相关,包括现实主义诗学、浪漫主义诗学、中世纪诗学、巴洛克诗学等。在这三类研究中,需要我们予以特别关注的是第二类研究。上文已指出,诗学与批评之间没有那么泾渭分明。如果说批评家对诗学方法的抽象性颇有微词,那么诗学研究者从未否定过诗学与批评的互补性,热奈特指出,"我们可以预见,文学研究的未来主要体现在批评与诗学之间的交流和往来,体现在对这两者互补性的意识和训练"①,托多罗夫也认为在文学研究中,"亲密的互相渗透令批评研究往返于诗学分析与阐释之间"②。尽管诗学感兴趣的是抽象结构,但对抽象结构的描述和分析离不开具体文本的支撑。作品的意义往往是诗学的起点,卡勒即指出,"诗学以验证的意义或效果为起点,研究它们是怎样取得的"③。抽象结构的提取过程也很难与阐释分开,因为结构表明的是语义片段间的关系,无法避免对内容的探讨。因此托多罗夫的叙事学包括对语义(aspect sémantique)或陈述内容(énoncé)的研究。

一方面,诗学的确并不直接关注作品意义,但其最终目的是促进对作家、作品及文学的理解。从《诗学》杂志刊登的文章看,研究者对形式的关注往往是为了考察特殊形式与总体文学语言的关系,例如对雷蒙·格诺(Raymond Queneau)十四行诗格律特征的研究最终是为了探讨作家对十四行诗形式更新做出的贡献;或是为了探讨特殊形式的功能,即形式之于意义表达的重要性,例如当代法国小说中句号的功能,皮埃尔·德·马里沃(Pierre de Marivaux)戏剧中人物"废话"的功能,及图森小说中括号的功能等。尽管自19世下半叶以来,形式的独立性已成为文学和文学研究的老话题,但除开某些极端的"为艺术而艺术"的个案,很少有作家或研究者会只注重形式而不顾意义和功能。一方面是特殊形

---

① Gérard Genette, *Figures Ⅲ*, Paris: Seuil, coll. «Poétique», 1972, p. 58.
② Tzvetan Todorov, *Poétique*, Paris: Seuil, 1968, p. 21-22.
③ 乔纳森·卡勒:《文学理论入门》,李平译,南京:译林出版社,2008年,第64页。

式与广泛的文学语言之间的关系,另一方面是形式及其对意义表达和文本阐释的作用,这两方面的思考使诗学能够摆脱技术性和机械性,也是诗学在诞生两千多年后继续存在并持续发展的内在原因。

另一方面,夏尔认为,"除非极端简单化的情况,否则对内容的分析不可能不借助诗学的工具和概念"①,也就是说,诗学为批评提供了方法。很多批评文章充满对形象、节奏和风格等要素的分析,这表明诗学对批评的影响超越人们的想象。托多罗夫对亨利·詹姆斯、爱伦·坡、兰波等作家作品的分析也体现了诗学与批评之间的密切关系②。德曼受热奈特《普鲁斯特作品中的换喻》一文启发,在新修辞学指导下也做了如下断言:"用来研究普鲁斯特的分析,只要加以适当的技术改进,也可以用于对米尔顿、但丁或荷尔德林的分析。事实上,这将是未来几年文学批评的任务。"③除了修辞语法,上文提到的方法及其他描写研究、形象研究和节奏研究等诗学方法都可应用于作家作品研究:分析不但适用于经典作家,也适用于当代作家,不仅适用于西方作家,也适用于中国作家。而批评不仅是对现有规则的应用,更有可能促进对潜在规则的发掘,体现其对诗学的反作用。鉴于诗学与批评之间的紧密关系,我们将在第七章专门就这一问题展开论述。

第六,在五十余年的发展历程中,诗学研究空间不断拓展。这

---

① Michel Charles, « Avec et sans majuscule », *Fabula-LhT*, n° 10, « L'aventure poétique », décembre 2012. Page consultée le 06 septembre 2013. URL: http://www.fabula.org/lht/10/charles.html.

② Cf. Tzvetan Todorov, *La notion de littérature*, Paris: Seuil, 1987, p. 95–107, p. 108–122.

③ Paul de Man, *Allegories of Reading: Figural Language in Rousseau, Nietzsche, Rilke and Proust*, New Haven & London: Yale University Press, 1979, pp. 16–17.

种拓展首先来自对理论概念的不断反思,这一点也体现于《诗学》杂志历年发表的论文中。根据概念特征和写作目的的差异,反思性文章又可分为以下几种类型。第一类是新术语和概念的发明和阐述,包括对被忽略概念的挖掘,比如"转喻"、"集叙"、"后文本"(arrière-texte)等概念。第二类是对旧概念的深化研究,包括对存在争议的概念的探讨和澄清,或对少有争议的概念的质疑。例如对"现实主义"这个核心概念的反思。学界对现实主义的理解一直在发展,目前法国学界倾向于赋予现实主义三重内涵——再现外部世界的客观现实主义、再现内心现实的主观现实主义和再现写作现实的反思性现实主义,这显然拓展了"现实主义"的内涵。在对"现实主义"概念的反思中,学者索菲·盖尔曼斯(Sophie Guermès)的研究颇具代表性。盖尔曼斯在《诗学》杂志发表数篇论文,在《从文学到文字》一文中,盖尔曼斯以米歇尔·布托尔(Michel Butor)的《度》(*Degrés*)等"现实主义"新小说的失败为例,指出"现实主义"甚至"自然主义"并非作家对现实的"扫描"式记录,而是作家主观选择、积极建构的结果,"作家选择他眼中的关键要素,以便使自己的写作计划能够成功"[①],由此观之,部分新小说失去读者、惨遭失败正是由于作家有意忽略了这个选择原则。论文论证了"现实主义"的主观维度,有助于加深对"现实主义"的理解。在《诗歌中的现实主义》一文中,盖尔曼斯又探讨了诗歌中的"现实主义",指出这最初只限于评价小说和故事的术语与诗歌隐含的抒情性(lyrisme)并行不悖,强调在诗歌领域,"从波德莱尔到柯克多,对那些大胆尝试拉近'现实主义'和'抒情性'这两个术语的人来说,

---

① Sophie Guermès, « Du littéraire au littéral », *Poétique*, n° 162, avril 2010, p. 153.

现实主义即建立在观察和感受之上的抒情性"①,因为被表达出来的现实总是被某个主体经历、感受并内化了的现实,"现实主义"是主体真诚而恰当地表达真实感受的过程,即"感受和/或情感的真实性,选择表达感受和/或情感的形式的原创性"②。无论我们是否赞同作者的结论,向诗歌领域的拓展使对"现实主义"的思考从客观世界转移到了"有感受力的主体"③上,再次丰富了"现实主义"的内涵。此外,当代法国诗学在概念研究上取得的重要成果还包括威廉·马克斯(William Marx)对"悲剧性"概念的考古式探索,由巴特提出的"真实效应"概念在当代诗学中的发展,以及与文学创作息息相关的"逼真"话语的历史演变等。我们将在第八章中,以几个重要诗学概念为例,呈现当代法国诗学研究者对重要文学概念的反思与拓展。

* * *

归根到底,诗学的方法论意义也许高于一切:它同时为写作和批评实践提供了可资借鉴的方法。在当代诗学学科发展几十年后,不少理论家的足迹已偏离《诗学》杂志与"诗学"丛书最初的设想,但他们仍像哈蒙一样,声称始终"保持着对结构分析方法的忠诚,因为这种方法有效、简便,可以脱离研究对象而反复利用,在规则和术语方面具有一致性(比如符号学与语言学),富有启发性"④,

---

① Sophie Guermès, « Du réalisme en poésie », *Poétique*, n° 166, avril 2011, p. 172.

② Sophie Guermès, « Du réalisme en poésie », *Poétique*, n° 166, avril 2011, p. 173.

③ Sophie Guermès, « Du réalisme en poésie », *Poétique*, n° 166, avril 2011, p. 173.

④ Philippe Hamon, « Une fidélité à la poétique », *Fabula-LhT*, n° 10, « L'aventure poétique », décembre 2012. Page consultée le 06 septembre 2013. URL：http://www.fabula.org/lht/10/hamon.html.

或像勒热纳那样,声称自己"从意愿和方法上来说[……]都始终是一个诗学研究者"①。方法的本质是抽象性和普遍性,这一点无法改变,但可以改变的是方法的封闭性,正如热奈特所言,"表格应该始终是开放的"②,而他本人在20世纪70年代后期提出了"广义文本""跨文本性"等概念,正是诗学开放性的象征。夏尔指出当今的诗学研究呈现一个倾向,即"封闭性思想被交流和对话思想取代"③的趋势。这种开放性也体现于诗学对其他艺术的关注,正如夏尔置于"边界话语研究"范畴内的论文所表明的那样,也正如《诗学》杂志对自身的描述:在文学领域之外,诗学也致力于探寻其他艺术领域,在对重大美学问题进行思考时,也探讨与文学相关的绘画、电影和音乐问题。对于诗学研究者来说,这种开放性就像是地平线,尽管永远在逃逸,但的确指明了努力的方向。

---

① Philippe Lejeune, « Poéticien, l'être ou l'avoir été », *Fabula-LhT*, n° 10, « L'aventure poétique », décembre 2012. Page consultée le 06 septembre 2013. URL: http://www.fabula.org/lht/10/lejeune.html.

② 热拉尔·热奈特:《叙事话语 新叙事话语》,王文融译,北京:中国社会科学出版社,1990年,第286页。

③ Michel Charles, « Avec et sans majuscule », *Fabula-LhT*, n° 10, « L'aventure poétique », décembre 2012. Page consultée le 06 septembre 2013. URL: http://www.fabula.org/lht/10/charles.html.

第一章　理论来源

当代法国诗学的复兴离不开与传统的对话。托多罗夫在定义"诗学"时,尤其提到了瓦莱里、亚里士多德《诗学》、俄国形式主义以及雅各布森的影响[①]。本章中,我们将主要围绕亚里士多德、包括雅各布森在内的俄国形式主义以及瓦莱里的诗学探索,考察前人研究对当代法国诗学的影响,以及当代法国诗学对前人思想的继承与拓展。

第一节　亚里士多德及其《诗学》

一、《诗学》及其内容

据考证,《诗学》创作于公元前 340 年左右,最初是亚里士多德的教学讲义汇总[②]。《诗学》在西方文论史上具有奠基性地位,这已是学界共识。例如罗念生肯定"《诗学》是亚理斯多德的美学著作,是欧洲美学史上第一篇最重要的文献,并且是马克思主义美学产

[①] Tzvetan Todorov, *Poétique*, Paris: Seuil, 1968, p. 20 - 21.
[②] 一般认为,亚里士多德的讲义分两类,一类是面向吕克昂外部听众的讲义,以对话形式写成;另一类是面向吕克昂内部学徒的讲义,以笔记形式写成。《诗学》属于后一类。

生以前主要美学概念的根据。阿里斯托芬和柏拉图的文艺理论不成系统;亚理斯多德才是第一个用科学的观点、方法来阐明美学概念,研究文艺问题的人"[1],陈中梅指出《诗学》是"西方现存最早的一篇高质量的、较为完整的论诗和关于如何写诗及进行诗评的专著"[2]。在诗学领域同样如此,学界一般认为"在西方,作为独立学科的诗学与亚里士多德的《诗学》一起诞生"[3],"可以不夸张地说,诗学史大体上与(亚里士多德)《诗学》的历史重合"[4]。在亚里士多德之前,赫西俄德、修昔底德、智术师、柏拉图等人已谈论过诗歌的本质与功能,但亚里士多德以专著的形式,为一个学科确立了名称和方法,"第一次建构了有关文学的某种'总体理论'"[5]。

从现存内容来看,《诗学》共分二十六章。在第一章中,亚里士多德首先明确提出《诗学》的研究对象:《诗学》要对"诗艺本身和诗的类型,每种类型的潜力,应如何组织情节才能写出优秀的诗作,诗的组成部分的数量和性质,这些,以及属于同一范畴的其他问题"[6]展开探讨。他随即提出"摹仿"概念,在第一至五章中具体探讨了摹仿的媒介、对象、方式、功能、类型等问题,并转入对摹仿最主要的类型——悲剧的讨论。在第六至二十二章中,亚里士多德就悲剧展开了具体讨论。在第二十三至二十六章中,《诗学》转入对史诗的讨论,并简要分析了史诗与悲剧的异同,提出了悲剧优于

---

[1] 罗念生:《译后记》,见亚理斯多德、贺拉斯《诗学·诗艺》,罗念生、杨周翰译,北京:人民文学出版社,1962年,第110页。

[2] 陈中梅:《引言》,见亚里士多德《诗学》,陈中梅译注,北京:商务印书馆,1996年,第7页。

[3] Oswald Ducrot et Jean-Marie Schaeffer (éd.), *Nouveau dictionnaire encyclopédique des sciences du langage*, Paris: Seuil, 1995, p. 194.

[4] Tzvetan Todorov, « Préface », in Aristote, *La poétique*, trad. Roselyne Dupont-Roc et Jean Lallot, Paris: Seuil, coll. « Poétique », 1980, p. 5.

[5] Michel Jarrety, *La poétique*, Paris: PUF, 2003, p. 7.

[6] 亚里士多德:《诗学》,陈中梅译注,北京:商务印书馆,1996年,第27页。

史诗的论断。

据陈中梅介绍,亚里士多德并不是第一个以专文论诗或评诗的古希腊人。从公元前 6 世纪起,便出现了围绕词义、修辞、演讲、诗与诗人等展开的研究,可以说同时涉及了文学评论与文学理论。在亚里士多德之前,古希腊人对悲剧与史诗已有较为深入的研究,对悲剧与史诗也存在不同于亚里士多德的见解,尤以柏拉图对诗与诗人的看法为代表。柏拉图加诸诗与诗人的罪名包括:首先,诗人描绘地狱等场景,令人对死亡产生恐惧;诗人呈现神与英雄软弱、无节制的一面,令榜样黯然失色。这些都不利于城邦中的青年人培养勇敢、自我克制等品质。其次,诗人以虚构颠倒是非、欺骗公众。最后,诗人使用摹仿手段进行诗歌创作,诗歌摹仿事物,事物摹仿理念,如果说唯有理念是真实的,那么诗歌就与真实隔着两重距离。出于这些原因,柏拉图对诗与诗人持批评态度,且其"对诗与诗人的抨击次数之多,论据之充分,驳斥之有力,都是前人无法与之比拟的"[①]。不仅如此,柏拉图还向其他学人发起挑战,期待他们向他证明诗的娱乐与道德教化功能。

亚里士多德的《诗学》因而普遍被认为是对其师柏拉图这一挑战的回应,而回应主要体现于亚里士多德从起源、性质、对象、方式、功能等方面对"摹仿"进行了重新界定。第一,从起源来说,柏拉图认为摹仿产生于一种欺骗意图,亚里士多德则认为,摹仿是人的天性,"从孩提时代起人就有摹仿的本能"[②],并且"每个人都能从摹仿的成果中获得快感"[③]。

[①] 陈中梅:《引言》,见亚里士多德《诗学》,陈中梅译注,北京:商务印书馆,1996 年,第 7 页。
[②] 亚里士多德:《诗学》,陈中梅译注,北京:商务印书馆,1996 年,第 47 页。
[③] 亚里士多德:《诗学》,陈中梅译注,北京:商务印书馆,1996 年,第 47 页。

第二,从性质来说,柏拉图认为正义是各司其职而非摹仿他人,因此将摹仿视为一种无价值的、消极的行为,但亚里士多德认为摹仿是一种创造性活动,原因在于诗人的摹仿不是对行动或人物的机械复制,而是遵循一定的原则,"对原型有所加工"[1],因此亚里士多德认为悲剧和史诗诗人都"应该编制戏剧化的情节,即着意于一个完整划一,有起始、中段和结尾的行动"[2]。这种"整一性"原则在法国古典时期成为戏剧创作的黄金法则,其中所蕴含的自然主义与有机论思想也对西方文学研究产生深刻影响。摹仿的创造性还可以从亚里士多德对"诗"($poièsis$)的理解中推断,"诗"在亚里士多德看来不仅仅指诗句形式,它"从词源来看指的是作品的制造"[3],而"诗学"是一门有关文学作品创造的学问。

第三,如果说柏拉图没有明确谈论摹仿的对象,亚里士多德则在《诗学》多处指出,摹仿的对象是行动,例如他提到"悲剧是对一个严肃、完整、有一定长度的行动的摹仿"[4],而行动中的事件的组合构成了"情节"($muthos$)。亚里士多德将对行动的摹仿提升至至高地位,认为诗人之所以成为诗人,不是因其使用了诗句,而是因其摹仿了行动,"用摹仿造就了诗人[……]与其说诗人应是格律文的制造者,倒不如说应是情节的编制者"[5]。

第四,从方式来说,柏拉图曾提到,"诗歌与故事共有两种体裁:一种完全通过模仿,就是你所说的悲剧与戏剧;另外一种是诗人表达自己情感的,你可以看到酒神赞美歌大体都是这种抒情诗

---

[1] 亚里士多德:《诗学》,陈中梅译注,北京:商务印书馆,1996年,第180页。
[2] 亚里士多德:《诗学》,陈中梅译注,北京:商务印书馆,1996年,第163页。
[3] Michel Jarrety, La poétique, Paris: PUF, 2003, p. 3.
[4] 亚里士多德:《诗学》,陈中梅译注,北京:商务印书馆,1996年,第63页。
[5] 亚里士多德:《诗学》,陈中梅译注,北京:商务印书馆,1996年,第82页。

体。第三种是二者并用,可以在史诗以及其他诗体里找到"①。他由此区分出三种话语类型——摹仿(mimèsis)、叙述(diègèsis)与混合类型,并宣布了纯叙述相对于另外两种类型的优越性。亚里士多德则赋予摹仿以优先地位,并将其视为诗歌的本质,同时又将摹仿的方式分为"凭叙述——或进入角色,此乃荷马的做法,或以本人的口吻讲述,不改变身份——也可通过扮演,表现行动和活动中的每一个人物"②。换言之,在柏拉图的论述中,摹仿与叙述处于同一层级,而在亚里士多德的诗学体系中,摹仿比叙述更高一级,因此我们不断看到类似"悲剧[……]的摹仿方式是借助人物的行动,而不是叙述"③或"史诗的摹仿通过叙述进行"④等表述。反过来,由于亚里士多德不断重申且刻意论证了悲剧之于史诗的优越性,此时他似乎又狭隘化了"摹仿"概念,将其等同于舞台表演。亚里士多德的"摹仿"概念由此也呈现出某种含混性。

第五,从功能来说,柏拉图认为诗会弱化城邦青年的意志力,用假象蒙蔽大众,因此建议将诗人逐出城邦,亚里士多德却赋予诗歌或者说悲剧以重要的社会功能,认为观看悲剧会在观众心中激起恐惧与怜悯之情,进而令情感得到疏泄⑤。除了疏泄情感的心理与生理功能,摹仿还具有认知功能。这一方面是就摹仿主体

---

① 柏拉图:《理想国》,郭斌和、张竹明译,北京:商务印书馆,1986 年,第 96—97 页。
② 亚里士多德:《诗学》,陈中梅译注,北京:商务印书馆,1996 年,第 42 页。
③ 亚里士多德:《诗学》,陈中梅译注,北京:商务印书馆,1996 年,第 63 页。
④ 亚里士多德:《诗学》,陈中梅译注,北京:商务印书馆,1996 年,第 168 页。
⑤ "疏泄"是陈中梅对 Katharsis 的翻译。Katharsis 音译"卡塔西斯",罗念生译"陶冶",也可译为"净化"。关于卡塔西斯,中西学者均有过不少探讨。法国学者马克斯在著作《俄狄浦斯之冢》中提出了对"净化"的独特理解,参见 William Marx, *Le Tombeau d'Œdipe: Pour une tragédie sans tragique*, Paris: Les Éditions de Minuit, 2012。

而言的,在提到摹仿是人的天性时,亚里士多德已指出,"人和动物的一个区别就在于人最善摹仿并通过摹仿获得了最初的知识"①;另一方面,认知功能是就诗歌的接受者而言的,亚里士多德同时提到,人之所以能从对艺术再现的观看中体会到快乐,"是因为求知不仅于哲学家,而且对一般人来说都是一件最快乐的事"②。更确切地说,求知欲能得到满足,是因为诗人遵循某种原则——可然性原则来编制情节,令诗歌摆脱对偶然事件或个别事件的描述,上升为对某种普遍性的表达。这也促使诗歌具备了比历史更高的哲学性,亚里士多德在提到诗与历史的区别时曾有著名论断:"诗人的职责不在于描述已经发生的事,而在于描述可能发生的事,即根据可然或必然的原则可能发生的事[……]所以诗是一种比历史更富哲学性、更严肃的艺术,因为诗倾向于表现带普遍性的事,而历史却倾向于记载具体事件。"③亚里士多德之所以会对诗感兴趣,一个很重要的原因在于亚里士多德实际上将对诗的研究视作自己哲学研究的一部分,用来思考真实、真理等哲学问题,因此要准确理解《诗学》,应将其与亚里士多德的其他著作进行对照。

总的来说,《诗学》是一部内容非常丰富的著作,从回溯的目光看,著作涉及文学本体论探讨、文学史研究、文学类型(体裁)研究、叙事研究、虚构研究等内容,因此不难想象它在历史上会不断被重新激活、重新阐释。

二、《诗学》的法国接受

与亚里士多德其他著作的接受情况很不同的是,《诗学》在很

---

① 亚里士多德:《诗学》,陈中梅译注,北京:商务印书馆,1996年,第47页。
② 亚里士多德:《诗学》,陈中梅译注,北京:商务印书馆,1996年,第47页。
③ 亚里士多德:《诗学》,陈中梅译注,北京:商务印书馆,1996年,第81页。

长一段时期内几乎不为欧洲所知。古罗马时期,仅有少数几位诗人可能通过亚里士多德门徒的论述而接触到亚里士多德的诗学思想并对其进行了转述,其中最有名的是贺拉斯的《诗艺》。至中世纪,出现了少量阿拉伯语摘编本,其中最有名的是阿威罗伊(Averroes)在12世纪撰写的《诗学》评点,以及13世纪出现的G.德·莫伊贝克(G. de Moerbecke)的拉丁语译本,然而,这两部著作并未得到广泛传播,也几乎没有产生什么影响。15世纪末,《诗学》希腊语文本在意大利被发现,1498年,乔治·瓦拉(Giorgio Valla)出版《诗学》拉丁语译本。1508年,很可能根据由拜占庭人带到意大利的手稿编订的《诗学》希腊语文本在威尼斯出版,成为16—17世纪批评家研究的底本。1570年,洛多维科·卡斯特尔维屈罗(Lodovico Castelvetro)出版意大利语《诗学》译注本,对当时的法国评论界产生很大影响,此后意大利语新译注本不断涌现。在法国及欧洲其他国家,这些意大利语译本是人们阅读与理解《诗学》的基础。大量涌现的《诗学》评注令作者亚里士多德的形象消失,也导致了对亚里士多德的误读,其中最明显的一个误读是将亚里士多德视为"三一律"的提出者,而后者实际上是由受意大利语译注本影响的意大利裔法国博学者朱尔·塞萨尔·斯卡利杰(Jules César Scaliger)提出的。

　　至于精通拉丁语的法国读者,他们一般都借助贺拉斯的《诗艺》来了解亚里士多德的《诗学》。至古典时期,《诗学》的传播又借助了阅读、阐释贺拉斯的诗艺理论家与诗人的中介,例如布瓦洛(Boileau)《诗艺》中的很多片段实际上是对贺拉斯《诗艺》的翻译。贺拉斯的"《诗艺》重复了亚氏的某些观点,如情节和戏剧行动的完整性,人物性格的一致性以及悲剧对情感的冲击作用等[……]《诗艺》对后世的影响是巨大的;它所表述的某些观点被十七、十八世纪的欧洲新古典主义剧作家和戏剧理论家奉为金科玉律,成为指导创作和评论的重要原则"[1]。如果说《诗艺》的教诲总体上吻合亚里士多德的学说,它还是在几个方面偏离了《诗学》。一方面,《诗艺》尤其提出了"诗如画"(*ut pictura poesis*)、行动与话语须遵循得体性、诗是有用与愉悦的结合等观念;另一方面,尽管《诗学》认为诗歌的本质是对行动的摹仿而非诗句形式,但用诗句形式进行创作对亚里士多德来说是不言而喻的,然而,这一对诗句形式的强调在《诗艺》中被淡化了。[2] 这些偏离同样导致了对《诗学》的误读。

与此同时,在 17—18 世纪,对《诗学》的间接了解除了借助贺拉斯的《诗艺》,也借助当时的主流批评家进行的翻译、编撰与评论工作,较为重要的著作包括 17 世纪拉宾神父(René Rapin, dit le Père Rapin)的《关于亚里士多德的诗学及古代与现代诗人著作的思考》(*Réflexions sur la poétique d'Aristote et sur les ouvrages des poètes anciens et modernes* 1674),18 世纪巴托神父(Charles Batteux)汇集亚里士多德《诗学》与贺拉斯、马尔科·吉罗拉莫·维达(Marco Girolamo Vida)、布瓦洛三人的《诗艺》编成的《四种诗学》(*Quatre Poétiques* 1771)等。无论是误读还是正解,"在整个古典时期,直至 18 世纪——尤其是莱辛的研究,《诗学》都是一切有关此后被称作'美术'(beaux-arts)的事物的思考无法避开的出发点"[3]。从 18 世纪末起,法国文坛出现了与此前的古典和新古典传统决裂的趋势,"文学批评不再以规约性和普遍性为己任,经常在

---

[1] 陈中梅:《引言》,见亚里士多德《诗学》,陈中梅译注,北京:商务印书馆,1996年,第 12 页。

[2] Cf. Pascal Thiercy, « La réception d'Aristote en France à l'époque de Corneille », in B. Zimmerman (éd.), *Antike Dramentheorien und ihre Rezeption*, Stuttgart: J. B. Metzler, 1992, p. 170.

[3] Pierre Destrée, « Présentation », in Aristote, *Poétique*, trad. Pierre Destrée, Paris: Flammarion, 2021, p. 6.

不自觉的情况下,回归真正的亚里士多德的方法,也就是对诗性情感的反思及对类型与作品的描述"①。从对诗性情感的反思来说,亚里士多德的 Katharsis、恐惧、怜悯等概念引发了新一轮的关注与阐释;从对类型与作品的描述来说,黑格尔的《美学》无疑具有代表性。

随着《诗学》影响的增大,严格意义上的《诗学》法译本也随之面世。第一个法译本于1671年出现,由诺维尔阁下(Sieur de Norville)翻译。1692年,达西埃夫人(Anne Dacier)出版了一个《诗学》译注版,译者除了翻译,还对文本进行了深入的评论。从17世纪起,《诗学》在法国不断被重译,至今存在大量译本。从诗学研究的角度看,其中一个译本尤为重要,那便是1980年"诗学"丛书出版的杜邦-洛克与拉洛译本。这一译本的诞生深受时代语境影响,其翻译与阐释反过来又塑造出一个具有时代特色的亚里士多德形象。正如贝朗热·布莱(Béranger Bouley)等人所言:"亚里士多德的这种形象——诗学家与结构主义者——是通过杜邦-洛克、拉洛翻译的《诗学》呈现的。"②根据《诗学》引言的介绍,杜邦-洛克、拉洛的《诗学》重译本诞生于一个悖论:一方面,20世纪60—70年代,受结构主义影响的文学研究重燃了对奠定西方修辞学与诗学传统的古希腊文本的兴趣;另一方面,当时的法国并不存在一个合适的研究型《诗学》译注本。正是这一悖论促使杜邦-洛克、拉洛着手进行了《诗学》的重译。2011年,在纪念《诗学》重译本出版三十周年的圆桌会议上,两位译者再次回忆了重译《诗学》的背景。③ 一切始于

---

① Hubert Laizé, *Aristote: « Poétique »*, Paris: PUF, 1999, p. 108-109.
② Béranger Boulay, *et al.*, « Aristote au Seuil et au-delà », *Littérature*, n° 182, 2016 (2), p. 5.
③ Cf. Roselyne Dupont-Roc et Jean Lallot, « *La poétique*, histoire de la traduction », *Littérature*, n° 182, 2016 (2).

20世纪70年代初欧苏瓦(Aussois)举办的文学语言系列研讨课,这一系列研讨课的初衷在于夯实一些古典文学研究者的古希腊语水平。受雅各布森及其普通语言学影响,这批古典学者也开始结合语言学对古希腊作品进行文本分析。在这样的语境下,亚里士多德的《诗学》被列入研讨课学习计划,杜邦-洛克、拉洛作为研讨课成员,负责了《诗学》第六章的翻译与解读,获得了很好的反响,促使巴黎高等师范学院也组织了研讨课,以延续对《诗学》的研究。参与研讨课的杜邦-洛克、拉洛为其他研讨课成员译注了整部《诗学》。研讨课在当时吸引了很多重要的诗学研究者,包括热奈特、托多罗夫、米歇尔·夏尔等人。在托多罗夫的提议下,杜邦-洛克、拉洛于1980年在"诗学"丛书中出版了他们的重译本,"将亚里士多德塑造成了20世纪70年代的诗学家形象"[1],对古典文学研究、诗学研究及其他相关学科均产生影响。

三、《诗学》的当代重译、阐释与影响

在布莱[2]等人看来,为了塑造出20世纪70年代的诗学家亚里士多德,杜邦-洛克、拉洛的重译本采取了以下策略:第一个策略是将《诗学》收录入"诗学"丛书这一举动本身。第二个策略是通过翻译与注释令"亚里士多德用结构主义的语汇说话"[3]。首先是对《诗学》核心概念的翻译。两位译者证实"在选择一些主要概念——*muthos*、*mimèsis*、*sunthèsis pragmatôn* 尤其是 *Katharsis*

---

[1] Béranger Boulay, *et al*., « Aristote au Seuil et au-delà », *Littérature*, n° 182, 2016 (2), p. 5.

[2] Cf. Béranger Boulay, *et al*., « Aristote au Seuil et au-delà », *Littérature*, n° 182, 2016 (2).

[3] Béranger Boulay, *et al*., « Aristote au Seuil et au-delà », *Littérature*, n° 182, 2016 (2), p. 6.

的译文时曾经犹豫不决"①。例如对 *mimèsis*② 的翻译。*mimèsis* 有多种法译文，最常见的是 imitation，杜邦-洛克、拉洛二人将其翻译成了 représentation③，同时将动词形式 *mimeisthai* 翻译成 représenter，"很明显与当代有关文学与现实关系的思考产生了共鸣"④。对于为何将 *mimèsis* 译为 représentation，译者在前言与多个注释中进行了详尽的说明。一方面，他们认为 *mimèsis* 一词——尤其柏拉图对其的用法——深深扎根于戏剧范式。尽管相比柏拉图的观点，亚里士多德提高了 *mimèsis* 的地位，但两位译者还是认为需要保留词源意义。从这个角度说，法语中具有"呈现""再现""演出"之义的 représentation 显然比 imitation 更为吻合原义。另一方面，représenter 的用法比 imiter 更为宽泛，"与 *mimeisthai* 一样，représenter 的宾语既可以是'作为模型的'客体，也可以是作为结果的客体，而 imiter 排除了后一种也是更为重要的用法"⑤。以 représentation 来翻译 *mimèsis*，并非两位译者一厢情愿，实际上，这一译文得到了哲学家的肯定，他们认为"杜邦-洛克和拉洛的亚里士多德《诗学》译本的其中一个过人之处，在于其考虑到了 *mimêsis* 一词的翻译引发的问题所具有的语文学与哲学

---

① Roselyne Dupont-Roc et Jean Lallot, « *La poétique*, histoire de la traduction », *Littérature*, n° 182, 2016 (2), p. 15.
② *mimèsis* 也写作 *mimésis* 或 *mimêsis*，为讨论之便，本书中采用 *mimèsis* 的写法。
③ 2021 年出版的皮埃尔·德斯特雷(Pierre Destrée)译本在翻译 *mimèsis* 时同时采用了 représentation 与 imitation 两种译法，对前者的使用应是受 1980 年译本的影响。
④ Béranger Boulay, *et al.*, « Aristote au Seuil et au-delà », *Littérature*, n° 182, 2016 (2), p. 6.
⑤ Roselyne Dupont-Roc et Jean Lallot, « Introduction », in Aristote, *La poétique*, trad. Roselyne Dupont-Roc et Jean Lallot, Paris: Seuil, coll. « Poétique », 1980, p. 20.

双重性质"①。上文杜邦-洛克和拉洛两位译者的论述触及了翻译的语文学维度,而这一译文的哲学贡献在于,représentation 这一译文避免了 imitation 的含混性,突显了亚里士多德有别于柏拉图的"摹仿"观。

当然,杜邦-洛克、拉洛也没有将所有的 mimèsis 均翻译成 représentation。在第二十五章注释 8 中,在探讨亚里士多德对摹仿与真理关系的认识时,两位译者将 mimèsis 译成了 fiction:"诗人的艺术也即虚构(mimèsis)的艺术应遵循的职业道德为他开启了两种可能性「……」"②这一译文实际上是对两位译者所写的引言的回应。在引言中,两位译者已指出,亚里士多德将诗视为一种虚构,诗人的素材确实是事实,但他要依据某种理性——普遍性或必然性——重新组织素材,因此诗具有创造性。"认为诗歌具有虚构性,这一观念解释了为什么《诗学》完全没有探讨抒情诗。"③杜邦-洛克、拉洛的翻译与解读进而对之后的学者产生影响,例如热奈特在《虚构与话语》(Fiction et diction)中提到,"亚里士多德,我重申一下,把我们称之为 fiction 的东西称作 mimèsis"④,舍费尔在其影响广泛的《我们为什么需要虚构?》(Pourquoi la ficton? 1999)一书中不时将 mimèsis 与 fiction 混为一谈,朗西埃在《虚构的边界》(Les bords de la fiction)中基于亚里士多德的学说指出"亚里士多

---

① Jacqueline Lichtenstein et Élisabeth Decultot, « Mimêsis », in Barbara Cassin (éd.), Vocabulaire européen des philosophes, Paris: Le Robert/Seuil, 2004, p. 788.
② Roselyne Dupont-Roc et Jean Lallot, « Notes », in Aristote, La poétique, trad. Roselyne Dupont-Roc et Jean Lallot, Paris: Seuil, coll. « Poétique », 1980, p. 392.
③ Roselyne Dupont-Roc et Jean Lallot, « Introduction », in Aristote, La poétique, trad. Roselyne Dupont-Roc et Jean Lallot, Paris: Seuil, coll. « Poétique », 1980, p. 21.
④ Gérard Genette, Fiction et diction, Paris: Seuil, 2004, p. 227.

德用诗指对戏剧虚构或史诗虚构的创造"①。fiction 一词的含义较为复杂,根据《利特雷词典》(Littré),fiction 一词于 13 世纪就已出现于法语中。热奈特认为"虚构"(fiction)一词与"修辞格"(figure)有着共同的拉丁词源 fingere,fingere 这个动词"同时表示'制作'、'描述'、'虚构'、'创造'"②等含义。因此,将 mimèsis 翻译成 fiction 实际上在对《诗学》及相关概念的讨论中引入了新的问题,也启发一些学者深化了对文学与真实关系的思考,并以此为出发点对文学虚构展开了探讨,从某种程度上说助推了虚构研究在当代的复兴。

再如对 muthos 的翻译。muthos 是《诗学》的另一个核心概念。美文出版社出版的让·哈迪(Jean Hardy)版本将 muthos 译为 fable(故事、寓言),杜邦-洛克、拉洛将其翻译成了 histoire(故事、历史)。fable、histoire 两个词的语义存在部分重合,但也各有侧重。相比之下,fable 一词一般而言"尤其指以虚构性为特征的叙事"③,而 histoire 一词明显指向 histoire/discours 这一对区分,这一区分深受译介至法国的俄国形式主义理论影响,由法国著名语言学家本伍尼斯特确立,最终成为法国人文社科领域一对著名的术语,对当代诗学研究产生重要启迪。对于这一背景,杜邦-洛克、拉洛两位译者深有意识,他们在谈论自己的译介背景时提到,"在 20 世纪 60—80 年代的知识界,文学理论蓬勃发展,诗学'十分流

---

① Jacques Rancière, *Les bords de la fiction*, Paris: Seuil, 2017, p. 7.
② 热拉尔·热奈特:《转喻:从修辞格到虚构》,吴康茹译,桂林:漓江出版社,2013 年,第 13 页。
③ Béranger Boulay, *et al.*, « Aristote au Seuil et au-delà », *Littérature*, n° 182, 2016 (2), p. 8.

行'。当时的大师们名唤雅各布森、罗兰·巴特、格雷马斯、热奈特、德里达、利科、托多罗夫[……]当时流通的语汇、思想、概念与问题是:'文学性'(新词,托多罗夫1965年引入),类型理论,对柏拉图尤其《理想国》第三卷的重新解读(*diègèsis* 和 *mimèsis*,热奈特),陈述理论[本伍尼斯特、奥斯瓦尔德·杜克洛(Oswald Ducrot)、安托万·桂里奥利(Antoine Culioli)等],**尤其是**(*last but not least*)诗学"①。此外,《诗学》中另有一个关键词,那便是 *historia*,与其相关的最重要论述见于第九章:"诗是一种比历史更富哲学性、更严肃的艺术,因为诗倾向于表现带普遍性的事,而历史却倾向于记载具体事件。"②这一论述奠定了诗歌优越说的基础,在今天还被广泛援引。对于 *historia*,杜邦-洛克、拉洛没有翻译为 histoire(历史),而是翻译为 chronique,即编年史、大事记,这样的选择是"为了强调历史书写多样性、分散性的一面,因为这些书写仅用简单的时间先后顺序来处理多个并置事件或行动"③,没有挖掘事件之间的因果关联。

还有一个例子是对 *apangellonta* 的翻译。在涉及摹仿方式的第三章中,杜邦-洛克、拉洛将 *apangellonta*(陈中梅译"叙述")译为 narrateur,即叙述者。我们可以将这一译文与19世纪下半叶巴泰雷米-圣伊莱尔(Jules Barthélemy-Saint-Hilaire)的译文、19世纪末儒埃尔(Charles-Émile Ruelle)的译文、20世纪上半叶哈迪的译义以及2021年德斯特雷的译文相对照。后四个版本由于没有提

---

① Roselyne Dupont-Roc et Jean Lallot, « La poétique, histoire de la traduction », *Littérature*, n° 182, 2016 (2), p. 13 – 14.
② 亚里士多德:《诗学》,陈中梅译注,北京:商务印书馆,1996年,第81页。
③ Roselyne Dupont-Roc et Jean Lallot, « Notes », in Aristote, *La poétique*, trad. Roselyne Dupont-Roc et Jean Lallot, Paris: Seuil, coll. « Poétique », 1980, p. 222.

供古希腊语原文，我们无从得知 *apangellonta* 确切被翻译成哪个词，但可以看到，相对中译文中"人们可用同一种媒介的不同表现形式摹仿同一个对象：既可凭叙述［……］"①这一句，巴泰雷米-圣伊莱尔的译文是"on peut imiter avec les mêmes moyens les mêmes objets, tantôt en prenant tour à tour soi-même la parole"②（人们可用同样的方式来摹仿同一些对象，既可以自己的名义说话［……］），儒埃尔的译文是"il est possible d'imiter le même objet, dans les mêmes circonstances, tantôt sous forme de récit"③（对于相同情形下的相同对象，人们既可用叙事的形式进行摹仿［……］），哈迪的译文是"Car par les mêmes moyens et en prenant les mêmes objets on peut imiter en racontant"④（因为采取同样的方式，选择同一些对象时，人们可以通过讲述来摹仿［……］），德斯特雷的译文是"C'est qu'on peut, avec les mêmes moyens, représenter les mêmes objets ou bien en faisant un récit"⑤（那是因为人们用同样的方式来再现相同的对象时，既可采取叙事的形式［……］）。相较之下，杜邦-洛克、拉洛的选择就显得意味深长。诚然，récit 也是 20 世纪 60—70 年代确立并蓬勃发展的叙事诗学的一个核心术语，但这个词在法语中有较为悠久的历史，在 19 世纪末 20 世纪初还被纪德等人赋予独特内涵。相比之下，对 narrateur 一词的选用尤其清

---

① 亚里士多德：《诗学》，陈中梅译注，北京：商务印书馆，1996 年，第 42 页。
② Aristote, *Poétique*, trad. Jules Barthélemy-Saint-Hilaire, in Aristote, *Œuvres complètes et annexes*, éd. Jean-Luc Wuernet, Paris：Arvensa Editions, 2017. Kindle version, chapitre 3.
③ Aristote, *Poétique et Rhétorique*, trad. Charles-Émile Ruelle, Paris：Garnier Frères, 1883, p. 5.
④ Aristote, *Poétique*, texte établi et traduit par Jean Hardy, 3e tirage de la 2e édition revue et corrigée, Paris：Les Belles Lettres, 1999, p. 32.
⑤ Aristote, *Poétique*, trad. Pierre Destrée, Paris：Flammarion, 2021, p. 49.

晰地体现出与叙事学的关联。

鉴于翻译与阐释方面的倾向,杜邦-洛克、拉洛的译本也对当代法国叙事学研究,例如对利科的研究产生了直接影响。利科《时间与叙事》第一卷第一部分第二章标题为"情节编制:重读亚里士多德《诗学》",杜邦-洛克、拉洛译本正是利科的重读依托的文本之一①,并被后者大量引用。利科对《诗学》核心概念的解读,也是在与杜邦-洛克、拉洛译本的对话中展开的。对于杜邦-洛克、拉洛的译文,利科以实际行动表明了肯定:"我采用了杜邦-洛克、拉洛的译文,只是改了一个地方,以英语 plot 为例,将 muthos 改成了 intrigue。histoire 这一译文本身是合理的,但由于历史书写意义上的 histoire 一词在我这部著作中占据的重要性,我没有采用它。从法语词 histoire 来看,法语不像英语那样明确区分 story 与 history。反之,intrigue 一词立即引导我们关注其对等物:事件的组织;这是哈迪的译文 fable 无法体现的。"②实际上,抛开杜邦-洛克、拉洛译文与利科译文的表面差异,"译文 histoire 或 intrigue 有一个共同点,那便是对叙事性的强调,这是这两个译文与译文 fable 的不同之处"③。利科用 intrigue(情节)来翻译 muthos 并非受杜邦-洛克、拉洛译本启发,我们在 1975 年出版于"诗学"丛书的《活的隐喻》(*La Métaphore vive*)中看到利科已使用 intrigue 来翻译 muthos④,但此时他也大量采用 fable 一词。在杜邦-洛克、拉洛译本出现后,利科放弃了对 fable 的使用。我们可以认为,一方面,

---

① Cf. Paul Ricoeur, *Temps et récit*, t. Ⅰ, Paris: Seuil, 1983, p. 57.
② Paul Ricoeur, *Temps et récit*, t. Ⅰ, Paris: Seuil, 1983, p. 57.
③ Béranger Boulay, et al., « Aristote au Seuil et au-delà », *Littérature*, n° 182, 2016 (2), p. 8.
④ Paul Ricoeur, *La Métaphore vive*, Paris: Seuil, coll. « Poétique », 1975, p. 52.

fable 一词所包含的虚构意味有违利科对历史书写的界定,"我们无法想象利科写出类似历史学家编制虚构或将其讲述的事件'编成虚构'的话"①;另一方面,杜邦-洛克、拉洛译本对诗歌叙事性与建构性的强调进一步启发了利科对叙事与历史书写关系的思考。

其次,译者在注释中的阐释也为重译本《诗学》增添了时代特色。例如,在第八章注释3中,译者对亚里士多德提到的故事整一性进行了解读,指出人物行动虽然是摹仿的素材,但是,"作为再现的对象,以及先于故事确立的结构(如果这么说有意义的话)或从故事出发重构的结构,行动($praxis$)只能存在于摹仿内部。反过来,再现行动的故事($muthos$)是一种作品编制,或者更确切地说,是对行动的'文本编制'(mise en texte)。'故事是对行动的再现'这句话意味着两个层面上的再现:再现既是行动的形式建构,同时也将这一行动写入语言材料、写入文本中"②。随后,译者又建议:"我们似乎可以使用借自语言学的意指对象、所指、能指来表达 $praxeis$、$pragmata$、$praxis$、$muthos$ 等术语之间保持的关系。"③我们看到,译者的阐释提到了"文本""意指对象""能指""所指"等语言学与诗学术语,同时其对语言、文本功能的认识也透露出"文本之外别无他物"④的思想,这些均促使我们联想到重译《诗学》的结构主义语境,而译者的阐释反过来加深了对《诗学》的结构主义解读。

最后,重译本添加了大量注释(法文版第 141—413 页),注释

---

① Béranger Boulay, « *Historia*-chronique: Paul Ricoeur et *La Poétique* », *Littérature*, n° 182, 2016 (2), p. 27.

② Roselyne Dupont-Roc et Jean Lallot, « Notes », in Aristote, *La poétique*, trad. Roselyne Dupont-Roc et Jean Lallot, Paris: Seuil, coll. « Poétique », 1980, p. 219.

③ Roselyne Dupont-Roc et Jean Lallot, « Notes », in Aristote, *La poétique*, trad. Roselyne Dupont-Roc et Jean Lallot, Paris: Seuil, coll. « Poétique », 1980, p. 219.

④ Jacques Derrida, *De la grammatologie*, Paris: Minuit, 1967, p. 207.

篇幅远远超过正文（法文版第 31—139 页，希法双语对照），对《诗学》及著作中的核心概念进行了深入解读，也对重译活动本身进行了解释，尤其对核心概念的翻译进行了说明。此外，这些注释从形式上看也十分具有"时代气息"：注释中出现了大量图表，图表中经常出现结构主义者热衷采用的"＋""－"符号，表示标记或非标记状态。

无论如何，杜邦-洛克、拉洛对《诗学》的重译深受结构主义诗学影响，反过来又推动了当代诗学的发展①。关于杜邦-洛克、拉洛译本受到以及产生的影响，研究者并非没有微词，例如孔帕尼翁即指出，当代法国文学理论"一方面言必称亚氏，另一方面又与他一直关心的核心问题保持距离；另外还要操心如何使《诗学》与俄国形式主义及其巴黎门徒的理论不发生矛盾。上述三项任务，即将'模仿'归为人类行为，归为再现技术，最后归为书面语言，由罗塞琳·杜邦-洛克（Roselyne Dupont-Roc）和让·拉洛（Jean Lallot）完成"②，而杜邦-洛克和拉洛为他们的译文撰写的引言令"'模仿说'的两种用法——亚里士多德的用法和热奈特、托多洛夫以及《诗学》杂志的用法——获得了统一"③。尽管如此，杜邦-洛克、拉洛的《诗学》译本对当代法国诗学及文学理论研究的重要性不容置疑。比较文学学者伊夫·谢弗勒（Yves Chevrel）指出，尽管从文艺

---

① 也有学者认为某些与结构主义颇为相似的特征，例如对抽象性与普遍性的追求其实已蕴含于《诗学》中："亚里士多德《诗学》全文的主线是某件艺术品的普遍性概念。《诗学》本身也呈现为有关任何诗歌作品的一般性话语。从这个意义上说，它为后来出现的有关文学文本属性的一切理论奠定了基础。"（Hubert Laizé, *Aristote: « Poétique »*, Paris: PUF, 1999, p. 115.）

② 安托万·孔帕尼翁：《理论的幽灵：文学与常识》，吴泓缈、汪捷宇译，南京：南京大学出版社，2017 年，第 97 页。

③ 安托万·孔帕尼翁：《理论的幽灵：文学与常识》，吴泓缈、汪捷宇译，南京：南京大学出版社，2017 年，第 97 页。

复兴以来,《诗学》一直是古典研究的重要参考文献之一,但"二战"后《诗学》似乎不再引起大学与学者的兴趣。这一状况在1960年法国设立现代文学大学/高中教师资格考试后得到改善。1963年起,《诗学》前十八章进入考试书目,重燃了各界对这部西方文论奠基之作的兴趣。在诸多的译文中,杜邦-洛克、拉洛的译本因双语对照、古词新译、大量注释等做法而显得尤为特殊,同时吸引了专业读者与普通读者,"所有研究型教师,无论他们的专长是现代文学还是古典文学,是法语还是古代语言,是外国文学还是比较文学,都能使用它。即使这位教师不教授《诗学》,他也可能因不同层次的教学而经常参考杜邦-洛克、拉洛译本"[1]。"杜邦-洛克和拉洛的工作帮助我们借助扎实的参考文献去阅读亚里士多德的《诗学》,这些参考文献促使我们拓展了对文学实践的视野"[2],因此谢弗勒认为"它被大量教师尤其比较文学学科的教师使用,这一点都不令人吃惊"[3]。

杜邦-洛克、拉洛的译本还在另一个层面为当代法国诗学及文学理论发展做出了贡献。上文已提到,2011年4月29日,巴黎高等师范学院举办了一场圆桌会议,纪念《诗学》杂志与"诗学"丛书创办四十周年,以及《诗学》重译本出版三十周年。来自不同学科的学者围绕《诗学》中的 *mimèsis*、*muthos*、*historia*、*katharsis* 等核心概念以及重点段落的理解与翻译进行了深入研讨,旨在"同时

---

[1] Yves Chevrel, « La *Poétique* et les lettres "modernes" », *Littérature*, n° 182, 2016 (2), p. 22.

[2] Yves Chevrel, « La *Poétique* et les lettres "modernes" », *Littérature*, n° 182, 2016 (2), p. 25.

[3] Yves Chevrel, « La *Poétique* et les lettres "modernes" », *Littérature*, n° 182, 2016 (2), p. 23.

促进亚里士多德考据学与文学理论的发展"[1]。部分会议论文收录于《文学》(*Littérature*)杂志2016年第182期专号"亚里士多德,概念的历险"(«Aristote, l'aventure par les concepts»)。圆桌会议上,语文学家与诗学理论家就 mimèsis 的含义与翻译提出了不同的见解,在布莱等人看来,"所有这些见解的共同之处在于,它们因杜邦-洛克、拉洛的创举而成为可能。杜邦-洛克、拉洛的翻译至少有一个贡献,那便是陌生化了太过常见的'模仿'(imitation)概念"[2]。其实陌生化效应不光体现于对 mimèsis 的翻译,上文提到的对 muthos、historia、apangellonta 等的翻译均体现了这一点。关于杜邦-洛克、拉洛译本的陌生化特点,托多罗夫在为《诗学》撰写的序言中已提到:"整体而言,我觉得亚里士多德的文本在此前的某些翻译中可能会显得更为清晰,杜邦-洛克、拉洛译本中的评论虽然没有令它显得晦涩难懂,但无论如何令它成为问题(problématiser),很多表面看来简单的断言失去了自明性,变得更为不平常,更为丰富。"[3] 重要的不是提供一个流利完美的《诗学》译文,而是令《诗学》"成为问题",也就是在新的时代语境下重新回到经典、解读经典文献,促使其为时代的追问提供答案。从这一角度说,《诗学》杜邦-洛克、拉洛译本虽已出版四十余年,但仍对今日的诗学研究具有启迪意义。

---

[1] Béranger Boulay, et al., « Aristote au Seuil et au-delà », *Littérature*, n° 182, 2016 (2), p. 7.

[2] Béranger Boulay, et al., « Aristote au Seuil et au-delà », *Littérature*, n° 182, 2016 (2), p. 10.

[3] Tzvetan Todorov, « Préface », in Aristote, *La poétique*, trad. Roselyne Dupont-Roc et Jean Lallot, Paris: Seuil, coll. « Poétique », 1980, p. 6.

第二节　俄国形式主义影响

2015年10月8日至10日,纪念俄国形式主义诞生一百周年的国际学术研讨会在法国社会科学高等研究院(EHESS)召开。托多罗夫、托马斯·帕维尔(Thomas Pavel)、皮尔、舍费尔等知名学者参加了会议。2018年11月,《交际》(*Communications*)杂志第103期推出专号"俄国形式主义一百年后",刊发了由卡特琳·德普雷多(Catherine Depretto)、皮尔和菲利普·鲁森(Philippe Roussin)结集的研讨会论文。这两起事件富含继往开来的意义,揭示了法国当代诗学与俄国形式主义之间的深刻关联。回顾法国文论发展史,我们确实可以清晰地看到俄国形式主义对法国当代诗学的影响,甚至可以说,如果没有最初对俄国形式主义的接受与发展,法国诗学甚至文学理论就不可能形成今日的局面。

一、初步接触

《交际》杂志103期专号主编德普雷多、皮尔和鲁森在卷首"介绍"中指出,"形式主义从来不是一个统一的学派或运动,'形式主义'这一术语指称的是某个由差异极大的人物与研究成果构成的整体"[1]。从源头看,1915年雅各布森担任主席的莫斯科语言学小组成立,这一事件之后被视作形式主义诞生的标志。1916年,什克洛夫斯基(Chklovski)、蒂尼亚诺夫(Tynianov)、艾亨鲍姆(Eichenbaum)、托马舍夫斯基(Tomachevski)等人创建彼得堡诗语研究会("奥波亚兹")。雅各布森、什克洛夫斯基和蒂尼亚诺夫三人年龄

---

[1] Catherine Depretto, John Pier & Philippe Roussin, « Présentation », *Communications*, n° 103, 2018 (2), p. 7.

相仿,志趣相投。《交际》杂志 103 期刊发了三人未出版过的通信录,这些信件表明,即使在 20 世纪 20 年代末俄国形式主义行将终结之时,他们仍在雄心勃勃地规划形式主义未来的研究方向,这也解释了两个团体成员及其研究往往被相提并论的原因。形式主义本身在俄国活跃的时间并不长,再加上一段时期内世界格局及欧洲政治气候影响学术交流,因而俄国形式主义在很长一段时间里并不为法国等西欧国家所熟悉。

对于形式主义在法国的传播与接受,两位法国学者——克洛德·列维-斯特劳斯(Claude Lévi-Strauss)与托多罗夫——起到了至关重要的作用。列维-斯特劳斯是法国学者中较早了解形式主义的。1941 年,他在纽约遇到雅各布森,从后者处了解到音位学以及普罗普的民间故事研究,深受启发继而真正走上结构主义人类学研究之路,并极大地推动了法国结构主义的发展。1960 年,列维-斯特劳斯发表《结构与形式》(«La structure et la forme»)一文,对普罗普《故事形态学》进行深入解读,并对这一研究成果做出了极高的评价:"如此丰富的直觉,它们的洞察力——它们的预见性——令我们赞叹不已,为普洛普赢得了所有那些并不认识他的追随者的忠诚。"[1]由于列维-斯特劳斯在法国学界的地位与影响力,普罗普由此进入法国学者视野,在 20 世纪 60—70 年代对 A. J. 格雷马斯(A. J. Greimas)、克劳德·布雷蒙(Claude Bremond)、巴特、托多罗夫、热奈特等人的研究产生了重大影响。

至 20 世纪 60 年代中期,经由列维-斯特劳斯等学者的活动,雅各布森尤其普罗普的思想已被法国研究者所熟悉。普罗普实际上

---

[1] 克劳德·列维-斯特劳斯:《结构与形式》,见克劳德·列维-斯特劳斯《结构人类学:巫术·宗教·艺术·神话》,陆晓禾等译,北京:文化艺术出版社,1989 年,第 126 页。

并不属于俄国形式主义团体,列维-斯特劳斯对此心知肚明,例如他在《结构与形式》一文中提到普罗普《故事形态学》时指出:"该书的思想与大致从 1915 年到 1930 年这一短期间内盛行的俄国形式主义学派的思想非常相近。"①但他很快便抛开这一说明,将普罗普完全当作形式主义者的代表。之后的学者也没有提出任何异议,尤其因为之后一本影响深远的著作进一步巩固了这种看法,这便是托多罗夫编选、翻译的《文学理论》(Théorie de la littérature)②。

托多罗夫是令俄国形式主义真正传入法国的摆渡人,在一些学者看来,"法国对形式主义者的'发现'始于《文学理论》的出版"③。《文学理论》是托多罗夫在法国出版的第一本书,收入索莱尔斯主编的"原样"丛书。不过,在 1966 年 1 月《文学理论》面世之前,托多罗夫已在列维-斯特劳斯、本伍尼斯特等人创办的《人类》杂志上发表长文《形式主义的方法论遗产》(«L'héritage méthodologique du formalisme»),预告了《文学理论》的出版,同时将这些遗产归纳为语言学方法的运用,对作品进行科学描述的雄心与行动,文学自治性及多层次性、文学区别性特征、动机、功能、转换、作品类型划分等概念的提出与探讨等④。《文学理论》则直接将上述方法论遗产呈现于法国读者面前。在这部文集中,托多罗夫选择翻译了雅各布森、什克洛夫斯基、蒂尼亚诺夫等人的 14 篇论文,并对文选的

---

① 克劳德·列维-斯特劳斯:《结构与形式》,见克劳德·列维-斯特劳斯《结构人类学:巫术·宗教·艺术·神话》,陆晓禾等译,北京:文化艺术出版社,1989 年,第 115 页。
② 中译本参见茨维坦·托多罗夫编选《俄苏形式主义文论选》,蔡鸿滨译,北京:中国社会科学出版社,1989 年。
③ Frédérique Matonti, « L'anneau de Moebius: La réception en France des formalistes russes », Actes de la recherche en sciences sociales, n° 176 - 177, 2009 (1), p. 54.
④ Tzvetan Todorov, « L'Héritage méthodologique du formalisme », L'Homme, n° 5, 1965 (1), p. 64 - 83.

作者进行了简要介绍。同时选入《文学理论》的还有普罗普发表于1928年的文章《神奇故事的衍化》。尽管这14篇论文只是形式主义者研究成果的一部分[①]，但"这是法国公众第一次看到这些作者被集中在一起出版，并被冠以'形式主义者'的称呼"[②]。《文学理论》的出版为当时的法国文学及理论研究界输入了新鲜血液，打开了法国学人的视野，如果说此前他们隐约感觉到俄国形式主义可能是当时流行的法国形式主义的先驱，那么《文学理论》出版后，他们"从此能够对这段被[他]们直接继承，然而却奇怪地向他们封闭自身的并不久远的过往有所了解"[③]。

受列维-斯特劳斯、托多罗夫等一批学者的推动，至20世纪70年代，俄国形式主义代表人物的不少研究成果被译成法语。除上文提到的普罗普的《故事形态学》(1970)，还有什克洛夫斯基的《马步》(1973)、《散文理论》(1973)，雅各布森的《诗学问题》(1973)，蒂尼亚诺夫的《诗歌语言问题》(1977)等，这些成果决定了很长一段时期内法国诗学、文论研究及文学研究的发展走向，其深远的影响延续至今。

二、继承与创新之一：结构主义叙事诗学

俄国形式主义被译介至法国后，很快被法国学者模仿、改造、吸收，成为法国文学理论的一部分，同时焕发出新的生机，不仅极大地推动了法国结构主义的发展，在文学领域催生出结构主义叙

---

① 托多罗夫后来承认自己的翻译选择受一些偶然性因素影响，例如在2015年俄国形式主义百年纪念大会的圆桌会议上，他提到文选中的"文本的选择全凭经验，预先没有进行设想。而且文本的选择多少还看它们能否方便获得"［Tzvetan Todorov, « Dernier retour sur les formalistes », *Communications*, n° 103, 2018 (2), p. 12］。

② Frédérique Matonti, « Premières réceptions françaises du formalisme », *Communications*, n° 103, 2018 (2), p. 41.

③ François Wahl, « Les formalistes russes », *La quinzaine littéraire*, n° 1, 15 mars 1966.

事诗学(下称叙事学),同时也促使学界就文学及文学研究学科本质、文学类型界定与划分等基本问题展开了新一轮的思考。

继承与创新首先体现于结构主义叙事学领域。俄国形式主义与包括叙事诗学在内的法国结构主义之间的承袭关系目前似乎已成定论。布洛克曼指出,"莫斯科和圣彼得堡、布拉格、巴黎,是结构主义思想发展路程上的三站"[1],"在俄国形式主义里可以找到结构主义思想的根源"[2]。张隆溪指出,"从莫斯科到布拉格再到巴黎,也就是从俄国形式主义到捷克结构主义再到法国结构主义,已经被普遍认为代表着现代文论发展的三个重要阶段。形式主义被视为结构主义的先驱,具有十分重要的意义"[3]。法国学者让-米歇尔·亚当(Jean-Michel Adam)在《叙事》(Le Récit)中也指出,叙事学的奠基之作一直可追溯至"20 世纪 20 年代形式主义者的研究(普罗普、托马舍夫斯基、艾亨鲍姆、什克洛夫斯基)"[4]。这一影响至今也没有被否认,例如皮尔发表于《交际》杂志第 103 期的文章《叙事的世界与符号域》开门见山地指出:"20 世纪 60—70 年代在法国发展起来的叙事文结构分析毫无疑问从对俄国形式主义的接受中获得了重大推动力。"[5]

不少学者对这一影响在文学研究领域的体现已有较为深入的分析。例如杜威·W. 佛克马(Douwe W. Fokkema)、埃尔鲁德·

---

[1]　J. M. 布洛克曼:《结构主义:莫斯科—布拉格—巴黎》,李幼蒸译,北京:商务印书馆,1980 年,第 33 页。
[2]　J. M. 布洛克曼:《结构主义:莫斯科—布拉格—巴黎》,李幼蒸译,北京:商务印书馆,1980 年,第 33 页。
[3]　张隆溪:《艺术旗帜上的颜色:俄国形式主义与捷克结构主义》,《读书》1983 年第 8 期,第 91 页。
[4]　Jean-Michel Adam, Le récit, Paris: PUF, 1984, p. 3.
[5]　John Pier, « Monde narratif et sémiosphère », Communications, n° 103, 2018 (2), p. 265.

易布思(Elrud Ibsch)在法国结构主义中梳理出结构主义批评、结构主义叙事学、语言学-结构主义的文本分析三种倾向，并在每种倾向中看到了俄国形式主义的影响：影响第一种倾向的是经由列维-斯特劳斯中转与提炼的功能概念与二元对立原则，影响第二种倾向的主要是普罗普的理论，影响第三种倾向的主要是雅各布森的理论。在这三种倾向中，佛克马、易布思尤其关注了深受普罗普影响的法国结构主义叙事学的发展。[①] 确实，普罗普在法国同行中引起的反响非另外两种倾向可以比拟。亚当归纳出这一连串反响，包括格雷马斯于1963—1964年在亨利·庞加莱学院开设语义学课程，讲授普罗普的理论，并于1966年出版《结构语义学》，布雷蒙于1964年在《交际》杂志第4期发表《叙事信息》，托多罗夫于1965年编《文学理论》，大名鼎鼎的《交际》杂志1966年第8期出版等。[②] 这一连串反响一直延续至20世纪70年代，在此影响下出版的著作包括格雷马斯的《论意义》(*Du sens* 1970)，布雷蒙的《叙事逻辑》，托多罗夫的《〈十日谈〉的语法》、《诗学》(*Poétique* 1968)和《散文诗学》(*Poétique de la prose* 1971)，以及热奈特的《叙事话语》。在此过程中，"叙事学"(narratologic)一词被创造，一门新的学科终于有实有名。

普罗普对法国结构主义叙事学的影响主要在于他的"功能"理论。他对前人收集的几百个俄罗斯民间故事展开分析，找出了其中的不变因素与可变因素，发现"变换的是角色的名称(以及他们的物品)，不变的是他们的行动或**功能**"[③]。他进而对民间故事中的

---

① 参见佛克马、易布思《二十世纪文学理论》，林书武等译，北京：生活·读书·新知三联书店，1988年。
② Jean-Michel Adam, *Le récit*, Paris: PUF, 1984, p. 5.
③ 弗拉基米尔·雅可夫列维奇·普罗普：《故事形态学》，贾放译，北京：中华书局，2006年，第17页。

不变因素也就是角色的功能展开研究,这一研究最终导向几个非常重要的结论:首先,功能独立于完成功能的角色,"它们构成了故事的基本组成成分"[①];其次,"神奇故事已知的功能项是有限的"[②],普罗普共总结出三十一项功能,认为它们囊括了俄罗斯民间故事中的所有功能;再次,"功能项的排列顺序永远是同一的"[③],换言之,三十一项功能不一定都出现,但它们出现在故事中的顺序永远是一定且唯一的;最后,出于上述原因,"所有神奇故事按其构成都是同一类型"[④]。

这种从表面形式繁复的材料中归纳出不变因素,或者说从整体中提取结构的做法给法国学者以巨大启发,促使他们在借鉴、批评、修正、发展普罗普理论与方法的基础上提出了自己的主张。从早期一批学者来看,布雷蒙认为普罗普的模式带有浓厚的目的论色彩,并且只适用于俄罗斯民间故事。为了克服目的论,扩大普罗普模式的适用性,布雷蒙首先改造了普罗普的单线程模式,用"基本序列"(séquence élémentaire)取代三十一个功能项,作为基本叙述单位。基本序列内部的三项功能严格遵循一定的逻辑与顺序排列,但基本序列之间可以多种方式进行组合,如此便将单线程故事转变成一种"多声部合唱"。其次,普罗普不重视人物,但布雷蒙强调了行动与其发出者或接受者也就是人物之间的关系,因为"主人公不是某个为行动服务的简单工具,他既是叙事的目的,也是叙事

---

① 弗拉基米尔·雅可夫列维奇·普罗普:《故事形态学》,贾放译,北京:中华书局,2006年,第18页。
② 弗拉基米尔·雅可夫列维奇·普罗普:《故事形态学》,贾放译,北京:中华书局,2006年,第19页。
③ 弗拉基米尔·雅可夫列维奇·普罗普:《故事形态学》,贾放译,北京:中华书局,2006年,第19页。
④ 弗拉基米尔·雅可夫列维奇·普罗普:《故事形态学》,贾放译,北京:中华书局,2006年,第20页。

的手段"①。将行动与人物挂钩，则引入了行动的动机也就是心理元素，使得分析模式能够适用于更为复杂的文学文本。最后，与普罗普的目的论不同的是，布雷蒙引入了"可能性"概念：人物行动不再是必然的，而是诸多可能中变成现实的一种，"每确立一种功能，就要同时确立另一种与之矛盾的选择的可能性"②，因而"在将普罗普的观点应用于更广泛的领域时，布雷蒙自然而然地提出了一个更为开放的系统"③。我们会看到，对可能性与潜力的强调是法国结构主义诗学与俄国形式主义或布拉格学派的重要区别，对之后法国诗学与文论发展产生很大影响，"可能性"理论已成今日法国诗学研究中很具特色的一个分支。

另一位代表人物是格雷马斯。格雷马斯对普罗普的继承与发展主要体现在两个方面。第一，他发展了普罗普提到但并未重视的"角色"（*dramatis personae*）概念，将普氏的七个角色④缩简替换成六个更为抽象均质的施动者（actant，或译为行动元），包括主体、客体、发出者、接受者、辅助者、反对者，尽管缩简后施动者数量变化不大，但格雷马斯根据愿望（寻找）、交际等基本关系，在施动者之间建立了几组平行的对应（主体与客体、发出者与接受者、辅助者与反对者），避免了普罗普的角色概念因彼此存在重叠部分而导致的混乱，确立了"一个更为概括的、可用于描写更多神话微观域

---

① Claude Bremond, « Le message narratif », *Communications*, n° 4, 1964, p. 15.
② Claude Bremond, « Le message narratif », *Communications*, n° 4, 1964, p. 15.
③ Jean-Michel Adam, *Le récit*, Paris: PUF, 1984, p. 32.
④ 即"叛徒、赠予者、帮助者、被寻找者（和她的父亲）、委派者、主人公（英雄）、假主人公（假英雄）"。参见 A. J. 格雷马斯《结构语义学》，蒋梓骅译，天津：百花文艺出版社，2001年，第256页。《故事形态学》中译本分别作：对头（加害者）、赠予者（提供者）、相助者、公主（要找的人物）及其父王、派遣者、主人公、假冒主人公，参见第73—74页。

的施动者模型"①。第二,格雷马斯对普罗普的三十一个功能进行了配对、修正、抽象,将其缩减至三大基本功能范畴(契约、考验、交际),之后又用三类叙述语义块(syntagme narratif)取代了这三大基本功能范畴。这三类叙述语义块包括:"1,行为性语义块(考验);2,契约性语义块(契约的签订与解除);3,分离性语义块(出发与返回)"②,其中每个语义块又由若干功能与施动者构成。之所以进行这种缩减,是因为在格雷马斯看来,抛开表面的复杂性,一个叙事一般包含秩序破坏、主要考验、秩序恢复三个阶段,主体在此过程中受欲望推动去寻找客体,并且最终得以确立与客体的关系。这一过程不是静态而是动态的,其间存在着主客体状态的转换(transformation),因而格雷马斯又提出一个颇具特色的转换模式来分析施动者的状态。转换模式是从纵聚合、非时序性角度来阐释功能间关系的,这一解释模式在他看来"是从整体上把握叙事意义的条件[,]它允许我们撇开横组合连续顺序,找到更大的意义单位"③,也允许"考虑将叙事解释为一个非时间性简单结构的可能性"④。施动者模式与转换模式的提出,使得格雷马斯能超越普罗普分析所基于的民间故事素材,对更为广泛的叙事文、其他符号体系,甚至文化的基本结构、深层意义及其价值展开分析。

不过,普罗普对法国结构主义叙事学的影响虽巨,却不是后者的唯一来源。当代法国叙事学的另几位代表人物巴特、托多罗夫

---

① A. J. 格雷马斯:《结构语义学》,蒋梓骅译,天津:百花文艺出版社,2001年,第284页。
② A. J. 格雷马斯:《论意义:符号学论文集》(上册),吴泓缈、冯学俊译,天津:百花文艺出版社,2005年,第199页。
③ A. J. 格雷马斯:《结构语义学》,蒋梓骅译,天津:百花文艺出版社,2001年,第301页。
④ A. J. 格雷马斯:《结构语义学》,蒋梓骅译,天津:百花文艺出版社,2001年,第302页。

与热奈特的研究便体现出普罗普以外的俄国影响[1]。巴特发表于《交际》杂志第 8 期的《叙事作品结构分析导论》(«Introduction à l'analyse structurale des récits»)往往被视作法国结构主义叙事学的奠基之作,除普罗普以外,文章不断提及托马舍夫斯基等俄国形式主义者和雅各布森的贡献。

再看托多罗夫与热奈特的研究。二人的研究体现出明显的相似性。这种相似性很容易理解。热奈特属于托多罗夫初到法国结识的第一批学者,两人志同道合,合作密切,热奈特全程参与了《文学理论》的素材选择与翻译出版工作。《文学理论》选译的托马舍夫斯基的《主题》对二人的影响超过了普罗普。在《主题》中,托马舍夫斯基对形式主义者提出的某个区分——本事(fable)与情节(sujet)的区分进行了深入阐述:"在整个一部作品里,我们获知的彼此相互联系的全部事件,就称为本事。本事可以按事实因果关系的方式,按照自然的顺序展开,也就是按照事件的时间顺序和因果顺序展开而不受任何安排事件和写入作品的方式的制约。本事和由同样事件构成的情节是对立的,但是情节遵循事件在作品中出现的顺序和表明事件的材料的连贯。"[2]对这段话,托马舍夫斯基添加了一个注释:"简单地说,本事就是实际发生过的事情,情节是

---

[1] 《文学理论》收录的是普罗普的《神奇故事的衍化》,而非当时影响更大的《故事形态学》节选。1970年《故事形态学》法译本面世,托多罗夫版的《神奇故事的衍化》被收录其中。国内学界关注更多的也是普罗普对法国诗学的影响。例如,张寅德在 1989 年出版的《叙述学研究》"编选者序"中已富有洞见地将叙事学研究分为"叙事结构"研究和"叙述话语"研究,但张寅德仅指出普罗普理论对"叙事结构"研究的影响,没有提及俄国形式主义对"叙述话语"研究的影响。

[2] 茨维坦·托多罗夫:《俄苏形式主义文论选》,蔡鸿滨译,北京:中国社会科学出版社,1989年,第 238—239 页。

读者了解这些事情的方式。"①和普罗普一样,托马舍夫斯基也主张将作品分解为最小的主题单位——动机,只不过普罗普认为民间故事的基本单位——功能只按照唯一一种顺序排列,而托马舍夫斯基认为动机可有两种组合方式,一种按事件发生先后顺序和因果逻辑组合成本事,另一种按其在作品中出现的顺序组合成情节,因为作品中的顺序完全由作者决定,所以情节"完全是艺术性的构造"②。

《文学理论》出版后不久,托多罗夫在发表于《交际》杂志第 8 期的《文学叙事的范畴》(«Les Catégorie du récit littéraire»)中明确提到托马舍夫斯对本事与情节的区分给予他的启发:"俄国形式主义者最先提炼出两个概念,将其命名为'本事'(fable)('实际发生过的事情')和'情节'(sujet)('读者了解这些事情的方式')(托马舍夫斯基,《文学理论》,第 268 页)。"③尽管托多罗夫没有采用托马舍夫斯基的术语,而是受本伍尼斯特影响,将这组对立另外命名为"故事"(histoire)与"话语"(discours),但他对"故事"与"话语"的界定基本沿用了托马舍夫斯基的定义。

在提出"本事"和"情节"的区别后,托马舍夫斯基分别对其展开论述。在本事方面,他列举出一系列与本事发展关系或密或疏的动机(motif),令人联想到几年后普罗普提出的功能。在情节方面,他提到叙事时间与本事时间之间的错位,作者、叙述者、人物之间的认知差异等问题,我们在此看到了一种叙事学的雏形。托多

---

① 茨维坦·托多罗夫:《俄苏形式主义文论选》,蔡鸿滨译,北京:中国社会科学出版社,1989 年,第 239 页。
② 茨维坦·托多罗夫:《俄苏形式主义文论选》,蔡鸿滨译,北京:中国社会科学出版社,1989 年,第 240 页。
③ Tzvetan Todorov, « Les catégories du récit littéraire », Communications, n° 8, 1966, p. 126 - 127.

罗夫在《文学叙事的范畴》中正是从叙事的故事方面和话语方面发展了托马舍夫斯基的理论,在前者中归纳出几种行动逻辑——"行动"相当于托马舍夫斯基的"动机",在后者中探讨了叙事的时间、语态、语式等问题。对于这些问题,托多罗夫在两年后发表的《诗学》中进行了深入探讨,由此确立了自己的叙事学框架,并对热奈特产生了重要影响,促使其在1972年发表《叙事话语》,奠定了"经典叙事学"。

三、继承与创新之二:"文学性"研究与文学科学

法国当代诗学的一项重要内容是对"文学性"的强调与研究。所谓文学性,即"赋予文学事实以特殊性的抽象属性"①,而文学性研究,即承认"文学作品的自洽性"②,并"去文学内部寻找[……]在每部作品诞生时起作用的普遍法则"③。从这一角度说,"文学性"观念并非俄国形式主义的首创,因为从回溯目光看,从文学内在法则来研究文学的主张可追溯至亚里士多德的《诗学》,在现代法国,这种主张至少体现在从斯特凡·马拉美(Stéphane Mallarmé)到瓦莱里等人的诗学中。只不过,"文学性"的上述定义来自托多罗夫,而托多罗夫对"文学性"(littérarité)这一术语的使用以及他对"文学性"的理解恰恰继承自俄国形式主义。佛克马、易布思也曾指出这一点:"托多罗夫的方法比其他学者的更多涉及文本。除此之外,他不断地做出努力去确定文本的文学性,这是一项我们从俄国形式主义那里熟悉的工作。"④

"文学性"一词首次出现,应是在雅各布森写于1919年、出版

---

① Tzvetan Todorov, *Poétique*, Paris: Seuil, 1968, p. 20.
② Tzvetan Todorov, *Poétique*, Paris: Seuil, 1968, p. 18.
③ Tzvetan Todorov, *Poétique*, Paris: Seuil, 1968, p. 19.
④ 佛克马、易布思:《二十世纪文学理论》,林书武等译,北京:生活·读书·新知三联书店,1988年,第76页。

于1921年的《俄国新诗歌》中，雅各布森在其中提到："文学科学的对象不是文学，而是文学性，也就是使某个作品成为文学作品的东西。"①托多罗夫节译了《俄国新诗歌》的部分内容，发表于他与热奈特任主编的《诗学》杂志1971年第1期，之后又被收入雅各布森文集《诗学问题》中，于1973年在托多罗夫与热奈特主编的"诗学"丛书中出版。尽管托多罗夫的《诗学》发表于1968年，比法译版的雅各布森文章发表早三年，但托多罗夫在为《文学理论》撰写的"编选说明"中介绍了雅各布森的《俄国新诗歌》一书，并指出这部"评论赫列勃尼科夫诗歌的论文（应为著作——本书作者按）不大容易翻译"②，这表明他在选编《文学理论》时已熟悉雅各布森这部著作，甚至可能已经着手翻译。

对于什么是文学性，形式主义者如什克洛夫斯基、艾亨鲍姆等人都进行过思考，而雅各布森提供了对20世纪60年代的法国学者影响至深的理论学说，尽管其结论主要来自对诗歌的观察研究。据雅各布森的译者之一——比利时结构主义语言学家尼古拉·鲁威(Nicolas Ruwet)的说法，雅各布森的理论从20世纪20年代末起就逐步对法国学者产生影响。③ 但他对法国学界的贡献主要还是《普通语言学论文集》(*Essais de linguistique générale*)，孔帕尼翁认为雅各布森这部著作对法国学界的影响可能超过其他所有形

---

① Roman Jakobson, « Fragments de *La nouvelle poésie russe* », in Roman Jakobson, *Huit questions de poétique*, trad. Tzvetan Todorov, Paris: Seuil, 1977, p. 16.
② 茨维坦·托多罗夫：《俄苏形式主义文论选》，蔡鸿滨译，北京：中国社会科学出版社，1989年，第14页。
③ Nicolas Ruwet, « Préface », in Roman Jakobson, *Essais de linguistique générale*, trad. Nicolas Ruwet, Paris: Les Éditions de Minuit, 1963, p. 10.

式主义者[1]。这部著作由鲁威从英文版译出，于1963年在法国子夜出版社出版。在著作中，雅各布森将索绪尔提出但直至那时仍不为人所熟知的一系列重要概念——包括历时与共时、联想关系（选择/相似性/隐喻）与句段关系（组合/毗邻性/换喻）等[2]——发扬光大，同时提出了语言功能尤其诗功能（fonction poétique）、对等（équivalence）原则、平行（parallélisme）结构等振聋发聩的概念。著作出版后产生很大反响，拉康、列维-斯特劳斯、巴特都为其撰写了书评，我们在巴特的《叙事作品结构分析导论》，托多罗夫的《文学叙事的范畴》《散文诗学》等论著中均能看到诗功能、选择/组合等理论的踪迹，这一影响及由此引发的对"文学性"的探索在法国学界一直延续至20世纪90年代[3]。此外，受雅各布森影响至深的学者不仅有文学研究者，还有其他领域的结构主义者，例如上文提到的列维-斯特劳斯。列维-斯特劳斯的兴趣并不在文学研究，但他仍与雅各布森合作撰写了从语言诗功能角度出发分析波德莱尔十四行诗《猫》的论文，于1962年发表于《人类》中，进而对里法泰尔等学者的诗歌结构分析产生影响。

也是在同一时期，巴特、托多罗夫、热奈特等一批学者在俄国形式主义理论启发与支撑下，向传统文学研究方法发起挑战，提出更为科学、客观地研究文学的主张，促成了20世纪60—70年代法国文学研究的范式转型。例如巴特在1966年出版的《批评与真

---

[1] 见孔帕尼翁2011年2月15日法兰西公学院研讨课录像或录音。Antoine Compagnon, «L'exploitation du formalisme russe», https://www.college-de-france.fr/site/antoine-compagnon/course-2011-02-15-16h30.htm.

[2] 联想关系（rapport associatif）与句段关系（rapport syntagmatique）是索绪尔在《普通语言学教程》中使用的术语，今人所熟悉的术语纵聚合（paradigmatique）与横组合（syntagmatique）由 T. L. 耶姆斯莱夫（T. L. Hjelmslev）在索绪尔研究基础上提出。

[3] Cf. Gérard Genette, *Fiction et diction*, Paris: Seuil, 2004.

实》中提到建立"文学科学"的设想,并在著作中引用了雅各布森一个观点:旧的文学史在雅各布森看来是一种"漫谈"(causerie)[1],也就是说"还不是一门科学"[2]。这一观点出自《文学理论》收录的雅各布森论文《艺术中的现实主义》。此外,雅各布森为《文学理论》撰写的序言题为"诗学科学的探索"[3],文中反复提到"科学"二字,不断强调文学研究的科学性。我们不难在雅各布森与巴特的主张之间看出一种连续性。托多罗夫也在二十年后的回顾中提到,"我认为在他们的作品中读到了一种'理论'的构想,即建立一种诗学"[4]。在2002年与卡特琳·波特凡(Catherine Portevin)的访谈中,托多罗夫仍指出,"支撑这场为诗学而进行的'斗争'的,是我对俄国形式主义者的认识"[5]。他与热奈特之后确实将这一理论研究命名为"诗学",同时在1970年创建了《诗学》杂志与"诗学"丛书,推动了法国当代文学研究的多元化与系统化发展。

四、继承与创新之三:文学类型学

文学类型或体裁划分研究也是托多罗夫提到的俄国形式主义的遗产之一。文类研究在西方古已有之,亚里士多德的《诗学》可以说是对悲剧与史诗两大文类的研究。法国当代诗学在借鉴俄国形式主义研究基础上,在文类研究方面取得了新进展,而这些新进展在托多罗夫看来是古典诗学未能成功实现的。

---

[1] 茨维坦·托多罗夫:《俄苏形式主义文论选》,蔡鸿滨译,北京:中国社会科学出版社,1989年,第79页。

[2] 茨维坦·托多罗夫:《俄苏形式主义文论选》,蔡鸿滨译,北京:中国社会科学出版社,1989年,第79页。

[3] 茨维坦·托多罗夫:《俄苏形式主义文论选》,蔡鸿滨译,北京:中国社会科学出版社,1989年,第1页。

[4] 茨维坦·托多洛夫:《批评的批评:教育小说》,王东亮、王晨阳译,北京:生活·读书·新知三联书店,2002年,第1页。

[5] Tzvetan Todorov, *Devoirs et délices: une vie de passeur*, Paris: Seuil, 2002, p. 94.

我们可以从《文学理论》一窥俄国形式主义文类研究的特征，后者主要体现在四个方面：首先，一些学者尝试"对体裁进行逻辑分类"[①]，例如什克洛夫斯基的《短篇小说和长篇小说的结构》和艾亨鲍姆的《论散文理论》都探讨了长短篇小说写作手法，并比较了二者的区别。其次，也存在一种反面的观点，以蒂尼亚诺夫《论文学的演变》和托马舍夫斯基《主题》为代表，认为文类是个历史概念，同样的名称在不同历史时期可能指代完全不同的类型，因此托马舍夫斯基主张，"在类型研究中应该采用描述方法，用一种语用学的有效分类来取代逻辑分类，前者仅考虑材料在已确定的框架内的分布"[②]。再者，一些学者尤其蒂尼亚诺夫提出了文类研究的系统观，蒂尼亚诺夫在《论文学的演变》中主张，文类研究离不开系统观点，一种类型是在与系统中的其他类型的对照之中确立的。最后，对文类区别性特征的思考经常借助叙事文的例子，因而此类研究往往也是对叙述情节发展机制特殊性的思考，体现出文类研究与叙事学研究的融合。例如情节结构原则的差异也是什克洛夫斯基和艾亨鲍姆眼中长短篇小说的重要差异，《论文学的演变》特别探讨了叙事文的特征，而《主题》一义特别提到侦探小说这种类型，直接启发托多罗夫写出了名篇《侦探小说类型学》(«Typologie du roman policier»)。

形式主义文类研究的上述特点集中体现于托多罗夫的研究中。例如《奇幻文学导论》矛盾地体现出前三个特点。在定义奇幻文学(le fantastique)时，托多罗夫将它与另两个类型——怪谈(l'étrange)与神奇故事(le merveilleux)——进行了比较：当确实涉

[①] 茨维坦·托多罗夫：《散文诗学：叙事研究论文选》，侯应花译，天津：百花文艺出版社，2011年，第10页。

[②] Tzvetan Todorov, *Théorie de la littérature*, Paris: Seuil, 1965, p. 311-312.

及超自然因素时,文本便属于神奇故事,当完全不涉及超自然因素时,文本便属于怪谈,而模棱两可、兼具这两种解读可能性的便是奇幻文学。解读显然指的是读者,因而这种界定是语用学的,然而模糊性又产生自文本某些内在特征,因而界定又成为本质主义的逻辑分类。与此同时,托多罗夫意在将对奇幻文学的界定作为某个更为宏观的假设的例证,这一假设便是:"历史类型(genres historiques)是复杂理论类型(genres théoriques)整体中的一个分支。"① 这种试图从普遍性与特殊性两个角度来思考文类的努力也体现于他的《话语的类型》(«Les genres du discours» 1978)一文中。实际上,要调和这些复杂的甚至互相矛盾的元素困难重重,也导致托多罗夫的文类研究遭到舍费尔②等人的质疑,舍费尔本人的文类研究则采用了类似托马舍夫斯基提出的语用学视角。尽管如此,托多罗夫的文类研究促使这一研究成为当时法国诗学中的显学,一批类似勒热纳的《自传契约》(*Le pacte autobiographique* 1975)、热奈特的《广义文本导论》(*Introduction à l'architexte* 1979)等的名著相继出版。直至今日,文论研究仍然是法国《诗学》杂志中最常见的一类研究。

形式主义文类研究的最后一个特点——文类研究往往融合叙事研究——同样体现于托多罗夫的研究中,收入《散文诗学》的《叙事转换》一文很好地证明了这一点。托多罗夫意义上的叙事转换指的是事件状态的改变,它是叙事得以存在的基本条件。托多罗夫认为叙事转换有多种实现方式,并指出转换(transformation)概念的"另一个明显的应用,是可以根据某种转换的数量或质量优势

---

① Tzvetan Todorov, *Introduction à la littérature fantastique*, Paris: Seuil, 1970, p. 25.
② Cf. Jean-Marie Schaeffer, *Qu'est-ce qu'un genre littéraire?* Paris: Seuil, 1989.

确定文本性质。我们经常指责叙事分析无法阐明某些复杂的文本。然而,转换的概念既能帮助克服这种反对意见,又能帮助建立基本的文本类型学"[1]。他举的例子是《圣杯的寻觅》,在这个故事中,所有发生的事都是被提前预言的,而事情一旦发生,便会得到一种新的解释。这两方面涉及此类故事中情节发展的特征,但也可以说,具备这种情节特征的是同一类型的文学。当然托多罗夫也强调,"文本类型学(typologie)只能是多维的,转换只是其中的一个维度而已"[2]。

对《圣杯的寻觅》的批评是一例,另一例是上文提到的《侦探小说类型学》,论文将侦探小说按情节逻辑分为推理小说与黑色小说,前者制造谜题,吸引读者从结果出发去寻找原因(或凶手),后者制造悬念,吸引读者关注后续事件。兼具这两个特点的是"悬疑"小说。20世纪60—70年代的研究成果又对后来的学者产生诸多启发。例如巴罗尼的《叙述张力:悬念、好奇与意外》(*La Tension narrative: Suspense, curiosité et surprise* 2007)是近年来法国诗学研究重要成果之一,著作对叙述张力也即故事对读者的吸引力进行了考察,将张力来源归结为情节发展所制造的悬念、好奇与意外等,我们能够很明显地看到托多罗夫《侦探小说类型学》中的结论对巴罗尼产生的影响。

* * *

以上我们从叙事学、文学性研究、文类研究等几个方面简要梳理了俄国形式主义传入法国之初被法国诗学研究者接受、继承与

---

[1] 茨维坦·托多罗夫:《散文诗学:叙事研究论文选》,侯应花译,天津:百花文艺出版社,2011年,第162页。
[2] 茨维坦·托多罗夫:《散文诗学:叙事研究论文选》,侯应花译,天津:百花文艺出版社,2011年,第162页。

发展的状况。需要注意的是,俄国形式主义的理论与批评实践要比这批法国学者理解得更为丰富。托多罗夫曾指出,"形式主义的特殊性在于对象而不在于理论"①,这里的"对象"是单数形式,指的是文本的内部形式。鲁森在回顾形式主义在法国的接受历程时则指出,"我们可以接着托多罗夫的言论说,形式主义者共同聚焦的实际上不止一个对象,而是几个对象"②。例如,形式主义者曾写下大量谈论电影的文字,催生了最早期的电影理论。因而米歇尔·埃斯巴尼亚(Michel Espagne)指出,形式主义"在法国的传播总的来说非常具有局限性和选择性"③。

这种局限性与选择性深受 20 世纪 50—60 年代法国本土学术环境及政治环境、法国语言学及文学批评传统、译介者身份与立场,甚至文献材料获得难易程度等多方面因素的影响。从外部环境来说,孔帕尼翁在谈及法国学者"对俄国形式主义的利用"时提到,20 世纪 60 年代中期的学术氛围有利于结构主义的滋生与发展,无论学者、出版人还是读者都预感到,"有关意识、经验和存在的哲学无论多么深刻,都已经无法满足今时今日的精神需求,因此应该求助于精准的概念、准确的历史研究和对文本的评判性阅读。福柯与阿尔都塞的观点差异巨大,然而在他们各自的探索的源头,是同一种意愿:将文本视作文本,视作构成文化的作品,而非偶然的主体性的产物;将理论活动视作一种特殊的活动,从其自身的运

---

① 茨维坦·托多洛夫:《批评的批评:教育小说》,王东亮、王晨阳译,北京:生活·读书·新知三联书店,2002 年,第 21 页。
② Philippe Roussin, « Qu'est-ce qu'une forme littéraire », Communications, n° 103, 2018 (2), p. 74.
③ Michel Espagne, « Un formalisme germano-russe: le cas de Viktor Žirmunskij (1891–1971) », Communications, n° 103, 2018 (2), p. 147.

转过程去研究其属性与效应"①。研究者意图摆脱精神分析与现象学影响,摆脱萨特及其存在主义的影响,从存在走向概念,走向语言,从人文主义走向特殊专业化。因而俄国形式主义理论之中强调文学自足性与文学研究科学性的主张对当时的法国学者产生了巨大的吸引力。从译者的选择来说,托多罗夫不止一次提到,最初之所以关注形式主义,与他本人想和政治与意识形态保持距离的立场不无关系。

最初翻译、介绍与阐释俄国形式主义的法国学者也塑造出法国式的"俄国理论",并在俄国形式主义与法国结构主义诗学之间确立了一种上文提到的谱系关系。孔帕尼翁如是评价《文学理论》:"在《原样》杂志撰稿人寻找科学与文学新的联盟的过程中,《文学理论》成为一个武器:它赋予结构主义语言学,赋予宣称受结构主义语言学启发的诗学及文学理论以一个历史,一种谱系。俄国形式主义者成为结构主义者和文学先锋派的先驱。"②实际上,雅各布森的《论艺术的现实主义》和什克洛夫斯基的《艺术作为手法》两篇文章此前都已在索莱尔斯任主编的《原样》杂志发表过。弗雷德里克·马东蒂(Frédérique Matonti)对托多罗夫对《文学理论》的选编与翻译活动的评价如出一辙:托多罗夫的翻译"同时也是一种阐释,甚至是一种真正的创造,因为它创造出了一种结构主义语言学的谱系"③。

---

① François Châtelet, « Les nouveaux prophètes », *Le Nouvel Observateur*, 31 août 1966, p. 28.
② 见孔帕尼翁 2011 年 2 月 15 日法兰西公学院研讨课录像或录音。Antoine Compagnon, « L'exploitation du formalisme russe », https://www.college-de-france.fr/site/antoine-compagnon/course-2011 - 02 - 15 - 16h30.htm.
③ Frédérique Matonti, « Premières réceptions françaises du formalisme », *Communications*, n° 103, 2018 (2), p. 42.

尽管存在接受的局限性与选择性,俄国形式主义历史上无疑对法国当代诗学的产生与发展起过巨大作用。从今日眼光来看,"俄国形式主义的某些特殊概念已经过时,但其最普遍的思想一直在文学理论同时也在语文学、历史和社会学领域引发新的阐释"[①]。法国召开纪念俄国形式主义百年诞辰的国际研讨会,出版期刊专号,恰恰表现了法国学界重新观照与阐释传统的意图,而俄国形式主义正如俄国学者仁金(Сергей Николаевич Зенкин)新著《形式与能量》(La forme et l'énergie 2018)揭示的那样,在新语境下呈现出为今日文学研究与理论探索提供新启示的可能性。

第三节　瓦莱里的诗学探索

瓦莱里于1871年10月30日出生于法国东南沿海小镇塞特,是法国现代著名诗人、作家、哲学家,被认为是"雨果之后法国最有成就、最有国际声望的伟大诗人"[②]。在青少年时期,瓦莱里接受的是法学教育,之后才转向诗歌创作与文学批评,代表作包括《年轻的命运女神》(1917)、《旧诗集锦》(1920)、《幻美集》(1922)、五卷本《文艺杂谈》(1924—1944)以及逝后出版的二十九卷《手记》(1973)、《诗学课》(2022)等。他于1925年当选法兰西学院院士,1924—1934年担任国际笔会主席,1937年当选法兰西公学院讲席教授,公学院专门为其设置"诗学"教席,瓦莱里在此执教,直至生命的终点。1945年7月20日,瓦莱里与世长辞,法国为其举行了

[①] Serge Zenkine, *La forme et l'énergie: l'esthétique du formalisme russe*, Clermont-Ferrand: Presses universitaires Blaise Pascal, 2018, p. 10.
[②] 唐祖论:《导读》,见保尔·瓦莱里《瓦莱里散文选》,唐祖论、钱春绮译,天津:百花文艺出版社,2006年,第2页。

隆重的国葬,之后根据诗人遗愿,将其安葬在故乡塞特海滨墓园。

瓦莱里的创作经历颇具传奇色彩。1892 年 10 月 4 日至 5 日的夜晚,在热那亚度假的瓦莱里经历了之后被称作"热那亚之夜"的神秘的精神危机。在这个狂风暴雨的夜晚,瓦莱里彻夜未眠,在电闪雷鸣中,经历了某种意义上的"顿悟"。"热那亚之夜"后,瓦莱里决定放弃文学创作,几乎不再创作诗歌,至少没有再发表重要作品,全身心投入对"精神生活"的观察与记录。从 1894 年起,他每天凌晨工作几个小时,并将自己对精神生活及其运作机制的思考结果记入《手记》(Cahiers)。《手记》总计 261 本,共两万多页,"是人类精神探索史上空前绝后的一项巨大工程"[1]。在《手记》中,瓦莱里试图构建"某种有可能揭示精神运作过程的系统"[2],《达·芬奇方法导论》(Introduction à la Méthode de Léonard de Vinci 1895)、《与泰斯特先生共度的夜晚》(La Soirée avec Monsieur Teste 1896)这两个名篇即体现出瓦莱里对精神力量的分析与思考。1917 年,瓦莱里发表长诗《年轻的命运女神》,打破长达二十多年的沉默,重返诗坛。此后他又出版《旧诗集锦》《幻美集》等,因诗歌成就而在"二战"前成为某种意义上的法国"官方诗人"。

瓦莱里曾十余次获得诺贝尔文学奖提名,遗憾的是,他在诺贝尔文学奖评委会决定颁奖给他之前去世。1947 年,瓦莱里一生的好友纪德获诺贝尔文学奖,他在获奖演说中提到:"各位先生,在我看来你们的选票与其说是投给我的作品,不如说是投给那种使作品有了生命的独立精神[……]仅在不久前,法兰西的另一位杰出

---

[1] 唐祖论:《导读》,见保尔·瓦莱里《瓦莱里散文选》,唐祖论、钱春绮译,天津:百花文艺出版社,2006 年,第 10 页。

[2] Michel Jarrety, « VALÉRY PAUL -(1871 - 1945) », *Encyclopædia Universalis*. Page consultée le 16 décembre 2022. URL: https://www.universalis.fr/encyclopedie/valery-paul-1871 - 1945/.

人士,他比我把这种精神表现得更好。我想到的就是保尔·瓦莱里。在我跟他长达半个世纪的友谊中,我对他的赞美与日俱增,而且,只是因为他的遽然去世才妨碍了诸位把他选入我的位置。"[①]瓦莱里对法国文学史的贡献不仅在于他的诗歌创作,更在于他的诗学思考,实际上,当代法国诗学学科正是在他的直接影响下,在20世纪60—70年代得到复兴。

一、瓦莱里与现代批评的诞生

在法国文学批评史上,瓦莱里可以说是承上启下的一位,深受波德莱尔与马拉美影响,被认为可能是这两位诗人在法国最重要的继承者。尽管瓦莱里从未写过批评理论专著,观点散见于各类演讲稿、作品前言、报纸杂志文章等中,但在瓦莱里研究专家,同样也是法兰西公学院教授的威廉·马克斯看来,瓦莱里确确实实置身于现代批评的源头,"从某种意义上说可以被视作现代文学理论的创造者"[②]。实际上,19世纪末20世纪初的法国批评界出现了一系列危机[③],这一系列危机可以分为四个方面:批评对象危机(在当时表现为印象派批评与博学派批评的对立)、批评标准危机(尤其体现于20世纪初的古典主义与浪漫主义之争)、批评功能危机(体现于各类媒体与朗松、伯格森等学者型批评者的论战)以及批评话语自身的危机[④]。在这一系列危机中,瓦莱里与学院派拉开距离,

---

[①] 唐祖论:《导读》,见保尔·瓦莱里《瓦莱里散文选》,唐祖论、钱春绮译,天津:百花文艺出版社,2006年,第1页。

[②] 参见马克斯2023年1月10日法兰西公学院授课内容。https://www.college-de-france.fr/agenda/cours/valery-ou-la-litterature/un-petit-volume-aussi-dense-et-precis-que-possible.

[③] 例如马拉美在1897年提出了"诗句的危机",《新法兰西杂志》主编雅克·里维埃(Jacques Rivière)在1924年提出了"文学概念的危机",瓦莱里本人在1919年提出了"精神的危机"等。

[④] Cf. William Marx, *Naissance de la critique moderne*, Arras: Artois Presses Université, 2002, p. 21-22.

进行了某种意义上的形式主义批评,他的实践与思考令批评与传统断裂,得到了彻底的更新。

具体而言,从批评对象来看,19世纪末20世纪初的两种主流批评派别,一是以泰纳、朗松等大学教授为代表的博学派,注重外部研究,讲究因果推理,另一是以法朗士、朱尔·勒迈特尔(Jules Lemaître)为代表的印象派,注重主观感受多于客观标准。瓦莱里的批评观与这两派背道而驰,他"试图最大程度地局限其研究对象,仅在观察视野内保留作品本身,甚至比作品本身更少,仅保留对作品的理念"①。例如他不断指出,"了解诗人的生平对于我们应该如何去领会其作品如果说不是有害的,也是无用的。我们对作品的领会在于要么从中得到享受,要么从艺术上受到启迪和发现问题[……]如果我说对生平的好奇有害无益的话,是因为借着好奇心我们往往不去对一个人的诗歌作精确细致的研究"②。换言之,瓦莱里认为评价作品时不应着眼于外部参照,而是应观照作品本身。切断作品与外部因素的联系既意味着抛开对外部影响力的探讨,也意味着不再关注作品的社会道德功能,并在同一时间否定了语言的及物性。瓦莱里的批评观属于一种形式主义甚至本质主义批评观,从其批评观中,我们已能预见20世纪60年代法国新批评的语言观与文学观。与此同时,对于作品内部评价,瓦莱里也提出了一些看法,认为在诗歌中,"占据主导地位的是声音,是节奏,是词语在空间上的接近,是它们的归纳效果或它们的互相影响,而

---

① William Marx, *Naissance de la critique moderne*, Arras, Artois Presses Université, 2002, p. 25.
② 保罗·瓦莱里:《维庸与魏尔伦》,见保罗·瓦莱里《文艺杂谈》,段映红译,天津:百花文艺出版社,2002年,第4—5页。

不是它们总体现为某个确定无疑的意义的特性"[1]。类似客观形式评价标准的引入使得瓦莱里的批评不同于博学派或印象派的批评,并"彻底改变了批评工作的内容"[2]。

随着批评对象的转变,批评标准在20世纪初,尤其在20世纪10—20年代也经历了可以说是根本性的颠覆。如果说此前的批评者还习惯从作者的生平与生活来评价作品,那么从20世纪20年代后期起,"一方面是作者与其作品的割裂,如今批评界只对作品感兴趣;另一方面,形式特征得到了明显的肯定"[3]。这种形式主义倾向一定程度上是由1907—1914年的古典主义复兴导致的,古典主义复兴顾名思义是要回到17世纪的美学标准,包括格律诗形式、表达的理性与清晰性等。这一"不合时宜"的复兴很快遭到反驳,另一些诗人与研究者重提同样"不合时宜"的法国浪漫主义,与复兴的古典主义抗衡。这一颠倒时代的争议如今已湮没在文学史中,但无论如何它重新引发了对形式的密切关注,从更为重要的角度说,它"提出了一种本质上具有非历史性的文学观,由此为文学事实的纯理论研究开启了道路"[4]。在这一论争中,象征主义作为调和浪漫主义与古典主义的第三条道路被提出,而瓦莱里在其中起到重要作用:一方面,由于瓦莱里的诗歌创作既保留了传统主题与格律诗形式,又遵循导师马拉美的教诲,坚持书写不易解读的晦涩诗歌,可以说实现了某种综合,促使研究者能够有意无意将象征

---

[1] Paul Valéry, « Commentaires de *Charmes* », in Michel Jarrety (éd.), *Œuvres*, t. 2, Paris: Le Livre de Poche, 2016, p. 294.

[2] William Marx, *Naissance de la critique moderne*, Arras: Artois Presses Université, 2002, p. 31-32.

[3] William Marx, *Naissance de la critique moderne*, Arras: Artois Presses Université, 2002, p. 65.

[4] William Marx, *Naissance de la critique moderne*, Arras: Artois Presses Université, 2002, p. 95.

主义与新古典主义混同起来;另一方面,瓦莱里本人撰写了论爱伦·坡的《谈〈我发现了〉》,论波德莱尔的《波德莱尔的地位》,论马拉美的《关于马拉美的断片》《关于马拉美的信》《斯特凡·马拉美》等重要文章,重构了象征主义谱系,也即从波德莱尔/爱伦·坡、马拉美一直到他们最重要的继承者瓦莱里的发展脉络。从此意义上说,瓦莱里的诗歌创作实践与诗学思考在世纪之交对一种新诗学的确立起到了直接的推动作用。

批评对象与批评标准的转变也影响了对批评功能的理解。19世纪末20世纪初博学派与印象派之争,古典主义与浪漫主义之争,及20世纪20年代的纯诗之争等多次论争对批评产生了根本性的影响,"文学批评转变成某种有关文学类型本质的思考[……]为形式主义批评的到来开辟了道路"①。瓦莱里对此的贡献主要体现于他对小说形式的深刻思考。瓦莱里的弟子安德烈·布勒东(André Breton)曾在《超现实主义宣言》中提到,"他(指瓦莱里——本书作者按)曾就小说向我作过保证:他自己将永远不会写出'侯爵夫人五点钟出门了'这样的句子"②,此后"侯爵夫人五点出门"这个句子成为文坛名言。"侯爵夫人五点出门"可以说影射了现实主义小说,因此布勒东的言论意图表达的是瓦莱里对现实主义的批评。这一批评主要聚焦于小说的任意性:小说之中存在许多可被替换的元素,决定作家选择的不是某种必要性,而是一些约定俗成的规范。正因这种任意性,认为小说能够摹仿现实的观念在瓦莱里看来是虚幻的,批评如果去小说之外寻找作品的必要性,便是一

---

① William Marx, *Naissance de la critique moderne*, Arras: Artois Presses Université, 2002, p. 125.
② 布勒东:《第一次超现实主义宣言》,丁世中译,见朱立元、李钧主编《二十世纪西方文论选》(上卷),北京:高等教育出版社,2002年,第158页。

种舍本逐末的行为。对小说任意性的批评实际上是"为了从某种有关现实本质的思考出发,更为广泛地质疑文学所宣称的能抵达现实的能力,在这样做的同时揭露文学批评与道德批评旷日持久的勾结,解开自古以来将人文主义与文学联结在一起的联系"①。

不过,对任意性的批评并不意味着瓦莱里要全盘否定小说与叙事,其实他也承认叙事存在某种内在价值,而且他也通过《与泰斯特先生共度的夜晚》呈现了小说的另一种写法。只不过,叙事的内在价值无法通过那些仅关注作品摹仿功能或其他非叙述特征的批评得到呈现。理想的批评应该能分析它所面对的"叙述文本的深层结构"②,由此揭示叙事文独有的形式或美学特殊性,作为对小说任意性的补偿。瓦莱里有关叙事文的观点十分超前,"需要等到20世纪60—70年代出现某种双重的突破——一重是叙事学与结构主义,另一重是解构主义,才能看到某种有能力回应或发展瓦莱里式批评的叙事话语"③。

在对象、标准与功能转变的过程中,批评话语本身也发生了转变。这种转变可见于瓦莱里所撰写的《阿尔贝·蒂博代》(«Albert Thibaudet»)、《诗歌与抽象思考》(«Poésie et pensée abstraite»)等文章。《阿尔贝·蒂博代》发表于《新法兰西杂志》1936年7月号,这是著名批评家蒂博代去世后,《新法兰西杂志》为其组织的纪念专号(«Hommage à Albert Thibaudet»)。在《阿尔贝·蒂博代》一文中,瓦莱里表达了对蒂博代的博学的钦佩,同时也指出,"在蒂博

---

① William Marx, *Naissance de la critique moderne*, Arras: Artois Presses Université, 2002, p. 158.
② William Marx, *Naissance de la critique moderne*, Arras: Artois Presses Université, 2002, p. 157.
③ William Marx, *Naissance de la critique moderne*, Arras: Artois Presses Université, 2002, p. 158.

代的精神中存在记忆与创造、牢固的知识与知识的自发组合之间的精神"①，并断言"批评也是文学，而文学是强加给批评的主题"②，可以说批评是关于文学的文学，而"存在于文学中的一切类型与模式都会在批评中得到复现，批评家也可以分为史诗派、抒情派、现实派、印象派、教条派与荒诞派"③。蒂博代在瓦莱里看来属于抒情派。将批评视为文学，这一论断暗含了对批评语言本身的理解，批评语言不是冷冰冰的科学语言，而是充分体现出批评家的写作风格与特色。在这方面，瓦莱里本人是一个很好的例子，他的批评文章中存在大量形象生动的比喻，其中一个很有名的比喻是催化剂的比喻。在《〈幻美集〉评论》中，瓦莱里提到："物理学研究一些神秘的物质，化学使用这些物质；当我思考艺术品时，我总会想到这些物质。只要将这些物质加入一些混合物中，它们便会令这些混合物彼此融合，而它们本身不会被改变，始终与自身保持一致，性质不变，数量不增也不减。因此它们既是在场的又是缺席的，发力但不受力。这就是作品的文本。"④这一充满诗性的批评话语描写的正是文本与读者的关系，通过催化剂的比喻，瓦莱里将自己的文本观与文学观清晰地呈现给了批评的读者。因对批评创造性的强调，瓦莱里进而指出，历史、哲学等研究实际上也并非严格意义上的科学，哲学家与历史学家是"不自知的创造者，他们认为自己所做的只是用一种有关现实的更为准确或更为完全的理念来替换某

---

① Paul Valéry, « Albert Thibaudet », NRF, n° 274, « Hommage à Albert Thibaudet », juillet 1936, p. 6.
② Paul Valéry, « Albert Thibaudet », NRF, n° 274, « Hommage à Albert Thibaudet », juillet 1936, p. 6.
③ Paul Valéry, « Albert Thibaudet », NRF, n° 274, « Hommage à Albert Thibaudet », juillet 1936, p. 6.
④ Paul Valéry, « Commentaires de Charmes », in Michel Jarrety (éd.), Œuvres, t. 2, Paris: Le Livre de Poche, 2016, p. 296.

个粗陋、肤浅的思想,实际上,他们是在创造"①。这一点也启发了当代诗学研究者有关历史与文学关系、有关历史书写叙事性的思考。在世纪之交,瓦莱里通过自己的批评实践与诗学思考,令文学批评逐步摆脱了泰纳、朗松等学院派实践的文本解释,进入一种新的诗学模式,而他所开启的批评方法"将持久地决定20世纪的文学批评演变,此后确立起一种越来越狭小、越来越本质主义的文学定义"②。

二、瓦莱里与当代法国诗学的确立

1970年,托多罗夫、热奈特、西苏创办《诗学》杂志时,与其说是为了向亚里士多德致敬,不如说是为了与瓦莱里建立联系③。根据马克斯介绍,瓦莱里在公学院上课的时间恰好是"二战"期间,听众人数稀少,加上他的备课笔记并没有出版,已出版的重要诗学论著仅有公学院讲席申请报告与《诗学第一课》。然而,他的诗学课对一些坚持来上课的听众——布朗肖、巴特、博纳富瓦、齐奥朗等——产生了重要启迪,"对诗学课的记忆无疑对三十年后以同一个名称命名的、致力于文学形式研究的学科的飞跃发展起到了决定性作用"④,促使巴特、热奈特或索莱尔斯等人都宣称自己是瓦莱里衣钵的传人。

---

① Paul Valéry, « Léonard et le philosophe: lettre à Leo Ferrero », in Michel Jarrety (éd.), *Œuvres*, t. 2, Paris: Le Livre de Poche, 2016, p. 374.
② William Marx, *Naissance de la critique moderne*, Arras: Artois Presses Université, 2002, p. 216.
③ Cf. William Marx, « Le cours de Poétique de Valéry enfin publié », *Fondation Collège de France*. Page consultée le 16 décembre 2022. URL: https://www.fondation-cdf.fr/2022/02/08/le-cours-de-poetique-de-valery-enfin-publie/.
④ Michel Jarrety, « VALÉRY PAUL -(1871 - 1945) », *Encyclopædia Universalis*. Page consultée le 16 décembre 2022. URL: https://www.universalis.fr/encyclopedie/valery-paul-1871 - 1945/.

瓦莱里对当代文学批评史与文学理论不可磨灭的影响主要体现于以下几个方面。首先是对"诗学"学科本身的思考。在《诗学第一课》中,他明确界定了"诗学"的含义:"我要做的第一件事应当是解释我所使用的'诗学'(Poétique)一词,我恢复了这个词最原始的意义,它与目前通行的意义不同。我想到了这个词,而且认为只有它才适合用来指称我准备在这门课上讲授的那种类型的研究。"[1] "目前通行的意义"指的是,"诗学"一词"要么意味着关于写作抒情诗和戏剧诗的规则、约定或戒律之大全,要么意味着如何写诗"[2],这是文艺复兴、古典及新古典时期赋予诗学的含义。但瓦莱里指出,"该词语的这个意义已经陈旧,与事实不再相符,我们要赋予它另外一个含义"[3],也即"从与词源有关的一个意义上来重新认识这个词,但我不敢说它就是创作学(Poïétique),生理学上谈及造血的(hématopoïétique)或造乳的(galactopoïétique)功能时使用这个词。但总之我想表达的就是做(faire)这一非常简单的概念"[4]。换言之,瓦莱里所理解并教授的"诗学"要研究的是"创造行为本身,而非创造出来的事物"[5]。对瓦莱里而言,"重要的是活跃但受控制的制造,对于这一制造过程,他在文学研究语汇中重新引入了

---

[1] 保罗·瓦莱里:《诗学第一课》,见保罗·瓦莱里《文艺杂谈》,段映虹译,天津:百花文艺出版社,2002年,第306页。
[2] 保罗·瓦莱里:《诗学第一课》,见保罗·瓦莱里《文艺杂谈》,段映虹译,天津:百花文艺出版社,2002年,第306页。
[3] 保罗·瓦莱里:《诗学第一课》,见保罗·瓦莱里《文艺杂谈》,段映虹译,天津:百花文艺出版社,2002年,第306页。
[4] 保罗·瓦莱里:《诗学第一课》,见保罗·瓦莱里《文艺杂谈》,段映虹译,天津:百花文艺出版社,2002年,第307—308页。
[5] 保罗·瓦莱里:《诗学第一课》,见保罗·瓦莱里《文艺杂谈》,段映虹译,天津:百花文艺出版社,2002年,第308页。

'诗学'一词,且使用的是最接近该词词源的意义"[1]。

实际上,有关诗学研究的想法并非瓦莱里在 1937 年《诗学第一课》中初次提出。1927 年他受巴黎年鉴大学邀请进行了一次讲座,讲座稿修改后,在 1928 年以"论诗"（«Propos sur la poésie»）为题发表在该大学学报上。这篇文章的发表在瓦莱里的研究生涯中具有里程碑意义。在这篇文章中,瓦莱里提到了"诗学理论"一词,区分了"诗"的两种含义,一种"指的是某一类情绪,一种特别的情感状态"[2],另一种指的是"一门艺术,一种奇怪的技巧,其目的就在于重新建立该词的第一种意思所指称的那种情绪"[3]。之所以将诗视为一种技巧,是因为瓦莱里认为诗歌创作不可能仅靠灵感,在有了灵感之后,还需要诗人通过写作、运用手法对原料进行"提纯",而诗歌理论的任务正在于分析诗人借助语言这一"变幻不定和纷繁芜杂的材料"[4]抵达某种诗意情感的过程。在这篇文章中,瓦莱里还区分了诗与散文,并从语言形式、形神关系、阅读效果等方面阐述了二者的区别。从文章内容来看,"如果说直至那时为止,他谈论诗歌的话语还保留着某种历史维度,那么从此以后它变得更为理论,更具创新性——语言分析在当时很不常见——并且已能让人预见到 1937 年的诗学"[5]。

---

[1] Michel Jarrety, « VALÉRY PAUL -(1871 - 1945) », *Encyclopædia Universalis*. Page consultée le 16 décembre 2022. URL：https://www.universalis.fr/encyclopedie/valery-paul-1871-1945/.

[2] 保罗·瓦莱里:《论诗》,见保罗·瓦莱里《文艺杂谈》,段映虹译,天津:百花文艺出版社,2002 年,第 325 页。

[3] 保罗·瓦莱里:《论诗》,见保罗·瓦莱里《文艺杂谈》,段映虹译,天津:百花文艺出版社,2002 年,第 326 页。

[4] 保罗·瓦莱里:《论诗》,见保罗·瓦莱里《文艺杂谈》,段映虹译,天津:百花文艺出版社,2002 年,第 333 页。

[5] Cf. Paul Valéry, « Propos sur la poésie », in Michel Jarrety (éd.), *Œuvres*, t. 1, Paris：Le Livre de Poche, 2016, p. 1724.

换言之,瓦莱里的诗学研究拓展了"诗学"的内涵,使该词摆脱了当时流行的意义也即写诗的技艺,恢复了其在亚里士多德笔下的用法,在西方文艺学传统中确立了一种谱系。因此当 20 世纪 60—70 年代的诗学研究者谈论诗学复兴时,他们往往将亚里士多德与瓦莱里都视为理论先驱。瓦莱里的诗学研究内容繁多,他的某些观点尤其对当代诗学产生重要启迪。

首先是对文学与诗歌本质的理论探索。瓦莱里确立起象征主义谱系,而这一谱系中的作家爱伦·坡、波德莱尔、马拉美包括瓦莱里自己,他们的共性在于"对文学是或应是什么的问题有共同的见解。这一承袭是某个传统的典型案例,这一传统更多是批评或理论性质的,而非文学性质的"[①]。从瓦莱里对诗与散文区别的阐述中,我们已能瞥见他独特的文学观,并理解 20 世纪 60—70 年代的批评家对其的继承。仅以瓦莱里对小说任意性、对文学类型规范的思考为例进行说明。上文已提到,在瓦莱里看来,散文写作一方面具有任意性,另一方面也因这种任意性而受约定俗成的规范的限制,"我们若要做成理性的作品或通过秩序来创造,只能借助一套规范(conventions)。古典主义艺术正是以这些规范的存在、明晰和绝对权威为特征"[②]。这一思考之后启发巴特、热奈特、托多罗夫等人就文学性、逼真性等问题展开深入思考,我们可以从巴特的《文学的零度》《真实效应》,热奈特的《文学的原貌》等论著与论文中看到瓦莱里的直接影响,而托多罗夫在 1968 年为《交际》杂志主编的"符号学研究:论逼真"(«Recherches sémiologiques: Le

---

① William Marx, *Naissance de la critique moderne*, Arras: Artois Presses Université, 2002, p. 109.
② 保罗·瓦莱里:《波德莱尔的地位》,见保罗·瓦莱里《文艺杂谈》,段映虹译,天津:百花文艺出版社,2002年,第 333 页。

vraisemblable»)专号也体现出对瓦莱里思想的继承。在批评小说任意性的同时,瓦莱里区分了诗与散文,并赋予诗歌以优越地位。他的语言文学观与俄国形式主义一道,对 20 世纪 60—70 年代法国形式主义的诗歌形式探索起到了重要作用。

其次是对写作规则的探索。瓦莱里否认创作的随意性,认为诗歌创作有理论支撑,而诗歌的效果往往通过创作手法获得,强调"艺术中唯一的真实,就是艺术"[1]。后一个"艺术"应当理解为技巧和技艺,而真正的批评应努力揭示令材料成为艺术的种种前提条件,后者是"一个力量与限制系统,而创造精神只不过为其提供了汇聚的场所"[2]。正因这种创作与批评观,他尤其欣赏爱伦·坡的写作哲学,并将爱伦·坡置于象征主义谱系的源头。在《波德莱尔的地位》一文中,他指出:"在爱伦·坡以前,文学问题从未深入到前提的研究,从未归纳为一个心理学问题,从未借助分析来着手并在这种分析中有意识地运用效果的逻辑和机制。"[3]对瓦莱里而言,"与任何其他精神活动一样,文学建立于一系列规范之上而常常不自知。现在要做的就是将这些规范揭示出来"[4]。热奈特将这一计划定义为"文学的普遍理论计划"[5],这一普遍理论计划,这一爱伦·坡式的分析"在文学作品的所有领域中也清楚地适用和得到证实。同样的观察、同样的区分、同样的量化意见、同样的指导思

---

[1] 保罗·瓦莱里:《(圣)福楼拜的诱惑》,见保罗·瓦莱里《文艺杂谈》,段映虹译,天津:百花文艺出版社,2002 年,第 184 页。
[2] Gérard Genette, « La littérature comme telle », in Gérard Genette, *Figures* Ⅰ, Paris: Seuil, 1966, p. 260.
[3] 保罗·瓦莱里:《波德莱尔的地位》,见保罗·瓦莱里《文艺杂谈》,段映虹译,天津:百花文艺出版社,2002 年,第 176 页。
[4] Gérard Genette, « La littérature comme telle », in Gérard Genette, *Figures* Ⅰ, Paris: Seuil, 1966, p. 258.
[5] Gérard Genette, « La littérature comme telle », in Gérard Genette, *Figures* Ⅰ, Paris: Seuil, 1966, p. 258.

想,也适用于那些旨在有力和剧烈地作用于感觉、旨在以强烈的情绪和奇异的历险征服广大爱好者的作品,如同它们支配着最优美的题材和诗人创造出的精巧结构"①。因此,瓦莱里否定一种实证主义诗学观,认为"诗学先于作品,却从不会被后者改变"②。我们很难否认这一诗学观与之后结构主义诗学之间的关联,两者都意图为文学确立规则,并将文学视为潜在规则现实化的过程。

再次是对作品独立性的强调。在巴特、克里斯蒂瓦等结构主义者笔下,作品成为文本,获得了前所未有的独立地位。而结构主义时期的文本观无疑受到瓦莱里的影响。瓦莱里多次谈论并强调作品的独立性。一方面,这种独立性主要是就其与作者的关系而言的。瓦莱里对传记批评的不信任是众所周知的,他认为传统文学批评太过重视作者,实际上,作者只是一种机制(fonctionnement),一个被作品创造的人物(créateur créé)。在《谈〈海滨墓园〉》中,他斩钉截铁地指出:"没有真正的文本意义。也没有作者权威。无论作者的写作意图是什么,他写了他所写的。发表了的文本就像一个人人都能按照自己意愿、结合自己能力使用的设备,无法确保设备制造者比其他人使用得更好。"③他因此主张彻底分离作者、作品与读者。另一方面,弱化作者的作用与功能必然会导致对读者作用的重视,瓦莱里确实不断强调读者在作品解读中的重要性,曾指出"我的诗句的意义就是别人赋予它们的意义"④。瓦莱里对读者

---

① 保罗·瓦莱里,《波德莱尔的地位》,见保罗·瓦莱里《文艺杂谈》,段映虹译,天津:百花文艺出版社,2002年,第176页。
② William Marx, *Naissance de la critique moderne*, Arras: Artois Presses Université, 2002, p. 109.
③ Paul Valéry, « Au sujet du *Cimetière marin* », in Michel Jarrety (éd.), *Œuvres*, t. 2, Paris: Le Livre de Poche, 2016, p. 288–289.
④ Paul Valéry, « Commentaires de *Charmes* », in Michel Jarrety (éd.), *Œuvres*, t. 2, Paris: Le Livre de Poche, 2016, p. 293.

功能的认识无疑具有超前性，我们在"二战"后兴起的德国接受美学与阅读理论中才看到类似的观点。然而，瓦莱里对作品独立性的强调促使他无法完全将解读的任务交给读者，在他看来，艺术品可分两类——"一部分作品被接受者创造，一部分作品创造它们的接受者"①。伟大的作品在创作时，并不面向特定的读者，每位读者自己会赋予作品以丰富的含义，因此可以说，伟大的作品创造自己的读者，从这个意义上说，"创造者，就是那个推动别人去创造的人"②。

最后是对匿名性（anonymat）的强调。对匿名性的强调是否认作者功能的直接结果。瓦莱里认为作者本人与他自己也是不重合的，主张切断同一位作者不同作品之间的联系，并强调某种匿名性，以最大程度地获得美的享受。如此一来，瓦莱里反对传统的文学史写法，认为"一种深刻的文学史不应当被理解为由作家，由他们的职业生涯或他们的作品遭遇的偶发事件构成的历史，而应当理解为作为生产或消费'文学'的精神的历史。这一历史甚至可以在不说出任何作家姓名的情况下写就"③。瓦莱里这一论述启发热奈特等人提出结构主义与形式主义文学史。热奈特曾引用瓦莱里这段话，并指出，"一个多世纪以来，我们对文学的思考与使用受到某个成见影响[……]，这一成见假定作品主要由其作者决定并由此表达作者的意图"④，"成见"一词表明了热奈特对瓦莱里观点的认同。在1972年发表的《诗学与历史》（«Poétique et histoire»）一

---

① Paul Valéry, « Réflexions sur l'art », in Michel Jarrety (éd.), *Œuvres*, t. 2, Paris: Le Livre de Poche, 2016, p. 890.

② Paul Valéry, « Réflexions sur l'art », in Michel Jarrety (éd.), *Œuvres*, t. 2, Paris: Le Livre de Poche, 2016, p. 876.

③ Paul Valéry, « De l'enseignement de la poétique au Collège de France », in Michel Jarrety (éd.), *Œuvres*, t. 3, Paris: Le Livre de Poche, 2016, p. 945.

④ Gérard Genette, « L'utopie littéraire », in Ginérard Genette, *Figures I*, Paris: Seuil, 1966, p. 129.

文中,热奈特建议进行一种特别的文学史研究:"我觉得在文学中,历史性客体是那些超越作品的因素,是它们构成了文学游戏,为了节省时间,我们可以称之为'形式',例如修辞规则、叙事技巧、诗学结构等。只需看看在不同历史时期,形式一直处于延续、变化中,就知道一种文学形式的历史是存在的,正如存在美学形式史和其他技巧史一样。不幸的是[……]这样的历史总的来说还有待书写,而且我觉得这种历史的确立应该成为今天最要紧的任务。"①四十年后,在 *LhT* 杂志专号"诗学的历险"中,热奈特又对形式史研究发出了呼唤②。

以上我们就瓦莱里给予当代法国诗学的启示进行了梳理。诚然,20 世纪 60 年代的新批评以及后来的结构主义诗学并没有如他们所声称的那样完全继承瓦莱里的遗产,有时他们自己的理论主张甚至建立于对瓦莱里的误读之上。然而,无论如何,20 世纪 60—70 年代的文学理论家们"还是准确理解了瓦莱里'创作学'的深刻内涵,对一切将文学视作信息的观念保持警惕"③,并在对"文学性"也即文学内在属性的讨论之上,确立起了当代诗学学科。

三、瓦莱里与新世纪的"可能性文本理论"

20 世纪 80 年代以来,文学研究中出现某种向传统的回归,诗学研究逐渐失去其在 20 世纪 60—70 年代的主流地位,仅成为众多文学研究理论与方法中的一种,瓦莱里的影响也随之减弱。直至 21 世纪初,由于某种理论即"可能性文本理论"的兴起,瓦莱里及其

---

① Gérard Genette, « Poétique et histoire », in Ginérard Genette, *Figures* Ⅲ, Paris: Seuil, coll. « Poétique », 1972, p. 18.

② Cf. Gérard Genette, « Quarante ans de Poétique », *Fabula-LhT*, n° 10, « L'aventure poétique », décembre 2012. Page consultée le 06 septembre 2013. URL: http://www.fabula.org/lht/10/genette.html.

③ William Marx, *Naissance de la critique moderne*, Arras: Artois Presses Université, 2002, p. 199.

诗学又回到研究者视野中。此次涉及的是瓦莱里有关文学作品本质上的未完成性的思考，这一思考实际上也是瓦莱里诗学思想的一个重要内容。

对作品未完成性的思考一方面与瓦莱里自身的创作实践有关。瓦莱里在创作时，经常会留下未竟的作品，比如《年轻的命运女神》的写作跨越了二十余年，在1917年正式出版前，这首长诗以未完成的形式存在了很多年。瓦莱里也时常谈论自己这一创作"习惯"，提到未完成的原因有时是中途失去兴趣，有时是觉得没有继续的必要。但是，归根到底，这种"习惯"还是跟瓦莱里对文学本质的认识有关。另外，对瓦莱里来说，创作是一个无尽的过程，因为"精神生活本身是一种始终活跃着的转变力量"①，作者在一个阶段的努力后能写出一部"看得见的作品"②，但这部作品无论多么成功，"其存在和形成在我们看来却是偶然的"③，而且始终等待着进一步的完善，因此瓦莱里说"一部作品从来都不是完成的（achevé）[……]而是放弃的（abandonée）"④，放弃的原因可能是身心疲劳、意外事件、偶发的虚无感等外在因素，或者用布朗肖的话来说是"以出版商、经济要求、社会事务等面目出现的历史"⑤。

另一方面，作品之所以是偶然的、未完成的，是因为"作者在创作过程中面临[……]多种多样的道路"⑥，大到整体布局，小到遣词

---

① Paul Valéry, « Au sujet du *Cimetière marin* », in Michel Jarrety (éd.), *Œuvres*, t. 2, Paris: Le Livre de Poche, 2016, p. 276.
② 保罗·瓦莱里：《诗学第一课》，见保罗·瓦莱里《文艺杂谈》，段映红译，天津：百花文艺出版社，2002年，第317页。
③ 保罗·瓦莱里：《诗学第一课》，见保罗·瓦莱里《文艺杂谈》，段映红译，天津：百花文艺出版社，2002年，第316页。
④ Paul Valéry, « Au sujet du *Cimetière marin* », in Michel Jarrety (éd.), *Œuvres*, t. 2, Paris: Le Livre de Poche, 2016, p. 276.
⑤ Maurice Blanchot, *L'espace littéraire*, Paris: Gallimard, 1955, p. 12.
⑥ 保罗·瓦莱里：《诗学第一课》，见保罗·瓦莱里《文艺杂谈》，段映红译，天津：百花文艺出版社，2002年，第316页。

造句,每一次选择都面临大量可能性,做出选择意味着对其他可能性的舍弃。对于这一过程,瓦莱里更多持遗憾态度,他曾设想"创作(faire)一部作品,这部作品将在每个纽结处展示可能会向精神呈现的多样选择,精神会在其中选择唯一的后续,并在文本中体现出来。这将是用一种'每个时刻都有各种可能'的决定来取代只有模仿现实的唯一决定的幻觉,前一种决定在我看来才是真实的"①。瓦莱里还透露自己"曾发表同一些诗歌的不同版本,它们有时甚至是自相矛盾的"②。热奈特认为,我们能从瓦莱里这些话语中"看出某个现代文学计划"③,此外,他确实把罗伯-格里耶的《窥视者》和索莱尔斯的《公园》视作瓦莱里设想的实践结果④。

瓦莱里有关未完成与可能性的谈论之后给予法国诗学研究者很大启发。例如在托多罗夫和热奈特之后担任《诗学》杂志主编的米歇尔·夏尔曾多次引用瓦莱里有关可能性的言论,此外,夏尔的论断——"文本通过不时出现的危机,从一种局部平衡过渡到另一种局部平衡,在过渡处,文本放弃了一些可能性发展,后者最终在它周围编织出大量的草稿"⑤——很难不令我们联想到瓦莱里的观点。在瓦莱里思想启发下,夏尔确立了独特的文本阅读与分析方法,为新世纪法国可能性文本理论的发展奠定了基础,对此我们将在下一章中进行深入考察。

---

① Paul Valéry, « Fragments des mémoires d'un poème », in Jean Hytier (éd.), Œuvres, t. I, Paris: Gallimard, 1957, p. 1467.
② Paul Valéry, « Fragments des mémoires d'un poème », in Jean Hytier (éd.), Œuvres, t. I, Paris: Gallimard, 1957, p. 1467.
③ Gérard Genette, « La littérature comme telle », in Gérard Genette, *Figures I*, Paris: Seuil, 1966, p. 256.
④ Gérard Genette, « La littérature comme telle », in Gérard Genette, *Figures I*, Paris: Seuil, 1966, p. 256.
⑤ Michel Charles, *Introduction à l'étude des textes*, Paris: Seuil, 1995, p. 102.

＊＊＊

1937—1945年，瓦莱里在法兰西公学院开设"诗学"课。瓦莱里去世后，接替他的让·波米埃（Jean Pommier）取消了"诗学"课，开设了"文学创作史"（«Histoire des créations littéraires»）课程，尽管涉及创作，但实际上还是回到了文学史。瓦莱里在一段时期内后继无人，由他开启的文学理论研究又关上了大门。尽管如此，他在一个因战乱而无法考虑诗歌与诗学的时期，提出了开设"诗学"课的大胆想法并付诸实践，从今天来看推动了文学理论的发展，他的贡献因此不可磨灭。此外，在1937—1945年的授课过程中，瓦莱里留下2500多页的备课笔记。这些笔记已由威廉·马克斯整理编撰完毕，于2022年2月以《诗学课》（Cours de poétique）之名在伽利玛出版社出版。瓦莱里在其中深入探索了"精神的产物"（les oeuvres de l'esprit），后者不仅包括诗歌与文学创作，也包括其他艺术创作甚至非艺术活动，既包括个体的创造，也包括集体的创造，总而言之就是对精神创造过程的探究。马克斯如此评价瓦莱里的诗学课："这是文学与美学思考至为重要的时刻，是思想的真正时刻，它摆脱了既定的条条框框，如闪电般绘制出20世纪与21世纪理论探索中最彻底的演变。瓦莱里在'诗学'课中发展了某种有关智性生活的整体人类学，某种精神人类学，既涉及个体层面，也涉及集体层面，其视野、其直觉、其结果与胡塞尔的现象学、维特根斯坦的批评哲学、布尔迪厄的某些社会学分析或神经科学领域最新的研究成果产生了共鸣。"[1]相信对《诗学课》的阅读与研究必定会为当代法国诗学与文学研究提供新的启迪。

---

[1] William Marx, « Le cours de Poétique de Valéry enfin publié », Fondation Collège de France. Page consultée le 16 décembre 2022. URL：https://www.fondation-cdf.fr/2022/02/08/le-cours-de-poetique-de-valery-enfin-publie/.

第二章　写作本质研究

诗学首要的研究对象是文学本质。然而，什么是文学的本质？从诗学视角来看，在不同历史时期，文学的本质先后被等同于摹仿、修辞技巧、天赋灵感、文学性……而"文学性"本身又被等同于陌生化技巧、语义朦胧、反讽、张力、诗功能、对等原则等。法国当代诗学是在俄国形式主义影响下确立与发展起来的，因此20世纪60—70年代的法国诗学研究者也接受了"文学性"观念，并将其等同于文本的深层结构。假如我们缩小考察范围，从西方现代文学观的形成也即从德国浪漫主义开始去考察文学本质，就会发现尽管不同流派、不同学者对文学本质的认识不尽相同，但不同观念之间存在一个共性，那便是文学文本的中心地位。从20世纪70年代开始，随着接受美学与阅读理论被译介至法国，文学批评给予文本接受者以更多位置。与此同时，另一种文学研究理论与方法——文本发生学与发生学批评首先在法国出现，这一流派研究者也将目光转移至文本之外，主要依托手稿，关注作品从酝酿、书写到最终完成的过程。与阅读和接受理论一样，这一理论与方法也拓展了文学研究对象，进一步破除了文本中心论，在此过程中为文学本质研究提供了新的启示。本章我们将从介绍文本发生学与发生学批评出发，考察近年来法国文学研究领域借助新理论对文学本质做出的新思考以及取得的重要结论。

第一节　从文本到"前文本"：文本发生学

一、法国文本发生学的确立与发展

对手稿的兴趣在西方由来已久。但作为学科的文本发生学诞生于20世纪70年代，最初由一些年轻的结构主义者创立。实际上，在结构主义鼎盛时期，已有一些结构主义者逐渐对文本结构的过度抽象性感到不满，迫切要求找回实质内容，并开始对手稿予以关注。1968年，路易·海（Louis Hay）在法国国家科学研究中心（CNRS）创立海涅手稿研究团队，1974年，海在巴黎高等师范学院创立现代手稿历史与分析中心（Centre d'Histoire et d'Analyse des manuscrits modernes，CAM），1982年，这一研究中心更名为现代文本与手稿研究院（Institut des textes et manuscrits modernes，ITEM），成为法国国家科学研究中心的一个分支。今日有上百位法国及外国研究者在这一研究中心的二十多个研究团队内工作。1979年，由海作后记，路易·阿拉贡（Louis Aragon）、雷蒙德·德布雷-热奈特（Raymonde Debray-Genette）、让·贝尔蒙-诺埃尔（Jean Bellemin-Noël）等多位学者供稿的论文集《发生学批评文集》（*Essais de critique génétique*）出版，"成为一个学科的宣言或者说出生证，而1992年创办的《发生学》（*Genesis*）杂志是这一学科得到承认的标志"[1]。这部著作的出版也令"发生学批评"这一术语进入文学批评场域。

---

[1] Benard Beugnot, « Territoires génétiques: autours des travaux de Louis Hay », *Revue d'Histoire littéraire de la France*, vol. 103, 2003 (2), p. 259.

文本发生学或发生学批评在 20 世纪末 21 世纪初的法国文学研究领域取得重要进展,出版了包括贝尔蒙-诺埃尔的《文本与前文本》(*Le Texte et l'Avant-texte* 1972)、阿尔穆特·格雷西永(Almuth Grésillon)的《发生学批评要素:阅读现代手稿》(*Éléments de critique génétique: lire les manuscrits modernes* 1994)、皮埃尔-马克·德比亚齐(Pierre-Marc de Biasi)的《文本发生学》(*Génétique des textes* 2000)、丹尼尔·费雷(Daniel Ferrer)的《草稿的逻辑》(*Logiques du brouillon* 2011)等专著。丛书方面主要包括海在 1979 年创立并主编的"文本与手稿"(直至 2005 年)丛书,贝亚特丽斯·迪迪耶(Béatrice Didier)与雅克·奈夫斯(Jacques Neefs)主编的"现代手稿"丛书,德比亚齐与马克·谢摩尔(Marc Cheymol)主编的"自由星球"丛书。文集方面,出版了包括格雷西永主编的《从发生到文学文本:手稿、文本、作者、批评》(*De la genèse au texte littéraire: Manuscrits, texte, auteur, critique* 1988)、海主编的《文本的诞生》(*La Naissance du texte* 1989)、孔塔·米歇尔(Contat Michel)主编的《作者与手稿》(*L'Auteur et le manuscrit* 1991)、菲利普·魏尔玛(Philippe Willemart)主编的《追寻其他知识的发生学批评》(*La Critique génétique à la recherche d'autres savoirs* 2021)等著作。此外,一些专门致力于发生学研究的杂志得到创办,例如由一些年轻的发生学研究者在 1992 年发起创办的国际发生学批评杂志《发生学》,从 2007 年开始出版的四语在线杂志《正面/反面》(*Recto/Verso*),以及多本专注于某位作家手稿研究的杂志,包括《普鲁斯特信息汇编》(*Bulletin d'informations proustiennes*)、《福楼拜》(*Flaubert*)等。

以下我们将依托几部主要的发生学研究著作,对这一文学批评流派进行考察,并尝试思考其之于更新文学与写作本质认识的启示意义。

二、文本发生学的研究对象与方法

在介绍理论与方法之前，先要解决一个术语问题。不难发现，研究者使用的术语中，同时出现了文本发生学与发生学批评。德比亚齐认为这两者的用途没有本质区别："对文学写作过程的分析以及借助草稿或准备性文件对作品进行的阐释三十年来被冠以'文本发生学'（génétique des textes）或'发生学批评'（critique génétique）之名，使用者往往倾向于将这一名称简化为'发生学'。"① 不过，就术语本身来说，它们还是存在内涵的差异的。德比亚齐对文本发生学与发生学批评做了如下区分：文本发生学以分析、整理、辨识手稿为主要任务，而发生学批评对分析、整理、辨识手稿所取得的结果进行阐释。现实中，这两项工作往往是融合的，一方面因为对手稿的整理与辨识已暗含了对作家作品的理解，而这一理解是前期阐释的结果；另一方面，尽管也有研究者直接在他人整理好的手稿基础上进行批评实践，但正因整理暗含着理解，不同的理解可能导向不同的整理结果，所以在条件允许的情况下，发生学批评者往往也亲自参与手稿的整理工作。

需要注意的是，这手稿不是任意的手稿，而是"现代手稿"，更为古老的手稿与其说需要手稿研究，不如说需要抄本研究，而通过抄本确立权威文本是语文学家的工作，这项工作在中西方皆有古老的历史。因此格雷西永认为"现代手稿"严格来说是 1750—2000 年的手稿。以 1750 年为上限首先因为留存至今的 18 世纪以前的手稿非常稀少，其次因为在作者身份与意识确立之前，不可能有草稿、手迹等概念。不过这并不是说 1750 年以前就不存在手稿或者

---

① Pierre-Marc de Biasi, *Génétique des textes*, Paris: CNRS Éditions, 2011, p. 5.

说此前的手稿不值得研究，例如蒙田、帕斯卡等人的手稿也是发生学研究的重要对象。以 2000 年为下限主要是因为，一方面随着数字时代的来临，作家越来越习惯直接在电脑上创作，手稿本身越来越少见；另一方面，作家的修改也往往在电脑上进行，除非刻意为之，否则新的版本会直接替换覆盖旧版本，几个版本之间的变化无法显示。以电子文稿为依托进行发生学研究困难重重。

无论是文本发生学还是发生学批评，都有着共同的研究对象，那便是手稿，更确切地说，"发生学批评将研究对象设定为生成文本(devenir texte)的时间维度，并提出了一个假设：处于最终完美状态的作品还经受着自身变形的影响，还包含着对自身生成过程的记忆"[①]。换言之，发生学研究的目的是揭示"作为过程的文学写作，作为生成过程的作品"[②]，或者说是"揭示写作的'躯体'与过程，同时构建有关书写操作的一系列假设"[③]。"这一过程并不能被直接认识，而是产生于某种重构工作，这一重构工作因手稿书写空间内留下的痕迹而成为可能。"[④]因此，发生学尽管研究手稿，但其终极目标不是增进对手稿的理解，而是通过手稿重构作家作品的生成过程，进而深入理解更普遍意义上的写作过程。

尽管文本发生学与发生学批评往往结合进行，但为了讨论之便，我们将其视为两个阶段。在文本发生学阶段，"发生学方法的

[①] Pierre-Marc de Biasi, *Génétique des textes*, Paris: CNRS Éditions, 2011, p. 11.
[②] Pierre-Marc de Biasi, *Génétique des textes*, Paris: CNRS Éditions, 2011, p. 7.
[③] Almuth Grésillon, *Éléments de critique génétique: lire les manuscrits modernes*, Paris: PUF, 1994, p. 7.
[④] Almuth Grésillon, « La critique génétique, aujourd'hui et demain », *L'Esprit Créateur*, vol. 41, 2001 (2), p. 9.

主要目标是从手稿出发重构前文本（avant-texte）"①。什么是前文本？"前文本"这一术语由贝尔蒙-诺埃尔在《文本与前文本》中提出，指的是"由草稿、手稿、校样、'变体'构成的整体，这一整体是被视作文本的作品诞生前的物质形式，并能与这一作品形成体系"②，用雅内尔的话来说，前文本指的是作品"出版前及出版过程中出现的全部资料，从最初的笔记或框架草案直至最后的誊清稿、修订的校样甚至作者生前出的再版"③。不过，"前文本"并非这些资料的无序堆砌，在进行手稿分析前，发生学研究者首先需要对资料进行整理，而"前文本概念指的是这一清理工作的结果"④。"前文本"实际上是一份"生成档案"（dossier de genèse），包含大纲、脚本、笔记、素描、读书笔记、草稿、誊清稿、校样等大量文件。尽管内容庞杂，但"前文本"的确是经过整理、有待分析的手稿，整理主要依据时间顺序进行，当然也考虑手稿资料之间的关系，总之，"前文本"的确立能够帮助我们明确不同文件的属性，在这个阶段，批评家意图尽可能保持客观性，将阐释留给之后的步骤。

包含大量文件的"前文本"或"生成档案"像是一座富矿，蕴含了无数的宝藏、无穷的信息，然而从表面看来，它又是杂乱无章的。因此在发生学批评阶段，批评者需要借助一个确切的视角对档案进行分析，德比亚齐列举了发生学批评对诗学、生平批评、自传研究、精神分析、现象学、语言学、文学史、社会学批评等理论与方法

---

① Pierre-Marc de Biasi, *Génétique des textes*, Paris: CNRS Éditions, 2011, p. 65.
② Jean Bellemin-Noël, *Le texte et l'avant-texte*, Paris: Larousse, 1971, p. 16.
③ Jean-Louis Jeannelle, « La critique génétique existe-t-elle? », *Critique*, N° 778, 2012, p. 232.
④ Pierre-Marc de Biasi, *Génétique des textes*, Paris: CNRS Éditions, 2011, p. 69.

的借鉴。

　　对"前文本"的研究呈现了以往依托出版文本进行的研究所无法揭示的写作特殊性，因为"通过呈现正在成形的文本肌理，前文本帮助批评者发现被作者激活的策略、手法、问题与目标，而后者无法在作品的最终形式中找到"[①]。德比亚齐以对福楼拜《圣朱利安传奇》开篇第一句话的手稿对比研究为例，呈现了发生学批评带来的作品分析与阐释新视角。从手稿分析可见：(1)"小山坡上的树林里，有一座城堡，朱利安的父母就居住在这座城堡里。"[②]这个看似简单的开头，福楼拜实际上前后修改了十遍。(2)从第一稿到最后一稿，这个开头变得越来越简洁，字数减少至第一稿的一半。福楼拜保留了与叙事紧密相关的内容，逐渐删掉了与叙事矛盾或与保留的内容相悖的词句。(3)从源头与影响来说，最初几版的开头本来是"世界上从来没有一个比小朱利安更漂亮的孩子，也没有比他的父母更好的父母"，可以看出《基热马尔》《小红帽》等文本对福楼拜的影响，而在定稿中，这一影响已无迹可寻。德比亚齐认为，对这一源头与影响的隐藏恰恰是福楼拜写作艺术的体现：草稿中的开头明显指向民间故事类型，而定稿对这一文类标记的隐藏令《圣朱利安传奇》的文类身份变得模棱两可。此外，由于具有民间故事的内里，圣朱利安的故事得以通过民间故事的中介，稍微脱离宗教与神圣的彼岸领域，开始与此世建立联系。这种模棱两可性令文本变得更为丰富，"传奇的开头必须是中性的，选择现实但也不排除超自然，看不出属于何种文类，尤其不属于民间故事：

[①] Pierre-Marc de Biasi, *Génétique des textes*, Paris: CNRS Éditions, 2011, p. 221.
[②] 福楼拜：《圣朱利安传奇》，见福楼拜《福楼拜小说全集》(下卷)，刘益庾、刘方译，北京：人民文学出版社，2002年，第39页。

此举是为令阅读契约变得不确定，让读者对自己的选择负责"①。（4）城堡所在的位置"小山坡"从一开始就出现于草稿中，德比亚齐认为对这一点的确认十分关键，它表明了福楼拜赋予城堡位置——必须位于小山坡上——这一细节的重要性。一方面，山坡上的城堡令人联想到《睡美人》的城堡，而对这一细节的坚持促使《圣朱利安传奇》与民间故事的互文关系得到保留；另一方面，位于小山坡上的城堡是很罕见的，因为这样的城堡防御能力薄弱，与现实不符，"这一细节对福楼拜来说吻合某个根本的选择［……］这一选择与再现的属性本身有关"②。德比亚齐认为福楼拜意图采取的正是一种中世纪视角或者说中世纪再现方式。综合上述通过"前文本"分析获得的结论，德比亚齐认为福楼拜笔下的圣朱利安的生活必须从两个角度去阐释，即自上往下的上帝视角，以及自下往上的精神病临床视角，这两种不兼容的视角同时存在于《圣朱利安传奇》中，令故事与人物呈现出多面性与复杂性，创造出丰富的阐释空间。

三、文本发生学的研究价值及其启示

2011年出版《发生学批评》时，作者德比亚齐称发生学已成为"三十多年来文学领域在批评方法方面的主要创新"③。法国当代批评家雅尔蒂则认为"发生学批评的新意尤其体现于，其完整的方法得到了更为科学的界定"④，对发生学研究者来说，文学创作的特

---

① Pierre-Marc de Biasi, *Génétique des textes*, Paris：CNRS Éditions, 2011, p. 239.
② Pierre-Marc de Biasi, *Génétique des textes*, Paris：CNRS Éditions, 2011, p. 247.
③ Pierre-Marc de Biasi, *Génétique des textes*, Paris：CNRS Éditions, 2011, p. 7.
④ Michel Jarrety, *La critique littéraire en France: Histoire et méthodes*（1800－2000）, Paris：Armand Colin, 2016, p. 251.

殊性并不体现于某种线性的目的论逻辑,将文本的最终版本当作写作计划的完美终点,恰恰相反,文学创作"是在偏移、放弃、后悔和偶然中前行的,它所保留的经常是它一开始似乎要拒绝甚至忽略的东西"①。通过致力于确定作品诞生的阶段以及每个阶段的具体日期,为读者提供各种详尽的校勘本,揭示作家的工作方式甚至是写作程序,纠正此前一些无法被手稿证实的阐释,发掘此前不为人知的写作事实等等,发生学批评深化了我们理解文学的方式。

首先,自诞生以来,发生学为阐释作品提供了全新视角,深化了对一些文学作品的理解,甚至通过本领域的发现改变了文学史。上文我们已提到对福楼拜的《圣朱利安传奇》进行的发生学批评所开启的新的阐释空间以及所导向的新的结论。我们可以再举两个例子来认识发生学批评之于文学研究的重要性。第一个例子仍然是福楼拜的例子,涉及福楼拜的《三故事》。《三故事》包括《淳朴的心》《圣朱利安传奇》《希罗迪娅》三个故事,是福楼拜最后的作品,三个故事先是单独在报纸上连载,在1877年由福楼拜的出版商乔治·夏邦杰(Georges Charpentier)结集出版。1931年,《圣朱利安传奇》的手稿被公开,人们得知福楼拜对这个故事的写作持续了三十余年,期间福楼拜写作并出版了《包法利夫人》《圣安东尼的诱惑》《布瓦尔与佩库歇》。三十余年间,对《圣朱利安传奇》的写作不断被终止又不断被重拾。1957年,由勒内·杜梅尼尔(René Dumesnil)编订的《三故事》在美文出版社出版,杜梅尼尔介绍手稿时,指出它们"是完全无法辨认的草稿[……]无法辨认不仅因为涂

---

① Michel Jarrety, *La critique littéraire en France: Histoire et méthodes* (1800 – 2000), Paris: Armand Colin, 2016, p. 252.

改,还因为几乎无法建立手稿的顺序,且手稿中缺漏的内容太多"①。然而德比亚齐指出,杜梅尼尔的判断过于表面,"没有进入福楼拜的写作逻辑中"②。如果采取发生学的方法对手稿进行整理与分析,就会发现"手稿中不存在任何缺漏,对手稿的辨认把不可读的部分减少至可被忽略的比例(0.5%),而对这些草稿的整理呈现出《三故事》写作非常有序的形象,这一写作过程尽管复杂,却完全是有逻辑的、持续的"③。

再以马尔罗遗作《不》为例。马尔罗曾在不同场合表示要创作一部与描写西班牙内战的《希望》相似但以法国抵抗运动为主题的小说《不》。出于不为人知的原因,这部小说最终没有面世。直至近期,研究者在整理马尔罗自传《拉撒路》的"生成档案"时发现,《拉撒路》中的一个场景描写其实来自《不》的写作计划。实际上,从《拉撒路》的"生成档案"来看,作家本来打算从当时正准备的小说《不》的素材中提取几个场景,将其用于自传的写作,尽管《拉撒路》最终只保留了其中一个场景。新发现的手稿与旧的手稿一起构成了一部较为完整的《不》的草稿。2013 年,《〈不〉,一部关于抵抗运动的小说的断片》出版,令读者得以窥见一部他们以为不存在或早已消失的小说的雏形。

其次,发生学的发展促成了文学研究与批评对象的转移。正如上文提到的那样,对手稿的兴趣并非在 20 世纪下半叶才出现,18 世纪的德国语文学即以发掘、研究古代手稿为目标。在 20 世纪

---

① 转引自 Pierre-Marc de Biasi, *Génétique des textes*, Paris: CNRS Éditions, 2011, p. 138。

② Pierre-Marc de Biasi, *Génétique des textes*, Paris: CNRS Éditions, 2011, p. 139。

③ Pierre-Marc de Biasi, *Génétique des textes*, Paris: CNRS Éditions, 2011, p. 138-139。

上半叶，法国文学界不断有目光敏锐的研究者注意到手稿的重要性，有些研究者无论从研究目标还是方法来看都已十分接近今日的发生学。只不过，此类对出版手稿校注版的研究的最终目的是确立权威文本，并维护这一权威性。而发生学的研究对象是写作过程，认为草稿与印刷版本一样都是文本生成过程中的一环，最重要的不是印刷品，而是从最初的创作念头到最后形成印刷品文字所经历的形变，或者说是"形变的模式"[1]。或者如费雷所言，语文学家所从事的"文本批评对文本的'重复'感兴趣，而发生学批评对创作过程也就是'创造'感兴趣；前者的目的是确立文本，后者的目的不如说是要打破文本的平衡"[2]。不难发现，在新旧两种手稿研究之间存在一种"认识论断裂"[3]。

这种断裂一方面体现在文本地位的变化。在形式主义与结构主义时期，文本逐渐取得至高无上的地位，如德里达等后结构主义者一度宣称"文本之外别无他物"。至结构主义后期，有学者从结构主义内部对这种文本与作品观念提出疑问，例如托多罗夫曾有言："我们认为作品的统一性不言自明，每当有人（按照《读者》杂志的技术）对作品剪剪切切，我们便大喊这是亵渎圣物的行径。但事实可能要更为复杂：别忘了在学校[……]我们读的都是'文选'或'片段'。今天仍然存活着某种书籍拜物教，作品转变为珍贵的静

---

[1] Benard Beugnot, « Territoires génétiques: autours des travaux de Louis Hay », *Revue d'Histoire littéraire de la France*, vol. 103, 2003 (2), p. 261.

[2] Daniel Ferrer, « Filiations divergentes: critique génétique et critique textuelle », *Escritural*, n° 2, décembre 2009. Page consultée le 20 septembre 2022. URL: http://www.mshs.univ-poitiers.fr/crla/contenidos/ESCRITURAL/ESCRITURAL2/ESCRITURAL_2_SITIO/PAGES/Ferrer.html#n1.

[3] Benard Beugnot, « Territoires génétiques: autours des travaux de Louis Hay », *Revue d'Histoire littéraire de la France*, vol. 103, 2003 (2), p. 261.

物与圆满的象征,而切割被等同于阉割。"①随着阐释学、阅读理论与接受美学的兴起,封闭文本所占据的绝对优势地位愈发受到挑战,而发生学令这一地位彻底动摇。1985年,路易·海在《诗学》杂志发表文章《文本并不存在:关于发生学批评的思考》,通过对比文本与前文本,海质疑了结构主义者赋予文本的统一性、连贯性等特征,文本的优先地位被撼动,甚至文本概念本身也受到质疑。换言之,发生学"并不认为最终的文本具有特权地位,当这个最终文本存在时,我们可以将它看成之前一系列变形的派生物,或一个外在于前文本范畴的实体"②。

另一方面,断裂还体现于,在发生学视角下,写作过程中、定本出现前存在的其他文件获得了合法地位,理直气壮地成为文学批评的研究对象。换言之,在质疑出版文本中心地位及其权威性的同时,"发生学批评赋予文学手稿的出版与阐释计划以合法性,其目的在于从内部澄清作家的工作、写作的进程以及作品的生成过程"③,借助手稿,发生学"将批评追问从作者转移至作家,从文字转移至写作,从结构转移至过程,从作品转移至其生成,从而更新对文本的认识"④。

发生学研究者将大纲、草稿、定本等一视同仁,这一"亵渎"文本的做法也遭到了部分研究者的反对,手稿呈现的巨大可能性与一些批评者对手稿的否定态度形成了矛盾。但这一矛盾的根源在

---

① Tzvetan Todorov, *Introduction à la littérature fantastique*, Paris: Seuil, 1970, p. 47-48.
② Pierre-Marc de Biasi, *Génétique des textes*, Paris: CNRS Éditions, 2011, p. 155.
③ Pierre-Marc de Biasi, *Génétique des textes*, Paris: CNRS Éditions, 2011, p. 155.
④ Pierre-Marc de Biasi, *Génétique des textes*, Paris: CNRS Éditions, 2011, p. 11.

德比亚齐看来是因为"大部分手稿从形式上否定了确定文本意义的可能性"[1]。需要指出的是，发生学研究并不否认文本意义和阐释可能性，我们已在上文看到发生学为阐释开启的新空间；在发生学研究者看来，"生成档案"所包含或提供的，也并非终稿以外的意义，因为文本本身包含了无穷无尽的阐释可能。因此，与终稿相比，"生成档案"的价值在于其所蕴含的"大量残余物，即作品设想与创作过程中产生的剩余、废料、碎片"[2]，发生学便是要"通过处理这些残余物，将其转变成线索"[3]，从而深入对文本的阐释。因此，发生学否定的，是所谓的"确定的"甚至"唯一的"意义。

在此过程中，"残余物"被赋予价值，它令我们看到写作过程中被作者舍弃的其他可能性，"在偏重创作过程而非创作成果，在发现本来可能同样被最终状态保留的其他路径时，发生学促进了某种必要性的解体，之前的某些批评流派可能会承认这种必要性，从而忽略作品本来可能成为但最终没有成为的样子。最后的版本因此成为种种可能性之中的一种"[4]。最后的版本成为诸多可能性文本的一种，这一视角的转换对文学创作与研究均产生了重要影响。

最后，发生学实现了批评方法与批评模式的创新。发生学虽然为阐释开启新的空间，但它本身注重的并非对作品的阐释，甚至可以说，发生学开始的地方，正是阐释停止的地方。发生学的"原则不在于将作品与某个阐释预设联系起来，而是反过来要遗忘一

---

[1] Pierre-Marc de Biasi, *Génétique des textes*, Paris: CNRS Éditions, 2011, p. 182.

[2] Pierre-Marc de Biasi, *Génétique des textes*, Paris: CNRS Éditions, 2011, p. 261.

[3] Pierre-Marc de Biasi, *Génétique des textes*, Paris: CNRS Éditions, 2011, p. 261.

[4] Michel Jarrety, *La critique littéraire en France: Histoire et méthodes*（1800-2000）, Paris: Armand Colin, 2016, p. 252.

切最初的阐释预设,以便关注存在于作品之前的东西,关注作品尚未存在时便已存在的遗址"①。对于发生学来说,最重要的并非从文本中读出某个前人未曾读出的意义,而是通过去"生成档案"中寻找蛛丝马迹来佐证解读的合理性。也正是因此,发生学途径能够限制文本的开放性程度,阻止天马行空、漫无边际的阐释。发生学研究者也"并非'意义的赋予者',恰恰相反,他的职责在于在揭示由他所重构的过程时做到隐身"②。正是这一点令发生学与其他重阐释的批评途径拉开了距离。

由于将目光集中于"前文本",发生学批评本身变成充满变动的批评途径。如果说最终出版物相对而言是一个静止的客体,"前文本"却并非如此,新手稿的发现会改变"生成档案"中不同手稿资料之间的关系,新证据的出现会改变对手稿中作家涂改标记的阐释,因此,"前文本"往往处于不断的运动变化中,而这个变动不居的客体也对批评方法提出了挑战。由于"前文本"包含的文件数量巨大、形式杂乱,且手稿中包含了各种不准确、不确定元素,因此"这一新的批评途径扰乱了知识场域"③,促使人们对批评活动本身的性质做出反思。

反过来,为了特定的目的,手稿可以从不同角度去分析,除了上文提到的常规批评途径,手稿研究甚至可以借助化学与物理学,将不同学科的知识运用于对手稿其中某方面特征的揭示。因此不同学科专家围绕同一部作品或同一位作家手稿展开研究便也成为

---

① Pierre-Marc de Biasi, *Génétique des textes*, Paris: CNRS Éditions, 2011, p. 262.
② Pierre-Marc de Biasi, *Génétique des textes*, Paris: CNRS Éditions, 2011, p. 262.
③ Pierre-Marc de Biasi, *Génétique des textes*, Paris: CNRS Éditions, 2011, p. 180.

常见现象,手稿越来越成为跨学科研究的对象。换言之,"面对种种不同的方法,发生学并不认为自己处于与它们的竞争关系中,情况甚至正好相反,因为在必要时刻,发生学会毫不犹豫地采取这些方法,用于对自身研究对象的阐释"①。

与此同时,发生学方法不仅存在于文学领域,还拓展至其他学科,被用于对哲学家、社会学家、历史学家、翻译家等人的手稿研究;不仅存在于文字媒介研究中,还存在于对音乐、电影、绘画等其他艺术媒介的研究中;不仅被其他人文社科领域研究运用,甚至还被技术领域与"硬"科学研究借鉴。发生学之所以适用于这些学科,是因为其探索的实际上是人在创作过程中的精神活动,而这"令发生学成为有关过程的一种横向科学,能运用于创造所产生的全部材料"②。从这个角度说,"发生学并非一种与其他文本分析方法竞争的批评途径,而是一个新的研究场域,蕴含着对批评关系本身进行追问的要求,促使这一批评重拾不同专业进行的跨学科争论"③。

从更深层次说,"发生学与其说是多种可能性批评方法中的一种,不如说是制造自身研究对象的一种途径,而这一对象不是作品"④。换言之,研究对象不是直接或间接被提供的,而是研究者自己制造的,这或许是发生学最独特之处,它考虑的是"某种与作品相关的谱系学或考古学资源,某种与痕迹相关的物质性基底,在这些资源与基底中,研究者能够辨别出可以构成自己调查档案的那

---

① Pierre-Marc de Biasi, *Génétique des textes*, Paris: CNRS Éditions, 2011, p. 258.
② Pierre-Marc de Biasi, *Génétique des textes*, Paris: CNRS Éditions, 2011, p. 280.
③ Pierre-Marc de Biasi, *Génétique des textes*, Paris: CNRS Éditions, 2011, p. 180.
④ Pierre-Marc de Biasi, *Génétique des textes*, Paris: CNRS Éditions, 2011, p. 261.

些材料"①。"生成档案"的构建确实建立于对现存手稿文件的整理基础上,但并非任何文件都能进入"生成档案",如上文所言,整理暗含着某种逻辑。因而,"生成档案"的构建过程实际上也是发生学批评构建自身对象的过程。

四、文本发生学的挑战

自诞生之日起,发生学便不断受到质疑与挑战。发生学研究代表学者格雷西永本人即在 21 世纪初撰文,提出了发生学的几大难题。例如生成的边界如何界定的问题,因为从源头看,作者的创作意图萌生于何时何地,实际上很难考证,即使找到最早记录作者创意的文件,也不能保证灵感就萌发于此时;从"前文本"到文本的过渡也没有表面看来那么容易,比如在戏剧领域,剧作家根据演出情况修改剧本的事时有发生,贝克特、布莱希特就习惯不断修改他们的剧本,这种情况下,"前文本"与文本的边界体现出模糊性。再如没有手稿如何研究生成过程的问题:一方面,18 世纪前很少有手稿存在,但这不代表生成过程不存在;另一方面,数字时代给发生学提出了极大的挑战,电脑写作隐藏了删改痕迹,即使有意识保留不同时期的版本,这些版本也与纸质时代的手稿并非一回事。

然而,格雷西永也指出,认为发生学会随着数字时代的到来而寿终正寝,"这样的结论下得有些过快"②,实际上,电脑软件也有保留修改痕迹的功能,而携带着不同时期修改痕迹的电子版本也能成为发生学研究的对象,"写作的媒介、保存和传播作品的方式改变了,但发生学批评的对象本身,也即对写作过程的揭示与阐释始

---

① Pierre-Marc de Biasi, *Génétique des textes*, Paris: CNRS Éditions, 2011, p. 261.

② Almuth Grésillon, « La critique génétique, aujourd'hui et demain », *L'Esprit Créateur*, vol. 41, 2001 (2), p. 13.

终没有改变"[1]。德比亚齐也认为即使在数字时代,"文本发生学仍然是一条研究写作的直接途径,它专注于作品的所有审美层面,由于需要沉入创作的核心,因此相比大多数批评方法,它对文学活动的现实更为敏感"[2]。首先,不同的媒介也影响着创作者的心态。在白纸黑字的时代,任何涂改都会在纸上留下痕迹,作者动笔在纸上写下文字时也许已在心中打过无数遍腹稿,促使其下笔谨慎的既有物质方面的原因(不浪费纸张,不影响阅读),也有心理方面的原因(不留下可能会影响其声名的证据)。到了数字时代,如果不刻意选择审阅或修订模式,那么任何增删都不会在电子文稿中留下表面痕迹。由于无论物质方面还是心理方面,作者为修改所付出的代价都比过去小了很多,因此这也许会促使作者缩短酝酿阶段,更快地进入写作进程。德比亚齐因此认为,"电子草稿构成了一份认知丰富性程度史无前例的资料,它能令发生学研究者进入比纸张痕迹所呈现的还要早得多的心理进程中"[3]。其次,过去的手稿研究全建立于手稿是否能被妥善保管的基础上,假如手稿因各种原因遗失或遭破坏,那么研究就会受到极大的影响。实际上,文学史中存在大量此类事件,奠定西方文学理论基础的《诗学》本身便来自一个不完整的手稿,而《诗学》中提到的喜剧研究很可能已永久遗失。古希腊三大悲剧作家埃斯库罗斯、索福克勒斯、欧里庇得斯流传至今的悲剧就目前所知只有三十二部,但实际上埃斯库罗斯创作了九十几部悲剧,索福克勒斯创作了一百二十几部悲

---

[1] Almuth Grésillon, « La critique génétique, aujourd'hui et demain », *L'Esprit Créateur*, vol. 41, 2001 (2), p. 14.

[2] Pierre-Marc de Biasi, *Génétique des textes*, Paris: CNRS Éditions, 2011, p. 9.

[3] Pierre-Marc de Biasi, *Génétique des textes*, Paris: CNRS Éditions, 2011, p. 278.

剧，欧里庇得斯也创作了九十几部悲剧。这样的问题在数字时代应该不会再出现，因为绝大多数人在电脑上进行创作，硬盘使得草稿的保存更为可靠持久，促使发生学研究对象的数量比过去更为庞大。最后，电子文稿具有数字结构，可能天然地适用于电脑处理，因此只要方法与工具得当，未来的数字发生学研究者或许能更快地处理草稿，从而将精力投入更为精细的分析中去，获得更为深入的研究成果。鉴于这些原因，德比亚齐认为"数字时代不仅不意味着草稿的终结，反而可能还意味着草稿真正的开端和它的黄金时期"①。

* * *

正如格雷西永所言的那样，"发生学批评虽然不具备独立的理论模式，但它毫无疑问改变了文学场域的风景"②。它改变了我们对文本与对写作过程的认识，由此改变了对文学的理解，"文学此前被理解为由经典文本构成的封闭整体［……］如今，这一文学中汇入了由写作进程构成的开放整体。发生学批评向可能性、多元性、含混性甚至未完成性开放"③，极大地启发了 21 世纪出现于法国的可能性文本理论。对于后者，我们将在下一节中进行专门论述。

第二节 文本的可能性与批评的双重维度

近年来，法国文学批评界积极探索，不断突破，形成了"可能性文本理论"（Théorie des textes possibles）。以往的批评无论分析

---

① Pierre-Marc de Biasi, *Génétique des textes*, Paris: CNRS Éditions, 2011, p. 278-279.

② Almuth Grésillon, *Éléments de critique génétique: lire les manuscrits modernes*, Paris: PUF, 1994, p. 1.

③ Almuth Grésillon, *Éléments de critique génétique: lire les manuscrits modernes*, Paris: PUF, 1994, p. 6.

形式结构还是阐释文字意义,关注焦点都是现实存在的文本及肉眼可见的文字,可能性文本理论一反传统批评理论与实践,建议阅读与批评转移重心,将自身任务设定为想象和揭示萦绕在文本周围幽灵般的"可能性"文本,为审视作者、文本、读者、批评、创作之间的关系提供了新的视角,对文学理论研究、文学批评实践甚至写作实践都产生了影响。目前这一批评理论与实践可以说已自成一派,被认为是法国文学文本研究三大视野之一[①],体现出浓厚的法国特色。

一、何谓可能性文本理论?

"可能性文本理论是由马克·埃斯科拉(Marc Escola)与苏菲·拉博(Sophie Rabau)在米歇尔·夏尔学说的基础上发展起来的,同时也受到皮埃尔·巴雅尔(Pierre Bayard)、雅克·杜布瓦(Jacques Dubois)及其他几位学者学说的影响。"[②]这段文字是法国重要文学研究网站 fabula 网站上的"可能性文本"(Textes possibles)主页对这一理论的介绍。由这段文字至少可见两点:

其一,两位年轻的学者——埃斯科拉与拉博是可能性文本理论的创始者,埃斯科拉尤其做了大量工作。首先是主编并出版了《可能性文本理论》(*Théorie des textes possible* 2012)一书,收录了埃斯科拉的"介绍",以及拉博、杜布瓦、理查德·圣热莱(Richard Saint-Gelais)、伊夫·锡东(Yves Citton)等一批重要法语文论家的文章,还包括一个长达六页的详尽书目,将可能性文本理论的前驱成果与代表作都囊括其中。此书的出版可以说标志着可能性文本

[①] 参见 Vincent Jouve (éd.), *Nouveaux regards sur le texte littéraire*, Reims: EPURE, 2013, p. 5-6。另两大文学文本研究新视野为"文学与知识""语言学依据"。

[②] Atelier de Fabula, « Textes possibles », *Fabula.org*. URL: http://www.fabula.org/atelier.php? Textes_possibles.

理论的确立。其次,埃斯科拉在 fabula 网站创建了"可能性文本"主页,目前已收录大量相关文献资料。最后,埃斯科拉、拉博等可能性文本理论的推动者自身也已取得不少成果,如埃斯科拉还出版有《寓言中的狼:虚构拉封丹的六种方式》(*Lupus in fabula: six façons d'affabuler La Fontaine* 2003)、《贝洛童话评论》(*Commentaires des Contes de Charles Perrault* 2005)、《幽灵文本图书馆》(*La Bibliothèque des textes fantômes* 2014)、《修改〈恨世者〉:批评与创作》(Le Misanthrope *corrigé: Critique et création* 2021)、《勇于阅(重)读莫里哀》[*Osez*(*re*)*lire Molière* 2022]等专编著,拉博出版有《互文性》(*L'intertextualité* 2002)、《反作者的阅读》(*Lire contre l'auteur* 2012)、《与荷马的十五次(短暂)相遇》[*Quinze*(*brèves*) *rencontres avec Homère* 2012]等专编著,两人近期还出版合著《二度文学或喀耳刻图书馆》(*Littérature seconde ou la bibliothèque de Circé* 2015),进一步实践了可能性文本批评方法。

其二,可能性文本理论奠基于法国学者夏尔、巴雅尔以及比利时学者杜布瓦等人的学说。《诗学》杂志主编夏尔对该理论的创建做出了很大贡献。一方面,埃斯科拉等人都曾是夏尔在巴黎高等师范学院的学生,明显受夏尔理念影响;另一方面,夏尔直接贡献了"可能性文本"、"幽灵文本"(texte fantôme)等重要术语和概念。在《文本分析导论》(*Introduction à l'étude des textes*)中,夏尔指出自己独特的文本分析法建立于三大修辞学论据之上,其中第三个论据是"可能性"概念,即"将'现实'文本视作可能性文本"[①]的信念,可能性"并不仅仅指写作的多重可能,也指而且尤指阅读的多重可能。现实文本的有效性将不仅通过它确实写入作品的东西获

---

① Michel Charles, *Introduction à l'étude des textes*, Paris: Seuil, 1995, p. 101.

得,同样通过它没有使用和抛弃的东西获得;现实文本将被视作被潜在文本包围和穿越的文本,以至于现实文本自身也成为种种潜在文本中的一个"①。

因此,可能性信念指导下的批评"方法在于充分利用文本的文字,展现所有可能性时刻,在这些时刻出现的是诸如人物的犹豫态度,人物对事件后续的预测——文本可能否定这些预测,以及对自己正经历的故事走向的愿望或遗憾等等。这样的时刻其实比我们想象得要多很多。在句法层面,可能性文本理论也关注那些标志着一种局部微结构向另一种结构过渡的记号,以及文本没有说出但呼唤重构的一切。因此我们的任务是推广一种新型评论风格,[……]并将评论看作书写文本多种变奏的产物"②。这段话说明了可能性文本理论的理论追求与方法:首先,此类批评意图展现文本的"所有可能性时刻"。其次,此类批评可以在叙事学意义上的"故事"层面展开,对人物和情节展开想象、补充、改写等,例如洛尔·德普莱多(Laure Depretto)虚构了司汤达小说《阿尔芒斯》最后奥克塔夫写给阿尔芒斯的信的内容③;也可以在叙事学意义上的"话语"层面展开,例如埃斯科拉从拉封丹寓言的内部矛盾出发对寓言进行了批评式改写,马克·杜该(Marc Douguet)则对拉辛《淮德拉》最后十六个场次进行微调,使悲剧获得了多种新情节④。最后还可以从元批评的角度,或在其他批评文字基础上进行虚构,或对这种"新型评论风格"展开思考。前者如拉博通过研读拉辛的《奥

---

① Michel Charles, *Introduction à l'étude des textes*, Paris: Seuil, 1995, p. 108.
② Atelier de Fabula, « Textes possibles », *Fabula. org*. URL: http://www.fabula.org/atelier.php? Textes_possibles.
③ Laure Depretto, « Lettres possibles: Pour un critique épistolier », in Marc Escola (éd.), *Théorie des textes possibles*, Amsterdam: Rodopi, 2012, p.87 - 100.
④ Marc Douguet, « Cent mille milliards de tragédies », in Marc Escola (éd.), *Théorie des textes possibles*, Amsterdam: Rodopi, 2012, p. 39 - 54.

德修纪》读书笔记,推测了拉辛可能考虑过然而最终没有写出的戏剧[1];迈·谢哈伯(May Chehab)从圣-琼·佩斯阅读《恩培多克勒》时做的批注构想了诗人被毁掉的作品《盖亚》[2];圣热莱提出了"跨虚构批评"(critique transfictionnelle),也就是一种续写虚构人物命运的批评[3]。后者如埃斯科拉与拉博通过考察不同时代学者对《奥德修纪》中尤利西斯和喀耳刻故事的评论、改写、翻译,指出很多情况下"公认的区分评论与重写的界限显得分外脆弱"[4]。

需要指出的是,尽管可能性文本理论已有名有实,而且理论探索与批评实践也不在少数,但由于晚近才出现,因而还没有形成严格的体系,对自身的内容与方法也尚处探索之中。为了更好地理解这一理论,我们认为还需要考察一下这一理论的来源,也就是上文提到的夏尔、杜布瓦、巴雅尔等人的学说。

二、可能性文本理论的理论来源

1. 夏尔与可能性文本。夏尔对法国文论界最重要的贡献是提出了"阅读修辞学"(rhétorique de la lecture)的概念与方法。上文提到夏尔文本分析法的三大修辞学论据。第一个论据是记忆理论,记忆理论认为人的记忆有缺陷,不能事无巨细全部记住,因此一个具有一定篇幅的文本很难保持完全的前后连贯性,文本内部

---

[1] Sophie Rabau, « Puissance de Jean Racine (déception de Raymond Picard) », in Marc Escola (éd.), *Théorie des textes possibles*, Amsterdam：Rodopi, 2012, p. 55 - 70.

[2] May Chehab, « Gaia ou le poème (im)possible：Saint-John Perse annotant Jean Bollack », in Marc Escola (éd.), *Théorie des textes possibles*, Amsterdam：Rodopi, 2012, p. 71 - 86.

[3] Richard Saint-Gelais, « La transfictionnalité honteuse en critique littéraire », in Marc Escola (éd.), *Théorie des textes possibles*, Amsterdam：Rodopi, 2012, p. 157 - 174.

[4] Marc Escola et Sophie Rabau, *Littérature seconde ou la Bibliothèque de Circé*, Paris：Kimé, 2015, p. 16.

实际存在很多断裂。第二个论据是"独立陈述"概念,即认为文本可从断裂处分割成许多具有独立主题的片段。第三个论据是"可能性"概念。夏尔在这三个彼此相关的论据基础上,提出了阅读和分析是"文本与评论的互动"[①]和"文本作为变奏"[②]这两个假设,而他的文本分析任务即从现实文本出发,去寻找一个个可能性"变奏"。由于他认为"文本通过不时出现的危机,从一种局部平衡过渡到另一种局部平衡,在过渡处,文本放弃了一些可能性发展,而后者最终在它周围编织出大量的草稿"[③],因此"文本的危机"或者说"过渡处"——又被夏尔称作"功能断裂"(dysfonctionnement)——便成了分析可能性文本的切入点。

在文学批评实践中,夏尔往往从文本最明显的叙事逻辑出发,通过细读发现"功能断裂"处,也就是与表面叙事逻辑无法兼容甚至互相矛盾的细节,随后根据细节——又被称作"剩余元素"[④]——与文本其他元素的关系,设想文本可能的深层逻辑。夏尔多次运用自己的"阅读修辞学"方法剖析《追忆似水年华》第三部《盖尔芒特家那边》的不同片段。例如他曾对小说最后叙述者拜访盖尔芒特公爵夫妇的片段展开分析。初步阅读后,这段文字内容可被概括为"公爵府邸的闹剧",讽刺公爵夫妇虚伪愚蠢、冷酷无情,这是对此片段的一个常见解读。但夏尔指出这段文字中至少有两个元素无法被顺利纳入这种逻辑,其一是莫莱伯爵夫人送至公爵府的名片,其二是斯万,包括斯万的到访、他的死讯和他的德雷福斯主义。夏尔从这两个"剩余元素"出发,设想了这段文字隐藏的另一

---

① Michel Charles, *Introduction à l'étude des textes*, Paris: Seuil, 1995, p. 47.
② Michel Charles, *Introduction à l'étude des textes*, Paris: Seuil, 1995, p. 48.
③ Michel Charles, *Introduction à l'étude des textes*, Paris: Seuil, 1995, p. 102.
④ Michel Charles, *Introduction à l'étude des textes*, Paris: Seuil, 1995, p. 68.

个可能性文本：这几十页文字的主角不是盖尔芒特夫妇，而是斯万。叙述者一反常态地对斯万采取了批评态度，意图与他的崇拜对象拉开距离，也为后几部小说对斯万态度的彻底转变奠定了基础。夏尔认为这种解读逻辑比前一种优越，因为它能消化包括莫莱伯爵夫人的名片等在内的更多文本元素。在这个可能性文本基础上，夏尔进而提出另一个假设：《盖尔芒特家那边》结尾处不是宣布斯万死讯的最佳位置。

通过类似例子，夏尔也指出可能性文本不是唯一的，它会随批评者关注点的变化而变化，也就是说，"对文本网络不同特征的强调令我们能确立不同的文本布局，以及不同的可能性文本"[①]。这个结论不仅对内容分析有效，对结构分析也有效。总之，夏尔的《文本分析导论》甚至更早期的著作均否定了文本的权威性和同质性，肯定了写作的偶然性和可能性文本的重要性，发明了一种有趣的文本"细读"方法，提出了不少术语与概念，为可能性文本理论的确立和发展做出了巨大贡献。

2. 杜布瓦与"批评性虚构"（fiction critique 或 critique-fiction）[②]。比利时列日大学教授杜布瓦是"批评性虚构"（1997，2004，2006，2012）这一术语的提出者，1997年出版的专著《致阿尔贝蒂娜》（*Pour Albertine*）是他转向"批评性虚构"研究的标志。杜布瓦早期从事修辞学研究，后受布尔迪厄影响转向文学社会学研究，是布尔迪厄思想在比利时的重要传播者，由此不难想象他的批

[①] Michel Charles, « Trois hypothèses pour l'analyse », *Poétique*, n° 164, novembre 2010, p. 403.

[②] 法国当代文学研究权威多米尼克·维亚尔（Dominique Viart）在21世纪初也提出了 fiction critique 概念［参见 D. Viart, « Les fictions critiques de Pierre Michon », in Agnès Castiglione (éd.), *Pierre Michon, l'écriture absolue*, Saint-Étienne: Publications de l'Université de Saint-Étienne, 2002］，不过杜布瓦及本章赋予这一术语的含义与维亚尔有所不同。

评理论与实践的倾向。一方面,他的观点与夏尔有诸多相似之处,例如他也指出"一部小说是由其他小说编织而成的,后者处于草稿状态,能够成为遐想的蹦床"[1],或"批评应特别关注叙事结构及其漏洞,以便挖掘出虚构作品之中潜在的其他小说"[2];另一方面,杜布瓦明确承认布尔迪厄对小说的社会学批评对他的启发,反对将文本奉若神明的阅读和批评传统,提倡一种充满想象的多元阅读和批评方式。他明确指出这种想象性的批评理论与实践遵循三重前提:"首先,小说总是比它的作者知道得更多;其次,对这一知识的挖掘需要通过激活文本想象、继续写作工作才能实现;最后,尽管这一知识的产生方式较为特殊,但它仍对人文科学致力构建的认识不无裨益。"[3]因此"这种介入式批评"的任务是"选择继续发展虚构的现有元素,揭示它们的可能性,或者如果涉及过去的作品,就令虚构情境适应阅读的当代语境"[4]。

杜布瓦运用自己的批评方法对《追忆似水年华》《巴马修道院》《贝姨》等文本展开了深入分析。以《致阿尔贝蒂娜》为例。杜布瓦在其中指出,相比《追忆似水年华》其他主要人物,阿尔贝蒂娜一直被批评界忽略,但她在小说中的位置十分特殊,理应受到关注。杜布瓦因此从社会学视角出发,想象了阿尔贝蒂娜的出身、社会地位、欲望、心理与情感状态,令人物形象丰满起来,赋予了人物行动以合理性。更为重要的是,杜布瓦通过对阿尔贝蒂娜及小说中其

---

[1] Jacques Dubois, « Pour une critique-fiction », in Jean-Pierre Martin, *et al.*, *L'invention critique*, Nantes: Cécile Defaut, 2004, p. 123 - 124.

[2] Jacques Dubois, « Pour une critique-fiction », in Jean-Pierre Martin, *et al.*, *L'invention critique*, Nantes: Cécile Defaut, 2004, p. 125.

[3] Jacques Dubois, « Pour une critique-fiction », in Jean-Pierre Martin, *et al.*, *L'invention critique*, Nantes: Cécile Defaut, 2004, p. 112.

[4] Jacques Dubois, « Pour une critique-fiction », in Jean-Pierre Martin, *et al.*, *L'invention critique*, Nantes: Cécile Defaut, 2004, p. 112.

他与她相似的人物的深度分析，指出这些阶层、性别等身份难以界定的人物僭越了种种社会准则和约束，他们身上蕴含着深刻的社会变迁信息，对这些人物的偏爱表明了《追忆似水年华》作者超前的社会观，而以这种方式来呈现社会变迁则充分说明了作者的天才。杜布瓦结合修辞学与文学社会学的可能性研究为理解普鲁斯特作品投去新的光线。

杜布瓦不仅对小说人物进行"批评性虚构"，同时指出"对想象人物特别有效的方法也可以应用于叙事序列或场景，后者也应当有资格获得更为广泛或深入的处理。从势能来看，一切小说都会裂变成其他的可能性叙事"①。无论对象是什么，这种"批评性虚构"的功能"只是激活小说生命的方式，令小说说出被深埋的意义，令一切暗示都得到明白呈现"②。

3. 巴雅尔与文本的"改良"。可能性文本理论的另一位前驱是巴黎八大法国文学教授兼心理分析师巴雅尔。巴雅尔目前已出版专著二十余部，包括《是谁杀了罗杰·埃克罗伊德？》(*Qui a tué Roger Ackroyd？* 1998)、《如何改良失败的作品？》(*Comment améliorer les oeuvres ratées？* 2000)、《哈姆雷特调查》(*Enquête sur Hamlet* 2002)、《如何谈论没有读过的书？》(*Comment parler des livres que l'on n'a pas lus？* 2007)、《假如作品换了作者》(*Et si les oeuvres changeaient d'auteurs？* 2010)、《陀思妥耶夫斯基之谜》(*L'Énigme Tolstoïevski* 2017)、《俄狄浦斯不是罪人》(*Œdipe n'est pas coupable* 2021)、《希区柯克出错了》(*Hitchcock s'est*

---

① Jacques Dubois, « Pour une critique-fiction », in Jean-Pierre Martin, *et al.*, *L'invention critique*, Nantes: Cécile Defaut, 2004, p. 124.
② Jacques Dubois, *Pour Albertine: Proust et le sens du social*, Paris: Seuil, 1997, p. 13.

trompé 2023)等。

巴雅尔从心理学与精神分析理论出发,指出理解与交流的主观性、片面性与不完全性,主张主体的阅读与批评活动有"虚构的权利"[①],号召读者充分发挥想象力。不过,相比夏尔和杜布瓦的批评实践,巴雅尔批评实践的想象力和主观性更强。例如在《是谁杀了罗杰·埃克罗伊德?》中,巴雅尔依托阿加莎·克里斯蒂的小说《罗杰疑云》(*The Murder of Roger Ackroyd*),根据小说的情节和细节展开耐心的论证,否定了剧中人物大侦探波洛的推理与结论,推测真凶另有其人。此举实际也质疑了作者克里斯蒂的安排。除了《罗杰疑云》,巴雅尔还分析了克里斯蒂另两部同类型小说,同样对最后揭晓的谜底提出了质疑。

如果说在《是谁杀了罗杰·埃克罗伊德?》中,巴雅尔还只是质疑了克里斯蒂部分小说的逻辑,那么在《如何改良失败的作品?》中,巴雅尔的"抨击面"更广,"冒犯"程度更深,因为这次受批评的是伏尔泰、卢梭、雨果、莫泊桑、普鲁斯特、杜拉斯等"大作家的失败作品"[②]。巴雅尔首先从主题、节奏、形象、人物四个方面分析了作品的失败之处,随后主要从精神分析学角度分析了导致失败的原因,最后自告奋勇提出了"改良"作品的几条建议。其中一条建议是更换作品的作者,因为某文本在某作家笔下是失败的表现,放到另一个作家笔下,可能恰好凸显了这位作家的独特性。这一大胆的假设直接促生了另一部著作《假如作品换了作者》,巴雅尔在其中不仅提议把《局外人》当作卡夫卡的作品,把《飘》当作托尔斯泰

---

① Pierre Bayard, *Et si les œuvres changeaient d'auteurs？* Paris：Minuit，2010，p. 12.

② Pierre Bayard, *Comment améliorer les œuvres ratées？* Paris：Minuit，2000，p. 15.

的作品，把《智慧七柱》当作 D. H. 劳伦斯的作品，甚至将视野拓展至不同学科、不同符号体系，提议将斯宾诺莎的《伦理学》视作弗洛伊德的作品，将画家蒙克的《呐喊》视作音乐家舒曼的作品，等等。对这种几近戏谑的批评设想与实践，巴雅尔有自己的理由：首先，通常我们并非完全了解作者的情况；其次，错误可能导向真正的发现；最后，这种摆脱了作者权威的阅读是一种真正的创造活动，因为"它会令那些意想不到的意义突显，令文本从中获益，在其他情形下，这些意义可能不会出现"①。而这里的"其他情形"无疑暗示传统的阅读和批评方式。

应该说，无论是为小说提供"更好"的结局，尝试从各方面"改良""失败"的作品，还是建议更换作品的作者，"这些举动从很大程度上说是一种幽默，因为对巴雅尔来说，最根本的问题不在于炮制原作的替代品，而是明白无误地展现我们自己在阅读过程中构建出来的改头换面的文本"②，安伯托·艾柯（Umberto Eco）也指出，"对皮埃尔·巴雅尔来说，关键问题正在于对批评的定义"③。巴雅尔的目的并不在于表明他比克里斯蒂或其他作家更高明，而是通过充满趣味性的批评实践，直观地展示一种被他称之为"创造性阅读行动"④的活动，鼓励读者摆脱僵化思维给文学阅读与研究带来的束缚，通过想象更好地沉浸到文本中，将阅读与批评当作一件乐

---

① Pierre Bayard, *Et si les œuvres changeaient d'auteurs ?* Paris：Minuit, 2010, p. 12.

② Laurent Zimmermann, « Préface », in Laurent Zimmermann (éd.), *Pour une critique décalée: autour des travaux de Pierre Bayard*, Nantes：Cécile Defaut, 2010, p. 17.

③ Umberto Eco, « A propos d'un livre qui n'a pas été lu », in Laurent Zimmermann (éd.), *Pour une critique décalée: autour des travaux de Pierre Bayard*, Nantes：Cécile Defaut, 2010, p. 40.

④ Pierre Bayard, *Qui a tué Roger Ackroyd ?* Paris：Minuit, 1998, p. 146.

事,从而在文本欲言又止处发展出深意。

三、可能性文本理论的贡献

可能性文本理论从夏尔处继承了术语与概念,从杜布瓦处继承了批评性虚构(或虚构式批评)的概念和方法,从巴雅尔处继承了"快乐批评"精神,同时还从英美哲学家和文论家处继承了实用主义文本观。如上文所言,可能性文本理论是一个正在完善的体系,研究成果之间的差异性显而易见,"可能性文本批评与其说是一个理论岛屿,不如说是群岛,其中的每个读者与批评者都在塑造着'可能性文本'概念,令其与众不同"[1]。尽管如此,"群岛"之间还是存在一种"家族相似性",尤其在以下两方面颇有启发性。

1. 对阅读与批评任务的思考。可能性理论初看之下与我们所熟悉的文本开放性、阐释多重性、意义多元性等概念相像,其实有本质区别,因为"传统批评无论是面对作品的结构还是它的风格,都认为它们具有充分的必然性,并宣称自己的任务仅仅是为作者的选择寻找理由,而可能性文本理论则将一切文本视作一个具有彻底偶然性的客体,它思考的是文本的其他可能"[2]。也就是说,传统批评的出发点是文本的必然性与权威性,结论是对这种必然性或权威性的证实。即使是与这种传统批评拉开差距的费什的读者反应理论,总的来说仍然没有摆脱赋予意义的行动,也就是没有脱离阐释范畴。可能性文本理论视野下的批评也从文本出发,但其目的不在于"阐释"文本,而在于"发展"文本,根据文本提供的标记和线索寻找那些本来可能存在,却因偶然因素被抛弃的其他选择,

---

[1] Julia Peslier, «"Compte rendu" de la *Théorie des textes possibles* », *Revue d'Histoire littéraire de la France*, vol. 114, 2014 (4). URL: http://srhlf.free.fr/PDF/Theorie_des_textes_possibles.pdf.

[2] Marc Escola, « Le chêne et le lierre: Critique et création », in Marc Escola (éd.), *Théorie des textes possibles*, Amsterdam: Rodopi, 2012, p. 12.

"更多地从文本的扩展性而非局限性上来思考它"①。现实文本在此成为通向无数"幽灵文本"的中介,而对文本的关注焦点则从"现实之书"转向了"可能之书"与"未来之书"。

从这个意义上说,可能性文本理论与一种批评传统建立了联系。在《可能性文本理论》出版前,甚至在夏尔提出"可能性"假设前,"可能性"思想已蕴含于过去的文学实践、批评理论及批评实践中。博尔赫斯的《〈吉诃德〉的作者皮埃尔·梅纳尔》假设有两个作者——塞万提斯和皮埃尔·梅纳尔——写出了从字面看完全一样然而意义截然不同的《堂吉诃德》,这完全符合《假如作品换了作者》的论证思路。法国的可能性文本理论确实也深受博尔赫斯影响。此外,瓦莱里、布朗肖与格拉克等法国作家也有类似"可能性"理论的表达。上文已提到,瓦莱里曾想写一个特别的文本,"将在每个纽结处展示可能会向精神呈现的多样选择,精神会在其中选择唯一的后续,并在文本中体现出来。这将是用一种'每个时刻都有各种可能'的决定来取代只有模仿现实的唯一决定的幻觉,前一种决定在我看来才是真实的"②。布朗肖曾在《黑暗托马》1950年的新版说明中指出:"每一本书,都有无限多的可能性变奏。"③结构主义文论也一度将寻找"可能性"视作理论研究的目标。托多罗夫曾提出结构主义诗学的任务是"不再关注现实的文学,而是可能的文学"④。《诗学》杂志第一期"介绍"即强调:"文学理论与分析实践

---

① Julia Peslier, «"Compte rendu" de la *Théorie des textes possibles* », *Revue d'Histoire littéraire de la France*, vol. 114, 2014 (4). URL: http://srhlf.free.fr/PDF/Theorie_des_textes_possibles.pdf.
② Paul Valéry, *Œuvres*, t. 2, Paris: Le Livre de Poche, 2016, p. 781.
③ Maurice Blanchot, *Thomas l'Obscur*, Paris: Gallimard, 1950, p. 7.
④ Tzvetan Todorov, « Poétique », in Oswald Ducrot, *et al.*, *Qu'est-ce que le structuralisme?* Paris: Seuil, 1968, p. 102.

的结果不应该是将现存传统树立为准则,将已经获得的知识经典化,而是应该照亮可能性的边缘化或有风险的道路,照亮酝酿作品的边界地带。从最严格意义上说,诗学的野心在于促进阅读,因此从某种意义上说也就是促进写作。"①热奈特在评论巴特"可读文本"与"可写文本"时也曾说过:"'可写的东西'不仅是阅读者参与改写的、已写成的东西。它也是未发表过的、未写成的东西,诗学通过普遍的调查,发现并指出其潜在性,而且劝说我们实现这种潜在性。"②可能性理论可以说恢复了这一批评传统,表现出一种推动文学创作的野心。这也是这一理论频繁强调其对写作与文学研究教学活动重要性的原因。

以"可能性"为目标的阅读与批评还会产生另一个影响,那就是对文学史的重新审视。我们的阅读和批评受到多重限制,其中之一是对文学史和经典作家作品的固化认识。在以作者和文本为权威的视阈中,这种固化认识很难被打破。相反,在可能性视阈中,创造性阅读有可能另辟蹊径,为理解作家作品进而重新审视文学史提供新的可能。这种可能性充分体现于埃斯克拉、夏尔、杜布瓦尤其巴雅尔的批评实践中。《假如作品换了作者》举了一个例子:假如我们在证据支撑下同意将《唐璜》的作者视作高乃依而非莫里哀,从《唐璜》与高乃依作品体现出的亲缘性出发去考察这部戏剧,那么对法国文学史上这部经典作品、这两位经典作家的认识都会有所改观。这一过程涉及的无疑是我们对既定文学史与文学正典的看法。埃斯科拉从拉封丹的两则寓言中看到了四个可能性

---

① Hélène Cixous, Gérard Genette et Tzvetan Todorov, « Présentation », *Poétique*, n° 1, février 1970, p. 2.
② 热拉尔·热奈特:《叙事话语 新叙事话语》,王文融译,北京:中国社会科学出版社,1990年,第287页。

文本，通过对这四个文本的组合获得了贝洛童话《小红帽》。① 这从表面来看是不可能的，因为"崇古派"干将拉封丹与"现代派"领袖贝洛之间的矛盾在现实中难以调和。但可能性文本理论提供了"和解"的可能，揭示了美学趣味和立场截然不同的两人在创作实践中表现出的相似性，折射出文学观念与文学创作实践之间错综复杂的关系。

2. 对批评书写本质与体裁的思考。相比起写作，批评活动因需要依托原文本，始终显得底气不足，有时甚至被视作原文本的"寄生虫"。可能性文本理论有可能改变批评的地位。可能性视阈下，批评不再从原作那里寻求理解的合理性与合法性，而是以"书写出其他文本为目的"②，因此与其说原文本为阅读与批评提供了标准和存在理由，不如说阅读与批评成为拓展、延续文本生命的手段。在这种情况下，"我们在评论中引入了一种维度，[……]那就是创造性，因为评论确实要从被考察的文本出发，生产出其他（虚拟的，但是可描述的）文本"③。阅读与批评的"生产力"令其成为一种"发明"（invention），如文集《批评的发明》（*Invention critique*）书名展示的那样。在该文集前言中，让-皮埃尔·马丁（Jean-Pierre Martin）断言："'批评的发明'以一种前所未有的方式[……]宣布，被称作'次要文学'的东西也可以像文学本身那样，成为一种创造发明。"④

---

① Marc Escola, *Lupus in fabula: six façons d'affabuler La Fontaine*, Paris: Presses Universitaires de Vincennes, 2003, p. 18 - 33.
② Sophie Rabau, « Note sur la notion de "culture rhétorique" chez Michel Charles », *fabula.org*, 2012. URL: http://www.fabula.org/atelier.php? Note_sur_la_notion_de_%26laquo%3B_culture_rh%26eacute%3Btorique_%26raquo%3B_chez_Michel_Charles.
③ Michel Charles, *Introduction à l'étude des textes*, Paris: Seuil, 1995, p. 108.
④ Jean-Pierre Martin, « Préface », in Jean-Pierre Martin, *et al.*, *L'invention critique*, Nantes: Cécile Defaut, 2004, p. 11.

从另一个角度思考批评与创作的关系,还"有助于新的批评写作形式的产生,这些新形式最紧密地结合了超文本(hypertexte)与元文本(métatexte)实践也就是重写与评论"①。据埃斯科拉考证,法国文学史上一度存在这种创作性批评传统,"在直至 18 世纪中叶一直被称作'美文'的领域中,同一种规约性诗学在充分理据支撑下,确立了作为摹仿的文学创作和与前者具有同等创造性的批评实践。在很长一段时间里,'批评'或'评注'一部虚构作品指的是将作者的选择视作多种选择中的一种,同时认为每一个场景本来可能向其他方向发展"②。因此,当时的批评家会在评论中对他们认为有所欠缺的文字提出可能性的处理方式,令作品符合文类标准和伦理要求。这种批评模式直至浪漫主义兴起后才逐渐消失,在此之前,"批评与发明之间,描述与重写之间,元文本与超文本之间根本没有裂缝"③。

这种结合超文本与元文本的批评写作方式被马丁称作"21 世纪逐渐形成的理论性虚构(fictions théoriques)"④。通过上文论述已可见,无论是埃斯科拉对拉封丹寓言的再虚构(affabulation),巴雅尔对小说的改写,还是杜布瓦和马丁提出的批评术语,都意味着这些学者已意识到并亲自展示了理论的虚构维度。实际上,任何文学批评都蕴含着直觉、想象和虚构维度,埃斯科拉与拉博曾引用

---

① Marc Escola, « Petites querelles du Grand siècle, ou l'accent circonflexe », *Textuel*, n° 64, 2011, p. 44.
② Marc Escola, « Petites querelles du Grand siècle, ou l'accent circonflexe », *Textuel*, n° 64, 2011, p. 41 – 42.
③ Marc Escola, « Littérature seconde: Le commentaire comme réécriture », in Vincent Jouve (éd.), *Nouveaux regards sur le texte littéraire*, Reims: EPURER, 2013, p. 135.
④ Jean-Pierre Martin, « Préface », in Jean-Pierre Martin, *et al.*, *L'invention critique*, Nantes: Cécile Defaut, 2004, p. 8.

一位《奥德修纪》注释者的评论："尤利西斯的同伴们看到天气大好［……］他们可能已经开始厌倦无穷无尽的宴饮；然而他们没有任何理由哭泣或呻吟。"①注释者在论述中进入了人物意识，而这种手法通常是虚构性叙事的标志。可能性理论研究者看到批评通常具有结合元文本与超文本的双重维度，他们在指出这一点后，不再去作者那里寻找支持，而是坦诚地将其视作读者与批评者自身的行为，并将其作为自身特点或优势加以发展。这一特点也令可能性研究产生了一种杂糅性：我们有时难以分辨研究者进行的究竟是文学理论建构，还是文学批评实践，是创作实践，还是一种兼而有之的活动。

* * *

从可能性文本理论研究中获得的创新性成果促使埃斯科拉等人认为，这里涉及一种范式转变："我们能够在目前的文学研究场域中察觉到一种范式的转变，这种转变不断得到像巴雅尔、杜布瓦或锡东（统计仅止于最近出版的一些书籍）等背景差异巨大的理论家假设的证实。"②而批评范式转变的原因在埃斯科拉看来与文学的社会地位和功能的变化密切相关。埃斯科拉并不是这种观点的唯一持有者，马丁也在 21 世纪的批评理论中发现了"批评想象体系中的变异"③和"嫁接到旧叙事上的新叙事"④。

可能性文本理论能否成为文学批评新"范式"还有待论证和检

---

① Marc Escola et Sophie Rabau, *Littérature seconde ou la Bibliothèque de Circé*, Paris: Kimé, 2015, p. 16.
② Marc Escola, « Petites querelles du Grand siècle, ou l'accent circonflexe », *Textuel*, n° 64, 2011, p. 44.
③ Jean-Pierre Martin, « Préface », in Jean-Pierre Martin, *et al.*, *L'invention critique*, Nantes: Cécile Defaut, 2004, p. 7.
④ Jean-Pierre Martin, « Préface », in Jean-Pierre Martin, *et al.*, *L'invention critique*, Nantes: Cécile Defaut, 2004, p. 7–8.

验。实际上,这一理论也展现出一些困扰人的因素,例如许多声称与阐释决裂的批评活动实际仍具备阐释也就是赋予意义的维度,再如批评想象力与学术研究暗含的规则和严肃性之间的平衡有时容易被打破。尽管存在种种不足,可能性文本理论确实提供了看待文本的新视角和"使用"文本的新方法,突显了阅读与批评的想象力与创造性,呈现了阅读、批评与写作之间的紧密联系,令阅读与批评的地位获得了很大提升。更为重要的是,在今天,读者与研究者或多或少都感受到"我们与文学之间关系的明显变化"[①],可能性文本理论正是文学研究面对这种变化所做出的一种调整,希望通过理论与方法的改变来维持文学文本的活力,令文学在今日文化版图中始终占据一席之地。

[①] Pierre Bayard, *Comment améliorer les œuvresratées ?* Paris: Minuit, 2000, p. 16.

第三章　文学类型研究

舍费尔曾有言："文学类型的问题与文学研究同样古老,然而我们却无法断言,今日对于我们所谓'文学类型'(genre littéraire)的东西的确切性质存在一种共识。"[①]德里达曾如此界定类型："我们也可以将 genos 理解为出生,出生既指生殖或繁育的慷慨潜能［……］也指根据归类谱系或类别,根据年龄段(代际)或社会阶层区分的种族、家族。因此,涉及自然界或艺术界中的类型,当需要对类型本身进行归类,或在某个整体中确定归类原则或工具时,类型这一从本质上说就具有归类或谱系-分类之义的概念会制造令人眩晕的分类困难,这也就没什么可奇怪的了。"[②]舍费尔与德里达的话均表明了文学类型问题的历史性、重要性、含混性以及类型研究的困难性。如果将亚里士多德的《诗学》视作西方文学类型研究的开端,那么类型研究至今已有两千多年历史。在两千多年的历史中,类型研究并非一直处于文学研究舞台的中央。在修辞学占

[①] Jean-Marie Schaeffer, « Des genres discursifs aux genres littéraires: quelles catégorisations pour quels faits textuels? », in Raphaël Baroni et Marielle Macé (éd.), *Le savoir des genres*, Poitiers-Rennes: La licorne-Presses universitaires de Rennes, 2006, p. 357 – 364.

[②] Jacques Derrida, « La loi du genre », in Jacques Derrida, *Parages*, Paris: Galilée, 1986, p. 258.

据一席之地的时期,从类型角度去思考文学作品显得天经地义,因此"文学类型问题在多个世纪里——从亚里士多德到黑格尔——都是诗学的核心研究对象"[1]。之后,历史研究与实证主义兴起,替代了诗学研究,类型研究也相应被排挤至边缘地位。不过,在法国文学研究场域内,从20世纪下半叶以来,随着修辞学的复兴,文学类型研究重又回到研究者视野中,至今仍是法国诗学与文学研究的重要组成部分。

第一节 文学类型研究的衰与兴

一、文学类型研究的历史演变

法语中的"类型"(genre)一词来自拉丁语"genus, generis",有起源、出生等含义,后又指种族、种群或生物意义上的种属。在《理想国》中,柏拉图根据讲述方式的不同区分出三种文学类型:纯叙述(抒情诗)、纯摹仿(悲剧与喜剧)、混合类型(混合叙述与对话的史诗)[2]。亚里士多德在《诗学》中反驳、发展了柏拉图的学说,围绕"摹仿"概念,确立了著名的文学类型四分法:悲剧、喜剧、史诗、讽刺诗。这四种类型又可根据表现模式不同分为两类,其中前两者属于戏剧模式,后两者属于叙述模式。亚里士多德因此被认为是文学类型二元模式的创始者。柏拉图与亚里士多德对类型的论述皆对后世有所影响,不过二者产生影响的时代有所不同。柏拉图的影响主要体现于古罗马时期、中世纪以及德国浪漫主义时期,例

---

[1] Gérard Genette et Tzvetan Todorov, « Présentation », in Gérard Genette et Tzvetan Todorov (éd.), *Théorie des genres*, Paris: Seuil, 1986, p. 7.
[2] 参见柏拉图《理想国》,郭斌和、张竹明译,北京:商务印书馆,1986年,第94—97页。

如4世纪时,狄俄墨得斯(Diomède)将柏拉图提出的三种方式命名为类型(genera),类型又包括各"种属"(species),后者实际上对应我们今天所说的各种文学类型。因此,摹仿类型(戏剧)包括悲剧、喜剧、讽刺剧等;陈述类型(叙述)包括严格意义上的叙事作品、格言诗、训诫诗等;通用类型(混合)包括英雄诗、抒情诗等。①

文艺复兴时期,亚里士多德的《诗学》被意大利人发现,进而传播到欧洲其他区域。同一时间,另一部诗学理论著作——贺拉斯的《诗艺》也在欧洲广泛流传。严格来说,亚里士多德的《诗学》正是通过贺拉斯《诗艺》的中介才得以被文艺复兴及古典时期的法国诗人了解。《诗学》与《诗艺》成为欧洲诗人与诗学家的重要理论来源。据舍费尔研究,16世纪法国诗人若阿基姆·杜贝莱(Joachim du Bellay)笔下第一次出现"类型"一词,在《保卫和发扬法兰西语言》中,杜贝莱探讨了"法国诗人应选择何种类型的诗歌?"这一问题。而皮埃尔·德·龙沙(Pierre de Ronsard)应是第一位在出版诗集时将诗歌按类型分类的诗人。从16世纪下半叶开始,类型标签变得不可或缺,这意味着"类型名称从此开始具备分类功能"②。

古代诗学的影响在17世纪达到鼎盛,其中亚里士多德的类型研究对后世产生了尤为重要的影响,其二元模式在西方持续了很长时间。特别是在言必称亚里士多德的17世纪法国,"从维达到拉宾,古典主义大诗学家们基本上从事着对亚里士多德的评论工作"③,也就是在二元模式之上进行一些应用或修补工作,而对

---

① 参见热拉尔·热奈特《广义文本导论》,见热拉尔·热奈特《热奈特论文集》,王文融译,天津:百花文艺出版社,2001年,第18—19页。结合法语原文对文中表述略作改动。

② Jean-Marie Schaeffer, *Qu'est-ce qu'un genre littéraire?* Paris: Seuil, 1989, p. 172.

③ 热拉尔·热奈特:《广义文本导论》,见热拉尔·热奈特《热奈特论文集》,王文融译,天津:百花文艺出版社,2001年,第19页。

模式本身没有提出根本性的质疑。但这一模式有一个重要缺陷，便是无法将大量存在的非摹仿性诗歌纳入其中，因此从16世纪开始，便有包括弥尔顿在内的一些诗人将抒情诗与其他两种大类型相提并论，只不过这些观点基本上没有理论的支撑。至18世纪，在巴托神父的论述中，这一问题才得到解决。在《归结为单一原则的美的艺术》(Les beaux-arts réduits à un même principe)中，巴托神父围绕"摹仿"这一核心概念，通过曲折的论证——用热奈特的话来说是"通过巧妙的衍变、置换和潜意识的或不愿承认的狡辩艺术"[1]，最终将抒情诗视作对情感的一种摹仿，进而在二元之间加入了抒情诗这一类型，令悲剧-史诗-抒情诗的三元模式正式确立。

之后，巴托的理论被施莱格尔兄弟的父亲约翰·阿道尔夫·施莱格尔翻译成德文，从施莱格尔、荷尔德林开始，经由施莱格尔兄弟、黑格尔、谢林，德国诗人和哲学家借助柏拉图的类型说，逐渐将悲剧、史诗、抒情诗与主客观性挂钩，在三种类型之间确立起一种历时关系，并赋予这一历时性以某种价值判断：越是后出现的类型，其价值越高。尽管不同学者对三者出现的顺序及其价值的认识有所不同，但德国唯心主义者与浪漫主义者均认为混合形式（一般而言是戏剧）最后出现，因而在不同的文学类型中具有最高价值。这一模式进而又影响到其他浪漫主义诗人，例如，雨果在《〈克伦威尔〉序》中将诗歌分为"抒情短歌、史诗和戏剧"三类，分别对应三个时期（原始时期、古代、近代），三种主题（歌唱永恒、传颂历史、描绘人生），三种风格（纯朴、单纯、真实），人类社会的三种面貌（青

---

[1] 热拉尔·热奈特：《广义文本导论》，见热拉尔·热奈特《热奈特论文集》，王文融译，天津：百花文艺出版社，2001年，第27页。

年、壮年和老年），最后指出"戏剧是完备的诗"①，因为它"糅合了一切最相反的特性，才能够同时既深刻而又突出，既富有哲理意味而又不乏诗情画意"②。无论如何，由巴托确立起来的三元模式逐步发展为今日读者所熟悉的戏剧-小说-诗歌三元模式，直至今日，这一模式"时而具备参考价值，时而起到反衬作用，经常是两种情况兼而有之"③。

　　18世纪末19世纪初，宣扬天赋、才能与个人创造力的欧洲浪漫主义者首先对文学类型概念提出了质疑。雨果一面从历史角度归纳出文学类型的"进化"路线，一面不断强调"任何事物之中都有别的任何事物"④，也即某种类型之中蕴含了其他类型，这就导致《〈克伦威尔〉序》等文章中出现了类似"最适合于戏剧的还是抒情诗；它不但不束缚戏剧，而且去迎合戏剧的癖好，在戏剧的各种形式下变化"⑤等表述。这些表述表面看来自相矛盾，实际上却符合雨果对文学的看法。"任何事物之中都有别的任何事物"意味着无法再以单一的标准，尤其无法再以传统的标准去评判浪漫主义诗歌，正如雨果在《〈克伦威尔〉序》中宣称"要粉碎各种理论、诗学和体系"⑥，断言"什么规则、什么典范，都是不存在的。或者不如说，

---

①　维克多·雨果：《〈克伦威尔〉序》，见维克多·雨果《雨果文集》（第17卷），柳鸣九译，石家庄：河北教育出版社，1998年，第48页。
②　维克多·雨果：《〈克伦威尔〉序》，见维克多·雨果《雨果文集》（第17卷），柳鸣九译，石家庄：河北教育出版社，1998年，第47页。
③　Guy Belzane, « GENRES LITTÉRAIRES, notion de », *Encyclopædia Universalis*. Page consultée le 17 septembre 2022. URL: https://www.universalis.fr/encyclopedie/genres-litteraires-notion-de/.
④　维克多·雨果：《〈克伦威尔〉序》，见维克多·雨果《雨果文集》（第17卷），柳鸣九译，石家庄：河北教育出版社，1998年，第47页。
⑤　维克多·雨果：《〈克伦威尔〉序》，见维克多·雨果《雨果文集》（第17卷），柳鸣九译，石家庄：河北教育出版社，1998年，第49页。
⑥　维克多·雨果：《〈克伦威尔〉序》，见维克多·雨果《雨果文集》（第17卷），柳鸣九译，石家庄：河北教育出版社，1998年，第64页。

没有别的规则,只有翱翔于整个艺术之上的普遍的自然法则,只有从每部作品特定的主题中产生出来的特殊法则"[1]。而诗人无须接受规则的局限,"只应该从自然和真实以及既自然又真实的灵感中得到指点"[2];"天才预知先识多于学习师承。"[3]除了浪漫主义者对天赋的推崇与对规则的拒绝或超越,小说在19世纪的发展也令类型概念受到挑战。小说在19世纪成为主流文学类型,但小说本身是一种"无类型的类型",尤其自19世纪末"小说危机"[4]起,文学类型的面目本身变得越来越模糊。至20世纪,对于有关文学类型交叉的问题,布朗肖的观点很具代表性,他在评论赫尔曼·布洛赫作品的文章中称布洛赫"并非此一时写小说,彼一时做诗人,其他时候当思想类作家。他同时集三者于一身,他同一本书里这种情况很常见。如同我们时代众多作家,他身受文学躁动之压,文学,再也无法忍受分门别类(la distinction des genres),要打破界限"[5]。布朗肖由此断言了类型的消失,进而宣告了类型研究的无意义。

二、文学类型研究在当代的复兴

不过,至20世纪下半叶,法国文学场域又恢复了对文学类型研究的兴趣。这一兴趣的复燃有多重原因,第一个原因可以说是20世纪60—70年代结构主义的兴盛。法国学者贡布指出,"类型理论是结构主义诗学尤其擅长的领域"[6]。结构主义寻求构成深层

---

[1] 维克多·雨果:《〈克伦威尔〉序》,见维克多·雨果《雨果文集》(第17卷),柳鸣九译,石家庄:河北教育出版社,1998年,第64页。

[2] 维克多·雨果:《〈克伦威尔〉序》,见维克多·雨果《雨果文集》(第17卷),柳鸣九译,石家庄:河北教育出版社,1998年,第65页。

[3] 维克多·雨果:《〈克伦威尔〉序》,见维克多·雨果《雨果文集》(第17卷),柳鸣九译,石家庄:河北教育出版社,1998年,第65页。

[4] Cf. Michel Raimond, *La crise du roman*, Paris: José Corti, 1989.

[5] 莫里斯·布朗肖:《未来之书》,赵苓岑译,南京:南京大学出版社,2015年,第154—155页。

[6] Dominique Combe, *Les genres littéraires*, Paris: Hachette, 1992, p. 123.

结构的恒定因素,而对类型的思考同样要求超越个别文本以获得构成类型的普遍特征。出于同一种对普遍性的追求,类型研究成为结构主义诗学重要的组成部分,托多罗夫即有言,这一时期"人们倾向于去寻找太过宽泛的文学概念与作品这一特殊客体之间的中介"①。而当 1986 年热奈特与托多罗夫主编的文集《类型理论》(*Théorie des genres*)出版时,编者在介绍中指出:"文学类型问题在多个世纪里——从亚里士多德到黑格尔——都是诗学的核心研究对象,它只是暂时并且部分地从文学研究场域中消失了一个世纪[……]文学理论的更新无法避免对这一问题的重新发现,因为一切理论活动都暗示着超越特殊事件,走向对普遍特征的寻找。"②

与此同时,20 世纪 70 年代复兴的诗学深受雅各布森影响,意图以"文学性"为对象,然而,文学作品千差万别,试图找到它们共同的深层结构是不可能的。托多罗夫曾在《文学的概念》(*La notion de littérature*)中指出,通用的文学定义有时更适用于叙事作品(当文学被界定为虚构时),有时更适用于诗歌(当文学被与美挂钩时)。③ 热奈特的书名《虚构与话语》也体现出文学的双重性。也就是说,结构主义诗学从一开始便是有关类型的学问,尤其青睐以某一文学类型为研究对象,探索其类型逻辑,托多罗夫的《奇幻文学导论》《侦探小说类型学》《话语类型》,热奈特的《广义文本导论》,勒热纳的《自传契约》,哈蒙的《论描写》,《诗学》杂志 1977 年

---

① Tzvetan Todorov, *Poétique de la prose*, Paris: Seuil, 1978, p. 9.
② Gérard Genette et Tzvetan Todorov, « Présentation », in Gérard Genette et Tzvetan Todorov (éd.), *Théorie des genres*, Paris: Seuil, 1986, p. 7.
③ Cf. Tzvetan Todorov, *La notion de littérature*, Paris: Seuil, 1987, p. 9-26.

第 32 期"类型"专号[1]等都是这一时期文学类型研究的代表性成果。

对文学类型研究兴趣的复燃也与修辞学的复兴不无关系。贡布指出,"类型问题在法国的复兴与对修辞学的正名紧密相关,以至于托多罗夫、热奈特、哈蒙等人的思考可以被归入亚里士多德流派"[2]。诗学与修辞学在产生之初便有很多共通之处,几乎在诗学复兴的同一时间,修辞学也在欧洲得到复兴,德松指出"结构和修辞格是这一(新)修辞学的两个基本术语"[3],凸显了诗学与修辞学之间的紧密关联。从 20 世纪 60 年代起,修辞学在法国复兴,这一复兴首先得益于巴特、热奈特、托多罗夫等结构主义者的推动。在雅各布森著名论文《语言的两个方面以及两种类型的失语症》的影响下,结构主义研究重燃对修辞学的兴趣,试图在新的语境下实现语言学、修辞学与诗学的融合,例如巴特在 1964—1965 年开了"古代修辞学"研讨课,课程内容之后以《备忘录》之名出版,杜马塞(Du Marsais)和封塔尼埃(Fontanier)的修辞学著作再版,并由热奈特为其作序。此后,热奈特本人出版多部《辞格》;《交际》杂志在 1970 年推出"修辞研究"专号(第 16 期),巴特、热奈特、托多罗夫、布雷蒙等多位结构主义诗学研究者在专号中发表论文;此后《诗学》杂志在 20 世纪 70 年代推出多期修辞学研究专号。其次,修辞学的复兴也离不开以马克·福马罗利(Marc Fumaroli)为首的古典文学研

---

[1] 包括以下几篇论文:Michel Beaujour,《 Autobiographie et autoportrait 》;Jean-Loup Bourget,《 Ni du roman, ni du théâtre 》;Gérard Genette,《 Genres, "types", modes 》;Robert Scholes,《 Les modes de la fiction 》;Karlheinz Stierle,《 Identité du discours et transgression lyrique 》;Susan Suleiman,《 Le récit exemplaire: parabole, fable, roman à thèse 》;Karl Viëtor,《 L'histoire des genres littéraires 》。

[2] Dominique Combe, Les genres littéraires, Paris: Hachette, 1992, p. 135.

[3] Gérard Desson, Introduction à la poétique, Paris: Armand Colin, 2005, p. 114.

究者的努力。《17世纪》杂志出版多期修辞学专号(1968年第80—81期、1981年第132期),福马罗利本人出版了《雄辩的时代》(L'Âge de l'éloquence 1980)等重要古典修辞学研究专著,并于1986年当选法兰西公学院"欧洲修辞学与社会(16—17世纪)"讲席教授。在第一课上,福马罗利指责文学的"现代化"进程将其与真正的源头也即修辞学切断了联系,他呼唤进行修辞学史研究,从而"重新找回[……]原初的、普遍的根基,来解释欧洲文学传统本质上的统一性"①。再者,从更深层次说,这一复兴与20世纪下半叶西方学界对话语本质与功能的认识转变密不可分。受分析哲学影响,人们意识到,在事物与认识之间还隔着语言,许多哲学问题首先是语言问题,由此便产生了人文社会科学甚至自然科学史领域的"语言转向"。在法国,这一倾向尤其体现于德里达、福柯等人的研究中。对话语的重视与分析必然导致包括修辞学在内的话语艺术研究学科的发展,并且推动文学类型研究等历史上与修辞学有千丝万缕联系的学问的发展,正如孔帕尼翁所言,"修辞学在文学批评领域的回归体现为某种共时——而非历时——类型的分析,体现为对普遍甚至普适特征的寻找——从修辞格到文学类型,体现为对某种深层能力的重构,而非对某种有意图的技巧的打磨"②。换言之,复兴的新修辞学有别于古典修辞学,它不再将修辞格看作语言的"装饰",它的目的也不再是确立说话的艺术,而是建构一种包括文学类型研究在内的文学理论,将修辞格视作文本的

---

① Marc Fumaroli, *Leçon inaugurale faite le mercredi 29 avril 1987*, Chaire de rhétorique et société en Europe (XVIe-XVIIe siècles), Paris: Collège de France, 1987, p. 34.

② Antoine Compagnon, « La réhabilitation de la rhétorique au XXe siècle », in Marc Fumaroli (éd.), *Histoire de la rhétorique dans l'Europe moderne*, Paris: PUF, 1999, p. 1273.

组织原则以及作家特有的形式风格。例如在研究《追忆似水年华》中的换喻时,热奈特的目的不是要清点作品中采用的部分替换整体或部分替换另一部分的修辞手法,而是要描写"通过临近关系展开联想"[①]的写作方式。热奈特这篇论文《普鲁斯特作品中的换喻》(« Métonymie chez Proust »)可视作同类研究的典范。

* * *

总之,尽管从起源至今,文学类型研究经历了曲折的演变过程,但它始终是文学理论研究的一个重要组成部分,正如伊夫·斯塔罗尼(Yves Stalloni)所言:"很难想象没有了类型概念的文学理论,正如塔迪埃指出的那样,类型概念为描述作品提供了不可或缺的支持。"[②]塔迪埃确实曾提到,"无论文学类型这一概念多么具有争议性[……]它仍然具有应用价值:它有助于分析多部作品、多位作者、多个时代的共同形式。某种有关小说、戏剧、诗歌的理论——或用今日反复被提到的一个词来说即某种诗学,尽管它只能靠自己的声名存活,但它仍能帮助我们理解将马拉美和兰波,将巴尔扎克和司汤达,将克洛岱尔和吉罗杜联系在一起的东西"[③]。

第二节 文学类型研究的价值

托多罗夫在《话语类型》一书中提到:"坚持关注类型问题在当下看来像是一种毫无用处甚至倒错时代的消遣。"[④]也就是说在当

---

① Gérard Genette, *Figures* Ⅲ, Paris: Seuil, coll. « Poétique », 1972, p. 58.
② Yves Stalloni, *Les genres littéraires*, 3e édition, Paris: Armand Colin, 2008, p. 121.
③ Jean-Yves Tadié, *Le récit poétique*, Paris: Gallimard, 1994, p. 5.
④ Tzvetan Todorov, *Les Genres du discours*, Paris: Seuil, coll. « Poétique », 1978, p. 44.

代研究类型问题可能会显得不合时宜。然而,托多罗夫这句话中出现了一个词——"像是"(peut paraître),这个词表明托多罗夫本人并不赞同当时的人们对类型研究所持的悲观看法,否则他也不会为此耗时费力地撰写一部专著。不过,他提出的问题却不乏犀利性,特别是,《话语类型》出版距今已有四十多年,这四十多年来,文学研究场域发生了巨大变化。在 21 世纪之初,我们不得不重新面对托多罗夫四十多年前的疑惑:在当下进行文学类型研究会不会显得不合时宜?这一研究的意义究竟在哪里?要回答这一问题,我们或许应先理解文学类型概念及其研究价值。法国学者马瑟在其主编的教材《文学类型》(Le genre littéraire 2003)前言中提到文学类型实践的作用,包括有助于分类、写作、阅读、阐释、评价、思考、行动或占位、生活等,涉及美学、阐释学、认知、情感、政治等领域[①],她进而总结出文学类型及其研究的三大功能。

  首先,文类概念之于文学创作的意义。在受古典主义诗学影响的时期,文类概念的重要性不言而喻,类型规范是创作者首先要考虑的要素,不了解韵律规则,就无法写出韵文,不了解"三一律",就无法创作出符合古典主义趣味的悲剧。当代文学创作尽管摆脱了诸多束缚,但对类型规则的遵循仍然体现于类型文学创作中。蒂博代曾断言,"类型的概念,是一种与批评难以分割的起调节作用的概念。如果把它视为与艺术家难以分割的概念那就错了,没有再比这个对艺术家来说更危险的了"[②],换言之,类型概念对批评家有益,对作家有害无益。然而他又指出,"在一种类型里进行创

  [①] Cf. Marielle Macé, *Le genre littéraire*, Paris: GF Flammarion, 2004, p. 14 – 15.
  [②] 阿尔贝·蒂博代:《批评生理学》,赵坚译,北京:商务印书馆,2015 年,第 153—154 页。genre 在该书中被译为"体裁",为与正文保持一致,我们将体裁均改为"类型",下同。

造,就是为这种类型增加新东西。为这种类型增加新东西,就不是适应在我们之前业已存在的东西,而是要改变它、超越它"①。这一论断本身就是对类型的承认。正如托多罗夫所言,"标准必须是可感知的,才可能被僭越"②。

马瑟认为,"类型为写作提供方向指引、视角或观念化方式,后者能够改变被述事件的走向"③。这主要是就同一题材的不同处理而言的,例如波德莱尔散文诗集《巴黎的忧郁》中的不少内容是对《恶之花》中韵文体诗歌的改写,但作者在创作两部作品时所遵循的类型原则明显不同,用波德莱尔自己的话来说,《巴黎的忧郁》"还是《恶之花》,但更自由、细腻、辛辣"④。但作家与类型的关系并不止于为同一题材提供变奏,对于作家对类型的利用,马瑟指出了"例证[……]结合、转换、戏仿、僭越、参考、从属、记忆"⑤等途径。从这个意义上说,布朗肖所说的"再也无法忍受分门别类,要打破界限"属于对类型的"僭越",仍是对类型的一种利用,其前提是类型记忆。况且,尽管布朗肖拒绝给书贴上"散文""小说""诗歌"等标签,但他在《未来之书》中评论布洛赫等作家时仍频繁使用"诗歌""散文"或"叙述""抒情""议论"这样的字眼来描述作品不同部分的特征,而《未来之书》本身是一本有关私人日记的书。无论"散文""小说""诗歌""叙述""抒情""议论"还是"私人日记",实际上都可以属于类型范畴。当然,不同作家对类型的利用也许存在有意图与无意识之别。有些作家会刻意利用类型来达到文学创新的目

---

① 阿尔贝·帝博代:《批评生理学》,赵坚译,北京:商务印书馆,2015年,第154页。
② Tzvetan Todorov, *Introduction à la littérature fantastique*, Paris: Seuil, 1970, p. 12.
③ Marielle Macé, *Le genre littéraire*, Paris: GF Flammarion, 2004, p. 18.
④ 沙尔·波德莱尔:《巴黎的忧郁》,亚丁译,北京:生活·读书·新知三联书店,2004年,第7页。
⑤ Marielle Macé, *Le genre littéraire*, Paris: GF Flammarion, 2004, p. 19.

的，例如纪德一直在创作中进行改造旧文类、创造新文类的实践；在当代，比起虚构，非虚构作家有更为强烈的文类意识。对于另一些作家，我们不能肯定他们是否在创作时会时刻考虑类型因素——也许过去的很多作家对类型的遵循更多也是因为受到已内化于心的规则的限制——但由于他们总置身一定的文学传统中，而文学传统本身由文学类型等构成，因而他们也难以摆脱类型的影响，例如章回体形式对明清时期小说家的影响。

其次，文类概念之于文学阅读的意义。阅读看似是个非常私人化的行为，无须借助外部力量的指引，但实际上也离不开类型知识的影响，诚如马瑟所言，"类型伴随着对某部作品不同层次的理解，从普通阅读的条件至最精细的阐释"[①]。类型首先左右着我们的阅读选择。阅读不是盲目的行为，在开始阅读一本书前，读者一般总会想办法弄清楚这本书是小说、戏剧、散文还是别的类型，大多数时候，这一过程非常简单，我们只需看一下封面或正文的形式或热奈特所说的其他"副文本"元素便能获得答案。在阅读过程中，类型知识又会引导我们的阅读行动，例如当我们阅读侦探小说、黑色小说时，我们可能会读得很快，因为我们急于解开谜题或了解故事后续发展；而在阅读意识流作品时，我们可能会读得很慢，对每句话认真品味，因为如果忽略其中呈现的复杂内心活动，我们就无法理解作品。再如，对于现实主义作品中的描写，有些读者会因其影响了叙事发展而直接跳过，另一些读者则会对其仔细阅读，通过作品来了解社会与时代风貌。类型知识还影响着我们对作品内容的理解与阐释。弄清作品属于某一大的类型例如小说后，有的读者可能还试图弄清是外国小说还是本国小说，是哪个世

---

① Marielle Macé, *Le genre littéraire*, Paris: GF Flammarion, 2004, p. 25.

纪的作品等,因为正如布伦蒂埃的著作名称《文学史中的类型演变》(*L'évolution des genres dans l'histoire de la littérature*)所展示的那样,文学类型也处于不断的演变之中,对其的时空定位有助于将单独的作品与其所属的流派建立联系,从对流派的主题与形式倾向的把握中更好地理解单个的作品。与此同时,对既定类型的了解也有助于读者发现作者与类型的游戏,辨识出作者遵循或偏离规则的创新,预测作品的发展,或者因预测最终被证实而获得乐趣,或者因预测落空而吃惊,并从惊奇感中获得乐趣。读者对类型的这种感知与辨识能力,马瑟借用舍费尔的术语称其为"类型能力"[1],后者不是读者天然地具备的能力,它只能在对作品的阅读、对类型知识的学习中逐渐积累。

最后,文类概念之于批评的意义。古典主义诗学不仅指导创作,也引导批评,此一时期的"批评家应该[……]了解每种类型本性[……]应该了解这种类型的规则和作品为了与类型相适应所必须满足的条件"[2]。至19世纪末,批评的功能本身发生变化,从评价好坏与指导创作变为历史梳理与演变研究,文类概念在批评中的角色因而也发生转变,但其地位并没有下降,例如布伦蒂埃将其于19世纪90年代在巴黎高等师范学院开设的文学批评史课程命名为"文学史中的类型演变",因为在他看来,在一部完备的批评史著作被撰写出来前,不妨从类型演变的角度来切入批评史,"这是将现象简化为其精髓"[3],换言之,此时类型仍然是批评的首要对象。

---

[1] Marielle Macé, *Le genre littéraire*, Paris: GF Flammarion, 2004, p. 22.
[2] 阿尔贝·蒂博代:《批评生理学》,赵坚译,北京:商务印书馆,2015年,第152—153页。
[3] Ferdinand Brunetière, *L'évolution des genres dans l'histoire de la littérature*, Paris: Librairie Hachette et Cie, 1914, p. Ⅶ.

蒂博代尽管在很多方面批驳了布伦蒂埃的批评观，但他同样赞同文类概念在批评中的功能。在谈到大师的批评时，蒂博代以瓦莱里、马拉美、雨果的思考为例，指出以本质问题为对象的纯批评，其所思考的本质问题只有三个，即"天才、类型和书"①。蒂博代对三者中的"类型"有如下定义与评论："在文学领域内，表现在个人天才之上的这种观念和在个人天才之下而载着它的潮流，便是文学生命冲动的形式，人们称这些形式为类型。布伦蒂埃认为这是批评的首要问题，一种类型理论应当成为最高的目标，他的看法颇有道理。"②蒂博代又将批评分为四种体系，其中之一便是类型批评，对于这一批评体系的精髓，即使他认为今日已不会有人如古典时期那样认为理想的类型真实存在，但他仍然承认"这种理论之所以长期成为批评的主梁，这是因为它的木头毕竟是优质木头，它毕竟有些用处，它适应了一种实用的真理的需要"③。对蒂博代来说，类型问题就是"共相问题，甚至是柏拉图的理念问题，这是任何哲学都不容回避的问题"④，类型批评在《批评生理学》出版时有价值，在当下仍具有价值，因为"没有任何一种实用的真理，不能通过一种中介，与现行的真理连接"⑤。事实也确如蒂博代所言，今日出版的文学史与文学理论教材中仍然有很大一部分将类型作为研究对象的区分原则。

从功能来说，由于类型身份具有双重内涵，既表示根据经验与习惯实现的集合，也表示根据相似性制造的理论类别，因此类型知识在批评实践中所能发挥的实际作用也是双重的：当类型指

---

① 阿尔贝·蒂博代：《批评生理学》，赵坚译，北京：商务印书馆，2015年，第113页。
② 阿尔贝·蒂博代：《批评生理学》，赵坚译，北京：商务印书馆，2015年，第113页。
③ 阿尔贝·蒂博代：《批评生理学》，赵坚译，北京：商务印书馆，2015年，第153页。
④ 阿尔贝·蒂博代：《批评生理学》，赵坚译，北京：商务印书馆，2015年，第152页。
⑤ 阿尔贝·蒂博代：《批评生理学》，赵坚译，北京：商务印书馆，2015年，第153页。

经验集合时,它面向历史与过去,当类型指理论类别时,它是"潜在性的具体化,是典范与基准的汇编,是暂时的'语用学真理'"[1]。作为一种基本的解释与评判工具,类型同时有助于"识别、描述、评价、经典化、分类"[2]。文学批评针对的都是具体的作品,然而"批评不能自闭于独特的内在性而忽略类型范畴,因为描述或评价都无法脱离这些范畴,否则批评便会陷入某种沉默的或纯粹赞叹性的迷醉中"[3]。批评家只有掌握了更为普遍的类型知识,才能指出作家对类型规则的遵循,以此肯定其与传统的紧密联系;或揭示作家对类型规则的反叛,以此标明其先锋地位;或重新界定作品的类型,将其纳入经典类型领域,以此扭转对作品的评价,开启新的阐释空间;或对某一类型本身进行反思,赋予其新的价值,以此改变其在文学场域与文学史中的地位;或在旧有类型基础上构建新的类型,以此令概念体系更为契合文学创作的现实,进一步激发类型批评的活力。鉴于类型概念在批评中的诸多功能,马瑟认为"类型可能是文学研究所拥有的唯一的认识论客体"[4]。

除了马瑟总结的三大功能,文学类型概念在热奈特、贡布等人看来还具有其他功能。例如,文类概念还具有理论与预测功能。在《广义文本导论》中,热奈特在描述了西方文学史上类型三分法复杂、曲折的形成过程后指出,尽管文学类型发展史上充满了这类人工的图式,但"这些勉强得来的轮廓体系并非总是毫无用处,恰恰相反:如同所有临时分类一样,只要得到人们的认可,便经常拥有无可辩驳的阐释功能。虚假的窗口这时竟会为真正的光明开

---

[1] Marielle Macé, *Le genre littéraire*, Paris: GF Flammarion, 2004, p. 26.
[2] Marielle Macé, *Le genre littéraire*, Paris: GF Flammarion, 2004, p. 26.
[3] Gérard Genette, « Des genres et des œuvres », in Gérard Genette, *Figures V*, Paris: Seuil, 2002, p. 55.
[4] Marielle Macé, *Le genre littéraire*, Paris: GF Flammarion, 2004, p. 26.

启,并揭示出一个不为人知的术语的重要性;空格或精心配置的空格很久以后可能为自己觅得合法的占有者"①。这里涉及的主要是类型身份的其中一个方面,即其理论性与可能性。在《类型与作品》中,热奈特重提了类型的理论维度,认为"类型身份——至少当它能被明确辨认时——界定了理论或观念上的类别统一性"②。也就是说,类型身份是理论或观念性质的,例如小说除了是历史上所有被称作小说的作品的总和,也意味着某种相对统一的类别,属于这一类别的作品理论上具有从主题到形式的相似性,这些相似性构成了小说这一类型的典型特征——尽管实际上不同的作品各有各的不同,而且并非每部小说都具有这些基本特征——研究者正是从这些特征出发去判断一部新的作品能否属于小说。因其抽象性与理论性,类型研究能够预测未来的新类型,并对其进行理论思考,从而加快新类型的降临。舍费尔也有类似论述,他认为"理论类型,也就是某位批评家所界定的类型,其本身属于我们所说的类型性语用学逻辑,这一逻辑[……]就是文本生产与接受现象"③,换言之,批评家会通过界定理论类型来引导创作与阅读。舍费尔以托多罗夫《奇幻文学导论》为例指出,托多罗夫确实从对某些特定文本的解读出发,对"奇幻文学"进行了界定,但这一界定本身也是一种理论建构行为,通过这一理论建构,"奇幻文学"的外延与内涵更为清晰稳定,个别作品与"奇幻文学"这一类型的关系也得到明

---

① 热拉尔·热奈特:《广义文本导论》,见热拉尔·热奈特《热奈特论文集》,王文融译,天津:百花文艺出版社,2001年,第34页。
② Gérard Genette, « Des genres et des œuvres », in Gérard Genette, *Figures V*, Paris: Seuil, 2002, p. 49.
③ Jean-Marie Schaeffer, *Qu'est-ce qu'un genre littéraire？* Paris: Seuil, 1989, p. 68.

确。因此《奇幻文学导论》本身是一种"类型动力因素"[①],在此基础上,根据"一切阅读模型都可以转化成写作模型"[②]的原则,托多罗夫也为某种"奇幻文学"的创作制定了规则。再以亚里士多德的《诗学》为例,热奈特猜测,在谈论高级戏剧(悲剧)、高级叙事(史诗)、低级戏剧(喜剧)之后,亚里士多德出于一种追求平衡的心理,认为应在这三者之外增加一种低级叙事类型,因此他提到了讽刺诗。亚里士多德没有对讽刺诗展开论述,这个第四元素被后来的小说占据。塔迪埃对诗性叙事的研究同样如此,《诗性叙事》一方面对被塔迪埃纳入这一类型的文本的普遍特征进行了描述,另一方面意图通过同一举动令"诗性叙事"这一类型得以真正确立。从这些研究中,我们看到的是类型理论与可能性的关系,这种可能性所赋予的预言力量,以及语言的施为性力量。这种潜在性一定程度上弥补了不同分类原则的不完美,诚如热奈特所言,每位学者建构的类型体系或多或少存在缺陷,但其"启发的力量[……]远远超过了解释能力或简单的描述能力"[③]。

最后,文类研究也具有社会学与人类学价值。根据历史研究方法,文学类型往往源自日常生活中的言语行为,通过社会建制(institutionnalisation)上升为规范与标准,成为作者写作、读者阅读的文体参照。作为社会建制的一部分,类型不会如布朗肖所说的那样消失,因为一方面,正是类型的存在使我们能够谈论作家对类型的僭越及由这种僭越表现出来的作家的创造力与创新性;另

---

① Jean-Marie Schaeffer, *Qu'est-ce qu'un genre littéraire？* Paris：Seuil, 1989, p. 68.
② Jean-Marie Schaeffer, *Qu'est-ce qu'un genre littéraire？* Paris：Seuil, 1989, p. 68.
③ 热拉尔·热奈特:《广义文本导论》,见热拉尔·热奈特《热奈特论文集》,王文融译,天津:百花文艺出版社,2001年,第43页。

一方面，新的类型有可能获得社会认可，成为新的标准，也就是成为未来被模仿并被超越的对象。从建制角度来说，类型与社会有着紧密的联系，社会对某些文类特征而非另一些特征的选择直接反映出社会的需求，"某些类型存在于某个社会而不存在于另一个社会，这能揭示出社会意识形态，令我们多少有把握地确立这种意识形态"①。热奈特认为，无论文学类型是否像某些学者所说的那样"自然"或"跨历史"，"某种生存态度的存在，某种'人类学结构'（杜朗）、某种'精神状况'（乔勒斯）、某种'想象模式'（莫隆）的存在，或者用较为流行的语言表示，某种真正史诗般的、抒情般的、戏剧般的——然而也包括某种悲剧般的、喜剧般的、哀歌般的，或荒诞的、传奇的等'情感'的存在，是[……]不争的事实"②。文学类型研究能够触及民族的生存状态、人类学结构、精神状况等，因而无疑具有重要的社会学、历史学与人类学价值。

第三节　结构主义文类研究

在第一章中，我们已提到，俄国形式主义对文学类型或体裁划分的研究影响了当代法国诗学，促使一批学者在 20 世纪 60—70 年代围绕文类问题展开考察，取得了之后被纳入结构主义类型研究的诸多成果。俄国形式主义遗产最为重要的继承人正是将这一流派理论译介至法国的托多罗夫，本节我们将主要依托托多罗夫的研究，对结构主义文类研究进行考察。在文类研究代表作《奇幻文

---

① Tzvetan Todorov, *Les Genres du discours*, Paris: Seuil, coll. « Poétique », 1978, p. 51.
② 热拉尔·热奈特：《广义文本导论》，见热拉尔·热奈特《热奈特论文集》，王文融译，天津：百花文艺出版社，2001 年，第 52 页。

学导论》中,托多罗夫一开始就指出本书"是从类型角度考察文学作品"[1],因此其研究目的"是要找到在多个文本中起作用的规则,正是这一规则促使我们给这些作品贴上'奇幻文学'的标签"[2],在这些言论中,结构主义色彩一览无余。

在正式寻找奇幻文学规则之前,托多罗夫首先对"文学类型"或者说"类型"本身进行了思考,并指出一旦涉及类型研究,便会有几个相关的问题涌现出来:我们是否可以在未了解某一类型全部作品的情况下对类型特征进行总结?类型是有限的还是无限的?如果说作品的价值在于其独特性,那么建立于作品相似性基础上的类型概念在文学阅读与接受中是否还有价值?对于第一个问题,托多罗夫认为类型研究需要结合"实践与理论、经验与抽象"[3]。他先从更为普遍的角度指出,"科学方法的第一个特征是,它并不要求对某一现象的所有方面进行观察后再去描述这一现象,科学方法是演绎式的"[4],也就是说,科学研究往往分两步走:先根据有限的现象提出假设,再结合其他现象来验证这一假设,假设最终将被证实,或被否定。文类研究同样如此,归根到底,重要的不是被考察的作品的数量,而是从对作品的观察中提炼出来的"理论的逻辑严密性"[5]。

---

[1] Tzvetan Todorov, *Introduction à la littérature fantastique*, Paris: Seuil, 1970, p. 7.

[2] Tzvetan Todorov, *Introduction à la littérature fantastique*, Paris: Seuil, 1970, p. 7.

[3] Tzvetan Todorov, *Introduction à la littérature fantastique*, Paris: Seuil, 1970, p. 25.

[4] Tzvetan Todorov, *Introduction à la littérature fantastique*, Paris: Seuil, 1970, p. 8.

[5] Tzvetan Todorov, *Introduction à la littérature fantastique*, Paris: Seuil, 1970, p. 8.

从这一预设出发,托多罗夫首先对弗莱的文类研究即其原型理论进行了检验。他先归纳出《批评的剖析》蕴含的几条分类逻辑:第一条分类逻辑界定了"虚构型模式"①,不同模式的区分依据是主人公与读者、与自然法则的关系,这条分类逻辑区分出神话、浪漫传奇、"高模仿"模式、"低模仿"模式、"反讽的"模式②;第二条分类逻辑与逼真性有关;第三条分类逻辑建立于悲剧性与喜剧性的区别之上;第四条分类逻辑建立于现实与理想的区别及其过渡之上,区分出浪漫传奇、反讽与讽刺、悲剧、喜剧四大类型,托多罗夫认为这条分类逻辑对弗莱来说最为重要;第五条分类逻辑的依据是受众,根据受众不同将文学作品分为戏剧、抒情诗、口述史诗、散文;最后一条分类逻辑根据倾向外向还是内向,倾向理性还是个人化,将虚构文学分为小说、传奇、忏悔录、"剖析"③。

在梳理了弗莱的分类逻辑后,托多罗夫也对弗莱的方法提出了批评,首先指出"弗莱的分类从逻辑上看缺乏严密性"④,因为无论是六条逻辑之间,还是不同逻辑内部,均存在无法调和的问题。例如根据第一条逻辑,文学不应只有五种而应有十三种类型。或许弗莱谈论的五种类型是在历史上真实存在过的,而其他都是潜在的类型,这便促使托多罗夫对历史类型与理论类型进行了思考:"历史类型来自对文学现实的观察,理论类型来自理论推演"⑤,历

---

① 诺思罗普·弗莱:《批评的剖析》,陈慧译,北京:北京大学出版社,2021年,第41页。

② 诺思罗普·弗莱:《批评的剖析》,陈慧译,北京:北京大学出版社,2021年,第41—43页。

③ Cf. Tzvetan Todorov, *Introduction à la littérature fantastique*, Paris: Seuil, 1970, p. 13 – 17.

④ Tzvetan Todorov, *Introduction à la littérature fantastique*, Paris: Seuil, 1970, p. 17.

⑤ Tzvetan Todorov, *Introduction à la littérature fantastique*, Paris: Seuil, 1970, p. 18.

史类型不难理解，理论类型尤其体现于古今文艺理论家为类型制定规则的文字。实际上，托多罗夫并没有将理论类型与历史类型看成平等的关系，理论推演确实来自对经验作品的观察、对作品特征的提炼以及对这些抽象特征的组合，不过，由于理论类型又包含基础类型与复杂类型两类，所以托多罗夫倾向于认为"历史类型是复杂理论类型整体中的一个分支"[①]。在托多罗夫看来，弗莱所进行的是理论类型研究，因此他不应止于对历史类型的观察与总结，而应"从所选择的类型出发，通过演绎法推导出一切可能的组合"[②]，越是从未出现过的元素，越要对其进行详细描述，不仅描述未出现过的元素，也描述将来有可能出现的类型与作品。此后，托多罗夫指出了弗莱分类法的一个也许更为严重的问题：弗莱没有为自己所选择的分类标准提供明确的理论依据，他所依赖的几组对立——高级/低级、逼真/不逼真、现实/理想、外向/内向、理性/个人化——不仅缺乏内在逻辑，而且似乎更多分属哲学、心理学等领域，而非文学领域。据此，托多罗夫认为"弗莱的著作不断令人联想到一份编目表[……]但编目表只是科学的工具，而非科学本身"[③]，反过来，一项科学的类型研究"必须就研究客体与研究限度形成更为宏观、更为谨慎的认识"[④]。

从对弗莱的批评出发，托多罗夫就自己的类型研究提出了几个明确的前提：(1) 鉴于一切类型理论都是从具体的文学作品推演

[①] Tzvetan Todorov, *Introduction à la littérature fantastique*, Paris: Seuil, 1970, p. 25.

[②] Tzvetan Todorov, *Introduction à la littérature fantastique*, Paris: Seuil, 1970, p. 19.

[③] Tzvetan Todorov, *Introduction à la littérature fantastique*, Paris: Seuil, 1970, p. 23.

[④] Tzvetan Todorov, *Introduction à la littérature fantastique*, Paris: Seuil, 1970, p. 25.

出来的，因此类型研究应从具体文学作品出发，并在作品的语言形式、句法和语义三个层面展开分析。这一选择促使我们联想到托多罗夫在1968年发表的长文《诗学》。在《诗学》中，托多罗夫即建议从语言形式、句法、语义三个层面对文学文本尤其是虚构作品进行分析，其中语言形式层面涉及作品具体的语言表达特色，句法层面主要涉及作品各部分的衔接，语义层面主要涉及作品的"主题"。（2）就方法来说，类型研究应从作品表面特征的观察与总结出发抵达某个抽象结构，也即"构建能应用于今日文学作品的抽象类型，这一任务迫在眉睫"[①]。这一抽象结构正是托多罗夫意义上的"类型"。从抽象结构角度来看，类型的数量并不是无限的，这便回答了托多罗夫一开始提出的第二个问题。（3）类型概念本身不应被绝对化，我们已看到，类型包括历史类型、理论类型、基础类型、复杂类型，因此在界定类型时应做具体的分析。

从上述前提出发，托多罗夫积极投身实践，从具体作品出发，对奇幻文学、侦探小说等类型的抽象结构进行了分析或者说建构。首先来看他对奇幻文学的研究。托多罗夫的出发点是法国奇幻文学鼻祖之一雅克·卡佐特（Jacques Cazotte）的名作《恋爱中的魔鬼》（Le diable amoureux），在这部作品中，主人公阿尔瓦尔与一个女子生活在一起，这个女子从出现方式来看似乎不属于人间，但她又具有女性的外表并且会受伤。主人公于是不断在两种念头之间摇摆，一会儿觉得自己确实与魔鬼生活在一起，一会儿又觉得一切都是梦境。从这一作品及其呈现的不确定性出发，托多罗夫提出了对奇幻文学定义的假设："占据这一不确定时刻的是奇幻，一旦

[①] Tzvetan Todorov, *Introduction à la littérature fantastique*, Paris: Seuil, 1970, p. 12.

选择其中一种答案，我们就离开了奇幻，进入了一种临近的类型，也即怪谈(l'étrange)或神奇故事(le merveilleux)。"①具体而言，如果选择一种"现实主义"解释，将古怪现象合理化(以《恋爱中的魔鬼》为例，便是选择将一切归咎于主人公阿尔瓦尔的精神问题)，我们就进入了怪谈领域；而如果选择相信古怪现象确系超自然力量所致(以《恋爱中的魔鬼》为例，便是相信主人公阿尔瓦尔真的与魔鬼在一起)，我们就进入了神奇故事领域，而"奇幻，是只认识自然法则的人在面对某个表现为超自然的事件时所体会到的犹豫"②。随后托多罗夫从两个方面对自己的定义进行了检验：一方面是与文学史上存在的奇幻或灵异文学定义的比较，托多罗夫发现自己假设的核心思想与这些定义甚为吻合；另一方面是与其他同类作品的比较，托多罗夫尤其借助19世纪波兰作家波托茨基(Jan Potocki)的《萨拉戈萨手稿》(*Manuscrits trouvé à Saragosse*)、法国作家热拉尔·德·奈瓦尔(Gérard de Nerval)的《奥蕾莉娅》(*Aurélie*)等作品，进一步检验、深化了对奇幻文学的定义，添加了另两个条件：其一，定义中涉及的"犹豫"主要是指隐含读者的态度。从《恋爱中的魔鬼》等作品可见，人物也会表现出"犹豫"，但人物也可能从一开始就做出了明确的选择，对古怪现象坚持现实或超现实的解释。其二，读者对奇幻文学的阅读方式应既非"寓言式"亦非"诗歌式"，因为寓言与诗歌中的超自然元素期待的是不同的阐释方法。

不过，找到不确定性这条类型原则并不意味着工作已结束，要完成对奇幻文学的定义，还须考察不确定性原则在上述语言形式、

---

① Tzvetan Todorov, *Introduction à la littérature fantastique*, Paris: Seuil, 1970, p. 29.
② Tzvetan Todorov, *Introduction à la littérature fantastique*, Paris: Seuil, 1970, p. 29.

句法、语义三个层面上的体现。托多罗夫进而借助巴尔扎克、梅里美、德·利勒-亚当、戈蒂耶、莫泊桑、霍夫曼等人的作品,从三个层面对"奇幻话语"的特征进行了考察。首先,从语言形式说,奇幻作品往往大量运用夸张、明喻、比较等修辞格,当读者从字面去理解这些修辞格,进而令文字产生模棱两可的含义时,奇幻便产生了,例如莫泊桑名篇《奥尔拉》中的句子:"正当我停下来看一株开着三朵艳丽的花的'战斗巨人'时,我看见,清清楚楚地看见离得很近很近,有一朵玫瑰花的梗子弯了,就像有一只看不见的手在扭它,接着它断了,就像这只手在摘它!"①"接着突然间我觉得那本翻开放在桌子上的书有一页刚刚在自动地翻动[……]我亲眼看见另外一页竖起来,倒落在前面一页上,就像有一只手指头在翻它似的。"②"但是我的椅子在我碰到它以前翻倒了,就像有人在我面前逃走了似的……我的桌子摇晃,我的灯掉下来,熄了,我的窗子关上了,就像有一个歹徒被发现以后,在冲进黑暗的同时使劲将两叶窗扇往后带上。"③我们可以从修辞意义上来理解这几个句子中的"就像"所引导的比较,但也可以从字面去理解,认为事实确实如此,换言之,读者可以认为一切不过是叙述者的想象,也可以认为这里确实存在超自然现象,这种举棋不定的阐释态度令奇幻文学得以产生。

奇幻文学的语言形式还具有其他特征。托多罗夫认为定义奇幻文学的不确定性与犹豫尤其涉及作品中的叙述者:奇幻作品通常采用第一人称叙事,且叙述者"我"往往是被表征的叙述者,换言

---

① 莫泊桑:《奥尔拉》,郝运、王振孙、赵少侯译,北京:人民文学出版社,1993年,第24页。
② 莫泊桑:《奥尔拉》,郝运、王振孙、赵少侯译,北京:人民文学出版社,1993年,第32页。
③ 莫泊桑:《奥尔拉》,郝运、王振孙、赵少侯译,北京:人民文学出版社,1993年,第32页。

之,叙述者并不只是一种功能而是一个实体,即便不是其所述故事的主人公,至少也是牵扯到这一故事中的旁观者。这一叙述者特点容易导致含混的产生:一方面,作为叙述者,"我"的观点通常会引发读者不自觉的认同;另一方面,"我"作为人物,完全有可能说谎。叙述者所掌握的信息与读者所掌握的信息的不对等往往令故事结局出人意料,因此这一手法也是侦探小说青睐的手法。当叙述者"我"开始描述超自然元素,而读者对叙述者的描述与断言半信半疑时,奇幻便产生了。莫泊桑的《奥尔拉》便是很好的例子,直至最后,读者都无法确定,叙述者"我"是真的看到了超自然生物,还是一切只不过是他生病时的臆想,因此《奥尔拉》可以说是非常典型的奇幻文学作品。

其次,从句法层面说,奇幻作品中存在特定的句型,奇幻文学作品中往往充满表达不确定性的句式与时态,例如大量使用未完成过去时,这种时态"会在读者的理解中引入含混性"[1]。从上文所举《奥尔拉》的只言片语能看到,奇幻文学作品中往往充斥着类似"就像""觉得"等表达。此外,奇幻文学在句法层面的特点引致了它独特的阅读理解顺序:我们只能跟随叙述者亦步亦趋地前行,如果从中间开始阅读或从结局开始阅读,便会令奇幻文学的吸引力消失。

最后是语义层面,涉及与奇幻相关的一系列主题,以及由语言创造的特殊世界。关于奇幻文学应当表现什么主题,不同学者有不同的看法。不过,托多罗夫在归纳奇幻文学主题时没有采取列举具体主题的做法,原因与他在批评弗莱的原型理论时一致,也即这种做法

---

[1] Tzvetan Todorov, *Introduction à la littérature fantastique*, Paris: Seuil, 1970, p. 45.

缺乏内在逻辑性：既然列举无法穷尽所有元素，那么列举一些元素而排斥另一些必然会显得随意。因此，托多罗夫还是采取了纯粹形式主义的做法，也即去奇幻故事中寻找"一切主题的产生原则"①。在这样的目标下，他总结出两条奇幻主题产生原则，分别与两类主题相关。第一条原则是"从精神到物质的转变成为可能"②，其产生的具体主题包括"泛决定论"（也即故事中不存在偶然性，一切都事出有因，哪怕最后的解释是超自然力量）、多重人格、主客体界限的消失、时空转变等，涉及人对外部世界的觉知，又被托多罗夫称为"关于'我'的主题"③；第二条原则是欲望，这一原则产生了形形色色的极限主题，包括禁忌之爱、残酷、暴力甚至死亡，因涉及一个欲望对象，又被托多罗夫称为"关于'你'的主题"④。托多罗夫又从语言角度对这两条原则进行了解释，指出前一条原则涉及本义与转义之区别的抹除，后一条原则涉及两个主体通过话语建立的关系。我们不难看出，这一结论深受结构主义先驱雅各布森及其隐喻/换喻理论的影响，也不难看出，托多罗夫意图在奇幻文学与总体文学之间建立联系：奇幻文学两种主题的二元对立其实也反映出文学主题的普遍状况，只是在奇幻文学中，它们表现得更为明显，"奇幻文学是一片狭小但优越的领地，通过它，我们可以获得有关总体文学的假设"⑤。这应当也是在传统奇幻文学创作本身已式微的情况下，

---

① Tzvetan Todorov, *Introduction à la littérature fantastique*, Paris：Seuil, 1970, p. 120.
② Tzvetan Todorov, *Introduction à la littérature fantastique*, Paris：Seuil, 1970, p. 120.
③ Tzvetan Todorov, *Introduction à la littérature fantastique*, Paris：Seuil, 1970, p. 126.
④ Tzvetan Todorov, *Introduction à la littérature fantastique*, Paris：Seuil, 1970, p. 132.
⑤ Tzvetan Todorov, *Introduction à la littérature fantastique*, Paris：Seuil, 1970, p. 163.

托多罗夫仍坚持对这一文类进行深入考察的根本原因。

以上我们通过梳理《奇幻文学导论》的内容,考察了托多罗夫的结构主义类型研究,我们注意到,托多罗夫在行文中不断将奇幻文学与侦探小说进行比较,曾指出"奇幻叙事并非唯一强调对作品的理解顺序的;解谜型侦探小说同样具有这一特征"[①]。事实上,侦探小说及临近类型也是托多罗夫的类型学重点研究的对象,研究成果主要见于1971年出版的文集《散文诗学》。在《散文诗学》收录的《侦探小说类型学》一文中,托多罗夫通过对现存侦探小说的观察,指出后者一般包含两个故事——犯罪故事与调查故事,根据这两个故事关系的不同,托多罗夫在侦探小说内部区分出两种主要类型,即"解谜小说"与"黑色小说"。解谜小说在两战期间发展至巅峰,在这类小说中,犯罪故事与调查故事不会重合,前者永远发生在后者之前,行动先于叙述;黑色小说产生于"二战"前后,在"二战"后的美国迅速发展,在这类小说中,两个故事往往紧密交织,犯罪与调查并行、行动与叙述并行。因此对前者来说,叙述者在叙述时已知道案情的来龙去脉,吸引读者注意力的是某个谜团及其解开过程;对后者来说,叙述者处于案件之中,我们不知道下一步会有什么事发生在他身上,"展望取代了回顾"[②]。从读者对两类侦探小说的阅读出发,托多罗夫总结出两种形式的兴趣:一种与解谜小说相关,"可以被称为'好奇',读者从结果出发推导原因,也就是从某个确定的结果(一具尸体与一些线索)出发找到原因(罪犯和犯罪动机)"[③];另一种形式与黑色小说有关,托多罗夫建议称

---

① Tzvetan Todorov, *Introduction à la littérature fantastique*, Paris: Seuil, 1970, p. 95.
② Tzvetan Todorov, *Poétique de la prose*, Paris: Seuil, 1978, p. 14.
③ Tzvetan Todorov, *Poétique de la prose*, Paris: Seuil, 1978, p. 14.

其为"悬念,读者从原因走向结果,作品首先会向我们展示最初的情况(准备做坏事的歹徒),而我们对后续事件也就是对结果(尸体、犯罪、斗殴)的期待维持了我们的兴趣"①。

以上我们以奇幻小说研究与侦探小说研究为例,介绍了托多罗夫的文类研究。我们在前文已指出,托多罗夫的研究深受俄国形式主义影响,对"好奇"与"悬念"等术语的运用,将犯罪故事与调查故事分别对应于俄国形式主义理论中的故事与主题,从这些做法中不难看出什克洛夫斯基《解谜故事》《解谜小说》以及托马舍夫斯基《主题》等重要论文的影响。实际上,从托多罗夫的界定来看,在他研究奇幻文学和侦探小说(解谜小说、黑色小说)时,这两种类型的创作鼎盛期都已过去。之所以要对其抽象结构进行研究,从而建构出两种文学类型,一个很重要的原因在于,托多罗夫认为文学研究首先是类型研究。在《文学的概念》一书的卷首,托多罗夫引用了亨利·詹姆斯的一句话:"'类型'是文学的生命本身。完全地辨识它们,沿着每种类型独特的方向行至最后,深深沉入其质地中:这便是真理与力量的来源。"②

我们由此来到托多罗夫在《奇幻文学导论》开头提到的第三个问题,在越来越欣赏作品独特性的今天,以普遍性为内涵的类型概念在文学阅读与接受中是否还有价值?这一问题有时也会转变成:借自自然科学的类/属概念是否能原样照搬至文学作品研究领域?确实,自然界的种属与文学类型不是一回事,两者之间最大的差异在于,对于自然界的种属而言,新品种的出现不会改变种属特质,而新品种的属性本身能从种属特征中推断出来。文学类型的

---

① Tzvetan Todorov, *Poétique de la prose*, Paris: Seuil, 1978, p. 14.
② Cf. Tzvetan Todorov, *La notion de littérature*, Paris: Seuil, 1987, p. 7.

情况恰恰相反,每个新样式的出现都会对类型整体产生影响,这非但不是缺陷,反而还是文学更新发展的内在要求。反过来,作品如果过度受限于类型法则,则难免沦为类型文学或大众文学。面对这样的诘难,托多罗夫指出"应该考虑到某个双重要求"①:首先不应忽略,每个文学文本都体现出了与全部或部分文学文本的共同特征,与过去的作品没有任何关系、所有部分都出自原创的作品是不存在的;其次应该看到,文本并非抽象文学特征的简单组合,它总是会偏离这一想象中的组合。"无论是否出于自愿,一切文学研究都具有这一双重运动:从作品到文学(或类型),从文学(或类型)到作品"②,都是"在事实的描述与抽象理论之间的不间断的往返"③,换言之,都是从文学史到文学理论,从文学理论到文学史。

归根到底,类型性的抽象研究在托多罗夫看来是由语言的本质所决定的:"个体无法存在于语言中,我们对某个文本特殊性的表达会自动成为对某一类型的描述,后者唯一的特殊性在于这个文本是其最初与唯一的例子。"④这一观点得到其他结构主义者的认同,热奈特也曾指出,"赋予某个对象以谓语(命名),即将其归入某个类别,也就是毫无疑问可用同一个谓语描述的事物类别[……]赋予谓语,主题化,就是分类;分类,便不可避免地涉及普遍化"⑤。由于使用了语言这一抽象中介,因此对具体文本的描述最

---

① Tzvetan Todorov, *Introduction à la littérature fantastique*, Paris: Seuil, 1970, p. 11.

② Tzvetan Todorov, *Introduction à la littérature fantastique*, Paris: Seuil, 1970, p. 11.

③ Tzvetan Todorov, *Introduction à la littérature fantastique*, Paris: Seuil, 1970, p. 26.

④ Tzvetan Todorov, *Introduction à la littérature fantastique*, Paris: Seuil, 1970, p. 11.

⑤ Gérard Genette, « Ouverture métacritique », in Gérard Genette, *Figures V*, Paris: Seuil, 2002, p. 38.

后总是会成为一种类型描述,"个别作品与类型概念之间这种不间断的互动[……]很好地表明这两者分界线的不严密性"[1]。"'抛弃类型概念'是不可能的"[2],因为抛弃类型概念,就意味着放弃对语言的使用,意味着放弃批评活动本身。因此,无论"类型"理论与实践在今日看来是否显得不合时宜,在具体作品与总体文学之间始终存在着类型,"类型正是作品与文学世界建立联系的中介"[3],"是总体诗学与事件性的文学史的汇合点,根据这一点,类型成为一个特别值得关注的对象,能够有幸成为文学研究的主人公"[4]。

第四节　从结构到语用

上文我们主要对托多罗夫的结构主义文类观进行了考察。我们注意到,托多罗夫的文类观并不全然是共时的、封闭的,他的理论也蕴含了历时的维度。此外,"类型"问题包含的诸多模糊性还促使托多罗夫在《话语类型》中建议,应结合符号、语义、句法、语用各个层面对类型问题进行研究。不过,由于深受结构主义影响,托多罗夫无论是在分析不同话语的类型特征还是在分析具体文学文本方面,都更倾向于采取形式主义与结构主义的方法,对类型的抽象逻辑进行归纳与探讨。另一些学者如热奈特、舍费尔、亚当等结合分析哲学、美学、话语理论等学科理论与方法,对文类问题进行

---

[1] Gérard Genette, « Des genres et des œuvres », in Gérard Genette, *Figures V*, Paris: Seuil, 2002, p. 55.
[2] Tzvetan Todorov, *Introduction à la littérature fantastique*, Paris: Seuil, 1970, p. 11.
[3] Tzvetan Todorov, *Introduction à la littérature fantastique*, Paris: Seuil, 1970, p. 12.
[4] Tzvetan Todorov, *Les Genres du discours*, Paris: Seuil, coll. « Poétique », 1978, p. 52.

了另辟蹊径的阐述,给予文类研究以新的启示。这些研究的共同之处在于将视野拓展至文本结构外,从对类型的利用与阐释活动中去理解作品与类型的关系,因而可以说是一种有关文类的语用学研究。在语用学视角下展开的当代文类研究中,以舍费尔的代表作《什么是文学类型?》(*Qu'est-ce qu'un genre littéraire ?* 1989)最为系统深入,因而本节我们将主要对该著作进行考察。

舍费尔出生于1952年,曾在热奈特指导下进行博士论文《德国浪漫主义小说理论》的撰写,1979年通过博士论文答辩。他长期执教于法国社会科学高等研究院艺术与语言研究中心(CRAL),专攻美学与文艺理论。舍费尔的研究深受结构分析、美学、分析哲学、认知科学、人类学等学科理论与方法的影响,现已出版《什么是类型?》(1989)、《我们为什么需要虚构?》(1999)、《文学研究生态学刍议》(2011)、《美学体验》(2015)、《叙事的混乱》(2020)等专著,在虚构研究、叙事研究、文学类型研究等领域产生重要影响。

舍费尔有关文学类型的论述主要见于他1989年出版的专著《什么是文学类型?》。受分析哲学与分析美学影响,舍费尔在这部著作中主要从类型名称出发,对类型的本质问题进行了探讨。舍费尔的分析始于对文学类型发展史的回顾。通过这一回顾,他揭示了类型研究中由来已久的某种理论困境。最初制造这一困境的是亚里士多德。舍费尔肯定"就我们所知,亚里士多德是第一位从类型角度系统研究诗歌的作者"[1],并在同一时间指出,《诗学》在研究类型问题时并存着三种态度:"a)生物学范式及其暗含的本质主

---

[1] Jean-Marie Schaeffer, *Qu'est-ce qu'un genre littéraire ?* Paris: Seuil, 1989, p. 11.

义态度；b）一种描写-分析态度；c）一种规约态度。"① 而这三种态度"为文学类型问题规划了三种大相径庭的命运"②。规约态度很容易理解，这种态度占据了《诗学》的绝大部分篇幅，我们看到亚里士多德在其中为悲剧、史诗等制定了从内容到形式的规则。描写-分析态度在《诗学》中体现于三个方面：心理学分析，例如亚里士多德提到人能从摹仿中获得快感；历史分析，例如亚里士多德描述了悲剧的起源；结构主义或分析态度，例如亚里士多德按照摹仿对象与方式的不同将诗分为悲剧、喜剧、史诗、讽刺诗，上文我们已提到，这种分类法实际上更多是亚里士多德的理论头脑所进行的抽象建构，其中对悲剧的辨别不仅借助悲剧的内在特征，也借助其与喜剧、与史诗的区别，因而这种结构主义或分析态度体现出一种区别主义观念。本质主义态度主要体现于亚里士多德对生物学模型的利用，《诗学》第一段明确表达了这种态度："关于诗艺本身和诗的类型，每种类型的潜力，应如何组织情节才能写出优秀的诗作，诗的组成部分的数量和性质，这些，以及属于同一范畴的其他问题，都是我们要在此探讨的。让我们循着自然的顺序，先从本质的问题谈起。"③ 在本段文字及在《诗学》其他处，亚里士多德不断地将悲剧比喻为自然界的有机体，不但具有统一性（"无论是活的动物，还是任何由部分组成的整体，若要显得美，就必须符合以下两个条件，即不仅本体各部分的排列要适当，而且要有一定的、不是得之于偶然的体积，因为美取决于体积和顺序"④），还会生长与进化

---

① Jean-Marie Schaeffer, *Qu'est-ce qu'un genre littéraire？* Paris：Seuil，1989，p. 13.

② Jean-Marie Schaeffer, *Qu'est-ce qu'un genre littéraire？* Paris：Seuil，1989，p. 13.

③ 亚里士多德：《诗学》，陈中梅译注，北京：商务印书馆，1996年，第7页。

④ 亚里士多德：《诗学》，陈中梅译注，北京：商务印书馆，1996年，第74页。

("悲剧缓慢地成长起来,每出现一个新的成分,诗人便对它加以改进,经过许多演变,在具备了它的自然属性以后停止了发展"①)。舍费尔认为这三种态度均被后人继承:"我们可以说,直至18世纪末,占据主流地位的都是规约态度;这一态度之后被一种本质主义-进化主义态度取代,直至19世纪末,后者一直都是主流;本质主义-进化主义态度之后也让位于在俄国形式主义之后到来的结构分析的复兴。"②

  规约态度尽管本身存在缺陷,但它的含义比较清晰,不会造成问题。因而舍费尔主要就本质主义态度与进化主义态度,特别是对两种态度的代表学者——黑格尔与布伦蒂埃——的学说进行了研究,并指出黑格尔的有机论与布伦蒂埃的进化论中存在着无法解决的问题。一方面,在有机论与进化论视野中,作品被当作统一的整体,因此它的种类属性是排他性的,属于某一类型就意味着被另一类型排除。这显然与经验现实不符,因为"在很多情况下,无法彼此囊括的类型名称可以涵盖同一部作品的不同层面或不同片段"③,例如一部作品既可以是叙事作品,也可以是非虚构,因为"叙事作品""非虚构"这样的类型名称涉及的只是作品某方面的特征。另一方面,有机论与进化论认为类型有内部原则,正是这一原则令作品属于更大的种属,并导致类型本身的产生、发展与衰弱。但是,类型的原则既可能是内在的,也可能是外部强加的,某部作品之所以属于小说,可能仅仅因为书籍封面上标明这是"小说"。因此舍费尔指出,"如果说生物类型关系是从类别到个体,那么人工

---

 ① 亚里士多德:《诗学》,陈中梅译注,北京:商务印书馆,1996年,第48页。
 ② Jean-Marie Schaeffer, *Qu'est-ce qu'un genre littéraire?* Paris: Seuil, 1989, p. 24.
 ③ Jean-Marie Schaeffer, *Qu'est-ce qu'un genre littéraire?* Paris: Seuil, 1989, p. 70.

类型关系则是从个体到类别"①,换言之,文学作品与类型的关系并不像自然界的生物个体与类别的关系,因为将生物个体与类别相连的是清晰的种属特征,而将作品与类型联系起来的属性却是多层次且易变动的。

为了说明这一问题,舍费尔围绕类型名称展开了研究。类型名称首先引人注目的便是其异质性。热奈特在《广义文本导论》中曾提及这一异质性,他指出,例如史诗类型包含英雄史诗、小说、短篇小说等,这几个子类型的分类依据并不同等:英雄史诗与小说的区别可能依据的是题材,长篇小说与短篇小说的区别依据的则是篇幅,此外,"各种立场的大混淆的现状——例如,声称同时来自亚里士多德、巴脱、施莱格尔(或歌德[……])、雅各布森、邦弗尼斯特以及英美分析哲学的做法——加剧了上述错误归属或——用理论术语来界定这一做法本身——混淆方式与体裁所带来的理论上的负面影响"②。对于类型名称缺乏表面一贯性这一现象,舍费尔认为主要原因在于,语言活动本身是一种复杂的符号活动。

首先,符号活动复杂性是类型名称复杂性的第一个原因。为了分析符号活动的复杂性及其与类型名称之间的关系,舍费尔首先借助了交际理论。交际理论认为,一切话语都至少包含五个方面:谁(who)？说了什么(what)？通过何种渠道(in which channel)？向谁(to whom)？获得了何种效果(with what effect)？也就是著名的 5W 理论。考察现有的类型名称,会发现它们并不指向同一层次,而是时而指向 5W 中的一个,时而指向另一个,很

---

① Jean-Marie Schaeffer, *Qu'est-ce qu'un genre littéraire ?* Paris: Seuil, 1989, p. 72.
② 热拉尔·热奈特:《广义文本导论》,见热拉尔·热奈特《热奈特论文集》,王文融译,天津:百花文艺出版社,2001年,第47页。

多时候指向其中的多个方面。舍费尔进而对这五个方面进行了划分,将"谁?""向谁?""获得了何种效果?"归为一类,与交际活动条件相关,涉及话语的陈述、接受与话语功能;将"说了什么?""通过何种渠道?"(被舍费尔改为"如何说?")归为一类,与实际表达的信息也即文本相关,涉及文本的语义与句法层面。这五个方面又可被再次细分,例如交际活动中的陈述至少包含三个会对辨别类型起作用的因素:陈述者本质属性、陈述活动的逻辑与物理属性以及陈述方式,例如书面文学与口头文学的类型区别是根据陈述活动的物理属性来区分的。话语功能主要包括是否具有特殊的以言行事功能,以及话语表达严肃功能还是游戏功能两个层面,例如叙事、颂歌、哀歌、布道、宣言等类型名称与前者相关,虚构、非虚构等类型名称与后者相关。文本的语义层面又包括内容、语义限制、主题、语义的本义还是转义等,诸如传记、自传、科幻叙事、游记、情诗、玄学诗等类型名称都涉及文本的内容,而这些名称本身也暗含了语义限制,例如传记或自传中不能出现虚构的内容。

通过对符号活动各个方面的分析,舍费尔指出,现有类型名称之所以具有异质性,是因为"从类型角度说,文本身份只跟类型名称涉及的不同信息层面相关"[①],类型名称指向的往往并非文本整体,"至多只是某个交际活动整体或某个封闭的形式"[②]。因此,作品与其所属的类型之间不是简单的被包含与包含的关系,而是"交织于交际活动及文本现实的各方面之间,或文本不同辨识方式与

---

① Jean-Marie Schaeffer, *Qu'est-ce qu'un genre littéraire？* Paris: Seuil, 1989, p. 129.

② Jean-Marie Schaeffer, *Qu'est-ce qu'un genre littéraire？* Paris: Seuil, 1989, p. 130.

不同类型名称之间的复杂异质性关系"①。例如，指出某个文本是布道，另一个文本是十四行诗，这不仅仅是将两个文本分别纳入布道与十四行诗类型之中，同时还指出了第一个文本的交际特征和第二个文本的形式特征，两个类型名称涉及的是交际活动与文本现实的不同层面。反过来，指出某个文本既是十四行诗又是情诗，这是从不同的两个层面来理解文本，十四行诗指向文本现实的句法层面，情诗指向文本现实的语义层面。

其次，造成类型名称复杂性的原因在于作品本身的历史性。"现有的类型名称具有千差万别的功能，正如它们产生自千差万别的情境与意图，仅将它们视为遵循同一功能——也就是分类功能的类别名称，这是对它们的交际属性的大大简化"②。对于类型名称的历史性问题，舍费尔举了博尔赫斯的《〈吉诃德〉的作者皮埃尔·梅纳尔》为例。在这个故事中，法国作家皮埃尔·梅纳尔逐字逐句重写了塞万提斯《堂吉诃德》第一部第九章、第三十八章以及第二十二章的各一个片段，博尔赫斯写道："塞万提斯和梅纳尔的文字语言完全相同，然而后者丰富多彩的程度几乎是前者望尘莫及的。"③《〈吉诃德〉的作者皮埃尔·梅纳尔》是一则寓言，我们不应从字面去理解这个故事，但这则寓言确实深刻触及了文学阐释的根本机制：阐释活动深受语境的影响。因此，塞万提斯与梅纳尔二人的文字在形式上一模一样，但由于塞万提斯的小说写于17世纪，而梅纳尔的仿写创作于20世纪，塞万提斯与梅纳尔是不同

---

① Jean-Marie Schaeffer, *Qu'est-ce qu'un genre littéraire？* Paris：Seuil，1989，p. 129.
② Jean-Marie Schaeffer, *Qu'est-ce qu'un genre littéraire？* Paris：Seuil，1989，p. 127.
③ 豪尔赫·路易斯·博尔赫斯：《小径分岔的花园》，王永年译，上海：上海译文出版社，2015年，第37页。

的主体,因而读者对两部一模一样的作品的解读结果可能全然不同。从类型身份角度来说,作为一项交际活动,梅纳尔的作品在陈述、接受与话语功能方面都与塞万提斯的作品存在差异,这就意味着能够决定其类型身份的要素已发生变化,舍费尔因而提议,"塞万提斯的叙事是一种反小说或对骑士小说的滑稽摹仿;梅纳尔的书更多是一部历史小说或心理小说[……]或玄学小说[……]或对塞万提斯及其他人所进行的滑稽模仿的戏仿,或所有这一切"[1]。

也就是说,类型身份从某种程度上说是"可以随语境改变的,因为它依赖超文本环境,从更普遍意义上说它依赖历史环境,在这一环境中,文本被当作交际活动而被生产或被再次激活"[2]。对于类型身份的这种可变性,舍费尔认为主要有两种表现:一是同一个文本在不同历史时期被接受为不同的类型,二是同一些类型特征在不同历史时期被不同类型的文本利用。前一种可变性在舍费尔看来与其说体现了文学作品的丰富性,不如说体现了丹托所说的"实体的追溯性丰富"(retroactive enrichment of the entities)[3],换言之,历史上每新增一种类型特征,此前存在的相关类型之间的关系就会发生改变,旧文本的类型身份也会发生相应转变,热奈特将这种效应称作"回溯幻觉效应"[4]。以《伊利亚特》和《奥德修纪》这两部作品为例,在非希腊史诗与小说出现之前,这两部作品被认为

---

[1] Jean-Marie Schaeffer, *Qu'est-ce qu'un genre littéraire ?* Paris: Seuil, 1989, p. 133 – 134.

[2] Jean-Marie Schaeffer, *Qu'est-ce qu'un genre littéraire ?* Paris: Seuil, 1989, p. 135.

[3] Arthur Danto, "The Artworld", *The Journal of Philosophy*, vol. 61, No. 19, 1964, p. 583.

[4] Gérard Genette, « Des genres et des œuvres », in Gérard Genette, *Figures V*, Paris: Seuil, 2002, p. 41.

具有相同的文类属性,都是古希腊史诗,在非希腊史诗与小说出现之后,人们才注意到两部作品的差异,看到《奥德修纪》更接近小说,而《伊利亚特》的史诗特征则越发明显。同一文本的文类身份可变性在翻译活动中体现得尤为明显,我们可以清末民初对拜伦的《哀希腊》翻译为例。《哀希腊》原本是拜伦长篇讽刺史诗《唐璜》的片段,在译成汉语的过程中,被梁启超翻译成了戏曲,被苏曼殊翻译成了律诗,被胡适翻译成了骚体诗,文类身份发生了明显的转变。

最后,类型名称的复杂性还源自作者意图与读者阐释之间的差异,这一点又与上述两点原因密不可分。读者和批评者的阐释与作者意图相左,这是阅读与批评中的一个常见现象。文类意识同样如此,舍费尔提到"作者体制"与"读者体制"。作者体制涉及文本的生产,从作者这一端来看,文本身份诞生自作者对类型的选择与对传统的模仿,因而这一身份是相对确定且稳定的。但从读者一端来看却并非如此。我们可以举一个典型例子来说明作者体制与读者体制的不吻合:德国作家沃尔夫冈·希尔德斯海默(Wolfgang Hildesheimer)的《马波特》(*Marbot*)引发的解读。对希尔德斯海默来说,《马波特》是他虚构的作品,但大量读者在阅读后将其当成一位真实存在过的艺术批评家马波特的生平传记。究其原因,主要在于读者结合自己的阅读经验与类型经验,通过文本语义与句法层面的特征断定《马波特》采用了传统传记的形式,而传记这一类型从其定义说必须记录真人真事。这两方面因素共同作用,导致了对《马波特》的误读。再如在读者体制下,读者有可能将毫无承袭关系的东西方文本列入同一类型,而这种相似性正是比较文学平行研究的基础。

出于类型名称的复杂性,舍费尔认为,"只有当我们不将文本身份概念绝对化时,我们才有可能成功谈论类型问题"①。换言之,既不能将文本的类型身份看成是唯一的,也不能认为这一身份始终涉及文本整体,"类型逻辑不是单一的而是多元的:根据遵循的标准是对某个特征的例示,是对某条规则的运用,还是某种谱系关系或某种相似关系的存在,给文本'归类'可以有不同的含义"②。舍费尔最终提炼出四条类型逻辑,具体内容可通过以下表格体现③:

层面	指称	关系	定义	描述	约定	偏离
交际活动	属性	整体例示	包含	对比	建构性质	失败
文本	规则	应用性调节	规约	列举	规约性质	违反
文本	谱系类别	超文本调节	启发	特殊化	传统性质	转变
文本	相似类别	相似性调节	数据	典型性	无	变化

上文我们已看到,舍费尔将交际五元素分成了交际活动与文本现实两类,这也是类型逻辑的区分标准。如果文本与类型的关系是从交际活动角度确定的,那么这一关系就处于"例示体制"(régime de l'exemplification),类型名称指向交际活动整体,文本是类型的一个例示④,也就是说,文本是类型的具体体现。在这一体制下,任何对交际活动特征的偏离都会使作品不再属于该类型,自传与自我虚构的差别即由此而来。从交际特征来看,自传的作

---

① Jean-Marie Schaeffer, *Qu'est-ce qu'un genre littéraire ?* Paris:Seuil, 1989, p. 155.
② Jean-Marie Schaeffer, *Qu'est-ce qu'un genre littéraire ?* Paris:Seuil, 1989, p. 181.
③ Jean-Marie Schaeffer, *Qu'est-ce qu'un genre littéraire ?* Paris:Seuil, 1989, p. 181.
④ "例示"一词的使用体现了纳尔逊·古德曼(Nelson Goodman)分析哲学的影响。参见古德曼《艺术的语言》"例示"("exemplification")一节。也可参见下一章"风格研究"内容。

者需要保证内容百分百的真实性，如果违背这一契约，在作品中添加虚构成分，那么作品便不再属于自传，而进入自我虚构的范畴。反之，如果文本与类型的关系是从文本现实也就是句法或语义角度确定的，那么这一关系就处于"类型调节体制"（régime de la modulation générique）下。调节体制下的文本与类型关系也根据文本实现类型特征的方式不同而有所区别：文本有时是对某条或某些类型规则的应用（规则），有时是对历史上存在的同类文本的模仿（谱系类别），另一些时候，将文本纳入某一类型完全是读者阐释的结果（相似类别），此时读者依据的是现实文本在语义与句法方面的表面相似性，而不再考虑历史与语境因素，因此"类型身份界定了理论或观念上的类别统一体"[1]。这四种类型逻辑又被杜蒙与圣热莱总结为"交际、结构、超文本性、相似性"[2]。在舍费尔看来，这四种类型逻辑与每个文本都相关，因为"每个文本实际上都是一种交际活动；每个文本都有结构，从这一结构出发我们可以推测出特定的规则；每个文本（除非为了寻找某个无法找到的"原初文本"）都与其他文本相关，因而拥有某种超文本维度；最终，每个文本总是与其他文本相似"[3]。从四种类型逻辑出发，我们实际上也获得了四种解读文本的方法：交际逻辑关乎文本功能；结构逻辑关乎文本风格与诗性特征；超文本性逻辑关乎文本接受与产生的影响；相似性逻辑关乎文本超越语境的普遍特征与价值。上文我们提到，托多罗夫和热奈特均强调类型是作品与文学之间的中介

---

[1] Gérard Genette, « Des genres et des œuvres », in Gérard Genette, *Figures V*, Paris: Seuil, 2002, p. 49.

[2] François Dumont et Richard Saint-Gelais, « Mouvances du genre », in Richard Saint-Gelais (éd.), *Nouvelles tendances en théorie des genres*, Québec: Nuit blanche éditeur, 1998, p. 11.

[3] Jean-Marie Schaeffer, *Qu'est-ce qu'un genre littéraire？* Paris: Seuil, 1989, p. 185.

者,舍费尔提炼的类型逻辑让我们更为清晰地看到这一中介者起作用的层面。

以上我们对舍费尔的类型研究进行了简要介绍。我们看到舍费尔也和托多罗夫一样谈论了类型逻辑,然而他在谈论类型逻辑时并非指作品的抽象结构,而是指对类型名称的利用逻辑,这一逻辑当然也强调作品本身的语义与句法特征,但尤其强调作品的交际特征与历史语境,因此也可以说是一种语用学的类型研究。这一研究对之后产生重要影响,热奈特有关类型的重要文章《类型与作品》重拾了《什么是文学类型?》中的诸多概念与术语。语用学而非结构主义的研究视角也促使舍费尔反复强调,自己的目的不是要对文学类型进行重新分类,而是要对"有关类型性的多样、复杂的模式展开研究"①。一旦放弃对文类进行系统分类的打算,"类型名称所指向的现象的异质性本身成为一个积极的事件,有待我们去解释而非去纠正"②。换言之,舍费尔并无意纠正目前文学类型名称与分类标准的混乱——这件事的可能性与必要性都值得质疑,而是要对这一混乱现象本身进行思考,通过分析混乱的原因,揭示文学创作与批评实践的复杂机制,正如有学者指出的,"文类问题不仅仅是以往那种二分法、三分法或四分法介绍,也不仅仅是关于各种文类特征的诠解,更关系到创作、批评、作品之间关系,文学论争等众多层面"③。

* * *

分类是人的本能,正如皮亚杰所言,"四种基本进程标志了人

---

① Jean-Marie Schaeffer, *Qu'est-ce qu'un genre littéraire*? Paris: Seuil, 1989, p. 75.
② Jean-Marie Schaeffer, *Qu'est-ce qu'un genre littéraire*? Paris: Seuil, 1989, p. 79.
③ 陈军:《文类基本问题研究》,北京:北京大学出版社,2013年,第305—306页。

生头两年中完成的智力革命,那便是对客体与空间、因果律与时间这些类别的构建"①。换言之,文学类型思考有着深刻的认知基础,"与某种概念化进程相关,或者说与处于我们一切活动领域的某种范畴化进程相关[……]概念恰恰提供了分类系统,促使我们能够定位、辨识、确认每种经验"②。因此,只要文学存在,只要文学研究存在,文类研究就会始终存在。只不过今日的文类研究可能呈现与过往不同的面貌,正如托多罗夫所言,"我们怀疑当代文学是否能完全摆脱类型区别。不过,这些区别确实与过去的文学理论留给我们的概念不再吻合"③。贡布在谈到类型研究是否过时时也指出,"过时的应该说是修辞学(与美学)传统强加给类型的规约性定义,而非类型概念本身"④。本章我们就文类研究的一些宏观方面进行了探索,真正的文类研究不仅应就普遍层面进行理论思考,更应深入具体的类型中去。托多罗夫与贡布指出,过去的文类概念与研究方法已不适用于今天的文学现象,那么今日使用的概念与方法又有哪些? 在 2020 年出版的《诗学》专号《〈诗学〉五十年:1970—2019》中,主编夏尔对 1 至 186 期《诗学》杂志中发表的论文进行了总结,其中"文学类型与话语类型"版块的高频词是自传与传记(31 篇)、虚构与虚构性(30 篇)、口头性(29 篇)、诗歌理论与抒情性(28 篇)、现实主义(26 篇)、戏剧(24 篇)、副文本(20 篇)、小说(19 篇)。我们或许可以根据《诗学》杂志对"文学类型与话语类型"类别论文的梳理,管窥今日类型研究的重要课题。

---

① Jean Piaget, *Six études de psychologie*, Paris: Gonthier, 1967, p. 20.
② Jean Molino, « Les genres littéraires », *Poétique*, n° 93, février 1993, p. 4.
③ Tzvetan Todorov, *Introduction à la littérature fantastique*, Paris: Seuil, 1970, p. 12.
④ Dominique Combe, *Les genres littéraires*, Paris: Hachette, 1992, p. 151.

第四章　风格研究

绪论已指出,《诗学》杂志中大量发表的第四类研究是形式与风格研究,研究往往围绕某位作家的写作风格与作品形式、某个流派的特殊创作手法、某种语言形式或手法的特征与功能展开。换言之,对风格——包括作家风格、流派风格、时代风格等——与文学语言以及文本意义之间关系的考察,是今日诗学研究的重要内容。

第一节　风格观念在西方语境中的演变

什么是风格?从 style 这一术语本身来看,根据奥斯卡·布洛克(Oscar Bloch)和 W. 冯·沃特堡(W. von Wartburg)编写的《法语词源词典》,1548 年法语中出现"表达思想的方式"之义的 style,该词种种现代意义即起源于此,这种用法尤其体现于 17 世纪美术领域对风格的谈论。[①] 从词源看,style 借自拉丁语 stilus 或 stylus,后者借自希腊语 stylos,并产生了法语 style 的写法。不过,

---

① Oscar Bloch et W. von Wartburg, *Dictionnaire étymologique de la langue française*, Paris: PUF, 1964, p. 610 – 611.

布洛克、沃特堡及其他学者也指出，希腊语的 stylos 原义为"柱子"，并无拉丁语 stilus 的含义，stylus 是错误借用导致的结果。拉丁语 stilus 本义为"写字的锥子"，对该词义的借用出现于 1380 年左右，之后又据此产生了新的用法。此外，在 13 世纪，对 stile、estile 的借用，令 style 一词具有了"处理方式""战斗方式"等法律含义，这些含义现在还保留在一些包含 style 的习语中。

style 一词的复杂含义通过对其词源的考察已能体现。这种复杂性导致不少学者觉得"什么是风格？"是一个"恐怖的问题"[①]。恐怖的一个原因在于，尽管似乎人人都知道风格，都会在各种场合使用它，但当真正要界定"风格"时，却无人敢自诩能够下一个恰当的定义。因此，一方面，风格研究在东西方均有悠久的历史，无数学者作家为之倾注笔墨；另一方面，风格的定义并没有在历史论争中趋于统一，反而越来越呈现多样化的趋势。

一、修辞学与风格

按照公认的历史叙事，在风格领域最早进行系统探究的西方学者仍然是亚里士多德，其奠基性著作是《诗学》与《修辞学》。《诗学》探讨了 lexis 的问题，这个词被不少英法译者译为 style[②]。在《诗学》第六章中，亚里士多德提出了悲剧六要素，包括情节、性格、

[①] Dominique Maingueneau, « L'Horizon du style », in Georges Molinié et Pierre Cahné (éd.), *Qu'est-ce que le style ?* Paris: PUF, 1994, p. 187.

[②] 参见保罗·利科《活的隐喻》，汪堂家译，上海：上海译文出版社，2004 年，第 8 页脚注 4。不过，对于将 lexis 翻译成 style 是否恰当的问题，《诗学》的两位法译者杜邦-洛克与拉洛提出了怀疑。两位译者在其所译《诗学》注释中提到，亚里士多德笔下的 lexis 意义含混，因此他们在耶姆斯莱夫语言学启发下，选择使用 expression 而非 style 一词来翻译 lexis，并认为"此举能够摆脱人们习惯使用的美学内涵太过浓重的 style 一词，因为正如我们在第二十章中所见的那样，lexis，其实是语言的全部能指层面，从基础的语音直至句子与文本"(Roselyne Dupont-Roc et Jean Lallot, « Notes », in Aristote, *La poétique*, trad. Roselyne Dupont-Roc et Jean Lallot, Paris: Seuil, coll. « Poétique », 1980, p. 209)。

思想、言语、唱段与戏景,其中言语的希腊语为 lexis。在第二十至二十二章中,亚里士多德对言语做了进一步论述:第二十章指出并界定了组成言语的部分,包括"字母、音节、连接成分、名词、动词、指示成分、曲折变化和语段"[①];第二十一章探讨了词的不同类别及其特点;第二十二章提出了诗歌言语的标准,即"言语的美在于明晰而不至于流于平庸"[②],同时接上一章,就如何使用不同词类以抵达诗歌言语之美进行了谈论,并得出"双合词最适用于狄苏朗勃斯,外来词最适用于英雄诗,隐喻词最适用于短长格诗"[③]的结论。不过,与亚里士多德诗学的很多关键词一样,对于 lexis,《诗学》也没有给出统一的定义,于是我们看到:一方面,亚里士多德指出,"所谓'言语',是格律文的合成本身"[④],换言之,他将"言语"主要视作形式尤其是诗句的组织;另一方面,在同一章另一处,亚里士多德又提到"所谓'言语',正如我们说过的,指用词表达意思,其潜力在诗里和在散文里都一样"[⑤],换言之,"言语"指的是词语与论题或者说形式与内容的关系,而这种形式与内容的关系不仅涉及诗句,还涉及非诗句形式,可以说扩展至广义的诗歌。亚里士多德对 lexis 的矛盾定义与谈论似乎已经预示了后世"风格"研究的复杂性与多样性,并至少引致了三类风格研究倾向:第一类是作品的语言形式研究,第二类是形式与内容的适应关系研究,第三类是文学类型的语言特征研究。

与《诗学》相比,《修辞学》贡献了更多篇幅给风格问题。从《修

---

① 亚里士多德:《诗学》,陈中梅译注,北京:商务印书馆,1996 年,第 143 页。
② 亚里士多德:《诗学》,陈中梅译注,北京:商务印书馆,1996 年,第 156 页。
③ 亚里士多德:《诗学》,陈中梅译注,北京:商务印书馆,1996 年,第 158 页。
④ 亚里士多德:《诗学》,陈中梅译注,北京:商务印书馆,1996 年,第 63 页。陈中梅在第 68 页对 lexis 的含义及其中译文的选择进行了说明。
⑤ 亚里士多德:《诗学》,陈中梅译注,北京:商务印书馆,1996 年,第 65 页。

辞学》多处行文来看，《修辞学》成书时期应比《诗学》稍晚，它"涉及了文体论的另一个方面，并且涉及了《诗学》中未涉及的一些文艺理论问题"①。罗念生指出，亚里士多德撰写《修辞学》至少有两大动机，第一个动机是反驳其师柏拉图的观点，因为柏拉图将修辞学等同于诡辩术，否认修辞学是艺术。这个动机与其撰写《诗学》的动机相似。第二个动机是反对伊索克拉底在修辞学方面的教学方法。②在亚里士多德看来，"演说中有三样东西，必须努力加以研究"③，这三样东西"即或然式证明所依据的题材、风格和演说各部分的安排"④，"因为只知道应当讲些什么是不够的，还须知道怎么讲"⑤。风格与演说各部分的安排是《修辞学》第三卷谈论的内容，这部分内容尽管在整部《修辞学》中并不占据核心地位，但后世学者认为这"是亚理斯多德的修辞学理论中最有价值的部分"⑥，"对后世欧洲的修辞学和散文风格有很大的影响"⑦。不过，《修辞学》并不谈论一切与风格相关的问题，而只谈论与演说也即与散文这一类型相关的风格问题。在亚里士多德看来，"散文的风格不同于

---

① 《罗念生全集》编辑委员会：《编者前言》，见《罗念生全集》（第一卷），上海：上海人民出版社，2015年，第2页。

② 参见罗念生《译者导言》，见《罗念生全集》（第一卷），上海：上海人民出版社，2015年，第131页。

③ 亚理斯多德：《修辞学》，罗念生译，见《罗念生全集》（第一卷），上海：上海人民出版社，2015年，第298页。

④ 亚理斯多德：《修辞学》，罗念生译，见《罗念生全集》（第一卷），上海：上海人民出版社，2015年，第299页。

⑤ 亚理斯多德：《修辞学》，罗念生译，见《罗念生全集》（第一卷），上海：上海人民出版社，2015年，第303页。

⑥ 罗念生：《译者导言》，见《罗念生全集》（第一卷），上海：上海人民出版社，2015年，第135页。

⑦ 罗念生：《译者导言》，见《罗念生全集》（第一卷），上海：上海人民出版社，2015年，第138页。

诗的风格"①,因此不能用作诗的标准去要求散文。就散文的风格来说,亚里士多德认为其有以下特点:一方面,散文的风格应是明晰自然的;另一方面,散文不应具有格律,因为格律是诗的特征,但散文应具有节奏。为了达到这两个要求,散文在遣词、造句、布局上均有所讲究。例如在用词上,亚里士多德认为"我们应当在散文里对隐喻字多下苦功[……]隐喻字最能使风格显得明晰"②,同时又指出,不能在散文中滥用隐喻字,否则会造成散文风格的呆板。此外,风格必须自然的要求意味着不能暴露作者的手法或显现矫饰的痕迹,而矫饰首先意味着用词与题材的不协调。换言之,自然性要求风格必须与题材相适应,正如亚里士多德所言,"风格如果能表达情感和性格,又和题材相适应,就是适合的"③。所谓的适合,是指"在谈到暴行的时候使用愤怒的口吻,在谈到大不敬或丑恶行为的时候使用厌恶和慎重的口吻,在谈到可称赞事情的时候使用欣赏的口吻,在谈到可怜悯事情的时候使用忧郁的口吻"④,诸如此类。从修辞学角度说,这种适合度本身是为了达到一个目标,因为"适合的风格使人认为事情是可信的"⑤,换言之,适合的风格能增强所谈论事情的可信度,进而增强演说的说服力。从以上论述来看,《诗学》奠定的风格研究三元论也体现于《修辞学》中。

---

① 亚理斯多德:《修辞学》,罗念生译,见《罗念生全集》(第一卷),上海:上海人民出版社,2015年,第305页。
② 亚理斯多德:《修辞学》,罗念生译,见《罗念生全集》(第一卷),上海:上海人民出版社,2015年,第308页。
③ 亚理斯多德:《修辞学》,罗念生译,见《罗念生全集》(第一卷),上海:上海人民出版社,2015年,第326页。
④ 亚理斯多德:《修辞学》,罗念生译,见《罗念生全集》(第一卷),上海:上海人民出版社,2015年,第326页。
⑤ 亚理斯多德:《修辞学》,罗念生译,见《罗念生全集》(第一卷),上海:上海人民出版社,2015年,第326页。

亚里士多德之后，他的弟子狄奥弗拉斯特（Théophraste）以及后者的弟子法勒鲁姆的德米特里（Démétrios）也都特别关注 lexis，分别撰写过论风格的著作，将风格归纳为庄重、典雅、简朴、刚健等类型，直接启发了后世的三大风格理论。至古罗马时期，西塞罗、昆体良、贺拉斯等修辞学家都推崇亚里士多德，试图复兴、发展后者的修辞学理论，促使修辞学与风格研究进一步发展，"从西塞罗开始，作为风格顶峰的雄辩代表了最完美的艺术，以至于在贺拉斯之前，修辞学一直将诗学囊括其中"[1]。这一时期也出现了西方修辞学史上的几部重要著作，包括西塞罗的《论演说家》《演说家》，作者佚名的《献给赫伦尼厄斯的修辞学》（又译《古罗马修辞术》）[2]，昆体良的《雄辩术原理》等。写于公元前 1 世纪的《献给赫伦尼厄斯的修辞学》无疑是其中承上启下的一部。一方面，它在继承古希腊修辞学基础上，明确界定了修辞的五大任务或者说五个阶段，即觅材取材（inventio）、谋篇布局（dispositio）、文体风格（elocutio）、记忆（memoria）、演讲技巧（actio）[3]；另一方面，尽管对不同风格的区分早已存在，但一般认为是《献给赫伦尼厄斯的修辞学》首次明确区分出高雅、中等、简朴三大风格，并将每种风格与某种思维方式以及表达方式相对应。

修辞学五大任务与三大风格说之后被西塞罗发扬光大，又通过西塞罗对古罗马晚期与中世纪修辞学产生影响。圣奥古斯丁即在《论基督教教义》第四卷中探讨了如何将西塞罗提出的三大风格应用于基督教修辞的问题。受西塞罗影响，圣奥古斯丁也在风格

---

[1] Jacqueline Dangel, « Imitation créatrice et style chez les Latins », in Georges Molinié et Pierre Cahné (éd.), *Qu'est-ce que le style ?* Paris: PUF, 1994, p. 94.
[2] 一说《献给赫伦尼厄斯的修辞学》的作者是西塞罗。
[3] 中译文参考了姚喜明等编著《西方修辞学简史》，上海：上海大学出版社，2009年，第 76 页。

与特定功能之间确立了联系,认为"平实的文风适合于教诲,中和文风适合于愉悦受众,而要激发和促动受众则非足以产生崇高感的宏伟文风不可"①。三大风格说在中世纪进一步演变:4世纪拉丁语法学家埃利马斯·多纳图斯(Aelius Donat)依托维吉尔的三部作品,归纳出高、中、低三种风格,其中《埃涅阿斯纪》是崇高风格的代表,《农事诗》是中等风格的代表,《牧歌集》是低等风格的代表。诗艺理论家们进一步将三部作品中的元素——人物、动物、器具、住所、植物等提炼出来,作为三大风格的例证。这些元素构成的同心圆便是著名的"维吉尔之轮",后者在17—18世纪的欧洲还得到应用。需要指出的是,一方面,崇高风格、中等风格与低等风格首先是就内容而言的,随后才是形式与内容的适应。古典修辞学区分出觅材取材(inventio)与文体风格(elocutio),前者涉及思想主题,后者涉及语言形式。不过,对此二者的研究不是割裂的,"在传统修辞学中,风格(style)与主题(lieux)密不可分"②,因此传统修辞学的任务即在于考察风格对于主题的依附性。换言之,形式特征于风格而言并不是第一位的,古罗马修辞学中的风格指的"并非对现成的风格特征的借用,而是对'典型理想'的发明"③。另一方面,三大风格起初并没有等级之分,"纵向的三分法与风格的等级化在基督教中世纪逐渐僵化为一种约定俗成的体系,这一体系最终被浪漫主义者与现代派等同于修辞学,并成为后者受唾弃的原因"④。

---

① 刘亚猛:《西方修辞学史》,北京:外语教学与研究出版社,2018年,第193页。
② Aron Kibédi Varga, « La question du style et la rhétorique », in Georges Molinié et Pierre Cahné (éd.), *Qu'est-ce que le style ?* Paris: PUF, 1994, p. 159.
③ Jacqueline Dangel, « Imitation créatrice et style chez les Latins », in Georges Molinié et Pierre Cahné (éd.), *Qu'est-ce que le style ?* Paris: PUF, 1994, p. 102.
④ Marc Fumaroli, « Le grand style », in Georges Molinié et Pierre Cahné (éd.), *Qu'est-ce que le style?* Paris: PUF, 1994, p. 143-144.

二、从讲话的艺术到书写的艺术

在上述过程中，修辞学也从单纯讲话的艺术逐渐转变成讲话与书写的艺术，或者说，"修辞不仅在公共领域享有支配地位，而且显然也在学术思想领域开始施加自己强大的影响力，逐渐成了文学理论的思想基础"[①]，"借助风格分析，修辞学由此成为最早的文学批评与写作训练工具"[②]。因此，贺拉斯的《诗艺》、朗吉弩斯的《论崇高》都被认为是将修辞学应用于文学批评领域的范例。这一传统的影响持续了很长时间，"文艺复兴时期的文学理论在很大程度上是对始于贺拉斯、朗吉弩斯并通过中世纪'诗学'获得延续的那个古老传统的继承和发扬"[③]。修辞学关注重心的转移也引发了修辞学主要任务的变化。从诞生之日起，觅材取材始终是修辞学最重要的任务，至文艺复兴时期，在伊拉斯谟等人的推动下，文体风格地位不断提升，大有取代觅材取材而成为修辞学中心的趋势，"这一趋势在随后的数十年内不断壮大，终于演变为16世纪法国学者皮埃尔·德·拉米斯（Pierre de la Ramée，也称Petrus Ramus，1515—1572）对修辞领域的激进改造，将'发明'从其内涵中剥离出来，使这门传统学科在事实上只负责对风格的研究"[④]。拉米斯的理论由此"通常被认为标志着文艺复兴时期'修辞复兴'的转折点"[⑤]，因为这一理论标志着"随着西塞罗作品的'发现'而盛极一时的古典言说艺术从16世纪中叶开始遭到严

[①] 刘亚猛：《西方修辞学史》，北京：外语教学与研究出版社，2018年，第156页。
[②] Joëlle Gardes Tamine, *La rhétorique*, 2e édition, Paris: Armand Colin, 2011, p. 140.
[③] 刘亚猛：《西方修辞学史》，北京：外语教学与研究出版社，2018年，第247页。
[④] 刘亚猛：《西方修辞学史》，北京：外语教学与研究出版社，2018年，第265页。
[⑤] 刘亚猛：《西方修辞学史》，北京：外语教学与研究出版社，2018年，第270页。

肃挑战"①。

文体风格在修辞学体系中的"中心化"与其说是使得"'修辞'最终几乎沦为繁复语言形式风格的代名词"②,毋宁说反映出文艺复兴以来西方修辞学体系的收缩。确实,从 17 世纪至 20 世纪初的三百多年一般被认为是"修辞继中世纪早期之后经历的另外一个没落期,而且所经历的没落跟上一次相比更为单纯,也更加彻底"③。与这一期间诞生发展起来的现代哲学、语言学、心理学等学科相比,修辞学似乎越发显得古老而不合时宜。或许是迫于存在压力,修辞学与风格研究也不得不吸收新学科的知识和方法来获得发展。这一点可以从 17 世纪出现的第一部用决语创作的修辞学著作——拉米神父(Bernard Lamy)的《修辞学,或言说的艺术》(*La rhétorique, ou l'art de parler*)中看出。从表面看,拉米的风格研究保留了很多传统观点,例如他也强调内容在风格选择中的决定性作用、风格与内容的适应、话语领域与类型(演说家、历史学家、诗人的话语)对文体风格的影响,也谈论了崇高、简朴、中等三大风格以及获得不同风格的条件。不过,我们只需考察《修辞学,或言说的艺术》的内容布局,便能察觉其与传统修辞学著作的差别。《修辞学,或言说的艺术》分五卷,第一卷谈论了语言的起源、本质与构成等问题;第二卷谈论了各类转义现象与修辞格问题;第三卷谈论了语音、节奏、韵律等问题;第四卷专门贡献给了对风格的谈论;第五卷旨在探讨"说服的艺术",内容涉及传统修辞学的五大任务,即觅材取材、谋篇布局、文体风格、记忆、演讲技巧,但对于

---

① 刘亚猛:《西方修辞学史》,北京:外语教学与研究出版社,2018 年,第 270 页。
② 陈星:《"丰辞"的原理:〈爱的徒劳〉、〈十四行诗集〉、修辞术》,《外国文学评论》2023 年第 2 期,第 39 页。
③ 刘亚猛:《西方修辞学史》,北京:外语教学与研究出版社,2018 年,第 277 页。

后三大任务，拉米没有展开讨论，因为他认为前四卷谈论的均是"文体风格"，记忆主要是一种天赋，无法通过教学获得，演讲技巧只能跟随老师在实践中学习，无法依靠书籍传授。我们看到，语言研究与语法研究在拉米的修辞学与风格研究中占据重要地位，充分体现出一种时代精神，也正是因此，尽管拉米是司铎祈祷会神父，他仍然时常被视作波尔-罗亚尔学派的成员。

三、从集体的特征到个性的表达

尽管拉米主张每个时代、每个民族都有自己的风格，将风格视作某种集体的东西，但他也在著作中不断提出"每位作者的话语或书写中都应该有属于他的、能将他与他人区别开来的特征"[①]，以此表明对风格与个性关系的认识。至18世纪布封（Buffon）提出"风格即人"，风格与个性化的联系似乎越发紧密。[②] 实际上，布封在谈论风格时强调的是人向自然学习，注重思想的连贯性以及表达的统一性，风格不过是"人们在思想中添加的秩序与运动"[③]。换言之，在说"风格即人"这句话时，布封丝毫没有考虑后人赋予它的意义，也即"风格是对人的个性的表达"，但这种阐释还是在马里沃、狄德罗等人的笔下扩散开来。至19世纪，风格是个性的表达这种理解似乎已成一个不言而喻的事实。19世纪的《大拉鲁斯词典》中收录的 style 词条解释："风格是思想所具备的口头或书面形式，它同时包含措辞（la diction）与表达方式（l'élocution），也即对词语的选择与对句子的组织，是它赋予表达方式与措辞以某种独特的外

[①] Bernard Lamy, *La rhétorique ou l'art de parler*, 3e édition, Paris: André Pralard, 1688, p. 246.

[②] 关于布封这句话的考证与阐释，参见 Éric Bordas, « Parce que le style ce serait l'homme », *Le présent de la psychanalyse*, n° 2, 2019 (2), p. 61-76。

[③] Buffon, « Discours sur le style », cf. Pierre Guiraud et Pierre Kuentz, *La stylistique: lectures*, 4e tirage, Paris: Klincksieck, 1970, p. 4.

貌,令每位演说家或作家在表达属于大众的思想时,能够[……]给自己的思想盖上独特的、个体的印章,令自己的风格——无论好坏——得到识别。因此,每位作家都有自己的风格[……]"①

对风格的上述见解与 18 世纪末兴起的浪漫主义对个性与天赋的宣扬密不可分,例如夏多布里昂在《墓后回忆录》中提到,"作家仅仅是靠文笔(style)存在的[……]文笔(style)千姿百态,是无法学习的;这是上天的恩赐,是天才"②。19 世纪的很多大作家都热衷于谈论风格。福楼拜在多封通信中提到他如何费劲塑造作品风格,例如他在 1847 年 10 月某个周六半夜两点写给路易丝·柯莱(Louise Colet)的信中提到:"写作令我精疲力竭。风格这个我所看重的东西可怕地折磨着我的神经。我恼火,我苦闷。有几天我甚至因为寻找作品风格而生病,夜里发起烧来。我越写越觉得无法将思想表达出来。在与词语的搏斗中耗尽一生,每天大汗淋漓,试图写出和谐的句子,这是多么古怪的癖好!"③对于这个日夜折磨他的风格,福楼拜有时会明确表达他的看法:"对风格,我有自己一种看法:风格求美。十年后,千年后,会出现这样的人才,作品要像诗一样有节奏,像科学语言一样精确,要有起伏,像大提琴声一样沉稳,像短剑一样扎进你思想,使你的思绪像顺风船一样,在平滑的水面自在滑行。"④而福楼拜本人的风格又成为其他作家或批评家

---

① Cf. Pierre Guiraud et Pierre Kuentz, *La stylistique: lectures*, 4ᵉ tirage, Paris: Klincksieck, 1970, p. 7.

② 夏多布里昂:《墓后回忆录》(上卷),程依荣译,广州:花城出版社,2003 年,第 403 页。

③ Gustave Flaubert, «Lettre à Louise Colet, Nuit du samedi, 2h (Croisset, octobre 1947)», in Gustave Flaubert, *Œuvres complètes*, Paris: Arvensa Éditions, 2014, p. 5385 – 5386.

④ 居斯塔夫·福楼拜:《福楼拜文学书简》,丁世中译,桂林:广西师范大学出版社,2020 年,第 156 页。

的研究对象:普鲁斯特和蒂博代都写过《论福楼拜的风格》。对风格认识的演变促使其逐渐在集体想象中成为文学作品的专有属性,与一种特殊性而非普遍性相关,因此格雷马斯与库尔泰在《符号学:语言理论分类词典》中指出:"'风格'一词属于文学批评,我们很难甚至完全不可能给它做一个符号学定义。"[1]

* * *

以上我们简要梳理了风格观念在西方语境中的演变。应该说,风格研究在历史演变中保持了某种同一性:在皮埃尔·吉罗(Pierre Guiraud)看来,从古代经由中世纪直至古典时期,在法国文学传统内部传承下来的都是同一种有关风格的理论。然而,由于每个时代、每位理论家都会在谈论风格时加入自己的理解与要求,也使得风格内涵越来越复杂,风格研究越来越多样化。至19世纪,正如《大拉鲁斯词典》指出的那样,历史中形成的风格研究至少可分三种:个体尤其是作家风格研究,三大风格研究,文类风格研究。从19世纪中后期开始,风格研究的多样化程度加深。一方面,统治西方文学及教育界两千多年之久的修辞学在19世纪中后期开始式微,并于1885年起在法国中学教学大纲中消失;另一方面,风格学(la stylistique)产生,成为修辞学的延续。作为"修辞学最直接的继承者"[2],风格学既与修辞学这个古老学科保持了紧密联系,又与19世纪发展起来的种种科学理论相结合,促使风格研究具备了某种现代色彩。

---

[1] A. J. Greimas et J. Courtés, *Sémiotique: Dictionnaire raisonné de la théorie du langage*, Paris: Hachette, 1979, p. 366.

[2] Tzvetan Todorov, « Rhétorique et stylistique », in Oswald Ducrot et Tzvetan Todorov (éd.), *Dictionnaire encyclopédique des sciences du langage*, Paris: Seuil, 1972, p. 101.

第二节　现当代法语风格学[①]

法语学者马德莱娜·弗雷德里克（Madeleine Frédéric）曾指出："风格学的历史可以概括为既简短又丰富。简短，是因为风格学一词出现得很晚，它出现于 19 世纪；而 1969 年《法语语言》（*Langue française*）杂志的一期专刊就已经宣告了该学科的死亡，该专刊因而闻名遐迩。说它丰富，一是因为在如此简短的时间里它所产生的分析数量之多和方法之多样性堪称丰富，还因为围绕其应用范围、宗旨、方法，甚至包括它的生存自身所引发的争论之多（之激烈）亦确实丰富。"[②]

弗雷德里克指出风格学存在的时间很短，并强调这一短短的时期内涌现了大量风格学研究方法。对于现代风格学的分类，不同研究者有不同的视角。丹尼尔·德拉斯（Daniel Delas）为七卷本《大拉鲁斯法语词典》撰写的"风格学"词条将风格学划分为三个方向：表现力风格学（stylistique expressive）[③]、生成风格学（stylistique génétique，或译发生风格学）及偏移风格学（stylistique

---

[①] La stylistique 也被称为文体学，但中国文学中的文体学与西方尤其法语语境中的 la stylistique 并不完全相同。为体现学科差异，也为了在字面上与"风格"一词呼应，本书除个别情况，均将 la stylistique 译为"风格学"。这一译法也是多位学者的选择，例如史忠义、户思社、叶舒宪主编的《风格研究　文本理论》，史忠义所译的《诗学史》，吴泓缈、汪捷宇所译的《理论的幽灵：文学与常识》等。

[②] 转引自让·贝西埃等主编《诗学史》（下），史忠义译，郑州：河南大学出版社，2010 年，第 534—535 页。

[③] 王文融也称其为"描述文体学"（la stylistique descriptive）。参见王文融《法语文体学教程》，北京：北京大学出版社，1997 年，第 10 页。巴伊在《法语文体学》中提及风格学与写作艺术的区别时，也肯定了自身研究的描述属性："风格学观察，写作艺术给出建议；风格学指出事实，写作艺术教人在美学目的指导下运用语言。"（Charles Bally, *Traité de stylistique française*, 2ᵉ édition, Heidelberg: C. Winter, 1921, p. 74.）

de l'écart)①。在下文中我们将对几种具有代表性的风格学进行简要考察。

一、夏尔·巴伊(Charles Bally)及其表现力风格学

一般认为法语中的 stylistique 一词来自德语 Stylistik。据考证,19世纪初,格林兄弟在其编撰的《德语词典》中提到,Stylistik 在诺瓦利斯笔下已出现。但最早将该词作为语言学术语使用的应是德国语文学家 S. H. A. 赫林(S. H. A. Herling),后者在1832年出版了一部《风格学教材》(Lehrbuch der Stylistik)。② 根据法国国家语料资源中心(CNRTL)网站提供的信息,法语中的 la stylistique(风格学)一词最早出现于19世纪中后期,1872年出版的《利特雷词典》中出现了 stylistique 词条,词条释义为"风格理论"。1884年,两位法国语言学家马克斯·博内(Max Bonnet)与 F. 加什(F. Gâche)翻译了德国学者恩斯特·贝尔格(Ernst Berger)的一本教材,并将其命名为 Stylistique latine(拉丁风格学),这里的 stylistique 所具有的正是《利特雷词典》赋予该词的含义。不过,这一时期,"风格学"一词尚未得到广泛接受,这一点可从当时研究者对"拉丁风格学"这个书名的批评中看到,例如一位学者质疑:"为何要执着于复制德国人如此随意生造的野蛮词汇?'风格学'这个词既非拉丁语,也非希腊语,也非法语……将这本有关拉丁属性的教

---

① 吉勒·菲利普(Gilles Philippe)依据相同的素材,提出了语言风格学、作者风格学与文学风格学的划分。参见 Gilles Philippe, « Les deux corps du style », Les temps modernes, n° 676, 2013 (5), 144 – 154。贡布则提出了"语法风格学(克雷索)、计量风格学(吉罗)、结构主义风格学(里法泰尔)、符号风格学(莫利尼埃)",参见 Dominique Combe, « La stylistique des genres », Langue française, n° 135, 2002, « La stylistique entre rhétorique et linguistique », p. 35。

② Cf. Étienne Karabétian, Histoire des stylistiques, Paris: Armand Colin, 2000, p. 9.

材命名为《简明拉丁风格理论》不是要简单得多?"① 在很长一段时期内,即使有些教材和著作逐渐被冠以"风格学"之名,这一术语的内涵仍然很不清晰,在 1921 再版的《法语风格学》(*Traité de stylistique française*,又译《法语文体学》)前言中,作者夏尔·巴伊即指出"直至目前为止,所有风格学定义都是不可靠的"②,因此他在自己的著作中"几乎没有参考其他著作,尤其没有参考大量以'法语风格学'命名的教材"③。

尽管出现之初遭到批评甚至嘲讽,"风格学"这一术语以及相关研究仍逐渐站稳脚跟,并在索绪尔的学生夏尔·巴伊的推动下成为显学。1905 年,巴伊结合其在日内瓦大学现代法语研讨课上的授课内容,出版著作《风格学概论》(*Précis de stylistique*,又译《文体学概论》),1909 年,巴伊出版代表作《法语风格学》。这两部著作奠定了现代风格学的基础,巴伊本人也被视为现代风格学的创始人。④ 在著作中,巴伊初步设想了"风格学"的研究对象(语言表现力)与研究方法(共时与比较研究),在大量实例支撑下对语言的表现力进行了研究,并"成功赋予风格学一词以更为广泛的含义"⑤。巴伊本人认为他赋予了"风格学"一词以更确切的意义,也即"风格学研究的是根据情感内容进行组织的语言表达,换言

---

① Cf. André Sempoux, « Notes sur l'histoire des mots "style" et "stylistique" », *Revue belge de philologie et d'histoire*, tome 39, fac. 3, 1961, p. 744.

② Charles Bally, *Traité de stylistique française*, 2ᵉ édition, t. Ⅰ, Heidelberg: C. Winter, 1921, p. Ⅸ.

③ Charles Bally, *Traité de stylistique française*, 2ᵉ édition, t. Ⅰ, Heidelberg: C. Winter, 1921, p. Ⅹ.

④ "在讲述学科史时,通常的做法是将瑞士语言学家夏尔·巴伊作为第一个支点。"[Cf. Gilles Philippe, « Les deux corps du style », *Les temps modernes*, n° 676, 2013 (5), p. 147.]

⑤ Otto Müller, « La stylistique de M. Charles Bally », *The Modern Language Journal*, vol. 7, 1922 (1), p. 6.

之,风格学研究语言对感性事实的表达以及语言事实对感性的作用力"①。风格学将语言视作"由精神与话语之间的关系构成的体系"②,因此它是"一个位于心理学与语言学中间地带的学科"③。

巴伊的风格学研究直接源自他的教学实践。作为对外法语教学老师,巴伊的语言教学目的是帮助母语为德语的学生尽快掌握法语这门外语,尤其教会学生如何用一种外语表达包括理念与情感在内的思想。由于巴伊看重的是语言表达现象(fait d'expression)与思想之间的关联,甚至将语言表达现象视作思想的单位,因此《法语风格学》的主要内容为探讨语言表达现象的分类及其表现力(expressivité)。换言之,"风格学性质的研究在于提取语言现象包含的某种或某些情感要素,并确定这一语言现象在语言'表现力体系'中的位置"④。而对于语言表达的情感色彩,巴伊又从自然情感色彩和因联想产生的情感色彩两个方面进行了分析,前者指语言现象直接包含某种情感色彩或价值判断,或能直接在我们身上唤起情感反应,例如看到或听到某些词会立即令我们产生愉悦或不适感;后者是指语言现象令人联想到这一语言使用场域并由此产生某种效果,例如在口头表达中使用生僻的书面语会制造出某种效果,此时制造效果的并非词语本身的含义或色彩,而是口语与书面语使用场合之间的反差。由于"语言现象在语言'表现力体系'中的位置"的确定往往是通过辨析一组同义词中不同语言现象所

---

① Charles Bally, *Traité de stylistique française*, 2ᵉ édition, t. Ⅰ, Heidelberg: C. Winter, 1921, p. 16.

② Charles Bally, *Traité de stylistique française*, 2ᵉ édition, t. Ⅰ, Heidelberg: C. Winter, 1921, p. 12.

③ Charles Bally, *Traité de stylistique française*, 2ᵉ édition, t. Ⅰ, Heidelberg: C. Winter, 1921, p. 13.

④ Charles Bally, *Traité de stylistique française*, 2ᵉ édition, t. Ⅰ, Heidelberg: C. Winter, 1921, p. 96.

包含的不同情感色彩而实现的，因此风格学研究对巴伊来说相当于同义词研究。总的来说，"巴伊的著作令表达的细微差别成为系统研究对象，并创造出一门科学，根据表达的情感内容来研究一种语言的表达方式"[1]。

需要指出的是，巴伊风格学教程的对象是日常语言而非文学语言，他甚至断言"一旦自发的语言自愿为美的表达服务，它便不再是风格学的研究对象"[2]。巴伊本人明确区分了风格学与风格研究，风格学研究的是日常交流中的语言表达[3]，而风格研究属于文学美学（或者说诗学）或文学批评而非风格学的范畴。从这一角度说，"巴伊先生所设想的风格学与风格毫无关系，它关注的并不是文学表达"[4]。对风格学的这一理解产生了较为深远的影响。例如法国学者吉罗与皮埃尔·库恩茨（Pierre Kuentz）在1970年出版二人主编的《风格学：研究文选》时，将修辞学、文学风格学都排除在选文范围之外，并将风格学限定为"语言形式研究"[5]。

不过，巴伊的教程对文学语言或文学风格研究来说并非毫无价值。首先，巴伊多次提到，语言的日常用途与审美用途无法截然分开，"文学语言与日常语言之间的理想界限必然是浮动的"[6]。因

---

[1] Otto Müller, « La stylistique de M. Charles Bally », *The Modern Language Journal*, vol. 7, 1922 (1), p. 8.

[2] Charles Bally, *Traité de stylistique française*, 2e édition, t. I, Heidelberg: C. Winter, 1921, p. 181.

[3] Cf. Charles Bally, *Traité de stylistique française*, 2e édition, t. I, Heidelberg: C. Winter, 1921, p. 19.

[4] Otto Müller, « La stylistique de M. Charles Bally », *The Modern Language Journal*, vol. 7, 1922 (1), p. 5.

[5] Pierre Guiraud et Pierre Kuentz, *La stylistique: lectures*, 4e tirage, Paris: Klincksieck, 1970, p. 1.

[6] Charles Bally, *Traité de stylistique française*, 2e édition, t. I, Heidelberg: C. Winter, 1921, p. 181.

此，一方面，文学语言的审美特征有时也可参照日常语言研究，从表达的情感与价值角度去考虑；另一方面，存在一些中间状态的表达，"能够成为连通风格与风格学的桥梁"①。巴伊对这些中间状态的表达的举例令我们管窥到文学风格的特征，也即风格尤其作家的风格是作家为取得某种审美效果而对语言进行的有意识的组织与运用。②此外，他对同样不属于风格学范畴的形象化语言的分类分析也谈论了文学语言对日常语言蕴含的形象的突出与强调，由此涉及了文学语言的形成机制。其次，在第五部分"联想效果"中，巴伊专门辟出一节谈论"文学语言"，并通过比较其与科学语言的异同强调了文学创造的特殊性："文学通过赋予现有词汇以新意义进行创造，文学尤其通过对语言现象的个人的、全新的组合，通过造句，通过一切更改句法的手段进行创造。"③最后，尽管巴伊本人不从事文学语言研究，但在《法语风格学》中，他提到风格学可以有三方面的研究对象，或者说三种研究方法：研究某种语言的表达，研究个体的表达，研究作家的风格④，他将这三者分别称作外部风格学、内部风格学、文学风格学，这一划分对后世产生重要影响。

无论如何，自诞生之日起，风格学便处于文学批评、文学史、语文学、语言学等传统或新兴学科的边界。深受这些学科的影响，巴伊之后的风格学朝着不同的方向发展。一派研究深受日耳曼传统影响，与美学和语文学关系密切，以罗曼语语文学家尤其莱奥·斯

---

① Charles Bally, *Traité de stylistique française*, 2ᵉ édition, t. Ⅰ, Heidelberg: C. Winter, 1921, p. 182.

② Cf. Charles Bally, *Traité de stylistique française*, 2ᵉ édition, t. Ⅰ, Heidelberg: C. Winter, 1921, p. 19.

③ Charles Bally, *Traité de stylistique française*, 2ᵉ édition, t. Ⅰ, Heidelberg: C. Winter, 1921, p. 245.

④ Cf. Charles Bally, *Traité de stylistique française*, 2ᵉ édition, t. Ⅰ, Heidelberg: C. Winter, 1921, p. 19–21.

皮策(Leo Spitzer)、恩斯特·罗伯特·库尔提乌斯(Ernst Robert Curtius)、埃里希·奥尔巴赫(Erich Auerbach)等人的研究为代表。另一派与法语(法国、瑞士)传统紧密结合,对巴伊的风格学进行借鉴与改造,逐渐形成文学风格学(stylistique littéraire),以马塞尔·克雷索(Marcel Cressot)、朱尔·马鲁佐(Jules Marouzeau)、弗里德里克·德劳福尔(Frédéric Deloffre)、让·马扎莱拉(Jean Mazaleyrat)、皮埃尔·拉尔多马(Pierre Larthomas)等人的研究为代表。这一批人"更多借鉴了修辞学、语言学与语言科学"①,文学风格学也因这些学者而在索邦大学等高等学府得到教授,成为正统、"科学"的学科。

二、斯皮策及其生成风格学

生成风格学"着重研究语言中各种表达手段产生的根源,以及这些表达手段与其创造者和运用者(个人或群体)之间的关系"②。生成风格学尤其以奥地利学者斯皮策的研究为代表。斯皮策曾深入考察拉伯雷、拉封丹、拉辛、伏尔泰、普鲁斯特、布托等经典作家的风格,他的生成风格学具有以下特征:首先,受德国浪漫主义影响,斯皮策的风格研究也有"追寻时代或人民天赋之区别性标志"③的一面。这一点表面看来似乎与巴伊有相似之处,但二人的研究实际具有本质差别:如果说巴伊关注的是"语言现象",是集体创造出来的匿名风格,斯皮策则更为关注"言语现象",即"体现作家独特个性的偏转和独特风格"④,并将其作为考察社会风格的

---

① Dominique Combe, « La stylistique des genres », Langue française, n° 135, 2002, « La stylistique entre rhétorique et linguistique », p. 34.
② 王文融:《法语文体学教程》,北京:北京大学出版社,1997年,第16—17页。
③ 斯塔罗宾斯基:《莱奥·斯皮策与风格学解读》,史忠义译,见史忠义、户思社、叶舒宪主编《风格研究　文本理论》,郑州:河南大学出版社,2009年,第4页。
④ 斯塔罗宾斯基:《莱奥·斯皮策与风格学解读》,史忠义译,见史忠义、户思社、叶舒宪主编《风格研究　文本理论》,郑州:河南大学出版社,2009年,第4页。

基点。此外，在分析中，他似乎"深受生活活力的吸引：不管是面向作品，还是面向熟语或面向词语史，他的所有选择都旨在昭示鲜活的生命"①，即选择体现强烈情感与生命力的表达作为研究对象，由此在风格研究中引入某种"存在主义"维度。

其次是与语言学的紧密关联。斯塔罗宾斯基认为，"斯皮策任何时候都没有离开纯语言学。纯语言学始终是他的核心战略阵地，是某种知识源泉"②，因为"语言学作为一般批评的工具，应该被用于各种方向，用于留下说话者（思考者、想象者、幻想者、写作者、聆听者）痕迹的所有地方。代表作的风格学只是这种知识的一种应用——无疑是一种优先应用，后者不再囿限于某种谨慎的中性形态"③。对语言学分析工具的强调也促使斯皮策的研究具有某种"科学主义"色彩。尽管斯皮策并不拒斥文本外因素，但他后期逐渐将目光聚焦于文本本身，越来越青睐于一种内在分析方法，从文本与语言而非作家生平与心理出发去研究风格，并称"从1920年起，我即实践这种方法，如今我把它称作'结构主义'方法"④。

最后，斯皮策的研究方法具体而言，是从细节出发的。从细节到整体，再从整体到细节，在循环往复中完成对作品的阐释。斯皮策的着眼点——他的早期研究尤其如此——是文本中的语言"偏移"（écart）或"变奏"（variation），正如他本人所言："过去当我阅读

---

① 斯塔罗宾斯基：《莱奥·斯皮策与风格学解读》，史忠义译，见史忠义、户思社、叶舒宪主编《风格研究　文本理论》，郑州：河南大学出版社，2009年，第7页。
② 斯塔罗宾斯基：《莱奥·斯皮策与风格学解读》，史忠义译，见史忠义、户思社、叶舒宪主编《风格研究　文本理论》，郑州：河南大学出版社，2009年，第5页。
③ 斯塔罗宾斯基：《莱奥·斯皮策与风格学解读》，史忠义译，见史忠义、户思社、叶舒宪主编《风格研究　文本理论》，郑州：河南大学出版社，2009年，第5页。
④ 转引自斯塔罗宾斯基：《莱奥·斯皮策与风格学解读》，史忠义译，见史忠义、户思社、叶舒宪主编《风格研究　文本理论》，郑州：河南大学出版社，2009年，第16页。

现代法国小说时,我习惯于画出一些表述,这些表述偏离了一般用途,令人印象深刻。"①但是,斯皮策并不满足于画出、统计甚至描写这些"偏移"或"变奏",他希望解释"偏移"或"变奏"产生的原因,同时探究"偏移"或"变奏"蕴含的意义,这也是斯皮策的研究被称作"生成风格学"的原因。以斯皮策写给乔治·普莱(Georges Poulet)的《关于〈玛丽亚娜的生活〉》一文为例。普莱认为马里沃小说的主人公总是处于变化之中,缺乏连贯性。斯皮策则从马里沃的《玛丽亚娜的生活》这部作品入手,与普莱进行了商榷。他承认从表面看,主人公玛丽亚娜的生活中确实"出现过算计、胆怯、卖俏、温存这样的时候"②,但他也指出,自己对马里沃这部小说中频繁出现 cœur(心灵)、âme(灵魂)一类的词语感到意外,随后从此类具有正面褒奖色彩的词语出发,肯定了小说主人公玛丽亚娜一贯的真诚性格与高贵品德。斯皮策进而思考了玛丽亚娜身上这一对立出现的根源——"这显示了18世纪的理想乐观主义:一个完美的整体(完美的一生)可由各个不完美的部分组成,整体比部分更道德"③。与此同时,斯皮策也点出了马里沃作品的风格特征:"马里沃的作品有一个双重结构,即超越悲观主义的理想主义。"④

从《关于〈玛丽亚娜的生活〉》一文可见,对斯皮策来说,从细节出发完全不意味着对文本的割裂,"相对于支离破碎的分析,他更

---

① Leo Spitzer, *Études de style*, trad. Éliane Kaufholz, *et al.*, Paris: Gallimard, 1970, p. 54.
② 斯皮策:《关于〈玛丽亚娜的生活〉》,蒋梓骅译,见史忠义、户思社、叶舒宪主编《风格研究 文本理论》,郑州:河南大学出版社,2009年,第132页。
③ 斯皮策:《关于〈玛丽亚娜的生活〉》,蒋梓骅译,见史忠义、户思社、叶舒宪主编《风格研究 文本理论》,郑州:河南大学出版社,2009年,第144页。
④ 斯皮策:《关于〈玛丽亚娜的生活〉》,蒋梓骅译,见史忠义、户思社、叶舒宪主编《风格研究 文本理论》,郑州:河南大学出版社,2009年,第144页。

偏爱统一性的理解"①。其实,他"追寻时代或人民天赋之区别性标志",不是为了提炼德国浪漫主义者所推崇的"时代精神"(*Zeitgeist*),而是意图将时代趣味或精神视作"历史学家努力视为整体的某个时期或某种运动之区别性特征的总和"②。换言之,斯皮策希望将"偏移"与"变化"纳入一个更大的整体以考察其意义,因为在他看来,"与普遍规范相比的个体的风格偏移应该代表作家迈出的历史性的一步,应该揭示时代灵魂的某种嬗变——作家意识到了这种嬗变,并将其用必然全新的语言形式书写下来"③。在这种"症候式阅读"中,一切偏移都能得到解释。斯塔罗宾斯基由此指出,斯皮策"是第一个吁请我们思考'形式中没有任何东西是偶然的'这一观点的人"④。

三、里法泰尔及其偏移风格学

偏移风格学主要以里法泰尔的研究为代表。先后在里昂大学、索邦大学取得学士、硕士学位后,里法泰尔前往美国深造,在哥伦比亚大学获得博士学位。尽管他此后一直在美国工作,但与法国学界来往密切,是《诗学》杂志最早的撰稿人之一,从 1974 年起担任杂志编委会成员,并在热奈特和托多罗夫主编的"诗学"丛书中出版了两部著作,一部是文集《文本的生产》(*La Production du texte* 1979),收录作者用法语撰写的多篇论文,另一部是用英语撰写后译成法语的《诗歌符号学》[*Sémiotique de la poésie* 1983(1978)]。更早一些时

---

① 斯塔罗宾斯基:《莱奥·斯皮策与风格学解读》,史忠义译,见史忠义、户思社、叶舒宪主编《风格研究 文本理论》,郑州:河南大学出版社,2009 年,第 7 页。
② Jean Starobinski, « Leo Spitzer et la lecture stylistique », in Leo Spitzer, *Études de style*, trad. Éliane Kaufholz, *et al.*, Paris: Gallimard, 1970, p. 13.
③ Leo Spitzer, *Études de style*, trad. Éliane Kaufholz, *et al.*, Paris: Gallimard, 1970, p. 54.
④ 斯塔罗宾斯基:《莱奥·斯皮策与风格学解读》,史忠义译,见史忠义、户思社、叶舒宪主编《风格研究 文本理论》,郑州:河南大学出版社,2009 年,第 9 页。

候,里法泰尔的风格学研究著作《结构主义风格学论文集》(*Essais de stylistique structurale*)由风格学专家德拉斯编订,于1971年在法国弗拉马里翁出版社出版。文集收录了里法泰尔此前发表的《风格分析标准》("Criteria for Style Analysis" 1959)、《风格学语境》("Stylistic Context" 1960)等英语论文的法译版,以及《文学风格分析问题》(«Problèmes d'analyse du style littéraire» 1961)、《试论风格的语言学定义》(«Vers la définition linguistique du style» 1961)、《文学散文中陈词滥调的功能》(«Fonctions du cliché dans la prose littéraire» 1964)、《固化文学形式的风格学研究》(«L'étude stylistique des formes littéraires conventionnelles» 1964)等法语论文,建构了一种颇具时代气息的风格学。顾名思义,"结构主义风格学"与20世纪50—60年代盛行于欧洲学界的结构主义思潮形成了呼应。除了大环境影响,由于"里法泰尔最主要的抱负是确立作为科学的风格学"[1],"以客观准确地描述语言的文学用途"[2],因此不难理解他会借助结构主义语言学来进行风格研究。

里法泰尔的风格学对"风格"有如下定义:"我用'文学风格'指称'书面表达'具有'文学'意图的'个体'形式,例如某位作家的风格,或者更贴切地说是某部文学作品的风格,或者甚至是某个可单独提取出来的片段的风格。"[3]之所以强调"个体形式",是因为里法泰尔认为只有在具体文本之内才可能谈论风格,因为"风格并非一连串风格手法的集合,而是一组二元对立,其中的二元(语境/风格

---

[1] Alain Hardy, « Théorie et méthode stylistiques de M. Riffaterre », *Langue française*, n° 3, 1969, « La stylistique », p. 90.

[2] Alain Hardy, « Théorie et méthode stylistiques de M. Riffaterre », *Langue française*, n° 3, 1969, « La stylistique », p. 90.

[3] Michael Riffaterre, "Criteria for Style Analysis", *Word*, vol. 15, 1959(1), p. 155.

手法)无法分开"①。这组二元对立并非普通的对立,而是能因不可预见性而引发读者的关注。通常来说,作者总是希望自己的意图能准确无误地传达给读者。然而,由于文字缺乏口头表达特有的能吸引听众注意力的语言或非语言手段(包括语调、手势等),相比口头表达,文字吸引读者的难度更大。加上读者在阅读时有很大的自由,可以选择阅读一些片段而放弃另一些片段,可以对文本有自己的阐释,因此作者如果想让读者按照自己的意图进行解码,便不得不采取一些手段来吸引读者的注意力。手段之一是令他想传达的东西变得不可预见,因为可预见的成分总是容易被读者跳过或忽略,下文内容越是容易被预见,读者就越容易在阅读时心不在焉,内容的可预见程度可以说与读者的注意力成反比。不可预见的表达构成了风格手法(stylistic device),由于风格手法越是集中越能制造惊奇效果,引发读者关注,因此对里法泰尔来说,与风格手法概念同样重要的是"汇聚"(convergence)概念。风格手法的汇聚在一个更高的层面制造出"不可预见"的效果,成为某种意义上的"超编码"(surcodage)。实际上,里法泰尔的风格研究"离不开超编码概念,后者是里法泰尔理论的基石"②。

那么,这一风格研究方法何以能令里法泰尔被视作偏移风格学的代表?因为"不可预见性"本身蕴含了一种偏移思想。需要指出的是,里法泰尔对"偏移"的认识不同于大部分人。我们知道,巴伊的《法语风格学》中已存在偏移思想,例如在谈论词语搭配时,巴伊除了强调学习者要遵循惯用搭配以提高语言表达准确性,也以莫泊桑等作家为例指出,作家正是通过对惯用搭配的违反而实现

---

① Michael Riffaterre, "Stylistic Context", *Word*, vol. 16, 1960(2), p. 207.

② Alain Hardy, « Théorie et méthode stylistiques de M. Riffaterre », *Langue française*, n° 3, 1969, « La stylistique », p. 91.

了文学创新,这种创新是构成作家个人风格的基础。斯皮策的研究也可以说属于偏移说,他将风格视作"明显远离通常用法的表达方式"①,并主张风格分析从作家某种偏离常规的表达方式入手。里法泰尔对传统的偏移观提出了批判,认为如果将偏移视作个体风格对语言规范的偏离,那么"很难想象如何将偏移当作一种标准,甚至很难描述这种偏移"②。一方面,读者总是从自己所处的语境出发去解读另一时代的风格,由于其对另一时代的语言规范不熟悉,便会造成过度解读或解读不足的情况;另一方面,读者的评判常常并非建立于某种假定的完美的语言规范之上,而是建立于每个人对已接受的规范的理解。至于斯皮策的风格分析,里法泰尔还批评其试图从文本细节出发揭示集体精神的做法过于主观,反对仅依赖部分细节便做出假设,建议"等待收集到的信号迫使分析者遵从信号之间的互动与汇聚,进行一种将它们全部考虑在内的阐释,以便构建一种结构"③,可以说是提出了另一种有关风格的整体观,有别于斯皮策的整体观。

不过里法泰尔并没有抛弃"偏移"思想,而是提出用"语境"来取代所谓的"语言规范","语境起到规范的作用,而风格由对语境的偏移创造,这一假设富有成效"④。这里的语境并非一般意义上的语境,因为"风格学语境不是减少多义性或赋予词语以某种内涵的上下文语境,风格学语境是一种突然被某个不可预见的因素打

---

① 斯塔罗宾斯基:《莱奥·斯皮策与风格学解读》,史忠义译,见史忠义、户思社、叶舒宪主编《风格研究 文本理论》,郑州:河南大学出版社,2009年,第11页。

② Michael Riffaterre, "Criteria for Style Analysis", *Word*, vol. 15, 1959(1), p. 167.

③ Michael Riffaterre, "Criteria for Style Analysis", *Word*, vol. 15, 1959(1), p. 164.

④ Michael Riffaterre, "Criteria for Style Analysis", *Word*, vol. 15, 1959(1), p. 169.

破的语言框架,由这种干扰造成的反差即风格学刺激"①。风格学语境又分为两类,微观语境和宏观语境,其中微观语境仅指能与语境形成反差的风格元素,而宏观语境指的是更大的文本片段,这个片段"始于读者开始察觉到某种连续范型存在的那一刻"②。将风格学语境当作规范意味着,当某种表达手段与语境形成强烈反差时,这种表达手段才有可能成为风格手法。换言之,语言元素本身并无"内在的、恒定的风格价值"③,能否充当风格手法并非由这一元素本身决定,而是要看其与语境的对比。例如里法泰尔曾对文学套路、刻板表达进行风格分析,指出这些表达形式尽管本身已经僵化,可预见性强,但当被作家以创造性方式运用时,它们仍能构成风格手法。④ 这一风格分析法深受结构主义影响,其优越性在于"手法能够被限制在语境层面,任何内在风格价值的概念(例如表示重复含义的动词形式以及表达最高级的形式'内在的'表现力)都被避免"⑤,同时被避免的还有赋予某种风格以价值的审美意识形态。

当然,里法泰尔的风格学从今天来看难免存在局限甚至不合理之处。其一,里法泰尔不断重申"风格被理解为添加到语言结构承载的信息之上,并且不会改变语言结构意义的某种强调(表达、

---

① Michael Riffaterre, "Criteria for Style Analysis", *Word*, vol. 15, 1959(1), p. 171.
② Michael Riffaterre, "Stylistic Context", *Word*, vol. 16, 1960(2), p. 213.
③ Michael Riffaterre, « Réponse à M. Leo Spitzer: sur la méthode stylistique », *Modern Language Notes*, vol. 73, 1958 (6), p. 475.
④ Cf. Michael Riffaterre, « L'étude stylistique des formes littéraires conventionnelles », *The French Review*, vol. 38, 1964 (1), p. 3–14; Michael Riffaterre, « Fonctions du cliché dans la prose littéraire », *Cahiers de l'Association internationale des études françaises*, 1964 (16), p. 81–95.
⑤ Michael Riffaterre, "Stylistic Context", *Word*, vol. 16, 1960(2), p. 216–217.

情感或审美）。换言之,语言表达内容,风格进行强调"[①]。此类观点在今天看来已不可接受,因为风格同样会改变语言结构意义。其二,与巴伊一样,里法泰尔也反复强调,风格学只描述,不做价值判断,后者是批评家的工作。但实际上,纯客观的描述不可能存在。其实里法泰尔的风格分析本身也掺杂着价值判断。例如在分析雨果的诗歌时,里法泰尔指出,雨果经常用"钟乐"(carillon)一词来表达一种欢乐的氛围,并习惯用"银色""水晶质"等词来修饰这个词,他认为雨果对这些修饰词的选用看重的正是它们欢乐的内涵,假如中心词是"丧钟"(glas)或"警钟"(tocsin),那么诗人可能会选用"青铜"(bronze 或 airain)作为修饰语。[②] 这里,里法泰尔对不同金属象征意义的解读无疑也是一种预先的价值判断。其三,对于风格手法与语境的反差,里法泰尔的表述似乎含糊不清。有时这种反差是相对常规用法的反差,比如主谓倒装与该用法周边语句中常规的主谓表达形式之间形成的差异,有时这种反差又指风格手法与周围元素形成的语义对比。对波德莱尔十四行诗《沉思》5—7句的分析便涉及这两种反差。一方面,里法泰尔指出第五句中 des mortels 与 la multitude vile 颠倒顺序后构成的倒装与常规的"名词+补语"形式形成反差;另一方面,当提到5—7句本身又构成语境,以突出诗歌意图表达的喧哗与孤寂之间的对比时,对反差的讨论似乎更多涉及语义因素。[③] 对反差的含混理解一定程度上削弱了里法泰尔风格分析法的说服力与实践价值。

---

① Michael Riffaterre, "Criteria for Style Analysis", *Word*, vol. 15, 1959(1), p. 155.

② Cf. Michael Riffaterre, *La production du texte*, Paris: Seuil, coll. « Poétique », 1979, p. 184 - 185.

③ Cf. Michael Riffaterre, « L'étude stylistique des formes littéraires conventionnelles », *The French Review*, vol. 38, 1964 (1), p. 6.

尽管如此，里法泰尔的风格学仍然对当时复兴的诗学研究产生了重要影响，且这一影响一直持续至晚近的风格分析中。例如亚当曾对兰波《地狱一季》开篇第一句话进行分析，指出其与这首散文诗其余部分的差异：如果说开篇在行文上是和谐的，在内涵上指涉了天堂，那么其余部分在行文上是破碎的、断裂的，在含义上指向标题所表明的"地狱"。亚当认为"风格现象"即存在于这种对照中。亚当的分析方法很接近里法泰尔的"偏移"思想，此时的"偏移"不是指兰波风格对日常语言或所谓"标准化"表达的偏移，而是某个细节与作品整体相比体现出来的特殊性。亚当认为这种特殊性令"兰波的这个句子获得了风格，因为它具有某种统一性，并且带来一种'闭合感'，一种尤其与其余内容相比而形成的强烈分离感"[①]，从这种"闭合感"和"强烈分离感"中，我们能看到兰波对文字的锤炼，而这正是福楼拜对风格的定义。

需要指出的是，"偏移"在里法泰尔看来是读者对文本特征的察觉，而对读者的强调令里法泰尔的研究区别于前人。深受美国行为主义影响，里法泰尔重视读者反应，正是他提出了"中等读者"（average reader）、"超级读者"（archilecteur）等重要概念，预告了接受美学与读者理论的到来。在里法泰尔笔下，这一"中等读者"或"超级读者"并没有像之后那样获得过度的自由，因为对结构主义分析法的执着有助于校正读者的过度解读：假如读者从作品中看到某种"风格迹象"，然而这一"风格迹象"并非通过与语境的反差体现，那么此时的风格可能是"中等读者面对文本的过度反应，或

[①] Jean-Michel Adam, « Style et fait de style », in Georges Molinié et Pierre Cahné (éd.), *Qu'est-ce que le style ?* Paris: PUF, 1994, p. 41.

由添加产生的错误"[1]。里法泰尔这种调和文本结构与读者反应的做法在过度强调读者阐释的今天不乏借鉴意义。

* * *

从巴伊到里法泰尔,风格学不仅呈现出研究视角的多元性,也呈现出在时间中的演变。贡布指出,"经过20世纪20—50年代的争议以后,巴伊所捍卫的语言风格学完全被个体风格学取代,以至于(或由于)造型艺术领域通用的集体风格概念消失,而作者的'独特话语'得到重视"[2],这种情况下,"风格主要是一种个体事实,文本的特征由其独特性决定"[3]。在巴伊之后发展起来的风格学偏离了该词最早使用时的美学与艺术史领域,进入文学研究领域。此外,风格学也失去了此前尤其18世纪的风格研究常带有的规约性质,而更多具有描写性质,这种方法上的转变也促成了风格学向现代学问的进化。

第三节 风格的当代阐释

一、风格研究的当代回归

上一节开头,我们曾提到《法语语言》杂志1969年第3期"风格学"专号给风格学颁发了"死亡证"。该专号主编之一米歇尔·阿里维(Michel Arrivé)在杂志开篇《关于文学文本语言学描述的一

---

[1] Michael Riffaterre, "Criteria for Style Analysis", *Word*, vol. 15, 1959(1), p. 170.

[2] Dominique Combe, « La stylistique des genres », *Langue française*, n° 135, 2002, « La stylistique entre rhétorique et linguistique », p. 42.

[3] Dominique Combe, « La stylistique des genres », *Langue française*, n° 135, 2002, « La stylistique entre rhétorique et linguistique », p. 42.

些公设》一文中并不讳言"风格学似乎已经死亡"①,并断言"这一期风格学专号的几乎所有撰稿人似乎都确信风格学已经死亡"②。确实,在20世纪60—70年代,结构主义诗学与文学符号学风靡一时,众人的目光都聚焦于普遍结构,促使被认为关注个性色彩的"风格"与"风格学"几乎绝迹于文学研究中。

尽管如此,在1969年文章的最后,阿里维指出自己在文中梳理的对风格学的批评"实际上只触及了风格学的某些具有历史局限性的形式"③,并强调"还是可以运用'风格学'一词,将其理解为'文学文本的语言学描述'"④。换言之,从不同角度去理解风格,风格似乎并没有也不会死亡,诚如孔帕尼翁所言,"风格的存在难以撼动"⑤。《法语语言》"风格学"专号出版多年后,当代法国语言学与风格学领域重要研究者乔治·莫利尼埃(Georges Molinié)指出,"从1987年开始,人们见证了风格学——至少是某种风格学的令人瞩目的回归"⑥,其中,莫利尼埃与皮埃尔·卡内(Pierre Cahné)在1991年组织召开的国际学术研讨会及1994年出版的会议论文集《什么是风格?》(*Qu'est-ce que le style ?*),《语言》(*Langages*)杂志1995年第118期"风格学的关键问题"专号、《语法信息》(*L'Information gram-*

---

① Michel Arrivé, « Postulats pour la description des textes littéraires », *Langue française*, n° 3, 1969, « La stylistique », p. 3.

② Michel Arrivé, « Postulats pour la description des textes littéraires », *Langue française*, n° 3, 1969, « La stylistique », p. 3.

③ Michel Arrivé, « Postulats pour la description des textes littéraires », *Langue française*, n° 3, 1969, « La stylistique », p. 13.

④ Michel Arrivé, « Postulats pour la description des textes littéraires », *Langue française*, n° 3, 1969, « La stylistique », p. 13.

⑤ 安托万·孔帕尼翁:《理论的幽灵:文学与常识》,吴泓缈、汪捷宇译,南京:南京大学出版社,2017年,第184页。

⑥ Georges Molinié, « Stylistique », *Encyclopædia Universalis*. Page consultée le 04 août 2023. URL: https://www.universalis.fr/encyclopedie/stylistique/.

maticale)杂志 1996 年第 70 期专号、《文学》(Littérature)杂志 1997 年第 105 期"风格问题"专号、《法语语言》杂志 2002 年第 135 期"修辞学与语言学之间的风格学"专号的出版等事件，令这一"回归"成为不争的事实。在论文集和期刊专号中，德拉斯、德松、拉尔多马、贡布、劳伦特·杰尼(Laurent Jenny)、莫利尼埃、梅肖尼克、帕维尔、亚当等学者发表论文，从不同角度对"风格学"与"风格"进行概念、理论与方法的重审。

这一对风格的兴趣持续至新世纪，埃里克·鲍尔达斯(Éric Bordas)在 2007 年的一篇文章中指出，"近三年来，我们开始在学术争鸣中看到风格的真正回归"①。根据论文撰写与发表的年份来看，"近三年"指的应该是 21 世纪初这段时间，鲍尔达斯举的例子是克里斯蒂娜·努瓦伊-克洛扎德(Christine Noille-Clauzade)主编的《风格》(Le Style 2004)，克莱尔·巴迪欧-蒙费朗(Claire Badiou-Monferran)等人主编的《语言、风格、意义》(La langue, le style, le sens 2005)，让-米歇尔·古瓦尔(Jean-Michel Gouvard)主编的《从语言到风格》(De la langue au style 2005)。2008 年，《诗学》杂志第 154 期推出专栏"论风格"，表明对风格与风格学问题的关注与兴趣始终活跃于文学研究场域。

20 世纪末 21 世纪初的风格研究一方面可以说延续了 20 世纪的风格学传统。在 1994 年出版的文集《什么是风格？》的前言中，拉尔多马指出，由大部分文集文章的主题与分析可见，"偏移与选择的概念得到了保留，这两个概念是我们 20 世纪 50 年代的前辈所重视的概念，它们在今天保留了或者说重新具有了根本地位"②。

---

① Éric Bordas, « Penser le style? », Critique, n° 718, 2007 (3), p. 133.
② Pierre Larthomas, « Préface », in Georges Molinié et Pierre Cahné (éd.), Qu'est-ce que le style? Paris: PUF, 1994, p. 3.

另一方面,与 20 世纪中叶前的风格学相比,新时期的风格研究也呈现出一些新特征,最明显的特征是风格学"学科边界呈现出某种令人惊讶的不确切性"[①]。这一特征充分体现于《语言》杂志第 118 期的撰稿人身份:为专号供稿的作者"来自不同学科,除了一位作者[……]其他人都不认为自己属于风格学领域,而是属于诗学、符号学、文本语言学或语言学认识论领域"[②]。换言之,来自不同背景的学者重新将"风格"纳入视野,即便他们不一定认为自己属于风格学领域。在 20 世纪末"风格学回归"[③]的种种研究倾向中,法国学者杰尼归纳出三种代表性的类型:第一类以热奈特的研究为代表,旨在借鉴古德曼的分析美学与符号学,从某种程度上深化雅各布森提出的诗功能理论;第二类以莫利尼埃、若埃尔·加尔德-塔米纳(Joëlle Gardes-Tamine)的研究为代表,旨在发展风格学描述方法,达成传统修辞学与当代语言学的融合;第三类以杰尼本人和法国学者贡布的研究为代表,旨在从现象学角度出发,经由对语言(langue)与话语(parole)辩证关系的思考,进而探索某种介于共性化的语言与个性化的话语之间的独特化过程(processus même de la singularisation)。[④] 这三类研究均对推进文学风格与文学形式研究具有启示意义。

二、理解风格的三种视角

1. "例示"与风格。在 20 世纪末,热奈特借鉴美国学者古德曼

[①] Jacques-Philippe Saint-Gerand, « Styles, apories et impostures », *Langages*, n° 118, 1995, « Les enjeux de la stylistique », p. 15.

[②] Daniel Delas, « Présentation », *Langages*, n° 118, 1995, « Les enjeux de la stylistique », p. 5.

[③] Laurent Jenny, « L'objet singulier de la stylistique », *Littérature*, n° 89, 1993, p. 113.

[④] Cf. Laurent Jenny, « L'objet singulier de la stylistique », *Littérature*, n° 89, 1993, p. 113 - 114.

的分析美学与符号学,对风格进行了重新审视与界定。在《风格与含义》(« Style et signification »)一文中,热奈特首先指出自己的风格研究继承的更多是巴伊而非斯皮策的理论,换言之,他也注重对语言表现力的考察,将其视作风格的体现,甚至戏仿受巴伊影响的吉罗的风格学定义来界定风格。吉罗指出"风格学是研究语言表现功能的学问,这一功能与语言的认知或语义功能相对立"[①],热奈特便断言"风格是语言的表现功能,这一功能与语言的概念、认知或语义功能相对立"[②]。不过,热奈特随即指出,"概念""认知""语义"这些词的意义还是太过飘忽,他要寻找一个含义更为确定的词来替代这些词,同时再寻找一个更为适切的词来替代"表现",由此修正吉罗等人的风格观念。

为这一修正提供理论依据的正是古德曼的符号学。在《艺术的语言》(Languages of Art)中,古德曼对符号进行了分类探讨,"抛弃了一个多世纪以来被广泛采纳(并因此有些被庸俗化)的皮尔斯的分类"[③]。皮尔斯区分了三类符号:象征符(能指和所指之间是纯粹任意的关系)、指示符(能指和所指之间具有内在因果关联,比如看到烟就意味着有火)、图标(能指和所指之间具有相似性,比如天平与正义的关系)。古德曼则不再区分符号类型,他取消了皮尔斯的第二类符号也即指示符,对第三类符号蕴含的相似性原则提出了质疑,将一切符码均视为"符号"(symbol),将符号表意过程统称为"符号表达"(symbolization)。当然,这一"符号表达"本身可以被切分为指谓(denotation)与例示(exemplification)两类:"去指

---

① Pierre Guiraud, *La Sémantique*, Paris: PUF, 1955, p. 116.
② Gérard Genette, *Fiction et diction*, Paris: Seuil, 2004, p. 172.
③ Gérard Genette, *Fiction et diction*, Paris: Seuil, 2004, p. 183.

谓(to denote)就是去指称"①,即用符号指称其他东西;而"当一事物被某个谓词(prédicat)以字面或隐喻的方式指谓,并且这一事物指向那个谓词或相应的特性时,我们可以说这事物例示(exemplifie)了那个谓词或特性"②。某个符号一方面可以指谓其他事物,另一方面也可以成为其他符号的指谓对象,例如语言符号可以指谓语言外世界,但其本身也可以成为另一类符号,例如"中文""名词""动词""修辞格"等元语言的指谓对象,此时我们便说前一类符号例示了后一类符号。换言之,指谓与例示代表了意义生产的两个相对的方向,指谓是从符号至符号所指对象的过程,例示是从符号所指对象返回符号的过程,这一过程可以是一种直接对应,也可以是隐喻意义上的。比如"红毛衣"这一名称指谓那些红色的毛衣,而一件红色的毛衣可以例示"红毛衣"这一名称。由于一件红毛衣包含很多属性,在不同语境下会引发不同联想,因此它可能字面地例示"红色""毛衣""衣服"等名称,或者隐喻地例示"欢乐""喜庆"等性质。对于隐喻地例示这一过程,古德曼称其为表现(expression):"被表现的东西是在隐喻上被例示的东西。"③例如,"莫扎特的交响曲《朱庇特》表现了庄严,《格尔尼卡》表现了悲伤,nuit 一词表现了光明"④。

"指谓""例示""表现"成为热奈特思考风格的三个关键词。对于这三个词及其之间的关系,热奈特的论述可以概括为以下几个

---

① 纳尔逊·古德曼:《艺术的语言:通往符号理论的道路》,彭锋译,北京:北京大学出版社,2013 年,第 43 页。
② Nelson Goodman, *Langages de l'art*, trad. Jacques Morizot, Paris: Pluriel, 1990, p. 86.
③ 纳尔逊·古德曼:《艺术的语言:通往符号理论的道路》,彭锋译,北京:北京大学出版社,2013 年,第 67 页。
④ Gérard Genette, *Fiction et diction*, Paris: Seuil, 2004, p. 187.法语词 nuit 意即"夜晚"。

层次:首先,热奈特指出,"古德曼的研究使我们拥有了一个'表现'的新定义,比风格学向我们提供的更为精确、更为宽泛"①。如果说"表现"或"表现力"对传统风格学而言即意味着风格,那么对古德尔及受其启发的热奈特来说,"表现"只是"例示"的一个方面。其次,热奈特再一次修正了吉罗的定义,对风格做出了如下界定:"风格是话语的例示功能,这一功能与话语的指谓功能相对。"②反过来,"例示[……]承担了所有指谓外价值,因而也就承担了所有的风格效果"③。最后,热奈特发展了古德曼的"例示"类型,建议在"字面或隐喻地例示"之外,增加"换喻地例示",并称其为"联想"(évocation)。对于第三类例示,热奈特仍然以上文提到的交响曲《朱庇特》为例,指出它字面地例示了交响乐这一类型,隐喻地例示(表现)了庄严,换喻地例示了(令人联想到)古典主义风格。

这一对风格的理解应用于话语领域,便得到了如下的风格定义:"风格是述位属性(propriétés rhématiques)的总和。这些属性在三个话语层面得到例示:第一个是语音或书写材料构成的'形式'层面(也就是物质层面),第二个是与直接指谓相关的语言层面,最后是与间接指谓相关的修辞格层面。"④相应地,风格分析可以在话语的三个层面进行:首先是语音、书写材料所例示的属性,在这一层面,话语是对元辅音特征及其可能引发的联想、单词长短等的例示,例如 short 一词只有五个字母,本身就是一个"短"词,其例示意义与指谓意义相同,词语的表达性便由此产生。语音方面的情况同样如此,例如"凄凄惨惨戚戚"的语音隐喻地例示了"悲

---

① Gérard Genette, *Fiction et diction*, Paris: Seuil, 2004, p. 187.
② Gérard Genette, *Fiction et diction*, Paris: Seuil, 2004, p. 188.
③ Gérard Genette, *Fiction et diction*, Paris: Seuil, 2004, p. 190.
④ Gérard Genette, *Fiction et diction*, Paris: Seuil, 2004, p. 203.

戚",与诗句指谓一致,增强了诗句的表达性。"表达性"促使我们联想到雅各布森所说的"诗功能"。其次是与直接指谓相关的语言层面,在这一层面,话语是对所属语言、阴阳性、词性、语域等的例示。最后是与间接指谓相关的修辞格层面,此时话语是对隐喻性、换喻性等属性的例示,例如法国古典时期的诗人喜欢用 flamme(火焰)来指称"爱情",按照古德曼与热奈特的理论,"火焰"隐喻地例示了"爱情",因此能表达"爱情"意味的"火焰"一词间接地例示了隐喻性。三个层面的例示构成了话语的风格特征。

　　热奈特从巴伊、吉罗的风格定义出发,借鉴古德曼的符号学,提出了自身对风格的定义。在热奈特看来,他的风格定义相比传统风格定义而言具有优势:首先,它减弱了巴伊等人赋予语言摹仿式"表现力"与风格现象"情感性"这两者的过度重要性,这两者实际上都是例示的类型,而且严格来说,例示并不比指谓更具情感性。反过来,从例示角度去看风格,由于例示特征都"内在"于文字,因而这一风格定义与风格分析方法比巴伊一派的风格研究更为具体、客观,"具有令风格摆脱情感主义的华丽表面,将风格概念带回至最简明状态的优点"[①]。或如杰尼所言,"古德曼的符号学尤其具有启发性,能从形式角度解释风格的'表现力',并将其从主观性的迷雾中解放出来"[②]。其次,巴伊、斯皮策、里法泰尔等都持一种"非连续的"[③]"单子主义的"[④]风格观,将风格等同于偶然出现的语言现象,这些现象因其相对规范或语境的偏移而能被读者发现,因此它们是标记因素,是平淡底色上添加的几抹亮色。热奈特认

[①] Gérard Genette, *Fiction et diction*, Paris: Seuil, 2004, p. 203 – 204.
[②] Laurent Jenny, « Sur le style littéraire », *Littérature*, n° 108, 1997, p. 92.
[③] Gérard Genette, *Fiction et diction*, Paris: Seuil, 2004, p. 204.
[④] Gérard Genette, *Fiction et diction*, Paris: Seuil, 2004, p. 205.

为,这一风格定义一方面会将"奇异"当作"风格",另一方面也无法应用于大量"零度"风格的文字,更不必说将"缺失"本身当作风格的作品——例如佩雷克《消失》中字母 e 的消失毫无疑问是作品风格的体现。反过来,从例示角度定义风格,会认为话语包含不同层次,各个层次有不同属性,因此话语总是可以例示某个或某些特征,换言之,任何话语都具有风格。这样的风格观应该更接近文学现实。

在《风格与含义》的最后,热奈特指出古德曼对风格的理解还是过于宽泛,强调"风格"一词只能应用于"话语的形式特殊性,即句子及其组成要素"①。这促使热奈特的风格研究最终还是与他的诗学研究汇合。孔帕尼翁清楚地看到这一点,他曾指出,"热奈特借用了古德曼的'风格'和'样例'这两个概念,并将其联系在一起,甚至等同视之。在《虚构与行文》(1991)一书中,他利用上述概念设计了一个'关于风格的符号学定义草案',以调和诗学与风格学"②。这一调和的意图一定程度上推动了风格研究在世纪之交的重生,因为既然"领头人之一已经发话,一直要灭掉风格学的诗学或符号学开始为重建风格学而努力"③。

2. 文类与风格。上文中指出,杰尼提到莫利尼埃与加尔德-塔米纳的风格研究。杰尼尤其提到前者的《法语风格学要素》(*Éléments de stylistique française* 1986)与后者的《风格学》(*La stylistique* 1992)。《法语风格学要素》首先将风格学场域分为"词语""语义增加""句子组织"三个层面,并探索了每个层面可能与风

---

① Gérard Genette, *Fiction et diction*, Paris: Seuil, 2004, p. 214.
② 安托万·孔帕尼翁:《理论的幽灵:文学与常识》,吴泓缈、汪捷宇译,南京:南京大学出版社,2017 年,第 181 页。
③ 安托万·孔帕尼翁:《理论的幽灵:文学与常识》,吴泓缈、汪捷宇译,南京:南京大学出版社,2017 年,第 181 页。

格分析相关的元素，随后专门辟一章探讨了修辞格问题，最后在著作第三部分"风格学实践"也即风格教学、分析实践与理论研究中，莫利尼埃简要分析了抒情诗（lyrisme）、哀歌（élégie）、史诗（épique）等文体类型在词语、语义、修辞、句法等方面的特征。加尔德-塔米纳的教材《风格学》的视角则更为聚焦，全书分为四章，第一章为总论，二至四章分别从诗歌、小说、戏剧这三个文学类型入手，探讨了不同类型的风格分析方法。对比这两部著作，可以认为杰尼所谓"传统修辞学与当代语言学的融合"主要体现于文学类型风格研究中。

这一融合的背景是风格学与文学类型的长期分离。如果说巴伊的研究主要关注语言普遍化、集体性的层面，那么自斯皮策以来，风格研究更多地与个性色彩相关，或涉及某位作家（普鲁斯特的风格、伏尔泰的风格、福楼拜的风格等），或涉及某部作品（《追忆似水年华》《玛丽亚娜的生活》等），"被称作'风格学'的新学科摆脱了文类概念"[1]，因为"文类概念似乎要缩减作者的个体自由，抹除其原创性，将其纳入某种将创作限制分门别类予以编目的传统中，因此不仅在作者眼中还在批评者眼中成为一种枷锁"[2]。然而，正如"文学类型研究"一章提到的那样，个体的风格与文类的限制及其可能性密不可分，热奈特已指出，"风格概念不断地将对单部作品的批评与多少有些广泛的集体潮流考量联系起来"[3]，贡布也断言，"'签章'或'签名'赋予作品以特殊性，体现了艺术家的'方式'，

---

[1] Dominique Combe, *Les genres littéraires*, Paris: Hachette, 1992, p. 103.
[2] Dominique Combe, *Les genres littéraires*, Paris: Hachette, 1992, p. 103.
[3] Gérard Genette, « Le genre comme œuvre », *Littérature*, n° 122, 2001, p. 111.

但'签章'或'签名'实际上与类型、其规则、其限制及其等级密不可分"①。基于风格与文类之间的切实影响,吉罗在 20 世纪 60 年代末已提出"文类概念已融入风格概念并与后者混同"②的说法。这一说法尽管极端,却道出了文类概念与风格概念之间的紧密关系:要界定风格学,首先应将其视作"一种有关文类的风格学,因为文类概念在我们看来具有基础地位"③,而"文类差异首先是风格学层面的"④。

割裂风格学与文类研究的倾向主要因皮埃尔·拉尔多马的努力而有所改变,并对当代风格研究产生有益影响。"皮埃尔·拉尔多马是首位——且今天仍是少数几位——试图为'风格学中的文类概念'正名的学者。"⑤上文已提到,拉尔多马将"选择"视作从传统风格研究延续至今的一个核心概念,他同时指出:"陈述行为的条件与特点每次都意味着对某种类型的选择,这一选择在很大程度上决定了风格。"⑥因此他认为"首要的、根本的选择是对特定文学类型的选择"⑦。这种观念本身并不新奇,传统修辞学历来强调写作与文学类型的关系,每种文类都有自己使用语言的独特方式,作家在选择特定文类进行表达时,已经有意或无意地选择了特定的形式。例如,要摹仿 19 世纪现实主义小说,作者需要采用简单

---

① Dominique Combe,« La stylistique des genres », *Langue française*,n° 135,2002,« La stylistique entre rhétorique et linguistique », p. 34.

② Pierre Guiraud,« Les fonctions secondaires du langage », in André Martinet (éd.), *Le Langage*,Paris:Gallimard,1968,p. 459.

③ Pierre Larthomas,*Notions de stylistique générale*,Paris:PUF,1998,p. 15.

④ Pierre Larthomas,*Notions de stylistique générale*,Paris:PUF,1998,p. 20.

⑤ Dominique Combe,*Les genres littéraires*,Paris:Hachette,1992,p. 104.《风格学中的文类概念》是拉尔多马发表于 1964 年的一篇重要论文。

⑥ Pierre Larthomas,« Préface », in Georges Molinié et Pierre Cahné (éd.),*Qu'est-ce que le style?* Paris:PUF,1994,p. 3.

⑦ Pierre Larthomas,*Notions de stylistique générale*,Paris:PUF,1998,p. 15.

过去时与第三人称叙事的组合,而要摹仿20世纪的自传,作者便需要采用复合过去时与第一人称叙事的组合。两种组合分别表达了作者的虚构与事实追求。文类要求一方面限制了作者的选择,另一方面也为作者提供了创新的可能,加缪的《局外人》便是一个典型的例子,在将复合过去时与第一人称用于虚构叙事时,他打破了小说的传统写法。

对选择与文类关系的思考不仅应对作者有所启发,也应对批评者有所启发。拉尔多马曾批评让·科恩(Jean Cohen)的研究,后者借助古典文学、浪漫主义文学、象征主义文学作品,来研究"不恰当的定语"这一风格手法。拉尔多马则认为这一研究途径不恰当,"我们无法比较莫里哀的作品与兰波的作品,因为戏剧作家无法以诗人的方式来使用名词性短语"[1]。因此拉尔多马强调,相比起脱离文学类型孤立地研究某种风格手法,研究者更应首先考察作者所选取的特定文学类型所强加的选择,这也是拉尔多马本人在《普通风格学概念》中的做法:"首先界定基本文类,以便获得风格学层面的理性分类。"[2]

对文学类型进行过深入研究的贡布充分赞同拉尔多马对风格学与文学类型之关系的认识,肯定"拉尔多马在认知层面证实了文类修辞学的合理性"[3],将拉尔多马等人进行的研究概括为"类型风格学"(stylistique des genres),并对后者的可行性、研究内容、研究方法进行了思考。贡布建议当代类型风格学借鉴俄国形式主义和巴赫金的研究,"揭示社会性与个体风格、话语与文学、永恒类型与历史、主题与形式之间的张力,同时避免将文类固化于某种静态类

---

[1] Pierre Larthomas, *Notions de stylistique générale*, Paris: PUF, 1998, p. 18.
[2] Pierre Larthomas, *Notions de stylistique générale*, Paris: PUF, 1998, p. 20.
[3] Dominique Combe, *Les genres littéraires*, Paris: Hachette, 1992, p. 105.

别,由此保留被我们称之为'文类生成过程'的内部进程"①。须知话语类型[巴赫金所说的第一类型(简单类型)和第二类型(复杂类型)]与已确立的文学类型之间的关系始终处于变动之中,文学类型的特征因不断受话语类型的影响而发生着变化。因此类型风格学应"主要致力于对一些'程序'进行描述与阐释"②,这些程序在作品内部呈现了最基础的话语类型如何最终构成文学类型的过程。由于文学类型本身属于复杂类型,分属不同话语类型的元素在其中以不同的方式交织,不同元素之间的地位变化与此消彼长会导致文学类型本身的变化,因此贡布建议采取功能主义视角,"对话语类型与文学类型各自的'主导因素'(dominante)之间的关系进行研究"③。类型风格学将文学类型置于话语与单部作品之间,对三者的关系进行考察,能够避免单纯从话语类型考察风格的泛泛而谈,单纯从文学类型考察风格的抽象化与理论化,或单纯从作品本身考察风格的随意主观。此外,这种试图调和个体与集体、特殊性与一般性的努力体现出 20 世纪末 21 世纪初的某种风格研究倾向,下文我们将结合杰尼的研究做更为深入的探讨。

3. 独特性与风格。杰尼在谈论风格研究三类倾向时,将自己的研究视为其中一种倾向的代表。杰尼对风格的思考建立于与前人风格研究的对话之上。以他对传统"选择说"的评述为例。上文提到,拉尔多马将"选择"视作与风格相关的核心概念。实际上,风格即选择的思想在 20 世纪中叶的法国文学风格学研究者

---

① Dominique Combe, « La stylistique des genres », *Langue française*, n° 135, 2002, « La stylistique entre rhétorique et linguistique », p. 46.
② Dominique Combe, « La stylistique des genres », *Langue française*, n° 135, 2002, « La stylistique entre rhétorique et linguistique », p. 47.
③ Dominique Combe, « La stylistique des genres », *Langue française*, n° 135, 2002, « La stylistique entre rhétorique et linguistique », p. 48.

笔下已明确出现。例如,马鲁佐的《法语风格学概论》(*Précis de stylistique française* 1941)将选择原则视作区别语言与风格的基石:"如果一定要区别语言与风格,那么我们似乎能将语言界定为我们所拥有的、能够赋予陈述形式的表达手段的总和,将风格界定为样貌与质量,后者形成于我们对表达手段的选择。"[1]克雷索也在《风格及其技巧:风格学分析概论》(*Le style et ses techniques: Précis d'analyse stylistique* 1947)中指出,风格学分析的"任务在于阐释使用者的选择,使用者在语言的所有方面进行选择,以便确保最为有效地传达他的交流"[2]。在持"选择说"的学者中,舍费尔是一位重要代表,他认为,"当在不同语域之间存在选择可能性时,便出现了风格现象"[3]。舍费尔这一对风格的理解明显受诗学研究者影响,例如托多罗夫在为《语言科学百科辞典》撰写的"风格"词条中指出:"我们更倾向于将风格定义为一种选择,也即一切文本都需要在语言所囊括的一定数量的可能性中做出选择。如此定义的风格等同于语言的域(registres),等同于其次级符号体系,类似'形象化风格''情感话语'等语汇即指向它。"[4]选择的可能性促使舍费尔将风格视作"变奏"(variation)而非"偏移":"风格变奏可以被理解为'近义词'现象,当两种表达中的一种可以替换另一种,而不引起逻辑外延的改变,我们可以说这两种表达属于风格变奏。"[5]

---

[1] Jules Marouzeau, *Précis de stylistique française*, 5e édition, Paris: Masson, 1963, p. 10.

[2] Marcel Cressot, *Le style et ses techniques: Précis d'analyse stylistique*, 5e édition, Paris: PUF, 1963, p. 2.

[3] Jean-Marie Schaeffer, « La stylistique littéraire et son objet », *Littérature*, n° 105, 1997, p. 15.

[4] Tzvetan Todorov, « Style », in Oswald Ducrot et Tzvetan Todorov (éd.), *Dictionnaire encyclopédique des sciences du langage*, Paris: Seuil, 1972, p. 383.

[5] Jean-Marie Schaeffer, « La stylistique littéraire et son objet », *Littérature*, n° 105, 1997, p. 20.

如此一来，"风格变奏不在于在一个中性陈述和一个标记性陈述之间做出选择，而在于在多个标记方式不同的陈述之间做出选择"①。以"变奏"而非"偏移"的目光去审视风格，能够避免后者导致的非连续风格观，因为在这一目光下，"风格现象被当作语言行动的连续特征予以处理"②，这也是古德曼与热奈特对风格的看法。

杰尼则认为，"近义词"或"变奏"理论很难站得住脚，因为很难理解对于某部作品或某位作家的风格，还存在另一种可能的替换风格，更难理解替换后不会"引起逻辑外延的改变"。选择并不意味着作家在多个选项中挑选一个最佳答案，"要说存在'选择'的话，那并不是说在'火焰'与'爱情'之间选取一个更好的，而是决定赋予某种业已存在的形式以一种新的价值"③，"发明某种用途的'选择'与在有限的'语域之间'进行选择完全不是一回事"④。举例来说，莫泊桑小说的一大写作风格是对未完成过去时（l'imparfait）这一时态的创造性运用。在法语中，这一时态通常用于描写、评论、说明，从叙事学角度来看故事时间为零，当用来描写动作时，则倾向表现动作的持续或重复。莫泊桑却时常用这样一种具有停滞意味的时态来叙述事件，令他的叙事呈现别样的气息，而他笔下的未完成过去时也被称为"断裂的未完成过去时"⑤。这一叙事风格并非莫泊桑在未完成过去时与更适合虚构叙事的简单过去时之间进行选择的结果——即便这种选择的可能性确实存在——而是作家创造性地赋予未完成过去时以新的价值的结果。

---

① Jean-Marie Schaeffer, « La stylistique littéraire et son objet », *Littérature*, n° 105, 1997, p. 20.
② Jean-Marie Schaeffer, « La stylistique littéraire et son objet », *Littérature*, n° 105, 1997, p. 20.
③ Laurent Jenny, « Sur le style littéraire », *Littérature*, n° 108, 1997, p. 94.
④ Laurent Jenny, « Sur le style littéraire », *Littérature*, n° 108, 1997, p. 94.
⑤ Laurent Jenny, « Sur le style littéraire », *Littérature*, n° 108, 1997, p. 94.

由此，杰尼建议抛开传统的"选择""偏移"等语汇，另找更为适切的词语，"一个摆脱一切理论消极状态的词来描述风格手法，'独特性'(singularisation)或'区别性'(différenciation)一词在我看来能够胜任"①。"独特性"正是杰尼对风格的概括："如果说我们在哪一点上绝不能让步，否则就会令风格概念失效，这一点就是，文学风格是话语独特性审美化、语义化的场所。话语的运用具有独特性，而风格在于赋予这一独特性以价值。"②初看之下，这种论断似乎又回到传统的个性化观念，实际上，杰尼对"独特性"的理解有其独特性。一方面，这一独特性并非通过局部的手法体现："将风格界定为话语独特性并不意味着风格现象的非连续性，恰恰相反，这一定义意味着连续性。"③这种连续性又是由不同层面的话语特征——或者说风格手法或"例示"——的汇聚(convergence)以及特征之间形成的关联所构成的，"文学作品将这些汇聚起来的风格手法组织成某种富含意味的整体形式"④。应该说，上文提到的多位学者也坚持风格的连续性，反对"单子论"，杰尼对连续性的认识可以说整合了多位学者的研究，例如从热奈特处接受了"例示"理论，从里法泰尔处接受了"汇聚"思想，从而提出了某种更具兼容性的风格观念。

另一方面，这一独特性是一种辩证的独特性，体现出个性与共性的张力。对杰尼而言，"风格独特性不仅是原创的、独特的，也是典型的，否则风格特征就无法被发现"⑤。风格的原创性与独特性

---

① Laurent Jenny, « Sur le style littéraire », *Littérature*, n° 108, 1997, p. 97.
② Laurent Jenny, « Sur le style littéraire », *Littérature*, n° 108, 1997, p. 95.
③ Laurent Jenny, « Sur le style littéraire », *Littérature*, n° 108, 1997, p. 98.
④ Laurent Jenny, « Sur le style littéraire », *Littérature*, n° 108, 1997, p. 98.
⑤ Laurent Jenny, « L'objet singulier de la stylistique », *Littérature*, n° 89, 1993, p. 117.

不难理解，风格的典型性同样如此，我们在上文提及文类与风格关系时已指出，风格有集体性、普遍化的一面。在《风格与含义》结尾，热奈特也指出，"风格特征从来不是纯粹内在的，它们始终具有超验性与典型性"①。杰尼本人也认为："文学风格的话语独特性总是相对的。这些独特性不断地尝试转变成符号（即使实际上它们很少完成这一目标），处于普遍化的道路上，对于这一普遍化，作品的空间是其微观宇宙。"②符号指称一类事物，转变成符号，即从特殊性向普遍性转变。实际上，某种具有原创性的形式特征如仅出现一次，便很容易被忽略，只有当这一特征反复出现，才有可能引起读者注意，成为风格手法。此时这一特征具备可辨认、可摹仿、可普及等属性，换言之，已成为一种"类别"，而"'个性'仅仅由这些类别的交织构成"③。由于"一种风格的事件性只有借助超越这一风格的范畴才能被辨识，而风格范畴本身在其所出现的新形式中不断转向甚至被重新创造"④，因此，杰尼意义上的独特性始终是动态的，不会固化于某一种或某一些形式。

个性与共性的张力表明，风格特征具备普遍化的潜力，或者反过来说，不具备普遍化的潜力，某种形式特征就无法构成风格手法。"风格在我们看来是每个人的话语（parole）中活跃着的某种晦暗的差别性力量"⑤，每个话语事件都有可能通过其特殊性触动语言，令其中蕴含的可能性变为现实，进而确立为一种可观察、可分

---

① Gérard Genette, *Fiction et diction*, Paris: Seuil, 2004, p. 207.
② Laurent Jenny, « Sur le style littéraire », *Littérature*, n° 108, 1997, p. 97.
③ Laurent Jenny, « Du style comme pratique », *Littérature*, n° 118, 2000, p. 102.
④ Laurent Jenny, « Du style comme pratique », *Littérature*, n° 118, 2000, p. 105–106.
⑤ Laurent Jenny, « L'objet singulier de la stylistique », *Littérature*, n° 89, 1993, p. 118.

享的形式。对于风格的这种潜力,玛里耶勒·马瑟(Marielle Macé)有精彩的论述:"在风格之中特殊性首先是一种相对自身的'过度',是一种运动。这种'过度'与'运动'朝向什么?朝向某种生活价值,某种意义命题,后者可以从一个个体转移到另一个个体,从一种文类转移到另一种文类,在那尝试提出它的人消失后继续存在,并发生弯曲——有时也会被歪曲,成为痼疾。个性化在此成为某种可被使用的、活动的、'调解的'力量,它不再封闭于个体的牢笼,而是成为某种可能性,恢复了震颤状态,令其他人能够背负、拥有、扩大、扭曲。"[①]风格由此不再只指表面的形式特征,而是具备了某种存在维度,与可能性的存在方式密切相关。对风格这一存在维度的强调或许是令风格在 21 世纪重回研究者视野的重要原因。

三、风格的历史性体制

在梳理 20 世纪末 21 世纪初三类较具代表性的风格研究时,我们注意到,尽管学者们理解风格的角度各不相同,但他们实际上都有意无意提到了风格的二重性,风格既有独特、个性化的一面,又有普遍、共性化的一面。文学创新与文学演进——如果可以说"演进"的话——便寓于这种二重性中:某种形式特征被某位作家创造性地运用,进而成为这一作家的风格体现,这一形式特征也因其风格效应而被模仿、被普及,由此令文学的整体面貌得到改变。

实际上,在新世纪的风格研究中,还存在另一种二重性,对于理解风格尤其风格的转变颇具启发性,那便是前文提到过的菲利普的研究。菲利普的出发点与杰尼等学者相似,他也反对过度强调风格特殊性以及割裂个性与共性的做法。他戏仿"国王的两个

[①] Marielle Macé, *Styles*, Paris: Gallimard, 2016, p. 23-24.

身体",提出"风格的两个身体"①这一概念。第一个身体是风格的形式身体,这点很容易理解,且也是大部分风格研究的着眼点;第二个身体是"历史地构建起来的想象性信息,文学的每个时刻都在改变这一信息的性质与重要性"②,简单来说是对特定历史时期语言所能提供的风格手段的想象。从"两个身体"角度去看风格,"这意味着在任何时刻,批评都应避免将风格简化为其第一个身体——'形式'身体,同时应考虑其第二个身体,也即至少是某个特定时代联结文学与语言的纽带的观念表征"③。要考虑第二个身体,在菲利普看来首先应避免两种倾向:一是避免将某种语言现象从某个整体中抽取出来,孤立地予以考察,因为风格由不同层面的特征汇聚而成,而不同层面的特征从语言角度看可能毫无关系甚至截然不同;二是避免抛开时代语境对某种语言现象的价值做出主观论断,因为语言学家眼中相同的语言形式对风格学家来说可能是不同的手法,例如拉封丹笔下的自由间接引语与左拉笔下的自由间接引语具有完全不同的价值。

由此,菲利普在风格研究中引入了两个概念,即模式(patron)与时代(moment),并建议将风格定义为"模式"与"时代"的结合。"风格模式即由协调一致且形成一个束的现象组成的整体,其中一个现象的出现允许我们期待另一个的出现。"④"风格现象不是孤立

---

① Cf. Gilles Philippe, « Les deux corps du style », *Les temps modernes*, n° 676, 2013 (5), p. 144 - 154.
② Gilles Philippe, « Les deux corps du style », *Les temps modernes*, n° 676, 2013 (5), p. 144.
③ Gilles Philippe, « Les deux corps du style », *Les temps modernes*, n° 676, 2013 (5), p. 146.
④ Gilles Philippe, *Pourquoi le style change-t-il ?* Bruxelles: Les Impressions nouvelles, 2021, p. 39.

地起作用的,而是作为风格模式的一部分起作用的"[1],举例来说,对于出版于19世纪中叶的一部分小说,我们可以谈论"主观模式",与此模式相关的,是无动词句、形容词名词化、自由间接引语等语言现象。风格模式不会一成不变,而是会随时代变化、语言演变、创作习惯改变等发生变化,其"出现、运转与衰落受到感性史和想象史的制约,也受到固化或磨损等一般进化机制的制约"[2]。"时代"是来自泰纳文学史研究的重要概念,指的是知识、想象与感性在某个历史时刻呈现的整体状态:每个时代都有与此时代紧密相连,且彼此之间密切相关的知识、想象与感性。扎根于知识、想象、感性中的风格模式因此也与时代紧密相连,每个时代都有自身的风格模式,同一个时代的风格实践之间往往存在某种亲缘性。这种亲缘性被菲利普称作"风格的历史性体制"(régime d'historicité stylistique)[3],这一概念明显借自法国学者弗朗索瓦·阿尔多格(François Hartog)的"历史性体制"(régime d'historicité)概念。所谓风格的历史性体制,指的是每部特殊作品"融入书写实践发展场域的模式,作品连接已过时的、正变得陈旧的、稳定下来的、活力十足的以及刚出现的形式的方式,总之就是作品连接风格标准的过去、现在与未来的方式"[4]。

"风格的历史性体制"概念充分体现了菲利普对风格集体性与历史性的意识:"将风格学首先视作有关'集体性'的科学不无裨

---

[1] Gilles Philippe, *Pourquoi le style change-t-il ?* Bruxelles: Les Impressions nouvelles, 2021, p. 39.

[2] Gilles Philippe, *Pourquoi le style change-t-il ?* Bruxelles: Les Impressions nouvelles, 2021, p. 42.

[3] Gilles Philippe, *Pourquoi le style change-t-il ?* Bruxelles: Les Impressions nouvelles, 2021, p. 181.

[4] Gilles Philippe, *Pourquoi le style change-t-il ?* Bruxelles: Les Impressions nouvelles, 2021, p. 181-182.

益,此时风格学研究的是置身历史厚度中的文学事实,不将'偏移'确立为首要的视阈[……]只有具有历史性的语言事实集合才能被视作某种严谨的风格学的适切研究对象。"① 以上文提到的加缪的《局外人》为例。对复合过去时的创造性运用是这部小说的一大风格。对于这一风格,我们单纯从复合过去时这一时态本身的特征与功能去理解是不够的,必须将其放置于"二战"后的法国文学场域之中,将其与这一时代的文学语言发展状况相比较,才能理解这一风格的全部力量。换言之,风格研究不仅要求共时观念,也要求历时观念的介入,只有如此,风格学才能如斯皮策所预言的,"成为连通语言学与文学史的桥梁"②。

* * *

从起源、研究对象、研究目标等来看,风格学与诗学是两个不同的学科。"风格学"这一术语在 19 世纪中后期才开始出现,而"诗学"一词已有两千多年历史。然而,风格学——或者更宽泛地说是风格研究——与诗学研究有着千丝万缕的联系。我们注意到,很多对风格进行过深入思考的学者也是法国诗学重要的代表人物。反过来,风格研究领域的很多学者也自觉不自觉地拉近自身与诗学的关系,例如莫利尼埃将当代风格学的任务确定为"对文学性之形式条件的技术性研究"③,《语言》杂志"风格学的关键问题"专号主编德拉斯认为,"风格学[……]其使命是揭示语言形式(以及形式布局),形式被认为具有表现力,也就是说能够'体现'主

---

① Gilles Philippe, « Les deux corps du style », *Les temps modernes*, n° 676, 2013 (5), p. 146.
② Leo Spitzer, *Études de style*, trad. Éliane Kaufholz, *et al.*, Paris: Gallimard, 1970, p. 54.
③ Georges Molinié, « Stylistique », *Encyclopædia Universalis*. Page consultée le 04 août 2023. URL: https://www.universalis.fr/encyclopedie/stylistique/.

体——作者或作家"[1]。而在其为《大拉鲁斯法语词典》撰写的stylistique词条中,德拉斯更为明确地指出,雅各布森的诗功能旨在揭示"无法把握的文学性,这种文学性同样是文学风格学为自己确立的目标"[2]。不难发现,这些风格学领域的权威学者谈论的正是诗学的研究对象,采用的正是诗学领域的术语。在本书中以一个章节探讨风格问题,我们并非有意混淆诗学与风格学这两个学科或领域,而是想强调文学研究的共通性:风格研究与诗学研究能相互提供多方面的借鉴,有些时候,它们彼此交融,以至于难分彼此。

---

[1] Daniel Delas, « Présentation », *Langages*, n° 118, 1995, « Les enjeux de la stylistique », p. 5.

[2] *Grand Larousse de la langue française*, t. 6, Paris: Éditions Larousse, 1989, p. 5652.

第五章　叙事研究

　　法国是叙事学的发源地。在叙事学的草创阶段，有多个标志性事件值得一提。例如 1965 年托多罗夫编译出版《文学理论》，介绍俄国形式主义以及普罗普的理论；1966 年本伍尼斯特出版《普通语言学问题》(Problèmes de linguistique générale)第一卷，对之后的叙事学与诗学研究产生重大影响；1966 年《交际》杂志出版第 8 期，也就是"符号学研究：叙事文结构分析"专号，巴特、托多罗夫、热奈特、艾柯、梅茨等多人撰文，从不同媒介、不同文体出发研究叙事作品与叙述语法，标志着法国叙事学在事实上的诞生；1968 年托多罗夫在合集《什么是结构主义？》中发表文章《诗学》，从语言学角度对叙事文进行分析，启发了之后热奈特等人的研究；1969 年托多罗夫在海牙出版《〈十日谈〉的语法》，在其中正式提出"叙事学"一词，1969 年因而也可以说是叙事学创立的"元年"。有关法国叙事学的早期研究，我们已在前文进行详述，此处不再展开。本章将着重探讨当代尤其 21 世纪以来法国及周边法语地区在叙事学领域取得的成果与进展，并就其独特性展开思考。

第一节　当代法国及法语地区叙事学[①]的基本特征

一、中介者约翰·皮尔及其贡献

在当代法国学界，有一位学者对推动法国叙事学发展及其在世界范围内的传播起到了举足轻重的作用，这位学者便是法国图尔大学荣休教授约翰·皮尔。皮尔出生于美国，毕业于纽约大学，之后至法国图尔大学任教，专攻19—20世纪英美文学。他也是法国社会科学高等研究院（EHESS）/法国国家科学研究中心（CNRS）艺术与语言研究中心（CRAL）研究员，自2003年以来在该研究中心担任"当代叙事学"研讨课负责人。皮尔本人并未提出原创性的叙事概念或理论，但他精通多国语言，具有开阔的学术视野与极强的学术敏感性，这促使他尤其胜任综述性的研究工作，一方面强调叙事的跨地域研究，关注世界各地的叙事学研究成果，另一方面注重跨学科整合，将符号学、复杂理论（théorie de la complexité）、文本间性理论、话语分析等学科的理论与方法应用于叙事研究。他的专编著主要以英法双语撰写，包括《叙述形式动力学》（*The Dynamics of Narrative Form* 2004）、《转叙：再现契约的扭曲》（*Métalepses: Entorses au pacte de la représentation* 2005）、《叙事理论：德国研究的贡献》（*Théorie du récit: L'apport de la recherche allemande* 2005）、《叙事性理论探索》（*Theorizing Narrativity* 2008）、《当代叙事学》（*Narratologies contemporaines*

[①] 本章所指法语地区主要指与法国受相同学术传统影响的周边国家法语区及加拿大法语区。今日法语学者更多谈论"叙述研究"而非"叙事学"，以便与热奈特等学者创立的经典叙事学拉开距离，并强调叙述研究的多元性。本章为叙述与交流之便，大多数时候仍保留"叙事学"这一术语。

2010)、《叙事学手册》[*Handbook of Narratology* (2ᵉ ed.) 2014]、《叙事学新矢量》(*Emerging Vectors of Narratology* 2017)、《扬·穆卡洛夫斯基：1928—1946 年论集》(*Jan Mukařovský: Écrits 1928 - 1946* 2018)、《俄国形式主义百年》(*Le formalisme russe cent ans après* 2018)、《当代法国与法语地区叙事学》(*Contemporary French and Francophone Narratology* 2020)、《历时叙事学手册》(*Handbook of Diachronic Narratology* 2023)等。近年来，他担任德古意特出版社(De Gruyter)"叙事学"丛书("Narratologia")联合主编，于 2009 年与沃尔夫·施米德(Wolf Schmid)、彼得·霍恩(Peter Hühn)等人共同创立欧洲叙事学学会(European Narratology Network，ENN)，并于 2013 至 2015 年担任主席。皮尔的学术成果及其在学术共同体内的活动促进了欧陆地区(法国、德国、东欧及北欧国家)与英美叙事学研究之间的交流与融合，推动了国际叙事学研究的发展，也对中国叙事学研究产生了影响。

皮尔编撰的涉及当代法国及法语地区叙事学的著作主要有两部。第一部是 2010 年出版的《当代叙事学》，由皮尔和法国学者弗朗西斯·贝特洛(Francis Berthelot)主编，除引言外，共收录论文 11 篇，1 篇由皮尔本人撰写，2 篇来自德国学者，另外 8 篇由来自法国与法语地区的学者撰写[①]，包括贝特洛本人、鲁森、阿兰·拉巴泰尔(Alain Rabatel)、克劳德·加拉姆(Claude Calame)、亚当与乌特·海德曼(Ute Heidmann)、巴罗尼、舍费尔、马尔塔·格拉波茨(Márta Grabócz)等活跃于今日法语叙事学领域的学者。在《当代叙事学》引言中，皮尔和贝特洛指出，本书的编撰"追随的是后经典

---

① 根据皮尔和贝特洛在引言中的介绍，本书大部分论文源自学者在皮尔主持的"当代叙事学"研讨课上交流的论文，这解释了为何本书编选的基本为法国及法语地区学者的文章。

叙事学的理路,这倒不是因为文集的作者有意识地试图与某种所谓的'后经典叙事学'立场建立联系,而是因为文集所探讨的问题的多样性以及为深入思考这些问题而采取的多种途径见证了分析范式与实践的演变"①,并指出"本书的意图并非提供当代叙事学的'全景',而是肯定第一代叙事学在之后的转变过程中体现出的生命力"②。

第二部著作是2020年出版的文集《当代法国与法语地区叙事学》。文集收录了十位来自法国和法语地区(瑞士、比利时、加拿大法语区)能代表这一区域叙事研究新趋势的学者(包括皮尔本人)的十篇论文,"力求把握法语国家叙事学研究的最新发展动向"③。皮尔在陈述编撰意图时指出,叙事学产生于20世纪60—70年代的结构主义运动,法语世界的理论家们对叙事学的创立做出了巨大贡献。20世纪90年代,随着后经典叙事学的兴起,美国、德国以及斯堪的纳维亚学者的研究逐渐占据主导地位,法国叙事学似乎退居次要地位。但如果不用经典叙事学/后经典叙事学的二元对立视角去考察法国及法语地区近年来的叙事学研究,会发现法语学者始终保持着对叙述问题的兴趣。21世纪以来,法语学者一方面意识到,叙事学不能再被归结为其形式主义与结构主义起源;另一方面也积极开展跨学科跨地域研究,或以其他学科的理论与方法

---

① John Pier et Francis Berthelot, « Introduction », in John Pier et Francis Berthelot(éd.), *Narratologies contemporaines*, Paris: Éditions des archives contemporaines, 2010, p. 9.

② John Pier et Francis Berthelot, « Introduction », in John Pier et Francis Berthelot(éd.), *Narratologies contemporaines*, Paris: Éditions des archives contemporaines, 2010, p. 9.

③ John Pier, « Introduction », in John Pier (ed.), *Contemporary French and Francophone Narratology*, Columbus: The Ohio State University Press, 2020, p. 1.

思考叙述问题,或借鉴叙事学分析方法研究其他学科的问题,在此基础上取得了理论与方法的重要突破。由于语言障碍与学科壁垒,这些成果可能还没有被其他语言、其他领域的读者所熟悉,《当代法国与法语地区叙事学》编撰的宗旨,便是帮助读者熟悉当代法语学者的研究视角与成果,以便"为读者思考在其他语境下可能已遇到的一些主题提供进一步的启发"[1],从而推动叙述研究的进一步发展。根据这一编写宗旨,该书收录的论文除了凸显今日叙事学研究的一般特点(跨国别区域、跨学科、跨媒介、重语境等),也特别重视立足今日国际叙事学研究的背景与问题框架,对法国及法语地区传统研究资源进行发掘。

皮尔的几次阶段性总结为我们提供了管窥当代法国及法语地区叙事学概貌的机会。结合皮尔的研究及其他相关资料,我们将尝试对这一地理区域内叙事学研究的基本特征进行归纳总结。

二、当代法国与法语地区叙事学的基本特征

1. 当代法国与法语地区叙事学在某些方面与国际叙事学发展保持了步调上的一致性,从文本走向了读者,从形式走向了情感,从审美走向了认识,从封闭走向了开放,而这些趋势又是彼此勾连,紧密相关的。

20世纪60—70年代确立与发展起来的法国叙事学是法国结构主义的重要组成部分,由于结构主义强调文本之外别无他物,因此这一时期的叙事学都围绕着叙事文本展开。20世纪70年代末、80年代初,结构主义受到质疑,强调读者主体性的接受美学、阐释学等理论相继被译介至法国,此前被结构主义研究忽略的作者、读

---

[1] John Pier, « Introduction », in John Pier (ed.), *Contemporary French and Francophone Narratology*, Columbus: The Ohio State University Press, 2020, p. 4.

者、语境等因素进入研究者视野,令研究领域得到拓展。瑞士学者巴罗尼指出,20世纪80年代以来,语用、情感、话语分析、认知等视角下进行的叙述研究也出现于法语学界[1]。例如从20世纪90年代开始,情感取向的叙事研究已在法国出现,代表作包括格雷马斯与雅克·丰塔尼耶(Jacques Fontanille)的《激情符号学》(*Sémiotique des passions* 1991)、丰塔尼耶与克劳德·齐尔伯格(Claude Zilberberg)的《张力与含义》(*Tension et signification* 1998)等;著名心理学家让-保罗·布隆卡尔(Jean-Paul Bronckart)从话语分析角度探讨过叙述张力对读者的影响(1985,1996);从认知视角来说,米歇尔·法约尔(Michel Fayol)在20世纪80年代就已探讨过叙事作品生成的认知模型(1985,1988),贝特朗·热尔韦(Bertrand Gervais)则在专著《叙事与行动:论一种阅读理论》(*Récits et actions: Pour une théorie de la lecture* 1990)中尝试在利科的预塑形(摹仿1)、人工智能研究、认知模型与叙事理论之间建立关联。

多种研究视角与途径的存在、多学科知识与方法的融合意味着当代法语叙事研究已不可能如第一代法国叙事学兴盛时期那般采取某种统一模型。一般认为第一代叙事学主要围绕故事/话语的二元对立,大体可分为叙事结构研究与叙事话语研究,贝特洛称前者为"主题叙事学",以布雷蒙、格雷马斯的研究为代表,称后者为"话语叙事学",以巴特、托多罗夫、热奈特的研究为代表[2],这两

---

[1] Cf. Raphaël Baroni, "Pragmatics in Classical French Narratology and Beyond", in John Pier (ed.), *Contemporary French and Francophone Narratology*, Columbus: The Ohio State University Press, 2020, pp. 23 - 27.

[2] 关于"主题叙事学"及下文的"话语叙事学",参见 Francis Berthelot, « Narratologie thématique et narratologie discursive: Le cas des transactions », in John Pier et Francis Berthelot(éd.), *Narratologies contemporaines*, Paris: Éditions des archives contemporaines, 2010, p. 75 - 89。

类研究分别又被安斯加尔·纽宁（Ansgar Nünning）称作"关注故事的叙事学（叙事的句法理论）"和"关注话语的叙事学"[①]。与第一代叙事学相比，当代法国及法语地区叙事学研究者的学术背景、理论与方法来源、研究对象都更为多元，跨学科研究的程度也更为深入。具体而言，巴罗尼在主题叙事学基础上进行的情节与叙述张力研究，贝特洛、拉沃卡结合虚构与叙事的研究，西尔维·帕特隆（Sylvie Patron）、拉巴泰尔、亚当等学者借助陈述语言学、篇章语言学与话语类型学等进行的叙述研究，舍费尔进行的认知叙事学研究，卡拉姆、伯努瓦·埃诺（Benoît Hennaut）针对戏剧与表演的叙事性展开的研究，格拉波茨借鉴叙述性概念进行的音乐研究等，都是近年来法国及法语地区叙事学研究取得的重要进展。

2. 对经典研究的继承、修正与发展。尽管从20世纪80年代开始，文学研究逐渐向外转，但形式研究的传统并没有被完全舍弃。一些法语学者在反思传统理论基础上不断开拓，取得了重要创新性成果。在这方面，瑞士新生代学者巴罗尼的研究颇具代表性。近年来，巴罗尼出版《叙述张力：悬念、好奇与意外》、《时间的作品》（L'Œuvre du temps 2009）、《情节的齿轮》（Les Rouages de l'intrigue 2017）等专著，提出了独特的情节诗学与叙述张力论。

巴罗尼对情节与叙述张力的研究"是通过与经典理论的建构性和批判性的对话"[②]完成的。在代表作《叙述张力：悬念、好奇与

[①] Cf. Ansgar Nünning, « Narratologie ou narratologies? Un état des lieux des développements récents: propositions pour de futurs usages du terme », in John Pier et Francis Berthelot (éd.), *Narratologies contemporaines*, Paris: Éditions des archives contemporaines, 2010, p. 33.

[②] 向征：《导读》，见拉斐尔·巴罗尼《叙述张力：悬念、好奇与意外》，向征译，北京：外语教学与研究出版社，2020年，第 viii 页。

意外》中，巴罗尼指出自己的"研究的野心在于从叙述张力角度——在我看来正是叙述张力构成了叙述的活力——来认识情节，从而更新对情节的认识"①。巴罗尼眼中有待更新的情节观主要体现于20世纪60—70年代的结构主义研究[列维-斯特劳斯、格雷马斯、约瑟夫·库尔泰(Joseph Courtés)、托多罗夫、布雷蒙、保罗·拉里瓦耶(Paul Larivaille)等人的成果]，在他看来，结构主义者倚重普罗普的民间故事序列研究，"将基本的叙述序列与行为的内在逻辑结合起来"②，过分关注行动在所述世界中展开的顺序，从而忽略了语言的诗性再现与"阐释者"的审美参与。换言之，结构主义者抽象出来的叙述序列过于理想化，无法应用于具体文本阐释，因为在实际创作中，情节编制总是受作者语言的影响，其对读者产生的吸引力也受读者本身的阐释能力影响。因此，传统研究"导致了对叙事的序列结构的思考，而未考虑情节编排，也就是说，未涉及言语互动的语境和这种文本塑形希望达到的诗学效果"③。

为弥合传统情节研究的缺陷，巴罗尼主张结合情节编制（诗学）与阐释者的阐释能力（认知、情感）两方面去研究叙述张力，并由此对叙事作品的情节进行了重新界定，指出情节或者说叙述序列涉及以下几个因素：以潜能形式存在的文本痕迹，具有阐释能力的读者，百科全书能力，融合文本与读者期待视野的叙述结构④。这一情节概念同时包含了文本策略、文本的情绪功能（制造悬念、

---

① Raphaël Baroni, *L'Œuvre du temps*, Paris: Seuil, 2009, p. 10.
② 拉斐尔·巴罗尼：《叙述张力：悬念、好奇与意外》，向征译，北京：外语教学与研究出版社，2020年，第39页。
③ 拉斐尔·巴罗尼：《叙述张力：悬念、好奇与意外》，向征译，北京：外语教学与研究出版社，2020年，第40页。
④ Raphaël Baroni, « Réticence de l'intrigue », in John Pier et Francis Berthelot (éd.), *Narratologies contemporaines*, Paris: Éditions des archives contemporaines, 2010, p. 199.

引发好奇)与阐释者的认识活动(预测与解谜)。如此一来,就不难理解为何巴罗尼强烈反对将叙事分割为语义角度理解的张力和结构角度理解的情节,并坚决主张"张力和情节不可分割地联系在一起,它们是从情绪视角和构成视角相互定义叙事的两个维度"①,而"这种'对话间性'的互动观念为经典叙事学理论通常的内在视野带来了重要修正"②。

对叙事作品制造悬念、好奇等情绪功能的讨论既是巴罗尼在情感与认知视角下取得的叙述研究新进展,同时也明显体现出托马舍夫斯基、巴特、托多罗夫等人的叙述研究的影响。不过,在新的语境下,对叙事作品叙述张力、情绪功能的关注体现出新的价值。舍费尔认为"巴罗尼著作的重要性在于:确定了核心问题,任何名副其实的叙事理论都必须能够提供令人信服的答案"③,这一核心问题便是:"是什么促使我们写作、聆听、阅读或浏览叙事作品?"④如果说在尚受经典叙事学影响的时期,巴罗尼对引人入胜的情节及其人类学功能的强调没有引发过多关注,那么这一研究视角在今日似乎尤其契合某种主流研究趋势,也就是修辞叙事学的勃兴以及对文学表演功能的反思与宣扬。这也是为什么巴罗尼会在之后"感到自己成了一个大多数人都讲英语的大家庭的成员"⑤,

---

① 拉斐尔·巴罗尼:《叙述张力:悬念、好奇与意外》,向征译,北京:外语教学与研究出版社,2020年,第34页。
② 舍费尔:《前言》,见拉斐尔·巴罗尼《叙述张力:悬念、好奇与意外》,向征译,北京:外语教学与研究出版社,2020年,第3页。
③ 舍费尔:《前言》,见拉斐尔·巴罗尼《叙述张力:悬念、好奇与意外》,向征译,北京:外语教学与研究出版社,2020年,第2页。
④ 舍费尔:《前言》,见拉斐尔·巴罗尼《叙述张力:悬念、好奇与意外》,向征译,北京:外语教学与研究出版社,2020年,第1—2页。
⑤ Raphaël Baroni, "Pragmatics in Classical French Narratology and Beyond", in John Pier (ed.), *Contemporary French and Francophone Narratology*, Columbus: The Ohio State University Press, 2020, pp. 11-12.

也就是成了后经典叙事学研究者。

3. 对语言学理论资源的借用。叙事学的确立与语言学有密不可分的关系,可以说没有对索绪尔、耶姆斯莱夫、维戈·布龙达尔(Viggo Brøndal)、雅各布森等人的语言学理论的借鉴,就不可能出现结构主义叙事学。在英语世界及斯堪的纳维亚国家的研究向"后经典叙事学"转向时,法国及法语地区叙事学仍然将语言学作为重要理论资源,并产生了颇具特色的叙述研究。皮尔在为《当代法国与法语地区叙事学》一书撰写的《话语分析与叙事理论》一文中指出,"自20世纪60年代末产生以来,法国话语分析引入了一系列启示、概念与分析实践,值得我们对其进行考察"[1],而话语分析的启发尤其通过基于陈述语言学、篇章语言学和话语类型学等的叙述研究体现出来。

借鉴陈述语言学进行的研究主要体现于洛朗·达能-布瓦洛(Laurent Danon-Boileau)、勒内·里瓦拉(René Rivara)、拉巴泰尔三位学者的论著中。"陈述叙事学"(Narratologie énonciative)这一术语本身由里瓦拉(2000)提出[2],认为"叙述是一种特殊的陈述类型,应将其当作一种特殊的陈述类型加以研究"[3],每一次叙述均"体现一个完全特殊的陈述情境,并动用一个限制与功能系统,文

---

[1] John Pier, "Discourse Analysis and Narrative Theory", in John Pier (ed.), *Contemporary French and Francophone Narratology*, Columbus: The Ohio State University Press, 2020, pp. 110 - 111.

[2] 在《叙事话语》中,热奈特实际上已涉及这个问题,例如他指出:"我们知道,语言学经过一段时间之后才着手阐述本韦尼斯特称作的言语中的主观性,即从分析句子过渡到分析句子与产生这些句子的主体(今天称为陈述行为)之间的关系。"(热拉尔·热奈特:《叙事话语 新叙事话语》,王文融译,北京:中国社会科学出版社,1990年,第147页。)此外,应当指出的是,达能-布瓦洛并没有提出"陈述叙事学"这一术语,拉巴泰尔则有意识区分了"陈述叙事学"与"叙述现象陈述分析"(2010),指出更倾向于后一个术语,以强调自己的研究对热奈特式叙事学的质疑。

[3] René Rivara, *La langue du récit: Introduction à la narratologie énonciative*, Paris: L'Harmattan, 2000, p. 312.

学叙述者即在这个系统内活动"[1]。将叙述视作特殊陈述类型,即意味着肯定某个叙述总是产生于特定时空,有具体的说话者,因此强调陈述情境,格外关注人称、时态、指示词问题,并根据这些因素以及是否有直接的受话者来判定不同的叙述类型。陈述叙事学格外关注叙述者问题,并在叙述者视点研究方面取得了重要成果。

借鉴篇章语言学与话语类型学的叙述研究尤以法国学者亚当的成果为代表,亚当恰恰将其研究称作"篇章与话语叙事学"(narratologie textuelle et discursive)[2]。皮尔认为,亚当等学者借鉴话语分析理论与方法进行的叙述研究从某种意义上说可被视为法语学界内进行的后经典叙事学研究[3],因为"话语分析位于人文科学尤其语言学、社会学与心理学的交汇点"[4]。此外,与陈述叙事学相同的是,篇章与话语叙事学同样强调语境的重要性。在篇章语言学与话语类型学启示下,亚当的研究关注篇章内部同质片段的性质和功能与不同质片段之间的衔接问题,以及不同布局带来的诗学与阐释学价值。这些同质的片段被亚当称作"序列"(séquence),他尤其对其中的叙述序列及其叙述性予以长期关注,主张结合话语类型研究叙述序列的叙述性,同时也十分关注叙述序列的语用方面,探讨了叙述序列对受众产生吸引力与施加作用力的情节编

---

[1] René Rivara, *La langue du récit: Introduction à la narratologie énonciative*, Paris: L'Harmattan, 2000, p. 21.

[2] Jean-Michel Adam, *Genres de récit: narrativité et généricité des textes*, Louvain-la-Neuve: Harmattan-Academia, 2011, p. 49.

[3] Cf. John Pier, "Is There a French Postclassical Narratology?", in Greta Olson (ed.), *Current Trends in Narratology*, Berlin & New York: Walter de Gruyter, 2011, pp. 349 – 350.

[4] John Pier, "Is There a French Postclassical Narratology?", in Greta Olson (ed.), *Current Trends in Narratology*, Berlin & New York: Walter de Gruyter, 2011, pp. 351.

制机制。巴罗尼由此认为,"篇章语言学对叙述形式分析的最毋庸置疑的贡献,在于其改进了由俄国形式主义者初步设想(普罗普1970)、后得到结构主义符号学与叙事学研究者(格雷马斯 1970;布雷蒙 1973;拉里瓦耶 1974)推广的叙述序列模式"[1]。

除了借鉴陈述语言学、篇章语言学、话语分析理论进行的叙述研究,还有帕特隆整合陈述语言学、转换生成语法等语言学资源所提出的"叙述的诗学理论"。帕特隆聚焦叙事中的叙述者,借鉴汉伯格、黑田成幸(Y.-S. Kuroda)、安·班菲尔德(Ann Banfield)及纽约州立大学布法罗分校一批认知学者的语言及叙述理论,提出了独特的叙述者观,有别于以热奈特开创的叙事学为代表的"泛交际主义"观点,指出并非一切叙事均是交际行为,并非一切叙事都有叙述者。帕特隆将自己的研究命名为叙事的非交际或诗学理论,从新的视角出发尝试厘清叙事及叙述者概念,坚持从语言形式层面寻找叙事分析依据,在拓展叙事研究方法、丰富叙事研究内涵、促进叙事研究严谨性等方面做出了贡献。

4. 尽管存在多元视角与研究途径,法国及法语地区叙事学似乎对"经典叙事学"与"后经典叙事学"的区分并不敏感,这一点不同于美国、德国、斯堪的纳维亚国家的研究。

尽管我们提到巴罗尼等学者的后经典叙事学研究倾向,但皮尔认为,"20 世纪 90 年代,伴随后经典叙事学的兴起,在美国、德国及随后在斯堪的纳维亚国家产生的新的研究方向对法国几乎没有什么影响,法国这一时期的叙事学更多延续了结构主义路径,而与

---

[1] Raphaël Baroni, « La séquence? Quelle séquence? Retour sur quelques usages littéraires de la linguistique textuelle », *Poétique*, n° 188, 2020 (2), p. 263.

叙事学研究新趋势体现的范式转型无关"①。他甚至撰写《法语后经典叙事学存在吗?》("Is There a French Postclassical Narratology?") 文,强调不应用经典与后经典的区分来观察法语世界叙事学的发展,指出"尽管法国叙事学目前也讨论后经典叙事学所关注的一些问题,但如果用完全相同的术语来描述它们,未免显得差强人意"②。法国叙事学研究现状也促使拉沃卡断言,"后经典叙事学从未真正在法语国家扎根,导致叙事学在此继续被与结构主义联系在一起,人们对其更为新进的发展的认识十分有限"③。

不过,情况似乎要更为复杂一些。一般认为经典与后经典叙事学的区别之 在于前者以文本为中心,后者以语境为中心,但皮尔指出,"法国的语篇分析由于关注的是所有社会领域的话语,因此没有过快在文本和语境之间设置界限。实际上,从其起源看,这种方法是语境导向的,并在后经典叙事学出现之前就已存在。这一事实似乎并未引起很多叙事理论家的注意"④。换言之,法国学界其实很早就关注叙事文与语境的关系,只不过这一研究往往在"话语分析"领域内进行,因此没有吸引叙事学界的关注。这一现状可以说与法国大学和研究机构的系科设置、文学与其他学科之间的壁垒、文学学科本身的特色和研究传统等因素密不可分。例

---

① John Pier, "Introduction", in John Pier (ed.), *Contemporary French and Francophone Narratology*, Columbus: The Ohio State University Press, 2020, pp. 1-2.

② John Pier:《关于经典叙事学和后经典叙事学的若干思考》,龙娟、尚必武译,《外语与外语教学》2012年第1期,第82页。

③ Françoise Lavocat, "Policing Literary Theory: Toward a Collaborative Ethics of Research?", in John Pier (ed.), *Contemporary French and Francophone Narratology*, Columbus: The Ohio State University Press, 2020, p. 212.

④ John Pier, "Discourse Analysis and Narrative Theory", in John Pier (ed.), *Contemporary French and Francophone Narratology*, Columbus: The Ohio State University Press, 2020, p. 112.

如，利科在1985年出版的《时间与叙事》第三卷《被讲述的时间》中探讨了摹仿Ⅲ也就是"再塑形能力"①，涉及读者在阅读过程中对时间的体验与重构。然而，这一在哲学学科内部，从现象学与阐释学角度进行的研究并没有引发法国叙事学的范式转型，也没有对之后出现的后经典叙事学产生多大影响，反而"一定程度上在法国学界引发某种更为普遍的倾向，促进了非叙事学途径的发展以及在文学学科外部对叙事进行的反思"②。

巴罗尼也曾论及法国学者对语境的关注，并提出了一个颇为新颖的假设。他首先指出，在所谓的经典叙事学阶段，结构主义叙事学的核心学者——巴特、布雷蒙、热奈特、托多罗夫等人已在自己的理论中提到文本与读者的互动。以《S/Z》对"阐释符码"的论述为例，在巴特的定义中，阐释符码"允许我们重建一度被新批评遮蔽的文本构成与其阐释之间的关联，因为阐释者的'期待'界定叙述序列的基本链接"③，因此"阐释符码似乎对应着一种因好奇和'谜底揭晓'而达到极致的情节活力"④。巴罗尼由此看到巴特的论述对他本人所建构的、强调阐释者主观能动性的叙述张力论的启发。《文之悦》等著作同样如此。因此巴罗尼肯定"巴特的最大贡献在于，他不仅强调被再现行为发展的重要性，而且强调组织情节之谜题的重要性，也就是说，在文字上产生、在策略上保持、最终通

---

① Paul Ricoeur, *Temps et récit*, t. Ⅲ, Paris: Seuil, 1985, p. 9.

② John Pier, "Is There a French Postclassical Narratology?", in Greta Olson (ed.), *Current Trends in Narratology*, Berlin & New York: Walter de Gruyter, 2011, p. 345.

③ 拉斐尔·巴罗尼：《叙述张力：悬念、好奇与意外》，向征译，北京：外语教学与研究出版社，2020年，第50页。

④ 拉斐尔·巴罗尼：《叙述张力：悬念、好奇与意外》，向征译，北京：外语教学与研究出版社，2020年，第51页。

过叙述解决的不确定性"[①]。结构主义者之所以没有对叙事的这一语用维度展开研究,巴罗尼认为原因"不仅仅是认识论层面的,而且还是——可能更为深刻或更为无意识——意识形态与美学层面的"[②]:情节的吸引力被这些学者视为商业文学或旧文学的特征,自然而然遭到了作为新小说或先锋文学推手的结构主义者的排斥或忽略。反过来,由于英美学者不会将商业成功与作品本身的品质割裂开来看,因此语用学与修辞学研究在英美学者中尤其盛行。

因此,问题与其说在于争论法语学界有没有形成后经典叙事学研究,不如说在于是否要用经典/后经典的二元对立视角去看待当代法语叙事学。诚如皮尔所言,"在调查是否存在严格意义上的法语后经典叙事学之前,应该注意到后经典叙事学这一概念本身是在一个很大程度上受英语学术圈影响的语境中被提出来的,很少有法语叙述理论家会从类似的术语角度来理解自己的研究。促进具有后经典叙事学特征的范式扩张与增加的学术进步并不完全为法语学者所熟悉,或者说法语学者是从其他角度考察问题的"[③]。从这个意义上说,指责法国或其他国家后经典叙事学研究不发达,实际上是以普遍性之名抹杀学术研究与具体时空的紧密关联。就法国与法语地区叙事学而言,确实存在与时空紧密关联的特点,需要我们在下文中进行深入探究。

[①] 拉斐尔·巴罗尼:《叙述张力:悬念、好奇与意外》,向征译,北京:外语教学与研究出版社,2020年,第49—50页。

[②] Raphaël Baroni, "Pragmatics in Classical French Narratology and Beyond", in John Pier (ed.), *Contemporary French and Francophone Narratology*, Columbus: The Ohio State University Press, 2020, p. 22.

[③] John Pier, "Is There a French Postclassical Narratology?", in Greta Olson (ed.), *Current Trends in Narratology*, Berlin & New York: Walter de Gruyter, 2011, p. 338.

第二节　语言学与叙事研究

一、帕特隆及其叙事诗学理论

上文已提到,法国学者帕特隆围绕叙述者问题,提出了独特的"叙述的诗学理论"。叙述者是叙事学的重要研究对象。在法国,20世纪60—70年代确立并发展起来的叙事学为之后几十年的叙述者研究奠定了基本模式,形成了一种之后被称为"泛交际主义"的叙述者观,认为一切叙事都是语言交际行为,都有叙述者和受述者。这一叙述者观似乎已成一种共识。面对"泛交际主义"共识,帕特隆针锋相对地指出,叙述者并非叙事的必备要素,交际模式并非叙事的唯一模式,由热奈特开创的叙事学也并非研究叙事的唯一途径。帕特隆的论著出版后迅速引起学界关注,引发了不少讨论甚至争议,有望成为今日叙事理论发展的一个新增长点。

1. 经典叙事学视阈下的传统"叙述者"观

作为文学批评语汇的"叙述者"一词在19世纪就已出现,例如巴尔扎克在《幽谷百合》1836年版前言中指出,为制造真实效果,作家常会创造一个人物为其代言,巴尔扎克将这个代言人称作"叙述者"(narrateur),并提醒读者,哪怕此代言人在作品中自称"我",也不要将其与作者混淆[1]。但真正令"叙述者"成为一个成熟批评术语的还是今日被称作经典叙事学的研究,在法国尤以罗兰·巴特、托多罗夫、热奈特[2]等人的成果为代表。

---

[1] Honoré de Balzac, « Préface », in Honoré de Balzac, *Le lys dans la vallée*, Bruxelles: Ad. Wahlen, 1836, p. Ⅵ.

[2] 参见巴特《叙事作品结构分析导论》(1966)、托多罗夫《文学叙事的范畴》(1966)、《诗学》(1968)、《〈十日谈〉的语法》(1969)、热奈特《叙事的边界》(1966)、《叙事话语》(1972)、《新叙事话语》(1983)、《虚构与话语》(1991)等论著或论文。

无论是巴特还是托多罗夫,都在最早期的叙事学论文中肯定了"叙述者"在叙事之中的在场。例如巴特在《叙事作品结构分析导论》一文中提到:"正如叙事作品内部有一个大的(分布于施惠者和受惠者之间的)交换功能一样,叙事作品作为客体也是交际的关键:有一个叙事作品的授者,有一个叙事作品的受者。"[1] 托多罗夫也在《文学叙事的范畴》一文中提出:"从最广泛的角度看,文学作品包含两个方面:它同时是一个故事和一种话语。它是故事〔……〕但它同时也是话语,因为存在一个讲故事的叙述者,面对叙述者,还有一个接收故事的读者。"[2]

这样一种叙述者观可以说是一种"泛交际主义"观念,它在20世纪60年代的出现与俄国形式主义者、雅各布森、本伍尼斯特等人对当时法国学界的影响密不可分。雅各布森的《普通语言学论文集》法译本在1963年出版,为20世纪60年代的法国学界带来一场思想革命。在文集中,雅各布森提出了自己的语言交际理论,构筑了语言六功能模型,其中信息的发出者与接受者是模型的基本组成部分。本伍尼斯特在1966年出版《普通语言学问题》,在其中提出影响深远的一组概念划分,即"历史"(histoire)与"话语"(discours)的区分,并对"话语"做了如下界定:"我们应当从最宽泛的角度去理解话语:一切陈述(énonciation)都假设存在一个说话者(locuteur)和一个听话者(auditeur),并且前者总是意图以某种方式去影响后者。"[3]

---

[1] 罗兰·巴特:《叙事作品结构分析导论》,张寅德译,见张寅德编选《叙述学研究》,北京:中国社会科学出版社,1989年,第28页。

[2] Tzvetan Todorov, « Les catégories du récit littéraire », *Communications*, n° 8, 1966, p. 126.

[3] Émile Benveniste, *Problèmes de linguistique générale*, t. 1, Paris: Seuil, 1966, p. 241-242.

热奈特对上述学者的理论兼收并蓄,最终将叙事学确立并发扬光大,他所提出的概念与方法为后人的研究奠定了基础,其中就包括他在《叙事话语》和《新叙事话语》中确立的叙述者研究方法。对于叙述者,热奈特的态度十分明确:"《叙事话语》从标题开始主要以这个陈述主体的假定为基础,这就是叙述连同它的叙述者和受述者,他们无论虚构与否,有无表现,沉默抑或多嘴,始终出现在我所认为的(我因此感到害怕的)联络行动(acte de communication)中［……］在最简洁的叙事中也有人和我谈话,给我讲故事,邀请我听他怎么讲,这一邀请,信任或压力,构成不可否认的叙述态度和叙述者的态度［……］"①

任何叙事都有叙述者,叙述者与受述者处于联络(即交际)行动中。这样的观点并非热奈特独有,它是很多叙事学者的共识,即使热奈特部分观点与方法在近年来受到质疑与修正,叙述者本身的存在并没有受到动摇。在这一背景下,帕特隆一反传统观念,指出"叙述者已死",一时间引发诸多讨论,为叙事学研究注入了新的活力。

2. 帕特隆叙事诗学理论(théories poétiques du récit)②基本观点

帕特隆的代表作包括《叙述者:叙事理论导论》(*Le narrateur: Introduction à la théorie narrative* 2009)、《叙述者之死》(*La mort du narrateur et autres essais* 2015)等。《叙述者:叙事理论导论》梳理了当代西方叙事学涉及叙述者的代表性成果,并将其分为两类:

---

① 热拉尔·热奈特:《叙事话语 新叙事话语》,王文融译,北京:中国社会科学出版社,1990年,第251页。

② 帕特隆有时也完整地将这一理论称作"叙事的非交际或诗学理论"(théories non communicationnelles ou poétiques du récit)(*Le narrateur*, p. 22; *La mort du narrateur*, p. 10),考虑到行文简洁,也为与热奈特、托多罗夫等学者进行的叙事诗学研究相区别,本书用"叙事诗学理论"来指称帕特隆的研究。

一类为"叙事的交际理论或曰所有叙事中皆有叙述者"[1],包括热奈特、卢博米尔·多勒泽尔(Lubomír Doležel)、西摩·查特曼(Seymour Chatman)、弗朗斯·K. 斯坦泽尔(Franz K. Stanzel)、莫妮卡·弗鲁德尼克(Monika Fludernik)和纽宁等人的研究;另一类是"叙事的诗学理论或曰可选的叙述者"[2],包括德国学者汉伯格、日裔学者黑田成幸、美国学者班菲尔德的研究,以及纽约州立大学布法罗分校一批认知学者提出的"指示转移理论"(deictic shift theory)。帕特隆将重心放在第二部分,意欲探讨"所谓'无叙述者叙事'(récit sans narrateur)在叙事学之外的叙述理论中的实在性及地位"[3],她所援引的叙述理论奠定了她本人叙述者研究的基础。帕特隆的研究有两个基本观点,以下我们将分别进行阐述。

(1)"并非所有叙事都是交际活动"

帕特隆叙述者研究的第一个观点认为,并非所有叙事都是交际活动,从更广泛意义上说,并非所有言语活动都是交际。事实上,对叙事持交际观点的研究者通常认为语言本身即一种交际行为。帕特隆借助四种理论从不同角度对这一观点进行了反驳。首先是德国学者汉伯格的观点,在《文学的逻辑》(*Die Logik der Dichtung*)[4]中,汉伯格从逻辑-语言学视角出发,探讨了包括虚构叙述(fiktionale Erzählen)在内的文类的区别性特性。汉伯格认为并非一切语言现象都是交际行为,交际/会话情景涉及话语发出者

---

[1] Sylvie Patron, *Le narrateur: Introduction à la théorie narrative*, Paris: Armand Colin, 2009, p. 5.

[2] Sylvie Patron, *Le narrateur: Introduction à la théorie narrative*, Paris: Armand Colin, 2009, p. 5.

[3] Sylvie Patron, *Le narrateur: Introduction à la théorie narrative*, Paris: Armand Colin, 2009, p. 11.

[4] 本书参考的是法译本,考虑到信息准确性,在涉及书名及个别关键词时仍依据德语原著。

与接受者之间的关系，这一关系只存在于少数语言现象中，而语言结构所涉及的陈述主体与陈述内容这一对主客体关系才是语言最根本的关系，它关乎语言与现实的关系。从陈述主客体关系出发，汉伯格对语言行为进行了区分，将其分为陈述、虚构叙述和有别于这两者的混合类型。在陈述行动中，客体外在于并先于主体存在，陈述是陈述者对业已发生的客观事件的汇报；虚构叙述则"不能摆脱对它的叙述而独立存在，它是叙述行动的产物"①。陈述、虚构、混合类型构成了汉伯格区分出的文学三类型，抒情诗、第三人称虚构叙事和第一人称虚构叙事分属这三种类型。

帕特隆的第二个理论来源是黑田成幸，鲁威认为"黑田成幸关于叙述理论的研究[……]为澄清语言与交际之间的关系奠定了基础"②。黑田指出，如果话语属于交际行为，那么"叙述不同于话语，也不从属于话语"③。这一论断主要依据的是他对语言功能的认识。他将语言功能分为"客观功能"（objective function）、"客观化功能"（objectifying function）与"交际功能"（communicative function）。这三大功能地位有别，客观功能是语言最基本的功能，"客观功能构成客观化功能的基础，客观化功能又构成交际功能的支撑"④。客观功能，也就是读者或听者理解语言信息之意义的功能，由此便构成交际功能的必要不充分条件，句子可能只是对事物状

---

① Käte Hamburger, *Logique des genres littéraires*, trad. Olivier Cadiot, Paris: Seuil, 1986, p. 126.
② 转引自 Sylvie Patron, "Introduction", in Sylvie Patron (ed.), *Toward a Poetic Theory of Narration*, Berlin & Boston: De Gruyter, 2014, p. 1。
③ Y.-S. Kuroda, "On Grammar and Narration", in Sylvie Patron (ed.), *Toward a Poetic Theory of Narration*, Berlin & Boston: De Gruyter, 2014, p. 68.
④ Y.-S. Kuroda, "Some Thoughts on the Foundations of the Theory of Language Use", in Sylvie Patron (ed.), *Toward a Poetic Theory of Narration*, Berlin & Boston: De Gruyter, 2014, p. 111.

况的陈述,并不一定是论断,也无意推动接受者做出预期反应。从语言功能与叙事关系看,黑田认为无叙述者的人物视点叙事主要征用语言的客观功能,而有叙述者的叙事相对复杂一些,因为叙述者的存在,从虚构世界看,句子具有交际功能,但从现实世界看,句子具备的仍然是客观功能,"否则读者就会将故事当作发送给他的私人信息"[1]。

帕特隆的第三个理论来源是班菲尔德的研究。实际上,根据帕特隆本人的说法,《叙述者:叙事理论导论》一书的诞生首先是为了反驳热奈特对班菲尔德著作《无法说出的句子》(*Unspeakable Sentences*)的不公正批评[2]。班菲尔德在此书中的出发点也是对某种"泛交际主义"语言观的驳斥,她借乔姆斯基转换生成语法,同时结合汉伯格、本伍尼斯特、黑田成幸等人的学说,在语言中区分了话语与叙述,并指出只有话语才指向交际语境,而叙述因缺乏无主体命令式、直接呼吁、特殊发音标记、面向受话者的副词、现在时、第二人称等六大特征[3],也即缺乏或显或隐的"你"及"我-你"关系,而不具备交际性质与功能,都是"无法说出的句子"。班菲尔德探讨的尽管是句子的特征,但她选用的语料都出自叙述性虚构(narrative fiction),因为"正是在叙述性虚构的语言中,文学最大程度地偏离了普通话语,偏离了后者的某些功能,叙述揭示出,这些功能与语言本身是可以分离的。在叙述中,我们可以研究语言本

---

[1] Y.-S. Kuroda, "On Grammar and Narration", in Sylvie Patron (ed.), *Toward a Poetic Theory of Narration*, Berlin & Boston: De Gruyter, 2014, p. 60.

[2] Sylvie Patron, *Le narrateur: Introduction à la théorie narrative*, Paris: Armand Colin, 2009, p. 9 - 11.

[3] Ann Banfield, *Unspeakable Sentences: Narration and Representation in the Language of Fiction*, Boston, London, Melbourne & Henley: Routledge & Kegan Paul, 1982, pp. 113 - 119.

身,而不再将其视作交际符号的体系"①。

帕特隆的第四个理论来源是"指示转移理论",该理论明确表达了对汉伯格、黑田成幸和班菲尔德学说的继承,因而对叙事与叙述者的谈论与这三位学者非常相似,只不过它关注的焦点是指示词。指示转移理论研究遵循七条原则,其中第三和第四条原则分别是"说话者-听话者模式并非假定模式"②,"叙事的第一认识论并非有关论断(assertion)的认识论"③。指示转移理论研究者认为,交际模式中起作用的是有关论断的认识论,说话者下论断,听话者自行判断论断正误,但"这并非虚构叙事的情况,因为虚构中的客观句必须被接受为真,即使我们知道它们是假的"④。换言之,虚构叙事的读者需要抛开客观世界真值判断原则,根据另一种认识论来理解虚构世界,指示转移理论即旨在借助指示词,从认知科学角度来构建这种新的虚构叙事认识论。

帕特隆梳理的上述四种理论尽管存在差异,但它们的共同点在于没有将全部叙事作品视作无内在差别的统一整体,也反对将叙事一律视作交际行为。它们首先依据语言特征在叙事作品内部进行了划分,之后才具体问题具体讨论,它们因这一做法而与占主

---

① Ann Banfield, *Unspeakable Sentences: Narration and Representation in the Language of Fiction*, Boston, London, Melbourne & Henley: Routledge & Kegan Paul, 1982, p. 10.

② Erwin M. Segal, "Narrative Comprehension and the Role of Deictic Shift Theory", in Judith F. Duchan, Gail A. Bruder & Lynne E. Hewitt (eds.), *Deixis in Narrative*, New York & London: Routledge, 2009, p. 16.

③ Erwin M. Segal, "Narrative Comprehension and the Role of Deictic Shift Theory", in Judith F. Duchan, Gail A. Bruder & Lynne E. Hewitt (eds.), *Deixis in Narrative*, New York & London: Routledge, 2009, p. 17.

④ Erwin M. Segal, "Narrative Comprehension and the Role of Deictic Shift Theory", in Judith F. Duchan, Gail A. Bruder & Lynne E. Hewitt (eds.), *Deixis in Narrative*, New York & London: Routledge, 2009, p. 17.

流地位的叙事学拉开了距离。

（2）"并非所有叙事都有叙述者"

叙事内部差异及非交际视角促使同一批研究者认为,要判定叙事是否具有叙述者,首先应对言语活动或文本类型进行区分。例如从汉伯格的理论来看,在陈述中,只有真实的陈述主体,不可能出现叙述者。在陈述以外,"只有作者和他的叙述。我们无法谈论虚构叙述者,除非作者'创造'了这个叙述者,在上文提到的例子中,这个叙述者是第一人称叙述者"①。这个论断区分了两种文学类型,一种是虚构叙述(或叙述性虚构,或虚构,这三者对汉伯格来说是一回事),相当于传统所谓的第三人称叙事,此时汉伯格强调的是叙述功能,多次指出"虚构并不是由某个叙述者构建,而是由叙述功能构建"②,因而虚构叙述中没有叙述者。另一种是传统所谓的第一人称叙事,属于汉伯格意义上的混合类型,因有叙述者"我",形似陈述,又被汉伯格称作"伪现实陈述"（énoncé de réalité feint）③。总之,尽管作为一位前热奈特学者,汉伯格视野中的"叙述者"是一个作用有限且指代不明的词,但她对叙述者的谈论有两个较为一贯的观点：一是第三人称叙事没有叙述者,二是"从术语角度看,叙述者概念只适用于第一人称叙事"④。

黑田成幸将叙事分为报告风格（reportive style）和非报告风格（non-reportive style）两种,前者是"第一人称故事,以及有一个中

---

① Käte Hamburger, *Logique des genres littéraires*, trad. Olivier Cadiot, Paris: Seuil, 1986, p. 128.
② Käte Hamburger, *Logique des genres littéraires*, trad. Olivier Cadiot, Paris: Seuil, 1986, p. 279.
③ Käte Hamburger, *Logique des genres littéraires*, trad. Olivier Cadiot, Paris: Seuil, 1986, p. 274.
④ Käte Hamburger, *Logique des genres littéraires*, trad. Olivier Cadiot, Paris: Seuil, 1986, p. 279.

性或隐身叙述者的非第一人称故事"①,此类叙事拥有一个讲故事的声音,或是故事中的人物"我",或是处于故事外的某个隐身叙述者。非报告风格叙事没有叙述者,黑田又称其为视点(point of view)或多视点(multiple points of view)第三人称叙事,因为某些句子从语法角度看只能认为是从人物视角出发的叙述,"任何情况下都无法将其理解为某个'隐身'叙述者的转述。如果故事中有这样的句子,我们就无法运用风格变奏的方法,将故事转变成第一人称故事"②。换言之,此类叙事中只存在不停变换的人物视角,而不存在某个或显或隐的叙述者。对叙事风格及叙述者的讨论也吻合黑田对语言三大功能的认识。

班菲尔德从对引语的分析出发,将叙述性虚构分为三类,包括自由间接引语——用她的术语说是"被再现的话语和思想"(represented speech and thought)、纯粹叙述(pure narration)和表现自发意识(spontaneous consciousness)的叙述。纯粹叙述在班菲尔德看来等同于本伍尼斯特的"历史",它不体现主体性,因而也谈不上有叙述者。班菲尔德最重要的贡献在于对自由间接引语的分析。这种风格为叙事作品所独有,并大量存在于现当代文学中。班菲尔德指出,在自由间接引语中,引语可以直接再现被引对象的话语与思想,且引语中出现的具主观色彩的词语与结构都应被视作与被引对象有关。班菲尔德将此原则称作"一个表达一个自我"(1E/1SELF)原则。换言之,在自由间接引语构成的叙述中,一个完整

---

① Y.-S. Kuroda, "Where Epistemology, Style, and Grammar Meet: A Case Study from Japanese", in Sylvie Patron (ed.), *Toward a Poetic Theory of Narration*, Berlin & Boston: De Gruyter, 2014, p. 47.

② Y.-S. Kuroda, "Where Epistemology, Style, and Grammar Meet: A Case Study from Japanese", in Sylvie Patron (ed.), *Toward a Poetic Theory of Narration*, Berlin & Boston: De Gruyter, 2014, p. 49.

的主观表达只可能与一个人物话语或意识相对应,或者属于第一人称说话者,或者属于第三人称人物,在后一种情况下,不存在一个隐身的"叙述者",只有人物被再现的话语与思想。

黑田指出,是经验而非逻辑促使人们认定人类语言必然具有交际性。班菲尔德也指出,为一切叙事想象一个叙述者,这或许是一种深受新批评理论影响的文本统一性观点在作祟。过去统一文本的是作者,但自作者被新批评理论驱逐后,他的全部责任便都落到叙述者身上,因此一切只是术语问题,而非认识问题。帕特隆由是总结:"面对'谁在说话?'这一问题,'非交际'理论的回答是,在某些虚构叙事中,没有人说话——或者更确切地说,这个问题不应被提出来,它完全没有针对性。"①

3. 叙事诗学理论的价值

由上述分析可知,奠基于交际理论的叙事学不适用于分析一切叙事,分析某些不具备交际模式及叙述者的叙事需要借助其他理论,黑田提出"叙述诗学理论"(poetic theory of narration)②的说法,帕特隆进一步将这一理论命名为叙事的非交际或诗学理论。我们认为这一理论主要具备以下两方面价值。

(1)有助于厘清关键概念的源流与内涵。帕特隆考证了具备现代意义的"叙述者"在西方著作中出现的时间,将英国作家安娜·利蒂西娅·巴鲍德(Anna Laetitia Barbauld)视作现代叙述者观的提出者③,这一论断的前提是帕特隆本人对叙述者有清晰稳定

---

① Sylvie Patron, *Le narrateur: Introduction à la théorie narrative*, Paris: Armand Colin, 2009, p. 24.

② Y.-S. Kuroda, "Reflections on the Foundations of Narrative Theory", in Sylvie Patron (ed.), *Toward a Poetic Theory of Narration*, Berlin & Boston: De Gruyter, 2014, p. 93.

③ Sylvie Patron, *Le narrateur: Introduction à la théorie narrative*, Paris: Armand Colin, 2009, p. 14.

的认识。实际上，叙述者概念也是帕特隆批判传统观念及经典叙事学的切入点。在她看来，"传统观念[……]最主要的缺陷在于，它们没有用逻辑语汇来区分两个'讲述行动'(acte de raconter)：一个是虚构叙述者的讲述行动，另一个是虚构叙事作者的讲述行动"①。虚构叙述者讲述的事件和行动与叙述者同属一个虚构世界；作者的讲述则"意味着通过叙事作品的形式呈现一些事件或行动，后者无法独立存在于叙述之外，是叙述的结果"②——我们联想到汉伯格提出的叙述功能。这种混淆也体现于托多罗夫、热奈特、多勒泽尔、查特曼等人的叙事学研究中。此外，叙事学还存在将叙述者与人物甚至与叙事机制混为一谈的倾向。换言之，经典叙事学赋予了叙述者太多自相矛盾的功能，帕特隆归纳出十种，并宣称她本人"严重怀疑叙述者概念是否能同时承担交际派理论家试图赋予它的全部责任"③。

相比之下，叙事诗学理论对叙述者的界定就清晰得多，帕特隆本人将叙述者界定为"第一人称虚构叙事中的叙述者，拥有虚构的性别与类别，以及一种虚构的心理或认知活动"④，克服了"交际派理论中存在的主要逻辑或认识论缺陷"⑤。从叙事诗学理论角度去理解叙述者概念至少有两方面的益处。一方面，叙事研究得以抛开"第三人称叙述者""全知全能叙述者""不可靠叙述者"等较为含

---

① Sylvie Patron, *Le narrateur: Introduction à la théorie narrative*, Paris: Armand Colin, 2009, p. 14.

② Sylvie Patron, *Le narrateur: Introduction à la théorie narrative*, Paris: Armand Colin, 2009, p. 14 – 15.

③ Sylvie Patron, *Le narrateur: Introduction à la théorie narrative*, Paris: Armand Colin, 2009, p. 255.

④ Sylvie Patron, *Le narrateur: Introduction à la théorie narrative*, Paris: Armand Colin, 2009, p. 256.

⑤ Sylvie Patron, *Le narrateur: Introduction à la théorie narrative*, Paris: Armand Colin, 2009, p. 257.

混的概念,对某些叙事文进行更为有效的分析;另一方面,叙事诗学理论认为第三人称虚构叙事不存在叙述者,如此一来,原本由叙述者承担的功能——特别是文本的创造与叙事的组织功能——便重新落到作者身上。例如,热奈特指出叙述者"既是叙事的材料来源、担保人和组织者,又是分析评论员、文体家[……]特别是[……]'隐喻'的创造者"①,但从叙事诗学理论角度看,将"文体家""'隐喻'的创造者"理解为作者而非叙述者更为合理。20世纪被逐步请出文本的作者又重新回到批评视野中。

(2) 提供了一种叙事研究新视角。自叙事学创立以来,交际理论在叙事研究中始终占主导地位。近年来,已有研究者意识到经典叙事学中存在的问题,这些问题在随后发展起来的"后经典叙事学"中并没能得到很好的解决,因为不少"后经典"研究仍奠基于交际理论。在帕特隆看来,更合理的做法是提出一种立足点完全不同的理论作为补充。实际上,帕特隆一派的学者甚至认为非交际或诗学理论具备更多优势:一方面因为"诗学理论也包含了一种叙述的交际理论,这使它同样适用于明显处于交际理论框架内的叙事文"②;另一方面因为诗学理论注重证据,主张通过具体的逻辑-语言学标记来分析语言现象并确定其性质,因而"理论基础更为扎实,在描述上更为准确恰当,在文本阐释上比虚构叙事交际理论的创造力更强"③。例如,对叙事诗学理论来说,虚构叙事具有明显的语法特征,其中之一是对人物心理与思想的直接呈现,人物由此从

---

① 热拉尔·热奈特:《叙事话语 新叙事话语》,王文融译,北京:中国社会科学出版社,1990年,第112页。

② Sylvie Patron, "Introduction", in Sylvie Patron (ed.), *Toward a Poetic Theory of Narration*, Berlin & Boston: De Gruyter, 2014, p. 25.

③ Sylvie Patron, *La mort du narrateur et autres essais*, Limoges: Lambert-Lucas, 2015, p. 119.

被观察的客体变成了自由表达自我的主体。这一结论促使我们能够重新诠释某些文学作品片段。以大仲马《基度山伯爵》为例。传统认为这部作品是全知全能叙事的代表,但当读者读到类似"有些人曾以那位银行家的近况警告那青年人,说他这位未来岳父近来曾连遭损失;但那青年人心地高贵,不以金钱为念,毫不理会这种种暗示,并从不向男爵提及那些话"①的句子时,不免产生困惑,因为"全知全能的叙述者"显然知道这位青年贝尼台多十恶不赦,故而不可能用"心地高贵"来形容他。如果依据叙事诗学理论,我们便可认为此处对这位青年的评价是句子前半部分主语"有些人"被再现的话语或思想,这一评价进而与作者和读者的认知形成反差,赋予了作品以讽刺意味。

再如《包法利夫人》的叙述者问题。《包法利夫人》开头出现了第一人称复数"我们",但这个"我们"很快就消失了。一些研究者拿这个"我们"做文章,认为这是福楼拜叙事技巧的体现。我们却认为,从叙事诗学理论看,这一现象体现的是文本内部的断裂,反映的更多是作者的疏忽而非技巧。依照交际理论,叙述者"我们"也许隐身,但始终在场,这样一来,读者一面从语法上断定某些指示词和主观表达属于叙述者的世界,一面又从认知上断定它们属于人物的世界,从而导致文学体验与解读的混乱。如果依照叙事诗学理论,那么《包法利夫人》可分为有叙述者"我们"的部分和无叙述者的部分,后一部分占据小说绝大多数篇幅,采用人物视点叙事,人物是指示中心,他们的思想得到大量自由间接引语的直接呈现。如果认同叙事诗学理论,认为叙事可以没有叙述者,也可以包含断裂与异质性,那么某些叙述问题或许就能迎刃而解。

---

① 大仲马:《基度山伯爵》(四),蒋学模译,北京:人民文学出版社,1978年,第1196页。

＊＊＊

以上我们简述了法国学者帕特隆近年来在叙事研究领域取得的成果。其实对"泛交际主义"的批判,对"无叙述者叙事"的关注,都非帕特隆首创。而受帕特隆批判的叙事学研究者对"无叙述者叙事"的说法也并非不熟悉,只不过他们多像热奈特一样,认为"无叙述者叙事只能十分夸张地表示[……]叙述者相对的沉默,他尽量闪在一旁,注意决不自称"[①]。与此同时,叙事诗学理论本身也存在一些问题,例如理论依据较为单一,有重语言学轻诗学的倾向,再如全部叙事诗学理论都建立于虚构与事实存在本体差异这一假设上,否认这一假设,便可能导向不同的结论。尽管如此,帕特隆梳理并以流派形式提出叙事诗学理论,主张从有别于主流观点的角度来考察叙事文,坚持从语言形式层面寻找证据来夯实对叙述机制的分析与阐释,对拓展叙事研究方法、促进叙事研究严谨性、丰富叙事研究内涵,从整体上进一步发展叙事研究都具有重要意义。此外,只要文学叙述形式没有消失,那么叙述者是否已"死",是否应该"死",其"死亡"对叙事研究来说究竟具有哪些意义与价值,这些都是值得叙述与诗学研究者去深入探讨的话题。

二、陈述叙事学

陈述叙事学是另一项将语言学应用于叙述研究所取得的重要成果。帕特隆为文集《叙事学的当代潮流》(*Current Trends in Narratology* 2011)撰写的《陈述叙事学:一种法国特色》("Enunciative Narratology: A French Speciality")一文围绕达能-布瓦洛、里瓦拉、拉巴泰尔三位学者的研究,很好地概述了陈述语言学对当代法

[①] 热拉尔·热奈特:《叙事话语 新叙事话语》,王文融译,北京:中国社会科学出版社,1990年,第249页。

国及法语地区叙述研究的启示意义。

陈述语言学由法国学者本伍尼斯特确立,后由安托万·吉里奥利(Antoine Gulioli)、多米尼克·曼格诺(Dominique Maingueneau)等人发展。这一语言学流派认为话语总是产生于特定时空,有具体的说话者,因此强调陈述情境,格外关注人称、时态、指示词问题,并根据这些因素以及是否有直接的受话者来判定不同的陈述类型。本伍尼斯特(1964)根据时态与人称不同区分了两类陈述类型,一类是话语(discours),另一类是叙事[本伍尼斯特使用的术语是"故事"(histoire)]。话语可以使用多种时态,但不包括不定过去时(aoriste,在法语中是简单过去时),采用第一、第二、第三人称,尤其强调说话者与听话者的我-你对话关系。叙事则主要使用简单过去时及相关时态(未完成过去时、愈过去时),采用第三人称,因为听话者"你"的不在场而无法构建对话关系,其陈述特征在于"事件似乎自行讲述自身"[1]。对故事与话语的这一区分从一个方面为结构主义叙事学的确立与发展奠定了基础。吉里奥利和受其启发的里瓦拉对本伍尼斯特的理论进行了两方面的修正:(1)指出应区分真实的说话者和由说话者构建出来的、承担不同陈述功能的抽象的陈述者,并根据不同陈述类型区分出两类陈述者,即话语的陈述者和叙事的陈述者。话语的陈述者与某个陈述情境紧密相连;叙事的陈述者"一方面没有任何对话者,另一方面也不构成叙述者,因为此时'没人说话';应该为叙事的陈述者确定一种特殊的陈述属性"[2]。(2)指出本伍尼斯特对叙事/话语的区分实际上会

---

[1] Émile Benveniste, *Problèmes de linguistique générale*, t. 1, Paris: Seuil, 1966, p. 241.

[2] René Rivara, *La langue du récit: Introduction à la narratologie énonciative*, Paris: L'Harmattan, 2000, p. 144.

导向四类而非两类陈述模式,除了话语、叙事,还有结合了第一人称与不定过去时的第一人称叙事,以及结合了第三人称与现在时的"理论文本",这一分类之后促使里瓦拉对叙事类型进行了思考。

叙述者及相关问题是陈述叙事学的研究重点。达能-布瓦洛的著作《生产虚构:语言学与小说书写》(*Produire le fictif: Linguistique et écriture romanesque* 1982)"可以被视作为陈述叙事学确立框架的最初尝试"[1],作者在其中区分了具有显明叙述者的叙事与只有匿名叙述者的叙事,显然比热奈特的分类更为简明清晰。里瓦拉在达能-布瓦洛的基础上区分了自传式叙事与匿名叙事或无人称叙事,将两类叙事的叙述者分别称作自传式叙述者与匿名叙述者,并对两类叙述者做了如下界定:匿名叙述者在很多方面都有无限的自由,例如自由地在时空中穿梭,自由地进入人物的意识中,但也正因如此,这个叙述者是无人称的,"不能被视作一个普通的人格化的叙述者"[2],不代表任何人物,不能发表任何个人化的观点,尽管很多作者似乎并没有遵守这一规则。相对而言,以"我"自指的自传式叙述者如同真实生活中的人一样受到许多物理限制,却能自由地发表观点。对匿名叙述者与自传式叙述者的这一区分在里瓦拉看来至关重要:"在叙事学中,最基本的区分是对叙述者类型的区分[……]因此,一个虚构文本最先提出的问题是:谁在说话?也就是说,'这里的叙述者是何种类型?'这一问题当然并非唯一的问题,但其他应提出的问题——例如'这里所表达的视点是什

---

[1] Sylvie Patron, "Enunciative Narratology: A French Speciality", in Greta Olson (ed.), *Current Trends in Narratology*, Berlin & New York: De Gruyter, 2011, p. 313.

[2] René Rivara, *La langue du récit: Introduction à la narratologie énonciative*, Paris: L'Harmattan, 2000, p. 153.

么?'——应该在它之后提出。"①

达能-布瓦洛与里瓦拉笔下的"匿名叙述者"并非完全等同,但都是对传统"全知全能叙述者"的取代。围绕叙述者,研究者还对热奈特《叙事话语》中提出的聚焦与视点问题进行了集中探讨。聚焦与视点是热奈特叙事学的两个核心概念,对之后的叙事学研究具有重要启发,但这两个概念本身存在诸多含混不清之处。例如,聚焦理论强调"谁在看",但热奈特举的例子有时——如涉及"外聚焦"时——呈现的是"谁被看",而且"谁在看"往往容易与"语态"中的"谁在说话"问题相混淆。鉴于此,里瓦拉主张"放弃对'谁在看'与'谁在说话'进行区分,同时思考视点与陈述者之间的关系"②,并最终将"视点"界定为某种"观看方式"③,后者又涉及认知与情感两个方面。

拉巴泰尔在热奈特、里瓦拉等人研究的基础上继续探索,已出版《视点史》(*Une histoire du point de vue* 1997)、《视点的文本建构》(*La Construction textuelle du point de vue* 1998)、《讲故事的人》(*Homo narrans* 2008)等专著,在其中提出并完善了"视点"概念,成为今日法语学界视点研究代表学者。拉巴泰尔的大部分视点研究都基于拥有一个匿名叙述者的第三人称叙事展开,并主要从两方面质疑了热奈特及其后继者的研究。第一,热奈特一派的研究将视点等同于视觉,拉巴泰尔则主张将视点看作观察者被再

---

① René Rivara, *La langue du récit: Introduction à la narratologie énonciative*, Paris: L'Harmattan, 2000, p. 172.

② René Rivara, *La langue du récit: Introduction à la narratologie énonciative*, Paris: L'Harmattan, 2000, p. 174.

③ René Rivara, *La langue du récit: Introduction à la narratologie énonciative*, Paris: L'Harmattan, 2000, p. 174.

现的感觉与/或思想①,因为对事物的描述往往超越了纯粹的视觉,是观看、认知、阐释、判断等行动的综合。第二,热奈特提出了外聚焦、内聚焦、零聚焦三分法,这一三分法在此后被分析者广泛采用,但三分法的内部划分并不清晰,特别是零聚焦概念,它时而可以被等同于外聚焦,时而又可被理解为多种聚焦的集合,"隐喻色彩浓重、非常模糊,以致其描述功能薄弱"②。拉巴泰尔进而主张抛开三分法,仅从聚焦主体与被聚焦对象之间的关系去考察聚焦问题,同时将聚焦主体局限于叙述者与人物,因为从语言角度来看,这两者的表达与思想有章可循。21世纪初,在杜克洛等人理论的启发下,拉巴泰尔拓展了视点定义,在原有的再现的视点基础上添加了宣告的视点与讲述的视点,并将自己的工作称作一种广义的视点研究③。对于拉巴泰尔的视点研究,帕特隆总结了两方面的贡献:一方面,这一研究比基于"谁在看?"这一问题进行的叙事学研究更为精确,更具操作效力;另一方面,这一研究途径"有能力处理叙事学意识到但没能解决的问题"④,例如热奈特与米克·巴尔(Mieke Bal)曾就一句话中是否有聚焦产生分歧⑤,如果借助拉巴泰尔的视点与聚焦理论,就不难获得答案。总而言之,借助陈述语言学工具

---

① Alain Rabatel, *La Construction textuelle du point de vue*, Lausanne: Delachaux et Niestlé, 1998, p. 41.

② Alain Rabatel, *La Construction textuelle du point de vue*, Lausanne: Delachaux et Niestlé, 1998, p. 8.

③ Cf. Alain Rabatel, « Pour une narratologie énonciative ou pour une analyse énonciative des phénomènes narratifs? », in John Pier et Francis Berthelot(éd.), *Narratologies contemporaines*, Paris: Éditions des archives contemporaines, 2010, p. 109 - 137.

④ Sylvie Patron, "Enunciative Narratology: A French Speciality", in Greta Olson (ed.), *Current Trends in Narratiology*, Berlin & New York: De Gruyter, 2011, p. 324.

⑤ 参见热拉尔·热奈特《叙事话语 新叙事话语》,王文融译,北京:中国社会科学出版社,1990年,第235页。

进行的视点研究"能提炼出在不同视点模态构建过程中起作用的不同语言机制[……]这些视点与人物、与叙述者的构建密不可分,并邀请读者[……]来理解活跃于文本中的语言与审美机制,以及后者的戏剧性用途与意识形态功能"[1],因此,"陈述语言学途径作为一种文本分析模式,能够更新对诸多叙事学概念的理解"[2]。

三、亚当及其"篇章与话语叙事学"

另一项借鉴语言学进行的叙述研究以法国学者亚当的成果为代表。从 20 世纪 80 年代起,亚当便已借鉴篇章语言学与话语类型学对文本叙述性与叙述序列进行研究,出版了《叙事》(*Le Récit* 1984)、《叙述文本》(*Le texte narratif* 1985)、《文本:类型与原型》(*Les textes: types et prototypes* 1992)、《叙事分析》(*L'analyse des récits* 1996)、《文本语言学:话语文本分析导论》(*La linguistique textuelle: Introduction à l'analyse textuelle des discours* 2005)、《叙事类型:叙事性与文本普遍性》(*Genres de récit: narrativité et généricité des textes* 2011)等著作,并将自己的研究称为"篇章与话语叙事学"。从理论本身来说,篇章语言学于 20 世纪 60 年代末产生于欧美,尽管其内部分支众多,但不同分支之间存在一个重要共性,也即这是"一种有关语境生产意义的理论,必须确立于具体的文本分析之上"[3],"其野心在于赋予人类话语生产以一种阅

---

[1] Alain Rabatel, « Pour une narratologie énonciative ou pour une analyse énonciative des phénomènes narratifs? », in John Pier et Francis Berthelot(éd.), *Narratologies contemporaines*, Paris: Éditions des archives contemporaines, 2010, p. 132 - 133.

[2] Alain Rabatel, « Pour une narratologie énonciative ou pour une analyse énonciative des phénomènes narratifs? », in John Pier et Francis Berthelot(éd.), *Narratologies contemporaines*, Paris: Éditions des archives contemporaines, 2010, p. 109.

[3] Jean-Michel Adam, *La linguistique textuelle: Introduction à l'analyse textuelle des discours*, 3e édition, Paris: Armand Colin, 2011, p. 13.

读工具"①。具体而言,篇章语言学,"其功能在于在话语分析内部,对文本这一高度复杂的统一体内的基本陈述组织方式进行理论化与描述,其任务在于详尽分析令文本成为'确定性因素集合'的'相互依赖关系'"②。换言之,篇章语言学尤其关注文本不同元素之间的关系与不同层面的操作——文本各级语义单位的切分以及单位内部和单位之间的连贯衔接。由于"拒绝去语境化,拒绝割裂'文本'与'话语'"③,篇章语言学被视为"话语分析的辅助学科"④,或者说是"话语实践分析这一更广泛的场域中的一个次级领域"⑤。

亚当借助篇章语言学与话语分析进行的叙述研究具有以下三个鲜明特点。第一,发展了叙述"序列"(séquence)概念,并将其视作话语叙述性研究的基础。"序列"思想在亚里士多德的《诗学》中就已存在,《诗学》在谈到情节时指出,完整的情节应"由起始、中段和结尾组成"⑥,同时规定了起始、中段、结尾应遵循的特征。不过序列概念本身应由普罗普在 20 世纪 20 年代的俄国民间故事形态学研究中最早提出。在《故事形态学》中,普罗普如此定义序列:"从形态学的角度看,任何一个始于加害行为(A)或缺失(a),经过一些中间功能之后,终结于婚礼(W)或其他用作结局的功能的发展过程,都可以称之为神奇故事[……]我们将这个发展过程称作

---

① Jean-Michel Adam, *La linguistique textuelle: Introduction à l'analyse textuelle des discours*, 3ᵉ édition, Paris: Armand Colin, 2011, p. 14.
② Jean-Michel Adam, *La linguistique textuelle: Introduction à l'analyse textuelle des discours*, 3ᵉ édition, Paris: Armand Colin, 2011, p. 47.
③ Jean-Michel Adam, *La linguistique textuelle: Introduction à l'analyse textuelle des discours*, 3ᵉ édition, Paris: Armand Colin, 2011, p. 13.
④ Patrick Charaudeau et Dominique Maingueneau, *Dictionnaire d'analyse du discours*, Paris: Seuil, 2002, p. 346.
⑤ Jean-Michel Adam, *La linguistique textuelle: Introduction à l'analyse textuelle des discours*, 3ᵉ édition, Paris: Armand Colin, 2011, p. 31.
⑥ 亚里士多德:《诗学》,陈中梅译注,北京:商务印书馆,1996 年,第 74 页。

序列。每一个新的加害行为或损害、每一个新的缺失，都产生一个新序列［……］一个故事可以包含若干个序列，当我们分析一部文本时，应首先确定它由多少序列构成。"①这一概念之后在法国结构主义符号学与叙事学框架内得到发展。亚当的叙述序列研究始于20世纪80年代。在《叙事》一书中，他发展了亚里士多德、普罗普、法国结构主义符号学和叙事学、W. 拉波夫（W. Labov）与 J. 瓦莱茨基（J. Waletzsky）学说中蕴含的"序列"概念，并借助篇章语言学，提炼出建立于行动语义学基础上的叙述序列的基本结构——"五分"（quinaire）结构。"五分"结构意味着故事最基础的叙述序列可被切分为五个阶段：初始状态、复杂化、行动或评价、解决、最终状态②，对应序列中前后相继的五个宏观命题（macro-proposition）。后期的研究——例如《叙事类型：叙事性与文本普遍性》——尽管强调了语用学视角，但对叙述序列的分析仍保持了"五分"结构，仅对这五个阶段的表述进行了微调，改为"初始状态""纽结""反应或评价""结局""最终状态"。"五分"结构角度以人物的行动为中心，将文本分解成几条线索，有利于从时间与因果关系上理解人物的行动，从而评判文本的叙事性。

第二，亚当在巴赫金等人的话语研究基础上指出，对某个文本或某类文本进行类型研究没有意义，因为文本本身是个复杂整体，同一文本不同部分的组织原则可能完全不同，从头到尾遵循一种组织原则的文本几乎不存在。因此他提出假设，认为"存在为数不多的基础序列类型［……］文本在大多数情况下由多个不同类型的

---

① 转引自拉斐尔·巴罗尼：《叙述张力：悬念、好奇与意外》，向征译，北京：外语教学与研究出版社，2020年，第40页。

② Cf. Jean-Michel Adam, *Le récit*, 5e édition, Paris: PUF, 1996, p. 84-85.

片段或松或紧地组合而成"①,而表面看来差别较大的话语实践可能存在"共同的句法结构"②,使我们能将这些实践归为同一种话语类型,与此同时,不同话语类型内部叙述序列的叙述性并不相同。"序列"在亚当看来"是狭隘的句法单位(句子)和宽泛的句法单位(长复合句)以外的预格式化理性结构,是介于分句构成的句子与长复合句结构和文本大纲构成的宏观文本结构之间的'文本结构'。序列是预格式化的结构,是由多个分句组成的类型特征明显的有序集合"③。从形式上看,序列是由文本最小单位"陈述分句"(proposition-énoncé)④组合而成的较长片段,具有明显的类型特征。亚当随后提出五种序列原型(prototype):叙述序列(narratif)、描写序列(descriptif)、论辩序列(argumentatif)、解释序列(explicatif)、对话序列(dialogal),指出"叙述序列呈现为多种文本结构中的一种,而非行为的一种基本属性"⑤,并建议将文本切分成不同序列,对序列内部特征、对相同或不同序列的衔接与布局方式进行分析,因为这样的分析法能更行之有效地揭示文本的诗学特征与意义产生机制。

第三,结合话语语言学对叙述性进行研究,考察不同话语实

---

① Jean-Michel Adam, *Les textes: types et prototypes*, 4e édition, Paris: Armand Colin, 2017, p. 16.
② Jean-Michel Adam, *Genres de récit: narrativité et généricité des textes*, Louvain-la-Neuve: Harmattan-Academia, 2011, p. 48.
③ Jean-Michel Adam, *Les textes: types et prototypes*, 4e édition, Paris: Armand Colin, 2017, p. 25.
④ "陈述分句"不同于语法意义上的句子。在后期研究中,这些陈述分句又被亚当称作"宏观命题"(macro-proposition)。宏观命题的组合构成了序列,而其本身又由一个或多个句子构成。由于"宏观命题"超越了句子,因此相比以句子为最大研究单位的语言学,篇章语言学更适用于对其的分析。
⑤ 拉斐尔·巴罗尼:《叙述张力:悬念、好奇与意外》,向征译,北京:外语教学与研究出版社,2020年,第44页。

践——文学作品、政治演说、新闻报道、广告等——对叙事方法不同程度的利用。叙事类型研究并非亚当的首创。我们在上文已提到，本伍尼斯特已提醒需要区别对待不同叙事作品，他尤其对虚构叙事与历史叙事做了区分，例如他指出简单过去时与第一人称的结合在历史叙事中不可能出现，在虚构叙事中却并非如此。陈述叙事学研究者里瓦拉也在《叙事语言》中对不同叙事类型展开了研究。在里瓦拉看来，一种总的叙事理论应该能够区别不同的叙事类型，并说明不同类型叙事各自的区别性特征，因此他借助当代陈述语言学，"尤其尝试界定一些普遍属性（'范畴'），帮助我们把握不同类型的叙事的特征"[1]，而叙事学研究的目标之一就是"确立一种叙事类型学"[2]。里瓦拉总结出了六大范畴，包括叙事的主体性与交际性问题、虚构叙事与事实叙事的对立、叙述者类型、对时间的处理、叙述者与人物关系、视点，从这六个方面出发，能够有效区别不同类型的叙事并对其展开分析，同时也能发现作者对规范的偏离以及后者所具有的创造性价值。因此他建议，"需要确定一些具有界定性的属性，或者说范畴，以便（部分地）确定一切叙事的特征，同时将属于同一范畴的叙事组织起来，形成类型或模式"[3]，例如将对第一人称与第三人称的区分作为勾勒某种叙事类型学的基准之一。

亚当同样主张结合话语类型进行叙述研究，当然他的视角和方法与陈述叙事学不尽相同，比如他建议结合以下三方面去判断

---

[1] René Rivara, *La langue du récit: Introduction à la narratologie énonciative*, Paris：L'Harmattan，2000，p. 12.

[2] René Rivara, *La langue du récit: Introduction à la narratologie énonciative*, Paris：L'Harmattan，2000，p. 234.

[3] René Rivara, *La langue du récit: Introduction à la narratologie énonciative*, Paris：L'Harmattan，2000，p. 310.

与分析序列的叙述性：(1) 人物在时间中的变化；(2) 一连串有时间先后顺序、有因果关联与意图性的行动；(3) 情节的"五分"结构核心。[①] 此外，尽管亚当对叙述性的标准有明确的论述，但他并非想借这一标准来割裂叙事与非叙事这两类话语，反而倾向于采取一种"渐进式定义"(définition graduelle)，去研究林林总总的话语。因为在他看来，不同话语实践包含程度不一的叙述性，后者与话语实践本身的类型特征相结合，构成了一个个独特的文本。"篇章话语分析的目的恰恰在于提供一种最小化的整体理论，以便将普遍性分析（篇章化程序与话语类型）与特殊性分析（每个文本的独特性）结合起来，以期阐明那最为重要的问题，也就是意义在语境中的生产。"[②]这一结合普遍性思考与特殊性分析的做法反过来也避免了"用某种类型化的普遍性去碾压每个文本的独特性"[③]。由于意义的生产离不开接受者的参与，而读者对文本意义的理解深受话语类型影响，因此亚当在后期研究中也十分关注叙述序列的语用方面，探讨了叙述序列对受众产生吸引力与施加作用力的情节编制机制。总而言之，正如巴罗尼所言，"篇章语言学对叙述形式分析最毋庸置疑的贡献，在于其改进了由俄国形式主义者初步设想（普罗普1970）、后得到结构主义符号学与叙事学研究者（格雷马斯1970；布雷蒙1973；拉里瓦耶1974）推广的叙述序列模式"[④]。

[①] Cf. Jean-Michel Adam, *Genres de récit: narrativité et généricité des textes*, Louvain-la-Neuve: Harmattan-Academia, 2011, p. 66–91.

[②] Jean-Michel Adam, *Genres de récit: narrativité et généricité des textes*, Louvain-la-Neuve: Harmattan-Academia, 2011, p. 337.

[③] Jean-Michel Adam, *Genres de récit: narrativité et généricité des textes*, Louvain-la-Neuve: Harmattan-Academia, 2011, p. 336.

[④] Raphaël Baroni, « La séquence? Quelle séquence? Retour sur quelques usages littéraires de la linguistique textuelle », *Poétique*, n° 188, 2020 (2), p. 263.

归根到底，借鉴语言学进行的叙述研究关注的是叙事效果的语言学证据，或者说"试图坚持感觉的语言表达的优先性"[1]。例如陈述叙事学认为热奈特的论述之所以出现混乱，是因为他"忽略了一个事实：被他区分为'语式'（'聚焦'）与'语态'两个范畴的语言现象实际上都是陈述现象，都可以运用同样的陈述范畴——指示功能、情态功能等加以分析"[2]，而"从陈述角度出发对叙事作品主要范畴做出的定义能够提出建议，解决叙事学中长期存在的、迄今还没能获得满意答案的多个特殊问题"[3]。借鉴语言学进行的叙述研究因此致力于寻找叙事的语言建构痕迹，例如里瓦拉"对叙事文动词时态的分析"[4]成为他对叙述研究的主要贡献，拉巴泰尔则总结出体现视点的四个语言学标记：细节化（aspectualisation），也即聚焦者对被聚焦事物的详细描绘或冗长评价；第一层次与第二层次或者说叙述层与视点层的对立，且两个层次往往存在时态差异；第二层次往往使用具备横断面价值的表达方式，最常见的是与具备整体价值的简单过去时形成对立且主观色彩强烈的未完成过去时；从语义看，第二层次会对第一层次提到的事物进行回指（anaphore）[5]。篇章与话语叙事学同样如此，在对叙述序列的分析中，人称、时态、时间副词等语言学细节都是有助于切分宏观命题、进行意义阐释的重要标记，"话语文本分析正是通过对语言细节的分

---

[1] Alain Rabatel, *La Construction textuelle du point de vue*, Lausanne: Delachaux et Niestlé, 1998, p. 9.

[2] Sylvie Patron, "Enunciative Narratology: A French Speciality", in Greta Olson (ed.), *Current Trends in Narratiology*, Berlin & New York: De Gruyter, 2011, p. 316.

[3] René Rivara, *La langue du récit: Introduction à la narratologie énonciative*, Paris: L'Harmattan, 2000, p. 311.

[4] Sylvie Patron, "Enunciative Narratology: A French Speciality", in Greta Olson (ed.), *Current Trends in Narratiology*, Berlin & New York: De Gruyter, 2011, p. 326.

[5] Alain Rabatel, *La Construction textuelle du point de vue*, Lausanne: Delachaux et Niestlé, 1998, p. 24–54.

析来追求话语的意义的。宏观语言学与微观语言学分析方法——宏观与微观阅读——的融合所取得的成果意义显著,能够为解决某些经典理论与方法在当前陷入的困境提供借鉴"[1]。当然,根据考察问题的不同,不同学者可能借鉴语言学获得不同甚至截然对立的结论,例如,里瓦拉认为"某种话语模式(故事或叙事)完全与陈述情境割裂(没有任何指示词),没有叙述者,也没有文本试图以某种方式'影响'的接受者,这样的话语模式概念似乎是无法让人接受的"[2],因而断言"一切叙事均是语言交际行为"[3]。这一观点无疑与帕特隆的观点背道而驰。帕特隆在总结法国式"陈述叙事学"成果的同时,指出了这些研究——以及大部分叙事学研究——存在的一个共同问题:它们都假设了叙述者的存在,忽视了或者说没有正视叙事作品可能没有叙述者这一事实。我们在此不评价叙事学对不同语言学理论与方法的借用以及相关结论,只是意图强调,作为当代法国叙事学的重要组成部分,借助语言学进行的叙述研究及其成果不容忽略。

第三节 认知、情感与叙事:巴罗尼的情节诗学

上文已提到,今日在国际叙事学界产生持续影响的法语学者之中,巴罗尼是具有代表性的一位。从 21 世纪初至今,巴罗尼始终围绕"情节"(intrigue)进行深入探索,相继出版了《叙述张力:悬

---

[1] Jean-Michel Adam, *Genres de récit: narrativité et généricité des textes*, Louvain-la-Neuve: Harmattan-Academia, 2011, p. 336–337.

[2] René Rivara, *La langue du récit: Introduction à la narratologie énonciative*, Paris: L'Harmattan, 2000, p. 146.

[3] René Rivara, *La langue du récit: Introduction à la narratologie énonciative*, Paris: L'Harmattan, 2000, p. 245.

念、好奇与意外》《时间的作品》《情节的齿轮》等专著,提出了独特的情节诗学[①]与叙述张力论。在博士论文基础上出版的《叙述张力:悬念、好奇与意外》尤其成为法语叙事学界的标志性成果之一[②],在国际叙事学界产生重要影响。

巴罗尼的"情节"研究在舍费尔、让-路易·杜费(Jean-Louis Dufays)等学者看来具有多重突破性意义。首先,从叙事学研究来说,结构主义阶段特别是热奈特的研究似乎解决了叙事的基本问题,但巴罗尼在考察第一代叙事学研究成果后,从新的视角出发,对此前已有较多讨论的叙述序列等问题展开新的探索,并获得诸多创见。其次,巴罗尼的着眼点是叙事"情节",在现当代文学研究中,具备曲折情节的叙事作品因其对读者产生的吸引力以及由此制造的商业价值而被列入与纯文学对立的流行读物范畴,往往遭到研究者的忽略。特别是20世纪以来,作家一方面在戏仿传统情节过程中颠覆传统,寻求创作手法的更新,一方面在写作中越来越淡化情节,令情节消融于无止境的离题与评论中。凡此种种,令情节在文学创作与研究中的地位越来越边缘化,也导致只关注情节的阅读沦为一种最低层次的阅读,因其消遣性质而有别于严肃的专业阅读。巴罗尼意图打破偏见,在揭示情节复杂机制的同时强调了情节的认知与情感功能,肯定了他所说的"情节引人入胜的沉浸型叙事"[③]的人类学价值,提升了"情节"在叙事学研究版图中的地位。本节我们将依托巴罗尼的主要论著,就其情节诗学的具体

[①] 在近期的研究中,他更多地使用"情节动力学"(la dynamique/cinétique de l'intrigue)这一术语。

[②] 杜费将《叙述张力:悬念、好奇与意外》的出版比作"一记惊雷"(un coup de tonnerre)(Jean-Louis Dufays, « Préface », in Raphaël Baroni, *Les rouages de l'intrigue*, Genève: Slatkine Érudition, 2017, p. 10)。

[③] Raphaël Baroni, *Les rouages de l'intrigue*, Genève: Slatkine Érudition, 2017, p. 24.

内容、研究价值及其对今日叙事学研究的启示等问题展开思考。

一、功能主义情节观

对"情节"进行研究,首先要对"情节"本身进行定义。法国国家语料资源中心(CNRTL)网站对"情节"的定义是:(一部戏剧、小说或电影中)形势与意外的结合,构成行动纽结的一连串事件。2007年版《小罗贝尔词典》的定义为:构成一部戏剧、小说、电影之纽结的一系列事件。《现代汉语词典》则将情节定义为"事情的变化和经过"。从这些定义来看,"情节"一般被理解为一系列前后相继的事件,这些不是任意的事件,而是构成了行动的纽结,也就是形成了某种"危机",需要在之后得到解决,而纽结和解决引致了"事情的变化"。

然而,文学作品的"情节"的意义实际上要比词典解释含混复杂得多。汉斯·波特·阿波特(Hans Porter Abbott)指出,"'情节'是一个比'叙事'还难以把握的术语"[1],希拉里·丹尼伯格(Hilary Dannenberg)也断言"'情节'是叙事理论中最难界定的术语之一"[2]。阿波特归纳了近几十年来文学文化研究领域对情节(plot)的三种常见理解:第一种将情节理解为某种故事架构,类似普罗普提炼的民间故事结构;第二种将情节理解为一系列事件的有效组合,此时事件摆脱孤立状态,成为可被理解的故事中一个具有意义的环节;第三种将情节理解为通过扭曲事件的时间——颠倒事件先后顺序、加快或减慢事件进程等——进而为故事服务

---

[1] H. Porter Abbott, "Story, Plot, and Narration", in David Herman (ed.), *The Cambridge Companion to Narrative*, Cambridge: Cambridge University Press, 2007, p. 43.

[2] Hilary Dannenberg, "Plot", in David Herman, Manfred Jahn & Marie-Laure Ryan (eds.), *Routledge Encyclopedia of Narrative Theory*, London: Routledge, 2005, p. 435.

的方式,这是热奈特叙事学的理解①。阿波特归纳的对"情节"的理解很具代表性。实际上,这些理解进而又可归纳为两个层面:故事层面,也就是时间上前后相继、逻辑上具有因果关系的事件形成的序列;话语层面,也就是话语对故事层面的事件重新组织后所呈现的文本序列,因为完全按照时间和因果顺序讲述的叙事作品在现实中较为少见。不难看出,"情节"的这两个层面也吻合"叙事"的两个层面,即 fable 与 sujet 层面,或者说 histoire 与 discours 层面。

但巴罗尼认为,仅将"情节"定义为上述两种序列中的任意一种,都只是在形式层面描述了"情节",无法解释读者在阅读叙事作品时为何会产生有无情节、情节精彩或乏味的印象。要准确理解、完整定义"情节",还须引入功能主义视角。在他看来,上述两种序列的组合会形成功能不同的形式。一种是"布局"(configuration),以提供知识为主要功能,例如新闻报道、历史书写、日常交流等。还有一种便是狭义的"情节"(intrigue),此时"情节是具备吸引读者功能的文本结构,它通过某种张力的出现而产生纽结,张力引导着文本进程,并创造出对结局的焦急期待"②。彼得·布鲁克斯(Peter Brooks)如此描述这一过程:"对情节的阅读如同某种欲望形式,承载着我们穿越文本向前,前进。"③

在功能主义影响下,巴罗尼也对情节的阶段化结构即叙述序列进行了反思。一部叙事作品的情节往往被概括为几个变化的阶

---

① H. Porter Abbott, "Story, Plot, and Narration", in David Herman (ed.), *The Cambridge Companion to Narrative*, Cambridge: Cambridge University Press, 2007, p. 43.

② Raphaël Baroni, *Les rouages de l'intrigue*, Genève: Slatkine Érudition, 2017, p. 31.

③ Peter Brooks, *Reading for the Plot: Design and Intention in Narrative*, Cambridge: Harvard University Press, 1992, p. 37.

段,对阶段的提炼与分析是叙述序列研究的内容。我们在上文中已提到亚当等人的"序列"研究。在此以亚当的研究为例。亚当提炼出建立于行动语义学基础上的"五分"结构概念,也即故事最基础的叙述序列可被切分为五个阶段:初始状态、复杂化、行动或评价、解决、最终状态。对叙述性进行深入研究的《叙事类型:叙事性与文本普遍性》尽管强调语用学视角,但对叙述序列的分析仍然保持了"五分"结构,仅对这五个阶段的表述进行了微调,改为"初始状态""纽结""反应或评价""结局""最终状态"。"五分"结构的影响在于,在各类教科书中①,它已成为情节的代名词。

巴罗尼情节诗学的一项重要内容便是对亚当的"序列"概念进行重审。首先,巴罗尼也对叙述序列的基本结构进行了描述,只不过将"五分"结构改成了三分:纽结、延迟与结局②。在《情节的齿轮》中,他将"延迟"改为"波折",并认为结局也并非序列的必要环节,"纽结与波折才是最关键的,完整的结局与最终的解释只不过是尚未完结的情节所呈现的'可能性矩阵'中的诸种潜在性"③。与情节这三个阶段相关联的,是"叙事话语产生、维持或解决阅读行动中的某种张力的能力"④,而非支撑故事(fabula)的行动语义学框架或者说实际经验的逻辑属性。换言之,纽结或结局"都是话语效果而非叙事的内在属性,纽结与结局之所以存在,是因为读者感觉

---

① 例如亚当的《叙事》(*Le Récit* 1996,第一版 1984 年出版),伊夫·鲁特(Yves Reuter)的《叙事分析》(*L'Analyse des récits* 2016,第一版 1997 年出版),菲利普的《小说:从理论到实践》(*Le Roman: Des théories aux analyses* 1997)、亚当与弗朗索瓦丝·列瓦兹(Françoise Revaz)的《叙事分析》(*L'Analyse des récits* 1996)等。
② 拉斐尔·巴罗尼:《叙述张力:悬念、好奇和意外》,向征译,北京:外语教学与研究出版社,2020 年,第 87 页。
③ Raphaël Baroni, *Les rouages de l'intrigue*, Genève: Slatkine Érudition, 2017, p. 43.
④ Raphaël Baroni, *Les rouages de l'intrigue*, Genève: Slatkine Érudition, 2017, p. 70.

到了张力的变化,读者可以将张力变化与某位隐含作者的情节编制联系起来,这位作者采取了某种话语策略,旨在吸引读者的全部注意力,直至小说的最后一行"①。其次,从叙述张力而非行动语义学角度审视叙述序列,"初始状态"与"反应或评价"也成为非必要环节,因为叙述可以从中间(in medias)开始,一开始就令读者面对某种张力,与此同时,"反应或评价"完全可以由读者通过自己的阐释获得而不必诉诸文字。也正是因此,巴罗尼认为这两个环节可以出现在序列的任意位置,并建议用"解释/描述"取代"初始状态",用"评价/离题"取代"反应或评价",以强调能对读者产生吸引力的诗学结构本身。最后,亚当在分析"序列"时举的例子都非常简短,这也表明,根据行动语义学确立的"五分"结构一般只适用于描述较短的片段。一方面,在较短的片段中完整出现封闭的"五分"结构的可能性更大;另一方面,也只有在较短的片段中,才能将序列的某个环节与文本中的某句或某几句话——亚当所说的"宏观命题"——相对应。反过来,在长篇小说等长篇幅作品中,在连载、连续剧、季播剧等开放式作品中,尽管作品局部可能出现具有"五分"结构的叙述序列,但这些序列与其他属性的序列(描写、解释等)交织,比起对叙述序列"五分"结构的单纯分析,对不同序列的交织与互动情况进行分析更有意义,因为更能凸显文本形式与内涵的复杂性,也更能解释作品对读者长期的吸引力。与此同时,在实际作品中,往往无法判断哪个句子明确指向纽结,哪个句子明确指向结局,"多个文本成分或语境要素竞相'诱导'读者[……]可能形成情节的文本要素——行为的'复杂化'或文本暂时的晦涩

---

① Raphaël Baroni, *Les rouages de l'intrigue*, Genève: Slatkine Érudition, 2017, p. 71.

性——只能根据它们鲜明程度或弥漫程度不同的张力特征,被感觉或感知为'事件'"①。因此,面对真实的叙事作品,功能主义的情节观与叙述张力论更具分析与解释能力。

二、叙述张力及其构成

在巴罗尼对情节的定义与探讨中,一个反复出现的概念是"叙述张力"。什么是叙述张力? 巴罗尼对"张力"的定义是:"张力是叙事的阐释者被鼓励去等待结局时,倏忽而至的现象,这种等待以带有不确定性色彩的预测为特征,赋予接受行为某些情感特征。因而叙述张力被认为具有架构叙事的诗学效果,人们从叙述张力中识别出通常被称作情节的活力风貌或'力量'。"②从这一定义可见,情节与叙述张力本身并不等同,情节与情节编排更多涉及叙事作品的诗学形式,而叙述张力更多是一种诗学效果,或者说情绪功能(fonction thymique)③。但是,正如巴罗尼反复强调的那样,情节与叙述张力密不可分,如果没有张力,叙事作品就没有情节。

巴罗尼对叙述张力的研究奠基于巴特、托马舍夫斯基、托多罗夫、热尔韦、迈尔·斯滕伯格(Meir Sternberg)等人的成果之上。巴特对巴罗尼的启发尤其体现于《S/Z》提出并界定的"阐释符码"(code herméneutique)与"布局符码"(code proaïrétique)。"阐释符码""以不同方式表述问题、回答问题,以及形成或能酝酿问题、或能延迟解答的种种机遇事件,诸如此类功能的一切单位"④,"布局符码"又包括情节符码与行动符码,"和深思熟虑地确定情节结局

---

① 拉斐尔·巴罗尼:《叙述张力:悬念、好奇与意外》,向征译,北京:外语教学与研究出版社,2020 年,第 34 页。
② 拉斐尔·巴罗尼:《叙述张力:悬念、好奇与意外》,向征译,北京:外语教学与研究出版社,2020 年,第 6 页。
③ Raphaël Baroni, *La Tension narrative: Suspense, curiosité et surprise*, Paris: Seuil, 2007, p. 20.
④ 罗兰·巴特:《S/Z》,屠友祥译,上海:上海人民出版社,2012 年,第 27 页。

的能力有关"①。如果说巴特对"布局符码"的探讨令人联想到叙述序列研究,那么其对"阐释符码"的探讨则"强调组织情节之谜题的重要性,也就是说,在文字上产生、在策略上保持、最终通过叙述解决的不确定性"②,巴特在其中提到的"拖延""中断""缄默""圈套""含混"等不仅启发了巴罗尼对叙述张力的思考,还为其提供了重要的术语,例如"拖延"(或译"延迟")、"缄默"等词之后成为巴罗尼情节诗学的关键词。托马舍夫斯基的代表论文《主题》也是巴罗尼的重要理论来源。托马舍夫斯基在这篇著名的论文中区分了"故事"(fable)与"情节"(sujet),直接影响了法国结构主义叙事学。《主题》对冲突之于情节发展重要性的反复重申,对读者期待与阐释投入的强调,对戏剧性张力、其产生原因、其维持方式的探讨,对故事与情节之错位产生的张力的思考,以及《主题》中提出的"戏剧性张力""延迟""逆向结局""秘密"等术语与概念,均成为巴罗尼建构情节诗学的宝贵理论资源。

如果说巴特、托马舍夫斯基等人的研究为巴罗尼打开了思路,那么通过借鉴托多罗夫的侦探小说类型学、热尔韦在认知视角下进行的行动研究③,尤其斯滕伯格的叙事情绪功能研究④,巴罗尼终于确立了自己情节诗学的核心术语与概念体系,将好奇(curiosité)与悬念(suspense)确立为张力的两种基本模式。什么是好奇?当情节编制意欲引发好奇心时,某个行动的至少一个元素(行动发生

---

① 罗兰·巴特:《S/Z》,屠友祥译,上海:上海人民出版社,2012年,第28页。
② 拉斐尔·巴罗尼:《叙述张力:悬念、好奇与意外》,向征译,北京:外语教学与研究出版社,2020年,第49—50页。
③ Cf. Bertrand Gervais, *Récits et actions: pour une théorie de la lecture*, Longueuil: Le Préambule, 1990.
④ Meir Sternberg, "Telling in Time(Ⅰ): Chronology and Narrative Theory", *Poetics Today*, n° 11, 1990, pp. 901-948; "Telling in Time(Ⅱ): Chronology, Teleology, Narrativity", *Poetics Today*, n° 13, 1992, pp. 463-541.

的背景、行动者、行动目的或行动手段等)"似乎被有意隐藏,导致读者必须根据分散在文本中的线索,做出一个不确定的判断"[1]。"好奇是基于对'已发生事情'的不确定"[2],例如侦探小说中,命案发生了,但大家不知道凶手是谁。至于悬念,"当某个事件的发展、结局或结果尚不明朗,但已部分可预测时,悬念便产生了"[3],例如黑色小说中,主人公被对手追杀,读者不知道他下一步能不能顺利逃脱,但会自觉不自觉地对他的命运做出判断。好奇与悬念又被巴罗尼称作"启示性张力"与"戏剧性张力"[4],前者涉及作者制造的谜团与阐释者的解谜行为,推动阐释者去了解真相,后者主要涉及故事的后续发展,推动阐释者对下一步进行预测。好奇与悬念这两种基本的叙述张力都与文本制造的不确定性有关,而阅读过程就是在张力牵引下,逐步消除不确定性,令潜在变为现实的过程。从对好奇与悬念的定义中,我们也可以看到,与这两种情绪功能相关的认知行为类型是判断(diagnostic)与预判(pronostic)。从情节编排角度来说,引发好奇的叙事策略是"暂时模糊地再现叙述语境"[5],而制造悬念的文本策略是"以时间顺序叙述事件,事件的特征是'可然性的分离'"[6]。从巴罗尼的论述可见,叙述张力具有修辞、情绪和认知多重维度。

---

[1] Raphaël Baroni, *Les rouages de l'intrigue*, Genève: Slatkine Érudition, 2017, p. 74.

[2] 拉斐尔·巴罗尼:《叙述张力:悬念、好奇与意外》,向征译,北京:外语教学与研究出版社,2020年,第78页。

[3] Raphaël Baroni, *Les rouages de l'intrigue*, Genève: Slatkine Érudition, 2017, p. 75.

[4] 拉斐尔·巴罗尼:《叙述张力:悬念、好奇与意外》,向征译,北京:外语教学与研究出版社,2020年,第62页。

[5] 拉斐尔·巴罗尼:《叙述张力:悬念、好奇与意外》,向征译,北京:外语教学与研究出版社,2020年,第81页。

[6] 拉斐尔·巴罗尼:《叙述张力:悬念、好奇与意外》,向征译,北京:外语教学与研究出版社,2020年,第81页。

三、叙述张力研究的二重视角

上文已指出,"情节"的形成需要满足形式与功能两方面的条件,正如巴罗尼所言,"情节编排现象位于文本化的特定形式(通常以'缄默'为标志)与更广泛存在的对行为的认知理解程序的交汇处。在我们看来,仅聚焦叙述性这两个互补方面的一个或另一个(我们可以简单地称它们为修辞视角和行为视角),必然会导致简单化"[①]。所谓"两个互补方面",正是上文反复提到的情节编制(诗学)与接受者的阐释能力(认知、情感)。因而巴罗尼主张从这两方面去研究叙述张力。

情节编制本身也包含两个方面,即形式因素及其功能——这里涉及的自然是好奇、悬念等叙述张力。如果说 2007 年出版的《叙述张力:悬念、好奇与意外》主要从认知与情感的角度指出多种媒介中存在同一些叙述张力类型,并阐明了张力的产生机制,那么 2017 年出版的《情节的齿轮》主要围绕《叙述张力:悬念、好奇与意外》有所涉及但并未深入的某个问题展开讨论,"首先致力于对制造情节纽结与解开纽结的文本结构进行分析"[②]。也就是说《情节的齿轮》关注的是文学文本,试图从情节编制的文本与语言层面,详尽阐述叙述形式与话语功能的关系,用巴罗尼的话来说是"更多地采用修辞学视角而非认知视角"[③],"将已得到验证的语言学与形式主义工具融入[……]一种新的语境,以便将对文本结构的描

[①] 拉斐尔·巴罗尼:《叙述张力:悬念、好奇与意外》,向征译,北京:外语教学与研究出版社,2020 年,第 314 页。

[②] Raphaël Baroni, *Les rouages de l'intrigue*, Genève: Slatkine Érudition, 2017, p. 15.

[③] Raphaël Baroni, *Les rouages de l'intrigue*, Genève: Slatkine Érudition, 2017, p. 15.

述与对其话语功能的阐释结合起来"[1]。当然,受读者理论与语用学影响,巴罗尼深知不能机械地在形式与功能之间画上等号,这两者的关系与其说是事实不如说是可能性,对其的认识也会随读者而异,但他仍坚持对两者之间"潜在的亲缘关系进行普遍思考"[2],并相信这样的思考能令文本分析受益。因此在"情节的语言体现"一章中,他从与情节相关的主要时态(法语中的简单过去时、复合过去时、历史现在时、未完成现在时),不同语式的交替(直陈式、虚拟式、条件式、命令式、不定式),体现指示转移的表达等方面,对文本形式与叙述张力的关系进行了探讨。例如,简单过去时与复合过去时都可以叙事,但在两种时态中,叙述者与所述事件之间的距离不同。使用简单过去时,叙述者与事件距离远,叙述者意图表达自己的客观性与中立态度,因此所述事件仿佛自行展开,一定程度上,动词在文本中出现的顺序也对应行动在故事世界中展开的顺序。而使用复合过去时时,叙述者与事件距离近,叙述者意图表达自己对事件的看法,因此即使叙述者用了一连串动词来描述一系列动作,也只意味着每个动作相对叙述者而言已完成,而不能确切表示动作的先后顺序。也就是说,简单过去时写成的叙事更能制造悬念,因为其读者能够不被叙述者打扰,更能沉浸于故事中。实际上,除了巴罗尼分析的时态、语式、指示词,其他语言要素如能引发读者的好奇心或制造悬念,便都能被列入某种"叙述张力风格学"[3],这也是巴罗尼本人的主张。叙述张力风格学由巴罗尼尝试

---

[1] Raphaël Baroni, *Les rouages de l'intrigue*, Genève: Slatkine Érudition, 2017, p. 18.

[2] Raphaël Baroni, *Les rouages de l'intrigue*, Genève: Slatkine Érudition, 2017, p. 82.

[3] Raphaël Baroni, *Les rouages de l'intrigue*, Genève: Slatkine Érudition, 2017, p. 85.

提出,有望成为今后叙事学研究的一个重要课题,等待更多的叙事学研究者将其发展完善。

情节的诗学方面固然重要,但是,离开了读者或受众的阐释,作者意欲制造的效果便无从谈起。巴罗尼坚持认为,"只有当情节被嵌入某种对话关系,且它在某种意识中被现实化时,才会在情节中看到某种现实的文本结构,这一意识能察觉——或者在更好的情况下,能感受或预感到一些重要的连接,这些连接根据某种张力的变化赋予叙事以节奏"[1]。换言之,情节是潜在的,要成为真实的结构,它需要满足两个条件:第一,情节处于某种对话关系中,也就是文本需要一个阐释者;第二,阐释者要能通过对某些重要文本连接处的感知,体会到张力的变化。更为重要的是,"叙事的所有情绪功能(意外、好奇、悬念)都有一个共同点,即它们都建立在文本实现的结构与阐释者对这些结构的(可能是错误的)预测之间的辩证关系之上"[2],因此"对叙述张力的研究不能忽略对能力的澄清,阐释过程中的预判和判断就依赖这些能力"[3]。对于读者或者说受众的阐释能力,巴罗尼主要从两方面入手对其进行了探索。一方面是阐释者的"内在叙述"能力(compétences « endo-narratives »),另一方面是其对跨文本关系的辨识能力,与这两者相关的图示(schéma)部分地接近艾柯提出的"通用情景"与"互文性情景"(1985[1979])。

"内在叙述"能力由加拿大学者热尔韦在1990年提出,指的是

---

[1] Raphaël Baroni, *La Tension narrative: Suspense, curiosité et surprise*, Paris: Seuil, 2007, p. 40 – 41.

[2] 拉斐尔·巴罗尼:《叙述张力:悬念、好奇与意外》,向征译,北京:外语教学与研究出版社,2020年,第122页。

[3] 拉斐尔·巴罗尼:《叙述张力:悬念、好奇与意外》,向征译,北京:外语教学与研究出版社,2020年,第122页。

理解与辨识行动的能力,"它瞄准的不是对叙事及其模式化结构的理解,而是对行动及其展开过程的理解"①。换言之,要理解叙事作品对某个行动的再现,阐释者首先需要理解这一行动本身。从这个意义上说,"内在叙述"能力并非一个全新的概念,因为从亚里士多德到普罗普再到法国结构主义者都致力于对行动进行理解,只不过,"许多关于叙述性的研究出于和谐性的考虑,倾向于将阐释者的能力研究简化为几个基本特征,这大大削弱了我们对情节编排的可能性的概述"②。因此巴罗尼的研究是令这些图示复杂化,以便"突出情节创造的丰富性,及其掌握的诗学手段的多样性"③。例如,他归纳出与悬念相关的三类图示:脚本(script)、互动矩阵(matrices interactives)、编码不足的三段式进程(processus en triade sous-codés)。脚本是指某个日常行为序列,总是与特定的场景相关联,比如看电影、超市购物、拜访亲友等,且脚本中的行动步骤往往是确定甚至固定的,在同一种文化语境中,行动脚本为大多数人所遵循。互动矩阵指的是涉及两个以上行动者的抽象互动关系,例如契约、秩序、禁止、损害等互动关系,这些也是最常见的用来制造叙述张力的矩阵,在具体的叙事作品中,它们会被赋予具体的形式。编码不足的三段式进程处理的是那些实现方式多样且无法套用脚本或互动矩阵的行动,例如我们都知道"冲突"之于叙事的重要性,但出现冲突的可能性与冲突的方式有无数种,最终"冲

---

① Bertrand Gervais, *Récits et actions: pour une théorie de la lecture*, Longueuil: Le Préambule, 1990, p. 17.
② 拉斐尔·巴罗尼:《叙述张力:悬念、好奇与意外》,向征译,北京:外语教学与研究出版社,2020年,第121页。
③ 拉斐尔·巴罗尼:《叙述张力:悬念、好奇与意外》,向征译,北京:外语教学与研究出版社,2020年,第121页。

突"只能被归纳为具有"引发、争执行为、冲突结果"①三个阶段的行动。这一图示非常抽象,只能赋予阐释者最基本的行动理解框架,面对具体的"冲突",由于阐释者很难借鉴行动脚本与互动图示,此时便产生了最大限度的叙述张力。脚本、互动矩阵、编码不足的三段式进程既是作者制造悬念的手段,也是读者用来理解叙事作品的认知工具。

在分析与好奇相关的图示时,巴罗尼借鉴了热尔韦的"互动图示"(schème interactif)概念。互动图示由主要方面和次要方面构成,主要方面包括框架(时间和空间),施动者意向(手段与目标、动机与动力),将框架与施动者意向联系起来的施动者身份与角色,次要方面包括实现行动必需或兼容的附属物②。叙事怎样引起读者的好奇心?在巴罗尼看来,"在叙述策略层面,互动图示尤其可以解释行为再现如何变得神秘,它如何能够激发阐释者的好奇:只需互动图示的基本要素之一暂时被隐藏,或在战略上不确定,就足以安排情节的纽结"③。实际上,不独悬疑类作品,很多小说的开头都会采用这种策略。例如《邦斯舅舅》开篇这段话:"一八四四年十月,有一天下午三点光景,一个六十来岁而看上去要老得多的男人,在意大利大街上走过,他探着鼻子,假作正经地抿着嘴,好像一个商人刚做好了件好买卖,或是一个单身汉沾沾自喜地从内客室走出来。"④这段话中,很多要素被隐藏,这个男人是谁?他从哪里

---

① Raphaël Baroni, *La Tension narrative: Suspense, curiosité et surprise*, Paris: Seuil, 2007, p. 211.
② 参见拉斐尔·巴罗尼《叙述张力:悬念、好奇与意外》,向征译,北京:外语教学与研究出版社,2020年,第160—161页。
③ 拉斐尔·巴罗尼:《叙述张力:悬念、好奇与意外》,向征译,北京:外语教学与研究出版社,2020年,第162页。
④ 巴尔扎克:《邦斯舅舅》,傅雷译,见巴尔扎克《人间喜剧》(第14卷),傅雷等译,北京:人民文学出版社,1994年,第3页。

来,要到哪里去?他为什么要"假作正经地抿着嘴"?这些问题引发了读者的好奇心,吸引其通过阅读去寻找答案。

从跨文本性方面来说,由于没有一个文本能够孤立存在,文本总是处于一系列文本关系中,因此对某个叙事作品的阐释总是会借助其他文本。热奈特在《广义文本导论》《隐迹文本》《门槛》中定义了跨文本性,亚当将其综合为互文性、承文本性、元文本性、副文本性、广义文本性这几类,涵盖了文本内外、文本之间的种种关系。巴罗尼指出,"在情节叙事的实现层面上,这些跨文本关系可以具有不同功能:广义文本、互文本和蓝本使多个叙事相互交错,涉及部分或全部叙述的发展,并确定了相对明确的期待,而边缘文本和次文本则更多地界定一个普通协议,该协议部分地描述情节编排的类型、预期张力的性质和质量,以及适用于这个或那个特殊文本的阐述程序的类型"[1]。例如,读者会根据副文本中的标题、扉页、封底、序言、版权信息甚至插图来预测作品的形式与内容,将它与同类体裁或题材的作品进行比较,在推测被肯定或被推翻时获得乐趣。一般而言,类型文学往往遵循既有模式,因而其内容更容易被读者预测到,而具有创造性的作品往往意图颠覆既有模式,例如罗伯-格里耶的作品往往是与类型小说模式的游戏。在后一类作品中,读者的预测与期待不断落空,在意外与不断调整阅读策略的过程中,叙述张力随之产生。如果不具备跨文本性知识及其运用能力,那么对于作品的理解就会被局限于字面。例如如果没有意识到《橡皮》对侦探小说模式的摹仿与颠覆,那么读者不仅无法最大程度地体会到作品制造的叙述张力,甚至还可能抱怨作品故弄

---

[1] 拉斐尔·巴罗尼:《叙述张力:悬念、好奇与意外》,向征译,北京:外语教学与研究出版社,2020年,第171页。

玄虚、逻辑混乱、晦涩难读,进而对以罗伯-格里耶作品为代表的新小说提出疑问。因而巴罗尼断言,"如果不借助跨文本性的这些不同类型调整和引导阐释活动,就无法解释叙述张力现象"①。

"内在叙述"能力与文本辨识能力意味着,对叙事包含的不同形式的情感的辨认"首先取决于认知性理解,而非简单的印象性理解"②,阐释活动中的情感与认知由此体现出一种彼此关联而非相互排斥的关系。

四、巴罗尼情节诗学的研究特色及其贡献

舍费尔在为《叙述张力:悬念、好奇与意外》撰写的前言中给予了该著作以高度评价,指出"通过大量的提问与富有创见的回答,《叙述张力》无疑标志着叙事研究的真正革新。未来,任何人类学与叙述实践诗学的严谨研究都无法忽视本书的突出贡献"③。以下我们将结合舍费尔等学者的观点,简述巴罗尼情节诗学研究的特色与贡献。

巴罗尼的重要贡献之一在于,从叙事学研究对象来说,他重审并肯定了情节与情节性作品的价值,以及情节研究的重要意义。杜费指出,"巴罗尼研究的过人之处在于,他没有直接抛开前人的研究,而是重拾了其中一些几乎不为人所关注的概念,来重新对某个研究对象展开考察,出于意识形态或科学方面的原因,这一研究对象遭到了第一代叙事学的极大忽略"④。杜费因此认为,"巴罗尼

---

① 拉斐尔·巴罗尼:《叙述张力:悬念、好奇与意外》,向征译,北京:外语教学与研究出版社,2020年,第170页。
② 拉斐尔·巴罗尼:《叙述张力:悬念、好奇与意外》,向征译,北京:外语教学与研究出版社,2020年,第122页。
③ 舍费尔:"前言",见拉斐尔·巴罗尼《叙述张力:悬念、好奇与意外》,向征译,北京:外语教学与研究出版社,2020年,第4页。
④ Jean-Louis Dufays, « Préface », in Raphaël Baroni, *Les rouages de l'intrigue*, Genève: Slatkine Érudition, 2017, p. 10.

在此意义上完全属于新一代文学理论家行列"①。如果将巴罗尼的研究置于整个法语文学理论发展进程中，则会看到他的研究更为重要的意义。舍费尔指出，巴罗尼的研究与某种普遍态度拉开了距离，面对叙事经典运作模式——制造悬念、好奇等情绪功能，普遍态度认为这些经典模式难登大雅之堂，往往是"亚文学"例如侦探小说、黑色小说等惯用的手法，与"纯文学"格格不入。巴罗尼的研究揭示，一方面，悬念、惊奇等情绪不仅存在于大众文化的消费过程中，也存在于其他类型的互动过程中，实际上，这些经典运作模式具有至为重要的人类学价值；另一方面，叙事作品中激发悬念、好奇等情绪的机制比通常认为的要复杂很多，对这些机制的描述需要借助"符号学、语言学、语用学、修辞学、心理学（认知与情感）和互动主义"②理论。由于此类情感激发机制确实在大众文学、影视作品、游戏中表现得更为明显，巴罗尼的研究一定程度上也是在为这些文化产品正名。

正如舍费尔与巴罗尼反复提及的那样，情节及其经典运作模式具有重要的人类学价值。这一人类学价值也从多个方面体现出来。首先，沉浸式叙事有助于大脑模拟行动的展开。前文已提到巴罗尼根据功能将叙事分成了两类：一类是以布局功能为主导的叙事，例如新闻报道、历史书写、日常交流等，这类叙事被称为信息型叙事，在这类叙事中，情节编制并非其结构性模式；另一类是以情节编制为基本结构的叙事，被称作沉浸型叙事。所有叙事作品根据其张力程度或者说有无情节，分布在信息型叙事与沉浸型叙

---

① Jean-Louis Dufays, « Préface », in Raphaël Baroni, *Les rouages de l'intrigue*, Genève: Slatkine Érudition, 2017, p. 10.
② 拉斐尔·巴罗尼：《叙述张力：悬念、好奇与意外》，向征译，北京：外语教学与研究出版社，2020年，第13页。

事两极之间。巴罗尼借鉴近年来发展的认知科学与脑神经科学,指出叙事作品无论是为读者提供新的经验,还是纠正读者此前的错误认识与行为,都与大脑的模拟能力有关。沉浸型叙事因其对现实世界的摹仿,能够创造出具体、可以想象的可能世界,更有利于大脑展开模拟行动,促使读者在阅读过程中沉浸在叙事创造的世界,通过采取人物视角达到与人物合而为一的效果,从而实现认知与情感方面的转变。在沉浸型叙事中所获得的教训与所采取的态度无疑也能迁移至现实世界,令读者提高适应生活方面的能力,学会关切他人,超越利己主义。

其次,情节编制是塑造主体身份的重要途径。巴罗尼借鉴利科的《时间与叙事》指出,"行为的时间性主要取决于它的情节编排,叙述塑形将现象学经验的不和谐转化为所述的和谐"[①],以及"叙述性是唯一能够再现不可言喻之物、创造一个空间的象征性媒介,在这个空间中,未来和世界的不确定性位于言语的和谐和可理解性之中"[②]。也就是说,叙事能够赋予某种无序的存在以形式与意义,令不可解之事物变得可以理解、可以把握。在此过程中,叙述塑形不仅塑造时间与经验,也塑造着主体本身。一方面,通过倾听故事,令意外与偶然性变得更易理解、更易控制,"让张力变得稍微能够承受,并赋予张力某种意义或某种至少潜在的价值"[③],将原本无序的世界纳入可被理解进而被把握的逻辑之中;另一方面,"叙事赋予过往以意义和形式,而身份重塑建立于情节编

[①] 拉斐尔·巴罗尼:《叙述张力:悬念、好奇与意外》,向征译,北京:外语教学与研究出版社,2020年,第319页。
[②] 拉斐尔·巴罗尼:《叙述张力:悬念、好奇与意外》,向征译,北京:外语教学与研究出版社,2020年,第318—319页。
[③] 拉斐尔·巴罗尼:《叙述张力:悬念、好奇与意外》,向征译,北京:外语教学与研究出版社,2020年,第321页。

制之上"①,主体通过讲述故事,利用"情节编制"塑造稳定统一的自我内核,以此确立自身的身份。

最后,情节的人类学功能还通过其与不确定性的关系体现出来。巴罗尼曾指出,"从根本上说,叙事都是通过情节编排表现命运和世界的不确定性"②。不确定性意味着情节编排"一方面可以把由计划、希望或恐惧编织的未来的不确定性搬上舞台,另一方面可以展示我们与世界之间关系的不确定性"③,我们往往通过前者去理解后者。认知叙事学者卡琳·库科宁(Karin Kukkonen)在提及叙述张力(悬念、好奇、意外)的影响时指出,读者受张力牵引,在阅读过程中不断修正自己的假设,这一过程不仅涉及虚构世界,还涉及读者在叙事中的沉浸及其对故事与人物的情感倾注,正是因此,这一过程能够"帮助我们通过叙事来构建有关意外的解释。从更广泛角度说,文学叙事通过可能性模式,对我们认为可能的事物展开探索与协商,促使读者能够在贝叶斯系统中建立新的可能性,并以新的、出人意料的方式重审他们的预测能力"④。如果说叙事能够"'驯化'出人意料之事"⑤,那么它也"可以帮助我们构思有益的变化,令我们走出重复的循环和简化的'偏见'"⑥。换言之,我们

---

① Raphaël Baroni, « Se raconter pour changer? », *Cahiers de narratologie*(en ligne), n° 39, le 20 juillet 2021. Page consultée le 12 septembre 2022. URL: http://journals.openedition.org/narratologie/12243.
② 拉斐尔·巴罗尼:《叙述张力:悬念、好奇与意外》,向征译,北京:外语教学与研究出版社,2020年,第116页。
③ 拉斐尔·巴罗尼:《叙述张力:悬念、好奇与意外》,向征译,北京:外语教学与研究出版社,2020年,第318页。
④ Karin Kukkonen, "Bayesian Narrative: Probability, Plot and the Shape of the Fictional World", *Anglia*, n° 132, 2014(4), p. 737.
⑤ 拉斐尔·巴罗尼:《叙述张力:悬念、好奇与意外》,向征译,北京:外语教学与研究出版社,2020年,第321页。
⑥ 拉斐尔·巴罗尼:《叙述张力:悬念、好奇与意外》,向征译,北京:外语教学与研究出版社,2020年,第321页。

对现实的认识需要不断更新,以便适应环境不断提出的挑战,而情节编排通过呈现种种不确定性"构建可能的未知世界[……]探索无法预测之现实的潜在性[……]'陌生化'我们的日常生活环境"①,令我们具备自我更新的能力与意愿。

巴罗尼的重要贡献之二在于更新了叙事学研究方法。杜费指出,尽管20世纪80年代盛行起来的接受理论与文学阅读理论令阅读本身成为独立的研究对象,但借助阅读理论进行叙事分析,以此对抗巴特、热奈特、格雷马斯等人确立的经典模式并非易事。"有一位作者在这一演变过程中扮演了关键角色,这位作者便是拉法埃尔·巴罗尼。"②巴罗尼的做法首先是在结构主义分析方法中融入认知与情感视角。从更深层次上说,巴罗尼的情节研究与结构主义叙事学的立足点不同,或者说,巴罗尼研究的对象是沉浸型叙事,他的研究方法也可以说是一种沉浸式方法。结构主义者立足文本之外去看叙事情节,看到的是完整的故事,提炼的是静止的结构。巴罗尼的情节诗学采取的则是一位置身阅读过程中的读者的视角,这个读者还没有看到结局,不知道完整的故事,但他被具有张力的情节所吸引,无法放弃阅读,迫切地想解开谜题,或知道下一步发展。他不停地构想着故事的来龙去脉,但这些构想都只是暂时的可能性,会被之后的阅读肯定或否定,正是这种可能性与不确定性构成了阅读的张力。巴罗尼将结构主义叙事学时期的情节研究称为"地理范式",将他自己进行的研究称作"物理范式",主张情节研究"应从地理范式过渡到物理范式,或者更确切地说,从一种将文本当

---

① 拉斐尔·巴罗尼:《叙述张力:悬念、好奇与意外》,向征译,北京:外语教学与研究出版社,2020年,第322页。
② Jean-Louis Dufays, « Préface », in Raphaël Baroni, Les rouages de l'intrigue, Genève: Slatkine Érudition, 2017, p. 9 – 10.

作空间的分析过渡到一种将阅读当作机能(mécanisme)的研究"①，"将写作描述为某种势能在作品中积聚的过程,其用途在于之后被转化为动能,仿佛作者绷紧了弹簧,而读者之后将把弹簧复原"②。在这一过程中得到强调的是文本的潜能与可能性。实际上,巴罗尼并不否认"继承自结构主义模式的图示能够为分析叙述张力提供帮助"③,但他指出不应该将这些图示绝对化,而是"应当将其阐释为活动的、偶然的潜在可能性,是在阅读过程中逐步构建起来的"④。对潜在性、可能性与不确定性的强调可以说是巴罗尼与形式主义和结构主义叙事研究最重要的区别。

巴罗尼的重要贡献之三在于其对文学阅读、批评与文学教学的反思。上文已提到,情节及其经典运作模式在很长一段时间内不受重视,这一状况可以说延续至今,我们不时看到当代一些畅销作品被指叙事方式过于传统。实际上,阅读经常被分为两类:只注重故事趣味性与可读性的消遣式阅读和更关注作品诗学形式与深层意义的所谓严肃阅读,这两者又被称为"一度阅读"和"二度阅读"⑤。杜费将人们对这两类阅读的理解归纳为七个方面的对立,包括前者更注重语言准确性、道德与善,后者更注重语言与伦理层面的僭越性,前者更注重统一性与清晰性,后者更注重多义性与复

---

① Raphaël Baroni, *Les rouages de l'intrigue*, Genève: Slatkine Érudition, 2017, p. 41.
② Raphaël Baroni, *Les rouages de l'intrigue*, Genève: Slatkine Érudition, 2017, p. 41-42.
③ Raphaël Baroni, *Les rouages de l'intrigue*, Genève: Slatkine Érudition, 2017, p. 86.
④ Raphaël Baroni, *Les rouages de l'intrigue*, Genève: Slatkine Érudition, 2017, p. 86.
⑤ Cf. Jérôme David, « Le premier degré de la littérature », *fabula-LhT*, n° 9, 2012. URL: http://www.fabula.org/lht/9/index.php? id=304.

杂性等①。不过,20世纪末以来,受文学研究领域"情感转向"影响,文学批评与教学场域也发生了变化,有学者呼吁"调和业余读者与专业读者,调和文学与科学,调和认知与情感"②。以巴罗尼对情节及其经典运作模式的重视,不难想象他会主张取消两种阅读的边界。正是出于"建构一种'立即赋予一度文学以重要地位的文学理论'"③的目的,巴罗尼撰写了《情节的齿轮》,在该书中,他通过对具体作品的分析支撑了自己的主张。例如,他以瑞士法语区著名作家查尔斯·费迪南德·拉穆兹(Charles Ferdinand Ramuz)的《德波朗斯》(*Derborence*)为例,结合作家生平,从文学社会学角度,证明作品的商业价值与文学价值不应被割裂开来。因为"具有引人入胜情节的沉浸型叙事"将我们带离日常生活,投入叙事作品的故事世界,这一过程不仅具备美学价值,还具有伦理价值与适应价值。反过来,他以格拉克的《科夫图阿王》以及罗伯-格里耶的《橡皮》等先锋作品为例,证明即使在无情节甚至反情节的作品中,张力机制也会起作用。从情节与叙述张力角度对这类作品进行解读,会有意想不到的收获,深化对作品的理解。

调和"一度阅读"与"二度阅读"不仅对阅读与批评,也对文学教学具有重要意义。巴罗尼研究成果中很重要的一部分围绕文学教学展开,他始终致力于紧密结合自己的科研与教学,不遗余力地将更新后的叙事学概念与方法应用于教学研究、教学实践与教员培训中,"致力于为教师提供一套得到清晰界定并很容易运用于文

---

① Cf. Jean-Louis Dufays, « Lire, c'est aussi évaluer: autopsie des modes de jugement à l'œuvre dans diverses situations de lecture », *éla*, *Revue de Didactologie des langues-cultures*, n° 119, 2000, p. 288.

② Jean-François Vernay, *Plaidoyer pour un renouveau de l'émotion en littérature*, Paris: Complicités, 2013, p. 117.

③ Raphaël Baroni, *Les rouages de l'intrigue*, Genève: Slatkine Érudition, 2017, p. 51.

学课堂的理论工具"[1]。巴罗尼指出,以往学校文学教育的主流形式——评论与文本分析——要么毫无章法、全凭直觉,要么受结构主义文学理论影响,使用过于刻板机械的方法,这两种做法都令学生对文学教育失去兴趣,进而影响了文学教育本身。情节诗学重视阅读中的情感与乐趣,而借助情节诗学理论与方法"对改变叙述张力的文本结构进行客观分析,能使学习者在评论、文本分析等教学形式中熟悉情节的齿轮,同时培养有关这些情节机制的文学特殊性、其功效、其价值的判断力"[2]。因此,情节诗学在文学教学中的运用有可能重燃学生对文学的兴趣,从而保证文学在多媒体时代始终能在文化版图中占据一席之地。

* * *

以上我们简要梳理了法国及法语地区叙事学的当代发展,我们注意到,尽管叙事学已成一个跨国界的超级学科甚至一种跨学科的方法,但法国及法语地区的叙述研究仍紧紧扎根于本土的学术传统与理论资源,从后者汲取拓展的养分,由此取得了独具特色的成果,从理论建构与批评实践方面为当代叙事学发展提供了后经典叙事学路径以外的其他可能性。当代法国及法语地区叙事学因其独特性与异质性而成为当代叙事学不可或缺的部分,也为其他国家和地区叙事学本土化发展提供了有益借鉴。

---

[1] Raphaël Baroni, « Pour des concepts narratologiques intelligibles et utiles pour l'enseignement: schéma quinaire et focalisation en débat », *Transpositio* (en ligne), n° 2, 2020. URL: http://www.transpositio.org/articles/view/pour-des-concepts-narratologiques-intelligibles-et-utiles-pour-l-enseignement-schema-quinaire-et-focalisation-en-debat.

[2] Raphaël Baroni, *Les rouages de l'intrigue*, Genève: Slatkine Érudition, 2017, p. 84.

第六章　虚构研究

我们在上文已提到,虚构研究是今日法国诗学研究的重要课题。在西方,对虚构问题的思考在柏拉图与亚里士多德的论述中已经出现,且学者始终保持着对虚构的探索热情。20世纪末21世纪初,国际学界产生了新一轮的虚构理论研究热潮,法语学者也为这一股理论大潮贡献了诸多重要成果。下文我们将对这一部分成果进行简要介绍。

第一节　从虚构思想到虚构研究"理论转向"

一、虚构研究"理论转向"

要谈论虚构,先要对虚构的本质进行界定。在西方文学研究中,对虚构及其本质的思考很早就已出现,并贯穿整个文学史。亚里士多德的《诗学》通常被认为是西方最早涉及虚构研究的著作。在《诗学》第九章中,亚里士多德谈到了诗人与历史学家的差异,指出历史学家只能"记述已经发生的事"[①],诗人却可以"根据可然或

[①] 亚里士多德:《诗学》,陈中梅译注,北京:商务印书馆,1996,第81页。

必然的原则"讲述"可能发生的事"①,涉及想象与虚构的范畴。文艺复兴时期,亚里士多德的《诗学》被欧洲发现,对当时的诗人产生重要影响。菲利普·锡德尼爵士(Sir Philip Sidney)是亚里士多德诗学观的拥护者。在 1580 年写的《为诗辩护》(*An Apology for Poetry*)中,锡德尼爵士提到,与其他技艺相比,诗人的技艺要更为高超,因为其他技艺只能依靠大自然,"没有大自然,它们就不存在"②,自然科学家不必说,连道德哲学家、法学家、历史家、语法家、修辞学家、逻辑学家等,也都以考察自然界现存事物为目标,唯独诗人与众不同,因为他的作品是"模仿的、虚构的"③,能"造出比自然所产生的更好的事物[……]或者完全崭新的、自然中所从来没有的形象"④。锡德尼爵士由此证实了虚构之于事实的优越性。另一位常被援引的作者是塞缪尔·泰勒·柯勒律治(Samuel Taylor Coleridge),他曾提出名言"怀疑的自愿终止"⑤,将其视为面对诗歌的正确态度,这句名言之后受到当代语用学家的青睐,柯勒律治也被视为语用学虚构观念的鼻祖。

然而,上述论述与其说证明了西方文学史上持续存在对虚构本质的思考,不如说每个时代的诗人与作家总是会自发地思考文学与现实的关系,正如凯瑟琳·盖勒格(Catherine Gallagher)在《虚构性的兴起》一文中指出的那样:"《堂吉诃德》的例子证明,18 世纪前也存在小说,而亚里士多德和锡德尼爵士的话表明,用以理解虚构性的要素在此之前也同样存在。但是,直至其在 18 世纪英

---

① 亚里士多德:《诗学》,陈中梅译注,北京:商务印书馆,1996,第 81 页。
② 锡德尼:《为诗辩护》,钱学熙译,北京:人民文学出版社,1964 年,第 8 页。
③ 锡德尼:《为诗辩护》,钱学熙译,北京:人民文学出版社,1964 年,第 10 页。
④ 锡德尼:《为诗辩护》,钱学熙译,北京:人民文学出版社,1964 年,第 9 页。
⑤ Samuel Taylor Coleridge, *Biographia Literaria*, eds. James Engell and W. Jackson Bate, Princeton: Princeton University Press, 1983, p. 6.

国小说中重合之前,这些实践与理解要素并没能形成某种普遍概念,也没能形成持续持久的小说实践。所有这些要素——我们可以说——也存在于其他几个时期与不同场所,但表面看来,并没有强烈的需求来刺激它们的集合。"[1]换言之,对盖勒格来说,从"普遍观念"角度"持续持久"展开的虚构思考与虚构实践在西方始于18世纪。

但是,将虚构与虚构性提升为自觉的研究对象,并借助种种视角与方法对其展开理论探索,还要等到20世纪下半叶。法国学者拉沃卡在近著《事实与虚构》(*Fait et fiction*)中提出当代西方虚构研究的"转向""断裂"与"范式转型"[2],指出"20世纪的最后15年见证了虚构理论领域知识图景的彻底转变与更新"[3],促使这一"彻底转变与更新"成为可能的理论研究主要包括帕维尔的《虚构世界》(*Fictional Worlds* 1986)、肯德尔·沃尔顿(Kendall Walton)的《扮假作真的模仿》(*Mimesis as Make-Believe* 1990)、热奈特的《虚构与话语》(*Fiction et diction* 1991)、玛丽-劳尔·瑞安(Marie-Laure Ryan)的《可能世界、人工智能与叙事理论》(*Possibles Worlds, Artificial Intelligence, and Narrative Theory* 1991)、多勒泽尔的《异宇宙:虚构与可能世界》(*Heterocosmica* 1998)、多丽特·科恩(Dorrit Cohn)的《虚构的特性》(*The Distinction of Fiction* 1999)、舍费尔的《我们为什么需要虚构?》(*Pourquoi la ficton?* 1999)等代表作,"正是借助这些在1986—1999年间出版的一系列

---

[1] Catherine Gallagher, "The Rise of Fictionality", in Franco Moretti (ed.), *The Novel*, vol. 1, Princeton: Princeton University Press, 2006, p. 345.

[2] 弗朗索瓦丝·拉沃卡:《事实与虚构:论边界》,曹丹红译,上海:华东师范大学出版社,2024年,引言第6—7页。

[3] 弗朗索瓦丝·拉沃卡:《事实与虚构:论边界》,曹丹红译,上海:华东师范大学出版社,2024年,引言第6页。

著作,一个学派得以形成,促使我们能够谈论一种断裂,或者用一个已被用滥的术语来说,是一种'范式转型'"[1]。虽然就我们所知,拉沃卡是唯一一位提出虚构研究"范式转型"一说的学者,但认为此一时期虚构研究确实产生了新变化的不乏其人,例如瑞安提到过去人们对虚构问题不甚关心,"到20世纪70年代才发现虚构成了一个理论问题"[2],舍费尔也指出,"目前人们对虚构问题的兴趣大致可以追溯至20世纪70年代"[3]。可以说在20世纪的最后二三十年,西方虚构研究领域确实出现了某种"理论转向"。

这一"理论转向"应该说与20世纪的理论发展本身密不可分。一方面,拉沃卡描述过标志虚构"理论转向"的几个事件:帕维尔《虚构世界》和舍费尔《我们为什么需要虚构?》的开头都提到了虚构人物——分别是匹克威克先生和电子游戏《古墓丽影》人物劳拉,并指出"只有重新回到当时的知识背景——经典叙事学和形式主义的口号成为教科书内容,禁锢了当时的知识界,我们才能理解匹克威克先生和劳拉闯入这两本书的开头所产生的思想解放甚至可以说是喜气洋洋的效果"[4]。而帕维尔《虚构世界》英文版第一章的标题是"超越结构主义"[5]。换言之,"虚构理论"是以形式主义和结构主义反拨者的姿态出现的。无独有偶,同一时期——以法国学界为例——故事与人物也重新回到文艺研究者的视野中。另一

---

[1] 弗朗索瓦丝·拉沃卡:《事实与虚构:论边界》,曹丹红译,上海:华东师范大学出版社,2024年,引言第7页。

[2] 玛丽-劳尔·瑞安:《故事的变身》,张新军译,南京:译林出版社,2014年,第31页。

[3] Jean-Marie Schaeffer, « Préface », in Olivier Caïra, *Définir la fiction*, Paris: Éditions de l'EHESS, 2011, p. 8.

[4] 弗朗索瓦丝·拉沃卡:《事实与虚构:论边界》,曹丹红译,上海:华东师范大学出版社,2024年,引言第7页。

[5] Thomas G. Pavel, *Fictional Worlds*, Cambridge: Havard University Press, 1986, p. 1.

方面,哲学"虚构"研究为这一"理论转向"奠定了理论基础。实际上,"虚构"问题因涉及与真的关系而始终没有离开哲学家的视野,特别是自 19 世纪末 20 世纪初起,戈特洛布·弗雷格(Gottlob Frege)、亚历克修斯·迈农(Alexius Meinong)、伯特兰·罗素(Bertrand Russell)、古德曼、希拉里·普特南(Hilary Putnam)等语言哲学家或逻辑学家开始探讨虚构指称与虚构存在问题。20 世纪 60 年代,索尔·亚伦·克里普克(Saul Aaron Kripke)、大卫·刘易斯(David Lewis)等学者又在前述研究基础上创立并发展了可能世界语义学。如果说 20 世纪上半叶的分析哲学更多是借文艺作品中的例子来思考虚构名称与指涉对象的关系,其研究成果本身很难被直接挪用于文学文化领域,那么可能世界语义学则对文艺学研究产生了更为重要的影响,启发艾柯(1979)、帕维尔(1986)、瑞安(1991)、多勒泽尔(1998)等学者就虚构作品中的可能世界展开深入思考,促使"20 世纪 70 年代中后期出现了一系列涉及从形式语义学和哲学逻辑学角度进行叙事和文学意义研究的建议。一场辩论就此产生,[……]表明形式语义学模型,或从更普遍角度说小说领域与哲学研究成果的靠近可以为叙事学和风格学各项研究提供更好的解释。这一研究方向不仅为结构主义问题提供了替代性的答案,还扩大了自己的探索空间。此前一直遭忽略的文学真实性、虚构性本质、文学与现实的距离和相似性等问题再次引起了理论界的关注"[1]。

"理论转向"首先意味着从 20 世纪 80 年代初起,研究者开始不约而同地以虚构为理论研究对象,虚构研究不再是个别现象,不少

---

[1] Thomas G. Pavel, *Fictional Worlds*, Cambridge: Harvard University Press, 1986, pp. 9 – 10.

跨学科虚构研究中心在欧美各地建立;其次意味着研究者充分意识到虚构的重要性,自觉地将虚构当作理论探索的对象;最后还意味着此一时期的虚构研究受到不同理论或方法的支撑,研究的"科学性"得到提升,尽管"科学性"一词容易遭到诟病。同时,此前的一些重要研究成果也被收编,被视为虚构性研究的前驱成果,例如汉伯格的《文学的逻辑》(1957)、韦恩·布斯(Wayne Booth)的《小说修辞学》(*The Rhetoric of Fiction* 1961)、艾柯的《故事里的读者》(*Lector in fabula* 1979)等。

二、虚构性研究的内外途径

20世纪最后二三十年出现了研究虚构的不同视角与方法,但这些视角与方法总的来说可进行一些归类,法国学者奥利维耶·卡伊拉(Olivier Caïra)在《定义虚构:从小说到象棋》(*Définir la fiction: Du roman au jeu d'échecs*)中梳理了近年来西方主要虚构研究成果,指出学者对虚构的界定存在内部途径与外部途径之分,其中内部途径立足虚构本身,主要包括本体论与形式主义研究途径,外部途径立足虚构作者、接受者与接受环境,主要包括语用学与认知研究途径[①]。

先来看虚构研究的内部途径。内部途径本身又因其所依据的理论与方法的不同,大致可分为依据逻辑学与模态语义学的本体论视角,如特伦斯·帕森斯(Terence Parsons)、艾柯、多勒泽尔、瑞安等人的研究,以及依据语言学、叙事学、认知理论的形式主义视角,如汉伯格、科恩等人的研究。本体论研究往往从虚构与现实世界、与真实的关系出发,探讨虚构存在的属性或虚构世界的存在方

---

① Olivier Caïra, *Définir la fiction: Du roman au jeu d'échecs*, Paris: Éditions de l'EHESS, 2011, p. 179-227.

式，归根到底更为关注虚构的内容。帕维尔率先将可能世界理论应用于虚构作品研究，在《虚构世界》中探讨了虚构生物与世界的本质以及虚构作品中的真理问题，指出"应承认虚构事物的本体论地位"①，即承认其真实地存在于作品建构的虚构世界中。虚构因而被赋予一种双重结构，包含两个世界——现实世界和虚构世界或曰一级世界和次级世界，其中"一级世界不会与次级世界形成同构关系，因为次级世界包含某些实体与事物状态，后者在一级世界中不存在对应体"②，不仅如此，"次级世界从本质上说具有创造性"③，能创造出一级世界中不存在的事物。帕维尔将这一双重结构称为"凸显结构"(salient structure)④，并将其视作虚构的本质特征。瑞安强调文艺作品中的可能世界是经由文本中介构建的，因而更倾向于谈论文本现实世界(textual actual world)，她主要从物品统一性、陈设统一性、成员统一性、时序兼容性、物理兼容性、生物分类学兼容性、逻辑兼容性、分析兼容性、语言兼容性这九种关系⑤出发，探讨了文本现实世界与现实世界的吻合与偏离，指出对不同关系的遵循与违反会导向不同的文本类型，并决定作品的虚构性程度。多勒泽尔则对虚构世界的本质特征进行了归纳，提出了"虚构世界是事物尚未实现的所有可能状态的集合"⑥，"虚构世

---

① Thomas G. Pavel, *Fictional Worlds*, Cambridge: Harvard University Press, 1986, p. 30.

② Thomas G. Pavel, *Fictional Worlds*, Cambridge: Harvard University Press, 1986, p. 57.

③ Thomas G. Pavel, *Fictional Worlds*, Cambridge: Harvard University Press, 1986, p. 61.

④ Thomas G. Pavel, *Fictional Worlds*, Cambridge: Harvard University Press, 1986, p. 57.

⑤ Marie-Laure Ryan, "Possible Worlds and Accessibility Relations: A Semantic Typology of Fiction", *Poetics Today*, vol. 12, 1991 (3), pp. 558–559.

⑥ Lubomír Doležel, *Heterocosmica: Fiction and Possible Worlds*, Baltimore: Johns Hopkins University Press, 1998, p. 16.

界无穷无尽,且无限多变"①,"虚构世界可以经由符号中介进入"②等六大论断。这些学者的论著构成了本体论视角下进行的虚构研究的奠基性成果。

虚构性的形式主义研究试图从作品形式归纳出虚构的特殊性,为判定作品是否属于虚构提供形式标准。此类研究深受德国学者汉伯格学说的影响。在名著《文学的逻辑》中,汉伯格主要从语言学出发,将言语活动分为陈述、虚构以及结合了此二者的混合形式,这便是汉伯格区分的文学三类型。从对虚构性研究的贡献来说,汉伯格总结出叙述性虚构的几个文本内标记:第一,只有第三人称叙事才称得上严格意义上的叙述性虚构;第二,虚构中的过去时态(汉伯格举的例子主要是法语中的简单过去时与未完成过去时)是一种叙述性过去时,此时"过去时态失去了指示过去的语法功能"③;第三,存在大量刻画人物内心进程的动词,并大量使用自由间接引语,直接暴露人物内心活动;第四,时空副词不再真正指示存在时间与方位,仅作为一种象征存在④。归根到底,之所以存在以上文本迹象,是因为在叙述性虚构中,真实的陈述主体(被等同于作者)消失,人物成为汉伯格所说的"虚构陈述出发点"(fiktives Ursprung-Ich)⑤,人物的所见所闻所思所感成为叙述与描写

---

① Lubomír Doležel, *Heterocosmica: Fiction and Possible Worlds*, Baltimore: Johns Hopkins University Press, 1998, p. 19.
② Lubomír Doležel, *Heterocosmica: Fiction and Possible Worlds*, Baltimore: Johns Hopkins University Press, 1998, p. 20.
③ Käte Hamburger, *Logique des genres littéraires*, trad. Olivier Cadiot, Paris: Seuil, 1986, p. 77.
④ Käte Hamburger, *Logique des genres littéraires*, trad. Olivier Cadiot, Paris: Seuil, 1986, p. 72-124.
⑤ Käte Hamburger, *Logique des genres littéraires*, trad. Olivier Cadiot, Paris: Seuil, 1986, p. 127.

的基准。

汉伯格的研究成果在科恩的著作中得到延续与拓展，拓展尤其体现于科恩对自传与自我虚构，也就是第一人称叙事作品的思考。在《虚构的特性》伊始，科恩在充分认识到"虚构"一词的悠久历史及其复杂内涵的情况下，为研究之便，将虚构界定为"非指称性文学叙事"[1]或"自我指涉"[2]的想象性文学作品，换言之，虚构不具备指示外部真实世界的功能。随后，科恩通过将虚构与传记、自传、见证书写等类型进行对比研究，主要从叙事学出发，归纳出判定虚构的三个标准：标准一，虚构叙事可以用双层结构（故事/话语）模式去分析，但这一模式不适用于分析历史叙事，因为后者还要求在这一双层结构上再加上一个指示真实世界的层次；标准二，异故事虚构叙事能直接呈现人物意识——这一标准的提出受到汉伯格的启发，而非虚构如果要呈现人物心理，就要加上"应该""可能"等词，因为现实生活中我们不可能直接获知他人的心理活动；标准三，虚构叙事中叙述声音与作者声音是分离的，而非虚构叙述者绝大多数情况下是作者本人[3]。

再来看卡伊拉总结的外部研究途径。虚构性的外部研究者普遍认为"从文本特征上无法确定一连串话语是否为虚构作品"[4]。卡伊拉将外部研究分为两类。一类是语用学研究，在这一领域，"塞尔的定义具有开创性意义[……]这一定义在虚构思考中引入

---

[1] Dorrit Cohn, *The Distinction of Fiction*, Baltimore: Johns Hopkins University Press, 1999, p. 12.

[2] Dorrit Cohn, *The Distinction of Fiction*, Baltimore: Johns Hopkins University Press, 1999, p. 13.

[3] Dorrit Cohn, *The Distinction of Fiction*, Baltimore: Johns Hopkins University Press, 1999, pp. 109 – 130.

[4] 约翰·R. 塞尔：《虚构性语篇的逻辑状态》，见约翰·R. 塞尔《表达与意义：言语行为理论研究》，王加为、赵明珠译，北京：商务印书馆，2017年，第89页。

了语用学视角,从此以后,大部分虚构分析都在这一视角引导下进行"①。塞尔从言语行为理论出发区分了虚构与非虚构,对他来说,非虚构是一种严肃的断言(assertion),满足断言这一言外行为的四个基本原则,包括"本质原则:断言人应当保证表达命题的真实性""预备原则:说话人必须为表达命题的真实性提供证据或原因""在话语语境中,表达命题对于说话人和受话人来说都不得不具有明显真实性""真诚原则:说话人必须相信表达命题的真实性"②。但所有这些原则都不适用于虚构作品,"虚构作品的作者假装实施一系列言外行为,这些言外行为通常是断言"③,塞尔由此认为,决定一部作品是不是虚构的是作者,体现作者决定的是一系列文本外约定,包括作者本人的相关言论、副文本信息等。塞尔的虚构研究只是著作《表达与意义》中的一章,相对较为简要,但为思考虚构性开启了一条新路径,启发沃尔顿(1990)、热奈特(1991)、舍费尔(1999)等学者从语用学角度提出有关虚构本质与功能的重要观点,有学者认为"语用学假设在今日有关虚构的讨论中是最具启发性的路径之一"④。

但是,塞尔的研究也被指存在一个重要缺陷,塞尔强调作者意图,因而预设了一个作者,但虚构作品并不一定有作者,具有虚构性质的民间故事就是很好的反例——前提当然是将民间故事当作一种虚构类型。此外,即使存在作者,但读者不了解或不理会作者

---

① Jean-Marie Schaeffer, « Préface », in Olivier Caïra, *Définir la fiction*, Paris: Éditions de l'EHESS, 2011, p. 9 - 10.
② 约翰·R. 塞尔:《虚构性语篇的逻辑状态》,见约翰·R. 塞尔《表达与意义:言语行为理论研究》,王加为、赵明珠译,北京:商务印书馆,2017年,第83页。
③ 约翰·R. 塞尔:《虚构性语篇的逻辑状态》,见约翰·R. 塞尔《表达与意义:言语行为理论研究》,王加为、赵明珠译,北京:商务印书馆,2017年,第86页。
④ Olivier Caïra, *Définir la fiction*, Paris: Éditions de l'EHESS, 2011, p. 210.

意图，根据自己意愿将作品当作虚构或非虚构来阅读的情况也时有发生。我们上文已提到德国作家希尔德斯海默所写的《马波特》，尽管作者从未试图欺骗读者，但仍有大量读者将这部虚构作品当成一位真实存在过的艺术批评家马波特的生平传记。在这种背景下，塞尔的理论被舍费尔、沃尔顿等学者修正——卡伊拉称他们的理论为"改良的语用学"①，例如舍费尔认为，"一切虚构的基本构成规则，是确立一种合适的语用学框架，有助于产生虚构沉浸"②，而这个"合适的语用学框架显然是我们通常用'趣味假装'或'共享假装'（塞尔）等语汇来指称的东西"③。之所以强调"共享"是因为虚构涉及的"不仅仅是创作者的意图，还有作品的交际属性"④，换言之，作品要被认为是虚构，仅凭创造者意图是不够的，"还需虚构接受者能够认出这种意图"⑤。沃尔顿则指出，"一部作品的功能有其社会相关性，虚构本身亦然"⑥，例如古希腊神话在古希腊人看来可能是非虚构，但很可能被现代人视为虚构。此外，在接受者态度之外，沃尔顿也强调"虚构活动中的客体——虚构作品或自然客体"⑦的重要性，断言"任何创作，只要具有在扮假作真游戏中充当道具的功能［……］便可以被视为'虚构'"⑧。

舍费尔、沃尔顿等人的研究，以及21世纪以来理查德·沃尔

---

① Olivier Caïra, *Définir la fiction*, Paris: Éditions de l'EHESS, 2011, p. 213.
② Jean-Marie Schaeffer, *Pourquoi la fiction？* Paris: Seuil, 1999, p. 146.
③ Jean-Marie Schaeffer, *Pourquoi la fiction？* Paris: Seuil, 1999, p. 146.
④ Jean-Marie Schaeffer, *Pourquoi la fiction？* Paris: Seuil, 1999, p. 146.
⑤ Jean-Marie Schaeffer, *Pourquoi la fiction？* Paris: Seuil, 1999, p. 147.
⑥ 肯达尔·L. 沃尔顿：《扮假作真的模仿：再现艺术基础》，赵新宇等译，北京：商务印书馆，2013年，第116页。
⑦ 肯达尔·L. 沃尔顿：《扮假作真的模仿：再现艺术基础》，赵新宇等译，北京：商务印书馆，2013年，第112页。
⑧ 肯达尔·L. 沃尔顿：《扮假作真的模仿：再现艺术基础》，赵新宇等译，北京：商务印书馆，2013年，第92页。

什(Richard Walsh)、詹姆斯·费伦(James Phelan)、亨里克·斯特夫·尼尔森(Henrick Skov Nielsen)等人从修辞视角进行的虚构性研究拓展了语用学虚构研究。与此同时,我们也注意到,舍费尔、沃尔顿等人的思考实际上融入了外部研究的另一种视角也即认知视角:将虚构视作扮假作真游戏的道具,借助虚构有意识地想象一种情境或一个世界,同时又能"沉浸"其中,享受虚构带来的乐趣,获得这些效果需要接受者具备"某种至少包含两方面特征的复杂大脑组织"[1],一方面有能力不被虚构欺骗,另一方面却也能分辨谎言与"趣味假装"并肯定后者的价值。

在虚构理论兴起与发展的过程中,内部研究与外部研究的对立始终存在。近年来,法国学者拉沃卡另辟蹊径,可以说开拓了虚构研究的第三条道路。拉沃卡指出,对虚构本质的探索一般从三种途径进行,即语义学途径、本体论途径、语用学途径,而她本人明确表示"将综合这三种途径,提出多种彼此叠合的'边界'概念"[2],换言之,调和内外途径,从本质和用途两方面来考察边界,也即虚构与非虚构的异质性问题。这一虚构观念充分体现于拉沃卡近著《事实与虚构》中,鉴于拉沃卡的研究成果尤其《事实与虚构》在当代法国乃至国际虚构研究场域中的重要性,我们将在下一节中专门对其展开论述。

三、当代西方虚构性研究趋势

从上述讨论可见,历史上人们对虚构本质存在多种理解,这种多元性来自"虚构"一词意义的含混性、虚构形式的丰富性以及产生与消费虚构作品的文化的多样性。在这种情况下,定义虚构也

---

[1] Jean-Marie Schaeffer, *Pourquoi la fiction ?* Paris: Seuil, 1999, p. 164.
[2] 弗朗索瓦丝·拉沃卡:《事实与虚构:论边界》,曹丹红译,上海:华东师范大学出版社,2024年,引言第1页,注释1。

成为一个难题。尽管如此,20世纪最后二三十年的西方虚构性研究也呈现出一些共性,促使拉沃卡谈论一种断裂或研究范式转型。共性主要包括:

1. 结合跨媒介视角考察虚构实践的多样性

提到虚构,大众首先会联想到文学。盖勒格将虚构兴起的时间定位于18世纪,她所依据的完全是文学资源。这可能与英语语境下,"Fiction"被等同于小说不无关系,例如尼古拉斯·D.佩吉(Nicholas D. Paige)在《虚构之前:论小说的"旧制度"》(Before Fiction: The Ancien Régime of the Novel)中将虚构视为小说发展到一定阶段的产物,将虚构产生的时间定位于18世纪末19世纪初[①]。由于学科背景限制,我们所借鉴的理论资源也以文学文本研究为主。但假如我们赞同拉沃卡等人的观点,将亚里士多德的《诗学》视作西方虚构研究的奠基之作,那么我们会发现,虚构从一开始便已超越了文学领域,与戏剧表演艺术密切相关。20世纪的最后二三十年,虚构的跨媒介性得到强调,帕维尔、瑞安、沃尔顿、舍费尔、卡伊拉、拉沃卡等人的研究均试图表明,虚构已溢出文学的边界,从书籍拓展至其他媒介,将电影、电视剧、漫画、电子游戏、虚拟现实等都包括在内。沃尔顿在《扮假作真的模仿》中提到诸多绘画作品,舍费尔经典之作《我们为什么需要虚构?》始于对电子游戏人物的探讨,瑞安建议将"虚构作为跨媒介概念"[②]来认识,同时从电影、电视、摄影、人造图片等领域探讨了虚构与非虚构的边界。舍费尔甚至认为,20世纪70年代以来人们对虚构重燃兴趣,"毫无

---

① Nicholas D. Paige, *Before Fiction: The Ancien Régime of the Novel*, Philadelphia: University of Pennsylvania Press, 2011, p. 26.
② 玛丽-劳尔·瑞安:《故事的变身》,张新军译,南京:译林出版社,2014年,第35页。

疑问与数字革命有关"[1]。对虚构跨媒介性特质的兴趣与研究表明,虚构也与叙事一样,正在成为不同学科共同关注的对象,而虚构研究的跨学科性质促使其很有可能成为文化研究中的一个新兴学科。

虚构的跨媒介研究在我们看来至少应具备两个向度。一方面是从普遍维度探索不同媒介的虚构作品的共性,后者使这些作品可被归入"虚构"行列。例如上文提到的沃尔顿、舍费尔等人的研究,再如,克洛迪娜·雅克诺(Claudine Jacquenod)在《试论一种普遍的虚构理论》一文中,对梦境、口头或书面文本、静态或动态虚构图像、戏剧表演、传统游戏、互动电子游戏、其他静态或动态物品、音乐虚构等"虚构"类型进行了考察,并尝试归纳出一种普遍的虚构定义:"虚构是作者意图向其接受者传达的一种语言或非语言表征,在传达这一表征时,作者采取了一种特殊的态度,邀请接受者想象一个虚构世界,这一世界的特征吻合作品所描绘的世界。"[2]另一方面,普适性研究也存在一些风险,瑞安在提出将虚构视为跨媒介概念时曾指出,"沃尔顿在游戏、图片、文本之间的平行类比,遮蔽了一种深刻的不对称,这让其跨媒介有效性成为问题"[3],换言之,虚构性的产生与生效机制和媒介自身的特点密切相关,镜头语言、色彩语言、肢体语言与自然语言创造虚构可能世界的方式各不相同。从这个角度说,虚构的跨媒介研究不能不考虑媒介自身的特殊性,从媒介的可能性与局限性出发去思考、拓展或修正虚构性

---

[1] Jean-Marie Schaeffer, « Préface », in Olivier Caïra, *Définir la fiction*, Paris: Éditions de l'EHESS, 2011, p. 8.

[2] Claudine Jacquenod, « Vers une théorie générale de la fiction », *Semiotica*, n° 157, 2005, p. 143.

[3] 玛丽-劳尔·瑞安:《故事的变身》,张新军译,南京:译林出版社,2014年,第35页。

的内涵。

2. 结合内外途径全面认识虚构

内部途径的重要性不言而喻,"本质"研究从其本质说是一种内部研究。然而外部视角的重要性也不可忽略,假如仅从形式或语义来区分虚构与事实,而不考虑不同文化对虚构的接受,我们就无法理解为何在特定文化语境中,某些作品即使明显具有虚构属性,例如尼科斯·卡赞察斯基(Nikos Kazantzákis)的《基督最后的诱惑》(O televteos pirasmos)、萨尔曼·拉什迪(Salman Rushdie)的《撒旦诗篇》(The Satanic Verses)等,仍会遭到信徒的排斥与宗教权力机构的制裁,也无法理解为何某些标榜虚构的作品,例如三岛由纪夫的《宴后》等,仍然无法避免法律的惩罚。因此,理解虚构不能只关注作品,而是要将作品上游的作者与下游的受众和接受环境联系起来考察。

除了语用学途径,外部研究还包括认知途径。当代一些充分借鉴认知心理学与神经科学的虚构研究在理解虚构的功能方面尤其获得了一些发人深思的成果。例如,尽管近期一些文学研究假设文学阅读具有"操演性",阅读文学作品能推动读者采取行动,从而实现某种意义上的知行合一,但近些年的认知心理学与神经科学研究借助问卷调查、测试或磁共振成像等实验揭示,事实与虚构刺激的是大脑的不同区域。具体而言,事实更多刺激大脑皮质中线结构,激活的是与自身相关的记忆,引发个体做出反应;虚构刺激的主要是外侧前额叶皮层和前扣带回皮层,激活的是语义记忆,这一区域反过来会控制并降低情绪波动[1]。这就意味着接受者在

---

[1] Marco Sperduti, et al., "The Paradox of Fiction: Emotional Response Toward Fiction and the Modulatory Role of Self-Relevance", Acta Psychologica, n° 165, 2016, p. 54.

面对事实与虚构时会采取不同的态度,虚构实际上非但不会促使读者或观众采取行动,反而还会导致"行动的克制"[①]。于是乎,大脑一方面会启动模拟程序,将虚构当作事实体验,激发相关情感反应;另一方面却又会下达指令,阻止虚构接受者采取行动(冲上舞台去解救公主等),而这种张力也成为虚构带给读者或观众的一大乐趣。

3. 结合跨文化与历史视角呈现虚构观念的多样性与历史性

拉沃卡在《事实与虚构》一书中不断指出,今日西方读者甚至学者对虚构的理解都过于狭隘,从狭隘的视角出发,虚构往往被等同于西方19世纪小说甚至是19世纪现实主义小说,从而得出其他文化、其他历史时期无虚构的错误结论。实际上,如果持一种更为开放的虚构观,就会发现虚构不仅存在于不同历史阶段,也存在于不同文化内部,只不过在不同时期、不同文化中,虚构可能具备不同的形式与用途。从更深层次说,"一切虚构理论都有意无意地建立于某种真理观之上,因而也就是建立于我们对自己认识世界的方式所持的立场之上"[②],因此虚构问题实际上"远远超越了叙事学领域,它要求阐明虚构观念与其认识论基础之间的关联,以及虚构观念与观念中或隐或显的人类学之间的关联"[③]。从这一角度说,要全面理解虚构,还须考虑到时空差异,采取一种跨文化的、历史的视角,从虚构形式及其用途与不同文化的关联中去探索虚构的可能性维度。因此,拉沃卡本人一方面在著作中花了不少篇幅聚

---

① 弗朗索瓦丝·拉沃卡:《事实与虚构:论边界》,曹丹红译,上海:华东师范大学出版社,2024年,第175页。

② Jean-Marie Schaeffer, « Préface », in Olivier Caïra, *Définir la fiction*, Paris: Éditions de l'EHESS, 2011, p. 11–12.

③ 弗朗索瓦丝·拉沃卡:《事实与虚构:论边界》,曹丹红译,上海:华东师范大学出版社,2024年,引言第10页。

焦东方虚构,探讨庄周梦蝶、黄粱梦等中国故事包含的虚构思想,《源氏物语》提到的小说与虚构观念,阿拉伯文化对虚构的看法等,另一方面也对19世纪以前的西方文学作品进行了挖掘,尤其借助16—17世纪的作品深化了对虚构性的理解。通过纵向与横向的比较,拉沃卡最终将杂糅性也就是本体异质性确立为虚构的本质。

历史角度意味着了解虚构在不同历史时期的形式与用途,在这种视角下,虚构观念本身的历史性也得到揭示。实际上,虚构观念的历史性是晚近才被发现的,拉沃卡认为这方面的奠基之作是威廉·尼尔森(William Nelson)发表于1969年的论文《文艺复兴时期虚构的边界》("The Boundaries of Fiction in the Renaissance")。对虚构观念历史性的关注意味着"将历史与理论联系起来"[1]的倾向,这也是近年来西方文学研究领域的一大趋势,也即越来越注重诗学与历史研究的结合,例如孔帕尼翁在法兰西公学院"现当代法国文学:历史、批评、理论"教席第一课上提到,不少在公学院讲过课的教授,包括巴特、福马罗利等在内,都曾试图调和诗学或理论与文学史之间的关系,并强调"尽管并非不了解创作与历史、文学与语境或作者与读者之间旷日持久的紧张关系,现在轮到我来建议它们的融合,这对文学研究的健康来说必不可少"[2]。从虚构研究场域来说,承认虚构观念的历史性,意味着不再将特定时期、特定文化中的文学艺术形式当作虚构的一般形式,比如不将虚构等同于小说,不将虚构等同于文学作品,甚至不将虚构局限于文

---

[1] 弗朗索瓦丝·拉沃卡:《事实与虚构:论边界》,曹丹红译,上海:华东师范大学出版社,2024年,引言第11页。

[2] Antoine Compagnon, « La littérature, pour quoi faire? Leçon inaugurale prononcée le jeudi 30 novembre 2006 », Paris: Collège de France, 2007. Page consultée le premier octobre 2021. URL: http://books.openedition.org/cdf/524.

艺领域,而是承认虚构的外延与内涵会随文化与时代的不同而发生转变,以更好地理解虚构文化与社会之间的关系,从而更好地发挥虚构的人类学价值。

第二节 虚构研究的第三条路径

上文我们提到,法国学者拉沃卡另辟蹊径,开拓了虚构研究的第三条道路。拉沃卡的思考主要体现于其近著《事实与虚构》中。《事实与虚构》于2016年由瑟伊出版社出版,收入热奈特主编的"诗学"文丛,是近年来法国文学界出版的一部重量级文学理论专著。《事实与虚构》出版后,备受法语学界关注。2017年,孔帕尼翁在法兰西公学院组织召开"文学这边:十年新方向"研讨会,以一年一书的形式介绍2007—2016年十年间法国出版的较有代表性的文学理论著作,《事实与虚构》成为2016年的文论代表作。舍费尔在近著《混沌的叙事》(*Les troubles du récit* 2020)中也高度肯定此书,指出"拉沃卡立场的犀利之处在于,她同一时间成功证明了边界的普遍存在以及不同时代与文化描画这一边界的方式的多样性"[①]。出版几年来,《事实与虚构》已被翻译成英语、意大利语出版,目前中译本也已翻译出版。下文我们将主要依托《事实与虚构》一书,对拉沃卡的虚构研究进行深入考察,呈现其独特的虚构观念与虚构研究方法,并思考《事实与虚构》对今日文学研究与虚构研究的借鉴价值。

一、边界的模糊

《事实与虚构》始于对事实与虚构边界的捍卫。之所以要捍卫

[①] Jean-Marie Schaeffer, *Les troubles du récit*, Vincennes: Thierry Marchaisse, 2020. Version Kindle. Chapitre 5.

这一边界,首先是因为拉沃卡认为当今社会,"虚构的边界可能会消失或最终会模糊的观点被广泛接受"①。拉沃卡将导致这一模糊的原因归结为四个方面,并在著作第一部分"一元论与二元论之争"中分四章进行了论述。这四个方面包括 storytelling(故事讲述)概念获得的成功、后现代主义影响[巴特、利科、海登·怀特(Hayden White)、保罗·韦纳(Paul Veyne)]、雅克·拉康(Jacques Lacan)与精神分析学的影响,以及认知科学的影响。

首先是 20 世纪 90 年代中期以来 storytelling 在西方世界取得的全面胜利。2007 年一项调查显示,在谷歌网站输入 storytelling 一词后出现 2020 万个结果②。这个数据在 2021 年初翻了十倍③。所谓 storytelling,是指用一个精心编织的故事来替代现实,以达到"格式化思想"④甚至精神控制的目的。作为"一种交际、控制与权力技术"⑤,storytelling 由叙事学引发的广泛兴趣造成,但其实践与思考最终在很多层面取代了叙事学。这一取代的结果是,一方面,storytelling 的拥护者更多来自英语世界,是塞尔语用学的继承者,否认大多数叙事学者持有的虚构性内部评判标准⑥,认为仅从形式看无法区别事实与虚构,进而模糊了这两者的边界;另一方面,storytelling 更多应用于政治经济领域,因此研究者的研究对象也从文

---

① 弗朗索瓦丝·拉沃卡:《事实与虚构:论边界》,曹丹红译,上海:华东师范大学出版社,2024 年,引言第 1 页。

② Christian Salmon, *Storytelling: La Machine à fabriquer des histoires et à formater les esprits*, Paris: La découverte, 2008, p. 72.

③ 另一个与此相关的现象是"后真相时代"(post-truth era)一词的出现。"post-truth"被《牛津词典》选为 2016 年度词汇。《牛津词典》将其定义为"诉诸情绪与个人信仰比客观事实更能塑造民意的种种状况"。

④ Christian Salmon, *Storytelling: La Machine à fabriquer des histoires et à formater les esprits*, Paris: La découverte, 2008, p. 72.

⑤ Christian Salmon, *Storytelling: La Machine à fabriquer des histoires et à formater les esprits*, Paris: La découverte, 2008, p. 18.

⑥ 尤其以德国学者汉伯格和奥地利裔美国学者科恩为代表。

学领域转移至非文学话语实践。广义的 story 被用来理解社会生活的方方面面,导致与故事相关的虚构观念得到极大拓展,最终形成了一种"泛虚构主义"(panfictionnalisme),"溶解了虚构的边界,也溶解了虚构观念本身"①。

其次是后现代思想导致的历史与虚构之间的混淆。拉沃卡主要探讨了巴特、怀特、利科和韦纳的学说,因为"它们构成了 20 世纪 60—80 年代质疑历史与虚构区别的论调的基础"②。从巴特的《历史话语》、利科的《时间与叙事》、怀特的《元史学》与《形式的内容》到韦纳的《古希腊人是否相信他们的神话》与《人如何书写历史》等著作,这批理论家的态度可以用德里达的名言来总结,即"文本之外别无他物"③。一切均由语言编织而成,而语言只能指向自身。在这批后现代思想家笔下,连被认为如实再现现实的 19 世纪现实主义小说也被解构,被指其所呈现的真实是一种"真实效应"(effet de réel)或"指称幻象"(illusion référentielle)④。这批思想家进而将这一结论扩展至一切语言产品,包括历史著作在内,其中海登·怀特的观点尤为极端,他用四种比喻模式来描述四种理解与阐释历史的方式,将历史的书写等同于情节的编制,由此抹平了历史书写与虚构创作之间的形式差异。

再次是精神分析对现实的质疑。拉康的名言"真实,就是不可

---

① 弗朗索瓦丝·拉沃卡:《事实与虚构:论边界》,曹丹红译,上海:华东师范大学出版社,2024 年,第 5 页。
② 弗朗索瓦丝·拉沃卡:《事实与虚构:论边界》,曹丹红译,上海:华东师范大学出版社,2024 年,第 35—36 页。
③ Jacques Derrida, *De la grammatologie*, Paris: Minuit, 1967, p. 207.
④ Cf. Roland Barthes, « L'effet de réel », *Communications*, n° 11, 1968, p. 84-89.

能性"(Le réel，c'est l'impossible)①充分体现了一部分精神分析理论的真实观。在拉康看来,真实既是精神分析师要抵达的终极目标,同时又是不可能的,因为在真实与对真实的认识之间隔着主体,主体的欲望主宰着他的感官,主体的语言限制着他对觉察到的事物的表达。与其他后现代理论一样,拉康的真实观也深受当时的语言观影响,将现实视作语言构筑的产物,同时认为这一现实并不等同于真实。因而,文学艺术提供的,只能是真实的拟象,是对真实的再现,甚至是对这种再现的再现。如此一来,"'真实'与'虚构'通常所指的事物之间形成的两极被彻底颠倒。真实位于主体那无法定义、无法触及的心理现实(das Ding)之中,虚构涵盖感觉、话语、概念、社会艺术产品的整体,后者构成了'世界'"②。拉康的名言随后被不断引用与反复评论,特别受原样派茱莉亚·克里斯蒂瓦(Julia Kristeva 1979，1983)与菲利普·索莱尔斯(Philippe Sollers 1971，1983)等人的推崇,在文学领域长期被奉为圭臬,塑造出某种意义上的"幻觉人类学",其影响一直持续至21世纪,主要体现于法国小说家兼文论家菲利普·福雷斯特(Philippe Forest 1999，2006)等人的文学创作与理论探索中。

最后是认知科学特别是认知心理学与神经科学的发展带来的影响。从广义上说,最早从认知角度考察文学作品的研究是心理学家F. C. 巴特利特(F. C. Bartlett)出版于1932年的著作《回忆》(Remembering)③。狭义的认知科学与文学研究的结合大约始于

---

① Jacques Lacan, *Le Séminaire, Livre* XVII, *L'Envers de la psychanalyse*, Paris: Seuil, 1991, p. 143.
② 弗朗索瓦丝·拉沃卡:《事实与虚构:论边界》,曹丹红译,上海:华东师范大学出版社,2024年,第122页。
③ Cf. Jean-Marie Schaeffer, *Les troubles du récit*, Vincennes: Thierry Marchaisse, 2020. Version Kindle. Chapitre 1.

20世纪70年代中后期,今日已成为跨学科文学研究的重要途径。认知心理学主要通过实验考察文学阅读对被实验者行为的影响,实验表明,文本属性——被认为属于事实文本还是虚构文本——不会对实验者产生明显影响。从神经科学领域来说,20世纪90年代初镜像神经元被发现,研究者通过磁共振成像等科学实验观察到,某个行动,无论它是被真实执行的、被察觉到的还是被想象的,它所激活的都是同一些神经网络,且神经网络活跃的时间也等长。总的来说,认知科学关心人的叙事理解能力,但并不刻意区分事实叙事与虚构叙事,因为在认知科学家看来,无论从过程还是从影响看,这两类叙事在神经元层面引发的变化是一样的。这样的结论深刻影响了批评领域,在这一领域内,"认知科学的影响被看作是对事实叙事与虚构叙事差异问题的摈弃,甚至令这一问题失效"[1]。

总之,20世纪末出现的泛虚构理论用哲学家彼得·拉马克(Peter Lamarque)和斯泰因·豪戈姆·奥尔森(Stein Haugom Olsen)的话来总结是一种"最为极端的修辞学,反映了现代思想中的一种普遍倾向,根据后者,不存在'真实的'世界,存在的一切都只是被建构的,真实是一种幻觉,而虚构无处不在"[2]。

二、边界的捍卫及其意义

拉沃卡虽然自视虚构理论研究者,但《事实与虚构》的出发点并不是要捍卫虚构,因为在拉沃卡看来,尽管当代人对虚构越来越不信任,但虚构始终保持着强大的生命力,无须我们去捍卫,形形色色泛虚构主义理论的盛行也从另一个角度证明了虚构的生命

---

[1] 弗朗索瓦丝·拉沃卡:《事实与虚构:论边界》,曹丹红译,上海:华东师范大学出版社,2024年,第136页。

[2] Peter Lamarque & Stein Haugom Olsen, *Truth, Fiction and Literature: A Philosophical Perspective*, Oxford: Clarendon Press, 1994, p. 162.

力。"反过来,虚构的边界需要得到捍卫,因为五十年来,在被反复攻击之后,这些边界已被破坏。"①

捍卫虚构的边界,即坚持对虚构与事实进行区分。实际上,在呈现泛虚构主义观点时,拉沃卡已于同一时间指出了泛虚构主义本身的矛盾,因为这些理论本身都暗含了一种二元思想。从storytelling理论来看,尽管这类理论确实有抹除事实与虚构边界的倾向,但不少storytelling理论家其实并非对所有跨越现象一视同仁,往往在最后关头区分出具有欺骗性的虚构与审美虚构——也就是狭义的虚构,用拉沃卡的话来说,"狭义的虚构始终是大部分有关storytelling的论著的隐含范本"②。所谓狭义的虚构,即认为"虚构是一种由想象力创造的文化产物,不受由对经验世界的指称所确立的真值条件性(vériconditionnalité)限制"③。对欺骗性虚构与审美虚构、想象世界与经验世界的区分无疑需要以坚实的真伪判断为前提。

从历史书写角度看,无论新历史主义如何强调历史的虚构化,历史学家的出发点始终是对真实的追求。历史学家在工作条件受限的情况下,经常要靠想象力填补空白,但在面对例如大屠杀、大灾难等极端问题时,历史学家的伦理观念与职业道德往往会阻止其采取虚构方法,尤其当此种方法可能导致历史被歪曲时。从接受者角度来说,对历史文献的阅读必然会考虑"著作的书名、作者

---

① 弗朗索瓦丝·拉沃卡:《事实与虚构:论边界》,曹丹红译,上海:华东师范大学出版社,2024年,第516页。
② 弗朗索瓦丝·拉沃卡:《事实与虚构:论边界》,曹丹红译,上海:华东师范大学出版社,2024年,第6页。
③ 弗朗索瓦丝·拉沃卡:《事实与虚构:论边界》,曹丹红译,上海:华东师范大学出版社,2024年,第6页。

的身份、副文本等形成的语用学背景"①,也就是说,"阅读历史叙事时占主导地位的阅读契约意图让我们相信存在一个权威的声音,并且对其予以信任,除非存在相反的指示(例如我们被告知这位历史学家不太可信等)"②。历史是一个求真的学科,在这个学科内,刻意抹除事实与虚构的界限,这一举动所掩盖的,往往是某种政治或意识形态诉求。

从认知科学角度说,近些年的心理学与神经科学的发展非但没有抹杀事实与虚构的区别,反而坐实了区别主义假设。认知科学借助问卷调查、测试或磁共振成像等实验方式揭示,"我们拥有一种认知结构,能够辨别真实与想象,在涉及记忆进程时尤其如此"③,也就是说,大脑对事实与虚构的理解会"动用的不同记忆类型[……]不同记忆类型会引发特殊的神经元反应,证实它们逻辑属性的差异"④。我们在上一节也已提到,事实与虚构刺激的是大脑的不同区域,而大脑的不同区域与不同记忆类型相关,激活的区域不同,大脑引发个体所做出的反应也截然不同,事实激活与自身相关的记忆,引发个体做出反应,虚构激活语义记忆,控制并降低个体的情绪波动⑤。如果大脑判断作品为虚构,那么对这一作品的接受会导致认知及感知脱节,使得道德评判与共情反应变得松垮,

---

① 弗朗索瓦丝·拉沃卡:《事实与虚构:论边界》,曹丹红译,上海:华东师范大学出版社,2024年,第51页。
② 弗朗索瓦丝·拉沃卡:《事实与虚构:论边界》,曹丹红译,上海:华东师范大学出版社,2024年,第54页。
③ 弗朗索瓦丝·拉沃卡:《事实与虚构:论边界》,曹丹红译,上海:华东师范大学出版社,2024年,第146页。
④ 弗朗索瓦丝·拉沃卡:《事实与虚构:论边界》,曹丹红译,上海:华东师范大学出版社,2024年,第348页。
⑤ Marco Sperduti, *et al.*, "The Paradox of Fiction: Emotional Response Toward Fiction and the Modulatory Role of Self-Relevance", *Acta Psychologica*, n° 165, 2016, p. 54.

促使我们对虚构人物持更为宽容的态度。实际上,对一些学者来说,"区分不同类型以及掌控它们的混淆程度的能力正是精神健康的一个标志"①。

在二元论很容易被诟病的时代,为什么拉沃卡不仅坚持对事实与虚构进行区分,还用数百页的篇幅对其进行了谈论?实际上,《事实与虚构》虽多次指出,对事实与虚构边界的坚持具有"在认知、观念及政治上的必要性"②,或者说"对其边界的定义具有社会与政治的重要意义"③,但没有系统论证边界混淆的危害。不过我们在其他场合看到了拉沃卡捍卫边界的理由。在2017年举办的一场特殊的模拟法庭中④,以拉沃卡为代表的学者作为"原告方",向混淆边界的做法提出了"控诉",陈述了其五大"罪状":如果不区分事实与虚构,在所谓的"后真相时代"特别容易导致虚假新闻的泛滥;不区分历史与虚构就是否认历史学家的伦理,否认其肩负揭示历史与过往真相的责任;模糊边界有时会对他人造成伤害,特别是在以真人为原型的虚构作品中;模糊边界会导致我们无法体验虚构及其与边界的游戏带来的乐趣;模糊边界会导致认知与科学错误⑤。

鉴于上述种种理由,事实与虚构的边界不可混淆的观点得到

---

① Olivier Caïra, *Définir la fiction*, Paris: Éditions de l'EHESS, 2011, p. 76.
② 弗朗索瓦丝·拉沃卡:《事实与虚构:论边界》,曹丹红译,上海:华东师范大学出版社,2024年,引言第2页。
③ 弗朗索瓦丝·拉沃卡:《事实与虚构:论边界》,曹丹红译,上海:华东师范大学出版社,2024年,引言第3页。
④ 即"虚构诉讼案"(Le procès de la fiction),于2017年10月7日19点至10月8日凌晨2点在巴黎市政厅举办,为巴黎市政府举办的一年一度的"不眠夜"活动之一,多位作家、艺术家、媒体人,以及来自文学、历史、哲学、新闻传媒、神经科学等领域的学者参加了模拟法庭活动,就事实与虚构边界是否存在、是否需要捍卫的问题进行了辩论。
⑤ https://www.lepeuplequimanque.org/proces-de-la-fiction/live? utm_source=newsletter&utm_medium=email&utm_campaign=le_proces_de_la_fiction_nuit_blanche_7_octobre_2017&utm_term=2017-09-29.

了不少学者的支持,舍费尔甚至认为,"让我们暂且假设人类'决定'不再区分真假,或者说科技进步有一天会促使我们混同真实与想象[……]假如这样的事真的发生了,那么结果不是导致产生一个完全异化的社会,结果会更为简单,那就是导致我们这个具有扩张性的种族的快速灭绝"①。

三、虚构的本质

捍卫事实与虚构的边界从另一个角度说意味着对事实与虚构的不同属性有预先的判断。实际上,界定虚构的本质属性正是《事实与虚构》第三部分试图进行的一项工作。拉沃卡对虚构本质的思考并非始于《事实与虚构》。早在 21 世纪初,她已在自己主编的文集《虚构的用途与理论》(*Usages et théories de la fiction* 2004)中发表《虚构与悖论:文艺复兴时期的新可能世界》一文,主要借助桑纳扎尔(Sannazar)的《阿卡迪亚》(*Arcadia*)、托马斯·莫尔(Thomas More)的《乌托邦》(*Utopia*)和无名氏的《小癞子》(*La Vida de Lazarillo de Tormes*)这三部文艺复兴时期的作品,分析了文艺复兴时期流行的牧歌文学、乌托邦小说和流浪汉小说及其中隐含的虚构观念,反驳了汉伯格、科恩、热奈特、舍费尔和部分可能世界理论家提出的虚构理论,对虚构进行了重新界定。

首先,汉伯格在《文学的逻辑》中将第一人称叙事排除在虚构之外,但拉沃卡指出自己分析的三个文本均为第一人称叙事。这一观察相当于也反驳了科恩的定义。在《虚构的特性》中,科恩将虚构界定为"非指称性文学叙事"②,也就是说虚构对科恩来说与外部世界无涉,是一种"自我指涉"的想象性作品。在随后的分析中,

---

① Jean-Marie Schaeffer, *Pourquoi la fiction ?* Paris: Seuil, 1999, p. 9.
② Dorrit Cohn, *The Distinction of Fiction*, Baltimore: Johns Hopkins University Press, 1999, p. 12.

科恩进一步将虚构叙事模式归结为一种双层结构(故事/话语)模式,强调了叙述声音与作者声音的分离。科恩意义上的虚构叙事明显属于热奈特所说的异故事叙事,而拉沃卡研究的几部作品既然都是第一人称叙事,因而都属于同故事叙事,且叙事性明显较弱。从更普遍的角度说,文学类型之间的交叉渗透程度日益加深,仅从语言形式来判断作品属于虚构还是纪实变得愈加困难。其次,热奈特在逻辑学与语用学影响下,认为虚构判断既非真也非假,虚构与真实世界无涉,"进入虚构,就是走出语言使用的普通场域,后者的标志是对真实或劝说效果的顾虑"①,但拉沃卡指出在自己研究的这几部小说里,指称具有不同属性,有时指向虚构世界,有时明显指涉外部世界,不吻合热奈特所说的虚构的"不及物性"②。再次,借鉴逻辑学发展起来的可能世界理论主张虚构世界遵循矛盾律,具有连贯统一性。但拉沃卡分析的三个文本呈现的世界充满矛盾与悖论,不符合可能世界理论的界定。最后,从20世纪90年代以来,虚构的语用学定义开始占上风,通过虚构引发的效应或接受方的态度来界定虚构,包括沃尔顿提出的"扮假作真"效应,舍费尔提出的"沉浸"效应与"共享的趣味假扮"态度。但拉沃卡指出,虚构不一定只是游戏,它也可以是很严肃的行为,把柯勒律治所说的"怀疑的自愿终止"当作进入虚构的态度,这种理论"主要是依据19世纪小说的例子构想出来的"③,因为"文艺复兴时期的诗学理论家[……]就从未让文学话语免除言

---

① Gérard Genette, *Fiction et diction*, Paris: Seuil, 2004, p. 99.
② Gérard Genette, *Fiction et diction*, Paris: Seuil, 2004, p. 114.
③ Françoise Lavocat, « Fictions et paradoxes: Les nouveaux mondes possibles à la Renaissance », *Usages et théories de la fiction*, 2004. OpenEdition Books. 1 Oct. 2021. URL: https://books.openedition.org/pur/32696.

说真实的责任"①。由此,拉沃卡在批评现有几种较具代表性的虚构观的同时,借助对上述三部作品的分析,提出了自己的虚构观,肯定"悖论尤其是与第一人称单数形式结合使用的悖论可以被视作16世纪虚构的主要标志之一"②。

从上述结论看,12年后出版的《事实与虚构》是拉沃卡前期研究的延续。在这部著作中,拉沃卡重申了以汉伯格、科恩等人的理论为代表的内部视角以及以沃尔顿、舍费尔等人为代表的语用学视角的局限性。不同的是,如果说2004年的文章仅指出悖论之于确定虚构本质的重要性,2016年的著作则围绕悖论及其他几个"虚构的主要标志",对虚构本质进行了深入探讨。需要指出的是,尽管拉沃卡曾批评借鉴形式主义与逻辑学进行的虚构本体论探索,她本人的虚构研究仍借助了逻辑学与可能世界理论,只不过,与哲学逻辑学中的可能世界理论不同的是,她强调了虚构的本体异质性,并将其视作最能将虚构与事实区别开来的根本属性。所谓的本体异质性主要体现在两个方面:首先是虚构存在的种属多样性,也即属性完全不同的存在,比如人、神、妖等可以大量共存于虚构世界。从这一角度说,除了宣布与事实完全相符的作品——通常自称非虚构——其他作品都可以算是虚构,只是虚构程度有所不同。其次是虚构生物的存在方式多样性,也就是说,根据其是否在真实世界具备对应体,虚构生物具有不同的存在方式。比如在历史小说中,一些人物曾在历史上真实存在过,他们的言行举止就要

---

① Françoise Lavocat, « Fictions et paradoxes: Les nouveaux mondes possibles à la Renaissance », *Usages et théories de la fiction*, 2004. OpenEdition Books. 1 Oct. 2021. URL: https://books.openedition.org/pur/32696.

② Françoise Lavocat, « Fictions et paradoxes: Les nouveaux mondes possibles à la Renaissance », *Usages et théories de la fiction*, 2004. OpenEdition Books. 1 Oct. 2021. URL: https://books.openedition.org/pur/32696.

符合史实，另一些人物则完全是作者想象力的产物，他们的行动就具备了更多的自由。例如《战争与和平》中的拿破仑与娜塔莎尽管都是作品中的人物，但他们在作品中的存在方式有所不同，拿破仑的形象与行动必须吻合史实，不能做出违背史实的举动，而想象出来的人物娜塔莎不受这种限制，作者可以自由安排她的行动与命运。虚构种属多样性与存在方式多样性这两个方面彼此关联，它们的共同点在于不可能出现于真实世界或纯纪实作品中。这种本体异质性或者说多元性在拉沃卡看来正是"虚构世界最主要的吸引力"[①]，因为其向受众提供了现实生活或事实文本所无法提供的体验，呈现了不可能的可能世界，后者正是《事实与虚构》第三部分重点探讨的内容。

四、不可能的可能世界

《事实与虚构》在第三部分探讨了几种不可能的可能世界，包括悖论、虚构中的虚构世界与转叙（métalepse）现象。上文已提到，拉沃卡本人也早已指出悖论是虚构的主要标志之一。在《事实与虚构》中，她再次肯定，"虚构对悖论保持非常开放的态度。不可能性与虚构性甚至是不可分割的"[②]。她进而在瑞安（2010）和卡伊拉（2011）的研究基础上，归纳出三个层次的悖论："第一个层次是虚构本身的悖论，也即赋予非存在以存在。这一层次决定了第二层次的悖论，我们可以称之为'结构性'悖论，因为它们影响了虚构世界的呈现形式与模式（说谎者悖论和集合论悖论）。最后，第三个

[①] 弗朗索瓦丝·拉沃卡：《事实与虚构：论边界》，曹丹红译，上海：华东师范大学出版社，2024年，第524页。

[②] 弗朗索瓦丝·拉沃卡：《事实与虚构：论边界》，曹丹红译，上海：华东师范大学出版社，2024年，第407页。

层次涉及虚构呈现的悖论主题。"[1]举例来说,第一层次的悖论是虚构不仅允许谈论"方形圆圈"之类的事物,还允许它们在虚构世界真实存在,第二层次的悖论体现于不可能的叙述者(死者、婴儿、动物等)、做梦者被梦等结构,第三层次的悖论例如时间旅行主题。

第二种不可能的可能世界是虚构中的虚构。与现实世界不同的是,虚构作品可以包含本质不同的次级世界(虚构国),例如《爱丽丝漫游奇境记》中的"奇境"、《世界尽头与冷酷仙境》中的"世界尽头"、《1Q84》中1Q84的世界、《镜花缘》主人公游历的各个奇特的王国等。这些次级世界因与虚构中的现实世界存在本体差异,起初往往使不小心进入这些世界的"正常"人产生种种不适,这种不适感进而引发"穿越"者对现实世界本身展开反思,因此虚构中的虚构国往往具有讽刺与批评功能。在某一类虚构中,虚构国由来自其他文学作品的人物、场景构成(小说国),此时对虚构中之虚构国的描绘、对虚构国与现实世界关系的谈论实际上也成为对虚构本身的一种思考,虚构成为一种"元"虚构,体现出其反思功能。

第三种不可能的可能世界由转叙(métalepse)造成。作为一种修辞格,转叙在亚里士多德《诗学》中即已出现。1972年,热奈特在《辞格Ⅲ》中将其作为一种叙事手法提出[2],指的是"从一个叙述层到另一个叙述层的过渡"[3]。近年来,随着元叙事概念在文学批评领域的流行,转叙概念也在批评话语中获得越来越重要的地位。拉沃卡的转叙研究深受热奈特(1972,2004)与麦克黑尔(1987)启

---

[1] 弗朗索瓦丝·拉沃卡:《事实与虚构:论边界》,曹丹红译,上海:华东师范大学出版社,2024年,第408—409页。
[2] métalepse 也被译为"转喻"。
[3] 热拉尔·热奈特:《叙事话语 新叙事话语》,王文融译,北京:中国社会科学出版社,1990年,第163页。

发,但认为前者的转叙概念过于宽泛,后者的过于狭窄。她认为应将转叙界定为虚构人物对本质不同的世界的真实跨越。这就将热奈特归于"转叙"名下的很多现象排除在外,例如狄德罗、斯特恩等作家笔下人物对故事外读者的呼吁,《一千零一夜》中人物讲述故事的行为,观众将演员等同于戏剧人物等。因为这些现象虽突显了不同的叙述层,但并没有构建出一个本质不同的新的可能世界,或者没有实现可能世界之间的跨越,狄德罗的读者不可能进入小说中,山鲁佐德也没有进入她所讲的故事里。相反,热奈特与麦克黑尔举的另一些例子,比如科塔萨尔的《花园余影》、皮兰德娄的《六个寻找剧作家的角色》、罗布-格里耶的《幽会的房子》等,这些作品在拉沃卡看来采取了真正意义上的转叙手法。拉沃卡之所以如此重视转叙,不仅因为转叙明显证实了她的虚构定义,还因为转叙概念与虚构边界之间的密切关系:"人们对虚构边界的兴趣很大程度上得益于一个事实,即'转叙'一词在批评语汇中的出现。"[①]或者反过来说,作品中的转叙主题与手法的增加得益于人们对边界的兴趣以及跨越边界的欲望,在现实世界无法实现的跨越在虚构中得到实现。

在围绕本体异质性对虚构本质进行探讨时,拉沃卡回到了本体论,并认为本体论视角"最好地契合了我们所置身的历史时刻"[②],因为"自1980年代开始,伴随飞速发展的虚构研究的,是对人物的某种兴趣,包括对其生存模式的兴趣,对其不完整属性的兴趣,对其栖居几个世界——包括我们自己的世界——的倾向的兴

[①] 弗朗索瓦丝·拉沃卡:《事实与虚构:论边界》,曹丹红译,上海:华东师范大学出版社,2024年,第463页。

[②] 弗朗索瓦丝·拉沃卡:《事实与虚构:论边界》,曹丹红译,上海:华东师范大学出版社,2024年,第362页。

趣。三十多年来,莱布尼茨不可避免地成为思想教父(无论别人会就过时的神学视角说些什么),虚构概念与世界概念的结合已成不言自明的事实,逻辑与文学研究彼此交叉(即使很有限),指称概念的有效性在语言转向大背景下得到讨论,这一切都令虚构研究扎根于某种本体论视角中"[1]。

从本体论角度出发将虚构定义为由悖论、虚构中的虚构、转叙等构成的杂糅事物,拉沃卡强调的是本体异质性引发的强烈阐释欲望,这里就体现了拉沃卡虚构研究的另一重维度,也即对虚构用途与接受者反应的强调。悖论与不可能性往往在虚构读者或观众身上引发不适感,迫使他们启动自身的认知与阐释机制,去"抚平、纠正或忽略阻碍产生虚构沉浸的矛盾"[2],创造符合逻辑的世界。拉沃卡将这种能力称作"修复能力"[3],同时认为这种能力只有本质上具有杂糅性与多元性的虚构才能激发,而现实无论多么复杂,均因本身的本体同质性而无法做到这一点。虚构因而具备了一种独特的人类学价值,正如拉沃卡所言:"可能虚构本质上的慷慨是对我们自身有限性的一种补偿。"[4]也正是对虚构人类学价值的肯定促使拉沃卡的研究不同于其他一些虚构研究。

* * *

在六百多页的篇幅里,拉沃卡批判了西方盛行的"泛虚构主义",界定了虚构的本质,从形式与用途两个角度出发,捍卫了事实

---

[1] 弗朗索瓦丝·拉沃卡:《事实与虚构:论边界》,曹丹红译,上海:华东师范大学出版社,2024年,第362页。
[2] 弗朗索瓦丝·拉沃卡:《事实与虚构:论边界》,曹丹红译,上海:华东师范大学出版社,2024年,第528页。
[3] 弗朗索瓦丝·拉沃卡:《事实与虚构:论边界》,曹丹红译,上海:华东师范大学出版社,2024年,第528页。
[4] 弗朗索瓦丝·拉沃卡:《事实与虚构:论边界》,曹丹红译,上海:华东师范大学出版社,2024年,第525页。

与虚构的区别。《事实与虚构》涉及诸多与虚构相关的理论探讨与批评实践,可以说是对近半个世纪以来的虚构研究的总结。与瑞安、舍费尔、卡伊拉等虚构研究者一样,拉沃卡的例子也没有局限于文学作品,而是从文学拓展至其他领域,从书籍拓展至其他媒介,包括电影、电视剧、漫画、电子游戏,甚至辟专章探讨了虚拟现实与虚构的关系,有助于深化对虚构本质及其与事实的边界的认识。在从方方面面探讨虚构的同时,拉沃卡提出了"虚构理论转向"。因此,《事实与虚构》不仅是对虚构本质的再界定,对事实与虚构边界的捍卫,也表明了作者意图构建一门新学科的主张,以虚构为研究对象,向来自不同学科的理论与方法开放。由此观之,我们不难理解作者对事实与虚构边界的捍卫:拥有明确的研究对象无疑是学科确立的第一步。

第三节 论朗西埃的现代虚构观

虚构问题是文学研究无法避开的问题,同时还因其涉及现实、语言、思维与真理之间错综复杂的关系,而始终在人文学科诸多领域占据着重要位置,引发非文学领域学者的关注,这些学者的思考有助于我们进一步把握虚构的本质。例如,法国知名学者朗西埃对虚构问题的关注由来已久,近年来更是出版了《消失的线:论现代虚构》(*Le fil perdu: Essais sur la fiction moderne* 2014)、《虚构的边界》(*Les bords de la fiction* 2017)等专论,对现代虚构的本质进行思考。朗西埃在其中提出的现代虚构观颇为独特,本节我们将对这一独特虚构观进行考察,以便在深入理解朗西埃思想的同时,对虚构观念本身进行反思。

一、什么是传统虚构理性？

在《消失的线：论现代虚构》的引言中，朗西埃开门见山地指出："在《情感教育》与《吉姆爷》的时代，虚构发生了一些变化，它失去了秩序与比例，而秩序与比例是此前人们判断虚构作品是否优秀的标准。"[①]《情感教育》与《吉姆爷》的时代跨度很大，从《情感教育》第一版出版的1843—1845年直至1900年，横跨整个19世纪下半叶。那么，在这翻天覆地、风起云涌的半个世纪里，西方的虚构究竟产生了怎样的变化？变化产生之前的虚构如何，变化之后的虚构又如何？朗西埃本人面对这种变化又持什么态度？

对朗西埃来说，这些问题的答案似乎显而易见：变化之前的西方虚构遵循亚里士多德确立的摹仿传统，变化之后的虚构则走上了相反的道路。《虚构的边界》一开篇，朗西埃即对亚里士多德《诗学》展开回顾，并为《诗学》所创立的虚构传统总结出以下几条核心原则。首先，在亚里士多德看来，虚构[②]摹仿的是行动。一方面，在《诗学》中，亚里士多德反复强调，"摹仿者表现的是行动中的人"[③]，或者"此类作品之所以被叫做'戏剧'是因为它们摹仿行动中的人物"[④]。不过这番话并不意味着人物是摹仿的重心，因为亚里士多德随后指出，"悲剧是对行动的摹仿，它之摹仿行动中的人物，是出于行动的需要"[⑤]。另一方面，《诗学》结尾提到史诗时说，"史诗诗人也应该编制戏剧化的情节，即着意于一个完整划一，有起始、中

[①] Jacques Rancière, *Le fil perdu: Essais sur la fiction moderne*, Paris: La Fabrique, 2014, p. 8.
[②] 亚里士多德并没有直接探讨"虚构"问题，不过，汉伯格、热奈特、舍费尔等人均建议将 *mimèsis* 翻译成 fiction。参见第一章。
[③] 亚里士多德：《诗学》，陈中梅译注，北京：商务印书馆，1996年，第38页。
[④] 亚里士多德：《诗学》，陈中梅译注，北京：商务印书馆，1996年，第42页。
[⑤] 亚里士多德：《诗学》，陈中梅译注，北京：商务印书馆，1996年，第65页。

段和结尾的行动"①。鉴于戏剧和史诗对亚里士多德来说意味着全部诗歌类型,因此也可以说,对亚氏而言,文学即意味着对行动的摹仿。"行动"一词在亚氏伦理学体系中占据重要地位,暗含了行动主体、意愿与选择、目的性等丰富内涵,由此使传统虚构内在地具有了某些重要特征。

其次,虚构排除了偶然性,也就是说虚构是个有机整体,它的情节环环相扣,事件根据必然性或可然性原则得到组织,这里朗西埃想到的应该是亚里士多德的名言:"诗人的职责不在于描述已经发生的事,而在于描述可能发生的事,即根据可然或必然的原则可能发生的事。"②对亚里士多德及其继承者来说,根据可然性或必然性来组织情节,这是诗歌区别于历史的最根本特征。在虚构作品中,必然性或可然性原则又体现为相互关联的两方面:一方面,情节的发展遵循因果逻辑;另一方面,虚构中的时间都与情节发展的某个环节有关,都是有效的行动时间。

最后,虚构强调行动的认知价值。亚里士多德对认知的重视由《尼各马可伦理学》可见一斑,亚氏在其中提到,行动的目的是对幸福的追寻,而终极的幸福是过上一种智性生活。在《诗学》中,亚氏指出,事件的发展不是神力干预的结果,而是行动者认知状态引致的结果,更确切地说是由行动者在无知状态下犯下某个错误所引致。例如《诗学》第十三章中有言,"一个构思精良的情节必然是单线的[……]它应该表现人物从顺达之境转入败逆之境,而不是相反[……]人物之所以遭受不幸,不是因为本身的邪恶,而是因为犯了某种后果严重的错误"③。《诗学》第十四章又强调,诗人组织

---

① 亚里士多德:《诗学》,陈中梅译注,北京:商务印书馆,1996年,第163页。
② 亚里士多德:《诗学》,陈中梅译注,北京:商务印书馆,1996年,第81页。
③ 亚里士多德:《诗学》,陈中梅译注,北京:商务印书馆,1996年,第98页。

行动的最好方式,是将人物的行动描写成不知情情况下做出的举动,"如此处理不会使人产生反感,而人物的发现还会产生震惊人心的效果"①。认知错误引发蝴蝶效应,最后导向不幸结局,行动者面对悲剧结局意识到自己的错误,完成了认知过程。而认知达成的一刻也是真相披露、行动突转、命运变换的一刻,这一刻令悲剧观众对人物命运产生怜悯或恐惧,悲剧的净化功能就此产生。

以上由亚里士多德确立的虚构原则与精髓,朗西埃称其为传统虚构理性(rationalité fictionnelle 或 raison fictionnelle),后者概括来说就是"虚构知识组织了事件,活跃的人通过事件,从幸运走向了不幸,从无知走向了知识"②。朗西埃认为,如果说亚里士多德之后的虚构确实被这种虚构理性所左右,那么19世纪以来的文学创作——尤其是福楼拜、康拉德、左拉、伍尔夫、普鲁斯特等人的创作则逐渐摆脱了这种虚构理性,而传统虚构理性的颠覆既意味着文学观念与实践从再现体制(régime représentatif)进入美学体制(régime esthétique),也意味着某种文学与政治新关联的诞生。

二、从行动的推进到感性的共存

由上文可见,对朗西埃米说,传统虚构理性最重要的原则是对行动的摹仿,而他的反拨也由此入手。通过两个步骤,他完成了对传统虚构理论的颠覆。

1. 从行动的主人公到不行动的大多数

"行动"是什么?在希腊语原文中,"行动"对应"*praxis*",后者有时也被翻译成"实践"或"行为"。*praxis* 是亚里士多德伦理学的一个重要概念,对它的谈论贯穿了整部《尼各马可伦理学》,中译本

---

① 亚里士多德:《诗学》,陈中梅译注,北京:商务印书馆,1996年,第107页。
② Jacques Rancière, *Les bords de la fiction*, Paris: Seuil, 2017, p. 10.

（商务印书馆）尤其为第三卷添加了"行为"这一名称。由第三卷可见，行为与意愿、选择、考虑、希望、能力等有关，《尼各马可伦理学》中译者将其总结为："πρᾶξις，实践或行为，是对于可因我们（作为人）的努力而改变的事物的、基于某种善的目的所进行的活动。在亚里士多德的伦理学著作中，实践区别于制作，是道德的或政治的。道德的实践与行为表达着逻各斯（理性），表达着人作为一个整体的性质（品质）。"①因此传统虚构所摹仿的行动有一个兼具道德德性与理智德性的行动主体，主体有明确的目的，会为达成目的去考虑和选择行动的方式与手段。《诗学》尽管不再谈论行动本身，而更多谈论对行动的摹仿，但我们仍能看到同一种行动观："既然悲剧是对行动的摹仿，而这种摹仿是通过行动中的人物进行的，这些人的性格和思想就必然会表明他们的属类（因为只有根据此二者我们才能估量行动的性质［思想和性格乃行动的两个自然动因］，而人的成功与失败取决于自己的行动）。"②这几句话再次表明行动是有动机、有结果的活动。

　　朗西埃在现代虚构作品中发现的，正是这种以行动为摹仿对象的虚构理性的解体。因为这一虚构理性"只跟那些行动并期待从行动中获得某种结果的人有关"③，但实际上，"行动主体的数量是有限的，因为大部分人严格来说并不行动：他们只是制造物品和孩子、执行命令或提供服务，在第二天重复前一天的事。这一切之中没有任何期待，没有任何期待的落空，不会犯任何可能令人从一种条件过渡到其反面的错误。传统虚构理论因此只跟很少一部分

---

① 亚里士多德：《尼各马可伦理学》，廖申白译注，北京：商务印书馆，2003年，第3页。
② 亚里士多德：《诗学》，陈中梅译注，北京：商务印书馆，1996年，第63页。
③ Jacques Rancière, *Les bords de la fiction*, Paris: Seuil, 2017, p. 9.

人及人类活动有关,剩下的全部受制于无秩序、无缘故的经验现实"①。朗西埃在现代虚构作品中观察到的,正是这些融入日常生活的不行动的大多数,他们进入文学并成为后者的表现对象。他指出:"在巴尔扎克和雨果的时代,文学也许最先对日常生活背景及形式所具备的承载历史的力量给予了肯定,不仅如此,对于这一内在于无名事物、存在及事件的力量,文学还把它变成了某种断裂的原则,来与过去从幸运到不幸、从无知到知识的重要转变模式拉开距离。"②这一观察并不是朗西埃一厢情愿的判断,因为它也符合某些理论家总结出的文学发展规律。在《写作的零度》和《什么是文学?》中,巴特与萨特就曾不约而同地指出,文学应表达社会上升阶级与新兴力量的诉求。随着资本主义经济与社会发展,尤其在标志资产阶级与无产阶级最终决裂的1848年革命以后,匿名的大多数逐渐成为法国社会中对抗资产阶级统治的主要力量,理应成为新虚构的表现对象。

2. 从行动的推进到感性的共存

然而,不行动的无名的大多数及其生活成为文学表现对象,这只是朗西埃意义上的现代虚构的必要不充分条件。为理解这一点,有必要先了解一下朗西埃现代虚构观的其中一个理论来源,也就是奥尔巴赫及其在《摹仿论》中提出的文体混用原则。奥尔巴赫论证的出发点是古希腊罗马文学所确立的文体分用原则,朗西埃将其概括为文类性准则和得体性准则③,这两个准则又与虚构准则密切相关。一方面,不同的文类用以表现不同的对象,《诗学》即明

---

① Jacques Rancière, *Les bords de la fiction*, Paris: Seuil, 2017, p. 9.
② Jacques Rancière, *Les bords de la fiction*, Paris: Seuil, 2017, p. 11.
③ 雅克·朗西埃:《沉默的言语:论文学的矛盾》,臧小佳译,上海:华东师范大学出版社,2016年,第7—13页。

确指出"喜剧倾向于表现比今天的人差的人,悲剧则倾向于表现比今天的人好的人"①。对象的等级进而决定了文类的等级,因为悲剧摹仿对象在社会身份与地位上高于喜剧,悲剧在古希腊的地位与重要性便高于喜剧,这一点反过来又影响了西方文学史上"严肃"或"高雅"文学的主题与形式。另一方面,不同的风格用以表现不同的对象,体现了形式与主题的适应。奥尔巴赫通过考察西方文学史,发现由亚里士多德奠定的文体分用原则在不同历史时期的命运有所不同,自19世纪初以来越来越明显地被作家僭越。奥尔巴赫本人对违背这一原则的作家或文学运动表示赞赏,在他看来,"司汤达和巴尔扎克将日常生活中的随意性人物限制在当时的环境之中,把他们作为严肃的、问题型的甚至是悲剧性描述的对象,由此突破了文体有高低之分的古典文学规则"②,他们的创作"为现代写实主义开辟了道路,自此,现代写实主义顺应了我们不断变化和更加宽广的生活现实,拓展了越来越多的表现形式"③。

朗西埃的现代虚构观无疑深受奥尔巴赫影响,但他比奥尔巴赫走得更远。谈到福楼拜的《包法利夫人》和伍尔夫的《到灯塔去》,奥尔巴赫认为包法利夫妇吃一顿晚饭的事件尽管日常,拉姆齐太太量袜子长度的举动尽管平凡,这些微不足道的事件却在叙述中获得了某种象征力量,"人们相信,信手拈来的生活事件中,任何时候都包含着命运的全部内容,也是可以表述的"④。对奥尔巴赫来说,这两个例子是用高文体来严肃对待"低等"主题的范本。

---

① 亚里士多德:《诗学》,陈中梅译注,北京:商务印书馆,1996年,第38页。
② 埃里希·奥尔巴赫:《摹仿论:西方文学中现实的再现》,吴麟绶等译,北京:商务印书馆,2014年,第652页。
③ 埃里希·奥尔巴赫:《摹仿论:西方文学中现实的再现》,吴麟绶等译,北京:商务印书馆,2014年,第653页。
④ 埃里希·奥尔巴赫:《摹仿论:西方文学中现实的再现》,吴麟绶等译,北京:商务印书馆,2014年,第645页。

但朗西埃并不满足于此,他发展了"奥尔巴赫发现却没有明确提出"①的东西,在他看来,发掘普罗大众身上的高贵之处,揭示吃晚饭、量袜子这样的日常举动所包含的悲剧性,令寻常物嬗变成艺术品,这种逻辑仍然是重构行动的尝试,因而还没有摆脱传统虚构逻辑。真正的新虚构应试图打破的,是整个再现逻辑。这从他对《包法利夫人》的解读可见一斑。在他看来,农民的女儿爱玛爱看骑士小说,这件事本身不但无可非议,还意味着匿名大众从此也可自由获取知识,而知识不再专属于某个阶级的事实反映出19世纪法国社会民主程度的加深。爱玛的问题在于,她那爱幻想的头脑总是试图按照她所读过的旧小说的模式来安排自己的生活,也就是总试图回到与再现逻辑相适应的旧制度中去。朗西埃认为,福楼拜正是出于对等级分明的旧制度及其意识形态产物——再现式文学的深恶痛绝,而不是觉得"放任了爱玛一段时间之后,断定这种民主过度了"②,才会在《包法利夫人》中为爱玛安排了死亡的结局。

朗西埃进而借福楼拜的观点,拓展了奥尔巴赫的理论,同时确立了自己独特的现代虚构观。在一封写给露易丝·柯莱的著名信件中,福楼拜曾说:"主题没有美丑之分,而且我们几乎可以依据纯艺术流派的观点确立一条准则,即根本不存在主题,唯有风格才是看待事物的绝对方式。"③这便是现代虚构所产生的变化,现代虚构"并不仅仅意味着[……]普通人的情感与'伟大灵魂'一样,也能成为激发诗歌创作的灵感,它还意味着某种更为彻底的局面,从此以

---

① Jacques Rancière, *Les bords de la fiction*, Paris: Seuil, 2017, p. 13.
② 郑海婷:《我们需要怎样的现实主义文学:雅克·朗西埃论文学共同体》,《文艺争鸣》2017年第12期,第90页。
③ Gustave Flaubert, *Correspondance*, Deuxième série (1847-1852), Paris: Louis Conard, 1926, p. 345-346.

后,再无主题(sujet)存在"①。主题暗示了统一性与一贯性,意味着主次、布局与比例,"再无主题存在"则意味着这一切的消失。但是,无主题的写作似乎难以想象,它究竟是怎样一种写作?朗西埃认为现代虚构"执行了两个操作,第一个操作将匿名能力的表现分解为无数无人称的感性微型事件(micro-événements sensibles),第二个操作将写作的运动等同于这一感性组织的呼吸本身"②。这段话还需结合朗西埃一贯的美学思想加以理解:首先,个体具备审美能力,任何人都能感受到任何情感,这种能力是实现个体平等的基础。其次,个体感受力是一种类似济慈所说的"消极能力"(negative capability),个体并不像传统虚构中的主人公那样去行动,而是任由事件与感觉降临到自己身上。因而个体的感性体验遵循的不是有始有终的英雄模式,而是波德莱尔笔下的漫游模式。个体在梦游般的遐思之中与来自外界的纷扰事件相遇又分离,在环境、情感与思想共同作用下,获得对事件的短暂的、碎片式的感受。最后,这些碎片式感受彼此平等,"都被整体的力量赋予了生命"③,这"整体的力量"及上文提到的"匿名能力""内在于无名事物、存在及事件的力量"都是一回事,都是"大写的生活,穿过并超越每个个体生活的普遍的生活"④,朗西埃的美学思想是对"生活范式(paradigme de la vie)"⑤的推崇。

---

① Jacques Rancière, *Politique de la littérature*, Paris: Galilée, 2007, p. 19.
② Jacques Rancière, *Le fil perdu: Essais sur la fiction moderne*, Paris: La Fabrique, 2014, p. 32.
③ Jacques Rancière, *Le fil perdu: Essais sur la fiction moderne*, Paris: La Fabrique, 2014, p. 89.
④ Jacques Rancière, *Le fil perdu: Essais sur la fiction moderne*, Paris: La Fabrique, 2014, p. 118.
⑤ Jacques Rancière, *Le fil perdu: Essais sur la fiction moderne*, Paris: La Fabrique, 2014, p. 127.

因此现代虚构尽管书写普通人的日常生活,但它并不意味着普通人与日常生活成为文学的"选民",就此获得高贵的地位;日常生活在现代虚构中分裂成无数感性微型事件,后者是碎片化的感觉,被虚构作品表达后,它们是无主的话语,可以是任何人的感受与表达,体现出一种无人称性,仿佛"无限微粒的永恒运动,在某种永恒的颤动的中央,时而聚拢,时而分散,或者重新聚拢。正是这个运动构成了新虚构的质地"[①]。福楼拜、左拉、康拉德、伍尔夫、普鲁斯特等作家的作品中体现的正是这种无人称的微粒运动。以伍尔夫《到灯塔去》第二部分为例,这一部分的内容大多在描写更迭的四季、交替的昼夜、静止或变化的自然环境,以及在这一切包围影响下逐渐毁损的拉姆齐家海滨别墅。这些描写很难找到叙事学意义上的视点与叙述主体,即无法确定是谁在观察谁在说话。奥尔巴赫评论《到灯塔去》时,把文中无法确定说话人的自由间接引语看成对"多个人的意识描述"[②]或"多元意识镜像"[③],此时他考虑的"多个人"主要还是书中的人物,无人称性则意味着作品中的观察、感受与表达再也找不到主人,任何读者都可以将其据为己有。文中也涉及人物行动,但主语常常是"人们""一个身躯""一只手"……也有有名有姓的人出现,也就是别墅管家婆麦克奈布太太,面对岁月流逝感叹忧愁的长久、生活的单调,自问还能活多久。但伍尔夫对麦克奈布太太的描写无疑是抽象的、诗意的,甚至有些失真,描写她只因她也在环境之中,也是熙熙攘攘的感性微型事件

[①] Jacques Rancière, *Le fil perdu: Essais sur la fiction moderne*, Paris: La Fabrique, 2014, p. 34.
[②] 埃里希·奥尔巴赫:《摹仿论:西方文学中现实的再现》,吴麟绶等译,北京:商务印书馆,2014年,第633页。
[③] 埃里希·奥尔巴赫:《摹仿论:西方文学中现实的再现》,吴麟绶等译,北京:商务印书馆,2014年,第647页。

中的一件,她的叹息与思考融入环境,失去了个人色彩,她的名字完全失去了"以名举实"的作用,她可以叫任何一个名字,她可以是任何人的代言人,她与周围环境一起,被生活的气息与洪流裹挟而走。因此,现代虚构看似没有放弃对人物命运的讲述,实际上是将原子一般的无人称状态组合在一起,它不再是某个英雄或悲剧人物的故事,而是所有"无名事物、存在及事件"的状态组合,是"伟大的无人称生活(grande Vie impersonnelle)"[1]的自行展现。

当微粒的永恒结合与分离运动打乱行动,渗入虚构并改变后者的质地时,传统虚构理性中与行动密切相关的另两个原则——虚构根据必然性或可然性安排情节,虚构重视认知价值——也被颠覆。在新虚构中凸显出来的是一种"感性状态并存的秩序"[2],也就是大量"感性微型事件的并置"[3],面对这些事件,无论对人物、作者还是读者来说,比起运用智力进行分析,更为重要的似乎是发挥感受力,去充分"体验内在与外在的融合"[4]。

三、从叙述到描写

由内容的差异产生了现代虚构与传统虚构的另一个差异:当行动不再是虚构关注的中心,虚构文的写作方式也发生了相应的变化,描写——尤其是细节描写开始取得重要地位。描写与叙述的历史同样悠久,但与叙述相比,描写在虚构传统中始终处于较为尴尬的地位。对描写进行过深入研究的法国当代文论家哈蒙指出,在很多理论家眼中,一方面,描写具有无法控制的膨胀与扩张

---

[1] Jacques Rancière, *Le fil perdu: Essais sur la fiction moderne*, Paris: La Fabrique, 2014, p. 33.

[2] Jacques Rancière, *Le fil perdu: Essais sur la fiction moderne*, Paris: La Fabrique, 2014, p. 33.

[3] Jacques Rancière, *Malaise dans l'esthétique*, Paris: Galilée, 2004, p. 13.

[4] Jacques Rancière, *Politique de la littérature*, Paris: Galilée, 2007, p. 71.

倾向,同时还会在文中引入古怪的或太过专业的词汇,损害表达的自然流畅及文学作品的统一性,影响读者的阅读体验,阻碍文学发挥自己的教化或娱乐功能。因为这些缺陷,所以在16至18世纪的法国修辞学与诗学理论中,"描写并没有真正的理论地位"①。另一方面,描写又受到严格的限制,它的主要功能是为行动提供时间、地点、背景等信息,或者为人物提供侧写,帮助读者理解其道德、情感与行为,总之,它必须对行动的叙述起到辅助的作用。从19世纪初开始,随着浪漫主义与现实主义文学的兴起,因为司汤达、巴尔扎克、福楼拜尤其左拉等人的努力,描写的地位有所改善;20世纪的新小说更是赋予描写一种人类学意义上的重要性。但将描写视作手段而非目的的观念始终存在,即便是福楼拜、左拉等作家在面对描写时都抱持一种暧昧的态度,而卢卡奇、雅各布森、瓦莱里等理论家也都曾从不同立场强调过描写的"危害",并劝告写作者克制描写的冲动。

在这样一种描写观中,不难想象细节描写遭遇的抵制。朗西埃认为"描写所具备的过度'现实主义'倾向可以从不同的角度去阐释,从这一阐释中能够获得一种有关虚构诗学与虚构政治学关系的全新认识"②,由此重新定位了现代虚构作品中的细节描写。他的论证从反对巴特与萨特的描写观入手。在著名的《真实效应》("L'Effet de Réel")一文中,巴特就福楼拜中篇小说《淳朴的心》的描写展开了思考。福楼拜在《淳朴的心》开篇花不少笔墨描写了女主人公费莉西泰帮佣的欧班太太家的房子,触动巴特的是其中一句描写"正房"的话:"晴雨表下方的一架旧钢琴上,匣子、纸盒,堆

---

① Philippe Hamon, *Du descriptif*, Paris: Hachette, 1993, p. 10.
② Jacques Rancière, *Le fil perdu: Essais sur la fiction moderne*, Paris: La Fabrique, 2014, p. 10.

得像一座金字塔。"①巴特认为晴雨表"这个物体不突兀却没有任何意义,初看之下并不属于可被'记录'的东西范畴"②,因而很难从结构功能的角度得到解释,进而将晴雨表归入西方普通叙事作品中随处可见的"无用的细节"③行列,并思考了其"无用之用":细节通过自己具体、精确却无用的特征,令读者"感觉自己所看到话语的唯一法则就是对现实的严格摹写,以及在读者与现实世界之间建立直接的联系"④,也就是说制造出了令人信服的"真实效应"。由此可见,巴特的分析还是没有脱离其符号学思想。在萨特看来,"福楼拜写作是为了摆脱人和物。他的句子围住客体,抓住它,使它动弹不得,然后砸断它的脊梁,然后句子封闭合拢,在变成石头的同时把自己关在里面"⑤。萨特认为,作家精雕细琢的描写文字,制造出了一个与现实世界隔绝的抽象世界,似乎是想通过这一举动表明对资产阶级当权的世界漠不关心,由此来与资产阶级划清界限。但实际上他们的能指游戏无法为新兴的无产阶级所理解,也无法对其产生任何作用,因而风格游戏体现的,其实是作家向社会保守势力的妥协。

朗西埃指出,以上两种观点表面看来有些矛盾,实际上殊途同归:巴特与萨特都将描写视作资产阶级意识形态在文学上的反映,他们的思路仍然没有摆脱旧的再现逻辑,因而都"错过了问题

---

① 福楼拜:《淳朴的心》,见福楼拜《福楼拜小说全集》(下卷),刘益庚、刘方译,北京:人民文学出版社,2002年,第3页。
② Roland Barthes, « L'effet de réel », *Communications*, n° 11, 1968, p. 84 - 85.
③ Roland Barthes, « L'effet de réel », *Communications*, n° 11, 1968, p. 85.
④ Tzvetan Todorov, « Présentation », in Gérard Genette et Tzvetan Todorov (éd.), *Littérature et réalité*, Paris: Seuil, 1982, p. 7.
⑤ 让-保罗·萨特:《什么是文学?》,见让-保罗·萨特《萨特文学论文集》,施康强等译,合肥:安徽文艺出版社,1998年,第163页。

的核心"①。在他看来,福楼拜对外省生活的描写,伍尔夫对资产阶级生活起居的描写,左拉对工人生活的描写,康拉德对大海的描写等,所有这些描写只为自身存在,被描写的细节是"感性微型事件的并置",是经纬交错的知觉与情感,是它们编织出现代虚构文本的网络,而对行动的叙述转变成了网络中的网眼。《到灯塔去》第二部分明显体现出叙述与描写的地位变化。在占据全书不到十分之一的篇幅里,作者讲述了十年间发生的事。那些本该为传统虚构所大书特书的事件——全家核心人物拉姆齐太太的死亡以及最美丽的女儿普鲁的婚姻与死亡都被压缩至短短几行,与人物行动与状态相关的简短文字全部被放置于括号内,仿佛只是无关紧要的背景介绍,除此之外的文本空间都被描写占据。

这里有两点需要注意,朗西埃尽管没有总结,却在论述中不断提及。第一点,描写增多并不仅仅意味着在作品中增加一些画面(tableaux)。一方面,现代文学中大量出现的描写受到19—20世纪保守批评家的批评,后者气恼地指责作家用画面取代了行动。但朗西埃认为,这些画面"并不是静止不动的。它们是差异,是移动,是强度的累积,外部世界通过这些活动渗透入心灵中,而心灵制造了它们生活的世界。正是这个感知与思想、感觉与行动交融其中的肌理"②构成了现代虚构中人物的生活。也就是说,现代虚构作品中的描写并不意在精确描绘外部世界,它们是世界、心灵、思想、情感彼此影响、彼此交织的产物,因而往往笼罩着某种梦境色彩,《包法利夫人》中的外省风景描写,《到灯塔去》中的房屋描

---

① Jacques Rancière, *Le fil perdu: Essais sur la fiction moderne*, Paris: La Fabrique, 2014, p. 20.
② Jacques Rancière, *Le fil perdu: Essais sur la fiction moderne*, Paris: La Fabrique, 2014, p. 29.

写,《吉姆爷》中的大海描写等莫不如是,朗西埃也正是据此认为注重描写的"现实主义根本不是对相似性的价值的肯定,而是对相似性起作用的框架的摧毁"①。另一方面,尽管人们时常给现代虚构贴上"印象主义"的标签,但朗西埃认为不应受所谓"印象主义"的欺骗,因为作为现代虚构肌理的感性微型事件彼此之间是平等的,它们都试图脱离中心,或者说它们全部是中心,不可能将这些并置的感性事件拼凑成一个完整的画面。

第二点,叙述与描写篇幅的增减只是新虚构质地变化的表象。从更为本质的角度说,叙述与描写篇幅的此消彼长首先当然源于现代虚构中行动重要性的减弱。其次也因为现代虚构"将事件分解为感受与情绪的单纯游戏"②。举例来看,《包法利夫人》中,爱玛的人生观、价值观与鲁道尔夫截然不同,却可以说是突然之间对他产生了爱意。这一切是如何发生的?农业评比会上,鲁道尔夫坐在爱玛身边,爱玛闻到鲁道尔夫头发的香味,回忆起昔日的舞会和难以忘怀的子爵,看到远处的"燕子车",回想起旧情人莱昂,这些回忆彼此交织叠加,作用于她的情绪,使她最终无力抽回被鲁道尔夫握住的手。《吉姆爷》中,富有英雄主义情结的吉姆在帕特那号遇难进水之时突然弃船逃生。这一切又是如何发生的?吉姆在意识到船只必沉无疑并且自己无力拯救船上几百名乘客时,他看到墨黑的乌云吞噬了船只和星光,看到暴风雨来临的先兆,感到浪涌晃动了大船和他自己的大脑,看到有人死了,听到已经逃离的人不断呼唤死人的名字,在种种刺激下,他产生了可怕的幻觉,不由自主跳下帕特那号,逃到救生船上。《包法利夫人》与《吉姆

---

① Jacques Rancière, *Le partage du sensible*, Paris: Galilée, 2000, p. 34.
② Jacques Rancière, *Politique de la littérature*, Paris: Galilée, 2007, p. 68.

爷》表明,如果说在传统虚构中,行动转变与人物认知有关,并且遵循因果逻辑,那么在现代虚构中,行动转变往往是一连串感性事件作用下的突变,而对行动的叙述也自然被对感性事件的描写所取代。

总而言之,在现代虚构中,"描写的膨胀损害了构成现实主义小说特殊性的行动,但它不是对渴望确立自身永恒性的资产阶级世界财富的展露,也不是人们忙不迭指出的再现逻辑的胜利,相反,它标志着再现秩序的断裂,以及构成其核心的行动的优越地位的颠覆"①。

四、感性的分配与文学的政治

以上我们对朗西埃的现代虚构观进行了简要的评述,这一现代虚构观包括两方面内容:首先是对亚里士多德《诗学》确立的传统虚构理性的批判;其次是对席勒、济慈、福楼拜、伍尔夫、奥尔巴赫等作家学者思想的继承,它指出现代虚构不再以摹仿某个有机整一的行动为核心,而是着力表现并置的感性微型事件。内容的改变引致了现代虚构形式上的变化,传统虚构中被边缘化的描写获得了与叙述同等甚至更为重要的地位,从根本上改变了现代虚构的质地。朗西埃所举的例子基本都是19世纪后半叶20世纪前半叶的作家及其作品,但很多当代虚构作品的特点都印证了他的现代虚构观的中肯性,例如勒克莱齐奥的《诉讼笔录》《沙漠》《看不见的大陆》等作品都可以看作对朗西埃所说"伟大的无人称生活"的记录。与此同时,在读者戏称"小说不如生活精彩"的当今社会,旧有虚构模式遭到越来越多的质疑与挑战,朗西埃的现

---

① Jacques Rancière, *Le fil perdu: Essais sur la fiction moderne*, Paris: La Fabrique, 2014, p. 20.

代虚构观为反思今日文学虚构理论与实践提供了一种新颖的视角。

不过,作为哲学家、思想家,朗西埃在提出现代虚构观时瞄准的并不仅仅是文学领域,他对传统虚构理性本质的认识即表明了这一点:"自亚里士多德起人们就知道,虚构并不是对想象世界的创造,它首先是一种理性结构:一种呈现模式(mode de présentation),令事物、处境或事件变得可以感知与理解;一种关联模式(mode de liaison),在事件之间构建起并存、先后、因果等种种形式,并赋予这些形式以可能性、现实性或必要性等特征。"[①]虚构是一种呈现与关联模式,这意味着虚构是我们在某种思维模式影响下,赋予世界以秩序进而认识世界的手段,不同的虚构理性因而体现的是对不同社会秩序的理解与把握,《克莱芙王妃》所展现的井然有序的空间与《包法利夫人》所展现的被物品挤满的空间是不同社会秩序、不同感受性的象征。也正是在这个意义上,朗西埃提出虚构并非文学作品的特权,政治行动与社会科学遵循同样的虚构逻辑,而"虚构秩序的紊乱反过来促使我们思考词与物、感知与行动、重复过去与展望未来、现实感与可能感、必要感与逼真感之间的新关系,社会经验与政治主体性的形式恰恰由这些关系构成"[②]。

在这一点上,朗西埃对现代虚构本质的认识自然地与他的美学观相对接。对朗西埃来说,美学是"对时间与空间、对可见与不可见、对话语与噪音的切分,这一切分同时决定了作为经验形式的政治的场所与关键"[③]。文学与其他艺术活动一样,背负着与政治

---

① Jacques Rancière, *Le fil perdu: Essais sur la fiction moderne*, Paris: La Fabrique, 2014, p. 11.

② Jacques Rancière, *Le fil perdu: Essais sur la fiction moderne*, Paris: La Fabrique, 2014, p. 13.

③ Jacques Rancière, *Le partage du sensible*, Paris: Galilée, 2000, p. 13–14.

行动、社会科学同样的任务,或者说对朗西埃来说,文学实践本身就是政治。以现代虚构为例,它重新切割布置时空,打破阶级与身份限制,利用匿名的大多数的感受力,将消极被动的人群引入舞台,令不可见变得可见,令无意义的噪音变成清晰的话语,总之,文学有能力借助对感性的重新分配,创造出一个人人平等的全新的"人世共同生活"[1],这是朗西埃赋予文学的解放力量。

但是,彻底颠覆传统虚构理性是难以想象的,朗西埃也清楚意识到了这一点。包法利夫人、吉姆爷、拉姆齐太太的死亡也许确实象征着传统虚构逻辑的失败,但它们作为故事的结局,却体现出情节也就是传统虚构理性的胜利,因此,尽管"新虚构的本质是一元论的,它的实践却只能是辩证的,只能是无人称生活的伟大抒情曲与情节安排之间的张力"[2],也就是说,两种虚构理性的并存是文学虚构作品的现实,文学的矛盾性由此而来。在朗西埃看来,这一新旧辩证法也许永远不会消失,而保持文学的这种辩证性或许就是最深刻的文学的政治。

---

[1] Jacques Rancière, *Les bords de la fiction*, Paris: Seuil, 2017, p. 147.
[2] Jacques Rancière, *Le fil perdu: Essais sur la fiction moderne*, Paris: La Fabrique, 2014, p. 67.

第七章　诗学批评研究

绪论中提到,诗学理论与批评之间并非泾渭分明的关系,诗学理论的一个重要功能是为批评提供方法,而批评实践反过来又能证实或证伪理论,进而推动理论的发展。在本章中,我们将对当代法国诗学与文学批评的关系进行考察。

第一节　当代法国文学批评中的诗学途径

一、"诗学批评"何谓?

对于诗学,法约尔《批评:历史与方法》(1978)、塔迪埃《20 世纪的文学批评》(1987)、罗杰《文学批评》(1997)、雅尔蒂《法国文学批评:历史与方法(1800—2000)》(2016)等重要法国批评史著作都给予其以一席之地。进入 21 世纪,不少 20 世纪红极一时的批评方法——实证主义批评、结构主义批评、精神分析批评等均已偃旗息鼓,相比之下,诗学如《诗学》杂志主编夏尔所言,"今日覆盖了一个广阔的空间,动用了越来越多的知识,同时呼唤一切改良建议与批评意见"[①]。

[①]　Michel Charles,« Avec et sans majuscule », *Fabula-LhT*, n° 10, « L'aventure poétique », décembre 2012. Page consultée le 07 avril 2017. URL：http://www.fabula.org/lht/10/charles.html.

"诗学批评"这一名称表面看来是个矛盾修辞。孔帕尼翁将文学研究分为"理论、批评、历史"[①]三个范畴,又将诗学包含在理论中,可见诗学与批评本质有别。诗学"指文学的整个内部原理"[②],以"提出分析方法为主"[③]。也就是说,诗学是理论研究,致力于从一个个具体的文本中抽象出具有普遍性的要素与程序,将其作为文学或特定文学类型的特征。因此即使提及个别文学作品,诗学也只将其当作推导出普遍原则的例子。文学批评则指"一种品评文学作品的话语,它强调阅读体验,描写、解读、分析某一作品对(具有较好文学素养的)读者[……]所产生的意义和效果。批评就是赏析,就是评价,它始于对作品的好感(或反感)、认同和投射"[④]。也就是说,批评是针对具体作品进行的鉴赏与评析,它瞄准的始终是特殊性,它的目的在于帮助读者更好地阅读与理解作品。

但是,普遍性研究与特殊性研究并非完全对立,特殊性是建立普遍性的基础,普遍性不经过特殊性的检验则是空洞无益的。作为法国当代诗学"出生证"的《诗学》杂志在创刊时的副标题为"文学理论与分析杂志",理论指向普遍性,分析指向特殊性,也即诗学涵盖理论探索与批评实践两个方面。实际上,在法国当代诗学产生之初,热奈特还时常混用"形式主义"批评、文学形式理论与诗学等名词[⑤]。热奈特的《叙事话语》即体现出普遍性与特殊性在文学研究中的交织。《叙事话语》是对叙事要素与程序研究的方法论建

[①] 安托万·孔帕尼翁:《理论的幽灵:文学与常识》,吴泓缈、汪捷宇译,南京:南京大学出版社,2017年,第13页。

[②] 达维德·方丹:《诗学:文学形式通论》,陈静译,天津:天津人民出版社,2003年,第2页。

[③] Gérard Genette, *Figures Ⅲ*, Paris: Seuil, 1972, p. 68.

[④] 安托万·孔帕尼翁:《理论的幽灵:文学与常识》,吴泓缈、汪捷宇译,南京:南京大学出版社,2017年,第13页。

[⑤] Cf. Gérard Genette, *Figures Ⅲ*, Paris: Seuil, 1972, p. 13.

构,研究的抽象性显而易见,但《叙事话语》序言第一句便开宗明义:"本研究的特定对象是《追忆似水年华》中的叙事"[①],或如《辞格Ⅲ》封底介绍所言,《叙事话语》"是一部'应用'于《追忆似水年华》的方法论集"[②]。因此《叙事话语》既是借《追忆似水年华》进行的叙事研究,反过来也可以说是对特定作品《追忆似水年华》的批评,文中多处出现深入的文本分析:对《索多玛与峨摩拉》某片段进行的微观叙事顺序分析,对《追忆似水年华》第一卷进行的宏观叙事顺序分析,对《追忆似水年华》全文的反复叙事手法进行的分析,等等。

因此谈论"诗学批评"是完全有可能的,此类批评指的是将诗学研究获得的有关文本生成过程、类型原则、风格要素、叙事程序等的理论运用于具体文学文本的分析。实际上,出于上文提及的原因,法国文学研究中不存在"诗学批评"(la critique poétique 往往指诗歌批评)一词,但从诗学研究两大重镇——瑟伊出版社"诗学"丛书及《诗学》杂志的出版情况来看,诗学批评是实际存在的。"诗学"丛书自 1970 年创立以来收录了多部"诗学批评"类型的著作,包括 1980 年合集《普鲁斯特研究》(*Recherche de Proust*)、1983 年合集《福楼拜研究》(*Travail de Flaubert*)、1984 年合集《卢梭的思想》(*Pensée de Rousseau*)、1988 年雷蒙德·德布雷-热奈特(Raymonde Debray-Genette)研究福楼拜作品生成过程的《叙事的变形》(*Métamorphose du récit: autour de Flaubert*)、1990 年米歇尔·拉丰(Michel Lafon)的《博尔赫斯或重写》(*Borges ou la réécriture*)、1993 年莫里斯·古图里埃(Maurice Couturier)的《纳博科夫或作者的暴政》(*Nabokov ou la tyrannie de l'auteur*)、2005

---

① Gérard Genette, *Figures Ⅲ*, Paris: Seuil, 1972, p. 67.
② Gérard Genette, *Figures Ⅲ*, Paris: Seuil, 1972, quatrième de couverture.

年克莱尔·德·奥巴尔迪亚(Claire de Obaldia)的《随笔的精神：从蒙田到博尔赫斯》(*L'Esprit de l'essai: De Montaigne à Borges*)等。《诗学》杂志中也较为频繁地出现可称之为"诗学批评"的专号与论文，较为晚近的包括第 162 期(2010)的左拉专号、第 170 期(2012)的拉封丹专号、第 174 期(2013)的西蒙专号、第 175 期(2014)的普鲁斯特专号等。

需要注意的是，一方面，诗学批评的中心词是"批评"，因此诗学批评不能止步于纯粹的形式分析，而是要在诗学理论与方法的支撑下，通过对文本不同层面、不同类型的形式要素的剖析，了解具体作品审美效果的产生机制，或者反之理解形式机制所能产生的审美效果，进而更为深刻地思考形式与意义、作品与主体、文学与世界之间的关系。例如热奈特在分析完普鲁斯特作品的反复叙事手法后有如下总结："把这个特征与普鲁斯特心理的主要特点之一挂起钩来颇具吸引力，这个特点就是习惯与重复的强烈意识，不同时刻的相似观念。叙事的反复性并不总与'孔布雷'的情况类似[……]普鲁斯特的人物对时间的个性不敏感，却自发地对地点的个性很敏感。在他笔下时间有相像和混合的强烈倾向，这种能力显然是'不由自主记忆'的经验的条件。"[1]这段文字表达的正是热奈特对普鲁斯特作品中反复叙事手法的功能及其价值的理解。

另一方面，诗学批评中的限定词"诗学"也很关键，"诗学不是一个阐释性学科"[2]，无论是对作家创作过程的揭示，还是对形式与结构的提炼，诗学批评最重要的任务是对写作程序与形式特征的

---

[1] 热拉尔·热奈特：《叙事话语 新叙事话语》，王文融译，北京：中国社会科学出版社，1990 年，第 81 页。

[2] Oswald Ducrot et Jean-Marie Schaeffer (éd.), *Nouveau dictionnaire encyclopédique des sciences du langage*, Paris：Seuil, 1995, p. 207.

探索与描述，在此基础上揭示形式的意义与价值。这首先意味着批评着眼的形式元素具有重复性，或在同一个文本内重复，或在不同文本中重复，因为只出现一次不足以代表"特征"或者说"风格"。与此同时，被解读的具体作品在解读完成后，它的地位总有一种退回到"例证"的倾向，这与以阐释为目的的批评实践赋予文本以至高地位的做法很不相同。因此在典型的诗学批评论文或著作中，我们往往会先看到对某形式元素或程序的探讨，紧接着是对这一元素或程序在具体文本中的体现及其效果的描述，随后是对元素或程序之功能的总结，由此一起得到揭示的，可能是作品的意义、作者的创作特征与风格、作者的创作理念与倾向等。伴随这一批评过程的，必然有对形式元素与程序本身的再思考与观念调整，因为理论与实践之间往往不是完全吻合的关系，方法指导实践，也被实践检验与修正，理论研究在此过程中不断得到深入。由于任何能产生意义的形式元素都可被纳入诗学的视野，因此理论上说诗学研究的对象是无穷无尽的，诗学批评也会随理论与方法的拓展与更新而不断获得发展，这也解释了诗学研究与批评实践始终活跃于文学研究场域的原因。

二、诗学批评何为？

法国当代诗学从一开始就宣布要继承与发扬亚里士多德的遗产。亚氏《诗学》涉及创作法则、诗歌本质、文学类型、叙述机制等问题，从宽泛角度看，这些问题基本上也是法国当代诗学的研究对象，它们无一不涉及对语言形式的探讨。从这个意义上说，诗学批评方法似乎天然地适合用来分析作为语言艺术的文学作品。如此一来，特地重申这一批评方法的重要性，这种略显多余的做法本身显现出一定含义。

这一含义就是，诗学批评在当前的中西文学批评界处于边缘位置。以中国文学界为例,童庆炳将新时期头三十年的文艺学发展趋势归纳为"由外而内""由内而外""延伸与超越"三个阶段①。这也是文学批评经历的阶段。20世纪80年代初以来的"去政治化"、20世纪90年代的"语言论转向"促使文学批评由"外"转向了"内",在短期内涌现大量关注语言结构与形式的研究成果。从20世纪90年代起,文化研究在国内兴起,逐渐取代文学"内部研究",造成文艺理论与批评"走出文学而走向泛文化研究"②的尴尬局面。及至今日,文化研究似乎也开始式微。在这样的背景下受创最重的是文学研究,因为一时间过去有效的研究方法都遭到了否定。于是重新认识、定位文学研究,廓清研究对象,明确研究方法,似乎已成当务之急。作为回应,童庆炳提出建构"文化诗学",并指出"'文化诗学'仍然是诗学,一方面,审美仍然是中心,语言分析不能放弃,但它不把文学封闭于审美、语言之内;另一方面,也不是又让外部政治来钳制文学"③。"文化诗学"及类似概念的提出为引入法国当代诗学提供了一个契机。法国当代诗学确实是在20世纪60—70年代结构主义思潮影响下诞生的,但在近几十年里,它不断反思自身、拓展边界、更新方法,将视野从文本拓展至"文本的上游和下游"④,把从文本的产生至文本产生效应的过程都包含在自己的研究范围内,因而使研究重心从封闭文本结构和纯粹语言形式转移到了对形式与意义、文本与主体、文本与社会、文学与人生等

---

① 参见童庆炳《延伸与超越:"新时期文艺学三十年"之我见》,《文艺争鸣》2007年第5期,第1页。

② 高建平:《呼唤理论与批评的"深度":贺〈中国文学批评〉问世》,《光明日报》2015年7月20日,第13版。

③ 参见童庆炳《延伸与超越:"新时期文艺学三十年"之我见》,《文艺争鸣》2007年第5期,第3页。

④ Raphaël Baroni, « Vivre (de) la poétique », *Fabula-LhT*, n° 10, « L'aventure poétique », décembre 2012. Page consultée le 04 avril 2017. URL: http://www.fabula.org/lht/10/baroni.html.

多重关系的思考上来。有越来越多的法国研究者认同新生代学者马瑟的断言："对语言形式的关注也涉及'生命形式'：有多少文学修辞格，就有多少存在的断句方式和人类生活的模式。"[1]我们由此看到法国当代诗学批评与 20 世纪其余诗学批评方法——俄国形式主义批评、英美新批评、法国结构主义批评等的不同。

那么，今日诗学批评具体能有什么作为？夏尔指出诗学的任务是尝试"考虑文学的全部复杂性并确立对这一文学的认识，同时也附带考察比如文学引发情感与信仰的方式"[2]。美国学者乔纳森·卡勒强调诗学应致力于对文学类型——对卡勒来说是抒情诗——模式与原则的建构，并列举了三个原因：借助诗学建构和提供的适当模式，读者能更好地解读与理解作品；借助诗学对"传统作品产生的可能性条件做出的描述"，作者能更好地反观、反思自己的创作；借助诗学确立的类型标准，我们能在文学创新发生之时，通过其与标准的偏离而发现它，进而及时地衡量它[3]。以此反观诗学批评，我们认为其价值也体现于在文学理解、文学创作、文学史研究三个方面发挥的功能。

首先，在深化对文学作品的理解方面，如夏尔所言，"如果我们有理由强调文本与阅读的愉悦，那么可以肯定的是形式的组织安排在其中起到了决定性的作用"[4]。诗学批评即要以诗学所建构的

---

[1] Marielle Macé, « Forme littéraire, forme de vie », *Les Temps Modernes*, n° 672, « Critique de la critique », janvier-mars 2013, p. 223.

[2] Michel Charles, « Avec et sans majuscule », *Fabula-LhT*, n° 10, « L'aventure poétique », décembre 2012. Page consultée le 07 avril 2017. URL：http://www.fabula.org/lht/10/charles.html.

[3] Cf. Jonathan Culler, « Pour la poétique », *Fabula-LhT*, n° 10, « L'aventure poétique », décembre 2012. Page consultée le 04 avril 2017. URL：http://www.fabula.org/lht/10/culler.html.

[4] Michel Charles, « Avec et sans majuscule », *Fabula-LhT*, n° 10, « L'aventure poétique », décembre 2012. Page consultée le 07 avril 2017. URL：http://www.fabula.org/lht/10/charles.html.

模式与方法为探照灯,去照亮作品"形式的组织安排",为理解丰富的文学作品带去新的光线,不仅推动对当代作家的批评,也更新对经典作家的认识。从对经典作家的新发现来说,据马克斯统计,在《诗学》自1970年创刊至1994年出版的一百期杂志中,从论文数量看,被谈论最多的依次是普鲁斯特、福楼拜、巴尔扎克、波德莱尔和瓦莱里[1]。这个统计体现出诗学理论与方法的活力:在经典作家研究成果已汗牛充栋的情况下,他们作品的许多侧面之所以还能不断被揭示出来,这不仅与作品本身阐释空间大有关,更与批评方法的更新有关。半个世纪以来,发生学批评大大推动了福楼拜研究、左拉研究、普鲁斯特研究,可能性理论为理解普鲁斯特等作家提供了新的思路,对现实主义、真实/逼真、摹仿、虚构等文论概念的深入思考无论在现实主义作品研究还是在"反"现实主义作品研究中均有突破性进展。以莫泊桑为例,对于他的文本,法国著名诗学研究者哈蒙认为:"已有很多论文讨论过莫泊桑的'简单''透明''易读'。我却认为对他作品的谨慎分析会揭示,它们比表面看来复杂得多。"[2]哈蒙通过对莫泊桑《一个家庭》等短篇的分析,深具说服力地揭示出,莫泊桑在处理某个主题时,往往会不断重复与主题相关的词语和结构,造成"主题的饱和和语义的密度"[3]。在形式分析之上,哈蒙对莫泊桑的诗学批评试图"一定程度上还原莫泊桑文本的观念厚度——人们常否认他的作品具有这种厚度——总之就是将

---

[1] 参见 William Marx, « Quelle poétique de Valéry pour la revue *Poétique* », *Fabula-LhT*, n° 10, « L'aventure poétique », décembre 2012。Page consultée le 07 avril 2017. URL: http://www.fabula.org/lht/10/marx.html.

[2] Philippe Hamon, *Puisque réalisme il y a*, Genève: La Baconnière, 2015, p. 88.

[3] Philippe Hamon, *Puisque réalisme il y a*, Genève: La Baconnière, 2015, p. 88.

一种文化甚至政治维度还给这位经常被指'浅薄'的作家"[1]。

其次,在推动文学创作方面,当代诗学不同于传统诗艺,并不直接提供创作法则。不过一方面,近年来法国诗学中产生了一派名为"可能性文本理论"的批评理论与方法,这一理论运用于批评实践时,以发现文本内部断裂为契机,对写作过程中可能被作者放弃的其他选择进行推测与分析,通过假设"定本"与围绕其周围的"可能性文本"之间的可能性互动来解读文本。这一批评方法隐含的"改良"意图实际上也是对写作的其他可能性进行的思考,因而能对创作者产生不小的影响。另一方面,由于诗学批评往往通过文本制造的效果来反推产生这种效果的语言机制,因此它展现出文本形式与特定效果之间的关系,而这种展示无疑会对创作者的写作产生启发。如上文提到的对现实主义概念的深入思考。法国当代诗学对现实主义的研究深受罗兰·巴特影响。巴特发表于1968年的《真实效应》一文为理解现实主义带来了新的视角。在文中,巴特指出,读者的阅读感受很可能只是一种由作者精心编织的文字形式所唤起的"错觉",例如福楼拜《淳朴的心》之所以给人以真实感,并不是因为福楼拜完全复写了现实,而是因为作家提供了各种有助于产生"真实感"的信息,作家所描写的对象都是精挑细选的符号,或富含社会意义,或毫无意义但通过无意义本身制造了"真实效应"。也就是说,现实感的产生离不开作者的选择与组织。巴特对现实主义的思考不仅被应用于现实主义作家研究,也被应用于反传统的实验小说研究,部分研究者反过来考察了米歇尔·布托等新小说作家反现实主义的"现实主义",也就是一种尝试放

---

[1] Philippe Hamon, *Puisque réalisme il y a*, Genève: La Baconnière, 2015, p. 88.

弃选择、想象与组织，抛弃传统现实主义小说一切形式组织原则，完全"忠实"记录现实的现实主义，不过研究者最终表明，这种乌托邦式的尝试"只能导向虚构的解体因而也就是小说的死亡"[1]。此类研究可以说为文学创作提供了反思的契机。

最后，诗学批评也为文学史研究提供了一条途径。理论、批评与文学史并没有表面看来的水火不容。热奈特甚至在《诗学与历史》一文中指出，文学史唯一可能的形式应该是一种形式史或称"历史诗学"，而这一形式史还有待撰写。上文我们提到，孔帕尼翁也在法兰西公学院"现当代法国文学：历史、批评、理论"教席课上不断尝试融合"诗学或理论与文学史之间的关系"[2]，并认为"这对文学研究的健康来说必不可少"[3]。无论我们是否赞同热奈特、孔帕尼翁的观点或做法，有一点可以确定，那便是只有诗学研究与诗学批评从具体文本中提炼出形式特征，再从大量的形式特征中归纳出一种演变，才有可能谈论此类形式史的撰写。与此同时，即便不以形式的演变为逻辑，文学史的撰写也总会需要一根阿里阿德涅之线，用以指导写作者的选择与布局，反映出写作者的文学价值观。诗学视角可以是一个有效的视角。以亨利·戈达尔（Henri Godard）出版于 2006 年的《小说使用说明》（*Le roman modes d'emploi*）为例。该著作从虚构概念及其与小说的关系入手，撰写了一部视角新颖的文学史，入选其中的作品或多或少对小说摹仿

---

[1] Sophie Guermès, « Du littéraire au littéral », *Poétique*, n° 162, avril 2010, p. 162.

[2] Antoine Compagnon, « La littérature, pour quoi faire? Leçon inaugurale prononcée le jeudi 30 novembre 2006 », Paris: Collège de France, 2007. Page consultée le premier octobre 2021. URL: http://books.openedition.org/cdf/524.

[3] Antoine Compagnon, « La littérature, pour quoi faire? Leçon inaugurale prononcée le jeudi 30 novembre 2006 », Paris: Collège de France, 2007. Page consultée le premier octobre 2021. URL: http://books.openedition.org/cdf/524.

生活的虚构传统提出了挑战,可以说是写了一部"非虚构小说史"。我们看到,一方面,《小说使用说明》的撰写建立于作者对"虚构""非虚构"等诗学概念的思考之上;另一方面,作者对作品的分析致力于提炼能表明其非虚构性的形式因素,作为在海量文学作品中选择有限文本进行论证的依据。《小说使用说明》很好地表明了诗学理论与批评为文学史的撰写所开启的可能。

三、诗学批评如何进行?

上文指出,今日法国诗学研究者主张将文学与生活联系起来,把诗学研究的对象拓展至文本的上游和下游,"将作品视作有意图的、有施为功能的语言事实",来"重新考察(隐含或真实)作者的问题,考察被定义为某种'处世'方式的风格,考察小说陈述的权威性或责任性问题,考察情节的动力和叙述的意义,考察文本的效果以及它们要求或催生的认知程序等等"①。这番言论大致总结了今日诗学批评的可能性对象与方法。

我们在此仅举一例来直观地展示诗学批评。我们选取的是菲利普·儒塞(Philippe Jousset)发表于 2010 年第 162 期《诗学》杂志的论文《在文学的作坊里》,该文对左拉的创作进行了研究。由于左拉本人多次强调观察与实验方法之于其文学创作的重要性,主张作家如实地认识生活、描绘生活,他所提出的"自然主义"标签又容易使人产生"师法自然"的联想,因此"自然主义"文学的特点时常被认为是"反对人为的技巧,追求现实生活原本的'真'"②,而"自然主义"不过是"现实主义"的升级版本,"是对现实主义的客观性、

---

① Raphaël Baroni,« Vivre (de) la poétique », *Fabula-LhT*, n° 10, « L'aventure poétique », décembre 2012. Page consultée le 04 avril 2017. URL: http://www.fabula.org/lht/10/baroni.html.

② 黎跃进:《日、欧自然主义文学比较》,《国外文学》1995 年第 4 期,第 91 页。

写实性的一种极端发展"①。然而,"自然主义"的内涵实际上要更为复杂。左拉本人曾说过,"作家加上自己的印迹使现实变了样,如果他给我们的是经过奇妙的加工、完全带有他个人品性的现实,那有什么关系呢?"②但他没有详细解释这种从生活现实到作品现实的转变。兴起于20世纪70年代的发生学批评使此类论证成为可能。儒塞正是借助这一批评方法,对比了左拉写作《巴黎的肚子》时做的"调查笔记"和小说的定稿,直观地呈现出作品从草稿到定本的转变。

以小说第三章主人公弗洛朗参观巴黎中央菜市场的片段为例。从流放地逃回巴黎的弗洛朗找了一份差事,临时顶替维尔拉格先生做鱼货检查员,为了熟悉业务,弗洛朗在维尔拉格先生陪同下去了几次中央菜市场。对比正式出版的文本(下称定本)和与之相关的"调查笔记"(下称笔记),我们明显看到了以下转变:(1)叙事学意义上的"语式"转变,如果说在笔记中"观看"的是左拉,那么在定本中"观看"的是参观菜市场的主人公弗洛朗,左拉用"弗洛朗还以为是各色各样的鱼群刚在人行道上搁浅,喘着气[……]"③这句话引出了对鱼市的描写。

语式的转变至少引发了以下转变:(2)"弗洛朗还以为[……]"既成为引出下文列举的总说,也赋予描写以一种基调。举例来看,笔记中"黑鳌虾,带虎斑;淡红色龙虾,刺更多一点;活蹦乱跳,发出清脆声响。大狼鲈,嘴巴大张,圆滚滚,奇大无比。带有褐色格状

---

① 黎跃进:《日、欧自然主义文学比较》,《国外文学》1995年第4期,第91页。
② 米歇尔·莱蒙:《法国现代小说史》,徐知免、杨剑译,上海:上海译文出版社,1995年,第165页。
③ 埃米尔·左拉:《巴黎的肚子》,金铿然、骆雪涓译,北京:文化艺术出版社,1991年,第97页。

花纹的银色鲑鱼。大菱鲆,大菱鱼,单独堆在一起,圆形,泛白。脊背圆滚滚的粉红色剑鱼。泛白的鳕鱼。[……]淡水鱼在篮子上喘着气"[1]在定本中体现为"弗洛朗还以为是各色各样的鱼群刚在人行道上搁浅,喘着气[……]大鳕鱼、小鳕鱼、鲑鱼、鲽、鳊鱼,模样都很蠢;肮脏的灰色,夹杂一些白斑;[……]菱鲆,带有银色格状饰纹,每一片鳞就像在光滑的金属上凿出来的;[……]大菱鲆、大桂皮鲆,身上密密麻麻的点子,白得就像干乳酪;[……]圆圆的狼鲈,张开大嘴,使人想起某个庞然大物正在吐出已经吞下的食物,在痛苦中惊得发呆。[……]肥胖的剑鱼,染上一点胭脂红;[……]带刺的龙虾、有黑色斑点的螯虾还活着,在用它们折断的虾脚慢慢地爬着,发出咯咯咯的声音"[2]。我们看到,笔记的清单式记录往往只涉及鱼类的形状和颜色,口吻中性客观,定本的描写却重点突出且细致深入。体现定本描写特点的是诸如"肮脏""黏糊糊""难看""凶猛""血淋淋"等形容词,是比喻、拟人、夸张等修辞手法的运用,通过这些"文学性"手法,定本表现出明显的主观色彩,折射出弗洛朗本人的主观感受。因此,鱼群搁浅、喘气,各种鱼"模样都很蠢",狼鲈"张开大嘴","在痛苦中惊得发呆",龙虾、螯虾"用折断的虾脚慢慢地爬行":鱼市场的描述沾染上观看者本身的精神状态和个性气质——逃犯唯恐外界认出的惊惶、知识分子降低身段去从事"低贱"行业的不甘、革命者向生活妥协的痛苦。

(3)观看者的目光也赋予被观看事物以一种逻辑,因此事物得到呈现的顺序发生了变化。如果说在笔记中,左拉可能不加区别地记下了目光所及的东西,那么在定本中,各种鱼被重新归类描

---

[1] Philippe Jousset, « Dans l'officine de la littérature », *Poétique*, n° 162, avril 2010, p. 132.

[2] 埃米尔·左拉:《巴黎的肚子》,金铿然、骆雪涓译,北京:文化艺术出版社,1991年,第97—98页。

写,并由"在偶然的一网中,乱七八糟的什么都有[……]""然后,来了一些分类的优质鱼[……]""到处是[……]""还有[……]"[①]等话语引导。分类与引导语并不仅仅是文学文本的体裁要求,也是弗洛朗内心认知与价值观的直接体现。

儒塞对笔记和定本之间的比较直观地揭示出文学文本的产生过程,有力地证明无论是左拉的"自然主义"还是经常被与自然主义相提并论的"现实主义",都不可能是对现实的照搬照抄。艺术家再现的现实是一种经艺术加工的现实,通过这一艺术加工,无序的现实被赋予了秩序,也就是意义。这种赋予秩序的行为并不是任意的,作家的选择无不以人物性格的塑造、叙事的推进、主题的确立为前提,同时又对其产生影响。与此同时,看似对推动故事发展无甚助益、在阅读过程中时常被读者跳过的描写实则时刻在营造张力,为主题服务,因而是作品有机体的重要组成部分。除此之外,对《巴黎的肚子》的笔记与定本的比较也呈现出左拉在文学创作中的倾向,例如左拉对过去分词与现在分词的青睐一览无余。这些有关写作与文学本质、有关作家写作风格的结论,或许我们依靠作家本人的文学理论,或依靠建立于定本之上的推测也能获得,但诗学批评将其更为直观地呈现了出来。

＊ ＊ ＊

读者通过阅读文学作品获得种种审美体验,这体验作用于读者,对个体产生净化情感、疗愈心灵、激发思考等功能,对集体产生实现民族团结、丰富文化、社会发展等功能。使用作为零件的词语组装出能产生种种效应的审美客体,这一过程无疑是惊人的。但这一过程并不神秘,因为借助得当的理论与方法,我们可以一点点

---

① 埃米尔·左拉:《巴黎的肚子》,金铿然、骆雪涓译,北京:文化艺术出版社,1991年,第97—98页。

地窥破文学的"秘密"。我们已通过上文说明，法国当代诗学是这样一种有效的理论与方法。下文我们将选取两位诺贝尔文学奖得主——加缪与莫迪亚诺，尝试更为深入地借助诗学理论与批评方法对其作品展开分析，以呈现当代法国诗学与文学批评实践结合的可能，为思考将其运用于中国文学批评实践开启空间。

第二节　诗学批评举例1：
《局外人》的时态异常及其在小说荒诞主题建构中的功能

《局外人》是加缪出版于1942年的小说。从出版至今，这部篇幅不长的小说一直在召唤解读。经过半个多世纪的阐释，我们对作品的主旨应已达成共识，这一共识可用萨特在《解读〈局外人〉》一文中的论断来表达："《局外人》不是一本意图解释什么的书，因为荒诞之人不解释，他只描述；《局外人》也不是一本意图证明什么的书。"[①]"局外人"默尔索是一个荒诞之人，《局外人》描写了一个荒诞之人的处境。这一结论也是老生常谈。不过，迄今为止，国内评论者多从内容与思想层面去论述《局外人》的"荒诞"主题，鲜有学者关注《局外人》的语言形式。实际上，布朗肖、萨特、本伍尼斯特、巴特、热奈特等学者均从不同角度，指出过《局外人》语言形式的特殊之处，其中之一便是小说对复合过去时（le passé composé）[②]这一时态的运用。我们认为这一特殊的形式与小说意欲表达的荒诞主题之间存在密不可分的关系。

[①] Jean-Paul Sartre, « Explication de *L'étranger* », in Jean-Paul Sarte, *Situations* I , Paris: Gallimard, 1947, p. 97.
[②] 本书提到一些法语时态，可将其与英语时态进行对照。复合过去时相当于英语中的现在完成时，未完成过去时（l'imparfait）兼有英语过去进行时与一般过去时的某些功能，简单过去时（le passé simple）相当于英语中的一般过去时。但这种对照仅是为了方便理解，实际上两种语言的时态并不能完全等同。

一、《局外人》的时态异常

《局外人》通常被认为具有一种"精练凝聚的古典风格"[①]。"古典风格"最主要的行文特征是清晰、准确、自然。然而,不止一位学者指出过《局外人》语言的不自然,其中最明显的一点是小说的时态:《局外人》整体上是用复合过去时配合未完成过去时(l'imparfait)叙述的,表明构成小说的三个核心事件——"葬礼""犯罪"和"审判"对叙述者"我"来说是已发生的事件,"我"之后试图通过回忆对它们进行重构。从语法角度说,复合过去时既然是一种"过去时",那么用它来讲述过去之事天经地义。复合过去时的这一功能是学生尤其外国学生在学习这一法语时态时首先掌握的功能。然而,在一些学者看来,加缪在《局外人》中对复合过去时的运用并不简单。

萨特在 1943 年的《解读〈局外人〉》一文中提到了《局外人》对复合时态的运用,及这一时态产生的风格效应。据我们掌握的材料,这应是第一篇谈论《局外人》时态与主题关系的文章,为其后的研究提供了一个独特的视角。萨特认为,"加缪先生之所以选择用复合过去时来讲故事,是为了增强每个句子单元的孤独感"[②]。在萨特看来,"句子的现实是动词,是行动,拥有自身的及物特征以及超验性"[③],但是,相比其他仅由单一动词构成的过去时态——比如简单过去时[④],复合过去时(及其他复合时态)有一个独特之处。萨

---

① 柳鸣九:《论加缪的思想与创作》,《当代外国文学》2004 年第 2 期,第 106 页。
② Jean-Paul Sartre, « Explication de *L'étranger* », in Jean Paul Sartre, *Situations I*, Paris: Gallimard, 1947, p. 109.
③ Jean-Paul Sartre, « Explication de *L'étranger* », in Jean-Paul Sartre, *Situations I*, Paris: Gallimard, 1947, p. 109.
④ 简单过去时有多种法语名,一般用 le passé simple,萨特用的是 le passé défini,本伍尼斯特更多使用 l'aoriste。这些名称即便不完全对应简单过去时,至少也包含了简单过去时,为论述方便,我们一律译成简单过去时。

特生造了两个句子来说明这种独特性:"Il se promena longtemps"和"Ils'est longtemps promené",都是"他散步散了很长时间"之义,但代词式动词"se promener"(散步)在前一句中处于简单过去时,在后一句中处于复合过去时。在复合过去时中,变位的动词由于包含助动词(est)与过去分词(promené)两个部分,"动词折为两段"[1],后半段"过去分词失去了全部超验性,像物体一样静止"[2],前半段助动词"只具备系词的意义,像联系表语与主语一般,将分词与实体联系起来;动词的及物性消失,句子凝固,句子的现实现在变为名词"[3]。如此一来,"句子不再是架在过去与未来之间的桥梁,而只成为自给自足的孤立渺小的实体"[4]。换言之,复合过去时构成的句子无法联结前一个句子和后一个句子,句子只是简单并置在那里,无法保持一种持续性,彼此之间只是简单的叠加而无法形成任何逻辑关系,仿佛有一条无法跨越的鸿沟存在于句子之间,阻止阅读与理解必需的时间进程与逻辑进程。因此萨特说,"《局外人》的每个句子都是一座孤岛"[5]。形式的孤岛产生了一种效应:自我封闭的句子不是为了联结、讲述与解释,也即不是为了生产意义,但处于静止状态、变成石头一般实体的句子却产生了巴特意义上的二度含义,成为荒诞之人眼中之世界的象征。因为对荒诞之人来说,世界的存在是无意义的,事物仅仅是存在而已,它们之间

---

[1] Jean-Paul Sartre, « Explication de *L'étranger* », in Jean-Paul Sartre, *Situations I*, Paris: Gallimard, 1947, p. 109.
[2] Jean-Paul Sartre, « Explication de *L'étranger* », in Jean-Paul Sartre, *Situations I*, Paris: Gallimard, 1947, p. 109.
[3] Jean-Paul Sartre, « Explication de *L'étranger* », in Jean-Paul Sartre, *Situations I*, Paris: Gallimard, 1947, p. 109.
[4] Jean-Paul Sartre, « Explication de *L'étranger* », in Jean-Paul Sartre, *Situations I*, Paris: Gallimard, 1947, p. 109.
[5] Jean-Paul Sartre, « Explication de *L'étranger* », in Jean-Paul Sartre, *Situations I*, Paris: Gallimard, 1947, p. 109.

也没有重要性的等级划分,"书中所有的句子都是同等的,正如荒诞之人的所有经验都是同等的"[①],萨特由此在复合过去时与加缪的荒诞哲学之间画上了等号。

在我们看来,萨特对加缪《局外人》中复合过去时的分析与其说是理性科学的,不如说是感性诗意的。我们可以认同他对荒诞感产生根源的分析,却很难理解他何以能从复合时态分为两段的形式导出"孤岛效应"的结论。尽管如此,萨特作为最早注意到《局外人》时态特殊性的学者,他的文章为后人的研究提供了一个独特的视角。在受这一视角影响而取得的成果中,德国语言学及诗学学者魏因里希对《局外人》复合过去时的分析尤其具有启发性。

二、评论时态与叙述时态

魏因里希的名著《时间:被讲述与被描述的世界》(*Tempus: Besprochene und erzählte Welt*)初版于1964年,该书于1973年被翻译成法语在瑟伊出版社出版,并收入热奈特主编的"诗学"丛书。在《时间:被讲述与被描述的世界》中,魏因里希通过考察大量文本指出,"对一个现代作家来说,'自然的'叙事时态是简单过去时,而非复合过去时;加缪想要在很长的篇幅中保持复合过去时,他不得不勉强自己做到,并对时态施加暴力。《局外人》中几乎每句话都促使我们做此猜想"[②]。以下我们将结合魏因里希独特的时态观来展开具体分析。不过,在此之前,我们将先对法国语言学家本伍尼斯特的时态观做一番简要的考察。本伍尼斯特是魏因里希重要的前驱者,在魏因里希之前已对时态与文学类型、文学叙事等的关系

[①] Jean-Paul Sartre, « Explication de *L'étranger* », in Jean-Paul Sartre, *Situations I*, Paris: Gallimard, 1947, p. 111.

[②] Harald Weinrich, *Le temps*, trad. Michèle Lacoste, Paris: Seuil, 1973, p. 310.

进行过深刻论述，并对魏因里希产生很大影响。本伍尼斯特从法语中何以会存在两个基本的过去时——简单过去时与复合过去时这一问题出发，对这两种时态做了对比分析。这两种过去时态实际上在法语中是互相排斥的，它们的关系可以归结为一系列二元对立：复合过去时多用于口语，或采用口语形式的书写中，包括"通信、回忆录、戏剧、教学类著作等，简而言之一切呈现某人向他人说话的类型"[①]；简单过去时几乎只用于书面语，而且随着时代发展，越来越局限于文学领域。从更深层次说，两者分属不同的陈述体系：前者属于话语（discours），话语的首要标志是说话人与听话人之间的"我-你"对话关系，体现出一种主观性，其三种基本时态是现在时、将来时与完成时（包括复合过去时）；后者属于历史（histoire），"标志着对过去事件的叙述（récit）"[②]，往往使用第三人称，因说话者不介入叙事而体现出一种客观性，主要使用简单过去时、未完成过去时、愈过去时，而排斥话语的三种常用时态（愈过去时除外）。

在涉及对过去事件的叙述时，本伍尼斯特指出，"任何会写作并打算叙述过往事件的人都会自动将简单过去时作为一种基本时态使用，无论他是以历史学家身份提到了这些事件，还是以小说家身份创造了这些事件"[③]。反过来，"数据表明完全用完成时写的历史叙事是很少的，可见完成时多么不适用于捍卫事件的客观关系。每个人都可以去某部从头至尾都刻意用完成时叙述的当代作品中

[①] Émile Benveniste, *Problèmes de linguistique générale*, t. 1, Paris：Seuil, 1966, p. 242.

[②] Émile Benveniste, *Problèmes de linguistique générale*, t. 1, Paris：Seuil, 1966, p. 239.

[③] Émile Benveniste, *Problèmes de linguistique générale*, t. 1, Paris：Seuil, 1966, p. 243.

验证这一点"①。本伍尼斯特在此处加了个注释,举了《局外人》的例子,作为此类当代作品的代表。在这类作品中,"叙事作品意图表现出客观的基调,但其所使用的表现手段是第一人称加完成时这种典型的自传形式,这两者的对照产生了一些风格效应,对后者的分析将会很有意思"②。

可惜本伍尼斯特并没有展开分析。德国学者魏因里希继承本伍尼斯特的观点,在《时间:被讲述与被描述的世界》中提出了自己独特的时态观,从话语态度(评论/叙述)、话语视角(零度/回溯/预测)、话语层次(前景/背景)三个维度对时态展开了探讨,并主要依据话语态度和视角对《局外人》时态的不"自然"特征进行了分析与阐释。

从话语态度来说,魏因里希认为一种语言的时态可分为两组。就法语来看,现在时、复合过去时、将来时为一组,简单过去时、未完成过去时、愈过去时、条件式为一组。他称第一组时态为"评论时态"(les temps commentatifs),称评论时态占主导的文本为"评论"(commentaire),称第二组时态为"叙述时态"(les temps narratifs),称叙述时态占主导的文本为"叙事"(récit)。评论时态顾名思义多与评论有关,它频繁应用于某些特定领域或文体,比如"戏剧对话、政治备忘录、社论、遗嘱、科学报告、哲学论文、法律评论及一切仪式性、格式化和施为性的话语形式"③,在"诗歌、戏剧、大多数对话、日记、文学批评论文、科学描述"④等文类中占主导地位。叙

---

① Émile Benveniste, *Problèmes de linguistique générale*, t. 1, Paris: Seuil, 1966, p. 244.
② Émile Benveniste, *Problèmes de linguistique générale*, t. 1, Paris: Seuil, 1966, p. 244.
③ Harald Weinrich, *Le temps*, trad. Michèle Lacoste, Paris: Seuil, 1973, p. 33.
④ Harald Weinrich, *Le temps*, trad. Michèle Lacoste, Paris: Seuil, 1973, p. 39.

事时态常用于叙述真实或虚构的事件,包括"青春期故事、狩猎故事、自己编造的童话故事、宗教传奇、非常'书面的'短篇故事、历史叙事或小说,但也可以是一则有关政治会议进程的新闻"①,在"短篇故事、小说和各类叙事"②等文类中占主导地位。

魏因里希认为这两组时态不会交叉混用,因为它们的功能存在很大差异:运用评论时态时,"说话人有一种紧张的态度,他的话语因而变得尖锐,因为他所说的跟他密切相关,而他也需要同等程度地触动话语的接受者。说话者与受话者都被牵涉其中。他们需要行动与回应"③;运用叙述时态时,这些时态"提醒听话人,这则陈述'仅仅'是一则叙事,他可以带着某种程度的超脱态度去听它"④。简言之,叙事只寻求"一种放松的接受模式"⑤。一个很好的例子是莫泊桑的短篇小说《杀父母的人》,罪犯在叙述杀人起因与经过时用的是叙述时态(简单过去时+未完成过去时),在法庭上总结事件、表明看法时用的是评论时态(现在时+复合过去时)。不同时态体系之间的这种转换也存在于莫泊桑其他作品中。

从话语视角来说,根据文本时间与行动时间的关系,每组时态内部又可分为零度、回溯、预测三类。在评论时态中,零度为现在时,回溯为复合过去时,预测为将来时;在叙述时态中,零度为简单过去时和未完成过去时,回溯为愈过去时,预测为条件式。魏因里希认为,一般来说,"复合过去时是信息报道的时间,是回溯的时间,因此它的视角相对来说是不常用的,它的出现是偶然的。由于复合过去时在时态体系中所处的位置,它根本不是用来建立先后

---

① Harald Weinrich, *Le temps*, trad. Michèle Lacoste, Paris: Seuil, 1973, p. 33.
② Harald Weinrich, *Le temps*, trad. Michèle Lacoste, Paris: Seuil, 1973, p. 39.
③ Harald Weinrich, *Le temps*, trad. Michèle Lacoste, Paris: Seuil, 1973, p. 33.
④ Harald Weinrich, *Le temps*, trad. Michèle Lacoste, Paris: Seuil, 1973, p. 34.
⑤ Harald Weinrich, *Le temps*, trad. Michèle Lacoste, Paris: Seuil, 1973, p. 34.

次序的。这是它区别于现在时、未完成过去时和简单过去时的原因。后三种时态都是零度视角,可以直接进行重复,能够在文本构建中确保一种重要的功能,也就是帮助形成它的连贯性"[1]。换言之,复合过去时始终要在与现在时的关系中才能得到理解,它们在时空中的线性展开本身无法表明行动的先后次序,遑论因果关系。从魏因里希对话语态度与视角的谈论中,我们已能预见他对《局外人》时态的看法。

三、魏因里希评《局外人》时态

上文已提到,魏因里希明确指出了《局外人》时态的不"自然"。这种不"自然"通过话语态度与话语视角体现出来。从话语态度说,复合过去时是评论时态,不适合用来叙述事件,勉强运用评论时态进行叙述的结果是,小说在某几处脱离作家控制,呈现出一些混乱。例如,小说中出现了五处简单过去时,应是作家无心所致。再如,在第一部分前两章开头,第二部分第三、四、五章开头,小说使用的是现在时+将来时或现在时+复合过去时,在这几个开头,魏因里希认为现在时的运用令小说的"评论"特征更为突出。此外,我们还发现,在以过去时叙述的事件中,不时出现以现在时形式标记的"我记得"[2]"我(不)知道"[3]"我觉得"[4],这些标记也表明在这些时刻,评论世界入侵叙述世界,造成了小说内部的时空混乱。

同样是在上面提到的章节开头,小说先是运用现在时,但很快

---

[1] Harald Weinrich, *Le temps*, trad. Michèle Lacoste, Paris: Seuil, 1973, p. 305.

[2] Albert Camus, *L'étranger*, Paris: Gallimard, 1942, p. 16, p. 22, p. 105.

[3] Albert Camus, *L'étranger*, Paris: Gallimard, 1942, p. 1, p. 13, p. 20, p. 44, p. 45, p. 50, p. 55, p. 76, p. 84, p. 109, p. 112, p. 119.

[4] Albert Camus, *L'étranger*, Paris: Gallimard, 1942, p. 14, p. 15, p. 16, p. 23, p. 26, p. 30, p. 55, p. 84, p. 92, p. 104, p. 106, p. 107, p. 110, p. 111, p. 112, p. 114, p. 121.

转向复合过去时+未完成过去时,从评论转向了对过去事件的回顾,从话语视角看是从零度与预测视角转向了回溯视角。一个特别明显的断裂在小说第一部分第一章,第二段才提到"我"将乘(将来时)两点的巴士,第三段开头"我"已乘坐了(复合过去时)两点的巴士。这种话语态度、视角的变化从文体来看体现为从日记到回忆录的变化,魏因里希因而说"仿佛默尔索之后给他的日记加了一个注释"[1],只不过这个注释很长,占据了几乎整部《局外人》。转变有时借助复合时态的功能本身完成,例如在第二部分第五章开头,同样是复合过去时,但随着段落展开,它的弱叙述功能不知不觉间替代了强评论功能。随着时态的变化,副词的运用也发生了变化,"今天""昨天""今早""此刻"等优先与评论时态相结合的副词消失,"前一晚""次日""那时"等优先与叙述时态相结合的副词出现,小说由此在不知不觉间从评论的世界(现在)转向了叙述的世界(过去),这可能是《局外人》给人以时间混乱感的最重要原因。

不过,魏因里希并不认为这种不"自然"是作者对时态功能认知不足造成的。他首先指出加缪本人曾对时态用法进行过深入思考。根据罗伯-格里耶的一则访谈,加缪曾先有用复合过去时写一部小说的设想,之后才有了《局外人》这部作品[2]。加缪对时态的思考也通过他本人的其他作品体现出来,如《鼠疫》等叙事作品对魏因里希意义上的叙述时态的娴熟运用恰恰反衬出《局外人》时态选择的刻意性。此外,文中大量存在的副词也表明加缪对时态功能了然于心。一些学者曾批评《局外人》对副词的"滥用",魏因里希

---

[1] Harald Weinrich, *Le temps*, trad. Michèle Lacoste, Paris: Seuil, 1973, p. 312.

[2] Cf. Harald Weinrich, *Le temps*, trad. Michèle Lacoste, Paris: Seuil, 1973, p. 308.

却认为，加缪正是为了弥补复合过去时不适合叙述事件的缺陷，在文本中制造出叙述的连贯性，故而加入了大量类似"首先""接着""之后""最后""这时""就在那时""过了一会儿"等时间副词。

《局外人》时态的选择在魏因里希看来有以下几重原因。首先可能因为《局外人》是第一人称叙事，这一人称与复合过去时的结合更为常见。其次可能因为加缪考虑到了叙述者的社会身份，也即一个普通的工薪阶层使用复合过去时的可能性更高。最后，从时态与文类关系来看，复合过去时常用于法律领域，而《局外人》显然是一部与法律主题密切相关的小说。鉴于法律文件中的复合过去时主要用于简要回顾事件，以便对其展开辩论与评判，因此也可以说，在《局外人》中，对事件的叙述本身不是终极目标，无论第一部分对葬礼及谋杀的叙述还是第二部分对诉讼的叙述"都立即引发了评论与审判[……]默尔索整个人生都被扔给法律解释，只成为一个法律案例。生活成了评论的对象"[1]。在这样的评论中，默尔索最终被判处极刑。而他的抗争就是反复强调别人所说所做的一切与他无关，"拒绝承认他的生活可以简化为一个法律案例[……]像个局外人那样经历了诉讼过程"[2]。总的来说，魏因里希对《局外人》的时态运用持肯定态度："从一种评论时态和一些表达时间先后顺序的副词出发，加缪成功创造了一种新的叙述时态（'综合'时态）"[3]，"借助所选择的时态，小说保存了如同评论一般

---

[1] Harald Weinrich, *Le temps*, trad. Michèle Lacoste, Paris: Seuil, 1973, p. 314.

[2] Harald Weinrich, *Le temps*, trad. Michèle Lacoste, Paris: Seuil, 1973, p. 314.

[3] Harald Weinrich, *Le temps*, trad. Michèle Lacoste, Paris: Seuil, 1973, p. 311.

讲述故事的特征"①。

四、时态与荒诞

魏因里希的解读当然存有可商榷之处。首先，人称并非决定时态选择的必要条件，加缪的《堕落》也是第一人称叙事，但"我"在叙述过去事件时使用了简单过去时。其次，将时态选择与叙述者社会身份挂钩，这种解读有混淆叙述者与作者之嫌。在一些叙事学者看来，除非能说明作者确有此意，否则语言风格层面的东西应视作作者而非叙述者的特征②。若非如此，我们很难解释小说中出现的几处虚拟式未完成过去时——相比简单过去时，虚拟式未完成过去时是更为罕见、更为书面的用法——也很难回应萨洛特的批评，萨洛特指出，尽管布朗肖、萨特等人都认为默尔索是一个对一切漠不关心，甚至连思想都没有的人，但从细节看，他却"品位高雅、细腻敏感"，"描摹线条的精准性，色彩的丰富性，都是大画家级别的"③。在我们看来，这种精准风格与其说属于叙述者默尔索，不如说属于作家加缪。

尽管如此，魏因里希对《局外人》时态及其功能的分析仍然十分中肯，有助于我们理解作者意图借小说传达的"荒诞"哲学。在与《局外人》同年出版的《西绪福斯神话》中，有一段话同时提到"局外人"与"荒诞感"："在一个突然被剥夺了幻觉和光明的宇宙中，人就感觉自己是个局外人。这种放逐无可救药，因为人被剥夺了对故乡的回忆和对乐土的希望。这种人和生活的分离，演员和布景

---

① Harald Weinrich, *Le temps*, trad. Michèle Lacoste, Paris: Seuil, 1973, p. 311.

② Cf. Sylvie Patron, *Le narrateur: Introduction à la théorie narrative*, Paris: Armand Colin, 2009, p. 269-271.

③ Nathalie Sarraute, *L'ère du soupçon*, Paris: Gallimard, 1956, p. 24.

的分离,正是荒诞感。"①"幻觉和光明"即意义、希望与未来,而当人忽然意识到世界的存在没有意义,明天一切不一定会好起来时,荒诞感便产生了。在这样的时刻,人发现自己无法理解外界,他与外界分离,成为彼此陌生的存在。正因意识到世界的荒诞性,"荒诞之人"不再尝试去认识世界或赋予意义,也不再抱持希望或期待明天,而是直面荒诞,尽可能多地去体验生活,进行创造,义无反顾地生活,这是荒诞之人获得自由的途径。

默尔索显然是加缪意义上的"荒诞之人"。加缪选择运用复合过去时,而这一时态参与到作品荒诞主题的构建中。首先,"荒诞之人"否认世界可以通过理性去认识,认为人只能感知并断定外界的存在,却无法进一步认识它,只能体会自己的感受,却无法认识自己内心真实的想法。因此,"对荒诞的人来说,问题不再是解释和解决了,而是体验和描述[……]描述,这是一种荒诞的思想的最后野心"②。从荒诞与解释的对立出发,加缪思考了小说创作,因为在小说中"解释的诱惑一直是最大的,幻想自告奋勇,结论几乎是不可缺少的"③,而荒诞小说家要与这种解释的诱惑抗争到底。体现于《局外人》中,除了叙述者反复强调不理解、无意义、不解释之外,复合过去时这一评论时态的使用也为小说家的抗争提供了助力。萨特在《解读〈局外人〉》中非常犀利地指出,《局外人》的作者通过采用复合过去时,"回避了一切因果关联,因为因果关联会在叙事中引入解释的萌芽,在句子之间确立一种不同于纯粹接续关

---

① 阿尔贝·加缪:《加缪文集》,郭宏安等译,南京:译林出版社,1999年,第626页。
② 阿尔贝·加缪:《加缪文集》,郭宏安等译,南京:译林出版社,1999年,第688页。
③ 阿尔贝·加缪:《加缪文集》,郭宏安等译,南京:译林出版社,1999年,第691页。

系的秩序"①,因此"我们不能称《局外人》为叙事(récit),因为叙事在重构事件的同时也进行解释与协调,由此用因果逻辑取代了时间顺序"②。

我们可以在萨特的论述中辨认出亚里士多德《诗学》的影子。在《诗学》中,亚里士多德指出,与悲剧诗人一样,"史诗诗人也应该编制戏剧化的情节,即着意于一个完整划一,有起始、中段和结尾的行动"③,我们知道这种编制遵循一个根本原则,"诗人的职责不在于描述已经发生的事,而在于描述可能发生的事,即根据可然或必然的原则可能发生的事"④。朗西埃将这一原则称作"古典虚构理性"⑤,这种虚构理性通过一种叙述结构建构出来,同时包含两重内涵,一是注重因果逻辑,二是强调认知价值。有关悲剧和史诗创作的可然性或必然性原则与因果律之间的关系,学者已经说得很多。遵循因果律的叙事将行动的先后顺序转换成了逻辑上的由因及果,因此被述事件的不同部分能够相互解释,在与彼此、与整体的关系中获得意义。再看虚构叙事与认知之间的关系,朗西埃认为《诗学》同样强调了行动的认知价值,例如第十三章指出:"一个构思精良的情节[……]它应该表现人物从顺达之境转入败逆之境,而不是相反[……]人物之所以遭受不幸,不是因为本身的邪恶,而是因为犯了某种后果严重的错误。"⑥换言之,人物遭受不幸往往是由于认知不足的缘故,而人物的行动必然会让他在最后获

---

① Jean-Paul Sartre, « Explication de L'étranger », in Jean-Paul Sartre, Situations I, Paris: Gallimard, 1947, p. 109 - 110.
② Jean-Paul Sartre, « Explication de L'étranger », in Jean-Paul Sartre, Situations I, Paris: Gallimard, 1947, p. 112.
③ 亚里士多德:《诗学》,陈中梅译注,北京:商务印书馆,1996年,第163页。
④ 亚里士多德:《诗学》,陈中梅译注,北京:商务印书馆,1996年,第81页。
⑤ Jacques Rancière, Les bords de la fiction, Paris: Seuil, 2017, p. 8.
⑥ 亚里士多德:《诗学》,陈中梅译注,北京:商务印书馆,1996年,第98页。

得真相。诗人的责任之一便是表现这样的认知过程。反观《局外人》，无论加缪是否有意为之，《局外人》对评论时态的选择、对叙述时态的扬弃恰恰使其避免了虚构叙事理性本身所带有的对因果逻辑与认知价值的强调。

其次，"荒诞之人"注重生命体验，复合过去时显然比简单过去时更强调主体的体验。作为一种评论时态，复合过去时意味着叙述者与其所汇报事件密切相关，因为牵涉其中而在面对事件时无法保持情感上的彻底客观与中立，第一人称叙述视角的运用更是增强了这种投入感。正如魏因里希所言，"一旦我评论某个过去，这个过去就成为我的过去，多少成为我的一部分。正因它与我紧密相关，我才会评论它。尽管它已是过去，却始终比那些我并不尝试评论的当下事件或我叙述的未来事件更占据我心"①。从这个意义上说，我们或许应该转变对默尔索这一人物的理解。长久以来，因为《局外人》小说开头那句"今天，妈妈死了。也许是昨天，我不知道"②，默尔索一直被指责为一个冷漠荒诞之人，但他使用复合过去时来讲述事件的行动却表明，无论默尔索表面看来多么超脱疏离，对于事件他始终是有参与感和投入感的。

最后，由于"荒诞之人"对过去不解释，对未来不抱幻想，因而他的时间始终是"现在时"，他总是试图充分活在当下。加缪认为，"现时，以及在某个始终保持清醒的灵魂面前不断更替的现时，这是荒诞之人的理想"③，萨特认为"荒诞之人"将时间看作"一个个瞬

---

① Harald Weinrich, *Le temps*, trad. Michèle Lacoste, Paris: Seuil, 1973, p. 101.
② 阿尔贝·加缪：《加缪文集》，郭宏安等译，南京：译林出版社，1999 年，第481 页。
③ Albert Camus, *Le Mythe de Sisyphe*, Paris: Gallimard, 1942, p. 88.

间组成的系列"①，每一个瞬间对他来说都是现在。从这个角度说，默尔索选择与现时密切相关的复合过去时就显得很正常了。一方面，前文已提到，复合过去时构成的句子的线性展开本身并不代表行动的先后顺序，因而每个句子仿佛都是独立存在的，都可以看成某个现在之前刚刚过去的一个瞬间，句子的交替由此"再现了一个个现时之间的无法想象而又混乱的交替"②；另一方面，复合过去时代表评论时态中的回溯视角，回溯的立足点始终是发出评论的时空——整体来看，时间是默尔索被判处极刑后的某一天，可能是他生命的终点，空间是他置身的囚牢，这是整部《局外人》叙述的"此地与此时"(hic et nunc)。由于荒诞之人强烈的现时感，因而在叙述过程中，他始终表现出要回到叙述的"此地与此时"的倾向，在叙述中不断出现的、处于现在时的"我记得""我（不）知道""我觉得"都表明了这一点。

* * *

德勒兹在评论麦尔维尔《抄写员巴特比》一文的滑稽性时曾说，"滑稽总是字面上的"③，对于《局外人》，我们或许可以套用德勒兹这句话：对于《局外人》来说，荒诞首先是字面上的，从本节视角来看，它首先体现在时态上。上文我们依据萨特与本伍尼斯特的观点，特别依据魏因里希独特的时态观，指出了加缪《局外人》时态的异常，分析了异常的产生原因及效果，尤其思考了时态异常在表达《局外人》蕴含的荒诞哲学方面所具有的功能。从这样的分析

---

① Jean-Paul Sartre, « Explication de L'étranger », in Jean-Paul Sartre, *Situations* I, Paris: Gallimard, 1947, p. 108.
② Jean-Paul Sartre, « Explication de L'étranger », in Jean-Paul Sartre, *Situations* I, Paris: Gallimard, 1947, p. 108.
③ 吉尔·德勒兹：《批评与临床》，刘云虹、曹丹红译，南京：南京大学出版社，2022年，第141页。

中,我们看到,加缪的荒诞哲学不仅与小说的故事情节和人物形象有关,也通过小说的语言形式体现出来。反过来,对小说特殊时态的分析,也有助于我们更为深入地理解小说主题及人物形象。

第三节　诗学批评举例2:
试论莫迪亚诺作品的抒情特质

帕特里克·莫迪亚诺(Patrick Modiano)是法国当代最重要的作家之一,已出版四十余部不同类型的文学作品,曾获多项法国文学大奖,并因作品的思想与艺术成就,于2014年获诺贝尔文学奖。莫迪亚诺获奖后,时任瑞典文学院常务秘书的彼得·英格朗(Peter Englund)曾称赞2014年诺奖得主是"我们时代的普鲁斯特",也就是说,对个人与社会之逝去时光的追寻,是莫迪亚诺作品的重要主题。事实上,在目前的中外莫迪亚诺研究成果中,身份和记忆研究确实占了压倒性优势。我们认为,文本思想和主题固然重要,却不能概括莫迪亚诺作品的全部特征及魅力。杰林斯借让-伊夫·塔迪埃(Jean-Yves Tadié)的"诗性叙事"理论,指出莫迪亚诺的作品不仅是一种诗性叙事,更是一种"抒情散文"[①],在作品中,"侦探小说的精确性和最具想象力的抒情性齐头并进"[②]。纳泰尔贝克和于埃斯顿也指出,《户口簿》"其中两章(第二、第十三章)主要运用了抒情模式(mode lyrique)"[③]。另有一位读者断言,"成功

[①] Paul Gellings, *Poésie et mythe dans l'œuvre de Patrick Modiano: Le fardeau du nomade*, Paris-Caen: Lettres modernes minard, 2000, p. 13.

[②] Paul Gellings, *Poésie et mythe dans l'œuvre de Patrick Modiano: Le fardeau du nomade*, Paris-Caen: Lettres modernes minard, 2000, p. 198.

[③] C. W. Nettelbeck et P. Hueston, *Patrick Modiano, Pièces d'identité: Écrire l'entretemps*, Paris: Lettres modernes, 1986, p. 89.

地在自己的小说世界中注入了大剂量的诗性写作,后者有时甚至接近一种具有浪漫主义倾向的抒情性,这可能是莫迪亚诺作品最主要的优势"①。

严格来说,抒情特质为抒情诗或散文所特有,莫迪亚诺的文本无疑属于叙事文本,那么谈论其文本的抒情特质是否合理?这种抒情特质又是如何形成的?一方面,黑格尔曾指出,有一类诗的形式"在整体上是叙事的,[……]但是另一方面这类诗在基本语调上仍完全是抒情的[……]。此外,这类诗从效果看也是抒情的"②。卡勒在黑格尔学说基础上,于近著《抒情诗理论》中也指出"抒情诗的很多特征也体现于其他文学体裁中,这些特征并不为抒情诗所独有,尽管它们在抒情诗中体现得尤为明显"③。也就是说,谈论莫迪亚诺文本的抒情特质是完全可能的。另一方面,有关文本的抒情性,西方学者如黑格尔、汉伯格、热奈特等人都有过讨论,《抒情诗理论》博采众长,将抒情文本的基本特征归纳为音乐性、主体的中心地位、在场感、仪式感、戏剧性独白、夸张色彩等方面。上述学者的学说皆为我们考察莫迪亚诺文本的抒情特质提供了理论依据。

一、莫迪亚诺文本的音乐性

1983年,莫迪亚诺与皮埃尔·勒唐(Pierre Le-Tan)合作的剧本《金发娃娃》出版时,艺术剧院院长保尔-奥多奈尔在为其撰写

---

① Matthieu Riolacci, « Modiano ou la littérature de l'inaccompli: sévère critique du dernier prix Nobel ». Page consultée le 01 septembre 2016. URL: http://lagazelle.net/modiano-ou-la-litterature-de-linaccompli.

② 黑格尔:《美学》(第三卷 下册),朱光潜译,北京:商务印书馆,1996年,第193页。

③ Jonathan Culler, *Theory of the Lyric*, Cambridge, Massachusetts, London & England: Harvard University Press, 2015, p. 6.

的简短卷首题词中说:"他的小音乐,我已经十分喜欢。"[1]"小音乐"这一标签从此广为流传,成为莫迪亚诺的风格标志[2]。"小音乐"这一标签也表明,莫迪亚诺的文本具有音乐性,在我们看来,这种音乐性体现于多个层面。首先是句法层面。我们依次以《暗铺街》(1978)、《夜的草》(2012)、《这样你就不会迷路》(2014)的开篇为例。

(1) 我什么也不是。这天晚上,我只是咖啡店露天座上的一个淡淡的身影。我等着雨停下来,这场大雨是于特离开我时开始下的。[3]

Je ne suis rien. Rien qu'une silhouette claire, ce soir-là, à la terrasse d'un café. J'attendais que la pluie s'arrêtât, une averse qui avait commencé de tomber au moment où Hutte me quittait.[4]

(2) 可我不是在做梦呀。有时候,不经意间,我听见自己在大街上说这句话,可声音却像是从别人的嘴里发出来的。有些失真的声音。一些名字重又浮现在我的脑海,一些面孔,一些细节。再也找不到什么人来叙说。想必还剩下两三个依

---

[1] Patrick Modiano et Pierre Le-Tan, *Poupée blonde*, Paris: POL, 1983, p. 9.
[2] 例如作家达里厄塞克[Marie Darrieussecq, « Du plus loin de l'oubli », in Maryline Heck et Raphaëlle Guidée (éd.), *Cahier Patrick Modiano*, Paris: Éditions de L'Herne, 2012, p. 196]和研究者杰鲁撒莱姆[Christine Jérusalem, « L'ETERNEL RETOUR DANS L'ŒUVRE DE PATRICK MODIANO: Portrait of the artist as a young dog », in Roger-Yves Roche (éd.), *Lectures de Modiano*, Nantes: Éditions Cécile Defaut, 2009, p. 87]等人都曾提到莫迪亚诺的"小音乐"。
[3] 帕·莫迪亚诺:《暗铺街》,王文融译,南京:译林出版社,1994年,第1页。
[4] Patrick Modiano, *Rue des Boutiques Obscures*, Paris: Gallimard, 1978, p. 7.

然活着的见证人。可他们恐怕早就把所有那一切全都忘得一干二净。而且，末了我总会在心里头问自己是不是真的有人见证过那一切。

是真的，我不是在做梦。①

Pourtant je n'ai pas rêvé. Je me surprends quelquefois à dire cette phrase dans la rue, comme si j'entendais la voix d'une autre. Une voix blanche. Des noms me reviennent à l'esprit, certains visages, certains détails. Plus personne avec qui en parler. Il doit bien se trouver deux ou trois témoins encore vivants. Mais ils ont sans doute tout oublié. Et puis, on finit par se demander s'il y a eu vraiment des témoins.

Non, je n'ai pas rêvé.[...]②

(3) 不会有什么的。就像被蚊虫叮了一下，开始似乎没什么感觉。不管怎么说，你这么低声地告诉自己，让自己安心。下午四点钟左右，让·达拉加纳家的电话响了起来，在他当作"书房"的房间里。他正蜷缩在房间一角的沙发里，那儿没有阳光的直射。③

Presque rien. Comme une piqûre d'insecte qui vous semble d'abord très légère. Du moins c'est ce que vous vous dites à voix basse pour vous rassurer. Le téléphone avait sonné vers quatre heures de l'après-midi chez Jean Daragane, dans

---

① 帕特里克·莫迪亚诺：《夜的草》，金龙格译，合肥：黄山书社，2015年，第1页。
② Patrick Modiano, *L'Herbe des nuits*, Paris: Gallimard, 2012, p. 11.
③ 帕特里克·莫迪亚诺：《这样你就不会迷路》，袁筱一译，北京：人民文学出版社，2016年，第1页。

la chambre qu'il appelait le « bureau ». Il s'était assoupi sur le canapé du fond, à l'abri du soleil.①

我们看到贯穿近四十年创作生涯的,是同一种句式,短促简洁,很少出现法国作家惯用的长句。进一步观察原文后,我们发现稍长的句子几乎都能根据语义被切分成音节数量相近的短句,与其他自然短句一起,形成一种不分行的自由诗或散文诗的形式。与此同时,例(2)中"Non, je n'ai pas rêvé"一句直译"不,我没有做梦"也令人联想到马拉美那些以"不"(non)开头的诗句:"不!这些阴森的恐惧,将它们驱逐出你心里"(Non! ces sombres terreurs chasse-les de ton Coeur),"不!——他的星辰在夜里闪烁,比太阳还要明亮"(Non! —Son astre en la nuit plus qu'un soleil scintilla),"不,我还对你抱有同情!"(non, je te plains encor!),或是莫迪亚诺本人在《环城大道》卷首题词引用的兰波诗句:"如果我个人历史中也含有法兰西历史的某一点,那该多好!但是,没有,一点也没有。"②无论有心还是无意,互文手法体现了莫迪亚诺文本与法国诗歌传统的联系,令其文本呈现浓厚的诗意。

其次,音乐性也体现为元素重复产生的节奏。需要指出的是,莫迪亚诺的文本本质上仍然属于叙事文本范畴,因此其节奏不能完全套用诗歌格律与修辞法则去分析。但由于莫迪亚诺青睐短句,而这些短句往往主语相同,结构相似,因此一定程度上相当于具备了诗歌的头韵、排比等修辞格。与此同时,文本中也不乏直接

---

① Patrick Modiano, *Pour que tu ne te perdes pas dans le quartier*, Paris: Gallimard, 2014, p. 11.
② 兰波:《坏血统》,见兰波《地狱一季》,王道乾译,广州:花城出版社,1991年,第28页。

的重复。如以下几段文字：

(4)［……］奥尔纳诺十字路口那些咖啡馆里漫长的等待，那些永远不变的路线［……］那些始终留在我心中的转瞬即逝的印象［……］

... il me semble que ces longues attentes dans les cafés du carrefour Ornano, ces itinéraires, toujours les mêmes..., et ces impressions fugitives que j'ai gardées…①

(5)也许我能在维也纳以色列人社群的户籍记录中找到恩斯特·布鲁德的出生证明。这样我就能知道她父亲的名字、姓氏、职业和出生地，知道她母亲的名字和娘家姓氏。

Peut-être retrouverai-je l'acte de naissance d'Ernest Bruder dans le registre d'état civil de la communauté israélite de Vienne. Je saurai le prénom, le nom, la profession et le lieu de naissance de son père, le prénom et le nom de jeune fille de sa mère. ②

(6)我又拿起《这里法兰西报》的一期号外，最后再看一遍莱翁·拉巴泰特写我的文章："……我们要看看拉斐尔·什勒米洛维奇胡闹到什么时候？这个犹太人，拖着他的神经官能症和癫痫，从勒图凯到昂蒂布角，从拉博尔到艾克斯莱班，还不受惩罚，到底什么时候是个头呢？我最后一次提出这个问

---

① Patrick Modiano, *Dora Bruder*, Paris: Gallimard, 1997, p. 12.
② Patrick Modiano, *Dora Bruder*, Paris: Gallimard, 1997, p. 24.

题:他这号外国佬,侮辱法兰西的子弟,要一直到什么时候啊？由于这种犹太厄运,就得无休止地洗手,这要到什么时候是个头呢？……"①

Je relis une dernière fois l'article que me consacra Léon Rabatête, dans un numéro spécial d'Ici la France：《… Jusqu'à quand devrons-nous assister aux frasques de Raphaël Schlemilovitch? Jusqu'à quand ce juif promènera-t-il impunément ses névroses et ses épilepsies, du Tourquet au cap d'Antibes, de La Baule à Aix-les-Bains? Je pose une dernière fois la question：jusqu'à quand les métèques de son espèce insulteront-ils les fils de France? Jusqu'à quand faudra-t-il se laver perpétuellement les mains, à cause de la poisse juive?... »②

(4)(5)出自《多拉·布吕代》,(4)中由指示代词"那些"的重复形成的排比还属比较常见的情况,(5)中对"名字""姓氏"的重复则明显体现出作者风格,因为从提供信息角度看,作者可以只说"我将知道她父母亲的情况",而不必如念咒语一般,将父母的情况一一分开陈述。客观结果是,重复令文字具备了更清晰的节奏和更强烈的情感。(6)是《星形广场》的开篇,从原文看,莫迪亚诺在此段中杜撰的反犹文连续重复了"jusqu'à quand"(直至何时)。尽管这是作者对宣言和檄文的戏仿,但"整个词语或句子而不仅仅是特

---

① 帕特里克·莫迪亚诺：《星形广场》,李玉民译,北京：人民文学出版社,2015年,第1页。
② Patrick Modiano, La place de l'étoile, Paris：Gallimard, 1968, p. 9.

殊声音的不断重复创造出清晰的、强有力的节奏"[1]，赋予《星形广场》的开头以一种抒情性。重复不仅出现于同一部文本内部，在例（1）（3）中，我们看到诸如"什么也不是"这样的句子的重复，实际上，这个句子稍加变换，出现于莫迪亚诺诸多文本中。与此同时，我们不断看到"人名的回归[……]，空间的回归[……]，主题的回归[……]，以及咖啡馆、旅店、被遗弃的行李箱、马和狗的回归"[2]，"而莫迪亚诺的'小音乐'正产生自这个密集的互文网络"[3]。

再次，音乐性还体现于莫迪亚诺文本中出现的各式各样的"清单"。在对时间、地点、人物、行动等的描述中，莫迪亚诺时常有一种"扩张"倾向，将上述元素变成一份"清单"。在例（5）中，我们已经看到将"个人情况""扩张"为"名字、姓氏、职业和出生地"的倾向。同样在《多拉·布吕代》中，当叙述者"我"试图重构自己十二岁左右的行踪时，"我"不厌其烦地描写了一个卖行李箱的波兰犹太商人的商品：

（7）皮的、鳄鱼皮的高档行李箱，其他用纸浆做的行李箱，各色旅行袋，贴着大西洋邮轮公司标签的旅行箱……

Des valises luxueuses, en cuir, en crocodile, d'autres en carton bouilli, des sacs de voyage, des malles-cabines portant

---

[1] Jonathan Culler, *Theory of the Lyric*, Cambridge, Massachusetts, London & England: Harvard University Press, 2015, p. 163.

[2] Christine Jérusalem, « L'ETERNEL RETOUR DANS L'ŒUVRE DE PATRICK MODIANO: Portrait of the artist as a young dog », in Roger-Yves Roche (éd.), *Lectures de Modiano*, Nantes: Éditions Cécile Defaut, 2009, p. 88.

[3] Christine Jérusalem, « L'ETERNEL RETOUR DANS L'ŒUVRE DE PATRICK MODIANO: Portrait of the artist as a young dog », in Roger-Yves Roche (éd.), *Lectures de Modiano*, Nantes: Éditions Cécile Defaut, 2009, p. 87.

des étiquettes de compagnies transatlantiques...[①]

或者不厌其烦地描写多拉的父亲可能参与的战争：

(8) 1920 年 4 月。拜克里特和拉塔尔沙战役。1921 年 6 月。朗贝尔少校率领的兵团在哈雅那山进行的战役。1922 年 3 月。舒夫埃谢尔战役。罗斯上尉。1922 年 5 月，第奇阿德尼战役。尼古拉兵团。1923 年 4 月。阿尔巴拉战役。塔查据点战役。1923 年 5 月。在塔尔朗的巴布-布里达的鏖战。纳吉林少校的兵团在烈火中攻克了这座城池。1923 年 6 月。塔图特战役……阿提亚河战役……1923 年 7 月。伊穆泽高地战役。卡丁兵团。布克森舒茨兵团。苏斯尼和热努戴兵团。1923 年 8 月。泰米尔特河战役。

Avril 1920. Combat à Bekrit et au Ras-Tarcha. Juin 1921. Combat du bataillon de la légion du commandant Lambert sur le Djebel Hayane. Mars 1922. Combat du Chouf-ech-Cherg. Capitaine Roth. Mai 1922. Combat du Tizi Adni. Bataillon de légion Nicolas. Avril 1923. Combat d'Arbala. Combats de la tache de Taza. Mai 1923. Engagements très durs à Bab-Brida du Talrant que les légionnaires du commandant Naegelin enlèvent sous un feu intense. ... Juin 1923. Combat du Tadout. ... Combat de l'Oued Athia... Juillet 1923. Combat du plateau d'Immouzer. Bataillon de légion Cattin. Bataillon de légion Buchsenschutz. Bataillon de légion Susini

---

① Patrick Modiano, *Dora Bruder*, Paris: Gallimard, 1997, p. 13.

et Jenoudet. Août 1923. Combat de l'Oued Tamghilt.①

"我"为了找到多拉曾就读的学校,给几所学校校长写信求助,作者将学校地址做了如下排列:

(9) 费尔迪南-弗洛孔街 8 号
艾尔麦尔街 20 号
尚皮欧涅街 7 号
克利尼昂古尔街 61 号
8 rue Ferdinand-Flocon,
20 rue Hermel.
7 rue Championnet.
61 rue de Clignancourt.②

这种将专有名词排列成诗歌形式的写法并非偶然,贝尔塔耶夫注意到,在《缓刑》中,莫迪亚诺将 31 个车库名字分行排列③,"似乎在叙事中插入了一首诗歌"④。贝尔塔耶夫随后对这首"车库清单诗"展开了原本只适用于传统诗歌的格律分析。而另一位研究者则干脆称其为"车库名称连祷文"⑤。节奏和韵律带来的仪式感无疑是抒情文本的一大特征。

---

① Patrick Modiano, *Dora Bruder*, Paris: Gallimard, 1997, p. 26-27.
② Patrick Modiano, *Dora Bruder*, Paris: Gallimard, 1997, p. 16.
③ Patrick Modiano, *Remise de peine*, Paris: Seuil, 1988, p. 121-122.
④ Emna Beltaïef, *Remise de peine de Patrick Modiano: Voyage au pays de l'enfance*, Louvain-La-Neuve: Academia-L'Harmattan, 2013, p. 159.
⑤ Martine Guyot-Bender, *Mémoire en dérive: poétique et politique de l'ambiguïté chez Patrick Modiano*, Paris-Caen: Lettres modernes minard, 1999, p. 88.

最后是文本与音乐的直接关系。莫迪亚诺年轻时曾与音乐人为伍,为不同歌手写过歌。这段经历对他影响至深。他的文本中穿行着音乐人形象,他频繁提及歌曲,引用歌词,描写歌舞场景,谈论音乐界。音乐的影响直接渗透至文本结构。纳泰尔贝克和于埃斯顿分析了《星形广场》《夜巡》《凄凉别墅》和《户口簿》中"控制整体的音乐结构"[①]。在处女作《星形广场》中,莫迪亚诺已提及音乐与创作的关系:主人公什勒米洛维奇梦想创作一首《犹太-纳粹安魂曲》。纳泰尔贝克和于埃斯顿认为此时莫迪亚诺可能已意识到"音乐对文学风格感染力的形成必不可少"[②]。《夜巡》没有明确的章节划分,但从内容看可分两部分,前一部分五节中两个不同的主题交替出现,对应两种不同的人称和时态,呈现出一种 A-BABA 的回旋曲(rondo)结构,正应和了书名 La Ronde de nuit。此外,ronde 本身也是一词多义,既有巡视之义,又有环舞和环舞曲之义。《夜巡》后半部分仍涉及上述两个主题,但此时两个主题开始融合,"以一种赋格的形式出现,在一种线性运动中相互交织,前后追随"[③]。音乐结构最为明显的还是《户口簿》。一方面,书名 Le livret de famille 中的 livret(小簿子)还有另一种含义,即"歌剧剧本";另一方面是《户口簿》十五章的安排:第八章从内容看应是全书的核心,以第八章为分界线,前七章与后七章结构相似、体量相当,各包含三个较短章节、三个中等长度章节和一个较长章节,长短章节的分布也很有规律性,令文本形成了一种富有节奏的运动,

---

① C. W. Nettelbeck et P. Hueston, *Patrick Modiano*, *Pièces d'identité: Ecrire l'entretemps*, Paris: Lettres modernes, 1986, p. 37.

② C. W. Nettelbeck et P. Hueston, *Patrick Modiano*, *Pièces d'identité: Ecrire l'entretemps*, Paris: Lettres modernes, 1986, p. 23.

③ C. W. Nettelbeck et P. Hueston, *Patrick Modiano*, *Pièces d'identité: Ecrire l'entretemps*, Paris: Lettres modernes, 1986, p. 38.

使整个文本成为一个乐章。

二、主体性在莫迪亚诺文本中的彰显

瑞典文学院颁奖词对莫迪亚诺文学成就的评价是:"他用记忆的艺术,召唤最不可把握的人类命运,揭露二战德军占领时期法国普通人的生活。"[①]有学者对此的理解是,"莫迪亚诺通过文学的'记忆',如搭起一座文学艺术的桥梁,沟通过去与现在,让个人往昔的命运呼之欲出,让过去的'生活世界'重新呈现在读者眼前"[②]。要做到这一点,作者必须专注地观察世界,客观地对待材料,细致地进行描写。然而,对莫迪亚诺文本的阅读,加上对其生平的了解均促使我们认为,莫迪亚诺的作品与其说是对外部与过往世界的忠实记录,不如说是其内心世界的真实写照,与抒情诗相似,莫迪亚诺文本的"区别性特征是主体的中心地位"[③]。与见证文学的"见证人"不同的是,出生于"二战"后的莫迪亚诺并没有亲历"二战",因此他究竟能在多大程度上"揭露二战德军占领时期法国普通人的生活"是一个疑问。但更为重要的原因在其他方面。

首先,莫迪亚诺的作品并非写实性的。一方面,其作品常以"二战"德占时期和20世纪60年代的法国为背景,客观上说是一份对过往的记录。但我们认为,作者的出发点并不是给社会画素描,为读者留下一份确切详尽的历史档案。莫迪亚诺本人也曾指出自己与年轻一代作家截然相反,而后者常常"感觉自己是非常现实主

---

① 转引自余中先:《2014年度法国文学概貌》,《外国文学动态研究》2015年第3期,第37页。
② 万之:《从迷茫暗夜里引出的记忆:解读二〇一四年诺贝尔文学奖得主莫迪亚诺》,《东吴学术》2015年第1期,第9页。
③ Jonathan Culler, *Theory of the Lyric*, Cambridge, Massachusetts, London & England: Harvard University Press, 2015, p. 92.

义的"①。另一方面,评论者有时谈论莫迪亚诺的"巴黎情结",甚至还有读者根据莫迪亚诺的作品按图索骥地游览巴黎,莫迪亚诺也曾坦言自己偏爱精确的细节,但是,这些细节,包括"日期、地点、经历、表达方式,没有一样敢于宣布自己能一蹴而就地确定一个毫不含糊的意义"②。真实信息与虚构因素交织于文本,导致细节虽然具备"严密的精确性[……却是]一种被巨大的虚无所包围的精确性[……文本]精确地重现某一个环节,而其余的部分都是不确定的"③。于是精确性反而显得荒诞,营造出一种梦境、"仙境"④或朦胧色彩⑤。例如以下这段文字:

> 我们过着游手好闲的日子。我们起得很早。早上,经常有雾——或者说蓝色水汽,它使我们摆脱了重力的吸引。我们感到如此轻盈,如此轻盈……行走在卡拉巴塞尔林荫道上,我们几乎脚不着地。九点钟,太阳马上就要驱散稀薄的雾气了。斯波尔亭湖滩还是没有游客。⑥

叙述者"我"重游旧地——萨瓦地区一个湖畔避暑胜地,回忆

---

① 洛朗斯·利邦:《莫迪亚诺访谈录》,李照女译,《当代外国文学》2004年第4期,第168页。
② Martine Guyot-Bender, *Mémoire en dérive: poétique et politique de l'ambiguïté chez Patrick Modiano*, Paris-Caen: Lettres modernes minard, 1999, p. 89.
③ 玛丽莲·艾克:《唯写作最真实:莫迪亚诺访谈录》,郑立敏译,《当代外国文学》2015年第1期,第168页。
④ Emna Beltaïef, *Remise de peine de Patrick Modiano: Voyage au pays de l'enfance*, Louvain-La-Neuve: Academia-L'Harmattan, 2013, p. 70.
⑤ Thierry Laurent, *L'œuvre de Patrick Modiano: Une autofiction*, Lyon: Presses universitaires de Lyon, 1997, p. 34.
⑥ 帕特里克·莫迪亚诺:《凄凉别墅》,石小璞、金龙格译,合肥:黄山书社,2015年,第106—107页。

起12年前自己与女伴在此地的短暂生活。但这段文字虚实相生，诗意的行文不仅减弱了文字的"现实主义"色彩，实际上也令这种色彩变得无足轻重。因此有学者中肯地指出："如果说莫迪亚诺召唤自己的记忆，如果说他从表面看来令过去复活，那是为了创造一种被他称为'磷光'的东西，也就是一种氛围，一种背景。"[①]换句话说，作品的背景可能是某个确定的时期——"二战"德占期或20世纪60年代，作品的出发点可能是真实事件——报上一则寻人启事、一家咖啡馆的招牌或一本书的书名等，但在写作过程中，内心世界逐渐吞噬外部世界，外部参照体系逐渐淡化，使文本中的世界失去明显时空特征，不同作品之间变得可以互换。这可能也是部分评论者批评莫迪亚诺重复自己的原因。与此同时，某种莫迪亚诺式的调子显得越来越清晰，逐渐占据作品的中心。对于这样一种状态，莫迪亚诺本人的说法是：这"就好像是白日梦或者半梦半醒的状态……我意识到有很多东西以一种强迫的方式浮现出来"[②]。

其次，文本的非写实性也意味着，内心主观世界而非外部客观世界才是莫迪亚诺作品的主要题材来源。莫迪亚诺的很多作品都是第一人称叙事。第一人称叙事的确不代表故事一定是作者亲历，但对第一人称的选择本身并非毫无意义。很多研究者都指出过莫迪亚诺作品的传记成分，研究者洛朗正是吃惊于"所掌握的第一批传记素材与莫迪亚诺小说中所发生事件之间显著的、稳定的

---

① Thierry Laurent, *L'œuvre de Patrick Modiano: Une autofiction*, Lyon: Presses universitaires de Lyon, 1997, p. 34.
② 玛丽莲·艾克：《唯写作最真实：莫迪亚诺访谈录》，郑立敏译，《当代外国文学》2015年第1期，第169页。

相似性"①,由此决定"要在其作品中为传记寻找一个位置"②。与此同时,体现这一传记维度的并不是普通的生平,而是"强烈的个人困扰:德占的'黑暗年代',不在场的父亲的神秘时代"③,还有"身为演员的母亲、去世的兄弟、犹太血统、第二代人的问题等等"④,以至于"尽管有堕入肤浅的精神分析的危险,我们仍然确信从中察觉到了一种经典的恐惧症:在'有毒的腐殖土'的淤泥中出生的耻辱感带来的焦虑"⑤。莫迪亚诺本人也在一次访谈中承认他不仅害怕未来,"也害怕过去。而且相比未来,更害怕过去,因为我们都是由过去塑造的。由于这过去始终多少有些不确定"⑥,我们无法知晓莫迪亚诺在写作时是否也会感受到其笔下人物所感受到的恐惧,可以确定的是,对莫名恐惧的叙述几乎渗透于其所有文本中:"那时我心中充满了恐惧。那种恐惧的感觉从此与我如影随形。""我常常觉得惶惶不安。""从前,是什么事情总让我感到惴惴不安?"⑦人物在时隔多年后再次回顾年轻时的恐惧感,并扪心自问,试图解开恐惧感之谜,这构成了莫迪亚诺大多数作品的内容,也使得其作品

---

① Thierry Laurent, *L'œuvre de Patrick Modiano: Une autofiction*, Lyon: Presses universitaires de Lyon, 1997, p. 9.
② Thierry Laurent, *L'œuvre de Patrick Modiano: Une autofiction*, Lyon: Presses universitaires de Lyon, 1997, p. 9.
③ C. W. Nettelbeck et P. Hueston, *Patrick Modiano, Pièces d'identité: Ecrire l'entretemps*, Paris: Lettres modernes, 1986, p. 105.
④ Paul Gellings, *Poésie et mythe dans l'œuvre de Patrick Modiano: Le fardeau du nomade*, Paris-Caen: Lettres modernes minard, 2000, p. 10.
⑤ Thierry Laurent, *L'œuvre de Patrick Modiano: Une autofiction*, Lyon: Presses universitaires de Lyon, 1997, p. 47.
⑥ Thierry Laurent, *L'œuvre de Patrick Modiano: Une autofiction*, Lyon: Presses universitaires de Lyon, 1997, p. 47.
⑦ 三句引文分别出自帕特里克·莫迪亚诺:《凄凉别墅》,石小璞、金龙格译,合肥:黄山书社,2015年,第10页;帕特里克·莫迪亚诺:《青春咖啡馆》,金龙格译,北京:人民文学出版社,2010年,第58页;帕特里克·莫迪亚诺:《夜的草》,金龙格译,合肥:黄山书社,2015年,第2页。

总是被一种纠人心扉的忧伤氛围笼罩。

最后,尽管莫迪亚诺作品的题材很多来源于自身经历或情感,但并不是对后者的直接表达,而是有所提炼与提升。也就是说,其作品具有一种反思维度,往往从个别、狭隘的经验和即时的感受出发,通过反思达到某种抽象、普遍的结论,赋予文字以思想性和感染力。反思维度最明显的体现是作者在文中以叙述者或其他人物之口抒发的感慨。例如《暗铺街》中患失忆症的居伊·罗朗想弄清自己的真实身份,在一条条线索的指引下,他逐渐接近可能的真相,同时因"追寻"过程而对个体存在的偶然性、不确定性以及个体消失的必然性心生无限惆怅:世界上有很多人,他们"所经之处只留下一团迅速消散的水汽。我和于特常常谈起这些丧失了踪迹的人。他们某一天从虚无中突然涌现,闪过几道光后又回到虚无中去"①。罗朗的呼喊"他们曾经存在过吗?"②是回响于莫迪亚诺几乎全部作品的一个疑问、一个母题,由它衍生出形形色色的作品。如果说"存在之轻"这个主题是一枚硬币,那么硬币的另一面是《青春咖啡馆》中的侦探盖世里道出的无奈之策:"这种生活出现在你的人生当中,有时就像一块没有路标的广袤无垠的开阔地,在所有的逃逸线和消失的天平线之间,我们更希望找到设立方位标的基准点,制作某种类型的地籍,好让自己不再有那种漫无目的、随波逐流的感觉。"③莫迪亚诺作品中的主人公通常是默默无闻的小人物,他们以各种方式证明着自己曾经存在的事实。其中一种方式是,不少作品的主人公都随身携带笔记本,随时记下确切的时间、地点

---

① 帕·莫迪亚诺:《暗铺街》,王文融译,南京:译林出版社,1994年,第44页。
② 帕·莫迪亚诺:《暗铺街》,王文融译,南京:译林出版社,1994年,第150页。
③ 帕特里克·莫迪亚诺:《青春咖啡馆》,金龙格译,北京:人民文学出版社,2010年,第38—39页。

和事件,因为"我需要时间坐标,地铁站名,楼房的号码,狗的系谱,仿佛我担心那些人和事物眨眼之间就会躲开或者消失,起码应该保留一个他们存在过的证据"①。一方面是作品中不断出现的思考与议论,另一方面,我们在上文也已指出,莫迪亚诺作品的写实性不强,且作品之间存在极大的相似性,这些都促使我们认为,比起讲述故事,莫迪亚诺似乎更注重对某个或某些观念的阐发。小说家达里厄塞克认为莫迪亚诺故事的主人公其实是"时间"②,洛朗也指出莫迪亚诺作品的"核心主题始终是流逝的时间,时间覆盖了一切人事物;归根到底,故事中的人或事真实与否无关紧要;读者记住的只是:一切都消失了,一切都是模模糊糊的[……]"③这令莫迪亚诺的文本与其他抒情诗建立了联系,因为时间无疑是抒情诗最重要的一个主题。

三、莫迪亚诺文本的抒情倾诉倾向

在评论《缓刑》开头时,贝尔塔耶夫指出"叙述者承担了导游的任务,带领读者游览他童年生活的场所。在很多处,他甚至使用了代词'你',直接向读者发出了呼告"④。我们在莫迪亚诺其他文本中也频频看到这种"呼告"。例如在《暗铺街》中:

起雾了。既轻柔又冰冷的雾,清凉的空气沁人心脾,你仿佛觉得在空中飘浮。

---

① 帕特里克·莫迪亚诺.《夜的草》,金龙格译,合肥:黄山书社,2015年,第89页。
② Marie Darrieussecq, « Du plus loin de l'oubli », in Maryline Heck et Raphaëlle Guidée (éd.), *Cahier Patrick Modiano*, Paris: Éditions de L'Herne, 2012, p. 195.
③ Thierry Laurent, *L'oeuvre de Patrick Modiano: Une autofiction*, Lyon: Presses universitaires de Lyon, 1997, p. 34.
④ Emna Beltaïef, *Remise de peine de Patrick Modiano: Voyage au pays de l'enfance*, Louvain-La-Neuve: Academia-L'Harmattan, 2013, p. 51.

又是查封这个字眼，仿佛你正准备进门的时候，人家砰的一声把门关上了。

你朝左拐，康巴塞雷斯街的这一段寂静空荡得会叫你大吃一惊。一辆车也没有。①

或在《青春咖啡馆》中：

我们来做个假设，假设有人用一块布条蒙住你的眼睛，把你带到那里，让你在一张桌子旁边坐下，然后揭掉蒙眼布，给你几分钟时间来回答这样一个问题：你现在是在巴黎的哪一个街区？这时候，你可能只要观察一下周围的邻座，听一听他们的谈话内容，随即便能猜出，是在奥戴翁交叉路口的附近地区，在我的想象中，这个地区下雨天总是灰蒙蒙的一片。②

这里的"你"（vous）既是一种虚指，也可以视作一种抒情倾诉（lyric address）形式，因为这种形式经常出现于抒情诗中。抒情诗中的抒情倾诉分直接与间接两种，直接倾诉即诗歌呼告的对象是听众或读者，其文字标记通常是呼语"你""您""你们"。这个以第二人称单复数形式出现的呼语有时会拥有具体身份，例如"读者""听众""观众""我的爱人"等，表明抒情诗的重要倾诉对象之一是

---

① 三个例子分别见帕·莫迪亚诺：《暗铺街》，王文融译，南京：译林出版社，1994年，第29页、第54—55页、第66页。
② 帕特里克·莫迪亚诺：《青春咖啡馆》，金龙格译，北京：人民文学出版社，2010年，第2页。

"听众或读者"①。拉尔夫·约翰逊(Ralph Johnson)认为这种直接倾诉模式源自古希腊，因为古希腊抒情诗人总是在听众面前直接吟唱他们的诗歌，即使在今天，这仍是作者意图引起读者注意并与之建立直接对话关系的手段。借热奈特的叙事理论来看，呼语"你"还是一种转喻(métalepse)的叙事技法，它将读者猛然拉至故事层，"让读者也参与陈述情境中［……］读者能够从自身经历中提取情景因素，并用它们填补倾诉对话中的空白"②。读者由此成为故事的亲历者和叙述者直接的对话者，见后者之所见，感后者之所感，文本的感染力由此产生，而感染力无疑是抒情文本的一大效果。

但"你"也可能是叙述者自指。此时文本就成为叙述者与自身的对话。事实上，由于莫迪亚诺很多文本采用的都是第一人称叙事，我们或许可将其视作长篇幅的独白。一方面，莫迪亚诺文本的叙事性都不强，达里厄塞克即指出，"人们都说，莫迪亚诺的小说中无事发生"③。例如在颇具代表性的《家谱》(Un pedigree)中，叙述者"我"按年代顺序，用忧伤诗意的口吻讲述了自己的过去，全书只是生活片段流水账式的集合，没有一以贯之的情节。另一方面，以过去时叙述的事件不时被以现在时抒发的情感或表达的观点打断，有时——例如在《凄凉别墅》中——对过去事件的叙述会突然从过去时转变成现在时，折射出一个内心因受记忆干扰而波动的叙述者，因为文本的自我虚构色彩，我们可以想象一位内心同样不

---

① Jonathan Culler, *Theory of the Lyric*, Cambridge, Massachusetts, London & England: Harvard University Press, 2015, p. 191.

② Joëlle De Sermet, « L'adresse lyrique », in Dominique Rabaté (éd.), *Figures du sujet lyrique*, Paris: PUF, 1996, p. 92.

③ Marie Darrieussecq, « Du plus loin de l'oubli », in Maryline Heck et Raphaëlle Guidée (éd.), *Cahier Patrick Modiano*, Paris: Éditions de L'Herne, 2012, p. 195.

平静的作者。因此又回到上文的结论,也就是说,莫迪亚诺文本的统一原则并不是叙事性文本中常见的人物行动,而是抒情性文本的核心,即作者的主体性。

* * *

从文本富有音乐性、凸显主体地位、具备抒情倾诉倾向这几个特征看,我们认为抒情特质是莫迪亚诺作品一个重要的诗学特点,这一特点使莫迪亚诺作品呈现出一种独特的莫氏"氛围"和极具辨识度的莫氏风格,人称莫迪亚诺的"小音乐"。考察莫迪亚诺文本的抒情特质,对于全面、深入理解莫迪亚诺的创作艺术具有重要意义。塔迪埃在《诗性叙事》中指出:"将《在斯万家那边》或《哲罗姆·巴蒂尼的历险》当作散文来读当然是可能的,却是不足够的。"[1]我们认为这个论断同样适用于莫迪亚诺的文本。当我们意识到其文本的抒情特质时,便能理解作品的"雷同"和"重复",因为对作家来说,"'故事'是无所谓的,更不用说历史,真正重要的是莫迪亚诺的'技巧'"[2],也就是运用主体力量,使微不足道的人、事、物变成诗歌,进而获得永恒的过程,在现实中"找到具有魅力的方面,并使它们超现实"[3]。这一主体进程也对题材和故事产生了影响,使它们呈现出相似的面貌。最后,对作品抒情特质的揭示也有助于更好地理解,何以"莫迪亚诺式极简主义写作"[4]会具备如此强烈的感染力。对于这种感染力,塔迪埃有很恰当的描述:"当场景、人物、书页互相押韵时,读者的注意力会被信息的形式、被文本的物

---

[1] Jean-Yves Tadié, *Le récit poétique*, Paris: Gallimard, 1994, p. 115.

[2] 蒂莫西·H.谢尔曼:《来自记忆的翻译:后现代语境下的帕特里克·莫迪亚诺》,史国强译,《当代作家评论》2015年第2期,第200页。

[3] 洛朗斯·利邦:《莫迪亚诺访谈录》,李照女译,《当代外国文学》2004年第4期,第168页。

[4] Emna Beltaïef, *Remise de peine de Patrick Modiano: Voyage au pays de l'enfance*, Louvain-La-Neuve: Academia-L'Harmattan, 2013, p. 233.

质性吸引；注意力被某首始终在重新开始的歌曲吸引，被它捕捉。然而这不是为了摆脱意义，莫扎特和福莱为达·彭特的歌剧剧本和拉维勒米尔蒙的诗歌增添的，是一种令我们的感官和精神着迷的魔力，感觉与精神在其中完全融为一体。"[1]或许正是借助这种"魔力"，莫迪亚诺靠自己的"小音乐"，最终赢得了诺贝尔文学大奖。

---

[1] Jean-Yves Tadié, *Le récit poétique*, Paris: Gallimard, 1994, p. 143.

第八章　诗学概念研究

与其他学科一样,诗学也涉及大量概念及与之相关的理论思考。上文涉及的对写作本质、文学类型、叙事、虚构的理论探索同样围绕一些核心概念展开。与此同时,作为上层建筑,诗学概念本身在历史长河中并不是一成不变的,而是会在历史与社会语境压力下产生变化。对诗学核心概念的内涵及其历史演变进行梳理,有助于我们更为深入地理解诗学本身及其发展。不过,诗学概念数量庞大,不可能对其进行穷举式的考察,因此本章只能通过对几个核心概念的梳理,来管窥诗学概念的历史流变,思考诗学概念的特征及其功能。下文中,我们将以"悲剧性""真实效应""逼真"这三个至为重要的诗学概念为例,考察概念的内涵,思考这些概念之于诗学以及更广泛的文学研究的重要性,呈现当代诗学对这些核心概念的新探索与新成果,并在一种发展演变的目光中,揭示诗学概念本身的历史性。

第一节　"悲剧性"概念再反思

古希腊悲剧作为西方最重要的精神遗产,不断引发着学者与文人的阐释与评论[1]。2012年,法国学者、现为法兰西公学院"比较文学"讲席教授的威廉·马克斯出版专著《俄狄浦斯之冢:论一种无悲剧性的悲剧》(*Le Tombeau d'Œdipe: Pour une tragédie sans tragique*),依托索福克勒斯最后一部悲剧《俄狄浦斯在科罗诺斯》,对古希腊悲剧进行重新审视,提出了几个颇为新颖的假设,并以古希腊悲剧为例,反思了文学观念研究问题。马克斯的假设之一是提出古希腊悲剧是一种"无悲剧性的悲剧"。以悲剧性概念去理解悲剧,"初看之下,怎能不认同呢? 一出悲剧必然具有悲剧性。这是毋庸置疑的。由于现实生活中几乎到处可见悲剧性事件,因此悲剧很容易就成为某个具有普遍使命的客体,可以抛开导致其产生的特殊条件,承载一个对所有时代、所有国家而言都有价值的信息"[2]。但实际上,古希腊"悲剧与我们一般称之为悲剧性的东西没有任何关系:对于悲剧的本质、意义及其所表达的世界观,我们无法获得一个普遍观念,因为我们目前拥有的悲剧是被意识形态歪曲的历史传承的产物"[3]。如果确如马克斯所言,那么悲剧性是如何被一步步添加至古希腊悲剧中,最终成为后者"毋庸置疑的"内在品质的? 如果悲剧性不是古希腊悲剧的本质,那么后者的本质是什么? 我们又该如何看待马克斯的研究,并能从中获得什么样的启发呢?

一、古希腊悲剧理念的三次转变

古希腊悲剧是如何具有悲剧性的? 马克斯认为要达到这一结

---

[1] 我们只需读一下伊格尔顿的《甜蜜的暴力:悲剧的观念》(方杰、方宸译,南京:南京大学出版社,2007年)就可以知道古往今来的西方悲剧研究成果汗牛充栋。

[2] William Marx, *Le Tombeau d'Œdipe: Pour une tragédie sans tragique*, Paris: Les Éditions de Minuit, 2012, p. 47.

[3] William Marx, *Le Tombeau d'Œdipe: Pour une tragédie sans tragique*, Paris: Les Éditions de Minuit, 2012, p. 12.

果,悲剧概念至少经历了三次转变。

第一次转变由亚里士多德的《诗学》造成。《诗学》有几个特点,首先,亚里士多德的研究用今天的术语来说是一种本质主义研究。《诗学》开宗明义:"关于诗艺本身和诗的类型,每种类型的潜力,应如何组织情节才能写出优秀的诗作,诗的组成部分的数量和性质,这些,以及属于同一范畴的其他问题,都是我们要在此探讨的。让我们循着自然的顺序,先从本质的问题谈起。"① 有关这个"本质的问题",亚里士多德从不同角度进行了谈论,提出了悲剧的"摹仿论""净化观""整体观""因果论""突转说"等重要概念。以"突转说"为例,"突转"指的是"行动的发展从一个方向转至相反的方向"②,其结果是人物从顺境转入了逆境。这一突然的转变推动了悲剧情节的发展,因此可以说是构成悲剧情节的最重要一环。其次,除了突转,亚里士多德指出悲剧情节的另一个构成要素是苦难。从《诗学》来看,亚里士多德并不认为所有悲剧都是苦难剧,但《诗学》频繁提及且今天还能读到的几部剧可以说都是苦难剧,例如索福克勒斯的《安提戈涅》《俄狄浦斯王》,欧里庇得斯的《美狄亚》等,促使后人不由自主地将悲剧视作结局悲惨的故事。最后,亚里士多德曾提到,"欧里庇得斯是最富悲剧意识的诗人"③,按常理来说,这样的判断必须以对"悲剧意识"的认识为前提。上述迹象已能表明,《诗学》尝试对悲剧本质进行抽象思考,同时认为这种本质与苦难密切相关。虽然亚里士多德生活的时代,伟大的悲剧作家都已故去,悲剧的黄金时代也已结束,但从《诗学》列举的剧作家及其作品来看,亚里士多德仍有机会接触大量悲剧,对悲剧的认

---

① 亚里士多德:《诗学》,陈中梅注译,北京:商务印书馆,1996年,第27页。
② 亚里士多德:《诗学》,陈中梅注译,北京:商务印书馆,1996年,第89页。
③ 亚里士多德:《诗学》,陈中梅注译,北京:商务印书馆,1996年,第98页。

识相对来说也比后世更为准确,因此他的悲剧研究也更容易获得后世的信赖。马克斯认为,正是亚里士多德的身份与《诗学》在西方文论史上的奠基性地位造成了一种错觉,令人误以为亚氏对悲剧本质的抽象思考代表了当时的普遍做法。

  第二个重要转变始于公元 2 世纪。古典学者普遍认同 2 世纪在古希腊悲剧接受史上的重要性,例如罗米伊指出,"我们今天谈论古希腊悲剧,几乎完全是以三大悲剧作家的现存作品为基础的,即埃斯库罗斯的 7 部悲剧、索福克勒斯的 7 部悲剧和欧里庇得斯的 18 部悲剧。对这 32 部悲剧的选定大致可追溯到哈德良统治时期"①。另有一些学者认为选择贯穿整个 2 世纪。这 32 部悲剧又分为两部分,其中一部分是公元 2 世纪古罗马语法学家为教学目的编撰的古希腊悲剧文选,收录埃斯库罗斯悲剧 7 部,索福克勒斯悲剧 7 部,欧里庇得斯悲剧 10 部,以拜占庭手稿形式流传后世,构成了今日我们所掌握的古希腊悲剧的主要部分。古罗马语法学家的选择除了受宗教、伦理、教育目的等因素影响,很可能还受到当时的主流哲学也就是斯多葛主义的影响。马克斯指出,"斯多葛派喜欢引用《俄狄浦斯王》来解释宿命的力量:公元 2 世纪的选择明显反映出对一部分作品的青睐,这些作品能够回应当时哲学所关心的问题"②。命运的观念在荷马史诗中就已出现,但直至公元前 3 世纪——斯多葛学派的芝诺撰写《论命运》的时期,包括那三位伟大的悲剧作家在内的古希腊作家对命运的认识并不一致,此时古希腊文学也尚未形成统一的"命运"观,"亚里士多德的《诗学》中,

---

  ① 雅克利娜·德·罗米伊:《古希腊悲剧研究》,高建红译,上海:华东师范大学出版社,2017 年,第 4—5 页。
  ② William Marx, *Le Tombeau d'Œdipe: Pour une tragédie sans tragique*, Paris: Les Éditions de Minuit, 2012, p. 80.

没有关于命运或众神决定性影响的讨论"①,"完全由于斯多葛主义的发明,命运观念才开始在古代思想与哲学中起到核心的结构作用"②。这一哲学观影响了2世纪对古希腊悲剧的选择,最终导致今日的解读产生了双重的误解,一方面促使读者认为古希腊悲剧具有很大程度的一致性,另一方面认为古希腊悲剧的一致性来源于一种统一的悲剧意识或者说悲剧性。

第三次转变产生于18世纪末19世纪初的德国,悲剧观念在这一时期发生了根本性变化。据马克斯考证,今日西方文论中的"悲剧"概念其实只有两个多世纪的历史,主要由一批德国唯心主义者与浪漫主义者创造与普及。这一时期德国思想家的悲剧研究对后世的影响是毋庸置疑的,朱光潜曾指出"从哲学出发去研究悲剧,要推德国学者为最起劲。[……]谈到悲剧问题,如果把他们的学说完全丢开,也未免有失虔敬"③。最早从哲学角度进行悲剧研究的应是谢林,"在谢林于1795年对古希腊悲剧的哲学意义进行思考之前,悲剧性问题从未被人从这一角度考量过"④。在1795年出版的《关于教条主义和批判主义的哲学书信》第10封信中,谢林在没有列举任何具体作品的情况下对悲剧展开了思考,指出"古希腊悲剧通过让悲剧英雄去跟命运的更高力量做斗争来尊崇人的自由"⑤。

---

① 特里·伊格尔顿:《甜蜜的暴力:悲剧的观念》,方杰、方宸译,南京:南京大学出版社,2007年,第110页。

② William Marx, « Peut-on connaître la vérité sur la tragédie grecque? », in Olivier Guerrier (éd.), *La vérité*, Saint-Étienne: Publications de l'Université de Saint-Étienne, 2013, p. 201.

③ 朱光潜:《谈美 文艺心理学》,见朱光潜《朱光潜全集》(新编增订本)第3卷,北京:中华书局,2012年,第344—345页。

④ William Marx, *Le Tombeau d'Œdipe: Pour une tragédie sans tragique*, Paris: Les Éditions de Minuit, 2012, p. 54.

⑤ Benjamin Berger & Daniel Whistler (ed.), *The Schelling Reader*, London: Bloomsbury Academic, 2021, p. 288.

从谢林开始,抽象思考悲剧本质逐渐成为一种寻常做法。在这一时期的德国学者中,最具这种倾向的无疑是黑格尔。在《美学》中,黑格尔认为古希腊戏剧"第一次清楚地意识到悲剧和喜剧的本质"[1],而"基本的悲剧性就在于这种冲突中对立的双方各有它那一方面的辩护理由,而同时每一方拿来作为自己所坚持的那种目的和性格的真正内容的却只能是把同样有辩护理由的对方否定掉或破坏掉。因此,双方都在维护伦理理想之中而且就通过实现这种伦理理想而陷入罪过中"[2]。对于黑格尔来说,最主要的悲剧冲突有两种形式,一种是两种伦理力量的冲突,代表作是索福克勒斯的《安提戈涅》等剧,在《安提戈涅》中,冲突发生于安提戈涅必须面对的城邦伦理与家庭伦理之间。另一种是更为抽象的冲突,存在于"人凭清醒的意识和自觉的意志所做出来的事与人不是凭意志和自觉而是由神旨的决定所做出的事这两方面的矛盾"[3],代表作是索福克勒斯的《俄狄浦斯王》《俄狄浦斯在科罗诺斯》。无论如何,黑格尔认为古希腊悲剧"侧重以伦理的实体性和必然性的效力为基础,至于对剧中人物性格的个性和主体因素方面却不去深入刻画"[4],这是其与近代悲剧最重要的差别。黑格尔的研究与论断赋予古希腊悲剧以一种稳定的内核,对此后的研究产生了深刻影响。例如罗米伊认为索福克勒斯悲剧的第一个特征是呈现了"对立的

---

[1] 黑格尔:《美学》(第三卷 下册),朱光潜译,北京:商务印书馆,1981年,第301页。
[2] 黑格尔:《美学》(第三卷 下册),朱光潜译,北京:商务印书馆,1981年,第286页。
[3] 黑格尔:《美学》(第三卷 下册),朱光潜译,北京:商务印书馆,1981年,第308页。
[4] 黑格尔:《美学》(第三卷 下册),朱光潜译,北京:商务印书馆,1981年,第318页。

责任"①,特别是《安提戈涅》《厄勒克特拉》,在其中"两种生活原则、两种理想、两种责任之间的对比变得一目了然"②。在罗米伊的论述中,无论观点还是语汇都令人联想到黑格尔的悲剧观。

除了谢林、黑格尔,同一时期的席勒、大施莱格尔、荷尔德林、歌德、叔本华等人都谈论过悲剧精神,"从悲剧到悲剧性的过渡揭示的是古希腊的某种去现实化,从中获益的是从德国浪漫主义诞生的悲剧概念"③。就这样,自亚里士多德起,古希腊悲剧被赋予一种统一性即悲剧性,悲剧性又在历史中一次次被赋予不同内涵,最终在德国唯心主义和浪漫主义影响下确立了为今人所熟悉的意义。尽管唯心主义与浪漫主义悲剧观在此后也遭遇了批判,但其深远的影响延续至今。

二、无悲剧性的古希腊悲剧

正是在上述背景下,马克斯认为有必要回到古希腊,揭示古希腊悲剧的真正面貌。他指出,今人对古希腊悲剧误解太深,如果说悲剧性意味着命运对人的碾压,或者在大义面前的舍生取义,那么古希腊悲剧其实是"无悲剧性的悲剧"。对于这一论断,马克斯一方面如上文提到的那样,对"悲剧性"的产生及其一步步深入人心的过程进行了考察,另一方面还提出了以下几重证据。

第一个恰恰是亚里士多德的《诗学》所提供的证据。如果说《诗学》迈出了导致古希腊悲剧被曲解的第一步,那么《诗学》中同样存在证据,揭示了亚里士多德本人观点的矛盾性。马克斯提到

---

① 雅克利娜·德·罗米伊:《古希腊悲剧研究》,高建红译,上海:华东师范大学出版社,2017年,第91页。
② 雅克利娜·德·罗米伊:《古希腊悲剧研究》,高建红译,上海:华东师范大学出版社,2017年,第93页。
③ William Marx, *Le Tombeau d'Œdipe: Pour une tragédie sans tragique*, Paris: Les Éditions de Minuit, 2012, p. 57.

《诗学》中存在诸多"怪异之处"[①]。确实已有一些学者谈论过《诗学》的怪异。比如说,米勒曾指出,撰写《诗学》的亚里士多德的"最怪之处莫过于他反复借用《俄狄浦斯王》来证实他的观点"[②],理由之一是亚氏认为好的悲剧必须具备理性,但《俄狄浦斯王》本身充满了无法被合理化的非理性因素。因此,亚氏对《俄狄浦斯王》的援引可以说是一种"强制阐释","《诗学》归根结底旨在置换《俄狄浦斯王》,用亚里士多德自己坚信的理性来替代剧中有威胁性的非理性。通过这一置换,亚里士多德可成为(但丁所说的)'智人之王'和西方诗学理论之父"[③]。古典学者罗内从另一个角度分析了亚氏与《俄狄浦斯王》的关系,她指出,"亚里士多德在定义悲剧后展开的评论,制定的规则,都隐含着对悲剧性的否定,并勾勒出某种与激情相关的、富有戏剧性的悲剧框架。这一悲剧或多或少被清除了悲剧性内容,也就是命运与自由在意识中的对抗"[④]。换言之,亚氏意义上的悲剧如果表现了人物的不幸,那是因为人物"犯了某种后果严重的错误"[⑤],而不是因为无可避免的悲剧性冲突。然而亚里士多德喜欢引用的《俄狄浦斯王》并不符合亚氏的悲剧定义,因为俄狄浦斯在不知情情况下犯了罪,当得知自己的罪过时,他毫不犹豫地选择赎罪,因此他是悲剧性伟人的代表。罗内在这一现象面前看到了亚里士多德的分裂,猜测这是不是"人的本能反

[①] William Marx, *Le Tombeau d'Œdipe: Pour une tragédie sans tragique*, Paris: Les Éditions de Minuit, 2012, p. 93.

[②] J. 希利斯·米勒:《解读叙事》,申丹译,北京:北京大学出版社,2002年,第5页。

[③] J. 希利斯·米勒:《解读叙事》,申丹译,北京:北京大学出版社,2002年,第5页。

[④] Gilberte Ronnet, « Le sentiment du tragique chez les Grecs », *Revue des Études Grecques*, n° 361-363, juillet-décembre 1963, p. 327-328.

[⑤] 亚里士多德:《诗学》,陈中梅注译,北京:商务印书馆,1996年,第98页。

应与哲学家的反思之间的冲突"①。这些矛盾之处促使马克斯断言,"亚里士多德对戏剧——包括悲剧——的解读存在局限性"②,并提议"停止通过《俄狄浦斯王》的模式来思考古希腊悲剧,转变范式,理直气壮地拒绝'悲剧性'概念,因为这是一个完全颠倒时代的概念"③。

第二个重要证据由欧里庇得斯及其剧作提供。如上文所言,埃斯库罗斯和索福克勒斯流传至今的悲剧都来自2世纪选本。欧里庇得斯的情况有所不同,他留存至今的18部悲剧有两个来源:一部分来自2世纪选本,另一部分来自一份中世纪流传的手稿,包括被当代古典学者通称为"按字母顺序排列的"9部欧里庇得斯戏剧。这9部剧作中有8部为悲剧,包括《海伦》《厄勒克特拉》《疯狂的赫拉克勒斯》《赫拉克勒斯的儿女》《乞援女》《伊翁》《伊菲革涅亚在陶里斯人中》《伊菲革涅亚在奥利斯》。考察这8部悲剧会发现,除《疯狂的赫拉克勒斯》以主人公死亡告终外,其余都拥有相对圆满的结局,与2世纪选本收录的悲剧正好相反。面对这9部"按字母顺序排列的"欧里庇得斯戏剧,马克斯提出一个假设:这一作品排列方式意味着这份手稿可能是欧里庇得斯全集的残片。实际上,马克斯认为这一假设是他的《俄狄浦斯之冢》最重要的创见,"有可能彻底而持久地颠覆我们对古希腊悲剧的理解"④。通过欧

---

① Gilberte Ronnet, « Le sentiment du tragique chez les Grecs », *Revue des Études Grecques*, n° 361-363, juillet-décembre 1963, p. 328.

② William Marx, *Le Tombeau d'Œdipe: Pour une tragédie sans tragique*, Paris: Les Éditions de Minuit, 2012, p. 36.

③ William Marx, *Le Tombeau d'Œdipe: Pour une tragédie sans tragique*, Paris: Les Éditions de Minuit, 2012, p. 78.

④ William Marx, « Penser la littérature de l'extérieur », *Acta fabula*, n° 1, janvier 2018. Page consultée le 16 juin 2020. URL: https://www.fabula.org/revue/document10648.php.

里庇得斯的例子,马克斯认为有理由推断 2 世纪古罗马语法学家也对埃斯库罗斯与索福克勒斯的悲剧进行了筛选。这与古典学家掌握的情况是吻合的,因为古希腊三大悲剧作家虽然只有 32 部悲剧遗世,但实际上埃斯库罗斯创作了九十几部悲剧,索福克勒斯创作了一百二十几部悲剧,欧里庇得斯也创作了九十几部悲剧。相比这三位剧作家创作的悲剧总数,相比这一时期创作的、如今都已遗失的成百上千部剧作,现存古希腊悲剧的数量微乎其微,照罗米伊的说法是"在 1000 多部悲剧中去了解其中的 30 多部"[1]。因此马克斯认为,埃斯库罗斯、索福克勒斯的剧作被认为比欧里庇得斯的更"悲",或许是因为类似"按字母顺序的"戏剧集消失于历史中,流传至今的只有拜占庭手稿。

第三个证据是由德国悲剧研究者提供的。虽然德国唯心主义者与浪漫主义者促使"悲剧性"概念最终得以确立,但德国学者对悲剧性的理解并非完全一致,至少存在谢林模式、继承自席勒的黑格尔模式和尼采模式。马克斯对公认的"悲剧性"定义有一个总结:"什么是悲剧性?[……]以一种非常粗暴的方式,它可以被总结为人反抗超验性的斗争,尤其可以被总结为命运对人的碾压。"[2]这一定义无疑更符合谢林模式。现存悲剧也已经表明,并非所有悲剧都以命运碾压人的不幸结局告终,索福克勒斯的《俄狄浦斯在科罗诺斯》即一个反例。在这部剧中,俄狄浦斯非但没有遭遇任何不幸,最后更是受到神的眷顾,神秘地离开人世。此外,在欧里庇得斯问题上,德国浪漫主义者与亚里士多德的观点形成了对立,上

---

[1] 雅克利娜·德·罗米伊:《古希腊悲剧研究》,高建红译,上海:华东师范大学出版社,2017 年,第 6 页。
[2] William Marx, « Peut-on connaître la vérité sur la tragédie grecque? », in Olivier Guerrier (éd.), *La vérité*, Saint-Étienne: Publications de l'Université de Saint-Étienne, 2013, p. 201.

文已提到,亚里士多德认为"欧里庇得斯是最富悲剧意识的诗人"①,但18—19世纪的德国学者从其悲剧观念出发,在需要例证时往往更倚重索福克勒斯和埃斯库罗斯,而将欧里庇得斯视为非典型性悲剧作家②。

三、古希腊悲剧的空间性

如果说悲剧性不是古希腊悲剧的本质,如果说古希腊悲剧甚至没有所谓的"本质"可言,那么真实的古希腊悲剧究竟是怎样的?在这一点上,马克斯的回答充满了不可知论色彩:"什么是古希腊悲剧?我们可能永远都得不到答案。"③不过,《俄狄浦斯之冢》第一章是"场所",也就是说在对古希腊悲剧的重新解读中,马克斯将"场所"置于首要位置,不断强调"悲剧是一个有关场所(lieu)的故事,与这些场所紧密相连不可分割,离开这些场所,悲剧就(几乎)什么也不是"④。提升"场所"之于古希腊悲剧的重要性,这是《俄狄浦斯之冢》的另一大胆假设,有别于其他学者的研究,因为通常而言,"即使近期的某些批评方法同意将地理维度考虑在内,将场所视为一切文学作品——不仅仅是戏剧——的首要参数从原则上说仍然是不可设想的"⑤。从历史角度说,古希腊悲剧研究中地理维

---

① 亚里士多德:《诗学》,陈中梅注译,北京:商务印书馆,1996年,第98页。
② 例如,艾克曼在与歌德的谈话中提到一个"广为流传的说法:古希腊悲剧的衰亡,都怪欧里庇得斯"(艾克曼:《歌德谈话录》,杨武能译,北京:中国书籍出版社,2006年,第73页)。黑格尔举的例子基本上都是索福克勒斯或埃斯库罗斯的悲剧。尼采谴责欧里庇得斯"将那种原始的、万能的酒神因素从悲剧中排除出去"(尼采:《悲剧的诞生》,杨恒达译,南京:译林出版社,2007年,第73页)。
③ William Marx, *Le Tombeau d'Œdipe: Pour une tragédie sans tragique*, Paris: Les Éditions de Minuit, 2012, p. 80.
④ William Marx, *Le Tombeau d'Œdipe: Pour une tragédie sans tragique*, Paris: Les Éditions de Minuit, 2012, p. 11 - 12.
⑤ William Marx, *Le Tombeau d'Œdipe: Pour une tragédie sans tragique*, Paris: Les Éditions de Minuit, 2012, p. 25.

度的缺失,正如悲剧性的添加,或许都始于亚里士多德的《诗学》。《诗学》中没有场所的位置,因为亚氏对悲剧的理解主要是通过阅读剧本而非观看表演获得的。在这一点上,当今读者处于与亚里士多德同样的地位,正如尼采所言,"关于希腊悲剧,当然只是作为语言戏剧和我们相遇的"[1]。因此《俄狄浦斯之冢》的一大任务便是借助《俄狄浦斯在科罗诺斯》等剧,恢复场所在悲剧中的应有地位。

不过,马克斯所谓的"场所"也并非指剧场这么简单,它至少包含两重含义。首先是故事涉及的地点。与17世纪法国古典悲剧对地点的模糊化处理不同,古希腊悲剧很强调故事发生的地点:一方面,"所有戏剧都指出了行动展开的地点,并对后者进行了精确的描绘"[2];另一方面,之所以强调地点的确切性,是因其与行动发展密切相关,"场所是戏剧的动力,它拯救人物免于死亡或将其推向死亡"[3],例如在《伊菲革涅亚在奥利斯》和《伊菲革涅亚在陶里斯人中》中,不同场所引致了伊菲革涅亚的不同命运,在奥利斯,伊菲革涅亚面临被献祭的不幸结局,在陶里斯,伊菲革涅亚非但没死,还成为女神阿尔忒弥斯的祭司。

其次,更为重要的是戏剧与剧院或者说舞台的关系。不同于法国古典戏剧,古希腊悲剧呈现的是开放的空间,戏剧舞台与自然环境往往是完全融合的,真实的场所——一座山、一条河、一道城墙等——很自然地成为舞台布景。不仅如此,"演出戏剧的舞台空间与戏剧提及的场所之间存在一种必要关系"[4]。这一论断建立于

---

[1] 尼采:《悲剧的诞生》,杨恒达译,南京:译林出版社,2007年,第101页。
[2] William Marx, *Le Tombeau d'Œdipe: Pour une tragédie sans tragique*, Paris: Les Éditions de Minuit, 2012, p. 20.
[3] William Marx, *Le Tombeau d'Œdipe: Pour une tragédie sans tragique*, Paris: Les Éditions de Minuit, 2012, p. 17.
[4] William Marx, *Le Tombeau d'Œdipe: Pour une tragédie sans tragique*, Paris: Les Éditions de Minuit, 2012, p. 20.

对古希腊悲剧性质的重新认识之上，对马克斯来说，如亚里士多德那样将戏剧理解为"再现"①是不确切的，"谈论化身或召唤可能更准确一点"②。"化身"或"召唤"体现出古希腊悲剧的神秘与神性维度，戴面具的演员并不是在扮演神灵与英雄，而是充当中介甚至"灵媒"或"萨满"，令真正的神灵降临：古希腊悲剧是个神灵附体事件，即便不是真正的显灵，至少也通过演员的表演营造出这种氛围。如此一来，场所至关重要，露天之下，在与自然难舍难分的舞台上，神灵借助机械设备降临人间（Deus ex machina）。在这点上，尼采也有类似论断："希腊人的悲剧歌队则必须承认舞台上的形象是实实在在的存在。扮演俄刻阿尼得们的歌队真的相信在自己眼前看到了提坦神普罗米修斯，并把自己看成了舞台上的那位神一样真实。"③

　　问题在于，古希腊悲剧距今已有两千多年之久，当时的剧院都已消失，导致今人无法了解当时戏剧表演的真实情况，为尽可能领会这一古老戏剧的精髓，马克斯将其与日本能剧进行了类比。能剧在很多方面与古希腊悲剧存在差异，但两者之间也存在相似性，例如两者均起源于宗教仪式，剧中故事都富有超自然色彩，都发生于某个确切的地点，都在一个开放的、与自然环境融为一体的舞台演出，都使用面具，都有歌队，因而能剧观众有可能在观看过程中体会古希腊悲剧的特殊性。马克斯认为，这种类比法虽无法使我们直接进入业已消失的神秘现实，但"对于想领会某个不复存在的文化事实之特殊性的人来说，类比至少可以让我们知道，

---

　　① *Mimèsis* 有多种法译文，由杜邦-洛克、拉洛译注的法文版《诗学》建议译为représentation。参见绪论第二节。

　　② William Marx, *Le Tombeau d'Œdipe: Pour une tragédie sans tragique*, Paris: Les Éditions de Minuit, 2012, p. 19.

　　③ 尼采：《悲剧的诞生》，杨恒达译，南京：译林出版社，2007年，第44页。

还需要走多远的路,还需要多少必要的背井离乡感"①。能剧与古希腊悲剧舞台空间相似的可能性极小,但"相比空间本身,与这一空间的关系更为重要,而且尽管场所多种多样,这一关系有可能是相同的"②。

　　以世阿弥的能剧《蝉丸》为例,《蝉丸》演绎了日本平安时代盲眼诗人蝉丸的故事。剧情十分简单:第一部分,王子蝉丸因生来眼瞎而被丢弃山中;过渡部分,一个村民同情蝉丸,为他盖了一座茅屋;第二部分,一个头发倒竖的疯女人来到山中,被蝉丸的琴声吸引到茅屋前,两人认出彼此是亲姐弟。一番叙旧后,两人痛苦分别,疯女人继续自己的流放之路。种种迹象表明,这部情节相当怪异的戏剧及其"离别"主题或许正与故事发生的地点——逢版关这一位于几个地区交界处的交通要道有关。因此,在《蝉丸》中,"戏剧不止呈现了场所,还在此找到了根源、一个意义、一个目标。戏剧与场所不可分割"③。马克斯认为,这一结论或许也适用于以《俄狄浦斯在科罗诺斯》为代表的部分古希腊悲剧。科罗诺斯对晚年的俄狄浦斯至关重要,双目失明、自我放逐的俄狄浦斯来到雅典附近的科罗诺斯,选择此地为自己的最后归宿,受雅典王忒修斯准许,在此安度晚年直至死亡。科罗诺斯是传说中的俄狄浦斯坟冢所在地,濒死的俄狄浦斯来到自己的墓地,在忒修斯见证下经历了超自然的死亡。没有这个地点,也许就不会有《俄狄浦斯在科罗诺斯》这部剧,或者说,也许正是这个地点及萦绕它的历史与传说给

---

　　① William Marx, *Le Tombeau d'Œdipe: Pour une tragédie sans tragique*, Paris: Les Éditions de Minuit, 2012, p. 28.
　　② William Marx, *Le Tombeau d'Œdipe: Pour une tragédie sans tragique*, Paris: Les Éditions de Minuit, 2012, p. 29.
　　③ William Marx, *Le Tombeau d'Œdipe: Pour une tragédie sans tragique*, Paris: Les Éditions de Minuit, 2012, p. 29.

予索福克勒斯灵感,创作了流传至今的最后一部古希腊悲剧。

四、陌生化阅读与文学观念研究的双重维度

以上我们简要评述了威廉·马克斯著作《俄狄浦斯之冢》中的两个重要观点。除"理念"与"场所"外,《俄狄浦斯之冢》还重新审视了古希腊悲剧的身体(净化)与神性维度。因其观点的独创性与启发性,《俄狄浦斯之冢》出版后引起强烈反响,《批评》《比较文学杂志》《古典哲学、文学及历史杂志》等法国重要学术刊物都刊登了该书书评。2017年,孔帕尼翁在法兰西公学院组织召开"文学这边:十年新方向"研讨会,以一年一书的形式介绍2007—2016年十年间法国出版的较有代表性的文学理论著作,《俄狄浦斯之冢》成为2012年的文论代表作。索邦大学文学教授雅内尔高度评价著者及其著作:"这位46岁的批评家的论著撼动了文学史。在《俄狄浦斯之冢》中,他证明了我们对古代悲剧的误解,由此在叩问文学观念的道路上不断前进。"[1]古典学者纳沃甚至认为"通过《俄狄浦斯之冢》这部著作,对古希腊悲剧的接受确确实实进入了后现代"[2]。这里所谓的"进入了后现代"应该还是利奥塔意义上的,"'对一个学者而言,有思想是最大的成功','科学方法'是不存在的,学者首先是某个'讲故事'的人,只是他有义务证实这些故事"[3],也即对后现代研究者来说,并不存在有关古希腊悲剧的所谓真理,只有有关古希腊悲剧的种种叙事,研究者的任务是证实自己假设的可能性。

---

[1] Jean-Louis Jeannelle, « William Marx: agitateur des lettres », *Le Monde*, le 29 mars 2012. Page consultée le 19 avril 2020. URL: https://www.lemonde.fr/livres/article/2012/03/29/william-marx-agitateur-des-lettres_1677180_3260.html.

[2] Guillaume Navaud, « Tu n'as rien vu à l'Épidaure », *Critique*, n° 792, mai 2013, p. 453.

[3] 让-弗朗索瓦·利奥塔:《后现代状态》,车槿山译,南京:南京大学出版社,2011年,第205页。

基于本小节前三部分的论述，我们认为有理由将《俄狄浦斯之冢》视为一种后现代研究，而马克斯的证实行动在两个维度展开。第一个维度是考据维度，即"回到"古希腊悲剧上演的时代，去尝试把握古希腊悲剧的样貌。具体而言，他强调自己采用的是语文学与历史学方法。语文学方法在中外皆有悠久历史，马克斯尤其受 18 世纪末以来确立的德国语文学影响，试图借助古今博学论著，考证古希腊悲剧的真实面貌，例如他对悲剧"净化"功能的考证。语文学方法要求回到语言文学产生的语境去考察问题，因此它必然暗含了一种历史视野。以对悲剧观念的考察来说，语文学与历史学方法拒绝接受一种亘古不变、到处活用的悲剧观，一方面因为古希腊悲剧是特定时空与文化传统的产物，另一方面因为在不同历史时期，悲剧观念随语境的变化发生了演变，被赋予与时代相适应的内涵。

从上述角度说，《俄狄浦斯之冢》表面看来是对古典文学的考察，实际上体现了马克斯一贯的思考，与作者其他著作例如《现代批评的起源》(*Naissance de la critique moderne* 2002)、《告别文学》(*L'Adieu à la littérature* 2005)、《文人生涯》(*Vie du lettré* 2009)、《对文学的仇恨》(*La haine de la littérature* 2015)一样，是从不同侧面对同一个问题即文学观念演变问题的回答，更确切地说，是对很长时期内在西方占据主流地位的某个文学观念的反思。这一主流文学观诞生自德国浪漫主义时期，将文学作品视作独立自主的客体，尤其强调其审美价值。奇怪的是，这一观念距今也不过两个多世纪，却已在潜移默化中彻底颠覆了看待文学的方式，按马克斯的话来说已成为读者的"第二天性"[1]，促使其理所当然地用

---

[1] William Marx, « Penser la littérature de l'extérieur », *Acta fabula*, n° 1, janvier 2018. Page consultée le 16 juin 2020. URL：https://www.fabula.org/revue/document10648.php.

同一种思维去阅读一部古希腊悲剧与一部当代文学作品，使得古希腊悲剧在读者强大的阐释能力面前，被赋予种种不曾具有的含义。因此马克斯认为自己"不得不首先寻求打破阐释包围圈，后者包裹在古希腊悲剧外面，阻止别人从后者本身，从构成它的特殊性来考量它"[1]。诚然，无论阅读古希腊悲剧还是与我们同时代的文学，阐释都不可避免，但阐释不是解读文学的唯一方式，正如马克斯指出的那样，"应该区分考古式阅读与阐释性阅读"[2]，由此"在古希腊人身上，找到某种具有深刻异质性的快乐"[3]。这种反阐释的做法也体现出20世纪末21世纪初法国文学研究界出现的一种趋势，我们在本书讨论可能性文本理论的一节（第二章第二节）中已看到这一点。

马克斯证实行动的第二个维度是想象，由于他深知古希腊悲剧的真相可能已随时间的流逝永久失落，因此在语文学与历史学等相对"科学"的方法之外，他也采取了一种颇具诗意的做法。例如将古希腊悲剧与日本能剧进行类比，提议借助观看能剧来想象古希腊悲剧，甚至提议今日的观众更应去教堂而非剧院感受古希腊悲剧的氛围。他的研究也因此被视作"是对不可解释之物的一

---

[1] William Marx, « Le tombeau d'Œdipe：entretien avec William Marx », *Vox-Poetica*. Page consultée le 19 avril 2020. URL：http：//www.vox-poetica.org/entretiens/intMarx.html.

[2] William Marx et Sophie Pujas, « William Marx："La majorité des tragédies grecques finissent bien！"», *Le Point*, le 2 avril 2019. Page consultée le 19 avril 2020. URL：https：//www.lepoint.fr/culture/william-marx-la-majorite-des-tragedies-grecques-finissait-bien-02-04-2019-2305253_3.php.

[3] William Marx et Sophie Pujas, « William Marx："La majorité des tragédies grecques finissent bien！"», *Le Point*, le 2 avril 2019. Page consultée le 19 avril 2020. URL：https：//www.lepoint.fr/culture/william-marx-la-majorite-des-tragedies-grecques-finissait-bien-02-04-2019-2305253_3.php.

次杰出解释,诗意地宣告那无法被捕捉之物仍然且应该被感受到"①。"杰出解释""诗意宣告"与其说立足于文献或其他考古学证据,不如说立足于想象,与其说是科学研究的结果,不如说是灵光乍现的产物。因此不难想象《俄狄浦斯之冢》出版后遭遇的来自古典学界的质疑。不过,正如有学者指出的那样,"读者肯定会对很多内容表示不赞同,不过整体而言,这是用优雅笔触对'悲剧性'研究史上某些重要问题进行的一次回顾,它强烈重申,悲剧文字背后是一整个无法复原的世界"②。

无论是考据还是想象,马克斯称自己的做法是一种"陌生化工作"③。陌生化意味着摆脱固有观念,意味着看到阅读本身的历史性,也意味着"承认文学相对于我们的他异性"④。"他异性"意味着对文学始终保持新奇的心态与好奇的目光,不套用我们太过熟悉的理论与方法去抹杀异质性,这样做反过来也有助于对过于自动化的阅读习惯进行反思,从而有可能发现被误认为是普遍真理的成见与偏见。正是从此意义上,马克斯认为自己的研究"既能引起古希腊专家的兴趣亦能引起现当代文学爱好者的兴趣,因为令古希腊悲剧摆脱我们加诸它的偏见,这最终能够帮助我们找回悲剧这一客体,虽非它最初的真相(恐怕这是不可能的),至少也能意识

---

① Johanna Hanink, "Sophocle's *OC* and Athenian Tragedy", *The Classical Review*, New Series, vol. 64, n° 1, April 2014, p. 33.

② Johanna Hanink, "Sophocle's *OC* and Athenian Tragedy", *The Classical Review*, New Series, vol. 64, n° 1, April 2014, p. 31.

③ William Marx, « Penser la littérature de l'extérieur », *Acta fabula*, n° 1, janvier 2018. Page consultée le 16 juin 2020. URL: https://www.fabula.org/revue/document10648.php.

④ William Marx, « Le tombeau d'Œdipe: entretien avec William Marx », *Vox-Poetica*. Page consultée le 19 avril 2020. URL: http://www.vox-poetica.org/entretiens/intMarx.html.

到我们与它的距离,而这,并非一个微不足道的结果"①。换言之,陌生化意识不仅适用于解读古希腊悲剧,它的反思性也有助于更好地理解处于文明源头的作品,审视其与今日社会的关系,从而更好地揭示现代文化身份的形成过程与机制,而这不啻今日文学研究的一个重要价值。

第二节 法国现实主义诗学中的"真实效应"论

近期,国内评论界有频繁呼唤文学创作回归现实主义的倾向②。在思考现实主义文学创作如何进行之前,理应思考现实主义文学何谓的问题。不过,布尔迪厄有言,"'现实主义'一词在产生当时的分类学中的定义或许与它的对等流派在今日的定义同样模糊"③,目前较具代表性的几种现实主义理论之间存在的差异与它们的共性同样多④。纵使如此,现实主义文学研究始终必须面临一个问题,那便是文学与"现实",或者更确切地说是文学与"真实"的问题⑤。对

---

① William Marx, « Le tombeau d'Œdipe: entretien avec William Marx », *Vox-Poetica*. Page consultée le 19 avril 2020. URL: http://www.vox-poetica.org/entretiens/intMarx.html.

② 参见毛尖:《〈平凡的世界〉:重新呼唤硬现实主义》,《中华文化报》2015年4月7日;杨和平、熊元义:《直面现实主义的崛起》,《人民日报》2015年6月30日;杜飞进:《重申与弘扬现实主义的必要性》,《人民日报》2016年3月1日;夏琪:《重申现实主义是民族和时代发展的需要》,《中华读书报》2016年3月2日;刘大先:《现实主义的复归与更新》,《光明日报》2016年4月4日;权维伟:《文学创作呼唤现实主义》,《中国社会科学报》2016年7月12日;孔令燕:《现实主义精神的回归》,《文艺报》2016年7月20日等文章。

③ Pierre Bourdieu, *Les règles de l'art*, Paris: Gallimard, 1998, p. 129.

④ 例如恩格斯、卢卡奇、奥尔巴赫、瓦特、巴特等人的现实主义理论研究。

⑤ "现实"与"真实"从汉语看存在语义差异。但本节使用的现实主义与"真实效应"最初都翻译自外文,从法语来看,前者为 le réalisme,后者为 le réel,属于同源词,具有相同的内涵。因此本节根据论述重点,很多时候将"现实"与"真实"混用,不再做语义上的辨析与区分。

于这一问题,法国学者有持续的关注与思考,并形成了独特的现实主义诗学。例如法国当代文论家哈蒙对这一理论倾向进行了概括:"从尚弗勒里(Champfleury)(*Le Réalisme* 1857)到巴特,一部分理论家始终坚持关注某些既与结构有关又与语用有关的现象,关注词句并置产生的'效应'问题,关注现实主义文本的断裂性[……],关注'创作恐惧'[……]与文本内部结构恐惧,因为这种恐惧的存在,那些'结构得'太好的文本于是就像公开标榜自己太过'人工',因而也就是'文学',也就是'虚构'[……];参见巴特的《真实效应》一文及他对'细节'的定义,细节在他看来是文本'结构外'因素,是一种'证物',能够引起读者的信任。"① 这段话包含几层意思:首先,在研究现实主义的诸多视角与方法中,有一种以尚弗勒里、巴特等人的学说为代表的倾向,不仅关注文本结构,还关注这一结构对读者产生的效应;其次,这种效应是为了促使读者对文本产生信任,至于对文本哪方面产生信任,本段文字没提到,但通过上下文可知,是对文本再现现实的忠实度的信任,也就是说文本令读者对它所描述或讲述的内容信以为真;最后,这部分研究者认为,产生这种效应的是某种形式机制,哈蒙提到一种文本内部断裂,因为完美的结构容易令人联想到"人工""虚构""文学",而断裂反而容易制造真实感。这一现实主义研究路径并没有止于巴特,实际上,哈蒙本人即很好地继承了尚弗勒里与巴特的遗产,令这一颇具法国特色的现实主义诗学得到深入发展。

一、尚弗勒里:一种现实主义理论话语的诞生

文学史家常把司汤达视作法国现实主义文学的鼻祖,但"现实

---

① Philippe Hamon, *Puisque réalisme il y a*, Genève: La Baconnière, 2015, p. 36 - 37.

主义"作为文学批评术语,其出现的时间晚于司汤达小说流行的年代。据瓦特考证,"'现实主义'一词首次公开使用是1835年,它被作为一种美学表达方式,指称伦勃朗绘画的'人的真实',反对新古典画派的'诗的理想';后来,它被杜朗蒂(Louis Edmond Duranty)主编的杂志《现实主义》1856年创刊号作为一个特殊的文学术语献诸公众"①。实际上,1835年之前,文艺批评中就已出现"现实主义"一词②。不过,在杜朗蒂的创造性运用之前,它更多是一个贬义词,被保守批评家阿尔芒·德·彭马登(Armand de Pontmartin)等人用来讽刺年轻一代文学艺术家的作品。至1856年,当杜朗蒂和朱尔·阿斯扎(Jules Assezat)创办《现实主义》时,"现实主义"在两位年轻文人及杂志其他撰稿人心中已不再具有最初的讽刺和否定色彩,反而成为宣扬其文艺思想的最佳标签。

不过,很多文学史家和批评家往往更多地将尚弗勒里而非杜朗蒂视作法国现实主义文论的肇始者。一方面,杜朗蒂在自己主编的《现实主义》中即将巴尔扎克、尚弗勒里、库尔贝③等作家和艺术家视作现实主义文艺的代表人物;另一方面,年轻的杜朗蒂"横眉冷对"当时的许多作家和批评家,连雨果都没能避开他的攻击,但他对尚弗勒里却颇为推崇,并在《现实主义》第4期发表《小宣言》,宣布"尚弗勒里先生的思想对我产生了巨大的影响[……]我

---

① 伊恩·P.瓦特:《小说的兴起:笛福、理查逊、菲尔丁研究》,高原、董红钧译,北京:生活·读书·新知三联书店,1992年,第2页。
② 一般认为文学批评中的"现实主义"一词在法国最先出现于《19世纪水星》(Le Mercure du dix-neuvième siècle)杂志1826年第13期的编者言中。此外,法国19世纪著名批评家古斯塔夫·布朗什(Gustave Planche)1833年在《两世界杂志》发表评雨果戏剧《卢克雷齐娅·波吉亚》的文章时,也在文中使用"réalisme"(现实主义)一词,尽管布朗什赋予该词的含义与今日的理解有所不同。
③ 一些文章论著指出《现实主义》杂志创刊号发表了库尔贝的《现实主义宣言》,实际上《现实主义》杂志尽管时有提及库尔贝,也引用了《现实主义宣言》的部分内容,但从未正式发表库尔贝的任何文章。

没跟他商量便创办了这份《现实主义》杂志,来展示一种在我看来非常具有创造力的思考方式"[1],他对尚弗勒里某些文章的大段引用也体现出这种影响。

尚弗勒里的主要贡献是1857年出版的《现实主义》一书,该书汇集了作者此前在各报纸杂志上谈论文艺的文章与信件,包括写给乔治·桑的著名信件《论库尔贝》,很好地呈现了其"现实主义"文艺观。首先,"现实主义"的提出最初是为与古典主义和浪漫主义拉开距离。19世纪50年代的法国,古典主义在经历两个世纪的兴衰后,仍拥有不少坚定的支持者,而在19世纪30年代达到鼎盛的浪漫主义也因雨果等人的知名度和影响力,始终在文艺界占据着重要位置。杜朗蒂创办《现实主义》的一个初衷即对这两个流派及一切故步自封的流派宣战,尚弗勒里尽管没那么激进,也多次表达了对这两种文艺思潮的质疑。他曾援引乔治·桑《弃儿》(Champi)开头一段话表明自己的立场:"将来会出现一种新的流派,既非古典主义也非浪漫主义,我们可能看不到它,因为一切都需要时间;不过这一流派毫无疑问将产生自浪漫主义,就像真实更直接地产生自生者的骚动而非死者的睡眠。"[2]所谓"生者"应是指浪漫主义,"死者"应是指古典主义,而"新的流派"应是指当时新生的现实主义。作为一个厌恶标签的人,尚弗勒里自愿被贴上"现实主义者"的标签,全因这个名词代表的新生事物的创造力,正如他在《论库尔贝》中提到的那样,"但凡带来一些新意的人都被叫作现实主义者"[3]。

---

[1] Edmond Duranty, « Petite déclaration », *Réalisme*, n° 4, 15 février 1857, p. 64.

[2] Cf. Champfleury, *Le Réalisme*, Paris: Michel Lévy Frères, 1857, p. 7.

[3] Champfleury, *Le Réalisme*, Paris: Michel Lévy Frères, 1857, p. 272.

其次,尚弗勒里并未严格界定现实主义,但他也认为所谓现实主义是以真诚的态度,观察并描绘现实的文艺创作方法,例如他曾指出"在艺术中,我只承认真诚"[1],或者"现实意味着真诚,而真诚是作品最好的守护者"[2]。所谓真诚的态度,是指抛开古典主义重仿古、浪漫主义重想象甚至幻想的倾向,直接面对并接受现实的勇气。因而现实主义在表现对象与形式上均有别于古典主义和浪漫主义,尤其在表现对象上,因为"'现实主义'一词在最初被使用时只有一个意思:小说中出现了直至那时一直被蔑视的人物形象"[3]。对尚弗勒里来说,现实主义的最大特点是选择用真实自然的图像或语言,来表现与艺术家同时代的真实人物、风景和生活场景,尤其是此前不入艺术家法眼的底层人民。他之所以推崇作家夏尔(Challes),是因为他用简单、自然的语言描绘了与他同时代的市民形象,之所以推崇库尔贝,是因为画家"充满善意地呈现了与真人同等大小的市民、农民和乡村妇女形象"[4]。

最后,尚弗勒里清楚意识到,"准确描绘"并不意味着要求艺术家摆脱主观性。在《冒险家夏尔》(«L'aventurier Challes»)一文中,他断言写作、绘画等艺术创作与照相术有根本区别,因为"人对大自然的再现从来不是一种'复制',也不是一种'摹仿',而是一种'阐释'"[5]。阐释是主体有意识的行为,其结果深受主体特征影响。这种主体性首先体现为作家的选择,"小说家选择一定数量的扣人心弦的事件,对它们进行组合、编排、安插。哪怕最简短的故事的

---

[1] Champfleury, *Le Réalisme*, Paris: Michel Lévy Frères, 1857, p. 3.
[2] Champfleury, *Le Réalisme*, Paris: Michel Lévy Frères, 1857, p. 42.
[3] Pierre Martino, *Le roman réaliste sous le second Empire*, Paris: Hachette, 1913, p. 25.
[4] Champfleury, *Le Réalisme*, Paris: Michel Lévy Frères, 1857, p. 274.
[5] Champfleury, *Le Réalisme*, Paris: Michel Lévy Frères, 1857, p. 96-97.

编排，也需要极其复杂的方法［……］在艺术之中，现实（Réalité）最忠实的拥护者始终坚持'对自然的选择'"①。

由此可见，尽管通常认为现实主义的要旨在于如实反映现实，但在"现实主义"这一术语提出之初，理论家已清醒意识到完全准确复制现实的不可能性。作家本人对主体选择有更为直接、深刻的认识，左拉、莫泊桑等人均谈论过这一问题。年轻的左拉在一封写给友人的信中，提出了著名的创作屏障（écran）理论的初步构想。在左拉看来，"艺术品不可能完全准确地反映现实"②，因为艺术与现实之间还存在着创作者及其携带的、无法摆脱的屏障。左拉尤其分析了三种屏障——古典主义屏障、浪漫主义屏障和现实主义屏障，指出了各自的特点，并断定"从绝对角度说，在艺术中，没有任何理由认为古典主义屏障胜过浪漫主义和现实主义屏障，反之亦然。因为这些屏障向我们展现的形象同样虚假"③。最后他当然也表明了自己对现实主义屏障的青睐。莫泊桑在代表其小说诗学精髓的《论小说》一文中精辟地指出，"写实就是根据事物的一般逻辑，写出对真实的完整的幻觉，而不是把杂乱无章的事物依样画葫芦地临摹下来。因此我的结论是：有才华的现实主义作家更应被称作幻术师。［……］作家除了以他学到并能运用的全部艺术手法忠实地再现这个幻觉以外，别无其他使命"④。

"以全部艺术手法忠实地再现"对"真实的完整的幻觉"，莫泊桑对小说使命的这一认识深具现代性甚至后现代性，而尚弗勒里

---

① Champfleury, *Le Réalisme*, Paris: Michel Lévy Frères, 1857, p. 92.
② Emile Zola, « Lettre à Anthony Valabrègue », 18 août 1864. Page consultée le 28 Juin 2018. URL: http://www.cahiers-naturalistes.com/pages/ecrans.html.
③ Emile Zola, « Lettre à Anthony Valabrègue », 18 août 1864. Page consultée le 28 Juin 2018. URL: http://www.cahiers-naturalistes.com/pages/ecrans.html.
④ 莫泊桑：《论小说》，见莫泊桑《一生 两兄弟》，王振孙译，上海：上海译文出版社，2008年，第390页。

在《现实主义》序言中已触及这个问题:"几年前,一位高贵的女士向我提出了如下问题:寻找艺术作品现实外观的原因与构成方式。"①尚弗勒里并没有对这个问题展开系统论述,不过我们仍可通过他对自己欣赏的作家与艺术家的批评间接看到他的观点。例如《冒险家夏尔》一文在提到夏尔名作《法国名女人》时指出:"我认为,夏尔是第一个在小说中运用绝对现实的作家,他所有的人物都是当时的小贵族和市民,他们说的是他们时代的语言,他们的名字都是 17 世纪末的人会给自己起的名字,他们真实地展示了当时的风俗习惯。"②换言之,对尚弗勒里来说,令作品具备现实感的,是夏尔选择的人物形象、人物语言、人物名字等。尚弗勒里的回答从今天看欠缺理论深度,但这一问题的提出至关重要,为之后一个多世纪的理论思考开启了空间。

二、巴特:"真实效应"或"指涉幻象"

对本节论及的现实主义诗学研究产生过重大影响的另一位人物是罗兰·巴特。1968 年,巴特在《交际》杂志第 11 期发表《真实效应》(«L'Effet de Réel»)一文,从福楼拜《淳朴的心》和米什莱《法国大革命史》中的两个细节入手,探讨了包括文学、历史著作在内的一切话语呈现现实的问题。

《淳朴的心》中引起巴特注意的细节是小说开头对欧班夫人家"正房"的描写,在"正房"里,"晴雨表下方的一架旧钢琴上,匣子、纸盒,堆得像一座金字塔"③。就这一描写,巴特指出,钢琴多少能表明欧班夫人的资产阶级身份,成堆的匣子与盒子多少能暗示房

---

① Champfleury, *Le Réalisme*, Paris: Michel Lévy Frères, 1857, p. 1.
② Champfleury, *Le Réalisme*, Paris: Michel Lévy Frères, 1857, p. 85-86.
③ 福楼拜:《淳朴的心》,见福楼拜《福楼拜小说全集》(下卷),刘益庚、刘方译,北京:人民文学出版社,2002 年,第 3 页。

间的混乱状态，但晴雨表在此的作用令人费解，因为"这个物体不突兀却没有任何意义，初看之下并不属于可被'记录'的东西范畴"[1]。《法国大革命史》引起巴特注意的是一段关于吉伦特党人夏洛特·柯代的记述。柯代因刺杀马拉而被判处死刑，临刑前一位画家去狱中拜访她，想为她画一幅肖像。米什莱讲道："一个半小时后，有人轻轻敲了敲她身后的一扇小门。"[2]巴特认为这个句子与福楼拜笔下的晴雨表一样，很难从结构功能的角度得到解释，因为从故事或历史发展角度看，此处我们只需知道画家与刽子手到来的先后顺序，而"作画的时间、门的大小和位置都是无用的"[3]。

巴特将上文提到的两个细节称作"无用的细节"[4]。在他看来，此类细节在西方普通叙事作品中随处可见，因此对其进行思考就显得至关重要。以福楼拜作品为例，巴特总结出此类细节的两种功能。第一种是修辞学或诗学功能，此时细节与描写与其说是为描绘景观，不如说是为安插某些妙手偶得的佳句——对福楼拜来说是深具特色的隐喻——提供框架，重要的不是再现外部世界，而是进行一种风格练习。第二种功能可被称为现实指涉功能。尽管福楼拜一直不承认自己的作品是现实主义作品，但他仍难以摆脱追求科学、客观与真实的时代精神。后者促使作家寻求方法，去体现作品的"真实性"甚至"科学性"，而提供精确的细节成为一种重要的方法。细节因具体、精确而无用的特征，令读者"感觉自己所看到话语的唯一法则就是对现实的严格摹写，以及在读者与现实

---

[1] Roland Barthes, « L'effet de réel », Communications, n° 11, 1968, p. 84-85.
[2] Jules Michelet, Histoire de la Révolution française, t. Ⅵ, Paris: Chamerot, 1853, p. 171.
[3] Roland Barthes, « L'effet de réel », Communications, n° 11, 1968, p. 85.
[4] Roland Barthes, « L'effet de réel », Communications, n° 11, 1968, p. 85.

世界之间建立直接的联系"①，因此"无用的细节"无须再具备其他功能，仅凭自身便足以在现实主义作品中立足。《淳朴的心》中的晴雨表、《法国大革命史》中一扇门的形状与位置都是如此，这些具体而精确的细节对故事情节发展、人物性格与身份塑造、作品道德言说等并无助益，却通过自身向读者发出呼喊：我是一个现实主义符号，我表明了作者客观描摹现实的意图，保证了文本所言内容的真实性。

对上述细节所制造的效果，巴特提出了著名的"真实效应"一词。在同一篇文章中，巴特还提到"指涉幻象"一词，对他来说这是两个可以互换的术语。不过我们仍能从字面看到，它们代表了同一个问题的两个方面，"真实效应"强调文字的效果，"指涉幻象"指出了这种效果的本质，也即所谓的真实效果其实是一种假象（莫泊桑提到幻觉），由一些创作技巧营造，技巧之一便是提供具体而精确的细节。《真实效应》发表后，成为现实主义研究绕不过去的成果，有学者断言，"巴特的分析将现实主义－自然主义书写视作修辞或严谨编码的话语，由此打开了一条思考后者的新通道。之后的学者尤其菲利普·哈蒙描述了这种话语，将其置于种种'限制'的控制之下"②。如果说尚弗勒里无意间涉及了客观现实与文字制造的真实感之间的不对等性，那么巴特的真实效应论真正代表了现实主义理论话语的范式转型，对当代现实主义诗学研究产生重要影响，"我们由此从古典逼真性过渡到了现代逼真性，后者是一切

---

① Tzvetan Todorov, « Présentation », in Gérard Genette et Tzvetan Todorov (éd.), *Littérature et réalité*, Paris: Seuil, 1982, p. 7.

② Jacques Dubois, *Les romanciers du réel: De Balzac à Simenon*, Paris: Seuil, 2000, p. 36–37.

现实主义的基础"①。

真实效应论可以说是某种现代语言理论和符号学发展的结果,根据这些理论,语言和现实世界一样是独立的存在,而不是用来指称现实的分类命名集,词不是透明的标签,它无法也无意复写物。作为语言艺术的文学因此并不直接指涉外部现实,它只是语言形式的总和,或遵循文学规约,或摹仿和回应其他文本,或象征精神领域,唯独不是对现实的直接写照。在这种背景之下,"被抽空了内容的现实主义成了一个用来进行分析的形式效应,毫不夸张地讲,整个法国叙述学都一头扎入了现实主义研究。[……]这些研究虽然方式不同,但都涉及同一个领域,皆试图将现实主义重新理解为一种形式"②。

在形式主义外加科学主义盛行的背景下,20世纪60—80年代的法国文论界出现了一些研究尝试,旨在从文学文本中提炼出构成现实主义话语的基本结构与程序。这一时期最具代表性的成果应该是出版于1984年的《文学与现实》,该文集由热奈特和托多罗夫主编,收录了巴特旧文《真实效应》,以及上文提到的哈蒙等人的研究成果。例如在《受限的话语》一文中,哈蒙将现实主义话语的两大前提总结为"'清晰性'(话语应该能够'传达'某个信息)与描写"③,指出文本的清晰性立足于文本内外多重要素的互动,进而归纳出实现现实主义话语清晰性的15个程序,包括回顾过去与展望未来等叙事方法的运用、人物心理学动机探寻、明确历史背景设

---

① Jacques Dubois, *Les romanciers du réel: De Balzac à Simenon*, Paris: Seuil, 2000, p. 36.
② 安托万·孔帕尼翁:《理论的幽灵:文学与常识》,吴泓渺、汪宇捷译,南京:南京大学出版社,2017年,第101—102页。
③ Philippe Hamon, « Un discours contraint », in Gérard Genette et Tzvetan Todorov (éd.), *Littérature et réalité*, Paris: Seuil, 1982, p. 133.

置、人地名等专有名词的选择(我们联想到尚弗勒里的观点)、词语含义单一清晰等①,正是这 15 个程序"从不同方面去除了话语的模糊性,抹掉了人工制造的痕迹"②。哈蒙的研究表明,现实主义文本远非通常认为的对现实的如实再现。与其他文本一样,现实主义文本也是高度"受限"的文本,其所呈现的客观性和真实感是作者谋篇布局的结果,诚如弗莱所言,"现实主义的虚构作品[……]要使人信以为真则会涉及某些技巧问题"③。

三、哈蒙:一种"现实主义风格学"

《文学与现实》可以说是法国结构主义诗学的产物。自 20 世纪 80 年代以来,一度被结构主义排斥的主体、故事、历史等问题重新回到文学研究场域,对现实主义的形式探索逐渐不再受研究者青睐。然而,一部分学者始终坚持自己的研究之路,哈蒙便是其中之一。对于在当前语境下进行现实主义诗学以及更为广泛的诗学研究的价值与意义,哈蒙始终确信不疑,曾在一次访谈中指出自己"对诗学的忠实"④,这种忠实性也从他的一部著作中体现出来,即 2015 年出版的《既然提到现实主义》(*Puisque réalisme il y a*)一书。

《既然提到现实主义》是一部文集,收录了哈蒙在 1993—2015 年发表(绝大多数发表于 2005 年以后)的论文。论文内容较为驳

---

① Philippe Hamon, « Un discours contraint », in Gérard Genette et Tzvetan Todorov (éd.), *Littérature et réalité*, Paris: Seuil, 1982, p. 135 - 163.
② Jacques Dubois, *Les romanciers du réel: De Balzac à Simenon*, Paris: Seuil, 2000, p. 37.
③ 诺思罗普·弗莱:《批评的剖析》,陈慧、袁宪军、吴伟仁译,天津:百花文艺出版社,1998 年,第 150—151 页。
④ Philippe Hamon, « Une fidélité à la poétique », *Fabula-LhT*, n° 10, « L'aventure poétique », décembre 2012. Page consultée le 28 juin 2018. URL: http://www.fabula.org/lht/10/hamon.html.

杂,有理论探讨,也有批评实践,既涉及现实主义文学的本质,也涉及现实主义文学的主题与创作技巧,尤其关注了家庭、情感、身体、运动等主题在现实主义作品中的再现。这些文章表面看来缺乏统一性,实际却被一条主线贯穿。上文提到,尚弗勒里曾提及"艺术作品现实外观的原因与构成方式"这一问题,但没有正面作答。哈蒙的出发点即尚弗勒里的这个问题。在引言中,他明确指出自己的现实主义研究"主要还是诗学性质的,它的目的在于考察不同文学作品也就是虚构作品的创造与书写,研究某种'现实需求'(désir de réalisme)(瓦莱里语)所引致的风格特征"[1]。具体而言,哈蒙认为自己的研究要回答三个问题:"如何书写现实? 如何描述现实书写? 我们能否构建出一套现实主义书写准则?"[2]这是三个涉及现实主义书写与研究的基本问题,对哈蒙来说,对这三个问题的回答关乎"一种潜在的现实主义风格学"[3]。

按照这一思路,我们似乎应该期待哈蒙在著作中创立一套类似贺拉斯或布瓦洛式"诗艺"理论的现实主义创作法则,以便按图索骥书写或分析现实主义文学作品。不过,将这种流行于19世纪前的做法搬至21世纪显然是不可想象的,实际上,哈蒙本人也并没有这么做。他更多是通过对现实主义-自然主义文学作品的观察,从不同方面对现实主义文学的书写进行了思考。不过,哈蒙带点实证性质的研究并非基于纯粹的观察,在阐明自己的现实主义诗学观之前,他先爬梳了西方18世纪以来具有代表性的现实主义文艺理论,包括上文提到的尚弗勒里与巴特的研究,特别指出奥尔巴赫等人的文学研究方法对他的启发。通过对《摹仿论》的研读,

---

[1] Philippe Hamon, *Puisque réalisme il y a*, Genève: La Baconnière, 2015, p. 6.
[2] Philippe Hamon, *Puisque réalisme il y a*, Genève: La Baconnière, 2015, p. 31.
[3] Philippe Hamon, *Puisque réalisme il y a*, Genève: La Baconnière, 2015, p. 32.

他认为奥尔巴赫实际上为现实主义文学确立了六大标准,尽管这种做法与奥尔巴赫本人的文学史研究旨趣相悖。这六大标准是:"1. 严肃性;2. 语域、文体、主题、人物的混用;3. 审查或选择的缺失,也即任何主题都不会预先被排除在外;4. '喻象',文本的'喻象化'构建[……],全部的连贯手段[……];5. 在真实的历史背景中嫁接人物的虚构故事[……];6. 对日常生活的再现。"①哈蒙认为,奥尔巴赫的现实主义六大标准"尽管可能混杂不一,但当我们依据这些标准来解读文本时,会发现它们非常恰当,而且能有效启发思考。我们很容易将其与其他理论家提出的其他标准做比,或者用更为精确的风格学术语对其进行重新表达"②。哈蒙在奥尔巴赫理论基础上,指出一种具有延续性的"现实主义风格学"思考首先可以围绕严肃性这一问题展开。

从尚弗勒里到巴特,严肃性始终被当作鉴别现实主义文学的一种重要标准。严肃性问题尤其处于《摹仿论》的核心,被奥尔巴赫视作"当代现实主义基础"③,意味着作家对底层人民生活的严肃对待与忠实再现,表现出作家的社会问题意识与历史责任感,赋予作品以思想深度和批判精神。从风格角度看,一方面,严肃性被等同于客观性或中立性,是真实效应的保证④;另一方面,"严肃性及陈述的庄重口吻与滑稽画令人发笑的现实主义形成了断裂"⑤,因

---

① Philippe Hamon, *Puisque réalisme il y a*, Genève: La Baconnière, 2015, p. 34.

② Philippe Hamon, *Puisque réalisme il y a*, Genève: La Baconnière, 2015, p. 39.

③ 埃里希·奥尔巴赫:《摹仿论:西方文学中现实的再现》,吴麟绶等译,北京:商务印书馆,2014年,第583页。

④ Philippe Hamon, *Puisque réalisme il y a*, Genève: La Baconnière, 2015, p. 118.

⑤ Philippe Hamon, *Puisque réalisme il y a*, Genève: La Baconnière, 2015, p. 33.

此被等同于"滑稽、反讽或道德说教的缺失"[1],因为现实主义旨在制造故事如实展现、自行展开的假象,而反讽或说教会令读者注意到作者的存在,从而减弱真实效应。

也就是说,严肃性分内容与形式两个层面,哈蒙的研究即从这两个层面展开。应该说,《摹仿论》之后,很多理论家受奥尔巴赫影响,对现实主义作品的严肃性问题进行了探索,相比之下,哈蒙的理论创新体现于对一些重要文本元素的再审视,以及对另一些此前被研究者忽略的文本元素的发掘与重视,正如他本人所言,"首先决定与构成现实主义-自然主义流派的,可能并不仅仅是某些重大的'社会'和'现代'主题(酒精、工人生存条件、工作、现代城市、金钱、肉体交易、机器等),还包括另一些更为隐蔽,从表面看来不那么'现代'的'主题'"[2],例如他在书中分析的震颤运动、清单、巡游、宗教圣物、展览等。

以第四章"书写情感"为例。"情感就是现实,是现实运动精髓之体现,因而也是所有'现实主义'作家优先关注的对象。"[3]现实主义-自然主义作品中的情感也是研究者优先探讨的对象。不过在哈蒙看来,通过文字这一可见物质元素来表现情感这一不可见非物质元素并非易事,而无论作家还是评论家对此过程均着墨不多。哈蒙通过研读现实主义-自然主义作品,将其中表达情感的模式主要分为以下几种:"线性模式",多使用连词拉长句子,句子的复杂性模拟了情感的绵延与曲折;"'垂直'地形模式"或"阐释模式",其

---

[1] Philippe Hamon, *Puisque réalisme il y a*, Genève: La Baconnière, 2015, p. 40.

[2] Philippe Hamon, *Puisque réalisme il y a*, Genève: La Baconnière, 2015, p. 252.

[3] Philippe Hamon, *Puisque réalisme il y a*, Genève: La Baconnière, 2015, p. 95.

中对外表的描写喻示了内心;"戏剧性模式",着重描写力量的对比与情感的冲突;"活跃模式",着重抒发强烈感受[1]。这些情感表达模式清晰地呈现由文字形式制造情感真实效应的过程。

再以第六章"清单"为例。清单既是主题也是形式。清单看似无法与文学挂钩,哈蒙之前也几无理论家对其予以关注。哈蒙却认为,"清单因其功能(对现实的掌控,一个词一个词地为现实编目,权威,实际用途,可接受现实验证),而成为实现现实主义文本真实效应的最佳元素之一"[2]。换言之,清单因能确立词与物的直接对应关系,也许最能满足现实主义作家如实记录世界的愿望。与此同时,清单往往是对事物的直接列举,不具备个性色彩与风格特征,恰好体现出所谓的"陈述'客观性'或'中性',确保了现实主义作家梦寐以求的真实效应"[3]。因此现实主义-自然主义小说中充斥着清单:《幽谷百合》中的植物清单,《巴黎的肚子》中的生熟食物清单,《妇女乐园》中的商品清单,不一而足。

不过针对清单,哈蒙也提出了几个值得深思的问题,例如:几个以上条目的列举才可以被称作清单? 开放型清单与封闭型清单各自会对读者产生怎样的效果? 同样的清单在不同文类中产生的效果是否相同? 代表叙事中断的清单如何与文学作品其余部分融合? 是否可以阐释清单? 是否可对其做风格分析? 清单呈现的似乎只是词与物之间的简单关系,而且所有清单几乎都具有同样的风格,也即没有风格,然而列维-斯特劳斯也曾指出,在一切清单背

---

[1] Philippe Hamon, *Puisque réalisme il y a*, Genève: La Baconnière, 2015, p. 104-113.

[2] Philippe Hamon, *Puisque réalisme il y a*, Genève: La Baconnière, 2015, p. 166.

[3] Philippe Hamon, *Puisque réalisme il y a*, Genève: La Baconnière, 2015, p. 167.

后,或许都隐藏着某种结构,会在阐释与分析下显现。

　　换言之,清单看似是现实主义文学作品中最能客观如实记录现实的元素,其实它在文本中的情况远没有想象的简单。我们可以循着哈蒙的逻辑继续追问:如果清单是对现实的清点,那么应清点到什么程度?如何确定哪些现实元素可被记录,哪些需要剔除?为了不过分影响读者的阅读,作者可能将清单转变成其他形式,例如描写,以令其更好地融入文本,那么当我们描摹事物时,应从哪里开始描写,描写到何种程度才算充分?因为被描写的对象无论多么微不足道,只要细加观察,总能找到有待描写的细节,巴特由此断定"描写如果不服从于某个美学或修辞学选择,那么一切'视野'都无法被话语穷尽"[①]。

　　对这一系列问题的思考促使哈蒙获得如下结论:一方面,现实所包含的元素无穷无尽,但清单列举的项目数量却是有限的,因此对列举项目的选择必然涉及主体的选择,而后者又与时代环境、创作意图、写作风格等相关;另一方面,现实是纷扰且无序的,清单却有始有终,其列举的项目在文本中出现时先后有序,这种顺序也制约着我们观看与想象的次序,因而哈蒙多次强调,清单与其说是忠实记录现实,不如说是赋予现实以一种秩序。清单可以说是现实主义作品的一个提喻,令我们意识到"创造一件艺术品、一部小说始终是一种选择,一种赋予秩序的行为"[②],反之,20 世纪一些新小说作家也萌生过完全如实记录现实的念头——例如米歇尔·布托的尝试,这些尝试均令作品变得不堪卒读,最终导向了失败。

　　通过上文简要的梳理,我们看到哈蒙的现实主义诗学对尚弗

[①]　Roland Barthes,《 L'effet de réel 》, *Communications*, n° 11, 1968, p. 87.
[②]　Philippe Hamon, *Puisque réalisme il y a*, Genève: La Baconnière, 2015, p. 15.

勒里、巴特等人思想的继承：首先是对细节的关注，通过细节审视文学对现实的再现，以及真实效应的产生过程。通过这种审视，研究者否定文学是对现实的消极复制，肯定了作者的选择与创造。我们可将这种诗学研究方法称之为"解构"方法，实际上，哈蒙本人亦多次在著作中使用"解构"一词，例如他在"巡游"一章提到自己的意图是"（从诗学研究者角度）解构'巡游'"[1]，并指出解构"巡游"就是"将'巡游队伍'视作形象与形式，来研究文本对它的组织，就是将它转变成一种模型"[2]。

在"解构"目光下，哈蒙指出现实主义诗学研究需要考虑三个问题：首先是文类问题，因为无论从历时角度还是从共时角度看，不同文类与读者缔结的阅读"契约"——也就是读者的期待与文本对读者的要求各不相同，"故事的现实主义与自然主义小说的现实主义就不尽相同"[3]，受文类要求限制，不同文类和次级文类倾向选择特定的对象或其特定方面加以重点描述，通过读者的阅读习惯，加强真实效应。此外，哈蒙还探讨了诗歌与现实主义问题，现实主义文学一般被等同于现实主义-自然主义小说，但实际上"现实主义-自然主义与诗歌毫无疑问有着共同的'现实需求'"[4]，并且共享相同的主题与表现模式。

其次是严肃性与反讽的关系问题。严肃性从创作意图看体现为作家对所写内容的认同，从形式与风格看体现为表达的客观与

---

[1] Philippe Hamon, *Puisque réalisme il y a*, Genève: La Baconnière, 2015, p. 198.
[2] Philippe Hamon, *Puisque réalisme il y a*, Genève: La Baconnière, 2015, p. 198.
[3] Philippe Hamon, *Puisque réalisme il y a*, Genève: La Baconnière, 2015, p. 273.
[4] Philippe Hamon, *Puisque réalisme il y a*, Genève: La Baconnière, 2015, p. 40.

中性。但现实主义文学备受读者推崇的一点是其强烈的讽刺与批判色彩,后者意味着与自己笔下的人、事、物保持一定的距离。严肃性观点甚至受作家本人创作意图的挑战,例如奥尔巴赫推崇福楼拜只描述、不评论的"实事求是的认真态度"[1],福楼拜却提到要"从一个高级笑话的角度,也就是从上帝的俯视视角,来书写事实"[2]。哈蒙认为,这一矛盾的解决或许可从现实主义文学创作模式本身入手,后者又可分为事无巨细包罗万象的"水平式"(左拉),以可见物揭示隐藏的不可见物的"垂直式"(巴尔扎克),或不求局部对等、只求整体印象相似的"虚线式"(龚古尔兄弟)等。其中"垂直式"表明了表象与本质的差距,恰好调和现实主义文学严肃性与讽刺性的矛盾,这也是巴尔扎克作品讽刺性强于左拉或龚古尔兄弟作品的原因。

最后是真与假的关系问题。从尚弗勒里到哈蒙,法国诗学研究者关注的是真实效应。真实效应从其字面看与真实并不等同。上文也已指出,真实效应的获得与作家的选择、创造有关,必要时作家甚至"要用'诡计'与疑心病重的读者周旋"[3],以便让读者信以为真。但是,假如真实效应纯粹是文字制造的幻觉,与真实无任何关系,那么"现实主义"这一标签便也失去了意义。因此,对真实效应的解构也应思考与真实的关系,或者说真与假的关系。对严肃性与反讽矛盾的思考归根到底是同一个问题。哈蒙认为这一思考应注意两点:第一,要判断现实主义者是否造假,则首先需要定义

---

[1] 埃里希·奥尔巴赫:《摹仿论:西方文学中现实的再现》,吴麟绶等译,北京,商务印书馆,2014年,第582页。

[2] Gustave Flaubert, « Lettre à Louise Colet », le 8 octobre 1852. Page consultée le 28 juin 2018. URL:http://flaubert.univ-rouen.fr/correspondance/conard/outils/1852.html.

[3] Philippe Hamon, *Puisque réalisme il y a*, Genève: La Baconnière, 2015, p. 19.

真实,而真实或许很难界定,因为不同的标准瞄准不同的真实;第二,文学中的"假"有自己的价值,它被视作"人工、装扮、反讽与游戏"①,体现出一种距离感与反思性,在 19 世纪颇受青睐,我们知道波德莱尔和 J. K. 于斯曼斯(J. K. Huysmans)等作家对人工的喜爱。真假如何嫁接以制造真实效应,这是值得现实主义诗学深入思考的问题。

* * *

现实主义文学存在诸多定义与研究途径,以上我们梳理了法国现实主义诗学中一种重要的理论倾向。从 19 世纪中期的尚弗勒里到当代的哈蒙,这一倾向关注文本制造的真实效应,并致力于从文本形式层面入手,分析这一效应的形成机制。需要注意的是,首先,在尚弗勒里之前已有理论家思考过现实与现实感之间的区别,例如对尚弗勒里影响至深的狄德罗即在其著作《布尔邦的两个朋友》(*Les Deux Amis de Bourbonne* 1770)中,在就历史故事展开评论时指出,此类叙事的"对象是纯粹的现实,它意图被人相信,它想吸引人,触动人,训练人,感化人"②,叙述者为达此目的,"在他的故事中到处安插无足轻重但又与事件密切相关的背景,以及非常简单、非常自然但很难想象的行动,以至于读者不得不下结论道:要我说,这一切都是真的,这些事凭空想象不出来"③。这样的言论与此后的真实效应论如出一辙,只不过狄德罗没有也不可能对此

---

① Philippe Hamon, *Puisque réalisme il y a*, Genève: La Baconnière, 2015, p. 24.

② Denis Diderot, « Des Deux Amis de Bourbonne », in J. Vassevière et N. Toursel (éd.), *Littérature: 150 textes théoriques et critiques*, Paris: Armand Colin, 2015, p. 226.

③ Denis Diderot, « Des Deux Amis de Bourbonne », in J. Vassevière et N. Toursel (éd.), *Littérature: 150 textes théoriques et critiques*, Paris: Armand Colin, 2015, p. 227.

展开理论探索。其次,尚弗勒里本人当然不知道自己在研究"真实效应",但他对现实主义理论话语发展所起的关键作用及他对后人的影响均促使我们将他置于理论脉络的最前端。最后,对于作家如何调遣文字制造真实效应,研究者并没有形成统一意见,我们甚至在研究旨趣截然不同的布尔迪厄的著作中看到对这一问题的谈论:"一种可以称之为形式研究的探索涉及作品的布局、不同人物故事之间的衔接、环境或处境与行动或'性格'之间的联系,也涉及句子节奏或色彩、必须舍弃的重复与押韵、必须清除的成见与约定形式,这样的探索是制造某种真实效应的一个条件,而这一真实效应比研究者通常所理解的更为深刻。"[1]这段文字充分说明对真实效应的研究能够成为现实主义文论研究的一个重要理论增长点。本节即通过呈现法国诗学研究成果,为此类研究提供了一个可参照的模式,与此同时,在国内评论界呼唤文学创作回归现实主义之时,也为现实主义文学的创作提供一种反思视角。

第三节 "逼真"话语在法国诗学中的演变

"逼真"(vraisemblance/vraisemblable)是一个重要的诗学概念,在不同历史时期,作家与评论家对"逼真"的理解呈现出差异。这些差异既反映了个体差别,也折射出时代精神。本节我们将主要以法国作家与批评家对"逼真"的谈论为考察对象,梳理"逼真"话语的历史演变,希望借此进一步理解法国文坛与批评界对文学与现实关系的认识演变,同时也进一步理解文学与现实本身的关系。

---

[1] Pierre Bourdieu, *Les règles de l'art*, Paris: Gallimard, 1998, p. 184.

一、"真实有时并不逼真"

在法国如同在欧陆其他国家,"逼真"概念由来已久。这一概念最早应是在亚里士多德《诗学》中得到明确表述。在《诗学》中,亚氏提出了几个对后世影响深远的核心范畴与概念。一是"摹仿"概念,二是与"摹仿"密切相关的"逼真"①概念。亚氏主要在《诗学》第九章中探讨了"逼真"概念:"诗人的职责不在于描述已经发生的事,而在于描述可能发生的事,即根据可然(du vraisemblable)或必然(du nécessaire)的原则可能发生的事。历史学家和诗人的区别不在于是否用格律文写作[……],而在于前者记述已经发生的事,后者描述可能发生的事。所以,诗是一种比历史更富哲学性、更严肃的艺术,因为诗倾向于表现带普遍性的事[……]所谓'带普遍性的事',指根据可然(vraisemblablement)或必然(nécessairement)的原则某一类人可能会说的话或会做的事。"②这段话表明:首先,"逼真"并不是对现实的原样照抄,由于"摹仿"对象是可能发生之事,因而掺杂了想象成分。其次,诗比历史更具哲学性,因为历史瞄准的是具体事件,而诗揭示了普遍性。最后,诗之具有普遍性,是因为诗根据可然或必然原则写就,换言之,诗遵循某种特定逻辑,《诗学》表明这种逻辑是一种因果逻辑。

《诗学》随古希腊文明的覆灭沉寂了多个世纪。15 世纪末《诗学》希腊文本的发现在欧洲引发了一股翻译与阐释的狂潮,也对法

---

① 希腊语 *eikos* 在转译成拉丁语继而转译成欧洲各民族语言时产生了从形式到内涵的变化,*eikos* 的一种被普遍接受的法译文是形容词形式的"vraisemblable"或名词形式的"vraisemblance",这两种形式并存于目前的文学批评话语中。*eikos* 也有多种中译文,陈中梅译"可然性"(1996:82),罗念生译"或然律"(2015:42),另有"逼真""逼真性""似真性"等译法。

② 亚里士多德:《诗学》,陈中梅注译,北京:商务印书馆,1996 年,第 81 页。法译本参见 Aristote, *La poétique*, trad. Roselyne Dupont-Roc et Jean Lallot, Paris: Seuil, 1980, p. 65。

国文坛产生了重要影响,这股影响至推崇戏剧的 17 世纪到达顶峰。例如拉宾神父在谈论诗歌与历史的区别时指出:"英雄诗的价值因其题材与目的而非其形式而显得更为重大,因为英雄诗谈论的是国王与王子,它只为伟人提供教诲,好让他们更好地治理人民,它所呈现的道德观比历史更为完美,历史只能呈现不完美的道德,因为历史与特殊性相关。诗歌呈现的道德没有任何瑕疵,因为诗歌与普遍性相关。"[1]我们不难在字里行间辨认出亚里士多德的影子。

在亚里士多德的影响下,"逼真"同样成为 17 世纪乃至 18 世纪上半叶法国古典主义文学一个至关重要的概念,当时不少颇具影响力的剧作家与评论家都在"逼真"问题上发表过见解。例如让·拉辛(Jean Racine)在戏剧《贝蕾尼斯》(*Bérénice*)前言中指出:"在悲剧中,能触动人的只有逼真感。假如在悲剧中,一天里发生了大量事件,而现实生活中可能几星期都不会发生这么多事,那么逼真又从何谈起?有人认为这种简单性是缺乏创造力的表现。他们从没想过,一切创造均在于无中生有。"[2]拉辛对"逼真"的理解与其说强调戏剧与现实生活的相似性,不如说强调诗人的选择与创造,而这一点恰恰也是亚里士多德所强调的。只不过,至 17—18 世纪的法国,"逼真"的内涵发生了变化。如果说亚里士多德更注重概念的哲学维度,那么 17 世纪的法国文坛在判定作品是否逼真时还结合了本土与时代因素。拉宾神父的言论"逼真便是一切符合公众

---

[1] René Rapin, *Les Réflexions sur la poétique de ce temps et sur les ouvrages des poètes anciens et modernes*, éd. E. T. Dubois, Genève: Droz, 1970, p. 74.

[2] Jean Racine, « Préface », in Jean Racine, *Théâtre complet illustré*, t. II, Paris: Bibliothèque Larousse, 1908–1909, p. 78.

舆论的东西"①颇具代表性。换言之,在一个重视道德、推崇温文尔雅的"贵人"(gentilhomme)、以"得体"(convenance)为最高行为准则的社会,文学也被赋予了道德教化功能:通过再现"贵人"的行动,达到弘扬美德、教化社会的目的。文学作品无论涉及形象塑造还是情节发展,都须符合"得体"标准,接受社会道德与公众意见的评判,结局都需要惩恶扬善,以便"全人类都能因作品的逼真而从中受益"②。

　　古典时期的法国文学批评家谨记亚里士多德的教诲,区分了真实与逼真,布瓦洛的名言"真实有时并不逼真"(Le vrai peut quelquefois n'être pas vraisemblable)③是17世纪对真实与逼真关系的一种典型认识。与此同时,批评家还对真实与逼真进行了高下评判,并赋予后者以更优越的地位。法兰西学院奠基者之一、批评家让·夏普兰(Jean Chapelain)因而指出,"逼真——而非真实——是诗人促人向善的工具"④。17世纪法国文坛的一桩著名公案正是在这种语境下发生的。剧作家高乃依(Corneille)的《熙德》(Le Cid)在上演时因主题、人物等原因受到抵制。戏剧呈现了一位惊

---

① René Rapin, *Les Réflexions sur la poétique de ce temps et sur les ouvrages des poètes anciens et modernes*, éd. E. T. Dubois, Genève: Droz, 1970, p. 39.

② Jean Chapelain, « LETTRE OU DISCOURS DE MONSIEUR CHAPELAIN À MONSIEUR FAVEREAU CONSEILLER DU ROI EN SA COUR DES AIDES: portant son opinion sur le poème d'Adonis du Chevalier Marino », in Alfred C. Hunter(éd.), *Opuscules critiques*, introduction, révision des textes et notes par Anne Duprat, Paris: Droz, 2007, p. 198.

③ Boileau, *Art poétique* (1674), prés. par Sylvain Menant, Paris: Garnier-Flammarion, 1988, p. 99.

④ Jean Chapelain, « LETTRE OU DISCOURS DE MONSIEUR CHAPELAIN À MONSIEUR FAVEREAU CONSEILLER DU ROI EN SA COUR DES AIDES: portant son opinion sur le poème d'Adonis du Chevalier Marino », in Alfred C. Hunter(éd.), *Opuscules critiques*, introduction, révision des textes et notes par Anne Duprat, Paris: Droz, 2007, p. 198.

世骇俗的女主人公仕曼娜(Chimène),她不仅始终爱着自己的杀父仇人,最终还将与其完婚。尽管这个故事取材自现实,但在当时的社会舆论看来,剧中的仕曼娜行为举止很不"得体",与其贵族身份不相吻合,严重违背了当时的主流道德观。夏普兰在黎塞留首相授意下起草了《法兰西学院有关〈熙德〉这部悲喜剧的观感》(*Les sentiments de l'Académie françoise sur la tragi-comédie du Cid*),对《熙德》提出猛烈批评,并指出:"如果说《熙德》的主题可以说是坏的,那并非因为戏剧中没有纽结,而是因为它是不逼真的。"[①]

二、从理智到情感

至 18 世纪,摹仿原则仍然是文艺创作的基本原则[②],而"逼真"标准仍然是文艺创作的最高标准,正如纳塔莉·克莱麦(Nathalie Kremer)在《18 世纪的逼真与再现》中指出的那样:"18 世纪,一切再现都要经过'逼真'这把筛子的筛选。它是摹仿(*mimèsis*)的原则,它确立了话语的显明性与可能性。这一原则尽管不易察觉,却无处不在。作为文化的隐含标准与普遍价值的反映,它出现于每种思想的转折处,出现于每张书页的边角。它既与明确的戏剧诗规则有关,也与绘画或雕塑领域的普遍思考有关。"[③]只不过,"逼真"的内涵在 18 世纪下半叶逐渐发生了以下变化。

1. 摹仿对象产生了变化。亚里士多德《诗学》关注的焦点是人

[①] Jean Chapelain, *Les sentiments de l'Académie françoise sur la tragi-comédie du Cid*, Paris: A. Picard, 1912, p. 15.

[②] 例如美学家巴托神父在 1746 年出版的《归结为单一原则的美的艺术》(*Les beaux-arts réduits à un meme principe*)中指出,"亚里士多德的《诗学》始于这条原则:音乐、舞蹈、诗歌、绘画都是摹仿的艺术"(Charles Batteux, *Les Beaux-Arts réduits à un même principe*, Paris: Durand, 1746, https://fr.wikisource.org/wiki/Les_Beaux-Arts_réduits_à_un_même_principe/Partie_1/chapitre_2),而这条原则也是他本人为各种艺术归结出来的单一原则。

[③] Nathalie Kremer, *Vraisemblance et représentation au XVIIIe siècle*, Paris: Honoré Champion, coll. « Les Dix-huitième siècles », 2011, p. 9-10.

物的行动,对其他方面谈论甚少。反观18世纪,巴托神父在指出艺术的根本原则是摹仿(imitation)后,随即指出摹仿是对自然的摹仿:"天才是诸艺术之父,他必须摹仿自然"①,以及"趣味的法则只能是对美的自然的摹仿"②。光谱的另一端,与巴托神父旨趣并不相似的狄德罗也有类似看法。在《关于〈私生子〉的谈话》中,狄德罗借多华尔之口指出,"使哲学、诗歌、音乐、绘画和舞蹈表现荒谬不合理的题材,不就等于糟蹋这些艺术吗?这些艺术每一门类本身的目的都是摹仿自然[……]事物的普遍秩序应该永远是诗歌理性的基础"③。同一位多华尔还疾呼:"我将不倦地向我们法国人呼吁:真实!自然!学习古人!学习索福克勒斯![……]布景是粗野的,剧中不讲排场,只有真实的声音,真实的语言,简单而自然的剧情。如果这样的景象倒不如衣着华丽、油头粉面的人物的景象更使我们感动,那准是我们的鉴赏力退化了。"④

　　巴托神父以及狄德罗所说的"自然"又是什么意思呢?首先是字面意思,即大自然。18世纪是发现大自然的世纪,自然摆脱神的管辖,离开彼岸进入此岸,成为有待人们去观察、描述、解释、征服的对象,布封编撰的《自然史》是这一倾向的最好代表。对自然的喜爱也反映于文艺创作与文艺思想中。狄德罗笔下的多华尔感叹:"啊,大自然,一切美好的东西都蕴藏在你怀里!你是一

---

① Charles Batteux, *Les Beaux-Arts réduits à un même principe*, Paris: Durand, 1746, https://fr.wikisource.org/wiki/Les_Beaux-Arts_réduits_à_un_même_principe/Partie_1/chapitre_1.

② Charles Batteux, *Les Beaux-Arts réduits à un même principe*, Paris: Durand, 1746, https://fr.wikisource.org/wiki/Les_Beaux-Arts_réduits_à_un_même_principe/Partie_2/chapitre_4.

③ 狄德罗:《关于〈私生子〉的谈话》,张冠尧、桂裕芳译,见狄德罗《狄德罗美学论文选》,张冠尧等译,北京:人民文学出版社,1984年,第115页。

④ 狄德罗:《关于〈私生子〉的谈话》,张冠尧、桂裕芳译,见狄德罗《狄德罗美学论文选》,张冠尧等译,北京:人民文学出版社,1984年,第77页。

切真理的丰富源泉！……这世界上唯有德行和真理值得我念念于怀……热情产生于大自然的物体。当精神观察到这件物体的种种动人面貌，它就念念不忘，为之激动、不安。"①对于巴托神父来说，"自然，也就是一切存在的东西，或者一切我们认为很可能存在的东西"②。并非真实存在但符合自然法则的事物也可以成为摹仿的对象，巴托神父称其为"美的自然"（la belle nature），也即经过艺术美化的自然。其次是事件在大自然中的组合与联系方式。例如狄德罗指出，"戏剧艺术之所以准备事件，只是为了将它们串联起来，而它之所以将事件串联在作品中，正是因为事件在自然中是相互串联着的。艺术模仿自然，既然自然在处理效果之间的关联时天衣无缝，艺术也是如此"③。对狄德罗来说，"当自然容许以一些正常的情况把某些异常的事件组合起来，使它们显得正常的话，那么，诗人只要遵照自然的秩序"④，就能"做到奇异而不失为逼真"⑤。再次是实际生活，例如狄德罗认为在创作戏剧尤其正剧时，"布局按照想象构成，台词则应该依据自然"⑥。以独白为例，独白"对人物来说则是一个混乱的时刻。［……］如果说话的人心平气和，这就违反了真实，因为人们只在困惑的时候才会自言自语。如

---

① 狄德罗:《关于〈私生子〉的谈话》,张冠尧、桂裕芳译,见狄德罗《狄德罗美学论文选》,张冠尧等译,北京:人民文学出版社,1984年,第58—59页。
② Charles Batteux, *Les Beaux-Arts réduits à un même principe*, Paris: Durand, 1746, https://fr.wikisource.org/wiki/Les_Beaux-Arts_réduits_à_un_même_principe/Partie_2/chapitre_2.
③ 狄德罗:《关于〈私生子〉的谈话》,张冠尧、桂裕芳译,见狄德罗《狄德罗美学论文选》,张冠尧等译,北京:人民文学出版社,1984年,第86页。
④ 狄德罗:《论戏剧诗》,徐继曾、陆达成译,见狄德罗《狄德罗美学论文选》,张冠尧等译,北京:人民文学出版社,1984年,第161页。
⑤ 狄德罗:《论戏剧诗》,徐继曾、陆达成译,见狄德罗《狄德罗美学论文选》,张冠尧等译,北京:人民文学出版社,1984年,第161页。
⑥ 狄德罗:《论戏剧诗》,徐继曾、陆达成译,见狄德罗《狄德罗美学论文选》,张冠尧等译,北京:人民文学出版社,1984年,第146页。

果独白太长，就会伤害剧情的自然性，使它停顿得过久"①。同样，当他指出"在整整一场戏里，人物如果只有动作，那要比说话不知自然多少"②时，"自然"也应从符合实际生活这一角度去理解。

与此同时，自然的一个重要部分——情感在 18 世纪成为诗人重点摹仿的对象。受洛克影响，感觉与感官在 18 世纪获得了前所未有的重视，思想家阿扎尔观察到："这段时期（即 1680—1715）的新思想出现得过于密集，也过于丰富，看起来有些杂乱无序，但其中有两条主流是非常清晰的，它们跨越了此后的整个世纪：第一条主流是理性主义；另一条尽管起先只是涓涓细流，但逐渐有泛滥之势，这就是感觉和情感。"③18 世纪的人们开始意识到，"我们的心灵是在感官的基础上发挥作用的［……］没有感性生活的指导，理性生活也就不复存在。从此，感官的地位仿佛由仆变主；与理性相比，感性不仅出现得更早，而且也更为崇高"④。狄德罗甚至在《论聋哑人书简》中指出，"自然"语言表达的是情感，而非思想；语言不说理，只表达。因而我们在 18 世纪的诗学著作中不时看到如下论断："在正剧里，激情表现得越强烈，剧本的趣味就越浓。［……］在正剧里，风格应是更有利，更庄严，更高尚，更激烈，更富于我们叫做感情的东西。没有感情这个因素，任何风格都不可能打动人心。"⑤

---

① 狄德罗：《论戏剧诗》，徐继曾、陆达成译，见狄德罗《狄德罗美学论文选》，张冠尧等译，北京：人民文学出版社，1984 年，第 203 页。
② 狄德罗：《论戏剧诗》，徐继曾、陆达成译，见狄德罗《狄德罗美学论文选》，张冠尧等译，北京：人民文学出版社，1984 年，第 215 页。
③ 保罗·阿扎尔：《欧洲思想的危机（1680—1715）》，方颂华译，北京：商务印书馆，2019 年，第 480 页。
④ 保罗·阿扎尔：《欧洲思想的危机（1680—1715）》，方颂华译，北京：商务印书馆，2019 年，第 431 页。
⑤ 狄德罗：《论戏剧诗》，徐继曾、陆达成译，见狄德罗《狄德罗美学论文选》，张冠尧等译，北京：人民文学出版社，1984 年，第 135 页。

这也是 18 世纪的逼真内涵不同于亚里士多德及古典时期诗学之处。

2. 对感官、感性与情感的重视促使摹仿的主体也产生了相应的变化。亚里士多德及古典摹仿主体是理性的主体。在《尼各马可伦理学》中，亚里士多德指出"实践的理智其实也是生产性活动的始因"①，也即主宰生产制作活动的是实践理性。而诗歌创作从其词源来看，无疑是生产性活动的一种类型②，因而诗歌是理性的产物。《诗学》便是一部教导诗人如何运用理智，一步步编造诗歌的教材。而 18 世纪的杰出诗人更多是神灵附体（enthousiate）的"天才"（génie），巴托神父认为，"诗人应该忘记自己的状态，走出自身，置身他们想再现的事物中间"③，也就是进入一种类似灵魂出窍并与摹仿对象合二为一的状态，与此同时，"他们刺激自己的想象力，直至被感动、受震惊、很恐惧"④，只有在这种状态下，诗人才有可能创造出杰作。当然 18 世纪的理论家不可能再相信"神灵附体"，因此对巴托神父来说，所谓的"神灵附体"其实是两个条件共同促成的："头脑中对对象的鲜活再现，以及心中与这一对象成比例的情感。"⑤

---

① 亚里士多德：《尼各马可伦理学》，廖申白译注，北京：商务印书馆，2003 年，第 168 页。
② 在亚里士多德笔下，诗、制作艺术都是同一个词 *poiesis*，派生自动词 *poiein*（制作）。
③ Charles Batteux, *Les Beaux-Arts réduits à un même principe*, Paris: Durand, 1746, https://fr.wikisource.org/wiki/Les_Beaux-Arts_réduits_à_un_même_principe/Partie_2/chapitre_4.
④ Charles Batteux, *Les Beaux-Arts réduits à un même principe*, Paris: Durand, 1746, https://fr.wikisource.org/wiki/Les_Beaux-Arts_réduits_à_un_même_principe/Partie_2/chapitre_4.
⑤ Charles Batteux, *Les Beaux-Arts réduits à un même principe*, Paris: Durand, 1746, https://fr.wikisource.org/wiki/Les_Beaux-Arts_réduits_à_un_même_principe/Partie_2/chapitre_4.

3. 从摹仿效果来说，更注重对观众或读者的取悦。从亚里士多德至古典时期，摹仿主要被视作一种智性活动。至巴托神父的时代，"摹仿原则通过自然与趣味的法则得以确立"①，而"趣味是通过情感实现的对规则的认知。这一认知方式比通过思想来认知更为敏锐、更为可靠"②。因此，我们在《归结为单一原则的美的艺术》中看到一个很有意思的现象，在该书第一部分第三章"天才不应如实摹仿自然"中，巴托神父完全照搬了亚里士多德的逼真原则，最后却得出了一个完全不同的结论：由于艺术呈现的是可能性而非现实，因而艺术家能够运用一切手段进行创造，"艺术被赋予了这项特权，因为它肩负取悦的责任"③。这一点又在接下来一章中得到更为明确的论述："摹仿的目的是什么？他（即制定艺术规则的哲学家——本书作者按）很容易感觉到是为了取悦、搅动、触及，一言以蔽之，是为了获得愉悦感。"④因此我们看到，在 18 世纪的批评文字中，引人入胜（intéresser/intéressant/intérêt）往往成为评价戏剧的最高标准，伏尔泰在评高乃依戏剧时多次提到这种品质。在评高乃依早期剧作《克利唐德》（*Clitandre*）时，伏尔泰提到，这部作品是完全依照西班牙和英国人的品位写的，剧情复杂、人物繁多、场面残忍，"剧情足够写出一部长达十卷的小说，然而，这部剧一点

① Charles Batteux, *Les Beaux-Arts réduits à un même principe*, Paris：Durand, 1746, https://fr.wikisource.org/wiki/Les_Beaux-Arts_réduits_à_un_même_principe/Partie_2/chapitre_2.

② Charles Batteux, *Les Beaux-Arts réduits à un même principe*, Paris：Durand, 1746, https://fr.wikisource.org/wiki/Les_Beaux-Arts_réduits_à_un_même_principe/Partie_2/chapitre_6.

③ Charles Batteux, *Les Beaux-Arts réduits à un même principe*, Paris：Durand, 1746, https://fr.wikisource.org/wiki/Les_Beaux-Arts_réduits_à_un_même_principe/Partie_2/chapitre_3.

④ Charles Batteux, *Les Beaux-Arts réduits à un même principe*, Paris：Durand, 1746, https://fr.wikisource.org/wiki/Les_Beaux-Arts_réduits_à_un_même_principe/Partie_2/chapitre_4.

也没有冰冷或无聊之处。被忽略的得体与逼真，被僭越的规则，与无聊相比，都只是微不足道的瑕疵"①。

三、从观念到现实

文学史研究者 M. 德隆（M. Delon）、F. 梅洛尼奥（F. Mélonio）等人指出，"19 世纪的小说史是某种欲望与意志的历史。这一欲望的对象，这一意志的目标是什么？我们可以概括地回答，是对逼真（vraisemblable）的欲望［……］以及实现文学逼真的意志"②。对逼真问题的讨论既出现于 19 世纪初巴尔扎克的笔下，也出现于 19 世纪末左拉的笔下。"逼真"一词多次出现于《人间喜剧》中，例如在《欧也妮·葛朗台》中，巴尔扎克在写到欧也妮为夏尔动情、就此改变人生时有如下议论："人生有些事情倘若诉诸文字往往显得失真（invraisemblables），虽然事情本身千真万确（vraies）。可是，人们难道不是经常对心血来潮的决断不作一番心理学的探究，对促成决断所必需的神秘的内心推理不加任何说明吗？［……］许多人宁可否认结局，也不肯掂量一下在精神方面把这件事和那件事暗中联结的千丝万缕、千纽百结、丝丝入扣的力量究竟有多大。"③如果说这段话与写作的联系没那么明显，那么《幽谷百合》初版（1836）序言对"逼真"的阐述就明确了很多："在本书很多片段中，作者创造了一个讲述自己故事的人物。为了显得真实（vrai），作家们会使用文学技巧，这技巧在他们看来能够最大程度赋予形象以生命。正是一种令他们的造物活起来的渴望将 18 世纪最有名的人投入

---

① Voltaire, « Remarques sur Médée », *Commentaires sur Corneille*, Genève: Cramer, 1764, https://fr.wikisource.org/wiki/Médée/Édition_Garnier/Préface_du_Commentateur.

② M. Delon et F. Mélonio, *et al.*, *La littérature française: dynamique & histoire*, t. II, Paris: Gallimard, 2007, p. 441.

③ 巴尔扎克：《欧也妮·葛朗台　高老头》，李恒基、韩沪麟译，南京：译林出版社，1999 年，第 83 页。

书信体小书的喋喋不休中,这在当时是唯一能令虚构故事显得逼真(vraisemblable)的结构。"①逼真也是巴尔扎克文学批评的关键词,雨果的《埃那尼》曾受其诟病,被指不逼真②。根据其批评主张与实践,有学者指出,"巴尔扎克虽然没有言明,但他的批评文字所表达的,是对亚里士多德原则的青睐"③,尽管其小说创作实践与其文艺理论时常背道而驰。至 19 世纪末,"逼真"一词还出现于作家或批评家笔下,左拉《戏剧中的自然主义》(1881)多次提到该词或其变体,例如他认为"喜剧与悲剧应当尽力逼真。它们必须接地气。它们也撒谎,但撒谎时必须运用无限的技巧,否则就会令我们受伤"④。

不过,德隆、梅洛尼奥等提到 19 世纪的逼真时特别强调,"这是一种新的逼真,它已摆脱古典艺术的传统规则"⑤,并建议对于这一以新的逼真为内涵的现代写作计划,"我们可以泛泛地给予其'现实主义'的名称"⑥。麦金托什也指出:"19 世纪改变了视角,逼真实际上逐渐成为忠于现实、言说真实的近义词,直至完全被现实主义概念吸收。"⑦确实应该看到,尽管德隆、梅洛尼奥等文学史家

---

① Honoré de Balzac, « Préface », in Hororé de Balzac, *Le lys dans la vallée*, Bruxelles: Ad. Wahlen, 1836, p. Ⅴ.

② Cf. Honoré de Balzac, *Œuvres diverses*, t. Ⅱ, Paris: Gallimard, « Bibliothèque de la Pléiade », 1996, p. 687.

③ Scott Sprenger, « Balzac et la critique comme autocritique: ou la vérité de l'invraisemblable », *L'année balzacienne*, n° 9, 2008(1), p. 82.

④ Émile Zola, *Le naturalisme au théâtre: les théories et les exemples*, 2e édition, Paris: G. Charpentier, 1881, http://obvil.sorbonne-universite.fr/corpus/critique/zola_naturalisme#body-1-1.

⑤ M. Delon et F. Mélonio, et al., *La littérature française: dynamique & histoire*, t. Ⅱ, Paris: Gallimard, 2007, p. 441.

⑥ M. Delon et F. Mélonio, et al., *La littérature française: dynamique & histoire*, t. Ⅱ, Paris: Gallimard, 2007, p. 441.

⑦ Fiona McIntosh, *La vraisemblance narrative: Walter Scott, Barbey d'Aurevilly*, Paris: Presses de la Sorbonne nouvelle, 2002, p. 7.

没有经过严密论证就在"新的逼真"与"现实主义"之间确立了等同关系，但开创并发展法国现实主义批评话语的一批人实际上并没有过多使用"逼真"一词，无论在被誉为"现实主义教父"的尚弗勒里的专著《现实主义》中，还是在被认为将"现实主义"这一"特殊的文学术语献诸公众"[①]的杜朗蒂等人创办的《现实主义》杂志中，几乎都没有出现"逼真"一词。相反，频繁出现的是形容词或名词的"真实"（vrai/vérité）以及新词"现实主义"（réalisme）。尽管如此，我们仍将现实主义批评话语纳入考察范畴。一方面，假如我们将逼真视作艺术的真实，而将真实视作生活与历史的真实，那么此种"逼真"思想也存在于上述专著或杂志中，尚弗勒里即有言："真实事件与虚构事件的结合是一种非常精细的焊接，艺术真实与自然真实倾向于互相斗争而非互相靠近，这两个相反元素之间的融合需要一个非常灵巧的工匠，我们很难找到拥有相当天赋、能将这两种力量联结起来的人。"[②]另一方面，正如托多罗夫在《象征理论》一开头说明的那样："象征是本书研究的对象：我指的是象征这个现象，而不是指'象征'这个词。"[③]因而他将不具"象征"名称但符合象征事实的语言现象都当作研究对象。我们的做法与他颇为相似。我们认同上文德隆等学者的看法，从表面看，19世纪的作家与批评家似乎不再谈论"逼真"，而是热衷于使用另一套术语，但从根本上看，他们思索的仍然是同一个问题，也即艺术如何抵达真理的问题。

求"真"的意愿或许与18—19世纪科学的发展密不可分，这种

[①] 伊恩·P. 瓦特：《小说的兴起》，高原、董红钧译，北京：生活·读书·新知三联书店，1992年，第2页。
[②] Champfleury, *Le Réalisme*, Paris: Michel Lévy Frères, 1857, p. 42.
[③] 茨维坦·托多罗夫：《象征理论》，王国卿译，北京：商务印书馆，2004年，第3页。

追求被不断表达，逐渐汇聚成不容忽略的声音。"现实主义教父"尚弗勒里在《现实主义》中提到："现代艺术[……]追求真实，它仔细观察事件的诞生，将它们进行组合、分析，尝试尽可能真实地将它们呈现出来。"①《现实主义》杂志创办者之一阿斯扎在刊登于杂志第一期的书评中发表了如下宣言："我们接受丑，因为丑是真实的；我们接受美，因为美是真实的；我们既接受庸俗也接受非凡，因为这两者是真实的。"②除批评家之外，公认的法国"现实主义"大家也都表达过求真的渴望。司汤达赋予《红与黑》上卷的题词是"真实，严酷的真实"③；福楼拜在一封写给露易丝·柯莱的著名信件（1852年1月16日）中提到自己有两个分身，一个倾向抒发诗情，另一个倾向"尽可能挖掘搜寻真实"④；左拉表明"我们唯一的任务是在征服真实的路上不断向前"⑤；爱德蒙·德·龚古尔在最后一部小说《亲爱的》（1884）序言中总结，"文学对真（vrai）的追求，18世纪艺术的复兴，日本风情的胜利[……]是19世纪下半叶的三大文艺运动"⑥。

当然，对于如何追求并抵达真，每一位作家与批评家都有自己的理解，但种种理解总的来说至少聚焦两点——艺术表现的对象与方法的转变。从对象来说，过去无法入诗入画的对象如今有资

---

① Champfleury, Le Réalisme, Paris: Michel Lévy Frères, 1857, p. 234.
② Jules Assézat, « Profils et Grimaces, par Auguste Vacquerie », Réalisme, 1 (1), 10 juillet 1856, http://obvil.sorbonne-universite.site/corpus/critique/realisme_n1-2_1856#body-1-2.
③ 斯丹达尔：《红与黑》，郭宏安译，南京：译林出版社，1993年，第1页。
④ Flaubert, « Lettre à Louise Colet », 16 janvier 1852, https://flaubert.univ-rouen.fr/correspondance/conard/lettres/52a.html.
⑤ Émile Zola, « Lettre à la jeunesse », http://obvil.sorbonne-universite.site/corpus/critique/zola_roman-experimental.
⑥ Edmond de Goncourt, « Préface », in Edmond de Goncourt, Chérie, édition définitive, Paris: E. Flammarion/E. Fasquelle, 1921, p. I-XII, p. XII.

格成为艺术表现的对象。18世纪的摹仿对象是"美的自然",也即被选择、被美化因而也就是理想的自然。19世纪的转变体现于司汤达的名言"小说乃是人们沿路拿在手里的一面镜子"[1],小说必须像镜子一般如实映照现实,不管现实美丑与否。尚弗勒里明确指出:"从逻辑上说(偶然性也经常富有逻辑),我们最好首先去描绘低等阶级,这些阶级的情感、行动、话语比上流社会更加真诚。"[2]龚古尔兄弟在《热米妮·拉瑟顿》(*Germinie Lacerteux*)第一版序言中提到:"生活于19世纪,一个全民普选的时代,一个民主自由的时代,我们自问被称作'低等阶级'的人群是否无权成为小说表现的对象;这一社会下的社会,也即人民,是否应该被禁止进入文学、受作者蔑视,迄今为止,对于人民可能拥有的灵魂与心灵,作家始终保持着沉默。"[3]探索并回答这些问题的强烈意愿促使龚古尔兄弟为他们的女仆露丝"以现代史的方式撰写了一部真实传记"[4]。

从方法上说,对细节的关注受到了强调。到19世纪,"事物在现实主义小说家眼中不再是抽象的、可被替换的约定俗成的符号,而是具体的、敏感的、独特的物品,小说家的责任在于令它们的形象变得可见"[5]。对于这种转变,巴尔扎克的话或许可以解释其原因:"创造发明可能是天才的显著标志。但是,今天,既然所有可能性的组合似乎都已被穷尽,一切情境都已被用滥,不可能性已被尝

---

[1] 斯丹达尔:《红与黑》,郭宏安译,南京:译林出版社,1993年,第57页。
[2] Champfleury, *Le Réalisme*, Paris: Michel Lévy Frères, 1857, p. 40.
[3] Edmond et Jules de Goncourt, « Préface », in Edmond et Jules de Goncourt, *Germinie Lacerteux*, 1ère édition, Paris: Charpentier, 1864, https://fr.wikisource.org/wiki/Préfaces_et_Manifestes_littéraires/Germinie_Lacerteux#cite_ref-2.
[4] Edmond et Jules de Goncourt, « Préface », in Edmond et Jules de Goncourt, *Germinie Lacerteux*, 1ère édition, Paris: Charpentier, 1864, https://fr.wikisource.org/wiki/Préfaces_et_Manifestes_littéraires/Germinie_Lacerteux#cite_ref-2.
[5] M. Delon et F. Mélonio, *et al.*, *La littérature française: dynamique & histoire*, t. II, Paris: Gallimard, 2007, p. 488.

试,作者坚定地认为,从此以后唯有细节才能构成被不恰当地叫作'小说'的作品的价值。"[1]

所有可能性都被穷尽,这种说法或许有夸张之嫌。不过,至19世纪,社会的转型(资产阶级力量壮大),科学与哲学的发展(实验方法与实证主义流行),新技术的出现(万花筒、摄像术发明),观念的变换(宗教失势,普遍性观念失去市场,个人主义发展),主流文学类型的转变(从戏剧、诗歌转变成小说),这一切均促使19世纪的文学更"接地气",也即追求一种更为世俗的真实,用对数不胜数的客观事物及其细节的精确描写来表现资产阶级的丰裕生活。总的来说,对于以"现实主义"写作计划创造的逼真,德隆、梅洛尼奥等有精辟总结:如果说古典逼真追求与"教条"(doxa)相吻合,那么"现代摹仿再现寻求的,并非理念的逼真,而是事物的逼真"[2]。

四、从客观世界到话语领域

至20世纪下半叶,在严肃的学术研究中,"逼真概念已不再流行"[3],尽管"在二流评论中,在经典作品学生版中,在教学实践中,这一概念仍频频出现"[4],且"人们使用的是其'与现实相符'这一最为天真的用法"[5]。为正本清源,托多罗夫在1968年为《交际》杂志主编了"符号学研究:论逼真"(«Recherches sémiologiques: Le vraisemblable»)专号。这期专号可以说是此一时期最具代表性的"逼真"研究成果,发表了巴特的《真实效应》、热奈特的《逼真与理由》(«Vraisemblance et motivation»)、克里斯蒂安·梅茨

---

[1] Honoré de Balzac, « Note », in Honoré de Balzac, *Scènes de la vie privée*, t. II, Paris: Mame et Delaunay-Vallée & Levavasseur, 1830, p. 377.
[2] M. Delon et F. Mélonio, *et al.*, *La littérature française: dynamique & histoire*, t. II, Paris: Gallimard, 2007, p. 454.
[3] Tzvetan Todorov, « Introduction », *Communications*, n° 11, 1968, p. 2.
[4] Tzvetan Todorov, « Introduction », *Communications*, n° 11, 1968, p. 2.
[5] Tzvetan Todorov, « Introduction », *Communications*, n° 11, 1968, p. 2.

(Christian Metz)的《电影中的言说与被说》(«Le dire et le dit au cinéma»)等重要论文,其影响甚至超出了"逼真"研究领域。从这期专号文章来看,此一时期的"逼真"研究可以说呈现以下特点。

首先是对"逼真"的消极定义。上文我们已看到,前几个世纪对"逼真"的定义往往是本质主义的,也即用一个"逼真是……"的句式将其局限于一两种可能,因此我们看到逼真在历史上相继被等同于作品与道德、与美或与社会现实的契合。对托多罗夫等学者来说,逼真的作品与其说是"有什么"的作品,不如说是"没什么"的作品。换言之,逼真的文学作品是看起来"自然""透明"的作品,无论形式还是内容层面,无论是讲述的故事、表达的情感还是宣扬的道德,都不会令读者感到意外或震惊,而恰恰是这份有时甚至被熟视无睹的熟悉感保证了作品的"真实"。

从这种"自然"与"透明"出发,热奈特进而将逼真理解为"一种不必言明的理由,它不需要额外的付出"[①]。热奈特认为,叙事与符号一样具有任意性,一个前提可以发展出无数种结果,而作者的选择大多时候是偶然,但他为了让我们接受他的安排,往往会在文本内外提供很多理由(motivation),也就是我们在作品中看到的种种社会学、心理学甚至诗学解释。举例来说,在现实主义作品中,当作者写下"侯爵夫人让人备了车,她要出去兜风"这样的句子,他/她不需要提供任何额外的解释,但如果作者写下"侯爵夫人让人备了车,却在床上躺下了",他/她便需要提供额外的理由,对侯爵夫人这一不合"常理"的行为进行解释。换言之,侯爵夫人备车后出门是自然的、逼真的,而侯爵夫人备车后躺到床上是古怪的、令人

---

① Gérard Genette, « Vraisemblance et motivation », Communications, n° 11, 1968, p. 20.

诧异的、不逼真的。从这个角度出发,热奈特认为上文我们提到的巴尔扎克在《欧也妮·葛朗台》中对"逼真"的谈论本身就是一种不逼真的表现:"我们看到此处'心理学解释'的功能正在于通过揭示或者假设一些联系、纽结、关节,来避免不逼真,这些联系、纽结与关节勉勉强强保证了巴尔扎克称之为道德秩序的连贯性。"[1]这也解释了学者指出的巴尔扎克的理论与实践自相矛盾的现象。

其次是对"逼真"机制的探寻。实际上,备车后出去兜风,备车后回房躺下,在现实生活中都有可能发生,之所以前者显得更为逼真,是因为前者更符合我们所熟悉的现实主义诗学与真实生活经验,也就是说前者运用了一些语言技巧,遵循了一些话语机制,使其在读者眼中显得更为自然。而"符号学研究:论逼真"专号的目的,正是要"令语言走出透明错觉,学会看到语言并研究其技巧[……]语言正是利用这些技巧而在我们眼中不复存在"[2]。在这方面,我们在上一节提到的巴特的《真实效应》深具代表性。在《真实效应》一文中,巴特探讨了话语如何制造真实效应,也就是如何显得逼真的问题。为说明问题,巴特对出自福楼拜《淳朴的心》和米什莱《法国大革命史》中的两个选段进行了分析。这两个选段中吸引巴特注意力的都是描写。《淳朴的心》中的描写有关女主人公费莉西泰帮佣的欧班夫人家的"正房":在"正房"里,"晴雨表下方的一架旧钢琴上,匣子、纸盒,堆得像一座金字塔"[3]。《法国大革命史》中描写了因刺杀马拉而被判死刑的夏洛特·柯代,米什莱提到,临刑前,有一位画家去拜访柯代:"一个半小时后,有人轻轻敲

---

[1] Gérard Genette, « Vraisemblance et motivation », *Communications*, n° 11, 1968, p. 11.
[2] Tzvetan Todorov, « Introduction », *Communications*, n° 11, 1968, p. 2.
[3] 福楼拜:《淳朴的心》,刘益庾译,见福楼拜《福楼拜小说全集》(下卷),刘益庾、刘方译,北京:人民文学出版社,2002年,第3页。

了敲她身后的一扇小门"①。巴特认为,第一段中的晴雨表,第二段中"作画的时间、门的大小和位置"②,这两个细节的在场令人费解,因为从作者最主要的写作意图来看(前者讲述女仆费莉西泰的人生,后者讲述法国大革命),这两个细节没有提供任何有用的信息。巴特将这样的细节称作"无用的细节"③。不过,这些细节并非无用,恰恰相反,它们甚至不可或缺,因为它们具体、精确而无用的特征令读者"感觉自己所看到话语的唯一法则就是对现实的严格摹写,以及在读者与现实世界之间建立直接的联系"④。只不过,这种用途不是在第一个而是在第二个符号系统(système sémiologique second)⑤也就是在"神话"系统中体现出来的。而巴特也通过自己独特的"神话学"分析法,"对这一语言进行了符号学拆解"⑥,揭示了现实主义作品逼真或者说透明表象的形成机制。巴特的《真实效应》对后世产生了很大影响,导致"逼真"在其后被很多研究者等同于"真实效应",例如我们在某部 21 世纪出版的文学史中仍看到对"逼真"的类似定义:"[……]一切效应(幻觉)的制造对读者来说意味着对真实(réel)的再现,它被称作'逼真'。"⑦

最后,从功能主义视角理解"逼真"。上文我们提到,使得备车后出去兜风比备车后回房躺下显得更为逼真的原因是外在的,是某些规范影响的结果。意识到这一点后,我们可以设想,假如规范

---

① Roland Barthes, « L'effet de réel », Communications, n° 11, 1968, p. 84.
② Roland Barthes, « L'effet de réel », Communications, n° 11, 1968, p. 85.
③ Roland Barthes, « L'effet de réel », Communications, n° 11, 1968, p. 85.
④ Tzvetan Todorov, « Présentation », in Gérard Genette et Tzvetan Todorov (éd.), Littérature et réalité, Paris: Seuil, 1982, p.7.
⑤ Roland Barthes, Mythologies, Paris: seuil, 1957, p. 187.
⑥ Roland Barthes, Mythologies, Paris: seuil, 1957, p. 7.
⑦ M. Delon et F. Mélonio, et al., La littérature française: dynamique & histoire, t. II, Paris: Gallimard, 2007, p. 488.

改变,也有可能出现后者比前者更逼真的情况。逼真总是随语境的变化而变化,因此热奈特在《逼真与理由》中建议对"逼真"进行"功能主义定义"①,所谓"功能主义定义"即意味着:"'任意的'叙事与'逼真的'叙事之间的差别取决于一个本质上说外在于文本的、非常多变的心理学或其他性质的评判:根据时间与场合,一切'任意的'叙事都有可能成为'逼真的',反之亦然。"②"符号学研究:论逼真"专号的作者大都持这种功能主义观点,例如梅茨也指出,"逼真[……]是任意的,跟文化相关,也就是说,其所排除的可能性与其所保留的(甚至赋予其某种真实社会地位的)可能性之间的边界会根据不同国家、时代、艺术形式与类型而产生显著的变化"③。

从功能主义定义出发不难获得一个结果:艺术品遵循的"逼真"标准不止一种。托多罗夫提到"逼真的多样性"④。"符号学研究:论逼真"的多位供稿人对逼真标准的多元化进行了思考。托多罗夫本人探讨了文类逼真性,即某种类型的作品只有在遵循类型原则时才显得逼真。奥利弗·布热林(Olivier Burgelin)则建议在一个文化系统里,从陈述发出者、接收者、信息、符号这四者间形成的四种关系去思考"逼真":发出者与信息间形成一种表达逼真,与符号之间形成一种评判逼真,接收者与信息之间形成一种事实逼真,与符号之间形成一种基本逼真⑤。热拉尔·热诺(Gérard

---

① Gérard Genette, « Vraisemblance et motivation », Communications, n° 11, 1968, p. 17.
② Gérard Genette, « Vraisemblance et motivation », Communications, n° 11, 1968, p. 21.
③ Christian Metz, « Le dire et le dit au cinéma », Communications, n° 11, 1968, p. 28.
④ Tzvetan Todorov, « Du vraisemblable qu'on ne saurait éviter », Communications, n° 11, 1968, p. 145.
⑤ Olivier Burgelin, « Échange et déflation dans le système culturel », Communications, n° 11, 1968, p.127 – 140.

Genot)从对塔索《耶路撒冷的解放》的分析出发,指出令作品具备逼真的条件是其对历史话语、政治话语、舆论、形式话语(包括文类)等话语规范的遵从①。从热诺的梳理不难看到,逼真对他来说只是话语与其他话语的关系。这也是"符号学研究:论逼真"专号撰稿人的共识,正如克里斯蒂瓦所言,"逼真效应是一个话语间关系的问题"②。

* * *

以上我们将逼真话语的演变划分为四个时期。我们充分意识到这一做法的武断。一方面,对逼真的认识未必是线性单向发展的,比如狄德罗在18世纪就提出过一些颇具"现实主义"顾虑的文学观念,促使他看起来更像19世纪之人,而他的戏剧理论也往往被称作"现实主义"戏剧理论;另一方面,每个时期,在主流"逼真"观念之外,实际上还存在其他"逼真"观,有学者将"逼真"分为"内部逼真"与"外部逼真"也即作品内部创作法则与外部社会制约③,也有学者将其分为故事逼真、经验逼真与语用逼真④,或分为道德逼真、社会逼真、审美逼真、叙述或逻辑逼真⑤等。尽管如此,我们仍认为,从普遍角度来看,"逼真"话语在法国文论史上确实存在范式转型。"逼真"一词在西方文论中已存在两千多年,在不同历史

---

① Gérard Genot, « L'écriture libératrice: Le vraisemblable dans la *Jérusalem délivrée* du Tasse », *Communications*, n° 11, 1968, p. 34-42.

② Julia Kristeva, « La production dite texte », *Communications*, n° 11, 1968, p. 62.

③ Cf. Denis Pernot, « Vraisemblable », in Paul Aron, Denis Saint-Jacques et Alain Viala (éd.), *Le dictionnaire du littéraire*, Paris: PUF, 2002, p. 626-627.

④ Cf. Cécile Cavillac, « Vraisemblance pragmatique et autorité fictionnelle », *Poétique*, n° 101, février 1995, p. 23-46.

⑤ Aron Kibédi Varga, « La vraisemblance, problèmes de terminologie, problèmes de poétique », in Marc Fumaroli (éd.), *Critique et création littéraires en France au XVII e siècle*, Paris: Éditions du CNRS, 1977, p. 325-336.

时期具有不同的内涵,因而我们仍坚持对其演变做分期研究,通过"逼真"内涵的演变理解文学与现实关系的演变。

不过,无论在哪个时代,追求逼真的终极目的其实是一致的,那便是令读者对文字描绘的世界与经验产生信赖与认同,进而在阅读过程中实现认知、情感、道德甚至信仰等方面的转变。正是因此,尽管托多罗夫在半个世纪前断言"逼真"问题已无法吸引研究者兴趣,但实际上,"许多当代小说已揭示,逼真问题并没有离开小说的想象与实践"[1]。"逼真"问题在沉寂一段时间后,在 21 世纪之初又在法语学界引发研究者的兴趣[2]。因为归根到底,思考"逼真",其实也是在思考文学的本质与功能,从这个角度来说,只要文学创作存在一天,对"逼真"的讨论便不会止息。

---

[1] Andrée Mercier, « Présentation », *Temps zéro*, n° 2, 2009, « Vraisemblance et fictions contemporaines: Une nouvelle adhésion pour les héritiers du soupçon », http://tempszero.contemporain.info/document397.

[2] 这一时期的主要研究成果除上文已引用的论著,还包括《人文科学杂志》(*Revue des sciences humaines*)2005 年第 280 期"真实与逼真",《零点》(*Temps zéro*)2009 年第 2 期"逼真与当代虚构"等期刊专号。

结　论

　　2010年,为纪念法国《诗学》杂志创刊、"诗学"丛书出版四十周年,法国文学研究在线杂志《文学、历史与理论》(*LhT*)组织了一期主题为"诗学的历险"的纪念专号,在2012年推出。如今,这次纪念也已过去十余年。在五十余年的历程中,法国诗学经历了发展的起起伏伏。"1970年前后,文学理论如日中天[……]新的理论争奇斗艳:'新批评'、'诗学'、'结构主义'、'符号学'等等,不一而足。"①然而,如果说《诗学》杂志在创办之初因三位编委会成员及其撰稿人的知名度而成为"出色且具有影响力的杂志"②,那么五十年后,情况可能就没这么乐观。"诗学的历险"专号中不少文章不约而同地提到,除了20世纪60—70年代的繁荣(黄金时期)及2000年左右因虚构理论出现的新一波高潮,诗学研究界基本处于沉默状态,悲观者如孔帕尼翁在世纪之交指出"在六七十年代的狂热之后[……]理论研究在法国没有取得显著发展"③,而"《诗学》虽然还

---

　　① 安托万·孔帕尼翁:《理论的幽灵:文学与常识》,吴泓缈、汪捷宇译,南京:南京大学出版社,2017年,第3页。

　　② Denis Saint-Jacques, « Poétique, Revue de théorie et d'analyse littéraire, Numéro 1, 2 et 3 », *Études littéraires*, n° 1, 1971, p. 135.

　　③ Antoine Compagnon, *Le Démon de la théorie: Littérature et sens commun*, Paris: Seuil, 1998, p. 9.

在坚持,但大部分文章只是些模仿性习作"[1]。哈蒙也指出现阶段"似乎只是一个对过去成果的反刍和消化阶段"[2]。

佩纳南克将诗学沉默的其中一个原因归结为时代差异:"如果在六七十年代,我们还能够做文学理论,是因为我们并不害怕各种假设。杂志创刊和'诗学'系列丛书出版的时期是最后一批幸福的理论家生活的时期"[3],而当今时代似乎已失去令理论蓬勃发展的环境。另一些学者提到诗学地位的尴尬。夏尔指出,"今日诗学遭遇合法性的问题,这一状态实际上与普遍的文学研究状态及诗学在文学研究中的位置有明显联系"[4]。瑞士学者巴罗尼的文章《活于诗学》[« Vivre (de) la poétique »]提到在其执教的大学,文学研究部门的岗位都是按作家、年代和地区设置的,其中没有诗学的位置,他在法语系任教时只能"不合法"地进行诗学研究。没有学科、大学、研究院等学术机构的支持,诗学的发展越发困难,并进入一种恶性循环。孔帕尼翁针对法国国情提出相反意见,他认为诗学理论失去活力恰是制度化所致,理论进入中学教学大纲,这使其沦为几个抽象的术语集合和一种刻板的文本分析工具[5]。此外,诗学的困难也是其自身特点即研究的"内在性与系统性"要求造成的,

---

[1] Antoine Compagnon, Le Démon de la théorie: Littérature et sens commun, Paris: Seuil, 1998, p. 11.

[2] Philippe Hamon, « Une fidélité à la poétique », Fabula-LhT, n° 10, « L'aventure poétique », décembre 2012. Page consultée le 06 septembre 2013. URL: http://www.fabula.org/lht/10/hamon.html.

[3] Florian Pennanech, « Présentation », Fabula-LhT, n° 10, « L'aventure poétique », décembre 2012. Page consultée le 06 septembre 2013. URL: http://www.fabula.org/lht/10/pennanech.html.

[4] Michel Charles, « Avec et sans majuscule », Fabula-LhT, n° 10, « L'aventure poétique », décembre 2012. Page consultée le 06 septembre 2013. URL: http://www.fabula.org/lht/10/charles.html.

[5] Cf. Antoine Compagnon, Le Démon de la théorie: Littérature et sens commun, Paris: Seuil, 1998, p. 9 - 10.

因为这一要求很容易导向超验理想、封闭色彩和工具性质。从20世纪70年代中后期开始,诗学出于上述原因受到内外各方的抨击。韦恩·布斯在《虚构修辞学与虚构诗学》("The Rhetoric of Fiction and the Poetics of Fiction")一文中的言论代表了典型的质疑:"整整一代人不假思索地接受一种观念,即真正的'诗'(包括小说)并不用来表意而仅仅是存在。"[1]在以种种名义宣布作者、读者和世界等元素失效后,"某些宣扬作品自足性的教条变得枯燥空洞,剩下的只是一些语言和符号关系系统"[2]。

以上种种原因导致法国诗学在经历20世纪60—70年代的繁荣后,开始产生分化与转向,领军人物托多罗夫和热奈特分别转向伦理、文化和美学研究,另一些研究者如舍费尔等则转向更为时髦的认知、语用和接受美学方向。但作为诗学研究者,佩纳南克看到了不少批评言论的不合理之处,指出"人们将批评的标准强加于诗学之上"[3]。例如有人认为诗学流于表面结构的研究,对意义的挖掘不够深入甚至忽略文本意义;诗学将每个文本视作深层结构的反映,从而抹杀了文本的独特性;诗学"企图建立一些跨历史甚至普遍的类型,实际上小说在1780年与其在1980年的含义相似之处微乎其微"[4]。在这些批评者眼中,诗学最重要的缺陷

---

[1] 转引自 Raphaël Baroni, « Vivre (de) la poétique », Fabula-LhT, n° 10, « L'aventure poétique », décembre 2012。Page consultée le 06 septembre 2013. URL: http://www.fabula.org/lht/10/baroni.html.

[2] 转引自 Raphaël Baroni, « Vivre (de) la poétique », Fabula-LhT, n° 10, « L'aventure poétique », décembre 2012。Page consultée le 06 septembre 2013. URL: http://www.fabula.org/lht/10/baroni.html.

[3] Florian Pennanech, « Présentation », Fabula-LhT, n° 10, « L'aventure poétique », décembre 2012. Page consultée le 06 septembre 2013. URL: http://www.fabula.org/lht/10/pennanech.html.

[4] Jonathan Culler, « Pour la poétique », Fabula-LhT, n° 10, « L'aventure poétique », décembre 2012. Page consultée le 06 septembre 2013. URL: http://www.fabula.org/lht/10/culler.html.

在于没能达到批评即阐释意义的目的。这显然有失公允。研究方法并不存在等级差别,能令我们更好地理解文学因素及其关系的方法都应受到重视,某些批评不但师出无名,反而证明了诗学无法拆解的独特性。

实际上,诗学研究从未终结。LhT 杂志在四十年后推出"诗学的历险"专号,这一举动的意图不仅是对过去进行回顾和总结,更在于"表明'诗学'杂志和丛书及广义的诗学并没有过时,与学科相关联的当代研究还存在着生命力和生产力"[1]。从最易观察到的现象来看,至 2023 年底,《诗学》杂志仍在出版,共出版了 194 期;"诗学"丛书共出版图书 113 部,即使在 2019 年还出版了两部重要著作,而此时主编热奈特已经逝世。此外,20 世纪 80 年代以来,尽管学者不再将自己的研究冠以"诗学"之名,但他们的研究实际上是对 20 世纪 60—70 年代的诗学精神与诗学方法的继承,只是比起总体性思考,他们倾向于选择一个更为细微的切入点,由此深入自己的理论探索。我们在本书中提到的写作本质、文学类型、风格、叙事、虚构尤其引发研究者的思考与关注,成为当代诗学研究的重要课题。

当然,进入新世纪,诗学研究者的视野、方法甚至心态都与此前大不相同,他们的研究成果也呈现出两个重要的特点。第一是边界的不断渗透与跨越。着眼于语言组织、文本结构的诗学是一种内部研究。在 20 世纪最后 20 年,这种研究范式与其他领域的研究一样,遭遇了文化研究和社会学研究等外部研究的冲击。为了

---

[1] Raphaël Baroni, « Vivre (de) la poétique », *Fabula-LhT*, n° 10, « L'aventure poétique », décembre 2012. Page consultée le 06 septembre 2013. URL: http://www.fabula.org/lht/10/baroni.html.

走出发展困境,近些年来法国诗学也在努力拓宽边界。一方面是研究对象的拓展:诗学开始将过去不予考虑的对象纳入自身范畴,研究的文本类型从"纯文学"文本拓展到"诉讼笔录""说唱""图像""网络出版物"等广义上的文本[1]。根据《诗学》主编夏尔的统计,从1970年至2019年,《诗学》杂志共计发表图像研究论文43篇,电影研究论文21篇,音乐研究论文9篇,绘画研究论文9篇[2]。此外,今日诗学研究者也不再像过去的结构主义者那样只关注文本,如历史、作者和世界等因素也进入诗学研究的视野。

第二,在边界不断拓展的同时,诗学也像很多学科一样越来越呈现跨学科特征,向其他学科如语言学、风格学、修辞学、逻辑学、语文学、认知科学等借了不少理论和方法。例如,有研究者借助精神分析理论,考察男性作家的女性笔名对他们作品及写作活动的影响;有研究者借助认知理论,考察文本特征与读者情感建构机制之间的关系,或者考察隐喻与思维模式的关系;也有研究者借助社会学理论,考察意识形态对集体回忆录编撰的影响[3]。但最为明显

---

[1] 可参见《诗学》杂志中发表的 Clélia Anfray, « Lecteur d'Etat: Une esthétique holiste de la réception », Poétique, n° 163, septembre 2010, p. 349 – 359; Christian Béthune, « Sur les traces du rap », Poétique, n° 166, avril 2011, p. 185 – 201; Evanghélia Stead et Hélène Védrine, « L'image comme instrument critique dans les revues fin-de-siècle », Poétique, n° 168, novembre 2011, p. 467 – 492; Gilles Bonnet, « L'hyperitexte: Poétique de la relecture dans l'œuvre numérique de François Bon », Poétique, n° 175, 2014, p. 21 – 34 等论文。

[2] Cf. Michel Charles, « Cinquante ans de Poétique: 1970 – 2019 », Poétique, numéro spécial, 2020/HS, p. 94 – 95.

[3] 可参见《诗学》杂志中发表的 Jean-François Jeandillou, « Pseudogynies hétéronymiques », Poétique, n° 162, avril 2010, p. 177 – 186; Béatrice Bloch, « La construction de l'émotion chez le lecteur », Poétique, n° 163, septembre 2010, p. 339 – 348; Dominique Brancher, « Un gramme de pensée », Poétique, n° 173, 2013, p. 3 – 26; Grégoire Holtz, « Des textes ensauvagés », Poétique, n° 165, février 2011, p. 37 – 51 等论文。

的交叉现象还属诗学与文学批评间的相互渗透。诗学是在与文学批评和文学史的比较中确立自身的,但这并不意味着这三者是截然分离的关系。很多被列入体裁研究、叙事学、发生学或形式研究的论文同时也是文学批评实践。例如,从绪论提到的几篇论文来看,《〈保尔和薇吉尼〉,诗性叙事》既是对"诗性叙事"这一文学类型的研究,也是对这部小说本身的分析和批评;《功能主义视角下的转喻研究》既研究了狄德罗作品中的转喻类型和特征,也研究了这些转喻形式的功能,这就涉及对狄德罗作品的阐释和对其价值的评价;《括号中的私密空间》既研究了比利时法语作家让-菲利普·图森作品中的括号所具有的叙事性"转喻"功能,也是对图森作品展开的一次文学批评。应该看到,边界的跨越并不是单向的。换言之,研究者并不只是简单地将诗学概念或方法运用到文学批评实践中,诗学理论为批评实践提供了分析形式、寻求意义的工具,但在这个过程中,批评者也在反思所采用的概念和方法的合理性,检验理论的有效性,甚至可能纠正现有概念与方法中的偏差,推动诗学的发展。这是一种从理论到文本再返回到理论的良性循环。对于诗学与文学批评之间的关系,本书第七章"诗学批评研究"中已有较为深入的探讨,此处不再详述。

除了与文学批评,诗学与历史的边界也越来越呈现多孔隙的特征。我们在前文提到,孔帕尼翁在法兰西公学院"现当代法国文学:历史、批评、理论"教席第一课上提到,不少在公学院讲过课的教授,包括巴特、福马罗利等在内,都曾试图调和诗学或理论与文学史之间的关系。调和的方式当然是多种多样的。其中之一是进行形式史研究。瓦莱里强调作品的匿名性,热奈特受瓦莱里影响,曾不止一次地建议进行一种匿名的形式史研究,抛开具体作家与作品，仅考察形式的历史变迁。其实，文学中存在的与其说是超验形式，不如说是一些被认为稳定实际却一直变化着的形式。比如"节奏"，从古人眼中"纯粹、装饰性的外在形式"[1]到今日诗学家心目中"言语活动[……]的组织形式，同时体现了话语的特殊性、主体性及系统性"[2]，"节奏"概念实际上发生了巨大演变。对其演变史进行梳理，不仅有助于加深对节奏本身的认识，还有助于了解节奏形式与观念演变的原因，进而加深对促使节奏发生演变的时代与社会的理解。如果说形式史研究更多是历时的，那么调和还可以以相反的方式，采取共时研究的形式，也即研究者依托文学史中的具体作品，提炼出几个诗学特征。我们在上文已提到拉沃卡结合历史的虚构研究。2014 年出版于"诗学"丛书的安德烈亚·德尔伦戈（Andrea Del Lungo）的《窗》（La Fenêtre）也是这方面的典型。作者主要依托中世纪到 20 世纪的文学作品对"窗"的描写，选取"窗"这一"超级符号"[3]也就是"作为再现艺术核心并能在其周围串联起由作品确立的整个符号体系"[4]的符号，结合作品诞生的时代语境，对"窗"进行了"历史符号学"[5]研究。研究总结出"窗"这一超级符号的四大特征或者说四种功能：作为创作隐喻、作为欲望浅表、作为认知范式、作为私密性与公共性的交界。作为超级符号，对"窗"的解读也为解读其他次级符号提供了范式。由于超级符号也是"再现艺术的核心"，因此对其的考察其实也是对文学再现观念演变进行的一种考察。在这一过程中树立起来的，是一种历史

---

[1] 曹丹红：《西方诗学视野中的节奏与翻译》，《中国翻译》2010 年第 4 期，第 51 页。
[2] Henri Meschonnic, *Poétique du traduire*, Largesse: Verdier, 1999, p. 29.
[3] Andrea Del Lungo, *La Fenêtre*, Paris: Seuil, coll. « Poétique », 2014, p. 18.
[4] Andrea Del Lungo, *La Fenêtre*, Paris: Seuil, coll. « Poétique », 2014, p. 20.
[5] Andrea Del Lungo, *La Fenêtre*, Paris: Seuil, coll. « Poétique », 2014, p. 13.

的诗学观,这是新世纪的诗学研究与 20 世纪 60—70 年代诗学研究的重要区别。

＊ ＊ ＊

应该说,今日诗学领域的理论与方法越来越丰富。但我们仍能从林林总总的理论与实践中瞥见很多共性,而这构成了诗学的立身之本和发展之源。首先是诗学对自身使命的坚持。从亚里士多德开始,诗学就一直致力于对"文学性"的探索,无论出发点如何,研究者都会试图回到"文学是什么"这个问题。文学存在一日,对文学本质的思考就不会停止,诗学也始终具有存在的理由与价值。其次是诗学对自身方法的坚持。一方面,诗学从诞生之初便是对文学作品生产与制作过程的思考,从亚里士多德到当代可能性文本理论,诗学都着力描写文学作品诞生的各种可能性条件,以启发"未来之书"的创作。对文学可能性或者说潜在文学的挖掘或许是诗学与其他文学研究最根本的区别。另一方面,诗学始终是偏重普遍性的研究,致力于对抽象概念的思考和对批评模式的建构。文本批评与阐释并不是一种随意的活动,"开放的文本"并不意味着阐释者从文本中读出的任何意义都是有效的。要令批评摆脱随意性和主观性,批评者需要采用有理论依据并经过检验的批评模式,而对批评模式的建构是诗学的任务。最后是诗学对理论联系具体文本的强调。即使在最抽象的结构主义诗学时期,托多罗夫与热奈特等人的理论都没有脱离文本,都是为了更好地解释文本。当代法国诗学正是出于以上特征对今日的中国文艺学界具有重要借鉴意义。近期,批评理论、批评实践与文学文本之间的关系再次得到重提,不少学者指出应正视文艺批评中存在的理论与实践脱节的现象,发出"文学创作呼唤文学批评引航指南,文学理论需要文学作品强筋健骨,文学批评吁求文学理论合理回归"[①]的迫切呼声。当代法国诗学研究成果,特别是其中结合诗学理论与文本分析所取得的成果,值得广大诗学研究者和文学批评者借鉴。

---

① 李圣传:《我们需要怎样的文学、理论与批评?》,《光明日报》2015年10月26日,第13版。

主要参考文献

专著：

ADAM, Jean-Michel, *Le récit*, Paris: PUF, 1984.

ADAM, Jean-Michel, *Le récit*, 5ᵉ édition, Paris: PUF, 1996.

ADAM, Jean-Michel, *Genres de récit: narrativité et généricité des textes*, Louvain-la-Neuve: Harmattan-Academia, 2011.

ADAM, Jean-Michel, *La linguistique textuelle: Introduction à l'analyse textuelle des discours*, 3ᵉ édition, Paris: Armand Colin, 2011.

ADAM, Jean-Michel, *Les textes: types et prototypes*, 4ᵉ édition, Paris: Armand Colin, 2017.

ARISTOTE, *Poétique et Rhétorique*, trad. Charles-Émile Ruelle, Paris: Garnier Frères, 1883.

ARISTOTE, *La poétique*, trad. Roselyne Dupont-Roc et Jean Lallot, Paris: Seuil, coll. « Poétique », 1980.

ARISTOTE, *Poétique*, texte établi et traduit par Jean Hardy, 3ᵉ tirage de la 2ᵉ édition revue et corrigée, Paris: Les Belles Lettres, 1999.

ARISTOTE, *Œuvres complètes et annexes*, éd. Jean-Luc Wuernet, Paris: Arvensa Editions, 2017. Kindle version.

ARISTOTE, *Poétique*, trad. Pierre Destrée, Paris: Flammarion, 2021.

ARON, Paul, SAINT-JACQUES, Denis et VIALA, Alain (éd.), *Le dictionnaire du littéraire*, Paris: PUF, 2002.

BALLY, Charles, *Traité de stylistique française*, 2ᵉ édition, t. Ⅰ, Heidelberg: C. Winter, 1921.

BALZAC, Honoré de, *Scènes de la vie privée*, t. Ⅱ, Paris: Mame et Delaunay-Vallée & Levavasseur, 1830.

BALZAC, Honoré de, *Le lys dans la vallée*, Bruxelles: Ad. Wahlen, 1836.

BALZAC, Honoré de, *Œuvres diverses*, t. Ⅱ, Paris: Gallimard, « Bibliothèque de la Pléiade », 1996.

BANFIELD, Ann, *Unspeakable Sentences: Narration and Representation in the Language of Fiction*, Boston, London, Melbourne & Henley: Routledge & Kegan Paul, 1982.

BARONI, Raphaël et MACÉ, Marielle (éd.), *Le savoir des genres*, Poitiers Rennes: La licorne-Presses universitaires de Rennes, 2006.

BARONI, Raphaël, *La Tension narrative: Suspense, curiosité et surprise*, Paris: Seuil, 2007.

BARONI, Raphaël, *L'Œuvre du temps*, Paris: Seuil, 2009.

BARONI, Raphaël, *Les rouages de l'intrigue*, Genève: Slatkine Érudition, 2017.

BARTHES, Roland, *Mythologies*, Paris: Seuil, 1957.

BATTEUX, Charles, *Les Beaux-Arts réduits à un même principe*, Paris: Durand, 1746.

BAYARD, Pierre, *Qui a tué Roger Ackroyd ?* Paris: Minuit, 1998.

BAYARD, Pierre, *Comment améliorer les œuvres ratées ?* Paris: Minuit, 2000.

BAYARD, Pierre, *Et si les œuvres changeaient d'auteurs ?* Paris: Minuit, 2010.

BELLEMIN-NOËL, Jean, *Le texte et l'avant-texte*, Paris: Larousse, 1971.

BELTAÏEF, Emna, *Remise de peine de Patrick Modiano*, *Voyage au pays de l'enfance*, Louvain-La-Neuve: Academia-L'Harmattan, 2013.

BENVENISTE, Émile, *Problèmes de linguistique générale*, t. 1,

Paris: Seuil, 1966.

BERGER, Benjamin and WHISTLER, Daniel (eds.), *The Schelling Reader*, London: Bloomsbury Academic, 2021.

BLANCHOT, Maurice, *Thomas l'Obscur*, Paris: Gallimard, 1950.

BLANCHOT, Maurice, *L'espace littéraire*, Paris: Gallimard, 1955.

BLOCH, Oscar et WARTBURG, W. von, *Dictionnaire étymologique de la langue française*, Paris: PUF, 1964.

BOILEAU, *Art poétique (1674)*, prés. par Sylvain Menant, Paris: Garnier-Flammarion, 1988.

BOURDIEU, Pierre, *Les règles de l'art*, Paris: Gallimard, 1998.

BROOKS, Peter, *Reading for the Plot: Design and Intention in Narrative*, Cambridge: Harvard University Press, 1992.

BRUNETIÈRE, Ferdinand, *L'évolution des genres dans l'histoire de la littérature*, Paris: Librairie Hachette et Cie, 1914.

CAÏRA, Olivier, *Définir la fiction: Du roman au jeu d'échecs*, Paris: Éditions de l'EHESS, 2011.

CAMUS, Albert, *L'étranger*, Paris: Gallimard, 1942.

CAMUS, Albert, *Le Mythe de Sisyphe*, Paris: Gallimard, 1942.

CASSIN, Barbara (éd.), *Vocabulaire européen des philosophies*, Paris: Le Robert/Seuil, 2004.

CASTIGLIONE, Agnès (éd.), *Pierre Michon, l'écriture absolue*, Saint-Étienne: Publications de l'Université de Saint-Étienne, 2002.

CHAMPFLEURY, *Le Réalisme*, Paris: Michel Lévy Frères, 1857.

CHAPELAIN, Jean, *Les sentiments de l'Académie françoise sur la tragi-comédie du Cid*, Paris: A. Picard, 1912.

CHAPELAIN, Jean, *Opuscules critiques*, éd. Alfred C. Hunter, introduction, révision des textes et notes par Anne Duprat, Paris: Droz, 2007.

CHARAUDEAU, Patrick et MAINGUENEAU, Dominique, *Dictionnaire d'analyse du discours*, Paris: Seuil, 2002.

CHARLES, Michel, *Introduction à l'étude des textes*, Paris: Seuil,

1995.

CHARLES, Michel (éd.), *Poétique*, n° 1 - 194, Paris: Seuil, 1970 - 2023.

COHN, Dorrit, *The Distinction of Fiction*, Baltimore: Johns Hopkins University Press, 1999.

COLERIDGE, Samuel Taylor, *Biographia Literaria*, ed. James Engell and W. Jackson Bate, Princeton: Princeton University Press, 1983.

COMBE, Dominique, *Les genres littéraires*, Paris: Hachette, 1992.

COMPAGNON, Antoine, *Le Démon de la théorie: Littérature et sens commun*, Paris: Seuil, 1998.

CRESSOT, Marcel, *Le style et ses techniques*, *Précis d'analyse stylistique*, 5ᵉ édition, Paris: PUF, 1963.

CULLER, Jonathan, *Theory of the Lyric*, Cambridge, Massachusetts, London & England: Harvard University Press, 2015.

DE BIASI, Pierre-Marc, *Génétique des textes*, Paris: CNRS Éditions, 2011.

DE MAN, Paul, *Allegories of Reading: Figural Language in Rousseau, Nietzsche, Rilke and Proust*, New Haven & London: Yale University Press, 1979.

DEL LUNGO, Andrea, *La Fenêtre*, Paris: Seuil, coll. « Poétique », 2014.

DELON, M. et MÉLONIO, F., *et al.*, *La littérature française: dynamique & histoire*, t. II, Paris: Gallimard, 2007.

DERRIDA, Jacques, *De la grammatologie*, Paris: Minuit, 1967.

DERRIDA, Jacques, *Parages*, Paris: Galilée, 1986.

DESCOMBES, Vincent, *Le même et l'autre: quarante-cinq ans de philosophie française (1933 - 1978)*, Paris: Les Éditions de Minuit, 1979.

DESSON, Gérard, *Introduction à la poétique*, Paris: Armand Colin, 2005.

DOLEŽEL, Lubomír, *Heterocosmica: Fiction and Possible Worlds*,

Baltimore: Johns Hopkins University Press, 1998.

DUBOIS, Jacques, *Pour Albertine: Proust et le sens du social*, Paris: Seuil, 1997.

DUBOIS, Jacques, *Les romanciers du réel: De Balzac à Simenon*, Paris: Seuil, 2000.

DUCHAN, Judith F., BRUDER, Gail A. and HEWITT, Lynne E. (eds.), *Deixis in Narrative*, New York & London: Routledge, 2009.

DUCROT, Oswald, et al., *Qu'est-ce que le structuralisme?* Paris: Seuil, 1968.

DUCROT, Oswald et TODOROV, Tzvetan (éd.), *Dictionnaire encyclopédique des sciences du langage*, Paris: Seuil, 1972.

DUCROT, Oswald et SCHAEFFER, Jean-Marie (éd.), *Nouveau dictionnaire encyclopédique des sciences du langage*, Paris: Seuil, 1995.

ESCOLA, Marc, *Lupus in fabula: six façons d'affabuler La Fontaine*, Paris: Presses Universitaires de Vincennes, 2003.

ESCOLA, Marc (éd.), *Théorie des textes possibles*, Amsterdam: Rodopi, 2012.

ESCOLA, Marc et RABAU, Sophie, *Littérature seconde ou la Bibliothèque de Circé*, Paris: Kimé, 2015.

FLAUBERT, Gustave, *Correspondance*, Deuxième série (1847 - 1852), Paris: Louis Conard, 1926.

FLAUBERT, Gustave, *Œuvres complètes*, Paris: Arvensa Éditions, 2014.

FUMAROLI, Marc (éd.), *Critique et création littéraires en France au XVIIe siècle*, Paris: Éditions du CNRS, 1977.

FUMAROLI, Marc (éd.), *Histoire de la rhétorique dans l'Europe moderne*, Paris: PUF, 1999.

GARDES TAMINE, Joëlle, *La rhétorique*, 2e édition, Paris, Armand Colin, 2011.

GELLINGS, Paul, *Poésie et mythe dans l'œuvre de Patrick Modiano:*

Le fardeau du nomade, Paris-Caen: Lettres modernes minard, 2000.

GENETTE, Gérard, *Figures I*, Paris: Seuil, 1966.

GENETTE, Gérard, *Figures III*, Paris: Seuil, coll. « Poétique », 1972.

GENETTE, Gérard et TODOROV, Tzvetan (éd.), *Littérature et réalité*, Paris: Seuil, 1982.

GENETTE, Gérard et TODOROV, Tzvetan (éd.), *Théorie des genres*, Paris: Seuil, 1986.

GENETTE, Gérard, *Figures V*, Paris: Seuil, 2002.

GENETTE, Gérard, *Fiction et diction*, Paris: Seuil, 2004.

GERVAIS, Bertrand, *Récits et actions: pour une théorie de la lecture*, Longueuil: Le Préambule, 1990.

GONCOURT, Edmond et Jules de, *Germinie Lacerteux*, 1ère édition, Paris: Charpentier, 1864.

GONCOURT, Edmond de, *Chérie*, édition définitive, Paris: E. Flammarion/E. Fasquelle, 1921.

GOODMAN, Nelson, *Langages de l'art*, trad. Jacques Morizot, Paris: Pluriel, 1990.

GREIMAS, A. J. Greimas et COURTÉS, J., *Sémiotique: Dictionnaire raisonné de la théorie du langage*, Paris: Hachette, 1979.

GRÉSILLON, Almuth, *Éléments de critique génétique: lire les manuscrits modernes*, Paris: PUF, 1994.

GUERRIER, Olivier (éd.), *La vérité*, Saint-Étienne: Publications de l'Université de Saint-Étienne, 2013.

GUIRAUD, Pierre, *La Sémantique*, Paris: PUF, 1955.

GUIRAUD, Pierre et KUENTZ, Pierre, *La stylistique: lectures*, 4e tirage, Paris: Klincksieck, 1970.

GUYOT-BENDER, Martine, *Mémoire en dérive: poétique et politique de l'ambiguïté chez Patrick Modiano*, Paris-Caen: Lettres modernes minard, 1999.

HAMBURGER, Käte, *Logique des genres littéraires*, trad. Olivier Cadiot, Paris: Seuil, 1986.

HAMON, Philippe, *Du descriptif*, Paris: Hachette, 1993.

HAMON, Philippe, *Puisque réalisme il y a*, Genève: La Baconnière, 2015.

HECK, Maryline et GUIDÉE, Raphaëlle, *Cahier Patrick Modiano*, Paris: Éditions de L'Herne, 2012.

HERMAN, David, JAHN, Manfred and RYAN, Marie-Laure (eds.), *Routledge Encyclopedia of Narrative Theory*, London: Routledge, 2005.

HERMAN, David (ed.), *The Cambridge Companion to Narrative*, Cambridge: Cambridge University Press, 2007.

JAKOBSON, Roman, *Essais de linguistique générale*, trad. Nicolas Ruwet, Paris: Les Éditions de Minuit, 1963.

JAKOBSON, Roman, *Huit questions de poétique*, trad. Tzvetan Todorov, et al., Paris: Seuil, 1977.

JARRETY, Michel, *La poétique*, Paris: PUF, 2003.

JARRETY, Michel, *La critique littéraire en France: Histoire et méthodes (1800-2000)*, Paris: Armand Colin, 2016.

JOUVE, Vincent (éd.), *Nouveaux regards sur le texte littéraire*, Reims: EPURE, 2013.

KARABÉTIAN, Étienne, *Histoire des stylistiques*, Paris: Armand Colin, 2000.

KREMER, Nathalie, *Vraisemblance et représentation au XVIIIe siècle*, Paris: Honoré Champion, coll. « Les Dix-huitième siècles », 2011.

LACAN, Jacques, *Le Séminaire, Livre XVII, L'Envers de la psychanalyse*, Paris: Seuil, 1991.

LAIZÉ, Hubert, *Aristote: « Poétique »*, Paris: PUF, 1999.

LAMARQUE, Peter and OLSEN, Stein Haugom, *Truth, Fiction and Literature: A Philosophical Perspective*, Oxford: Clarendon Press, 1994.

LAMY, Bernard, *La rhétorique ou l'art de parler*, 3e édition, Paris: André Pralard, 1688.

LARTHOMAS, Pierre, *Notions de stylistique générale*, Paris: PUF, 1998.

LAURENT, Thierry, *L'œuvre de Patrick Modiano: Une autofiction*, Lyon: Presses universitaires de Lyon, 1997.

LAVOCAT, Françoise (éd.), *Usages et théories de la fiction*, Rennes: Presses universitaires de Rennes, 2004.

LAVOCAT, Françoise, *Fait et fiction*, Paris: Seuil, 2016.

MACÉ, Marielle, *Le genre littéraire*, Paris: GF Flammarion, 2004.

MACÉ, Marielle, *Styles*, Paris: Gallimard, 2016.

MAROUZEAU, Jules, *Précis de stylistique française*, 5ᵉ édition, Paris: Masson, 1963.

MARTIN, Jean Pierre, *et al.*, *L'invention critique*, Nantes: Cécile Defaut, 2004.

MARTINET, André, *Le Langage*, Paris: Gallimard, 1968.

MARTINO, Pierre, *Le roman réaliste sous le second Empire*, Paris: Hachette, 1913.

MARX, William, *Naissance de la critique moderne*, Arras: Artois Presses Université, 2002.

MARX, William, *Le Tombeau d'Œdipe: Pour une tragédie sans tragique*, Paris: Les Éditions de Minuit, 2012.

MCINTOSH, Fiona, *La vraisemblance narrative: Walter Scott, Barbey d'Aurevilly*, Paris: Presses de la Sorbonne nouvelle, 2002.

MESCHONNIC, Henri, *Pour la poétique II : Épistémologie de l'écriture, poétique de la traduction*, Paris: Gallimard, 1973.

MESCHONNIC, Henri, *Poétique du traduire*, Largesse: Verdier, 1999.

MICHELET, Jules, *Histoire de la Révolution française*, t. VI, Paris: Chamerot, 1853.

MODIANO, Patrick, *La place de l'étoile*, Paris: Gallimard, 1968.

MODIANO, Patrick, *Rue des Boutiques Obscures*, Paris: Gallimard,

1978.

MODIANO, Patrick et LE-TAN, Pierre, *Poupée blonde*, Paris: POL, 1983.

MODIANO, Patrick, *Remise de peine*, Paris: Seuil, 1988.

MODIANO, Patrick, *Dora Bruder*, Paris: Gallimard, 1997.

MODIANO, Patrick, *L'Herbe des nuits*, Paris: Gallimard, 2012.

MODIANO, Patrick, *Pour que tu ne te perdes pas dans le quartier*, Paris: Gallimard, 2014.

MOLINIÉ, Georges et CAHNÉ, Pierre (éd.), *Qu'est-ce que le style ?* Paris: PUF, 1994.

NETTELBECK, C. W. et HUESTON, P., *Patrick Modiano, Pièces d'identité: Écrire l'entretemps*, Paris: Lettres modernes, 1986.

OLSON, Greta (ed.), *Current Trends in Narratology*, Berlin & New York: Walter de Gruyter, 2011.

PAIGE, Nicholas D., *Before Fiction: The Ancien Régime of the Novel*, Philadelphia: University of Pennsylvania Press, 2011.

PATRON, Sylvie, *Le narrateur: Introduction à la théorie narrative*, Paris: Armand Colin, 2009.

PATRON, Sylvie (ed.), *Toward a Poetic Theory of Narration*, Berlin & Boston: De Gruyter, 2014.

PATRON, Sylvie, *La mort du narrateur et autres essais*, Limoges: Lambert-Lucas, 2015.

PAVEL, Thomas G., *Fictional Worlds*, Cambridge: Harvard University Press, 1986.

PHILIPPE, Gilles, *Pourquoi le style change-t-il ?* Bruxelles: Les Impressions nouvelles, 2021.

PIAGET, Jean, *Six études de psychologie*, Paris: Gonthier, 1967.

PIER, John et SCHAEFFER, Jean-Marie (éd.), *Métalepses: Entorses au pacte de la représentation*, Paris: Éditions de l'École des Hautes Études en Sciences Sociales, 2005.

PIER, John et BERTHELOT, Francis(éd.), *Narratologies contemporaines*, Paris: Éditions des archives contemporaines, 2010.

PIER, John (ed.), *Contemporary French and Francophone Narratology*, Columbus: The Ohio State University Press, 2020.

RABATÉ, Dominique (éd.), *Figures du sujet lyrique*, Paris: PUF, 1996.

RABATEL, Alain, *La Construction textuelle du point de vue*, Lausanne: Delachaux et Niestlé, 1998.

RACINE, Jean, *Théâtre complet illustré*, t. II, Paris: Bibliothèque Larousse, 1908 - 1909.

RAIMOND, Michel, *La crise du roman*, Paris: José Corti, 1989.

RANCIÈRE, Jacques, *Le partage du sensible*, Paris: Galilée, 2000.

RANCIÈRE, Jacques, *Malaise dans l'esthétique*, Paris: Galilée, 2004.

RANCIÈRE, Jacques, *Politique de la littérature*, Paris: Galilée, 2007.

RANCIÈRE, Jacques, *Et tant pis pour les gens fatigués: entretiens*, Paris: Amsterdam, 2009.

RANCIÈRE, Jacques, *Le fil perdu: Essais sur la fiction moderne*, Paris: La Fabrique, 2014.

RANCIÈRE, Jacques, *Les bords de la fiction*, Paris: Seuil, 2017.

RAPIN, René, *Les Réflexions sur la poétique de ce temps et sur les ouvrages des poètes anciens et modernes*, éd. E. T. Dubois, Genève: Droz, 1970.

RICOEUR, Paul, *La Métaphore vive*, Paris: Seuil, coll. « Poétique », 1975.

RICOEUR, Paul, *Temps et récit*, t. I, Paris: Seuil, 1983.

RICOEUR, Paul, *Temps et récit*, t. III, Paris: Seuil, 1985.

RIFFATERRE, Michael, *Essais de stylistique structurale*, trad. Daniel Delas, Paris: Flammarion, 1970.

RIFFATERRE, Michael, *La production du texte*, Paris: Seuil, coll. « Poétique », 1979.

RIVARA, René, *La langue du récit: Introduction à la narratologie énonciative, Paris: L'Harmattan, 2000.

ROCHE, Roger-Yves (éd.), *Lectures de Modiano*, Nantes: Éditions Cécile Defaut, 2009.

SAINT-GELAIS, Richard (éd.), *Nouvelles tendances en théorie des genres*, Québec: Nuit blanche éditeur, 1998.

SALMON, Christian, *Storytelling: La Machine à fabriquer des histoires et à formater les esprits*, Paris: La découverte, 2008.

SARRAUTE, Nathalie, *L'ère du soupçon*, Paris: Gallimard, 1956.

SARTRE, Jean-Paul, *Situations I* , Paris: Gallimard, 1947.

SCHAEFFER, Jean-Marie, *Qu'est-ce qu'un genre littéraire ?* Paris: Seuil, 1989.

SCHAEFFER, Jean-Marie, *Pourquoi la fiction ?* Paris: Seuil, 1999.

SCHAEFFER, Jean-Marie, *Les troubles du récit*, Vincennes: Thierry Marchaisse, 2020. Kindle version.

SPITZER, Leo, *Études de style*, trad. Éliane Kaufholz, et al., Paris: Gallimard, 1970.

STALLONI, Yves, *Les genres littéraires*, 3e édition, Paris: Armand Colin, 2008.

TADIÉ, Jean-Yves, *Le récit poétique*, Paris: Gallimard, 1994.

TODOROV, Tzvetan, *Théorie de la littérature*, Paris: Seuil, 1965.

TODOROV, Tzvetan, *Poétique*, Paris: Seuil, 1968.

TODOROV, Tzvetan, *Introduction à la littérature fantastique*, Paris: Seuil, 1970.

TODOROV, Tzvetan, *Les Genres du discours*, Paris: Seuil, coll. « Poétique », 1978.

TODOROV, Tzvetan, *Poétique de la prose*, Paris: Seuil, 1978.

TODOROV, Tzvetan, *La notion de littérature*, Paris: Seuil, 1987.

TODOROV, Tzvetan, *Devoirs et délices: une vie de passeur*, Paris: Seuil, 2002.

VALÉRY, Paul, *Œuvres*, 2 vol., éd. Michel Jarrety, Paris: Gallimard,

1957.

VALÉRY, Paul, *Œuvres*, 3 vol., éd. Michel Jarrety, Paris: Le Livre de Poche, 2016.

VERNAY, Jean-François, *Plaidoyer pour un renouveau de l'émotion en littérature*, Paris: Complicités, 2013.

VOLTAIRE, *Commentaires sur Corneille*, Genève: Cramer, 1764.

WEINRICH, Harald, *Le temps*, trad. Michèle Lacoste, Paris: Seuil, 1973.

ZENKINE, Serge, *La forme et l'énergie: l'esthétique du formalisme russe*, Clermont-Ferrand: Presses universitaires Blaise Pascal, 2018.

ZIMMERMANN, Laurent (éd.), *Pour une critique décalée: autour des travaux de Pierre Bayard*, Nantes: Cécile Defaut, 2010.

ZOLA, Émile, *Le naturalisme au théâtre: les théories et les exemples*, 2e édition, Paris: G. Charpentier, 1881.

保罗·阿扎尔：《欧洲思想的危机(1680—1715)》，方颂华译，北京：商务印书馆，2019年。

艾克曼：《歌德谈话录》，杨武能译，北京：中国书籍出版社，2005年。

埃里希·奥尔巴赫：《摹仿论：西方文学中现实的再现》，吴麟绶等译，北京：商务印书馆，2014年。

巴尔扎克：《人间喜剧》（第14卷），傅雷等译，北京：人民文学出版社，1994年。

巴尔扎克：《欧也妮·葛朗台　高老头》，李恒基、韩沪麟译，南京：译林出版社，1999年。

拉斐尔·巴罗尼：《叙述张力：悬念、好奇与意外》，向征译，北京：外语教学与研究出版社，2020年。

罗兰·巴特：《S/Z》，屠友祥译，上海：上海人民出版社，2012年。

让·贝西埃等主编：《诗学史》（下），史忠义译，郑州：河南大学出版社，2010年。

沙尔·波德莱尔：《巴黎的忧郁》，亚丁译，北京：生活·读书·新知三联书店，2004年。

豪尔赫·路易斯·博尔赫斯:《小径分岔的花园》,王永年译,上海:上海译文出版社,2015 年。

柏拉图:《理想国》,郭斌和、张竹明译,北京:商务印书馆,1986 年。

莫里斯·布朗肖:《未来之书》,赵苓岑译,南京:南京大学出版社,2015 年。

J. M. 布洛克曼:《结构主义:莫斯科—布拉格—巴黎》,李幼蒸译,北京:商务印书馆,1980 年。

陈军:《文类基本问题研究》,北京:北京大学出版社,2013 年。

大仲马:《基度山伯爵》(四),蒋学模译,北京:人民文学出版社,1978 年。

吉尔·德勒兹:《批评与临床》,刘云虹、曹丹红译,南京:南京大学出版社,2022 年。

狄德罗:《狄德罗美学论文选》,张冠尧等译,北京:人民文学出版社,1984 年。

阿尔贝·蒂博代:《批评生理学》,赵坚译,北京:商务印书馆,2015 年。

达维德·方丹:《诗学:文学形式通论》,陈静译,天津:天津人民出版社,2003 年。

佛克马、易布思:《二十世纪文学理论》,林书武等译,北京:生活·读书·新知三联书店,1988 年。

诺思罗普·弗莱:《批评的剖析》,陈慧译,北京:北京大学出版社,2021 年。

福楼拜:《福楼拜小说全集》(下卷),刘益庾、刘方译,北京:人民文学出版社,2002 年。

居斯塔夫·福楼拜:《福楼拜文学书简》,丁世中译,桂林:广西师范大学出版社,2020 年。

A. J. 格雷马斯:《结构语义学》,蒋梓骅译,天津:百花文艺出版社,2001 年。

A. J. 格雷马斯:《论意义:符号学论文集》(上册),吴泓缈、冯学俊译,天津:百花文艺出版社,2005 年。

纳尔逊·古德曼:《艺术的语言:通往符号理论的道路》,彭锋译,北京:北京大学出版社,2013 年。

黑格尔:《美学》(第三卷 下册),朱光潜译,北京:商务印书馆,1981年。
黑格尔:《美学》第三卷(下),朱光潜译,北京:商务印书馆,1996年。
阿尔贝·加缪:《加缪文集》,郭宏安等译,南京:译林出版社,1999年。
乔纳森·卡勒:《文学理论入门》,李平译,南京:译林出版社,2008年。
安托万·孔帕尼翁:《理论的幽灵:文学与常识》,吴泓缈、汪捷宇译,南京:南京大学出版社,2017年。
菲利普·拉库-拉巴尔特、让-吕克·南希:《文学的绝对:德国浪漫派文学理论》,张小鲁等译,南京:译林出版社,2012年。
弗朗索瓦丝·拉沃卡:《事实与虚构:论边界》,曹丹红译,上海:华东师范大学出版社,2024年。
米歇尔·莱蒙:《法国现代小说史》,徐知免、杨剑译,上海:上海译文出版社,1995年。
兰波:《地狱一季》,王道乾译,广州:花城出版社,1991年。
雅克·朗西埃:《沉默的言语:论文学的矛盾》,臧小佳译,上海:华东师范大学出版社,2016年。
让-弗朗索瓦·利奥塔:《后现代状态》,车槿山译,南京:南京大学出版社,2011年。
保罗·利科:《活的隐喻》,汪堂家译,上海:上海译文出版社,2004年。
克劳德·列维-斯特劳斯:《结构人类学:巫术·宗教·艺术·神话》,陆晓禾等译,北京:文化艺术出版社,1989年。
刘亚猛:《西方修辞学史》,北京:外语教学与研究出版社,2018年。
雅克利娜·德·罗米伊:《古希腊悲剧研究》,高建红译,上海:华东师范大学出版社,2017年。
罗念生:《罗念生全集》(第一卷),上海:上海人民出版社,2015年。
J. 希利斯·米勒:《解读叙事》,申丹译,北京:北京大学出版社,2002年。
莫泊桑:《奥尔拉》,郝运、王振孙、赵少侯译,北京:人民文学出版社,1993年。
莫泊桑:《一生 两兄弟》,王振孙译,上海:上海译文出版社,2008年。
帕·莫迪亚诺:《暗铺街》,王文融译,南京:译林出版社,1994年。
帕特里克·莫迪亚诺:《青春咖啡馆》,金龙格译,北京:人民文学出版社,

2010 年。

帕特里克·莫迪亚诺:《凄凉别墅》,石小璞、金龙格译,合肥:黄山书社,2015 年。

帕特里克·莫迪亚诺:《星形广场》,李玉民译,北京:人民文学出版社,2015 年。

帕特里克·莫迪亚诺:《夜的草》,金龙格译,合肥:黄山书社,2015 年。

帕特里克·莫迪亚诺:《这样你就不会迷路》,袁筱一译,北京:人民文学出版社,2016 年。

尼采:《悲剧的诞生》,杨恒达译,南京:译林出版社,2007 年。

弗拉基米尔·雅可夫列维奇·普罗普:《故事形态学》,贾放译,北京:中华书局,2006 年。

热拉尔·热奈特:《叙事话语 新叙事话语》,王文融译,北京:中国社会科学出版社,1990 年。

热拉尔·热奈特:《热奈特论文集》,王文融译,天津:百花文艺出版社,2001 年。

热拉尔·热奈特:《转喻:从修辞格到虚构》,吴康茹译,桂林:漓江出版社,2013 年。

玛丽-劳尔·瑞安:《故事的变身》,张新军译,南京:译林出版社,2014 年。

让-保罗·萨特:《萨特文学论文集》,施康强等译,合肥:安徽文艺出版社,1998 年。

约翰·R. 塞尔:《表达与意义:言语行为理论研究》,王加为、赵明珠译,北京:商务印书馆,2017 年。

史忠义、户思社、叶舒宪主编:《风格研究 文本理论》,郑州:河南大学出版社,2009 年。

斯丹达尔:《红与黑》,郭宏安译,南京:译林出版社,1993 年。

茨维坦·托多罗夫编选:《俄苏形式主义文论选》,蔡鸿滨译,北京:中国社会科学出版社,1989 年。

茨维坦·托多罗夫:《象征理论》,王国卿译,北京:商务印书馆,2004 年。

茨维坦·托多罗夫:《散文诗学:叙事研究论文选》,侯应花译,天津:百花文艺出版社,2011 年。

茨维坦·托多洛夫:《批评的批评:教育小说》,王东亮、王晨阳译,北京:生活·读书·新知三联书店,2002年。

保罗·瓦莱里:《文艺杂谈》,段映红译,天津:百花文艺出版社,2002年。

保尔·瓦莱里:《瓦莱里散文选》,唐祖论、钱春绮译,天津:百花文艺出版社,2006年。

伊恩·P. 瓦特:《小说的兴起:笛福、理查逊、菲尔丁研究》,高原、董红钧译,北京:生活·读书·新知三联书店,1992年。

王文融:《法语文体学教程》,北京:北京大学出版社,1997年。

肯达尔·L. 沃尔顿:《扮假作真的模仿:再现艺术基础》,赵新宇等译,北京:商务印书馆,2013年。

夏多布里昂:《墓后回忆录》(上卷),程依荣译,广州:花城出版社,2003年。

锡德尼:《为诗辩护》,钱学熙译,北京:人民文学出版社,1964年。

亚里士多德:《诗学》,陈中梅译注,北京:商务印书馆,1996年。

亚里士多德:《尼各马可伦理学》,廖申白译注,北京:商务印书馆,2003年。

亚理斯多德、贺拉斯:《诗学·诗艺》,罗念生、杨周翰译,北京:人民文学出版社,1962年。

亚理斯多德:《修辞学》,罗念生译,见《罗念生全集》(第一卷),上海:上海人民出版社,2015年。

姚喜明等编:《西方修辞学简史》,上海:上海大学出版社,2009年。

特里·伊格尔顿:《甜蜜的暴力:悲剧的观念》,方杰、方宸译,南京:南京大学出版社,2007年。

维克多·雨果:《雨果文集》(第17卷),柳鸣九译,石家庄:河北教育出版社,1998年。

张寅德编选:《叙述学研究》,北京:中国社会科学出版社,1989年。

朱光潜:《朱光潜全集》(新编增订本)第3卷,北京:中华书局,2012年。

朱立元、李钧主编:《二十世纪西方文论选》(上卷),北京:高等教育出版社,2002年。

埃米尔·左拉:《巴黎的肚子》,金铿然、骆雪涓译,北京:文化艺术出版社,

1991 年。

杂志专号：

Communications，n° 8，1966，« Recherches sémiologiques：l'analyse structurale du récit ».

Communications，n° 11，1968，« Recherches sémiologiques：le vraisemblable ».

Communications，n° 103，2018 (2)，« Le formalisme russe cent ans après »，éd. Catherine Depretto, John Pier et Philippe Roussin.

Fabula-LhT，n° 10，« L'aventure poétique »，décembre 2012，éd. Florian Pennanech. URL：https://www.fabula.org/lht/10/.

Langages，n° 118，1995，« Les enjeux de la stylistique »，éd. Daniel Delas.

Langue française，n° 3，1969，« La stylistique »，éd. Michel Arrivé et Jean-Claude Chevalier.

Langue française，n° 135，2002，« La stylistique entre rhétorique et linguistique »，éd. Bernard Combettes et Étienne Stéphane Karabétian.

Littérature，n° 105，1997，« Question de style ».

Littérature，n° 182，2016 (2)，« Aristote, l'aventure par les concepts »，éd. Bérenger Boulay, Frédérique Fleck et Florian Pennanech.

Temps zéro，n° 2，2009，« Vraisemblance et fictions contemporaines：Une nouvelle adhésion pour les héritiers du soupçon »，éd. Andrée Mercier, Pierre-Luc Landry et Christine Otis.

网站：

Collège de France：https://www.college-de-france.fr.

Encyclopædia Universalis：https://www.universalis.fr.

Fabula：http://www.fabula.org.

OpenEdition Books：https://books.openedition.org.